Treinman

P.T. Deutermann

TREINMAN

dB

2000 – De Boekerij – Amsterdam

Oorspronkelijke titel: Train Man (St. Martin's Press)
Vertaling: Jan Smit
Omslagontwerp: Hesseling Design, Ede

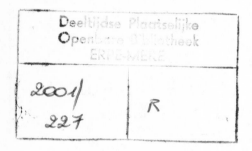

ISBN 90-225-2795-6

© 1999 by P.T. Deutermann
© 2000 voor de Nederlandse taal: De Boekerij bv, Amsterdam

Published by arrangement with Nicholas Ellison, Inc.

Ter nagedachtenis aan de dappere kerels die de vorige eeuw de prachtige ijzeren en stalen spoorbruggen over de Mississippi hebben aangelegd. Het waren indrukwekkende staaltjes van technisch vernuft voor die tijd, en dat zouden het ook nu nog zijn als we ze opnieuw zouden moeten bouwen.

Dankbetuiging

Ik dank Simmons-Boardman Books, Inc. en John Armstrong voor hun toestemming om materiaal te gebruiken uit *The Railroad, What It Is, What It Does*, in mijn ogen voor de leek het beste algemene naslagwerk over het functioneren van de spoorwegen. Mijn dank gaat ook naar Harold A. Ladd, schrijver van de gezaghebbende *U.S. Railroad Traffic Atlas*, voor toestemming om de definities van bepaalde spoorwegtermen te gebruiken. Ik heb ook veel gehad aan Ronald Kesslers uitstekende boek *The FBI*, voor meer begrip van de organisatie en het jargon van die dienst, als nuttige voorbereiding op mijn gesprekken met mensen van de FBI zelf. Ik ben vooral veel dank verschuldigd aan Don Schwartz, Scott Curley, Bob Lauby, Neal Schiff en het Public Information Office van de FBI, voor technische adviezen over de toepassing van overheidswetten en andere zaken. Hier en daar heb ik me bewust aanzienlijke vrijheid inzake hun informatie veroorloofd en ook heb ik technische details van sommige bruggen en het gebruik van explosieven wat verdoezeld. Andere omissies, fouten of vergissingen zijn uiteraard geheel voor mijn rekening. De figuren in dit boek zijn ontsproten aan mijn fantasie en iedere overeenkomst met bestaande personen, dood of levend, berust op zuiver toeval. Ten slotte dank ik George Witte en Carol Edwards, mijn buitengewone redacteuren, en Nick Ellison, voor zijn uitstekende representatieve werk.

1

De rivier leek eindeloos en was bijna onzichtbaar in het donker. De man voelde de kracht van de late lenteregens in de stroming toen het schuimende water de doordringende stank van alluviaal slijk naar boven bracht. Hij liet zich door de stroom naar de brug meevoeren. Hij voer aan de kant van Missouri, om te voorkomen dat iemand in het sportvisserskamp op de oever van Illinois het geluid van de boot zou horen. Hij lette scherp op de lichten van de rivieraken, maar zag alleen hier en daar het knipperende lampje van een boei langs de vaargeul van de brede rivier. Voor zich uit zag hij het spookachtige silhouet van de brug opdoemen. De zware, stalen gebinten waren nauwelijks te zien.

Hij verplaatste zijn gewicht in de kleine boot en trok de vochtige rol touw dichter naar zich toe terwijl achter hem de kleine buitenboordmotor zachtjes pruttelde in de vrijloop. Hij betastte de stalen punten van de werphaak en liet zijn linkerhand over zijn grote rugzak glijden. In de verte, links van hem, zag hij een vaag geel schijnsel en het silhouet van de oevers waar de lichtbakens hun waarschuwing naar het oosten seinden, in de richting van Illinois. Hij tuurde naar de oever of hij een teken van leven kon bespeuren. Naast het spoor lag een nieuwe woonwijk in het dorp Thebes, en hij wilde zeker weten dat er niemand in de buurt van de spoorlijn was. Toen de brug meer tekening kreeg, tastte hij naar achteren, trok de motor naar stuurboord en gaf wat gas om terug te sturen naar het midden van de rivier. Hij wilde op één lijn komen met de pijler aan de westkant van de vaargeul, die nu steeds duidelijker zichtbaar werd in de duisternis. De pijler was een van de beide zware beton-en-staalconstructies die het middensegment van de brug over de vaargeul ondersteunden. De toren verhief zich dertig meter boven het water.

Toen hij de brug naderde, weerkaatsten de geluiden van de gezwollen rivier tegen de stalen spanten hoog in de lucht. Hij klemde het roer nog steviger in zijn hand, schakelde de motor in zijn achteruit en gaf weer gas. De aluminiumboot reageerde meteen. De boeg viel af naar stuurboord toen de schroef zich in het water beet, tot hij bijna stationair op de rivier bleef drijven, in de zwarte stroming een paar meter stroomopwaarts van de pijler. Hij zag de ijzeren ladder, waarvan de zijkanten twee lichtgrijze hekgolven veroorzaakten in de krachtige lentestroom. Zo bleef hij even liggen, liet toen het roer weer los, boog zich naar voren en gooide de werphaak vast, op het moment dat de achtersteven door de stroming werd meegesleurd. Snel draaide de boot weer bij toen hij het touw haastig aan de voorbank vastmaakte. De boot botste met een gedempt metaalachtig geluid tegen de pijler, nu met de boeg tegen het water in, stroomopwaarts gekeerd. Hij liet de motor in de vrijloop draaien, leunde naar achteren en keek steil omhoog.

Hij bevond zich recht onder het westelijke uiteinde van de middelste overspanning. Het geraas van de rivier klonk hier veel luider. Het tumult van de golven en draaikolken weerkaatste tegen de onderkant van de brug. Eén duizelig moment leek de pijler op de boeg van een reusachtig schip dat door de stroming op hem afstormde. Hij keek naar de westoever, donker en vormeloos, verscholen achter nog drie pijlers tussen zijn bootje en de wallenkant. Toen controleerde hij het touw nog eens en schakelde het lampje van zijn horloge in. Het was nog vroeg. Mooi. Maar toch moest hij opschieten.

Hij bukte zich in de boot, probeerde zijn evenwicht te bewaren tegen de plotselinge beweging en tilde de rugzak op zijn knieën. Opnieuw controleerde hij het touw, hees de rugzak toen over zijn schouders, wankelend onder het gewicht, en trok de riemen vast. Toen deed hij zijn leren handschoenen aan, stak zijn handen uit naar de ladder en testte de betrouwbaarheid ervan. De afbladderende verf bleef aan zijn handschoenen kleven. Met één soepele beweging trok hij zich omhoog langs de roestige sporten. Met zijn voeten op de onderste sport bleef hij staan, zocht zijn evenwicht, probeerde de rugzak in balans te houden en klom toen omhoog. De ladder golfde een beetje onder zijn gewicht. Een paar van de bouten waarmee hij tegen de betonnen pijler zat geschroefd waren doorgeroest. Het was al een oude brug.

Veertig sporten hoger bereikte hij het eerste stalen platform en stak zijn hoofd door de luikopening boven aan de ladder. Hij hijgde een beetje, maar zijn hart bonsde luider van de opwinding dan van de inspanning. De rugzak bleef achter de rand van het luik haken, maar hij draaide zich half opzij en wrong zich erdoorheen. Eenmaal op het rooster van het platform ging hij even zitten, met zijn knieën opgetrokken en zijn hoofd naar voren, als tegenwicht voor de rugzak. Hij kon hier de rivier goed horen – een aanhoudend kolkend geluid, dat weerkaatste tegen de betonnen en stalen oppervlakken om hem heen. Hij keek weer op zijn horloge en bleef nog een minuutje zitten, tot zijn ademhaling weer normaal was. Tijd om verder te gaan, dacht hij bij zichzelf.

Hij hees zich op het rooster overeind en stak het platform over naar de volgende ladder. Doelbewust klom hij omhoog, tien meter in het donker, naar de hoofdconstructie die de spoorbaan droeg. De ladder liep nog verder, langs de boog van het gebinte. Maar hij stapte er nu af, tilde de rugzak van zijn schouders en legde hem voorzichtig op het rooster, zodat hij niet over de rand kon vallen. Hij liet de rugzak liggen en liep tien meter over het platform naar de verbinding tussen de boog van het gebinte en de horizontale hoofdleggers van de centrale overspanning. Daar vond hij de korte ladder die afdaalde naar de richel onder de spoorbaan waar de pennen zaten. Hij knielde, voelde in het duister langs het staal en gleed met zijn handschoenen over klinknagels die de doorsnee hadden van een dollar. Ten slotte vond hij de pennen.

Hij zocht in de zak van zijn vest naar een kleine zaklantaarn die hij op de ruimte tussen de penhouders en de spanten richtte. Hij knipte het licht aan en zag de holte die hij zocht. Het klopte met de tekeningen. Hij doofde de zaklantaarn en klom het laddertje weer op. Waar hij nu stond op het rooster bevond het glimmende staal van het westelijke spoor zich op ooghoogte. Hij boog zich naar voren en hees zich aan de rails omhoog tot hij wijdbeens boven het westelijke spoor stond. Hij keek naar het westen en voelde heel even de angst die iedereen ondergaat die op een spoorlijn staat. De rails leken zwanger van de mogelijkheid dat er opeens een trein uit het donker zou opdoemen of onverwachts van achteren op hem toe zou stormen. Hij stak de spoorbaan over naar de houten loopbrug tussen de twee sporen in. De planken roken naar teer en dieselolie en hij verbaasde zich dat ze zo dun waren. De rivier beneden hem was niet te zien, maar toen hij de koele natte lucht langs zijn benen voelde opstijgen zag hij in gedachten die afgrond van dertig meter tussen de loopbrug en het kolkende water in de diepte. Hij klom weer terug over het spoor en liet zich op de buitenste loopbrug zakken om de constructie te bestuderen.

Het tracé van de centrale overspanning rustte op pijlers aan weerskanten en was bijna zestig meter lang. De boog van het gebinte erboven bestond uit zwaar verticaal vakwerk aan beide kanten van de brug, stroomopwaarts en stroomafwaarts, verbonden via een laterale kapconstructie. Onder aan elk gebinte, een heel eind onder de spoorbaan, bevonden zich twee zware stalen kisten, één aan elke kant van het spoor. In het midden van de kisten zat een horizontaal gat van dertig centimeter doorsnee. Door deze gaten liep de centrale pen, dertig centimeter dik en anderhalve meter lang. De uiteinden van de pen staken aan weerskanten uit de kist en waren verankerd met een zadelklem, die op zijn beurt met bouten aan de betonnen rand van de pijler zelf was bevestigd. De afdalende spanten aan de zijkant van de boog steunden volledig op deze pennen.

Elke zadelklem nestelde in een betonnen holte die in de binnenkant van de pijlers was uitgespaard. De hele constructie leek zo onwrikbaar als de rots van Gibraltar, maar de man wist dat de brug zich kon bewegen op de pennen, om uit te zetten of te krimpen in de hitte van de zomer of de vrieskou van de winter – en als het gewicht van een trein de centrale overspanning wat deed doorbuigen. Deze reusachtige spoorbruggen waren levende organismen. Ze leken onbuigzaam, maar waren voortdurend in beweging, hoe gering ook, als reactie op verschillen in temperatuur, wind of belasting. Ook de pennen zelf konden een fractie van een graad draaien.

De man liep terug naar de rugzak en sleepte die mee naar een van de pennen, stroomopwaarts. Daar maakte hij hem open en haalde er voorzichtig twee koffiekannen uit die boven op de rest lagen. Behoedzaam plaatste hij ze op de centrale horizontale balk. Toen zocht hij weer in de rugzak en haalde er twee houten deuvels uit van een duim dik en dertig centimeter lang. Daarna volgden zes slappe plastic zakken met kruit, die hij op een stapeltje legde. Met de zaklantaarn tussen zijn tanden boog hij zich naar de holte en schoof de driepondszakken in de ruimte tussen de binnenwand van de betonnen holte en het uiteinde van de pen. Toen hij twee van de zakken op hun plaats had gebracht, zette hij een van de lange houten deuvels er rechtop tussenin. Wat sneller bracht hij nu de andere vier zakken aan, duwend en knedend tot ze precies om het uiteinde van de dikke pen pasten en de deuvel er een paar centimeter boven uitstak. De stapeltjes zakken bedekten nu het ronde uiteinde, zonder dat er nog ruimte overbleef tussen de pen en het beton.

Hij pakte zijn rugzak, klauterde over het spoor naar de andere kant en herhaalde de procedure. Ook daar propte hij de zakken tussen de pen en de binnenwand van de betonnen holte. Zodra hij klaar was, keek hij op zijn horloge. Als de dienstregeling klopte, had hij nog iets minder dan een half uur. Dat moest genoeg zijn, dacht hij. Net genoeg.

Hij klom terug naar de andere kant van het spoor, stroomopwaarts, pakte een van de koffiekannen en stak weer over. Met de zaklantaarn tussen zijn tanden draaide hij de plastic dop los, gooide hem weg in de donkere nacht en haalde toen een kwartstaaf dynamiet en een slaghoedje uit een bed van oude lappen onder in de kan. Hij wikkelde het waspapier aan één kant van de dynamietstaaf los en drukte het slaghoedje voorzichtig in het gat in het midden tot alleen de zilverkleurige bovenkant en de twee stroomdraden er nog uitstaken. Hij boog zich over de stapel kruitzakken, wrikte wat aan de deuvel en trok hem omhoog, heel voorzichtig, om de stapel niet te verstoren. Hij gooide de deuvel in de rivier beneden en liet toen de dynamietstaaf in de opening glijden, zodat hij precies tussen de zakken paste en alleen de draden nog zichtbaar waren.

Uit een andere zak van zijn vest haalde hij twee rollen telefoondraad en een rol isolatieband. Hij draaide het gestripte uiteinde van een van de rollen in een draad van het slaghoedje en legde de rol toen op het beton. Dat herhaalde hij met de tweede rol telefoondraad en daarna gooide hij de koffiekan van de brug. Wat oude lappen dwarrelden omhoog tussen zijn voeten in de wind.

De man richtte zich op, knoopte de twee rollen telefoondraad met een losse knoop aan elkaar en sloeg de verbonden draden rond een spant van de brug. Hij wikkelde het isolatieband om de gestripte uiteinden, pakte de lege rugzak en leidde de twee rollen telefoondraad toen onder het oostelijke spoor door, over de loopbrug, onder de rails van het andere spoor langs en liep ermee terug naar de andere kant, stroomopwaarts.

Zonder te letten op de gapende duisternis onder zijn voeten legde hij de twee rollen neer, op veilige afstand van elkaar. Daarna schroefde hij de dop van de andere koffiekan en installeerde de ontsteking voor het kruitvat aan de noordkant. De deuvel en de tweede koffiekan verdwenen ook in de rivier. Toen hij klaar was, nam hij een van de rollen telefoondraad van het zuidelijke kruitvat en verbond die met een van de draden van het slaghoedje aan de noordelijke kant. Uit een volgende zak van zijn vest haalde hij iets dat op een gewone plastic zaklantaarn leek, behalve dat het lampglas en de reflector waren verwijderd. Er staken twee draden uit beide uiteinden van de zaklantaarn. Hij legde het ding op de stapel explosieven en uit zijn vest kwam nu een klein doosje, zo groot als een pakje sigaretten.

De man knielde en bond de gesloopte zaklantaarn met isolatieband op de stapel. Hij fronste toen hij zag dat de plastic zakken met kruit al sporen van dauw vertoonden, waardoor het isolatieband slipte. Daarna verbond hij de tweede draad van het slaghoedje met het snoer aan de ene kant van de zaklantaarn. Toen nam hij het plastic doosje in zijn linkerhand en haalde er een dunne, veerkrachtige draad uit, ongeveer vijftien centimeter lang, die hij uit zijn hand liet bungelen. Hij drukte op een knop op het doosje en er verscheen een verlichte display van ruim een centimeter breed, als de wijzerplaat van een digitaal horloge. ÉÉN KEER DRUKKEN VOOR TEST stond er in de display. Hij drukte nog eens op de knop. Het doosje gaf een pieptoon. TWEE KEER DRUKKEN VOOR INSTELLING stond er nu. Met de lamp nog steeds tussen zijn tanden bevestigde hij het andere snoer van de zaklantaarn aan een pool van het plastic doosje en legde het doosje toen op de stalen zadelklem naast de stapel explosieven. Een magneet in het doosje hield het stevig tegen het metaal gedrukt en zorgde zo ook voor de aarding. Ten slotte verbond hij de tweede draad van het zuidelijke kruitvat met de andere pool van het doosje en wikkelde isolatieband om de gestripte uiteinden.

Toen richtte hij zich op, haalde de lamp tussen zijn tanden vandaan en hapte naar lucht. Nu pas besefte hij dat hij zijn adem had ingehouden. Hij keek nog eens op zijn horloge. Twintig minuten tot de trein zou komen. Nu het detcord nog. Uit de rugzak haalde hij een rol draad die eruitzag als een coaxiale tv-antennekabel, maar dichter dan coax, als een soort uitgeharde stopverf. Het ene uiteinde van het detcord bevestigde hij met isolatieband aan een spant van de brug, rolde toen de draad uit en liep over de loopbrug naar het westen tot aan het midden van de volgende overspanning, terwijl hij het detcord plat tegen de houten planken van de loopbrug drukte, over een lengte van achttien meter. Daarna liep hij terug naar het startpunt en trok het koord weer naar zich toe. Met het uiteinde in zijn hand liet hij zich op handen en knieën zakken en begon het koord in een spleet te proppen tussen de bovenkant van de zware draagbalk en het stalen frame van het spoorbed, achter de bundel leidingen die daar al liep. Nadat het detcord was aangebracht, wikkelde hij isolatieband om het andere eind en liep terug naar de stapel explosieven. Hij stak één uiteinde tussen de zwarte kruitzakken, zo diep dat het koord de dynamietstaaf raakte. Toen stond hij op.

Peinzend keek hij over zijn schouder naar het westen, maar er was niets anders te zien dan duisternis, met het vage schijnsel van een seinpaal in de verte. Hij overwoog om naar de spoorbaan te lopen en zijn oor tegen de rails te leggen om te zien of je werkelijk een trein al van verre kon horen aankomen, maar deed het niet. Hij strekte zijn benen. Zijn knieën kraakten in de stilte. De lichte bries koelde het zweet op zijn gezicht. Hij haalde diep adem. Hier, zo hoog, rook de brug naar oud staal, roest, dieselolie, locomotieven en door de zon verhit teer. Bijna dacht hij dat hij de brug kon horen kraken in het donker omdat de rivier zo meedogenloos aan zijn betonnen voeten trok.

De man liep terug naar de pennen van de constructie, sloot zijn ogen en liep in gedachten nog eens alle verbindingen na. De schakeling moest kloppen. De springladingen zaten op de juiste plaatsen. Er kwam een ander beeld bij hem op, van een vernielde, uitgebrande wagon, bijna onherkenbaar verwrongen, met daaromheen een aantal gele lakens, die de lichamen bedekten van... Hij slikte moeizaam, deed snel zijn ogen open en zuchtte nog eens diep.

Daarom ben je hier, zei hij tegen zichzelf. Daar is het allemaal om begonnen. Dus doe het nu. Doe het.

Hij boog zich naar de holte waarin de pen bevestigd zat, tastte naar het doosje en drukte op de knop. Eén keer. *Piep.* Twee keer. *Piep.* Toen drie pieptonen snel achter elkaar. Op de display verschenen de woorden ONTVANGER INGESTELD. Hij knikte, pakte de lege rugzak, deed de rol isolatieband en de rode zaklamp erin en gooide hem over zijn schouders. Snel daalde hij de ladder langs de pijler af, terug naar zijn boot. De motor pruttelde nog steeds in de vrijloop, heel zachtjes. Boven de achtersteven zweefde wat vettige tweetaktrook omhoog. Hij tuurde in de richting van het sportvisserskamp, maar daar was alles nog donker.

Hij liet zich in de boot zakken, ging op het bankje zitten en gaf gas. Toen het touw begon te vieren, tilde hij de werphaak van de ijzeren sport van de ladder af. Meteen draaide de boeg van de boot met de stroming mee. Hij dreef diagonaal over de middelste vaargeul, onder de brug door, stroomafwaarts. Toen draaide hij de boot de andere kant op, gaf meer gas en koerste wat verder naar de linkeroever in het westen om uit de buurt te blijven van de donkere stacaravans aan de overkant, driehonderd meter bij hem vandaan. Een minuut later passeerde hij de brug opnieuw en voer verder stroomopwaarts. De kleine buitenboordmotor vocht tegen de stroming en langzaam vergrootte hij de afstand tot de brug. De oevers aan weerskanten bleven donker, afgezien van het schijnsel van de straatlantaarns in het dorp Thebes, aan de rechterkant.

Toen hij de boot op koers had, haalde hij de zender uit de binnenzak van zijn vest. Het apparaatje voelde warm in zijn handen. Hij trok een antennedraad uit de zijkant, hield het zendertje in één hand en stuurde met zijn andere hand de kleine boot stroomopwaarts. Met zijn duim zocht hij naar de schakelaar aan de voorkant en schoof hem tot een weerstand halverwege, waardoor er een rood lampje begon te branden. Toen keek hij op zijn horloge en voer naar het midden van de rivier, met één oog op de brug achter hem.

Toen hij ruim vijfhonderd meter stroomopwaarts van de brug lag, zag hij de trein uit de duisternis in het westen komen. Eerst was er niets anders te zien dan de trillende reflectie in de nevel boven de hoge oever, daarna de koplampen van de grote diessellocs, die dreunend naderbij kwamen. Het waren er drie, aan elkaar gekoppeld. De voorste locomotief leek de lange gele lichtbundel van zijn eigen koplampen te volgen. De nadering van de denderende trein overstemde geleidelijk alle geluiden van de rivier.

De man nam gas terug en liet het bootje op de stroming dobberen terwijl hij zich omdraaide op zijn bankje, met het zendertje nu in twee handen. Zijn mond was droog en zijn hart bonsde in zijn keel. Twaalf jaar had hij naar dit moment toegeleefd. Twaalf eenzame, pijnlijke jaren, die hij alleen had kunnen verdragen door de gedachte aan wraak. Hij zag de trein de brug op komen, voorbij de eerste pijler... de tweede en de derde. Het stalen vakwerk tekende zich af in een scherp reliëf toen de locomotieven de staanders passeerden. De trein leek af te remmen op de brug, maar hij wist dat dat gezichtsbedrog was. De drie zware locomotieven passeerden de vierde pijler bij de vaargeul aan de kant van Missouri en bereikten de centrale overspanning.

Hij wachtte nog steeds. De locomotieven reden dreunend over het midden van de brug. Het ritmische geratel van de afzonderlijke wagons was nu duidelijk te horen, boven het grommen van de diesels uit. De kop van de trein passeerde de eerste pijler bij de vaargeul aan de kant van Illinois en bereikte de volgende. De man telde in gedachten nog één seconde verder en schoof de schakelaar van het zendertje toen helemaal naar boven, tegen de spanning van het veertje in.

Een felle rode gloed lichtte op onder de spoorbaan boven de westelijke pijler, gevolgd door twee bijna gelijktijdige en angstwekkend zware klappen. Een geelrode bliksem flitste terug naar de kant van Missouri, onder het brugdek door, waardoor het leek alsof er een flitsfoto werd gemaakt van de onderkant van de trein. Een fractie van een seconde kon hij zelfs een paar letters op de zijkanten van de wagons onderscheiden. Toen, bijna in slowmotion, begon de westkant van de centrale overspanning in te zakken en stortte met donderend geraas in de rivier. De oostkant bleef nog een paar seconden hangen voordat ook die zich van de pijler losscheurde en instortte onder het gewicht van de trein. De wagons en platte goederenwagens ten westen van het middensegment gleden over de rand de rivier in, heel netjes, één voor één, als stalen lemmingen. Zonder zelfs maar af te remmen trokken ze elkaar de afgrond in. De man zag hoe de wagons vanaf de brug in de maalstroom beneden stortten en nog de restanten van de overkapping raakten voordat ze in het kolkende zwarte water verdwenen. Een paar tankwagons kwamen nog even boven voordat ze op hun zij rolden en weer verdwenen, door de snelle stroming meegevoerd in de duisternis.

Na een halve minuut begon zich een stapel wrakken te vormen, uitstekend boven het water. Het duurde bijna een hele minuut voordat ook de rest van de trein omlaag was gestort. De laatste wagons vielen boven op de stapel en gleden met veel geraas aan weerskanten van de berg naar beneden. Sommige bleven intact, andere scheurden open en verloren hun lading in de zwarte rivier. Drie of vier wagons op de oostelijke overspanning waren ook in de rivier gestort, maar het voorste deel van de trein was al om een bocht op de oostelijke oever verdwenen. Een enorme wolk van rook en mist onttrok de ruïne van de brug aan het zicht terwijl de echo's nog weergalmden tussen de hoge oevers.

De man keek met ontzag hoe de verwoestingen zich opstapelden. De geluiden van de neerstortende wagons leken aan te zwellen, totdat hij besefte dat zijn bootje door de stroming snel werd teruggesleurd naar het drama dat zich voor zijn ogen ontvouwde. Hij gaf vol gas om niet naar de stomende en rokende ravage te worden meegezogen. Een zilverkleurige tankwagon kwam vlak achter hem weer boven water in een geweldige fontein, als een woedend stalen nijlpaard. Luidruchtig braakten de ventielen giftige chemische dampen uit, tot de wagon zich op zijn zij draaide en weer wegzakte in het ziedende water.

De man draaide de boeg van het bootje en voer op volle kracht stroomopwaarts, het donker in, zich er vaag van bewust dat er lichten aangingen in de campers en stacaravans van het sportvisserskamp. Het lawaai van de ramp weergalmde nog steeds langs de hoge oever aan de kant van Illinois, dus hoefde hij niet bang te zijn dat iemand zijn buitenboordmotor zou horen. Als hij hier maar op tijd vandaan kon komen. Achter hem klonk een aanhoudend gebulder toen een volgend ventiel kermend de geest gaf en de nacht besproeide met de inhoud van een tankwagon.

Toen hij de eerste bocht stroomopwaarts had gerond, kon hij een heel eind over de rivier kijken, tot aan de oude verkeersbrug van Cape Girardeau, tien kilometer verderop, die werd verlicht door de lampen van de binnenvaarthaven. Hij hield het gas open en richtte de boeg naar het midden van de vaargeul. Nu hij de bocht achter zich had, hoorde hij niets anders meer dan de nachtwind die in zijn oren suisde boven het zoemen van de buitenboordmotor uit. Hij keek weer over zijn schouder, waar een onheilspellende gloed zichtbaar werd door de grillige bomen langs de bocht.

Dat is één, dacht hij, turend tegen de wind in, met half toegeknepen ogen. Hij had verwacht dat hij iets van vervoering zou hebben gevoeld, of van triomf, maar hij voelde helemaal niets. Hij bleef dood van binnen. Al zijn emoties waren lang geleden al tot poeder vermalen. Hij had zijn eerste doel bereikt, niets meer en niets minder. Na twaalf jaar was het stadium van voorbereiding eindelijk voorbij. Hij was een wandelende natuurramp. Dat was één, dacht hij. Nu nog vijf.

2

Majoor Tom Matthews inspecteerde de inhoud van de koelkast, op zoek naar iets anders behalve een koud biertje. Hij was de toezichthoudend officier van het militair wapendepot van Anniston en hij had vanavond dienst, dus moest hij het zonder zijn gebruikelijke alcoholische versnapering stellen. Achterin zag hij nog een blikje cola en hij wilde het net pakken toen de telefoon ging. Zijn vrouw nam op in de andere kamer en riep hem. Het was de afdeling Operaties. Matthews keek op zijn horloge. Etenstijd, dacht hij. Natuurlijk. Hij nam de telefoon in de keuken op.

'Officier van dienst,' zei hij.

'Majoor, dit is Operaties. We hebben een hele rare.'

'Zijn er dan ook gewone, sergeant?' vroeg Matthews. 'Oké, zeg het maar.'

'We krijgen net een dringende oproep binnen van een C-130 van de luchtmacht. De piloot heeft rook in de cockpit ontdekt, mogelijk een brandje door kortsluiting. Ze vragen toestemming voor een noodlanding op ons vliegveld.'

'Die landingsbaan is al jaren gesloten, sergeant,' zei Matthews met een blik uit het raam. De zon was bijna onder. 'Alleen het heliplatform is nog operationeel. En we hebben daar geen landingslichten. Volgens mij kun je zelfs de lijnen niet meer zien.'

'Ja, maar majoor? Die piloot klonk behoorlijk zenuwachtig. Eigenlijk vroeg hij ook geen toestemming. Hij zei gewoon dat hij over acht minuten zou landen.'

'Allemachtig!' zei Matthews en hij vloog overeind. 'Oké. Zeg tegen de brandweer dat ze meteen uitrukken. Snel! Ik kom zelf naar het vliegveld. En waarschuw de medische hulpdiensten.'

'Jawel, majoor!'

Matthews hing op en pakte haastig de sleuteltjes van zijn dienstauto, zijn portofoon en zijn portefeuille. Even later vertrok hij uit de woonwijk op de basis in de militaire pickup-truck van de wachtofficier van het depot. Hij schakelde de zender in en meldde zich bij Operaties, waar ze bevestigden dat de C-130 problemen aan boord had en rechtstreeks op weg was naar het vliegveld van Anniston. Het toestel naderde vanuit het oosten. De brandweerwagens waren al onderweg naar de landingsbaan. De commandant wilde weten waar ze zich moesten opstellen.

'Jezus, geen idee,' zei Matthews, die een stopbord negeerde en linksaf sloeg naar de weg die via de achterkant bij het depot uitkwam. 'Hoe gaat dat vliegtuig landen?'

'Uit het oosten, zeggen ze, majoor. Ze richten zich op onze TACAN en ze willen zo snel mogelijk landen,' antwoordde de sergeant, duidelijk opgewonden.

Matthews draaide de randweg op, langs de wapenopslagloodsen, en gaf gas. Hij probeerde zich te herinneren hoe lang de ongebruikte landingsbaan eigenlijk was. Hij wist vrij zeker dat de baan van oost naar west liep, met het heliplatform aan het oostelijke uiteinde.

'Zeg dat ze de trucks aan de westkant van het veld zetten. Als het fout gaat, moet het toestel daar terechtkomen. Heb je de commandant al gewaarschuwd?'

'Ik heb hem opgeroepen, maar hij heeft nog niet gereageerd.'

Matthews mompelde wat terwijl hij de volgende afslag nam, naar een grindweg die langs de noordelijke afrastering van de wapenopslagloodsen liep. Hij gaf zoveel gas dat de achterwielen wegslipten in de bocht. Aan zijn linkerkant, naar het bos toe, stond een hoog dubbel hek, bekroond door rollen prikkeldraad die glinsterden in het licht van zijn koplampen. Afgezien van het heliplatform had de landingsbaan van Anniston geen lichten, geen toren, helemaal niets. De laatste keer dat hij er was geweest groeide er onkruid tussen het beton. Hij belde weer met Operaties. 'Sergeant, roep de commandant nog eens op. En waarschuw de bemanning van dat vliegtuig dat die landingsbaan allang niet meer wordt gebruikt. Geen faciliteiten, en onkruid in de spleten.'

'Begrepen, majoor.'

Hij legde de portofoon neer en trapte het gas in tot tachtig kilometer. Een C-130 was een turboprop. Zelfs een luchtmachtvlieger had dus een kilometerslange baan nodig om het toestel veilig aan de grond te zetten. Maar dan moesten alle systemen nog goed werken. Zelfs een kleine brand en kortsluiting zouden fataal kunnen zijn. In de verte zag hij stofwolken boven de weg: de brandweerwagens, hoopte hij. Mooi zo. De sergeant meldde zich weer.

'Majoor, de piloot zegt dat hij nergens anders kan landen. Het moet een militair vliegveld zijn, en hij heeft nu grote problemen. Over vier minuten gaan ze landen en ze vragen om een strenge bewaking van het terrein en een ontsmettingsteam.'

Matthews haalde zijn voet van het gaspedaal. 'Een *ont-*

smettingsteam? Waar is dat voor nodig?'

'Ik weet het niet, majoor. Hij zegt nu niks meer. Ik denk dat ze hun handen vol hebben, begrijpt u?'

'Ja,' zei Matthews. Hij naderde de laatste afslag. Het vliegveld lag rechts, achter een haag coniferen. De stofwolk van de brandweerwagens werd steeds dichter in het licht van zijn koplampen. Hij remde even af en probeerde te bedenken wat er moest gebeuren. In het militaire wapendepot van Anniston lagen ook chemische wapens opgeslagen. Het verzoek om een ontsmettingsteam wierp een heleboel vragen op en beloofde weinig goeds.

'Oké,' zei hij toen, maar met weinig overtuiging. 'Laat het CERT maar uitrukken. En bel Fort McClellan om de militaire politie hier naartoe te halen. Zo snel mogelijk, beide teams. En blijf proberen om kolonel Anderson te bereiken.'

De sergeant voerde de orders uit terwijl Matthews de laatste bocht nam door de coniferenlaan. De weg kwam uit op een betonvlakte rondom een verkeerstoren waarvan de deuren en ramen al lang geleden waren dichtgespijkerd. Het licht van zijn koplampen viel op een Suburban van de brandweer van de basis. Toen hij er naartoe reed, zag hij zwaailichten aan de westkant van het veld. Hij remde, pakte zijn portofoon en sprong uit de wagen om te overleggen met de brandweercommandant, die zijn beschermende pak droeg en een walkietalkie in zijn gehandschoende hand hield.

'Ik ben majoor Matthews, de wachtofficier,' zei Matthews. 'Hebt u al gehoord wat er aan de hand is?'

'Alleen dat we rekening moeten houden met een noodlanding,' zei de commandant. Hij was een burger, een zwaargebouwde man van in de vijftig, en hij keek bezorgd. Op zijn helm stond 'COMMANDANT' in oplichtende letters. 'Ik heb één team van schuimblussers en twee pompen, daar aan de overkant. Ik heb nog twee pompen aangevraagd bij het district. Iemand moet ze binnenlaten bij de hoofdingang en ze hier naartoe brengen.'

'Goed,' zei Matthews, 'daar zorg ik voor. Het gaat om een C-130, een middelgroot transportvliegtuig. Zijn uw mensen berekend op een ernstig ongeluk?'

'Nee, majoor,' antwoordde de commandant zonder omwegen. 'Maar er is gewoon niemand anders.'

Matthews knikte en tuurde naar de donkere hemel in het oosten. Nog geen spoor van het naderende vliegtuig. Hij riep Operaties op en zei dat er nog meer brandweermensen naar de basis zouden komen. De sergeant meldde dat het CERT – het ontsmettingsteam – op weg was naar de landingsbaan en dat McClellan een man of tien van de militaire politie had gestuurd. In beschermende kleding.

'Beschermende kleding?'

'Ja, majoor. Als wij het CERT nodig hebben, leek het me verstandig

20

dat de bewaking ook beschermende kleding zou dragen.'

Matthews vloekte binnensmonds. Daar had hij zelf aan moeten denken. Het CERT (Chemical Emergency Response Team) was een speciale eenheid die klaar moest staan om de omgeving te ontsmetten als er door een ongelukkig toeval een chemisch wapen zou afgaan. Natuurlijk moesten de bewakers van de basis ook hun beschermende pak aantrekken, met de bijbehorende kap. De sergeant had goed nagedacht, en dat zei Matthews hem ook. Hij vroeg zich af wat die C-130 in vredesnaam aan boord kon hebben.

'Daar, majoor!' zei de brandweercommandant en hij wees naar de oostelijke hemel. Matthews keek op en liet zijn blik toen zakken naar de horizon die werd gevormd door de toppen van de donkere coniferen aan de oostkant van de landingsbaan. Heel in de verte waren de knipperende rode lichten van een naderend vliegtuig te zien. Bijna alsof de piloot hen had zien kijken, ontstak hij op dat moment zijn witte landingslichten. Maar ze konden het vliegtuig nog niet horen. Matthews schudde zijn hoofd en probeerde te bedenken wat hij nog meer moest doen. De brandweercommandant ritste zijn pak dicht en controleerde zijn zuurstoftank.

'Zeg tegen uw team dat het een vrachtvliegtuig is,' zei Matthews. 'De enige mensen aan boord zitten in de neus, dus probeer daar het reddingswerk te concentreren.'

De commandant knikte en gaf instructies via zijn kraagmicrofoon. Matthews liep wat dichter naar de landingsbaan toe. Bij het licht van zijn koplampen zag hij dat de betonplaten inderdaad door onkruid waren overwoekerd. Jammer dat ze geen tijd hadden gehad om de baan vrij te maken van alle rommel die er lag. Maar die witte lichten kwamen snel naderbij en nu hoorde hij ook het zware dreunen van de vier turbopropmotoren. Hij riep Operaties op en vroeg of het CERT wilde opschieten. Ze konden het vliegtuig al zien. De sergeant antwoordde dat hij de verbinding met het toestel kwijt was.

Waarom ik? dacht Matthews, starend naar het aanstormende vliegtuig. Hij had graag kolonel Anderson naast zich gehad. Dit leek een veel groter incident te worden dan hem lief was.

De brandweercommandant stapte in zijn Suburban en reed langzaam langs de linkerrand van de landingsbaan, knipperend met zijn alarmlichten toen het vliegtuig begon te dalen. Matthews hield zijn adem in. De C-130 raakte bijna de toppen van de coniferen. Het volgende moment dook het toestel bulderend omlaag. Het leek veel te groot voor dat smalle lint van verweerd beton dat opeens in het harde witte schijnsel van de landingslichten baadde. Vlak voor de landing zag Matthews in de weerschijn dat het landingsgestel van het vrachtvliegtuig niet ver genoeg was neergelaten. Instinctief schreeuwde hij een waarschuwing, maar zijn stem ging verloren in het lawaai van de motoren.

Het toestel landde op zijn buik op het beton. Een oorverdovend gekerm van verwrongen metaal steeg op toen de c-130 over de landingsbaan gleed, met een vurig spoor van rook en vonken achter zich aan. Het vliegtuig kantelde enigszins, waardoor de vleugel aan Matthews' kant gevaarlijk dicht naar de grond toe helde. Een van de propellers werd van de as geslagen en wentelde diagonaal over de landingsbaan, vlak langs Matthews, die niet eens de tijd had om te schrikken. Toen was het vliegtuig hem al voorbij, met brullende motoren, die zijn gedachten overstemden toen de resterende propellers in de achteruit werden geschakeld. Instinctief sloeg Matthews zijn handen voor zijn gezicht toen het vuurwerk hem met veel geraas passeerde. Het geluid van knarsend en scheurend metaal was bijna onverdraaglijk. Het vrachtvliegtuig beschreef een trage pirouette naar rechts en gleed onder een schuine hoek verder over de landingsbaan. Het lawaai werd wat minder.

Maar tot zijn ontzetting zag Matthews dat het toestel nauwelijks afremde. Vlak voordat het gebeurde besefte hij dat het vliegtuig één, misschien wel twee brandweerwagens zou rammen. Ze hadden zich opgesteld aan het einde van de baan – maar in het midden, niet aan de rand. De neus van de c-130 raakte een van de pompwagens vol tegen de zijkant met een klap die het gehuil van scheurend metaal nog overstemde. Door het geweld spoot er een hoge fontein van water uit de truck omhoog voordat hij als een stuk speelgoed naar het dennenbos aan het einde van de landingsbaan werd gesmeten. De rechtervleugel van het vliegtuig raakte de bovenkant van de andere pompwagen en verbrijzelde de ladders als luciferhoutjes. Alleen de grote schuimbluswagen bleef ongedeerd toen het vliegtuig van de baan af schoof en onder luid gekraak van afknappende boomstammen eindelijk tot stilstand kwam, vijftig meter naast de baan.

Matthews rende naar zijn auto toe, terwijl het vliegtuig aan de rand van het bos verdween in een wolk van rook en stof. Hij schreeuwde in zijn radio dat de c-130 een buiklanding had gemaakt en dat ze zoveel ambulances nodig hadden als ze konden krijgen. En snel. Toen hij instapte zag hij koplampen naderen uit de richting van de basis. Hij stormde over de landingsbaan, zigzaggend tussen stukken metaal en een paar rokende banden door, en volgde het zwarte spoor dat het vliegtuig over een afstand van duizend meter over het beton had getrokken. Op het laatste moment trapte hij hard op de rem om niet met volle snelheid het wrak te rammen. Voor hem uit legde de enig overgebleven brandweerwagen een tapijt van taai schuim rond de rokende buik van het transportvliegtuig. De wagen die was vermorzeld kon hij nergens meer ontdekken, maar de bemanning van de andere truck rende al naar het bos, achter het vliegtuig langs. Hij rook de kerosine door de open raampjes toen hij slippend tot stilstand kwam en het stuur omgooide. Maar gelukkig was er nog geen brand uitgebroken. De stank van verschroeid metaal drong in zijn neusgaten toen hij uitstapte.

Zijn portofoon gaf een signaal. Het was de CERT-leider die om instructies vroeg. Matthews keek langs de baan en zag de lichten van vier Humvees zijn kant op komen. Hij gaf ze bevel om te stoppen aan de noordkant en zo snel mogelijk hun verpleger naar het einde van de baan te sturen. Hij wilde de wagens bovenwinds houden van wat zich in dit vliegtuig bevond – wat dat ook mocht zijn. Dat herinnerde hem eraan dat hij zelf geen beschermende kleren in zijn auto had, zelfs geen masker.

De schuimbluswagen richtte zijn schijnwerpers op de voorkant van het vrachtvliegtuig en Matthews zag de brandweermannen zich verzamelen rond de verwrongen neus. Hij stapte weer in zijn auto en volgde de laatste CERT-truck naar de noordkant van de baan, waar hij uitstapte om met de teamleider te spreken. Achter hen dook de twee-de brandweerwagen op, zonder zijn ladders, en begon water over de verbrijzelde neus van het vliegtuig te spuiten. Matthews wilde erheen om te helpen, maar eerst moest hij overleggen met het CERT. De team-leider, een kapitein van het Korps Chemische Oorlogvoering in een beschermend pak maar zijn kap nog in zijn handen, kwam naar hem toe, salueerde en vroeg wat er aan de hand was. De verpleger van het team sprintte al met twee tassen naar de voorkant van de C-130.

Matthews vertelde de kapitein wat hij wist, niet veel dus. 'Om de een of andere reden hebben ze om een ontsmettingsteam gevraagd, maar daarna viel de verbinding weg,' zei hij. 'Het vliegtuig heeft een van de brandweerwagens geraakt. Ik moet erheen om te zien hoeveel gewonden er zijn. Jullie kunnen je nu opstellen, maar blijf boven-winds.'

De kapitein knikte en Matthews liep om het met kerosine verza-digde schuim naar de voorkant van het vliegtuig toe. Hij voelde zijn maag draaien toen hij zag dat de neus bijna helemaal was ingedrukt, tot aan de vleugels. In het licht van de schijnwerpers van de brand-weerwagen zag hij een menselijk been uit de wirwar van leidingen, kabels en isolatiedekens aan de linkerkant van het toestel steken. De brandweerwagen die zijn ladders kwijt was reed nog steeds rond. Een van de brandweermannen bespoot de bovenkant van de romp met een krachtige nevelspuit. De derde wagen lag ondersteboven in een bosje versplinterde dennenbomen. De wielen waren afgebroken. Het verbaasde hem dat niemand van de brandweermensen zich om de verongelukte truck bekommerde, totdat het tot hem doordrong dat er wel érg veel brandweermannen om het vliegtuig zwermden. Met een zucht van verlichting begreep hij dat de bemanning de C-130 had zien aankomen en op tijd uit de wagen was gesprongen. De bescha-digde pompwagen kroop nu naar de neus van het vliegtuig toe. De CERT-verpleger was op het dak van de wagen geklommen om daar vandaan op de verwrongen neus te springen. De brandweercommandant was uit zijn Suburban gestapt en leidde de operatie via zijn radio.

Er hing nog steeds veel rook in de lucht en de dampen van het schuim en de JP-5-kerosine maakten het moeilijk om te ademen. Afgezien van de botsing met de brandweerwagens waren ze er nog goed vanaf gekomen, besefte Matthews. De kerosine die onder de schuimdeken vandaan sijpelde, begon de diepe voor van rode aarde te verzadigen en vormde een grote plas onder en achter het vliegtuig. De CERT-kapitein meldde dat hij zijn wagens uit de buurt van de kerosine terugtrok. Even later kwam de schuimbluswagen die kant op en scheidde nog een giftige deken af.

Matthews liep terug naar zijn auto en reed langzaam naar de linkerkant van het vliegtuig, op veilige afstand van het schuim. Hij zag twee brandweerwagens van het district achter zich aan komen, gevolgd door de ambulance van de basis, die met zwaailichten en sirenes over de startbaan stormde. Matthews reed zo dicht mogelijk naar het schuim toe en stapte uit. Via de radio waarschuwde hij de naderende hulpdiensten dat ze op vijftig meter van het vliegtuig moesten blijven vanwege de weglekkende kerosine. Alleen de verplegers mochten naar het toestel komen. Toen liep hij naar de beschadigde brandweerwagen, waar een paar mensen de enig overgebleven ladder probeerden los te maken. Ze zetten hem tegen de minst beschadigde kant van het vliegtuig en drie brandweermannen klommen omhoog om samen met de CERT-verpleger naar overlevenden te zoeken in de verfrommelde neus.

Matthews belde Operaties en vroeg het verzoek om extra ambulances nog even uit te stellen totdat ze wisten hoeveel gewonden er waren. De commandant kwam terug met een van zijn mensen, die nauwelijks meer op zijn benen kon staan en in shocktoestand leek te verkeren. Hij was doodsbleek en bleef maar praten, jammerend dat ze nog net op tijd waren ontsnapt en dat de vleugel vlak over hun hoofd was gescheerd. 'Het geluid, man! God, wat een herrie, wat een herrie.' De commandant droeg hem over aan de verplegers van de basis, die waren meegekomen met de ambulance uit Anniston.

'Wat is de situatie, commandant?' vroeg Matthews met een blik op het toestel, vijftien meter bij hem vandaan.

'Mijn mensen mankeren niets,' antwoordde de commandant, 'hoewel ik nog niet begrijp hoe ze zo snel uit die wagen zijn gekomen.' Hij knikte naar het witte been dat uit het wrak van het vliegtuig stak. 'Zo te zien hebben we minstens één dode.'

De portofoon van de commandant ging over. Hij hield hem tegen zijn oor, luisterde even en knikte toen. 'Ze hebben één overlevende gevonden, in de rechterstoel, of wat daar nog van over is. De man op de linkerstoel is dood en ze denken dat er nog iemand achter in de cockpit ligt. Maar daar is nog geen zekerheid over. Ze zullen hem uit het wrak moeten zagen.'

'Die jongens van het district hebben misschien een paar ijzerscharen bij zich,' zei Matthews. De commandant liep erheen om te informeren. Matthews belde Operaties om het voorlopige aantal doden en gewonden door te geven en wachtte tot het groepje mannen op de romp van het toestel zich een weg naar binnen had gebaand. Het waren er nu zoveel dat ze elkaar in de weg dreigden te lopen. Matthews probeerde te bedenken wat hij verder nog kon doen, maar eerst moesten die mensen uit het vliegtuig worden gehaald, als er nog meer overlevenden waren. Het brandgevaar leek goddank bezworen.

Een halfuur later had de reddingsploeg de deur opengezaagd en één bemanningslid naar buiten gehaald. 'Een vrouw,' meldden ze. Ze was bewusteloos, maar niet ernstig gewond, afgezien van wat zware kneuzingen. De piloot op de rechterstoel was een ander verhaal. Hij had zware buikwonden en zijn benen waren verbrijzeld onder de restanten van de console. De man op de linkerstoel was inderdaad dood. Verder leek er niemand aan boord te zijn. De vrouw die ze hadden gered wilde de dienstdoende officier van de basis spreken voordat ze haar naar het ziekenhuis brachten. Eerder wilde ze niet weg.

Matthews gaf al die informatie aan Operaties door en liep toen naar de dichtstbijzijnde ziekenwagen, waar ze de jonge vrouw aan een infuus hadden gelegd. Reddingswerkers klommen nog steeds over de neus van de C-130 en de brandweerwagen had zijn grote schijnwerpers op de rechterkant gericht. Toen hij de ambulance naderde, viel het Matthews op dat de schuimdeken naar hen toe kroop. Hij waarschuwde de chauffeur van de ziekenwagen om op te letten en wrong zich toen door het groepje dat achter de wagen stond. Een vrouw met een wit weggetrokken gezicht probeerde haar verhaal te doen. Ze was heel jong, bijna te jong om al in dienst te zijn, dacht Matthews. Ze had een lelijke snee in de rechterkant van haar gezicht, vlak onder de plaats waar de rand van haar helm moest hebben gezeten. Haar groene vliegeniersoverall zat onder het bloed. Ze keek hem uitdrukkingsloos aan toen hij zich over haar heen boog, maar concentreerde zich toen op zijn gezicht. Achter hem spoot een van de brandweermensen een koolzuurfles leeg in een van de turbine-inlaten. Iedereen schrok van de knal. Matthews maakte zich bekend als de officier van dienst.

'Oké.' Ze vroeg de verplegers om een stap terug te doen, zodat ze met Matthews kon overleggen. Ze keken van haar naar Matthews. Hij haalde zijn schouders op en knikte. De verplegers trokken zich buiten gehoorsafstand terug. De vrouw keek om zich heen om zeker te weten dat niemand kon meeluisteren. Hij boog zich naar haar toe. Ze had een onopvallend gezicht, met kort zwart haar en angstige ogen. 'Zodra het toestel stabiel is, majoor, moet u iedereen daar weghalen,' zei ze. 'Hou iedereen uit de buurt van het vrachtruim. Daarna moeten we een kordon om het vliegtuig leggen, driehonderd meter eromheen.'

'We?' vroeg hij. 'Wat hadden jullie dan aan boord?'

'Dit is een toestel van het Special Operations Command, majoor,' zei ze meteen, alsof ze die vraag al had verwacht. 'Kan ik de commandant van de basis spreken?'

Matthews keek om zich heen. Hij werd halfverblind door alle koplampen en schijnwerpers, maar hij kon kolonel Anderson nog nergens ontdekken. Hij antwoordde dat ze hem hadden opgeroepen. Ze knikte.

'Oké, majoor,' vervolgde ze. 'Hém kan ik het wel vertellen. Dit is toch Anniston? Het chemisch-wapendepot? En u hebt hier een ontsmettingsteam?'

'Ja, ze staan al klaar. Maar ze moeten verdomme wel weten waar ze mee te maken krijgen.'

De vrouw haalde diep adem en scheen daar meteen spijt van te hebben. Matthews wilde de verplegers al roepen, maar ze greep zijn arm. 'Het gaat wel weer, majoor. Ik ben me rotgeschrokken toen we landden zonder wielen, maar we hebben het gered en er is geen brand uitgebroken. Zijn de piloten...?'

'Daar zijn ze nog mee bezig. Hoor eens, ik wil u niet onder druk zetten, sergeant, maar we moeten wel íéts weten over wat we straks misschien moeten opruimen. Wat voor spul is het? Dan weten mijn mensen wat ze ertegen kunnen doen.'

Ze aarzelde. 'Als ik het u vertel, moeten uw eigen mensen en alle reddingswerkers in verzekerde bewaring worden gesteld totdat het Pentagon heeft besloten hoe het verder moet.'

Matthews portofoon begon tegen hem te kwekken. 'Momentje,' zei hij tegen de vrouw en luisterde naar het bericht van Operaties.

'Kolonel Anderson is onderweg.'

Goddank, dacht hij. Hij vertelde de sergeant dat de commandant van de basis elk moment kon arriveren en dat hij ondertussen een kordon om het terrein zou leggen. Daarna wenkte hij de verplegers. De sergeant bedankte hem toen hij wegliep.

Matthews gaf de CERT-leider instructies over de juiste handelwijze en liep toen naar de trucks met de militaire politie die over de startbaan kwamen aanrijden. De brandweercommandant had de districtsbrandweer naar huis gestuurd nu het brandgevaar kennelijk geweken was. Matthews vroeg de sergeant die het bevel over de militaire politie had om het gebied af te grendelen en wachtte toen op kolonel Anderson, die in zijn privé-auto over de startbaan kwam aanrijden.

Kolonel Henry Anderson, Korps Chemische Oorlogvoering, Amerikaanse strijdkrachten, commandant van het depot van

Anniston, was een lange officier die iets van een professor had. Achter zijn dikwijls droge, afgemeten manier van optreden verborg hij een meelevende persoonlijkheid en een gezonde dosis scepsis tegenover alle bureaucratische instanties waarmee het grote depot van Anniston voortdurend te maken had. Hij zorgde goed voor zijn mensen en zij droegen hem op handen. De kolonel was in uniform. Hij stapte uit, tuurde naar het grote transportvliegtuig dat naast de landingsbaan in een poel van schuim en kerosine lag, en schudde zijn hoofd. Matthews was heel blij hem te zien. Hij salueerde en bracht de kolonel op de hoogte.

'Oké, Tom,' zei Anderson ten slotte. 'Jij en je mensen hebben het goed aangepakt. Het spijt me van de piloten. Maar laten we eerst eens horen waarom de crew-chief een ontsmettingsteam en al die wachtposten noodzakelijk vindt.'

'Ze heeft mij niets verteld, kolonel,' zei Matthews. 'Ze zei dat ze alleen met u wilde spreken.'

De verplegers hadden de sergeant achter in de ambulance gelegd. Haar toestand was stabiel. Toen ze de kolonel zagen aankomen, zeiden ze iets tegen haar en trokken zich terug. Matthews wachtte buiten gehoorsafstand, samen met de verplegers, terwijl de kolonel met de crew-chief sprak. Ze vertelden hem dat de tweede piloot was overleden. Matthews vloekte binnensmonds. De brandweer van een operationele vliegbasis zou hun wagens nooit op de landingsbaan hebben geparkeerd. Hij voelde zich schuldig omdat hij daar zelf niet op tijd aan had gedacht. Via de radio controleerde hij of het kordon al op zijn plaats was en belde toen Operaties om te horen welke rapporten inmiddels aan hogerhand waren doorgegeven. Toen hij kolonel Anderson zag terugkomen, liep hij haastig op hem toe.

'Goed, Tom,' zei Anderson. 'Zeg tegen je CERT-leider dat het team nog niet hoeft in te grijpen maar wel paraat moet blijven. Ze kunnen hun kleding gedeeltelijk uittrekken, op drie man na, die hun beschermende pakken moeten aanhouden.'

'Jawel, kolonel,' zei Matthews, 'maar wat is het gevaarlijke spul?'

Anderson aarzelde. 'Wat er in dat vliegtuig zit, is geheim. Niemand mag het weten, tenzij het strikt noodzakelijk is, Tom. Voorlopig vraag ik je om de CERT-leider hier als commandant ter plaatse aan te wijzen. Probeer daarna die brandweermensen zo snel mogelijk weg te krijgen.'

Matthews meldde wat hij over de tweede piloot had gehoord. De kolonel knikte droevig. 'Normaal gesproken zouden we bij twee doden een intern onderzoek moeten starten,' zei hij. 'Maar op dit moment wil ik hun stoffelijke resten zo snel mogelijk hier vandaan hebben, en al die burgers moeten hier ook weg.'

'Ja, kolonel, maar...'

'Ik kan je alleen zeggen dat we nog meer bewaking nodig hebben zodra die civiele brandweer is vertrokken. En iedereen moet voortdurend weten waar de wind vandaan komt, om bovenwinds van het vliegtuig te kunnen blijven als het nodig is.'

Kolonel Anderson gunde Matthews een paar seconden om de betekenis van die woorden te laten doordringen. Als de heersende windrichting zo belangrijk was... 'Het Special Operations Command stuurt een paar technische mensen,' vervolgde de kolonel. 'Over een paar uur komen ze hier aan per helikopter.'

Matthews was verbijsterd. Wat had dat vliegtuig in vredesnaam aan boord, dat iedereen in de buurt beschermende kleding moest dragen én moest weten waar de wind vandaan kwam? Chemisch kon het niet zijn, en biologische wapens waren er niet meer. Wat bleef er dan over? Een kernwapen? Aan boord van een C-130? Niet erg waarschijnlijk. De beschadigde brandweerwagen startte en reed bij het vliegtuigwrak vandaan.

'Hou een grondteam gereed voor die SOC-helikopter,' zei de kolonel. 'Het zal wel een van die grote 53's zijn.'

'Ja, kolonel.' Matthews liep al weg om de orders van de kolonel uit te voeren.

'O, en Tom?' riep Anderson hem nog na. 'Zeg tegen Operaties dat ze alle verdere rapporten aan hogerhand achterhouden tot ik er toestemming voor geef. Hoeveel stampij Washington ook maakt.'

U zegt het maar, chef, dacht Matthews. Hij was allang blij dat de kolonel het bevel van hem had overgenomen.

Matthews zat om middernacht op het operatiecentrum van de basis om zijn rapport over het incident af te ronden toen er een telefoontje kwam van het kantoor van kolonel Anderson. Over twintig minuten was er een bespreking op het kantoor. Matthews, de officier operaties van het depot, werd ook verwacht. Hij liet het rapport verder over aan zijn vervanger, pakte zijn portofoon en stapte naar buiten voor wat frisse lucht. Het kantoor van de commandant lag op twintig minuten lopen als je stevig doorliep. Na het vliegtuigongeluk had hij een paar uur in het operatiecentrum gezeten. Zodra hij terug was, had het Army Operations Center van het Pentagon hen bestookt met vragen en verzoeken om statusrapporten, maar opeens was daar een eind aan gekomen. Blijkbaar had kolonel Anderson de telefoon gepakt.

De helikopter van het Special Operations Command was om tien uur aangekomen en midden op het vliegveld geland. Matthews was erbij geweest, samen met kolonel Anderson, een brandweerwagen en het helikoptergrondteam van de basis. De grote CH-53 helikopter had hen bijna van de landingsbaan geblazen met zijn windkracht van honderddertig kilometer per uur. Kolonel Anderson begroette het vier man sterke team en bracht hen naar de C-130. Een van de Humvees van het CERT werd opgeroepen om materiaal vanaf de CH-53 naar het wrak van het vrachtvliegtuig te brengen. Matthews moest buiten het kordon blijven toen het team werd toegelaten. In het donker had hij niet kunnen zien wie de teamleden waren of wat voor spullen ze bij zich hadden. Misschien kwam hij daar later nog wel achter.

De bespreking werd gehouden in het beveiligde vergaderzaaltje van de kolonel op de eerste verdieping van het hoofdkwartier van het depot. Tot zijn verbazing zag Matthews dat er militaire politie in de gangen stond, en zijn verbazing werd nog groter toen hij zijn pasje moest laten zien om het kantoor van de kolonel te mogen binnen-gaan, een plek waar hij in zijn functie als officier operaties regelma-tig kwam. Hij pakte nog snel een bekertje koffie voordat hij de verga-derzaal binnenstapte.

Daar wachtte hem een volgende verrassing. Majoor Carl Hill, de transportofficier van het depot, zat ook aan de tafel. Hill was de logis-tieke officier van Anniston, belast met alle treintransporten. Hij en Matthews werkten al een paar jaar samen op het depot. Hill hief zijn koffiebekertje in de richting van Matthews in een nachtelijk *salud* en vroeg hem wat er aan de hand was.

'Geen idee,' zei Matthews. 'Je weet het al van dat vliegtuigonge-luk?'

'Ja, dat heeft iedereen gehoord. Ik heb begrepen dat het CERT er ook bij was. Maar wie zit er nu met de chef te praten?'

'Ik weet het niet,' zei Matthews en hij ging aan de 'lage' kant van de tafel zitten. 'Er zijn mensen gearriveerd van het Special Operations Command, dus hun teamleider zit daar nu, denk ik. Hoe gaat het met 2713?'

Hill rolde met zijn ogen. Trein 2713SP was de bekroning van een speciaal project waar Hill nu al meer dan twee jaar aan werkte. Na de ondertekening van de Conventie voor Chemische Oorlogvoering waren alle chemische-wapendepots van het leger begonnen met de vernietiging van het Amerikaanse chemische-wapenarsenaal. Een van de bijproducten van dit bijzonder ingewikkelde proces was een groot aantal bommen- en raketmantels waaruit al het toxische mate-riaal verwijderd was. De mantels waren leeg, maar ze werden behan-deld als zwaar besmet en daarom moest elk van de depots de mantels met speciale legertreinen naar de grote vernietigingsinstallatie in Tooele, Utah, vervoeren.

'Hetzelfde liedje,' zei Hill. 'We krijgen nog steeds protesten over de route. Maar ik geloof dat het eind nu toch in zicht is, goddank. De trein is er al, behalve de locomotief. Over twee dagen beginnen we met de definitieve montage.' Hij keek op zijn horloge. 'Ik heb trou-wens geen idee waarom ik bij deze bespreking moet zijn.'

Matthews begon een vermoeden te krijgen toen de deur van het kantoor van de kolonel openging en Anderson binnenkwam. In zijn gezelschap was nog een kolonel, gekleed in een camouflagepak in

Desert Storm-kleuren. Het was een forse man, niet groot, maar opvallend breed, met grijs stekeltjeshaar en een norse kikkerkop. Op het zwarte label op zijn pak stond de naam Mehle. Tot zijn verbazing zag Matthews dat kolonel Mehle een wapen droeg. Anderson stelde zijn beide stafofficieren voor aan Mehle, die alleen maar knikte. Hij vindt zichzelf geweldig, dacht Matthews. Iedereen ging zitten.

'Heren,' begon Anderson tegen Matthews en Hill, 'kolonel Mehle is van het Special Operations Command. Het was een SOC-vliegtuig dat vanavond een noodlanding heeft gemaakt op ons vliegveld. Wat hij jullie zal vertellen is streng geheim. Jullie zijn de enige officieren hier in Anniston die er iets van weten, behalve ik, en helaas zullen we alledrie op de basis moeten blijven tot deze zaak is eh... opgelost. Is dat duidelijk?'

Mehle boog zich naar voren. Hij zat niet erg gemakkelijk, zo te zien. 'Dat betekent dus dat u tot nader order de basis niet mag verlaten en met niemand buiten de basis contact mag hebben,' zei hij. Zijn stem was ruw en hees en Matthews meende een vaag Duits accent te herkennen.

'Kolonel,' zei Hill, 'ik ben bezig met de samenstelling van een speciale wapentrein. Ik moet dus bijna dagelijks overleggen met de milieu-organisaties en de spoorwegen van alle staten langs de route.'

Mehle keek hem fronsend aan. 'We zijn hier nu juist om over die trein te spreken, majoor.' Hij draaide zich naar Anderson toe. 'Kolonel?'

'Juist, Carl. Tom, de C-130 die hier vanavond een noodlanding heeft gemaakt had... heeft... vier kernwapens aan boord.'

Matthews knikte bij zichzelf. Kernwapens. Dus hij had gelijk gehad. Hoewel het heel vreemd was voor een C-130 om met kernwapens te zijn uitgerust.

'Geen Amerikaanse wapens,' kwam Mehle ertussen. 'Russische kernkoppen. Om precies te zijn, vier Russische torpedo's met kernkoppen.'

'Godsamme,' viel Hill uit. 'Hoe hebben we in vredesnaam...'

'Dat is uw zaak niet, majoor. En ik wil u krachtig afraden om daarover te speculeren.'

'Het probleem,' zei Anderson haastig, 'is dat de wapens bij die noodlanding zijn beschadigd. Het vrachtruim van die C-130 is nu besmet. Daarom hebben we het CERT daar, en een kordon van bewakers.'

'Een tritiumlek?' vroeg Matthews, wat hem een verbaasde blik van Mehle opleverde. Een paar jaar eerder, in een vorige functie, was Matthews met de behandeling en beveiliging van kernwapens belast geweest. Als voorbereiding daarop had het leger hem toen vier weken naar een cursus over de veiligheid van nucleaire wapens gestuurd.

'Ja, wij denken van wel,' gaf Mehle met tegenzin toe. 'Hoewel deze wapens al vanaf het begin hebben gelekt. Tot nu toe niet ernstig, maar bij de laatste metingen was het stralingsniveau te sterk gestegen.'

'Waar moesten die wapens heen?'

'Naar het INEL,' zei Mehle. 'Het Idaho Engineering Laboratory bij Idaho Falls. Daar moesten ze onderzocht en veilig opgeslagen worden.'

Hill begon het te begrijpen. Hij schudde zijn hoofd. 'Wacht eens even, kolonel Mehle,' zei hij, maar Anderson viel hem in de rede.

'Nee, Carl, luister goed. Deze beslissing is afkomstig van het hoogste niveau van de militaire staf in Washington. Het is nu veel te gevaarlijk om die wapens nog met een vliegtuig te vervoeren. Die trein van jou ging naar Utah. In plaats daarvan gaat hij nu naar Idaho.'

'Maar, kolonel, we zijn al twee jaar bezig om toestemming te krijgen voor de 2713. We hebben discussies gehad met alle betrokken instanties: de plaatselijke overheden, de regering in Washington, de spoorwegen. U weet ook wel dat ze nooit toestemming zullen geven als ze hier lucht van krijgen.'

'Maar ze zullen hier geen "lucht van krijgen", majoor,' zei Mehle nadrukkelijk. Kolonel Anderson had het er zichtbaar moeilijk mee.

'Carl, en jij ook, Tom... kolonel Mehle en zijn mensen zijn bang dat de mantels van de torpedokoppen bij de noodlanding zijn gebroken. De straling zou dus nog veel ernstiger kunnen worden. Die dingen moeten hier weg. Van de basis vandaan. Duidelijk?'

'Hier in Anniston staan al speciale, extra beveiligde wagons,' zei Mehle, die Hill nog steeds nijdig aanstaarde. 'We hebben er vier nodig, één voor elk wapen. Zelf zullen we met lood beklede containers en milieubeschermende apparatuur laten overvliegen.'

'We hebben orders gekregen om deze wapens te vervoeren met de 2713,' vervolgde Anderson. 'Als ze eenmaal op de juiste wijze zijn verpakt, zullen ze geen groter gevaar vormen dan de rest van het materiaal aan boord van die trein.'

'Kolonel, met alle respect, maar dat betwijfel ik,' zei Hill. 'Wat wij met die trein willen vervoeren zijn niet eens chemische wapens, maar alleen de binaire onderdelen. Giftig, dat geef ik toe, maar we praten over chemische residuen, niet over zenuwgas. De kolonel hier heeft het over kernwapens. Russische wapens, verdomme... wie weet hoe onveilig die krengen zijn?'

Kolonel Anderson zuchtte. Hij was er niet aan gewend om zo te onderhandelen. Matthews zag dat hij begrip had voor Carls standpunt, maar na twintig jaar in het leger wist Matthews ook wel dat de militaire top het laatste woord had. Anderson keek naar de klok aan de muur. Het was bijna één uur in de nacht.

'Heren, wij hebben onze orders. Kolonel Mehle en zijn mensen zullen de wapens gereedmaken voor transport. Tom, jij neemt maatregelen om ze van de C-130 over te brengen naar Loods Negen, waar ze achter slot en grendel in de containers kunnen worden geladen. Carl, jij zorgt dat er vier speciale wagons beschikbaar komen om de wapens te vervoeren. Daarna kun je de trein samenstellen.'

'Inclusief bewaking aan boord,' viel Mehle hem in de rede. 'Vierentwintig uur per dag. En een beveiligde radioverbinding.'

Hill keek van Mehle naar Anderson. 'Goed, kolonel,' zei hij ten slotte. 'Ik zal een commandowagen voor de trein regelen. En een slaapwagon voor de bewakers. Kolonel Mehle, u begrijpt toch wel dat die rit minstens drie dagen zal gaan duren?'

'Mijn mensen zullen proberen om ons voorrang te geven,' zei Mehle.

'Hoe wilt u dat doen, zonder de spoorwegen te vertellen waar het om gaat?' vroeg Matthews.

'Dat is mijn probleem, majoor. Bekommert u zich maar om uw eigen zaken. Kolonel Anderson, ik geloof dat we deze vergadering kunnen sluiten. U en ik hebben nog meer dingen te bespreken.'

Anderson knikte en stond op. Hij scheen het vervelend te vinden om zomaar te vertrekken, maar Mehle liep alweer terug naar het kantoor van de kolonel. Matthews maakte een gebaar naar Anderson van 'we regelen het wel', en het volgende moment zat hij weer alleen met Carl Hill.

'Ik kan niet geloven dat ze dit echt van plan zijn,' zei Hill zacht. 'Het heeft ons twee... nee, drie jaar gekost om het vertrouwen van al die overheden en burgers te winnen. We hebben ze ervan overtuigd dat het materiaal dat we vervoeren wel giftig is, maar ongevaarlijk. Dat het geen wapens zijn, maar alleen de giftige bestanddelen. En nu...'

'Ja, ik weet het, Carl,' zei Matthews. Hij stond op en wenkte Hill. Ze liepen het zaaltje uit, langs Andersons gesloten deur. 'Maar jij en ik hebben allebei een gezin dat ook op deze basis woont. De kolonel heeft gelijk. We moeten die krengen zo snel mogelijk hier vandaan zien te krijgen, voordat er een echte ramp gebeurt.'

Ze liepen de gang door, langs de wachtposten, en stapten naar buiten, de duisternis in. Hill was niet overtuigd.

'Goed,' zei hij, 'maar stel dat er onderweg iets gebeurt? Nog los van de vraag hoe we dat moeten uitleggen... wat kun je dan nog dóén?'

'Nou, ze zullen niet exploderen of zo,' zei Matthews. 'Zelfs de Russen zullen de ontstekers wel hebben verwijderd.'

Hill bleef op de treden staan. Het hoofdkwartier lag op bijna een kilometer afstand van de betonnen, blinde muren van het chemische depot. 'Dat weet je niet zéker, Tom. We weten helemaal niks van die wapens, behalve wat Mehle ons heeft verteld en ik vertrouw die vent voor geen meter. Maar ik zal je één ding zeggen.'

'En dat is?'

'Al ben ik maar een eenvoudige majoor, ik wil die orders zwart op wit!'

Matthews knikte peinzend in het donker. In zekere zin was zo'n verzoek een belediging aan het adres van kolonel Anderson, maar Carl had gelijk. Opeens was hij blij dat hij niet de verantwoordelijkheid had voor trein 2713. Niet nu. Niet met kernwapens aan boord.

3

Op het hoofdkwartier van het Federal Bureau of Investigation aan Ninth en Pennsylvania Avenue in Washington, DC, hoorde waarnemend adjunct-directeur William Morrow Hanson het geluid van de schoten wegebben toen hij met zijn voorbereidingen op de binnenbaan begon. Zorgvuldig voerde hij zijn controles uit. Hij inspecteerde zijn Sig Sauer P-228 pistool, zette zijn beschermende bril op, deed zijn oordopjes in en laadde toen twee magazijnen.

Met opzet had hij een examentijdstip halverwege de ochtend op de speciale schietbaan in het gebouw van het hoofdkwartier gekozen, maar het maakte weinig uit. Het gerucht dat Hush Hanson op de schietbaan was had al de ronde gedaan en dus kwamen de mensen kijken. Vroeger maakte hem dat wel eens verlegen, maar nu trok hij zich er weinig van aan en concentreerde hij zich op de test. Hij laadde het wapen door, stak het in zijn holster en drukte op de startknop van de baan voor een reeks schoten op korte afstand. Toen bleef hij staan wachten met zijn handen langs zijn zij, terwijl hij zijn lange vingers boog en strekte.

Zeven meter voor hem uit, in het halfdonker, draaide een kartonnen pop zich plotseling naar hem toe. Hanson trok zijn pistool en vuurde, in één soepele beweging. Hij stak het wapen weer weg en herhaalde dat nog vijf keer. Toen er een geel lampje op de baan aangloeide, liep hij schuin achteruit naar de vijftienmeterlijn en vuurde een volgende reeks schoten af op een nieuw doelwit. Rustig herlaadde hij daar zijn wapen en voltooide de cyclus met zes schoten vanaf de vijfentwintigmeterlijn en nog eens zes met zijn linkerhand. Daarna herhaalde hij de hele test met nieuwe doelwitten.

Hush zou nooit toegeven dat hij graag op de schietbaan stond. Hier had hij niets te maken met kantoorintriges, politiek correcte beslissingen of genuanceerde standpunten. Alleen maar die beweging, die reflex, snel je wapen trekken, prachtig in balans, gericht op het doelwit alsof het een levend wezen was. Omdat hij grote handen had, vuurde hij maar met één hand, in een lichtgebogen houding, iets uit het midden. Met zijn linkerhand trok hij zijn jasje opzij terwijl zijn rechterhand naar zijn pistool ging. Hij had geen enkele aarzeling om te richten, geen neiging om één oog dicht te knijpen of zijn adem in te houden. Gewoon trekken en vuren zodra de vizierkorrel op één lijn kwam met het hoofd van die kartonnen pop. In die fractie van een seconde bevroor de hele omgeving, alles en iedereen, in een achtergrond van neutraal geruis, terwijl hij in gedachten een withete laserstraal door de lucht zag gaan, tussen het vizier en het gezicht van het doelwit, bij elk schot van het 9-mm pistool. Bijna onderbewust spookten de namen Domingo, Herrera, Santos en Belim door zijn hoofd, tussen de knallen door. Het was een kick om te beslissen door welk oog hij de kogel zou jagen en een geweldige voldoening als hij dat zwarte gat in het karton zag, alsof het doelwit knipoogde. Godsamme, hij kon wél schieten!

Nadat hij het hele programma van de schietbaan had afgewerkt, stelde hij zijn wapen op veilig, inspecteerde het nog eens en legde het toen op de balie bij de veiligheidslijn. Hij schudde zijn armen uit en haalde een paar keer diep adem terwijl hij naar de kleine elektronische teller boven de veiligheidslijn keek. Drie trillende achten tegen een oranje achtergrond staarden hem onverschillig aan op de digitale display. Hush deed zijn oordopjes uit en zette de bril af. Hij was zich er vaag van bewust dat er mensen achter hem stonden. De teller flikkerde even en de achten maakten plaats voor het cijfer 300. Een perfecte score. Hij negeerde het gemompel achter hem toen een assistent van de wapenmeester de kartonnen doelwitten ophaalde. Er waren nog wel meer agenten op het hoofdkwartier die een score van 300 haalden, maar de mensen mompelden omdat Hanson het gezicht van elk doelwit precies op ooghoogte in een gescheurd en verschroeid zwart masker had veranderd.

Hij pakte de magazijnen en de Sig, met de loop recht omhoog en de open slede zichtbaar, en bracht ze naar de onderhoudsbalie waar Morrison, de wapenmeester – een ex-marinier met stekeltjeshaar – al stond te wachten.

'Recht in de roos, meneer Hanson?' mompelde de wapenmeester met een blik op de doelwitten. De volgende kandidaten die zich al hadden opgesteld op de lijn, keken ook naar de kartonnen poppen met hun weggeschoten gezichten.

Hush grijnsde maar zei niets. Hij gaf Morrison zijn wapen, zodat de onderhoudsmensen het konden schoonmaken en inspecteren.

'Over een uurtje krijgt u het terug, meneer,' zei Morrison. Toen Hush vertrok, stak de wapenmeester de vingers van twee handen door de gaten in de gezichten van de doelwitten en hield ze omhoog tegen het daglicht, als een rij enveloppen op een prikker.

Hush werd opgevangen door speciaal agent Jimmy Watkins, die in de hal van de schietbaan snel naar hem toekwam met een telex in zijn hand. Met bijna militaire zwier overhandigde hij Hush het gele vel papier. Watkins was de nieuwste aanwinst van de IITF.

'De directeur wil u spreken, meneer,' verklaarde hij, wat luider dan noodzakelijk.

'Wel potverdikkie,' zei Hush, die haastig het bericht las. Een oproep om naar het kantoor van de directeur te komen beloofde meestal niet veel goeds. Aan de andere kant maakte het telebericht melding van een bomaanslag op een brug. Samen met een bezoekje aan de directeur zou dat wel eens wat leven in de brouwerij kunnen brengen.

Hush en de jongere agent staken de hal over naar de liften. Watkins had moeite om Hansons lange passen bij te houden. Hush Hanson had het lange, magere postuur van Abraham Lincoln. Hij was bijna een meter negentig en liep een beetje slungelig en gebogen, alsof hij zich er half van bewust was dat de meeste deuropeningen hem maar weinig speelruimte gaven. Hij had heldere, blauwgrijze ogen met borstelige peper-en-zoutkleurige wenkbrauwen, en een lang, mager, wat nors gezicht, dat goed paste bij zijn lange gestalte. Zijn Engelse voorouders zouden Scandinavische trekjes hebben herkend. Zijn haar was lang van boven, maar kort geknipt opzij en in de nek, waar het al behoorlijk grijs begon te worden. Zijn donkere maatpak was aangepast aan de conservatieve stijl van het FBI-hoofdkwartier. Hij droeg een beschaafde zijden stropdas op een wit overhemd, en glimmend gepoetste Corduaanse wing-tips, maatje vierenveertig. Hoover zou trots op hem zijn geweest.

In de directielift zette Hush zijn leesbril op en las het bericht nog eens. Het kwam van Joseph Herlihy, de speciaal agent die de leiding had van het FBI-kantoor in St. Louis, Missouri, en het ging over een ernstig treinongeluk op een brug over de Mississippi, bij Cape Girardeau in Missouri. Hush herinnerde zich vaag dat hij die ochtend op CNN wat over een treinongeluk had gehoord, maar hij had er niet op gelet. Maar de speciaal agent had interessant nieuws: bij het voorlopige politieonderzoek was gebleken dat de brug niet was ingestort, zoals eerst was gemeld, maar met explosieven was opgeblazen. Hush fronste en zette zijn leesbril af.

'Weten we daar al meer over?' vroeg hij, zwaaiend met het bericht.

'Nee, meneer,' zei Watkins, die zijn hoofd in zijn nek moest leggen om Hush aan te kijken. 'Meteen na het telefoontje van de directeur kregen we deze kopie van Operaties. Ik neem aan dat het een zaak is van de IITF?' Watkins, een zevenentwintigjarige jurist met zandkleurig haar en blauwe ogen, had zijn opschrijfboekje en zijn pen al klaar, wachtend op instructies. Hush vroeg zich af of hij zelf ooit ook zo jong en onervaren had geleken. Waarschijnlijk wel.

'Ja, dat zal wel,' was het enige dat hij zei. Hij staarde naar het tapijt op de vloer van de lift terwijl ze naar de zesde verdieping stegen. Zoals altijd had hij vlinders in zijn buik als hij bij de directeur werd ontboden. Hush Hanson was door de vorige directeur van de FBI tot hoofd van de onafhankelijke Independent Investigations Task Force – kortweg de IITF – benoemd na een bijzonder succesvol onderzoek. Daarbij was hij ook genomineerd voor de rang van adjunct-directeur binnen de sectie Beleid en Bestuur. Maar de huidige topman van de FBI wilde graag zijn eigen kandidaten als adjunct-directeuren. Sommige mensen waren met vervroegd pensioen gegaan en andere benoemingen waren opgeschort. Hush behoorde tot die laatste groep. Hij was nu hoofd van de IITF als *waarnemend* adjunct-directeur met de bijbehorende ambtenarenschaal van GS-16, net als drie andere afdelings- en sectiehoofden op het hoofdkantoor.

De liftdeuren openden zich naar de foyer van de directie-verdieping. Het kantoor van de directeur lag aan de noordkant van de gang, achter twee glazen deuren en een receptie. Op deze verdieping lagen ook de kantoren van de onderdirecteur, de stafchef, enkele speciale assistenten, twee receptionisten, de vergaderzaal van de directie en het verbindingscentrum van het hoofdkwartier. Hush zag een paar andere adjunct-directeuren bij de receptie staan, en een opvallende vrouw die hij vaag herkende, hoewel haar naam hem ontschoten was. Watkins wierp één blik op de groep hogere ambtenaren in de gang en stapte wijselijk weer terug in de lift toen de deur zich achter Hush Hanson sloot.

Hush besefte dat het een operationele bespreking was, met de adjunct-directeuren van Opsporing en Onderzoek, Informatie, Nationale Veiligheid, Inspectie, Publieke en Politieke Zaken en Technische Ondersteuning. Ze waren er allemaal, met hun assistenten. De onderdirecteur van de FBI, George Wellesley, stond naast de glazen deuren. Hij was het die Hush begroette. Zijn gezicht verried weinig toen hij op hem toestapte.

'Meneer Hanson,' zei Wellesley. Hij keek Hush even aan en stak zijn hand uit.

'Goedemorgen,' zei Hush en gaf hem officieel een hand, alsof ze elkaar voor het eerst zagen. George Wellesley was een magere man met een donker gezicht, twee jaar jonger dan Hush. Voordat hij bij de FBI kwam was hij brigadegeneraal geweest bij de sterk gepolitiseerde Military Doctrine Division op het hoofdkwartier van de luchtmacht. Het feit dat hij geen carrière had gemaakt binnen de FBI zelf maakte hem ongevoelig voor het normale netwerk van vriendschappen en bewezen diensten, wat ongetwijfeld ook de bedoeling van de directeur was geweest toen hij Wellesley bij het Pentagon vandaan had gehaald. Achter zijn rug werd hij 'Heinrich' genoemd, een verwijzing naar Himmler, deels omdat hij inderdaad op Hitlers beruchte beulsknecht leek, maar ook vanwege zijn bureaucratische rol binnen de directie. De directeur noemde hem George. Wellesley zelf had iedereen hartelijk uitgenodigd om hem aan te spreken als 'meneer', of desnoods als 'onderdirecteur'.

Wellesley wierp een blik op zijn horloge en keek toen naar de groep. 'Heren,' zei hij, 'en eh... mevrouw. Adjunct-directeur Hanson en ik zullen een paar minuten met de directeur overleggen en daarna hebben we een briefing in de vergaderzaal. Het gaat niet lang duren.'

Wellesley loodste Hush langs de grote mahoniehouten deur naar het kantoor van de directeur. De hoogste man van de FBI stond aan een grote leestafel die vol lag met stapels dossiers in verschillende kleurcodes. Hij had de gewoonte om de stapels één voor één door te werken en zo iedere dag een rondje te maken om de hele tafel. Het kantoor was ruim en L-vormig, en eerder als huiskamer ingericht dan als kantoor. In de lange poot van de L stond nog een leestafel met minder mappen, een grote leren leunstoel met een verbindingsconsole ernaast, een leren bank, wat losse tafeltjes, boekenkasten en een statige haard aan het einde van de kamer. De korte poot van de L bevatte een traditioneel bureau met een directiestoel. Aan de muur erachter hingen foto's van de president, de huidige minister van Justitie en J. Edgar Hoover.

De directeur wees zijn twee bezoekers een plaats aan op de bank tegenover de fauteuil. De hoge ramen achter hen, gedeeltelijk afgesloten door gordijnen, keken uit over Pennsylvania Avenue, die in de ochtendsmog in een V naar het Witte Huis verdween. Gedempte verkeersgeluiden drongen door tot het stille kantoor, waarin het gekras van de pen van de directeur duidelijk te horen was. Alle ramen waren voorzien van kleine draden die een geluidswal opwierpen tegen afluisterapparatuur.

'Eén momentje,' zei hij terwijl hij een directieverslag doorlas en met een grote rode viltstift een opmerking onderaan krabbelde. Niemand anders op het hoofdkantoor van de FBI mocht met rode inkt schrijven.

'Goed.' Hij zuchtte eens, sloeg de map dicht en liep naar de fauteuil. Hij bewoog zich voorzichtig, maar met een souplesse die je niet verwachtte van een man van zeventig. 'Ik begrijp dat er iemand een spoorbrug heeft opgeblazen?'

'Ja, meneer,' antwoordde de onderdirecteur. 'Een behoorlijk grote spoorbrug over de Mississippi, op het moment dat er een trein overheen reed.'

'We weten absoluut zeker dat het een aanslag was?' vroeg de directeur.

Hush schoof wat heen en weer op de bank. Vanwege zijn lengte moest hij zijn knieën hoog optrekken, als een volwassene in een bankje op de basisschool. De bank was ook veel lager dan de stoel van de directeur, zag hij. Maar hij legde zijn lange handen tegen elkaar en luisterde aandachtig.

'Ja, meneer,' antwoordde Wellesley. 'De politiekorpsen van Missouri en Illinois waren meteen ter plekke. Daarna kwamen de spoorwegpolitie en de experts van Union Pacific – dat is de spoorwegmaatschappij. Vanochtend zou er een team aankomen van het Veiligheidsbureau Spoorwegen uit Washington. De politie meldt dat er duidelijke sporen zijn van explosieven aan de Missouri-kant van de centrale overspanning. Omdat het geen ongeluk is, zal het Veiligheidsbureau zich wel terugtrekken. En omdat de explosie aan de kant van Missouri heeft plaatsgevonden, heeft de politie van die staat de leiding van het onderzoek genomen.'

De directeur zuchtte. 'Juist,' zei hij. 'En ik neem aan dat jij de zaak wilt overdragen aan de IITF?'

De vorige directeur had de IITF opgericht voor dit soort grootschalige onderzoeken waarbij verschillende overheidsdiensten betrokken waren. De huidige directeur had nog niets aan die opzet veranderd, hoewel Hush wist dat enkele belangrijke adjunct-directeuren, met name Carswell van Nationale Veiligheid, de IITF wilden opdelen om hun eigen territorium te vergroten. Hush kwam in aanmerking voor vervroegde pensionering en het afgelopen jaar was hij al eens voorzichtig gepolst. Als de directeur nu een grote zaak aan de IITF zou toewijzen, zou dat als een teken van vertrouwen worden gezien.

'Ja, meneer,' zei Wellesley. 'Het gaat blijkbaar om een ernstig treinongeluk. Er zijn bijna honderd wagons in de rivier gestort, tankwagons hebben chemische stoffen gelekt... noem maar op. De ATF is het er misschien niet mee eens, maar ik vind dat dit onze verantwoordelijkheid is en via de IITF kunnen we alle afdelingen coördineren. En ik stel ook voor om waarnemend adjunct-directeur Hanson met de leiding te belasten. Persoonlijk.'

De directeur knikte. De geduldige uitdrukking op zijn gezicht gaf Hush opeens de indruk dat het tweetal een zorgvuldig gerepeteerd toneelstukje opvoerde. 'Nou,' zei de directeur, 'dat is volledig jouw bevoegdheid, George. Waarover wilde je me dan spreken? Behalve om een bevestiging om zo door te gaan?'

Goede vraag, dacht Hush, terwijl hij Wellesley scherp opnam. Het was nogal ongebruikelijk – maar niet uniek – dat de FBI een adjunct-directeur van het hoofdkantoor de leiding gaf van een operatie in het veld.

Wellesley legde zijn dossiermap neer. 'Ik wil ook een intern politiek probleem oplossen, meneer.'

'O ja?' De directeur kon hem niet volgen. Hush ook niet.

'Ik zou Carolyn Lang, het huidige adjunct-sectiehoofd van de afdeling Publieke en Politieke Zaken, als assistent aan Hanson willen toewijzen bij dit onderzoek.'

Hush zag het begrip dagen in de geloken ogen van de directeur en besefte dat dit de kern van de zaak moest zijn. De directeur keek hem nu aan met die strakke, doordringende, meedogenloze blik waarom hij berucht begon te worden bij de FBI. De mensen op het hoofdkwartier hadden al heel kleurrijke beschrijvingen voor die blik.

'Heel interessant, George,' mompelde de directeur. 'Heb je soms problemen met meneer Hanson hier?'

Wellesley ontblootte zijn tanden in een grijns en schudde langzaam zijn hoofd. Hij gaf Hush alle tijd om de betekenis van die laatste woorden tot zich te laten doordringen. Hush herkende nu eindelijk de naam van Carolyn Lang, de vrouw die hij eerder in de gang had zien staan.

'Nee, meneer, absoluut niet,' antwoordde Wellesley.

De directeur draaide zich weer naar Wellesley. 'Goed, George. Dat zou een briljant idee kunnen zijn. Stel haar aan als assistent bij een belangrijk onderzoek en laat haar weten dat het een test voor haar is. Als ze de mist in gaat, is het gebeurd met haar. Als ze het goed doet, promoveren we haar weg. Ja, dat bevalt me wel.'

Hij keek weer naar Hush. 'En het bevalt u ook, meneer Hanson, vooral omdat het míj bevalt, als u begrijpt wat ik bedoel.' De geluiden van een aanrijding drongen door het raam naar binnen en de directeur stond op om te kijken wat er in Pennsylvania Avenue was gebeurd. 'Ik neem aan dat u de naam van Carolyn Lang hebt herkend?' vroeg hij over zijn schouder.

'Ja, meneer, ik heb van Miss Lang gehoord,' zei Hush. De bank zat opeens wel erg ongemakkelijk. Hij was er meer dan ooit van overtuigd dat de directeur en zijn adjunct deze scène goed hadden voorbereid.

'Dat is Miss Lang voor ons, gewone stervelingen,' zei de directeur, die nog steeds uit het raam keek. 'Let maar niet op de mooie buitenkant, maar denk liever aan adjectieven als *competent, dodelijk, ambitieus, intelligent, sluw* en *meedogenloos*. Ze is een mooie vrouw die haar vak verstaat, ambities heeft en over lijken gaat als het niet anders kan.' Hij liep terug naar zijn stoel en gunde Hush even de tijd om te verwerken wat hij zojuist gezegd had. Wellesley bestudeerde zijn nagels terwijl de directeur aan het woord was.

'We moeten Miss Lang vooral niet verwarren met zo'n onnozele *feminazi* die haar beha verbrandt,' vervolgde de directeur. 'Ze heeft wel eens met een aanklacht wegens seksuele intimidatie geschermd, maar volgens mij is ze in de eerste plaats toch ambitieus. Ze houdt haar einddoel goed in de gaten, als een vakvrouw.' Weer keek hij Hush doordringend aan. 'Met andere woorden, ze is eigenlijk net als wij, meneer Hanson.'

Wellesley zag Hansons volgende vraag al aankomen. 'Waarom we dit doen?' vroeg hij retorisch. 'Om te beginnen waren er wat problemen met haar vorige optreden in het veld. Ze was naar St. Louis gestuurd als adjunct-bureauchef daar, maar dat werd geen succes.'

'Als het geen succes werd, waar praten we dan over?' vroeg Hush, die zijn vraag zorgvuldig aan Wellesley richtte en niet aan de directeur. Hij wilde de man niet uitdagen, maar toch was het de directeur die antwoord gaf.

'Omdat we niet helemaal zeker zijn wat daar precies gebeurd is, en omdat Hijzelf Herlihy er nogal... zwijgzaam over is. Het eind van het liedje was dat een andere hoge agent, die blijkbaar zelf een oogje op die functie had, heel plotseling ontslag nam, in een sfeer die naar seksuele intimidatie riekte.'

Hush begon het te begrijpen. Wat er ook was gebeurd daar in St. Louis, blijkbaar had de FBI boter op haar hoofd en verdiende Lang een tweede kans. Ze moest dus steun hebben van iemand in een heel hoge positie. En ook was duidelijk dat de directeur en Wellesley er verder niets over wilden zeggen.

'Goed, ik geloof dat ik het begrijp,' zei Hush ten slotte.

Wellesleys gezicht klaarde op. 'Mooi zo,' zei hij. 'Dat is dan geregeld.'

'Niet helemaal,' zei de directeur. Hij ging rechtop in zijn stoel zitten, met zijn handen op zijn knieën, op en top de politieke potentaat die hij ook was. Maar ondanks het verschil in hoogte tussen zijn stoel en de bank moest hij nog omhoogkijken om Hush' blik te kunnen ontmoeten. 'Meneer Hanson, u bent een tijdelijke GS-16 met de positie van adjunct-directeur. Een "waarnemende" functie. *Miss* Lang is een GS-15. Zoals gezegd is ze een uitstekende rechercheur, vooral op het gebied van financiële fraude. Ze is bereid lang en hard te werken om de schurken voor het gerecht te slepen en op zo'n manier dat zelfs die progressieve watjes van justitie de zaak niet meer kunnen verknallen.'

Hush zei niets.

De directeur boog zich naar voren in zijn stoel. 'Ik zal open kaart met u spelen, meneer Hanson,' zei hij. 'Als deze zaak achter de rug is, wordt een van u beiden permanent bevorderd tot de SES-schaal. De ander zal waarschijnlijk ontslag moeten nemen.'

'Maar daarbij hebt u het voordeel dat u weet welk spelletje hier gespeeld wordt, nietwaar?' voegde Wellesley eraan toe. Ze keken Hush allebei verwachtingsvol aan. Met andere woorden, dacht Hush, de vrouw is een probleem. Ik heb de keus. Als ik haar laat struikelen, krijg ik de promotie, zo niet, dan gaat de prijs naar haar. De twee mannen staarden hem nog steeds aan. Hush besloot niets te zeggen en zich te beperken tot een knikje.

'Nu weet ik waarom ze u "Hush" noemen... de Stille,' zei de directeur met een waarderend lachje. 'Veel mensen in dit gebouw zouden nog iets van u kunnen leren, denk ik. Dit was alles, geloof ik, George?

41

Of heeft meneer Hanson nog vragen?'

'Eentje maar,' zei Hush. 'Bij dit onderzoek krijgen we natuurlijk alle overheidsdiensten op onze nek. Als mijn assistente zal Lang de contacten met de andere departementen moeten onderhouden, zowel praktisch als politiek gesproken. Als haar dat niet lukt, kan ik haar dan wegsturen?'

'U kunt *adviseren* om haar weg te sturen,' zei de directeur. 'Aan George hier. Die natuurlijk met mij zal overleggen. Dan nemen wij de beslissing, als en wanneer het zo ver komt en áls ze officieel in gebreke blijft.'

De directeur trok zijn wenkbrauwen op, knikte naar de twee anderen en stond op. De bespreking was voorbij. Hush en Wellesley kwamen ook overeind. De directeur keek hen aan en zei: 'Eerlijk gezegd, meneer Hanson, denk ik niet dat u zich zorgen hoeft te maken dat ze incompetent zal zijn. Goedemorgen.'

De onderdirecteur nam Hush bij de elleboog en loodste hem naar de deur. 'Ik heb een bijeenkomst belegd van de afdelingshoofden in de vergaderzaal,' zei hij tegen de directeur. 'Dan kunnen we een overzicht krijgen van de zaak en de taken verdelen.'

'Goed, George,' antwoordde de directeur, die al bezig was met zijn volgende stapel dossiers. Hush volgde de onderdirecteur de gang in, terwijl hij zich afvroeg waar hij zich in godsnaam mee had ingelaten.

Ze liepen naar het vergaderzaaltje, waar de andere sectiehoofden al rond de tafel zaten. Iemand van het operationeel centrum van de FBI stond geduldig te wachten op het podium tot hij met zijn verhaal kon beginnen. Wellesley nam de vrije voorzittersstoel, een duidelijk teken van zijn bijna absolute macht. Hush liep naar zijn eigen plaats, langs de rij assistenten tegen de muur. In de vergaderzaal van de directie mochten alleen adjunct-directeuren aan de tafel zitten. Assistenten en mindere stervelingen moesten zich tevreden stellen met stoeltjes langs de wanden en zich gereedhouden om hun chefs te voorzien van feiten en cijfers als daarom werd gevraagd.

Toen hij zich voorzichtig op zijn stoel liet zakken, zag Hush dat senior agent Lang op de op een na laatste stoel tegen de muur aan de overkant zat. Ze keek naar de voorkant van de kamer, waardoor hij de kans kreeg haar onopvallend te bestuderen. Ze leek hem vrij lang, minstens een meter vijfenzeventig, met brede schouders, een atletisch postuur en dik, asblond haar. Ze had een mooie huid en droeg geen zichtbare make-up. Haar kleren waren onopvallend en zakelijk: een donkere broek, een ivoorkleurige blouse, een conservatieve blauwe blazer, platte schoenen en geen sieraden. Ze is wel leuk, dacht hij, maar geen echte schoonheid. Haar gezicht stond veel te streng, in elk geval en profil. Het werd stil in het zaaltje en ook Hush concentreerde zich nu op de man van Operaties.

'Ga uw gang,' beval de onderdirecteur.

De lichten werden gedimd en er verscheen een video op het projectiescherm tegen de achterwand. Hier en daar klonken onderdrukte kreten van ontsteltenis bij de beelden van de verongelukte trein. De opnamen waren gemaakt in het eerste ochtendlicht, vanaf de kant van Missouri, een paar honderd meter stroomopwaarts, en daarna via het FBI-telenet naar Washington gestuurd. De centrale overspanning van de brug was nog gedeeltelijk verbonden met de oostelijke pijler aan de kant van Illinois, hoewel hij bij het neerstorten was verwrongen. De westelijke helft was grotendeels bedolven onder de kleine berg van verongelukte wagons die uit de rivier omhoogstak. Er waren verschillende mensen zichtbaar op de westelijke pijler, tussen gele politielinten die rondom het zware stalen hekwerk wapperden. Twee brandweerboten van de genie lagen stroomafwaarts, waar kleinere duwboten probeerden een versperring over de rivier te leggen om de olie tegen te houden.

'Goed, dit ziet er heel ernstig uit,' zei de onderdirecteur. 'Welke feiten hebben we op dit moment?'

De man van Operaties deed het licht weer aan toen de video was afgelopen. Hij raadpleegde zijn aantekeningen.

'Het incident heeft zich omstreeks halftwee vanochtend voorgedaan, gebaseerd op het feit dat de verkeersleiding van Union Pacific om vijf over halftwee een breuk in de leidingen constateerde en de verbinding kwijtraakte via die brug. Ook de telefoonmaatschappij bevestigt het wegvallen van interlokale landlijnen omstreeks die tijd. Het ging om een goederentrein met variabele vracht, dus gewone en tankwagons. In totaal achtentachtig wagons en drie locomotieven. De brug is blijkbaar opgeblazen nadat de locomotieven het middensegment waren gepasseerd. Elf wagons zijn nog veilig naar de overkant gekomen, zevenenzeventig zijn in de rivier gestort, zoals u op de video kon zien.'

'Geen persoonlijke ongelukken?' vroeg Opsporing en Onderzoek.

'Nee, meneer. Union Pacific meldt dat alleen de locomotieven waren bemand. Hoewel het natuurlijk altijd mogelijk is dat er zwervers in de wagons zijn gekropen.'

'Hebben ze geen remwagen meer?' vroeg Informatie. De betreffende adjunct-directeur had het beheer over het wereldberoemde misdadigersarchief van de FBI. Hier en daar werd gegrinnikt.

'Nee, meneer,' antwoordde de man van Operaties met een uitgestreken gezicht. 'Die vraag hebben wij ook gesteld. Remwagens schijnen nauwelijks meer voor te komen.'

'Dus bij de spoorwegen heb je ook geen luizenbaantjes meer,' merkte Technische Ondersteuning op, onder nog meer gelach.

'En zaten er toxische of gevaarlijke stoffen in die tankwagons?' wilde Nationale Veiligheid weten.

'Geen toxische stoffen, maar er waren wel negentien tankwagons met brandbare vloeistoffen en daarvan zijn er zestien in de rivier terechtgekomen. De genie probeert nu een versperring te leggen, maar we hebben het over de Mississippi en de lentestroming is heel sterk. Waarschijnlijk moeten we rekening houden met ernstige gevolgen voor het milieu.'

'Dus het ministerie van Milieu zal eraan te pas moeten komen,' zei Wellesley. 'Geweldig. En zijn er al feiten bekend over de oorzaak?'

'Meneer, dit zijn de *feiten*. We hebben sporen van explosieven gevonden op de westelijke pijler van de centrale overspanning, en om vijf over halftwee werden de verbindingen en het contact verbroken.'

'Theorieën?'

'Volgens het hoofd van de technische recherche van de politie in Missouri is de brug opgeblazen terwijl de trein er overheen reed, waardoor de centrale overspanning en het grootste deel van de trein in de rivier stortten. De daders hebben een tijdklok gebruikt, of een ontsteking op afstand. Misschien hebben ze bewust gewacht tot de locomotieven waren gepasseerd.'

'Bewijzen?'

'Het schaduwbeeld van de ingebrande draden op het beton, rondom het centrum van de explosie.'

'Concrete sporen van ontvangers of andere elektronica?'

'Nog niet, meneer, maar het is daar een geweldige ravage en ze zijn pas begonnen met zoeken.'

'Oké. En de explosieven?'

'De eerste sporen wijzen naar pyrodex.'

'Pyrodex? Wat is dat?'

De adjunct-directeur Technische Ondersteuning boog zich naar voren. Hij was een grote, forsgebouwde man met een rood Iers gezicht en dik rood haar, doorspekt met grijs. Hij sprak erg luid.

'Het is kruit. In feite is pyrodex een vervanging voor buskruit. Het wordt gebruikt door hobbyisten die nog met oude musketten schieten, en ook voor sommige jachtgeweren. Het werkt net als buskruit, maar het is schoner, stabieler en betrouwbaarder.'

'Maar om een brug op te blazen?'

'Nou, vroeger werd buskruit ook wel als explosief gebruikt. Als je iets wilt opblazen, zoals een rotsrand of een steenkoollaag, kies je voor een springlading, zoals dynamiet. Dat gaat meteen de lucht in, met een geweldige klap. Maar als je iets groots van zijn plaats moet krijgen, zoals de zware stronk van een oude boom, kies je een middel voor explosieve *verbranding*, zoals nitrocellulose of gewoon ouderwets buskruit. Dan krijg je wel een snelle verbranding, maar niet zo snel als met dynamiet. In plaats van een hamerslag ontstaat er een geweldige draagkracht. Je praat over een verschil van maar enkele honderdsten van seconden, maar dat is toch belangrijk.'

'Natuurlijk zijn dat allemaal nog gissingen,' merkte Opsporing en

Onderzoek op. 'De sporen moeten nog door het lab worden onderzocht voordat we zekerheid hebben.'

'Ja, Bill, dat begrijp ik,' antwoordde Technische Ondersteuning, 'maar er werd gevraagd naar theorieën. Alles wijst erop dat iemand van de daders veel van explosieven weet. Of misschien was het een kwestie van beschikbaarheid. Om zo'n grote brug op te blazen heb je heel wat dynamiet nodig. En daar is niet zo makkelijk aan te komen, tegenwoordig. Pyrodex kun je bij elke plaatselijke wapenwinkel kopen. Je kunt het zelfs per postorder bestellen, denk ik.'

'Is er geen vuilnisemmer vol buskruit nodig om zoiets groots als die brug op te blazen?' vroeg Opsporing en Onderzoek.

'Het ligt eraan waar ze het hebben aangebracht. Maar je kunt dus legaal een grote voorraad aanleggen, als je er de tijd voor neemt.'

'Goed, terug naar het belangrijkste punt,' zei Wellesley. 'Wat is het gevolg van het verlies van die brug?'

'Union Pacific is de eigenaar. Ze hebben daar nog niets over gezegd.'

'Het hoofdkantoor van Union Pacific zei dat ze later vanochtend met een verklaring zullen komen,' zei Publieke Zaken. 'Maar ik krijg de indruk dat ze zich al indekken.'

'Waarom?'

'Denk aan het ministerie van Milieu, giftige stoffen, aanspraken van vervoerders, aanklachten wegens nalatigheid. Ze verwezen mij meteen naar het kantoor van hun advocaat.'

'Oké, dat lijkt me voldoende voor een eerste indruk,' viel Wellesley hem in de rede, met een blik op zijn horloge. 'Heeft Opsporing nog een theorie over wie of wat hierachter zou kunnen steken?'

De adjunct-directeur Opsporing en Onderzoek, een kleine, kalende man met een te grote bril met gouden montuur, schoof wat met de papieren die voor hem op tafel lagen. Tot ieders verbazing schudde hij zijn hoofd.

'Kort en goed, we hebben geen idee,' antwoordde hij. 'Bij een oppervlakkige controle van onze database bleek dat deze vorm van sabotage niet past bij de werkwijze van bekende binnenlandse terreurgroepen, de extreme milities of welk individu dan ook.'

'Andere bronnen?'

'We hebben Nationale Veiligheid natuurlijk gevraagd om contact op te nemen met onze vrienden overzee, om te zien of het buitenlandse daders zouden kunnen zijn.' Hij keek op naar de mensen rond de tafel. 'Maar helaas moet ik zeggen dat we op dit moment nog helemaal niets weten. Noppes. Nada. Dit incident valt in geen enkele categorie.'

De onderdirecteur fronste. Hush wist waarom. Dit was een ongewone bekentenis voor Opsporing en Onderzoek. De inlichtingensectie van de FBI had meestal een vermoeden, of wekte in elk geval die indruk. Er viel een diepe stilte rond de tafel.

'Goed,' zei Wellesley. 'Ik heb met de staatssecretaris van Justitie gesproken. Wij hebben mondelinge toestemming om de leiding van het onderzoek op ons te nemen. Ik wil de zaak daarom overdragen aan de IITF.'

Nationale Veiligheid maakte onmiddellijk bezwaar. 'Dit is duidelijk een terroristische aanslag,' zei hij, 'dus het is óns terrein.'

Wellesley schudde zijn hoofd. 'De directeur is het met me eens dat er bij deze zaak veel verschillende overheidsdiensten betrokken zullen zijn. Met het oog daarop is de IITF opgericht.'

De adjunct-directeur Nationale Veiligheid, een grote man met een blozend gezicht die J. Kenneth Carswell heette, gooide zijn pen neer, maar zei verder niets. Carswell had zich onder de vorige directeur al verzet tegen de oprichting van de IITF en greep elke gelegenheid aan om iedereen te laten weten dat hij het nog steeds een slecht idee vond. Aan de andere kant was Wellesleys verwijzing naar de FBI-directeur hem niet ontgaan – evenmin als de anderen in de kamer. Wellesley negeerde hem.

'Waarnemend adjunct-directeur Hanson zal het onderzoek persoonlijk leiden,' zei hij. Er klonk enig gemompel rond de tafel. 'Ik begrijp dat dit al eerder is gebeurd,' vervolgde Wellesley. 'O ja, en senior agent Carolyn Lang zal zolang van Publieke en Politieke Zaken worden overgeplaatst als Hansons assistente.'

Hush had bewondering voor de gladde, bijna nonchalante wijze waarop Wellesley die mededeling liet inslaan. Hij zag Lang plotseling opkijken. Hier en daar in de kamer werden snelle blikken gewisseld, vooral door de assistenten langs de wanden. Maar de onderdirecteur gunde hun geen tijd om te reageren.

'Meneer Hanson,' ging hij verder, 'u moet zelf maar bepalen vanwaar u deze operatie wilt leiden, vanuit dit gebouw of vanaf een andere plaats. Ik neem aan dat u vandaag nog naar de plaats van de aanslag wilt vertrekken?'

'Ja,' bevestigde Hush. Hij was zich ervan bewust dat Carolyn Lang zijn kant opkeek, maar hij hield zijn blik op Wellesley gericht.

'Goed, dan zullen we u en Miss Lang nu excuseren. Ik vraag de andere sectiehoofden om nog even te blijven voor een paar langetermijnkwesties die betrekking hebben op het budget.'

Er werd een korte pauze ingelast. De assistenten schuifelden de kamer uit. Hush en Carolyn Lang waren de laatsten die vertrokken. Hush meende een vage glimlach te zien om de lippen van de onderdirecteur toen hij de deur openhield voor Lang. Ze liepen met hun tweeën de gang door en bleven staan bij de lift. Haar kruin reikte ongeveer tot aan zijn kin.

'William Hanson,' zei hij en stak zijn hand uit.

'Schopstoel,' zei ze, en ze schudde hem de hand. 'Sylvia Schopstoel.' Er lag een geamuseerde, uitdagende blik in haar ogen toen ze hem schuin aankeek.

'Is dat Schopstoel met c-h?' vroeg Hush zonder een spier te vertrekken.

Ze glimlachte en hij liet haar hand los. 'Carolyn Lang, meneer Hanson. Wist u dit al voordat de onderdirecteur het aankondigde in de vergadering?'

Hij wist niet hoe oud ze was, maar ze had een smetteloze huid. Haar ogen waren groen of hazelnootbruin, en het kostte hem moeite om niet te staren. 'Met "dit" bedoelt u zeker uw benoeming tot mijn assistente?' vroeg hij. 'Ja, dat wist ik.'

'Juist. En was mijn benoeming de enige reden voor uw onderonsje met de directeur?'

Hush aarzelde. Eigenlijk was dat een impertinente vraag. De inhoud van een gesprek tussen een adjunct-directeur en het hoofd van de FBI ging haar niets aan. Maar toen bedacht hij zich. Het ging haar misschien niet aan, maar het was wel heel belangrijk voor haar. Toch omzeilde hij de vraag.

'Niet precies. Adjunct-directeuren van het hoofdkantoor krijgen maar zelden de leiding van een onderzoek in het veld. Hij vertelde me dat u mij zou assisteren, maar het gesprek ging toch voornamelijk over de aanslag op de brug.'

De directielift arriveerde. Hij draaide zich om en stapte in. Lang volgde. Toen ze in de lift stonden meende hij een vleugje parfum op te vangen toen hij zijn pasje in het controlepaneel stak en zijn verdieping intoetste. Hij vond het niet prettig dat hij hun samenwerking met een leugen had moeten beginnen.

'Juist,' zei ze weer. 'Toen Wellesley dat bekendmaakte, had ik het gevoel dat dit mijn kans was om me te "revancheren".'

'Is dat dan nodig?' vroeg hij. De lift gaf met een belletje de verdiepingen aan terwijl ze daalden.

Ze glimlachte weer en streek over haar haren. 'U komt zeker nooit buiten, meneer Hanson?' vroeg ze. 'Ik dacht dat ik toch redelijk berucht was.'

'Een legende in uw eigen kleine wereldje, bedoelt u?'

Ze lachte nu hardop. Ze was heel ontwapenend en haar houding leek totaal niet te kloppen met wat hij in het kantoor van de directeur over haar had gehoord. Hij had een scherpe, ijzige, politiek correcte, vakkundige tante verwacht. De liftdeuren gingen open en Hush besloot niets toe te voegen aan wat hij al had gezegd. Hij had een vreemd soort gewetenswroeging over zijn antwoord op haar eerste vraag, maar totdat hij precies wist met wie hij te maken had, zou hij het heel voorzichtig spelen. Hij stapte als eerste uit de lift. Lang hield hem gemakkelijk bij toen ze door de gang naar zijn kantoor liepen.

'Ik hoop dat u uw koffer hebt gepakt,' zei hij. 'Ik wil meteen naar de plaats van de aanslag en het lijkt me nuttig dat u ook meegaat.'

'Wanneer?' vroeg ze, met een blik op haar horloge. Voor de deur van zijn kantoor bleef hij staan en keek zelf ook hoe laat het was.

'Tyler Redford, mijn assistent bij de IITF, moet maar informeren of de luchtmacht nog een toestel vanaf Andrews heeft. Dan geeft hij u de tijd wel door. Ik verwacht dat we daar een dag of twee blijven, daarna komen we hier weer terug. Voorlopig wil ik mijn mensen installeren in een van de situatieruimtes van het operationeel centrum, tot ik weet waar dit naartoe gaat. Hebt u ooit eerder met een interdepartementale eenheid gewerkt?'

'Nee, meneer.' Ze was nu serieus en zakelijk. Ze had een klein notitieboekje waarin ze aantekeningen maakte. Als zijn verhaal over het gesprek in de directiekamer haar dwarszat, liet ze dat niet merken. Het deed hem genoegen dat ze hem 'meneer' noemde. Dat onderscheid wilde hij graag zo houden.

'Mag ik Carolyn zeggen?' vroeg hij.

'Natuurlijk, meneer Hanson.'

Mooi zo, dacht hij. 'Oké, meestal gaat het als volgt. Als directeur van de IITF wijs ik een senior agent en een assistent aan. De senior agent bepaalt wie en wat er nodig is in de loop van het onderzoek. Dat is efficiënter dan vanaf het begin een hele ploeg te benoemen, waarvan een deel doelloos rondloopt. Het operationeel centrum organiseert de situatieruimte totdat wij de samenstelling van de interdepartementale eenheid hebben bepaald.'

'En mijn taak als uw adjunct?'

'In dit soort zaken werkt de FBI samen met andere overheidsdiensten – een groot aantal. Het is jouw werk om die contacten te leggen en te onderhouden. Je zit nu toch bij Politieke Zaken?'

'Ja.'

'Mooi,' zei hij. 'Dan weet je iets van egomanagement. Zoals gezegd, zullen we mensen en middelen van de FBI betrekken naarmate het onderzoek vordert.' Hij keek naar haar kleren, die van dichtbij flink prijzig leken. 'We moeten over de wrakstukken van een ingestorte brug klauteren. Ik zou maar iets aantrekken dat tegen een stootje kan. Had je verder nog vragen?'

Ze nam hem onderzoekend op. Ze heeft een heel open blik, dacht hij. Ze is niet echt mooi, maar geen enkele man zal haar voorbijlopen zonder even naar haar te kijken. En deze man misschien wel twee keer. Maar toen herinnerde hij zich wie ze was en zette hij zulke gedachten haastig uit zijn hoofd.

'Nee, meneer Hanson,' zei ze. 'Ik ben klaar om te vertrekken. U zegt het maar.'

Hush knikte, stapte zijn kantoor binnen en probeerde niet te denken aan de waarschuwing van de directeur.

Hush had zijn pak nog aan toen hij in de C-21 executive jet van de luchtmacht stapte. Op de wc kleedde hij zich om in een kakibroek, een kakihemd met lange mouwen en grote jagerszakken, en hoge legerschoenen. Het vliegtuig had airco, dus trok hij een donkerblauw windjack aan met de naam FBI in grote letters op de rug en de armen geborduurd. In een van de zakken had hij een zaklantaarn gepropt, in een andere een paar leren handschoenen. Een kleine recorder vormde een rechthoekige bobbel in een van de zakken van het overhemd. Als adjunct-directeur was hij niet verplicht zijn wapen te dragen, dus had hij het achtergelaten op kantoor. Hij ging zitten en gespte de gordels vast. Als hoogste agent aan boord had hij de grote directiestoel achter in de cabine gekozen.

Carolyn Lang verbaasde hem toen ze aan boord stapte. Ze droeg een rechte rok, platte schoenen en een halfdoorschijnende blouse onder een blazer met knopen. Ze had een kleine weekendtas bij zich en een schoudertas, die ze in de kast in het gangpad opborg. Haar blonde haar had ze in een streng knotje gebonden. Terwijl de bakboordmotor werd opgestart, knikte ze beleefd tegen hem en ging op de stoel tegenover hem zitten, met haar benen zorgvuldig over elkaar geslagen. Iemand van de bemanning kwam binnen om hun gordels te controleren en verdween weer naar de cockpit toen de tweede motor op toeren kwam. Hush vroeg zich af of ze van plan was in die kleren over de wrakstukken van de brug te klimmen.

Zwijgend zaten ze tegenover elkaar toen het toestel opsteeg van de vliegbasis Andrews en naar kruishoogte klom voor de vlucht naar Missouri. Toen de jet weer vlak lag, wees het bemanningslid hen waar ze wat te drinken konden vinden, in een koelbox naast het tijdschriftenrek. Hush maakte zijn gordel los, pakte een frisdrank en bood er Carolyn Lang een aan. Daarna ging hij weer op de directiestoel zitten en nam haar even op.

'Waarom wilde je weten of ik met de directeur over jouw benoeming had overlegd?' vroeg hij. Ondanks alle geluidsisolatie moest hij bijna schreeuwen om zich verstaanbaar te maken.

Ze staarde even naar het tapijt voordat ze antwoordde. 'Mijn carrière zit in het slop sinds ik uit St. Louis naar het hoofdkantoor ben teruggeroepen,' zei ze. 'Ik had wel iets verwacht, maar ik had geen idee wát. Je weet het immers nooit, met Heinrich en de directeur.'

Hij dwong zich haar te blijven aankijken. 'Ik denk dat je jezelf te belangrijk maakt, Carolyn,' zei hij. 'De onderdirecteur vroeg me of ik problemen had met een vrouw als assistent en ik zei nee, als ze haar werk maar goed doet. Hij zei dat je heel vakkundig was en daarmee was de zaak afgedaan. Wat is er dan mis?'

Lang keek hem onderzoekend aan. 'Zei Heinrich dat? Sinds ik bij de FBI zit heb ik heel wat stennis gemaakt over gelijke rechten en ik kreeg sterk de indruk dat dat niet op prijs werd gesteld.'

'Ben je ooit achtergesteld omdat je een vrouw bent, Carolyn?'

'Ik kan het niet bewijzen, meneer Hanson,' zei ze. Ze toonde weinig van het respect waar hij als adjunct-directeur – zelfs als waarnemend adjunct-directeur – aan gewend was.

'Dan kan ik me indenken dat de leiding niet blij is met die beschuldigingen.'

Ze trok haar wenkbrauwen op. 'Wilt u beweren dat vrouwen niet worden gediscrimineerd bij de FBI?'

'Ik zeg alleen dat niemand jóú heeft aangewezen om de rechten van vrouwen bij het Bureau te vertegenwoordigen. Natuurlijk kun je voor je eigen rechten opkomen. Als je bent achtergesteld of last hebt gehad van intimidatie – seksueel of anderszins – of op andere manieren bent dwarsgezeten, heb je alle recht om stennis te maken en je gelijk te halen.'

Lang kleurde licht, maar meteen had ze haar gezicht weer in de plooi en was haar gereserveerde houding terug. Ze knikte.

'Maar wat gebeurd is, is gebeurd,' vervolgde hij. 'Dit is een onderzoek in het veld, waar we allebei onze volle aandacht bij nodig hebben. Om te beginnen zullen er op het FBI-bureau in St. Louis wel wat verongelijkte gezichten zijn.'

'Mr. Herlihy,' zei ze, alsof ze zich nu pas realiseerde in wiens sector die brug was opgeblazen.

'Precies. En de plaatselijke politie zal ook niet blij zijn als we met een zware federale eenheid komen aanzetten. Om nog maar te zwijgen over Carswell en zijn vrolijke bende, die de IITF al helemaal niet zien zitten. We krijgen onze handen nog vol, en niet alleen aan het onderzoek.'

'Ik begrijp het,' zei ze en sloeg haar ogen neer.

Hij nam het zichzelf een beetje kwalijk dat hun gesprek was uitgelopen op een preek. Hij was zijn hele volwassen leven een soort uit zijn krachten gegroeide lelijke eend geweest, en tegenover knappe vrouwen trok hij meteen een scherm op. Hij opende zijn koffertje en deed alsof hij met zijn papieren bezig was. Toen Lang opstond om een tijdschrift te pakken, draaide hij de hoge stoel met de rug naar voren, opende de rits van zijn tas en haalde haar persoonlijke dossier tevoorschijn, dat Wellesleys kantoor bij hem had laten bezorgen voor hun vertrek. Ze had Wellesley openlijk Heinrich genoemd – niet erg handig tegenover een collega die ze nog maar zo kort kende.

Carolyn Brownell Lang, bijgenaamd 'Colley', maar dat was nog vóór de FBI. Hij dacht even na. Colley? Die naam had misschien bij haar gepast toen ze jonger was, maar nu niet meer. Een te dik pantser nu, voor een Colley. Hij las weer verder in het dossier. Ze kwam uit een familie die banden had met de kustwacht. Twee broers in San Diego. Ze had gestudeerd aan UCSD, met financiën en economie als hoofdvak. Haar eerste baan was bij een grote bank in Los Angeles, waar ze drie jaar had gewerkt. Daarna was ze begonnen aan een postdoctorale studie aan de Anderson School van UCLA. Dat had geleid tot een functie bij de afdeling fraudebestrijding op het kantoor van de procureur-generaal van Californië in Los Angeles. Op haar achtentwintigste had ze gesolliciteerd bij de FBI. Hij wachtte even en vroeg zich af waarom. Hij keek nog eens naar haar geboortedatum en maakte een berekening. Ze was nu bijna eenenveertig, zes jaar jonger dan hij. Maar dat gaf je haar niet, verdomme.

Hij las verder. Ze zat nu bijna dertien jaar bij het Bureau. Ze was begonnen met de gebruikelijke opdrachten van een jong agent. Haar beoordelingen waren beter geweest dan gemiddeld. Ze had de verplichte stage gelopen bij Inspectie, een stap die aangaf dat ze carrière wilde maken. In de beoordelingsrapporten kwam hij een paar zorgvuldig ingeklede zinnetjes tegen die wezen op scherpe kantjes in haar persoonlijkheid, de neiging om kwesties aan de orde te stellen die de baas liever onbesproken liet. Maar in haar eerste zeven jaar had ze ook drie goede aantekeningen gekregen. Na de derde was ze overgeplaatst naar Washington. Vanaf dat moment leek ze ander werk te krijgen. Een serie opdrachten van elk achttien maanden was anderhalf geleden uitgelopen op haar benoeming tot adjunct-bureauchef op het kantoor in St. Louis. Het leek bijna of hogerhand haar wilde klaarstomen voor een promotie. Of haar chefs konden haar niet langer dan anderhalf jaar om zich heen velen voordat ze haar wegpromoveerden. Dat zou kloppen met wat Heinrich had gezegd.

Hij sloot zijn ogen. Een positie als adjunct-bureauchef op een middelgroot FBI-kantoor na een diensttijd van ongeveer tien jaar. Dat betekende dat ze bliksemsnel carrière had gemaakt. Hier was iets vreemds aan de hand.

De bureauchef in St. Louis was Joseph Michael Edward Herlihy, bijgenaamd 'Hijzelf', een grote Ier met een uitgesproken mening over vrouwen als operationele agenten in enige andere rol dan die van 'lokkertje', zoals de spionnen in Langley dat noemden. Iedereen die Herlihy kende had kunnen voorspellen dat een vrouw als Carolyn Lang onvermijdelijk persoonlijke problemen met haar baas zou krijgen, met een al even voorspelbare uitkomst. De FBI leek sterk op het leger als het op persoonlijke problemen aankwam. De hoogste in rang bleef zitten, de laagste had problemen. Hij vroeg zich af of Herlihy haar bewust een loer had gedraaid, maar aan de andere kant was het Herlihy's eigen kandidaat voor de adjunct-positie die gedwongen was geweest ontslag te nemen. Toch was het vreemd. Met welke bedoeling hadden ze Carolyn Lang als Herlihy's adjunct aangesteld?

Hij las de evaluatie die Herlihy over haar had geschreven, maar die vertelde hem weinig over wat zich precies had afgespeeld. Blijkbaar was de kwestie in der minne geschikt om een formele procedure te voorkomen. Hij herinnerde zich dat er op het hoofdkantoor geruchten gingen over seksuele intimidatie. Maar verrassend genoeg kwam Herlihy met een tegenoffensief. Bij seksuele intimidatie ging het in dit geval niet om handtastelijkheden en insinuaties, maar om Langs bewering dat haar mannelijke ondergeschikten haar gezag ondermijnden. Herlihy hield vol dat Lang dat zelf had uitgelokt door overgevoelig te reageren op elk vermoeden van discriminatie – en dat ten nadele van het hele kantoor. De drie andere vrouwelijke agenten van het kantoor in St. Louis hielden zich gedeisd en wilden Lang niet steunen, waardoor ze geïsoleerd raakte. Ten slotte was ze teruggehaald naar het hoofdkantoor in Washington. Daarna kreeg ze een functie bij Publieke en Politieke Zaken. En Wellesley had iemand anders van het hoofdkantoor tot adjunct in St. Louis benoemd.

Hush stak het dossier weer in zijn tas en ritste hem dicht. Het feit dat er in haar personeelsdossier geen rechtstreeks papieren spoor te vinden was over wat er in St. Louis was gebeurd, zei al genoeg. Na al die verhalen kon dat alleen betekenen dat iemand zich sterk voor haar had gemaakt, iemand met heel veel macht. Zo machtig dat Heinrich en de directeur nu kantoorpolitiek bedreven om haar weg te werken. Maar wie kon dat zijn, verdomme? vroeg hij zich af. Iemand aan de top bij Justitie?

Hij draaide de stoel een beetje om te zien of ze wakker was, maar ze leek te dutten. Terwijl hij naar haar gezicht in rust keek, probeerde hij zich haar voor te stellen als ze lachte, zich amuseerde, misschien aan een strand in het zonnige zuiden van Californië. Colley Lang, in plaats van senior agent Bitch Lang.

Hush Hanson was zesenveertig en zat al tweeëntwintig jaar bij de FBI. Hij was nooit getrouwd en hij leidde een betrekkelijk rustig en teruggetrokken leven in Washington. Van maandag tot vrijdag woonde hij in zijn flat in het noorden van Virginia. Op vrijdagavond reed hij meestal naar zijn kleine buitenhuis in de Shenandoah Valley, waar hij genoot van een weekend hard werken om een boerderijtje van zes hectaren te onderhouden.

Hij was in wezen een eenzame, verlegen man, wiens lengte zijn natuurlijke onhandigheid, vooral tegenover vrouwen, nog versterkte. Hij wist al jaren dat hij zijn FBI-carrière altijd voorrang zou geven boven de eisen van een huwelijk en gezin, en had genoeg ervaring om te weten dat vrouwen juist het tegendeel verwachtten. Het paste bij zijn aard om te constateren dat trouwen een van die grote beslissingen was die het leven hem uit handen had genomen. In het weekend bleef hij grotendeels op zichzelf, op veilige afstand van het sociale dorpsleven en buurvrouwen die voor koppelaarster wilden spelen. Het aantal knappe vrouwen bij de dienst groeide en hij kende FBI-managers die affaires waren begonnen op het werk, maar met al die aanklachten wegens ongewenste intimiteiten zou hij er niet aan denken om iets te beginnen met een vrouwelijke collega. Hoe aantrekkelijk ze ook was, voor Carolyn Lang zou hij geen inbreuk maken op zijn harde principes om te kunnen overleven in het huidige klimaat bij de FBI.

Hij keek weer naar Lang en hield zijn adem in. Ze leek nu vast in slaap. Het tijdschrift was op de grond gegleden en haar rok was een heel eind opgeschoven over haar glanzende dijen. Als een schooljongen staarde hij een paar seconden naar haar benen, tot hij merkte dat het bloed hem naar het hoofd steeg en hij zich dwong om zijn stoel weer te draaien. Hij schaamde zich voor zijn voyeurisme maar was ook opgewonden door de aanblik van haar lichaam. Onwillekeurig draaide hij zich toch weer langzaam om, maar ze had een andere houding gevonden en was weer decent, hoewel ze nog steeds leek te slapen. In rust was haar gezicht veel zachter.

Weer dacht hij na over wat er in de directiekamer was gezegd. Deze vrouw leek helemaal geen prijsvechter of oproerkraaier. En dat bewees weer eens hoe weinig hij wist. Zuchtend draaide hij de stoel terug, probeerde alle gedachten aan vrouwen uit zijn hoofd te zetten en zich op het onderzoek te concentreren. Op dat moment was het interessantste aspect dat hij, een hoge agent van het hoofdkwartier, de leiding had gekregen. Vooral voor hem was dat heel vreemd. Na het incident in Baltimore had hij zijn hele carrière zorgvuldig zo opgebouwd dat hij nooit meer in een situatie verzeild kon raken waarin hij zijn vuurwapen zou moeten gebruiken. Hij had het gevoel dat die strategie in de loop der jaren stilzwijgend door de FBI-leiding was ondersteund, bijna alsof zij ook twijfelden om een agent het veld in te sturen die in staat was tot zoiets als wat hij die middag had gedaan.

Het nadeel was dat hij nooit het bevel had gehad over een plaatselijk bureau. Zijn specialismen waren grote samenzweringen, juridische onderzoeken en complexe zaken die om een hechte samenwerking tussen allerlei afdelingen van de federale regering vroegen. Op dat gebied kreeg de FBI steeds meer werk en Hanson werd als een groot deskundige gezien.

Maar dit zou anders kunnen gaan. Iemand had het hart uit een grote spoorbrug gerukt en een hele trein in de belangrijkste rivier van Amerika laten storten. J. Kenneth Carswell had misschien wel gelijk. Dit onderzoek lag op het terrein van Nationale Veiligheid. Alleen zou voor de oplossing de medewerking nodig zijn van zoveel overheidsdiensten dat het netwerk van de IITF binnen de regering hiervoor veel beter geschikt was dan wat Nationale Veiligheid zou kunnen bijdragen. Zuchtend vroeg hij zich af hoe hij zich persoonlijk zou opstellen tegen de tijd dat ze de daders in de kladden konden grijpen. Dat leek hem een goed moment om uit de buurt te blijven.

Vlak voor zonsondergang landden ze op het regionale vliegveld van

Cape Girardeau in het oosten van Missouri, waar ze werden opgevangen door speciale agenten van het bureau in St. Louis. De verkeerspolitie van Missouri zorgde voor een wagen om Hush en Carolyn naar de brug te brengen, waar hoofdinspecteur Mike Powers, hoofd van de plaatselijke recherche, de leiding had. Tegen de tijd dat ze landden, had Carolyn zich omgekleed in een kakibroek, een Pendleton-shirt en een FBI-windjack, net als Hanson. Haar wapen, een Sig Sauer P-228, zat in een holster hoog op haar rechterheup. Ze droeg laarzen en een kleine tas met een leren riem schuin over haar borst.

Hush stapte voorin naast de politieman, waar nog wat ruimte was voor zijn lange lijf. Na twintig minuten rijden in de snel invallende duisternis van het platteland van Missouri kwamen ze de eerste politie-eenheden tegen op een gelijkvloerse kruising van de hoofdweg. Hun chauffeur sloeg af naar een eigen weg. Na ongeveer anderhalve kilometer stuitten ze op een volgende groep politiewagens. De chauffeur stopte. Achter hen hielden de drie FBI-wagens ook halt. Ze zagen politiemensen, journalisten met tv-camera's en zo te zien was zelfs het leger uitgerukt. Hush bedankte hun chauffeur en gebaarde naar Lang om uit te stappen. 'De politie is heel behulpzaam,' waagde ze toen ze even bleven staan tussen de stroom mensen die op weg waren naar de brug. De agenten achter hen stapten nu ook uit.

'Ze willen ons in de gaten houden,' antwoordde Hush. 'Als wij in die auto met elkaar praten, komen ze er misschien achter wat we denken.'

Hij gaf de agenten uit St. Louis opdracht om navraag te doen naar de toedracht onder de grote menigte die zich nu verzamelde bij de toegang tot de brug. Hij zag een paar mensen nadrukkelijk naar Carolyn Lang staren. Hush vroeg of Herlihy nog kwam. Een van de agenten, die zich bekendmaakte als het hoofd van de afdeling Geweldsmisdrijven, antwoordde dat Herlihy onderweg was.

Hanson knikte. De aanwezigheid van een adjunct-directeur in het veld was ongebruikelijk genoeg om de bureauchef zelf naar de plaats van de aanslag te lokken, ook al was Herlihy één rang hoger dan hij. De aanstelling van iemand van het hoofdkantoor als leider van een onderzoek dat normaal door Herlihy zou zijn uitgevoerd vergde enige diplomatie. Hush merkte dat zijn eerste indruk klopte. De FBI-agenten uit St. Louis meden Carolyn Lang. Ze waren natuurlijk beleefd tegen een adjunct-directeur, maar Lang keurden ze geen blik waardig. Hij wenkte haar om mee te komen en ze daalden af naar de rivier. De politie maakte ruimte voor hen, met onbewogen, uitdrukkingsloze gezichten. Hush zag zijn verdenkingen bevestigd, hoewel de FBI de afgelopen jaren veel had gedaan om de betrekkingen met de regio's te verbeteren.

Voor hen uit zagen ze overal blauwe zwaailichten tegen de donkere hemel, en een paar grote schijnwerpers die de bomen langs de rivier verlichtten. Langs de spoorlijn stonden nog meer militaire trucks en politiewagens. Een kakofonie van politieradio's en andere mobilofoons verstoorde de rust van de verlaten katoenvelden aan weerskanten van de spoorbaan. Een Huey-helikopter van de Nationale Garde stond op vijftien meter van de weg. Drie verveelde bemanningsleden zaten heimelijk te roken. Hush liep doelbewust tussen de wagens door, met Lang vlak achter zich aan op het grillige terrein. Toen ze bij de brug kwamen, werden ze aangehouden door een hulpsheriff. Hij was een grote man met een bierbuik en een vlezig, zonverbrand gezicht dat zelfs in het donker nog rood bleef. Een glimmend gepoetste zonnebril hing aan het knoopje van zijn borstzak. Hush haalde zijn legitimatie tevoorschijn en Lang volgde zijn voorbeeld. De hulpsheriff richtte zijn zaklantaarn op de pasjes, knikte en liet hen door. Hush vroeg hem wie de leiding had bij de brug.

De hulpsheriff grinnikte. 'U mag kiezen. We hebben de plaatselijke politie, het bureau van de sheriff... dat zijn wij, dus... de genietroepen van het leger, een paar lui van een of ander veiligheidsbureau in Washington, een paar dozijn spoorwegmensen, en de jongens van de FBI.' Hij keek even naar Lang en vroeg zich af of hij dat 'jongens' moest verbeteren. Maar blijkbaar vond hij het de moeite niet waard. 'Ik heb hoofdinspecteur Powers net nog op de brug gezien. Hij is de hoogste man van de plaatselijke politie.'

'Bedankt. Kunnen we ergens koffie krijgen?'

'U bent onze commandopost al voorbij, maar de militairen hebben ook wel koffie. Daar.' Hij wees.

Ze liepen naar een van de tweeënhalftonners van de genietroepen en bietsten een bekertje koffie. Er hingen wat soldaten rond die kennelijk op orders wachtten. Uit de briefing had Hush begrepen dat de genie en de kustwacht samen verantwoordelijk waren voor de rivierbruggen en de binnenvaart op de Mississippi zelf. Union Pacific was eigenaar van deze brug en de directe toegangswegen. De spoorwegen waren belast met het onderhoud van de bruggen, onder toezicht van de genie. De kustwacht beschouwde een brug als een hulpmiddel bij de navigatie, omdat je ze van lichten kon voorzien, maar ook als een gevaar, omdat sleepboten en aken ermee in aanvaring konden komen als er iets fout ging op het water.

Tegen de tijd dat ze het bruggenhoofd bij de westoever bereikten, wemelde het van politiemensen, militairen en spoorwegpersoneel. Een platte wagon met een zware kraan van Union Pacific werd achterwaarts over het oostelijke spoor naar de brug geduwd door een compacte rangeerlocomotief, begeleid door veel geschreeuw van de spoorwegarbeiders die probeerden alle politie van de baan weg te krijgen. Het geluid van de zware diesloc maakte ieder normaal gesprek onmogelijk. Hush gaf Carolyn Lang een teken om hem te volgen langs de oever onder het bruggenhoofd. Zigzaggend tussen de bomen door liepen ze naar de rivier. De grond was al drassig door het smeltwater van het voorjaar en nog modderiger door de grote groepen mensen die er heen en weer liepen.

De brug torende boven hen uit. Langs de oever stonden een stuk of tien schijnwerpers, gevoed door verplaatsbare aggregaten van het leger, die de berg wrakstukken midden in de vaargeul verlichtten. Zo te zien stonden er heel wat mensen op de brug zelf, die vier pijlers had aan deze kant. Duidelijk zagen ze de verwrongen centrale overspanning, die nog half aan de overkant vast zat en schuin in het water hing. Daar leek zich net zo'n verzameling apparatuur en mensen te bevinden, hoewel dat moeilijk te zien was omdat de schijnwerpers vanaf de oostelijke oever hun kant op stonden gericht.

Ter hoogte van de brug was de Mississippi bijna zeshonderd meter breed. Hush verwonderde zich over de omvang van de constructie. De kaarten gaven geen indruk van de werkelijke grootte. Twee sleepboten van de genie lagen vlak bij de berg wrakstukken stroomafwaarts en lieten het licht van hun schijnwerpers over de half ondergedompelde wagons spelen. Sommige wagons waren al door de stroming meegevoerd en gestrand in de ondiepten langs de westoever. Alleen hun daken kwamen nog boven het water uit. Hush stond naast een zwaargebouwde spoorwegman met een honkbalpetje met de letters UP erop.

'Hoe krijgen ze die ravage in vredesnaam ooit opgeruimd?' riep hij boven de herrie van de locomotieven uit.

De spoorwegman keek hem aan, schudde zijn hoofd en wees naar zijn oren. Vanaf de brug zal het niet lukken, dacht Hush. Die verhief zich bijna dertig meter boven de rivier. Ze hadden een drijvende kraan en sleepboten nodig. En duikers, uiteindelijk. Het zou niet gemakkelijk worden in die sterke stroming. Hij keek de oever langs en zag dat het water al in de uiterwaarden stond en om de wortels van de bomen spoelde. Hij draaide zich om naar Carolyn en gebaarde dat ze omhoog moesten, naar de brug.

Ze klauterden de oever op, bij de rivier vandaan, tot het punt waarop het steile talud van de brug zo ver was afgevlakt dat ze het konden beklimmen. Hush groef zijn hakken in de grond en klom naar de grindbedding, terwijl hij zich omhoogtrok aan plukken nat gras. Toen ze bij het spoor kwamen, stapten ze voorzichtig door het grind en liepen terug over de bielzen, naar de brug. De rangeerloc met de rijdende kraan was vlak voor de tweede pijler blijven staan.

Er liepen nog veel meer mensen over het spoor heen en weer, voornamelijk spoorwegpersoneel. Het was een zware kraan en de hele omgeving stonk naar dieseluitlaatgassen, die in blauwe wolken langs de felle witte lampen dreven. Zelfs stationair lopend maakte de locomotief nog een hels lawaai in de nacht. Aan de westkant van de brug werden ze tegengehouden door drie hulpsheriffs. De kleinste van de drie droeg geen hoed en had een Motorola-portofoon in zijn hand. Hij moest zijn nek helemaal verdraaien om Hush te kunnen aankijken.

'Ho even, vriend,' riep hij boven de herrie uit. 'We moeten iedereen controleren die naar het midden van de brug wil.'

Hush wees naar het FBI-logo op zijn jack en haalde zijn legitimatie tevoorschijn. De hulpsheriff wierp er een vluchtige blik op, besteedde wat meer tijd aan Lang, zei iets in zijn zendertje, hield het tegen zijn oor en wuifde hen toen verder. Hush knikte en ze liepen nu de eigenlijke brug op, over de centrale loopbrug tussen de twee sporen naar oost en west. De loopbrug was smal en afgetimmerd met geteerde platen die niet overal goed waren vastgespijkerd. Als er iemand van de andere kant kwam, moesten ze blijven staan en zich half opzij draaien. Wat spoorwegmensen liepen onverschillig over de bielzen naast de loopbrug, maar Hush hield niet van hoogten en bleef liever op de loopbrug, die een leuning had. Ze drukten allebei hun handen tegen hun oren toen ze langs de locomotief met de kraanwagen kwamen. Bij het laatste segment van de brug, vlak voor het ingestorte middenstuk, stuitten ze op een geel politielint dat hen dwong om aan de stroomafwaartse kant van de brug te blijven. Ze werden naar het oostelijke spoor omgeleid, staken dat over en sprongen omlaag naar de loopbrug aan de buitenkant. Hush begreep niet waarom zo'n dertig meter van de stroomopwaartse kant was afgezet.

Hij zag een grote man met de platte pet van de plaatselijke politie – hoofdinspecteur Powers, veronderstelde hij. Toen ze zich eindelijk een weg door de drukte hadden gebaand en bij de westelijke pijler van de centrale overspanning aankwamen, stond Powers iets te bespreken met een bedrukt kijkende militair in een groen gevechtspak en twee spoorwegmensen in hemdsmouwen en stropdas, met helmen op. Een vierde man in burger stond in een portofoon te praten. Ze stonden allevier binnen een kordon van geel politielint. Omdat de bovenkant van de betonpijler zich tussen hen en de rangeerloc bevond, was de herrie hier wat minder. De grote man staakte zijn gesprek toen hij de FBI-jacks zag en wenkte de twee agenten. Hush meende de hoofdinspecteur nog iets over de FBI te horen zeggen toen ze over het gele lint stapten. Hush stelde zich voor, maar zonder zijn rang.

'Powers,' zei de grote man, zonder zijn hand uit te steken. 'Ik neem aan dat jullie klaarstaan om de leiding over te nemen en die koddebeiers de wet voor te schrijven?'

Hush schrok van Powers' openlijke vijandigheid, maar probeerde niets te laten merken.

'Niet helemaal, hoofdinspecteur,' zei hij. 'Het Bureau zal een interdepartementale eenheid vormen om te onderzoeken wie hiervoor verantwoordelijk is, maar het is voor ons nog te vroeg om anderen de wet voor te schrijven.'

Powers keek hem fronsend aan. 'Te vroeg? Een interdinges eenheid? Die lui uit Washington verzinnen steeds wat nieuws. En wie mag dit wezen – uw privé-secretaresse?'

De andere mannen op de brug staarden naar de neuzen van hun schoenen. Hush draaide zich half opzij om Carolyn Lang ook bij het gesprek (of de confrontatie, wat het ook was) te betrekken.

'Dit is senior agent Lang, de plaatsvervangend leider van de eenheid. Het team zal bestaan uit vertegenwoordigers van alle politiediensten, de marine, de spoorwegen en de betrokken instanties in Washington. Iedereen die we maar nodig hebben, hoofdinspecteur. Dus ook de politie van Missouri, als u nog interesse hebt.'

'Interesse?' riep Powers uit. Hij zette zijn pet af en veegde met een vochtige zakdoek over zijn voorhoofd. Toen schudde hij zijn hoofd, als om zich te beheersen.

'Kijk eens om je heen! Kijk eens naar die ravage, Hanson, en vertel me dan of wij *interesse* moeten hebben. Jezus Christus!'

Ze keken. Het eiland van omlaaggestorte wagons en tankwagons was groot genoeg om de rivier te splitsen en aan weerskanten een kielzog te veroorzaken van wit schuim, vermengd met lekkende olie en chemicaliën uit de berg wrakstukken. Een van de militaire sleepboten hield zijn stompe neus tegen de stroomafwaartse kant van de berg gedrukt. Met dreunende motoren probeerden de twee milieuboten nog steeds een versperring te leggen om de olievlek en de chemicaliën tegen te houden, hoewel iedereen die in het felle schijnsel van de zoeklichten toekeek algauw zag dat het verspilde moeite was. De stroming was gewoon te sterk, vooral rondom de berg neergestorte wagons, die voor grillige draaikolken zorgde waar het drijfnet geen vat op had. Hush en Lang zagen dat een van de wagons door de stroming van de stapel werd gesleurd, met het geluid van scheurend metaal en brekend ijzer. Het wrak gleed omlaag en werd door het zwarte water verzwolgen. Een minuut later stegen er opeens tientallen kartonnen dozen naar de oppervlakte, als confetti. Ze dreven weg in het duister, voorbij de schijnwerpers. Iedereen op de brug zweeg en keek toe. Hush draaide zich weer om naar Powers.

'Volgens de eerste rapporten was dit een bomaanslag. Kan ik de bewijzen daarvan zien?'

'Gelooft u ons niet?'

Hush keek hem alleen maar aan. 'Dat zeg ik niet. Ik vroeg of ik de bewijzen kon zien.'

Powers staarde even terug, alsof hij een belediging vermoedde, maar haalde toen zijn schouders op.

'Goed. Mij best. Het is een lange avond geweest en de nacht moet nog beginnen. O ja, dit is meneer Campbell, de bruggeninspecteur van de genie, district St. Louis. Dit is meneer Jameson, hoofd veiligheidszaken bij Union Pacific, en dit is meneer Canning, de hoofdingenieur voor tracés en kunstwerken bij UP. En daar is majoor Williams, ook van de genie, district St. Louis.'

Hush schudde de vier mannen de hand. Beleefd mompelden ze iets terug. Powers' vijandige houding was niemand ontgaan en Hush had het gevoel dat deze mannen afwachtten hoe de FBI zich zou opstellen voordat ze hun kaarten op tafel legden. Lang knikte beleefd tegen iedereen toen Hush haar voorstelde. Voor Powers had ze een vernietigend lachje.

De hoofdinspecteur nam Hush mee naar de rand van de ingestorte overspanning. De leuningen van de loopbruggen waren omgebogen als spaghetti en een paar gaten van de grote klinknagels langs de draagbalken waren uitgescheurd tot enorme spleten in het metaal. De betonnen rand die de centrale overspanning had ondersteund stak doelloos het donker in. Hush had moeite om nog verder te kijken.

'Ruikt u iets?' vroeg Powers.

Hush had inderdaad iets vreemds geroken, maar hij dacht dat dat het lekkende eiland van wrakken beneden hem was. Toen wist hij het opeens.

'Zwavel.'

'Ja, zwavel. En kijk hier eens.'

Powers hurkte bij de buitenste balken van de pijler en richtte een zaklantaarn op een rechthoekige holte. Hush pakte zijn eigen zaklantaarn en keek in het gat. De binnenkant was wit, met de resten van een of andere stof. De stank van zwavel was hier nog sterker. Buskruit. En de wanden van de stalen holte stonden niet langer recht, maar krom.

Hush richtte zich op bij de geforceerde holte van de draagpen. Hij keek naar de afzetting rond het gebinte, vaag zichtbaar in de duisternis. Powers volgde zijn blik.

'Ja,' bevestigde hij. 'Vandaar al dat lint. Ik zal het u laten zien.'

Ze klommen terug naar het spoor en stapten door de opening in de pijler naar de volgende overspanning. Powers liet zich op zijn knieën zakken, richtte zijn lamp op de ruimte onder het spoor en bescheen de draagbalk aan de stroomopwaartse kant van de overspanning. Hush lichtte hem bij met zijn eigen zaklantaarn. Zelfs van die afstand konden ze zien dat de bovenste flens van de I-balk over de hele lengte was gespleten, over een afstand van bijna vijftien meter naar de westoever toe. Het stalen frame waar het spoor op rustte was daar totaal verbogen en vervormd.

'Detcord?' vroeg Hush.

'Detcord, detacord, primacord of wat dan ook. Als ze het goed hadden gedaan, zou deze overspanning ook zijn ingestort, maar het grootste deel van de klap is verloren gegaan in de ruimte. Union Pacific zegt dat ze deze sectie van de brug waarschijnlijk helemaal moeten vervangen voordat ze aan het middensegment kunnen beginnen.'

Hush, die op één knie naast de hoofdinspecteur zat, knikte lang-zaam. De chemische stank vanaf de rivier was hier veel sterker. 'De schade is groot genoeg om de reparatie flink te vertragen. Iemand wist dus heel goed wat hij deed.'

'Zo is dat,' zei Powers. Hij richtte zich op en klopte zijn broekspij-pen af. Ze klauterden terug naar de plaats waar de ingenieurs ston-den. Carolyn Lang had haar opschrijfboekje gepakt en praatte met de hoofdingenieur van Union Pacific. Hij bevestigde wat Powers al had gezegd.

'Die gespleten balk betekent dat de volgende overspanning ook beschadigd is. Door de instorting van het middensegment zijn waar-schijnlijk alle draagpennen geforceerd, tot aan de westoever toe. We wachten nu op mijn hoofdtechnicus. Hij zal morgenochtend hier wel zijn. De hele brug moet worden getest op vervormingen aan beide kanten.'

De man die als Campbell was voorgesteld snoof. 'Daar heb je geen technici voor nodig, Belon, dat zie je zo wel. Die hele brug is naar de kloten. Misschien kun je de pijlers nog gebruiken, maar dat is ook alles.'

Juist op dat moment schakelde de grote rangeerloc zijn motoren uit, alsof hij had meegeluisterd. De plotselinge, betrekkelijke stilte werd meteen opgevuld door het dreunen van de aggregaten voor de noodverlichting en het gekwetter van politieradio's.

'Wat was het, een tijdklok of een ontsteking op afstand? Is daar al uitsluitsel over?' vroeg Hush.

Powers rolde met zijn ogen. 'Uitsluitsel? Vergeet het maar. Iedereen heeft een andere mening. Al die klojo's uit Washington die zich ermee bemoeien! Zo komt er nooit duidelijkheid.'

Hush keek hem lang en doordringend aan. Hij probeerde kalm te blijven. Lang hield haar potlood stil.

'Hoofdinspecteur Powers,' zei hij ten slotte, 'ik geloof dat u ver-moeider bent dan u zelf beseft.'

Powers sperde zijn ogen open en de aderen in zijn nek zwollen op. 'Hoor eens hier, vriend...'

'Nee, hoofdinspecteur,' viel Hush hem in de rede. 'Agent Lang en ik zijn agenten uit Washington. Wij moeten een federaal onderzoek instellen naar wat hier is gebeurd. Ik weet niet wat u dwarszit, maar wij zullen ons door u niet laten hinderen. De FBI stelt uw medewer-king op prijs en zou graag met u en andere plaatselijke instanties samenwerken, maar als u zich niet over uw vooroordelen tegen Washington heen kunt zetten en zakelijk met ons kunt overleggen, zal ik het leger opdracht geven iedereen van deze brug te verwijderen en het hele terrein af te grendelen. Die bevoegdheid heb ik. Eén gesprekje met mijn zaktelefoon is voldoende. Als het zo ver moet komen, zal uw naam een grote rol spelen in mijn rapport. Is dat duidelijk, hoofdinspecteur Powers? Moet ik nog even doorgaan? Of bent u eindelijk bereid uw werk als politieman te doen?'

De andere mannen achter het gele lint probeerden zich zo klein mogelijk te maken. Lang observeerde de hoofdinspecteur, die rood aanliep. Powers keek woedend om zich heen, en één moment dacht Hush dat de forse politieman hem zou aanvliegen. Hush was wel langer dan Powers, maar niet zo breed. Uit zijn ooghoek zag hij dat Langs rechterhand al naar haar heup gleed. Powers moest die beweging hebben gezien, want opeens draaide hij om als een blad aan een boom. Hij keek Hush aan en zuchtte gelaten.

'Ik vind het best,' zei hij. 'Als jullie de leiding willen, krijgen jullie de leiding. De politie van Missouri wacht gespannen op uw orders, meneer de hoge piet uit Washington.'

'Goed, hoofdinspecteur. Senior agent Lang zal u vertellen wat er nodig is. Eerst moeten we de plaats van het misdrijf veiligstellen.'

Carolyn knipperde niet eens met haar ogen. 'Hoofdinspecteur Powers, vraag uw mensen om iedereen van deze brug te verwijderen, aan beide kanten, behalve de technische recherche en hun collega's uit Washington. We richten een commandopost in bij de rivier, bij voorkeur aan deze kant. Onze technische mensen zullen hier vroeg in de ochtend arriveren. Dan krijgen ze een briefing van uw deskundigen en de veiligheidsexperts van de spoorwegen, en daarna werken ze sámen aan een voorlopig rapport.'

Powers staarde haar aan. Hush deed er nog een schepje bovenop.

'En al die mensen die nu op de oever rondhangen – het leger, de politie of wie dan ook – krijgen plastic zakken om alle voorwerpen te verzamelen die ze langs de oevers kunnen vinden, tot vijfhonderd meter stroomafwaarts, aan beide kanten. Die zakken worden naar een hangar op het plaatselijke vliegveld gebracht en daar ingeklaard als bewijs. Als dat is gebeurd, wil ik een bespreking met u, het hoofd van uw technische recherche, de commandant van de genie ter plaatse en de hoogste vertegenwoordiger van de spoorwegen. We spreken elkaar... laten we zeggen... over een uur, op de commandopost van het leger.' Hush draaide zich om naar de man van Union Pacific. 'Meneer Jameson, kunnen uw mensen helpen om de omgeving hier af te grendelen?'

'Jazeker,' antwoordde Jameson, met een schuine blik naar Powers. 'Maar we moeten ook doorgaan met ons eigen onderzoekswerk hier, als dat kan.'

'Ja, uitstekend. Maar hou die sleepboten bij de brug zelf vandaan. Leg geen boten aan de pijlers vast, of dat soort dingen. Misschien kan een van die sleepboten als drijvende commandopost dienstdoen voor uw operatie, maar hou de omgeving van de brug voorlopig vrij.'

'Akkoord. Dan zie ik u over een uur op de commandopost.' Hij stootte Canning aan en samen liepen ze haastig terug naar de westoever. Campbell stapte naar de rand van het platform en begon in een portofoon te praten.

Hush keek naar Powers, die daar nog steeds stond, met een verkrampte kaak en een lelijk gezicht.

'Nou?' vroeg Hush.

Powers zweeg een hele tijd, maar dook toen onder het lint door en riep naar een van zijn mensen om zijn 'radio hier te brengen, godverdomme, en nu meteen!' Majoor Williams zette zijn helm af, veegde over zijn voorhoofd en grijnsde tegen Hush. 'Als ik jullie was, zou ik me maar keurig aan de maximumsnelheid houden zolang jullie in Missouri zijn.'

'Dit was niet de manier waarop ik wilde beginnen,' zei Hush tegen Carolyn, 'maar we hebben geen tijd voor spelletjes. Er zijn toch al veel sporen verloren gegaan.'

'Waarom wilt u al die rommel verzamelen?' vroeg de majoor.

'Er is altijd een kans, hoe klein ook, dat we bruikbare bewijzen vinden. Niet erg waarschijnlijk, dat geef ik toe, maar we moeten het proberen. Carolyn, ga jij eens op zoek naar onze mensen uit St. Louis, als je wilt. Kijk wat ze hebben en loop dan naar de commandopost van het leger. Vertel de leiding daar waar wij mee bezig zijn en wacht daar op me.'

Ze knikte en liep over de loopbrug naar de westoever terug. De drie hulpsheriffs staarden haar met grote ogen na. Hush vroeg de legerofficier om een korte uitleg over de constructie van de brug. De majoor nam hem mee naar de pijler en wees de belangrijkste onderdelen van het gebinte aan. Hij legde ook uit hoe de draagpennen waren gemonteerd. Toen liepen ze terug naar de volgende overspanning, waar de majoor hem een intacte serie pennen kon aanwijzen. Ten slotte bleven ze staan aan de rand van het middensegment om het vernielde gedeelte met de intacte structuur te vergelijken. Toen hij uitgesproken was, had Hush nog een vraag:

'Hoe ernstig is dit allemaal? Wat zijn de gevolgen voor de spoorwegen?'

Williams zette zijn helm weer op en tuurde over de rivier. 'Dat kunnen de technische jongens van Union Pacific u beter vertellen. De genie is niet betrokken bij het functioneren van de spoorwegen als zodanig. Maar het lijkt me een ernstig probleem. Alle grote spoorwegmaatschappijen zitten tegenwoordig aan de grens van hun capaciteit.'

'Maar ze kunnen het treinverkeer toch omleiden naar een andere brug?'

'Ja en nee. U ziet iets over het hoofd. Op het traject van elfhonderd kilometer tussen St. Louis en de Golf liggen maar zes spoorbruggen over deze rivier. Nu nog maar vijf, na deze aanslag. Volgens mij gaat het wel even duren voordat die brug is hersteld, hoewel we Morgan Keeler erbij hebben gehaald, de grote expert bij de genie die alles van de bruggen over de Mississippi weet.'

Een van de hulpsheriffs kwam naar het gele lint toe met een portofoon in zijn hand.

'Directeur Hanson?' zei hij.

'Ja?'

'Een dame wil u spreken.' Heel nadrukkelijk reikte hij Hush de portofoon aan over het lint.

'Hanson.'

'Carolyn Lang hier. Ik ben op de commandopost van de genie. Het leger organiseert nu de zoektocht op de oevers. De politie is niet... ik herhaal, *niet*... bereid om mee te werken. Orders van hoofdinspecteur Powers, heb ik begrepen. Ze willen wel de omgeving van de brug afgrendelen en iedereen daar vandaan houden, behalve de technische recherche. Ik heb gehoord dat de hoofdingenieur van de genie, ene Morgan Keeler, over een halfuur per helikopter hier zal aankomen. Hij weet dat we een bespreking hebben. De speciale agenten Russo en Markham zijn onderweg naar u toe. Over.'

'Hanson hier. Begrepen. Controleer nog even of het hoofd van de technische recherche van de politie ook bij de bespreking aanwezig zal zijn.'

'Ik zal ervoor zorgen.'

Hij gaf de portofoon weer aan de hulpsheriff terug. 'Er komen twee FBI-agenten naar de brug. Laat ze door, als u wilt,' zei hij.

De hulpsheriff knikte kort, spuwde een fluim tussen de bielzen door het water in en liep over de loopbrug terug naar zijn post aan het einde van de volgende overspanning. Het verhaal over de confrontatie tussen de FBI en de politie was blijkbaar al bekend, dacht Hush. Niets aan te doen.

Hij pakte zijn zaklantaarn en liep terug naar de betonnen richel om de situatie nog eens in zich op te nemen. Hij lette erop dat hij niet op het beroete beton vlak voor de kast van de draagpen stapte. De zadelklem in de holte was ernstig verbogen maar zat nog wel vast. Er zaten diepe voren aan de buitenkant van de klem, waar de uiteinden van het middensegment overheen waren geschraapt voordat het hele zaakje in de rivier was gestort. Hush boog zich over de zijkant, richtte zijn zaklantaarn naar het water en zag de restanten van een ladder die was kromgetrokken en dubbelgeklapt boven de rivier, zes meter beneden hem. Het ding zwaaide heen en weer in het ritme van de draaikolken die aan de onderkant rukten. Er wapperde iets in de luchtstroom rond de betonnen voet van de pijler. Er leek een stukje stof klem te zitten tussen de zijkant van de ladder en de voorkant van de pijler, ongeveer halverwege. Opeens kreeg hij last van hoogtevrees toen hij langs de steile zijkanten van de pijler omlaagkeek, met niets anders tussen hem en de rivier dan de donkere nacht. Schielijk trok hij zijn hoofd weer terug.

'Meneer Hanson?' zei een stem achter hem. Hush richtte zich op en draaide zich om. Twee FBI-agenten van het kantoor in St. Louis stonden achter het lint.

'Heren. Heeft agent Lang u al gezegd dat we de hele oever laten afzoeken?'

'Ja, meneer,' zei Russo. 'En dan nog iets. We hebben problemen met de politie hier. We krijgen opeens een ijzige behandeling en ik hoor ze binnensmonds schelden en zo.'

Hush lachte zuur. 'De hoofdinspecteur heeft de pest aan de Feds,' antwoordde hij. 'Ik moest hem wel tot de orde roepen. Jullie nemen de leiding van die zoekactie. Zorg dat er op elke zak een etiket komt met de plaats waar de inhoud globaal is gevonden, ten opzichte van de brug, bijvoorbeeld "westoever, honderd meter stroomafwaarts". Zoiets. En leg die zakken daarna in een logische volgorde. We hebben niets aan een hele berg afval. Als er genoeg ruimte is, leg ze dan precies zoals ze verzameld zijn, en laat ze open, zodat onze laboranten ze makkelijk kunnen leeggooien om de inhoud te onderzoeken.'

'Begrepen,' zei Markham. 'Agent Lang zei iets over een hangar op het vliegveld?'

'Dat is de enige plaats die me zo snel te binnen schoot,' antwoordde Hush. 'Ik heb daar een paar hangars gezien toen we hier aankwamen. Net als na een vliegtuigongeluk... genoeg ruimte, maar wel beschermd.'

'Goed, we regelen het wel. Het leger zorgt voor transport en de politie zal het gebouw bewaken als we de zakken hebben afgeleverd.'

'Oké. Heeft agent Lang nog problemen met de mensen daar?'

Russo keek even naar Markham en grijnsde. 'Een van die smerissen had commentaar,' zei hij. 'Lang liep naar hem toe, noteerde zijn naam en nummer in haar boekje, vroeg of hij een goede advocaat had en draaide zich om. De vent keek alsof hij acute buikkramp had. Het Scheermes is nog geen steek veranderd.'

Het Scheermes? Ze wisten dus nog heel goed wie ze was. 'Is Hijzelf er al?'

'Ik geloof het wel.'

'Goed. Dat was alles.'

De agenten knikten en vertrokken. Met een adjunct-directeur in hun eigen domein stelden sommige bureauchefs zich heel formeel op. Anderen, zoals Hijzelf Herlihy, reageerden als een valse waakhond. Hush wist zeker dat Lang het nog moeilijk zou krijgen als Herlihy verscheen. Dus ging hij op zoek naar de commandopost van het leger.

Kolonel Anderson masseerde zijn slapen. Het was bijna negen uur 's avonds en de afdelingshoofden aan weerskanten van de vergadertafel wachtten rustig af. De instructeur van Operaties, een jonge kapitein, stond plaats-rust naast het podium. De laatste dia leek opeens heel flets toen het licht weer aanging. Anderson keek de tafel rond.

'Goed,' zei hij. 'Nadat we... hoe lang, drie jaar?... met het ministerie van Milieu hebben geworsteld, al die demonstranten en vijandige media hebben getrotseerd en de hele militaire papierwinkel hebben doorzwoegd, moeten we nu opeens een andere route kiezen?'

Geen van de stafofficieren zei een woord. Sommigen waren nieuw, maar een aantal van hen, zoals Matthews, zat al lang genoeg in Anniston om de reikwijdte van Andersons woorden te beseffen. Matthews keek naar Carl Hill, die met een grimmig gezicht aan het einde van de tafel zat.

'Misschien vallen de reparaties wel mee, kolonel,' opperde Matthews. 'Bij de meeste treinongelukken hebben ze de verbinding binnen een dag weer hersteld.'

Hill schudde zijn hoofd. 'Heb je die bruggen over de Mississippi wel eens gezien, Tom?'

'Nee.'

Hill knikte. 'Het zijn enorme dingen. Niet zo lang als de bruggen over de Rijn, maar het scheelt niet veel. Zware, hoge vakwerkconstructies met veel staal en massieve spanten. Sommige liggen meer dan veertig meter boven de rivier om de scheepvaart niet te hinderen.'

'Maar ze zullen die brug toch moeten herstellen of vervangen, niet?' zei Anderson.

'Ik weet het niet, kolonel. Voor Union Pacific is het waarschijnlijk meer een financieel dan een technisch probleem. In elk geval kunnen wij onze route voor trein 2713 wel vergeten. En dat is een ramp voor het tijdschema. Het ministerie van Milieu heeft ons toestemming gegeven voor een bepaalde periode, en langer niet. Over tien dagen *moet* de 2713 vertrekken. Als dat niet gebeurt, verandert onze koets weer in een pompoen en kunnen we helemaal overnieuw beginnen.'

Er viel een pijnlijke stilte in de vergaderkamer. Matthews wist dat Anderson en Hill niets mochten zeggen over die andere – nog dringender – reden om de trein op tijd te laten vertrekken. De andere afdelingshoofden waren wel op de hoogte van het vliegtuigongeluk maar wisten niets van de lekkende kernwapens.

'We hebben veertien dagen de tijd voor het transport, vanaf het moment dat de lege mantels uit het beton aan boord zijn geladen,' vervolgde Hill, om de stilte te doorbreken. 'We kunnen de trein volgende week donderdag dus niet werkloos in de loods laten staan.'

Anderson tikte met een potlood op de tafel. 'Hoe lang is die reis naar Utah?'

'Vijfentwintighonderd kilometer, kolonel. Bij een gemiddelde snelheid van 55 kilometer per uur zal de reis zo'n 45 uur duren. Tenminste, toen de route nog via de brug van Cape Girardeau liep.'

'En nu?'

'Als we die brug niet kunnen gebruiken, moeten we iets anders bedenken. En toestemming zien te krijgen voor die nieuwe route. Hoe dan ook, die trein *moet* volgende week donderdag op weg gaan.'

'Misschien kunnen we onze mond houden,' opperde Matthews, 'en pas een andere route nemen als we al onderweg zijn. Als er iemand protesteert, kunnen we zeggen dat we om... nou... om veiligheidsredenen een andere weg moesten kiezen.'

'Ja, daar zat ik ook aan te denken, Tom,' zei kolonel Anderson. 'Maar dat moet ik wel met Washington overleggen. Het is onmogelijk om binnen negen dagen officieel toestemming te krijgen voor een nieuwe route. Hogerhand zal ons dus moeten dekken. Goed, heren, dat was het. Tom en Carl, willen jullie nog even blijven?'

De anderen verlieten haastig de vergaderzaal. Anderson vroeg Matthews om de deur te sluiten.

'Tom, hoe staat het met die C-130? Weet die kolonel Mehle al dat de brug is ingestort?'

Matthews ging zitten en streek met zijn vingers door zijn dunne haar. Hij was al bijna drie jaar officier Operaties hier in Anniston. Dit zou zijn laatste functie zijn in het leger.

'Kolonel Mehle is al de hele dag bij het wrak van de C-130. Misschien heeft hij het nieuws over de brug gehoord, maar waarschijnlijk is de betekenis nog niet tot hem doorgedrongen.'

'Stel me even gerust,' zei Anderson, terwijl hij hen allebei aankeek. 'Het feit dat hier een paar lekkende kernwapens liggen is nog steeds geheim?'

Ze knikten allebei. 'Ja, kolonel. De militaire politie en de mensen van het CERT weten wel dat er iets loos is, maar zij mogen de plaats van het wrak niet verlaten, zoals u hebt gezegd.'

'Carl, heb jij de wagons waar Mehle om heeft gevraagd?'

'Ik heb er twee voor hem, kolonel, geen vier. We kunnen twee gepantserde en vacuümgezogen tankwagons gebruiken. Op de vrachtbrief noteren we de inhoud dan als raketmantels die met mosterdgas zijn besmet. Later moeten we maar bedenken wat we met de werkelijke mantels moeten doen.'

'Mehle zei dat hij vier wagons nodig had. Ik weet niet of het problemen geeft om twee van die wapens samen in één wagon te laden. Misschien is dat te veel plutonium bij elkaar.'

'Dat lijkt me niet, kolonel,' zei Matthews. 'Aan boord van die C-130 lagen ze nog dichter bij elkaar.'

'Maar dat was vóór de noodlanding,' merkte Anderson op. 'Goed, ik moet het maar met Mehle overleggen. Ik zal hem zeggen dat we twee grote vacuümwagons hebben. Daar moet hij het mee doen. Hij zei dat hij de wapens zo snel mogelijk naar Loods Negen wilde overbrengen.'

'Als hij dat doet, zijn er nog meer mensen die weten wat er aan de hand is, kolonel,' zei Matthews. 'Het personeel van Loods Negen en de bestuurders van de munitietruck. Als ze geigertellers en dosimeters zien, weten ze meteen dat het niet om chemische wapens gaat.'

Anderson fronste. 'Misschien kan Mehles eigen team de wapens in Loods Negen bewaken. Dan hoeft alleen de hoofdopzichter van de loods er iets van te weten.'

'En iedereen die iets weet moet hier in quarantaine blijven,' zei Matthews. 'Want als dit ooit bekend wordt, nou ja...'

'Precies,' viel Anderson hem in de rede. 'Goed, ik zal met Washington bellen en dan met Mehle praten. Carl, voorlopig zeggen we niets over eventuele wijzigingen in de route.'

'Akkoord, kolonel,' zei Hill. Hij stond op, liep naar de muur en trok een grote kaart van de Verenigde Staten omlaag waarop alle grote spoorwegverbindingen waren aangegeven. 'Het probleem is dus om de Mississippi over te steken. Er zijn nog vijf andere bruggen die we kunnen nemen om binnen het tijdschema te blijven. Cape Girardeau was onze eerste keus omdat de 2713 dan niet door een grote stad hoefde.'

Anderson knikte en tuurde naar de kaart. 'Het lijkt me niet verstandig om die trein door St. Louis of New Orleans te laten rijden,' zei hij.

'Dan blijven er nog drie kandidaten over,' zei Hill, wijzend naar de kaart. 'Memphis, Baton Rouge en Vicksburg. Tom, heeft de genie enig idee wat er met die brug gebeurd is?'

'Nee, alleen dat hij is ingestort met een trein erop. We hebben de eerste rapporten ontvangen via onze contactman bij de genietroepen op het kantoor in St. Louis. De hele rivier ligt vol met wrakstukken.'

'En dus zal elke milieuactivist van hier tot aan Tooele zich voor onze 2713 op de rails werpen,' zei Anderson hoofdschuddend. 'Zéker als we officieel toestemming willen krijgen voor een omleiding.'

'Nou, kolonel, u moet toegeven...'

'Ik hoef helemaal niks toe te geven, Tom,' zei Anderson op een scherpe toon die Matthews niet van hem gewend was. 'In het holst van de nacht heb ik met een viersterrengeneraal gebeld, die me duidelijk te verstaan gaf dat er maar één ding telt. Die trein moet Mehles lekkende torpedo's zo snel mogelijk naar het National Engineering Laboratory in Idaho zien te krijgen. De chemische wapens zijn nu minder belangrijk. Sterker nog, Carl, jouw trein moet de dekmantel vormen voor het transport van die kernwapens.'

Matthews zag dat Carl Hill wilde vragen of hij dat op schrift kon krijgen. Hij keek Carl even aan en schudde zijn hoofd. Dit leek hem niet het juiste moment daarvoor. Hij stond op voordat Hill nog iets kon zeggen. 'Goed, kolonel,' zei hij. 'Begrepen.'

'Mooi,' besloot Anderson. 'Washington zal ons nog adviseren waar we het beste de rivier kunnen oversteken. Tom, jij en Carl werken een nieuwe route uit. Voorlopig gokken we maar op een omleiding.'

Anderson deed hen uitgeleide, liep naar zijn eigen kantoor en trok de deur achter zich dicht. Hill keek Matthews aan met een blik van 'Wat moest je nou?', maar Matthews wenkte hem om mee te komen. Hij wachtte tot ze buiten gehoorsafstand van Andersons kantoor waren.

'Hij staat al genoeg onder druk. Je moet hem nu niet in een hoek drijven,' zei hij. 'Laten we eerst maar zien wat er gebeurt. Ik ben er nog lang niet van overtuigd dat dit allemaal zal gaan zoals Mehle het zich heeft voorgesteld.'

'Volgens die viersterrengeneraal, wie hij ook mag zijn, gaat het allemaal precíes zoals Mehle zich heeft voorgesteld.'

'Ja, nu nog wel. Maar hoe meer mensen hierbij betrokken raken, des te groter de kans dat de hele zaak zal uitlekken.'

De tweeënhalftonner van de genietroepen was vervangen door een grote truck met oplegger, volgeladen met verbindingsapparatuur. Aan één kant van de oplegger was een olijfgroene voortent bevestigd, waar de bespreking plaatsvond. Er waren geen stoelen of tafels. Het enige licht kwam van de open deur naar de commandopost zelf. Aanwezig waren hoofdinspecteur Powers, Hush, Carolyn Lang, het hoofd van de technische recherche van de politie, de hoofdingenieur van Union Pacific, een luitenant-ter-zee van de kustwacht, en majoor Williams. Terwijl de groep zich verzamelde om een tijdelijke koffiebar, landde er honderd meter verderop een legerhelikopter in een stofwolk die opdwarrelde in het schijnsel van de landingslichten. Eén enkele passagier, zo te zien een burger, stapte voorzichtig uit onder de draaiende rotorbladen en liep naar de commandopost. Hij was een lange, magere man met kort grijs haar en een leren tas onder zijn arm. Hush had moeite zijn gezicht te zien toen de man zich bukte om de voortent binnen te stappen, maar hij ving een glimp op van een grauw en streng gezicht, misschien getekend door een chronische pijn. De man knikte tegen de spoorwegmensen en majoor Williams alsof hij iedereen kende. Powers negeerde hij.

'Wie van u is adjunct-directeur Hanson?' vroeg hij.

Hush stapte naar voren. 'Dat ben ik.'

De man draaide zich om en stak zijn hand uit. 'Meneer Hanson, ik ben Morgan Keeler, genietroepen, hoofdinspecteur bruggen voor de Mississippi-vallei. Ik begrijp dat u de leiding hebt van de federale eenheid die dit incident moet onderzoeken.'

'Dat klopt. Ik heb al het een en ander in beweging gezet.'

'Dat heb ik begrepen.'

Toen Hush' ogen gewend raakten aan de mengeling van licht en schaduw in de voortent, kon hij Keeler wat beter zien. Zijn eerste indruk werd bevestigd. De man had een ascetisch, scherp, bijna ingevallen gezicht, met intelligente diepliggende ogen onder fraaigevormde grijze wenkbrauwen. Keeler had opvallende kraaienpootjes bij zijn ooghoeken, een hoog voorhoofd en een lange, geprononceerde neus. Toen de inspecteur niets meer zei, voelde Hush zich verplicht de stilte op te vullen, wat niet zijn gewoonte was.

'De concrete sporen op de brug zelf zijn gedeeltelijk bewaard gebleven,' zei hij, zonder naar Powers te kijken. 'We laten ook naar aanwijzingen zoeken langs de oevers. De kans dat we iets vinden is klein, maar je kunt nooit weten. Het is wel duidelijk wat ze hebben gebruikt.'

'Zwart kruit, heb ik gehoord,' zei Keeler. Hij viste een pakje sigaretten uit de binnenzak van zijn jasje, schudde er een uit en stak hem op. De man had heel doordringende ogen, die oplichtten in het vlammetje van de gasaansteker. Zijn leeftijd was moeilijk te schatten – ergens in de vijftig, misschien tegen de zestig. Iemand om rekening mee te houden, dat zeker.

'Dat klopt. Zo ruikt het, in elk geval.'

'O, het is zwart kruit, geen twijfel mogelijk,' mengde Powers zich in het gesprek. Hij deed een stap naar voren. 'Ik ben hoofdinspecteur Mike Powers, hoofd recherche van de politie van Missouri,' zei hij. Hij drukte Keeler de hand en vervolgde: 'Mijn technische mensen zijn al een paar uur bezig en ze hebben een vorm van zwart kruit gevonden, waarschijnlijk pyrodex, met een krachtige ontsteker. Natuurlijk zal de FBI ook een onderzoek doen, dus misschien komt daar een heel andere uitslag uit. Ze hebben het beste laboratorium ter wereld, zoals u weet.'

Hush negeerde het sarcasme. 'Onze laboranten kunnen elk moment hier zijn,' zei hij. 'Ik neem aan dat ze de uitkomsten van uw technische recherche zullen bevestigen.'

Als Keeler iets voelde van de spanning tussen de politie en de FBI liet hij dat niet merken. 'Goed,' zei hij. 'Het technisch onderzoek is uw afdeling. Ik zal me bezighouden met de structurele analyse van de wrakstukken van de brug. Majoor Williams, hoe staat het ervoor?'

'We proberen die stapel wagons in de rivier te stabiliseren, kolonel. We stellen alles in het werk om een grootschalige vervuiling van de rivier te voorkomen. Als dat is gebeurd, moeten we de vaargeul vrijmaken. De veiligheidsdienst van de kustwacht in St. Louis meldt al files van binnenvaartschepen aan weerskanten.'

Het ontging Hush niet dat hij Keeler aansprak met 'kolonel'.

'Kunnen die schepen er niet aan de zijkant langs?' vroeg Keeler.

'Nee, kolonel,' zei de luitenant-ter-zee. 'De vaargeul daar loopt recht door het midden. Het water aan weerskanten is wel breed, maar niet meer dan tweeënhalf tot drie meter diep, en dan nog bij hoog water. We moeten die wrakstukken dus weghalen, vooral de neergestorte overspanning.'

'Dat is het werk van de genie,' zei Hush. 'Als ik de oevers heb laten afzoeken, waarbij het leger zo vriendelijk is om te helpen omdat de politie het blijkbaar te druk heeft met andere zaken, zullen wij ons ook met de brug gaan bezighouden.'

Powers stoof meteen op om zich te verdedigen. 'De politie houdt zich gewoon aan haar taakomschrijving, vooral omdat uw mensen het onderzoek nu hebben overgenomen, meneer Hanson.'

'U zegt het maar,' zuchtte Hush. 'Moeten we verder nog iets coördineren, meneer Keeler?'

Keeler keek Hush en Powers ongeduldig aan. 'Vanavond niet. Geef mij en de spoorwegingenieurs zo snel mogelijk toegang tot die brug, voordat de stroming de wrakstukken nog verder stroomafwaarts verspreidt. Hoe dichter ze bij de brug liggen, des te gemakkelijker wij ze kunnen weghalen, oké?'

'Kijk eerst maar eens naar die binnenste overspanning, Morgan,' zei de spoorwegingenieur. 'Waarschijnlijk hebben ze de draagbalken met detcord opgeblazen. Dat wordt een bergingsoperatie vanaf de rivier.'

'Detcord?' vroeg Keeler. Toen zuchtte hij. 'Goed. Heb je een team klaarstaan?'

'Zodra het licht wordt. Ze zullen ook het gebinte moeten onderzoeken vanaf het land – en de pennen en klinknagels moeten inspecteren, uiteraard. Maar ik voorspel je nu al dat we geen gewone kraan kunnen gebruiken.'

'Verdomme. Goed, dan ga ik eerst maar kijken,' zei Keeler. 'Het is wel duidelijk wat iedereen moet doen, en waar. Belon, jij, ik en de kustwacht hier zullen overleggen over een actieplan voor het vrijmaken van de vaargeul. De politie en de FBI hebben hun handen al vol.'

'Ik zal mijn technici laten beginnen in een wijde cirkel om de brug, om dan terug te werken naar het centrum van de explosie,' zei Hush. 'Op die manier kunnen jullie zo snel mogelijk met een bergingsoperatie beginnen.'

'Goed idee, meneer Hanson. Laat uw teamleider de majoor hier maar waarschuwen wanneer ze naar het begin van de brug kunnen komen.'

Hush knikte en maakte een eind aan de bespreking. Hij overlegde nog even met Lang en de twee agenten. 'Agent Russo, u neemt de leiding over het onderzoek langs de oevers. Zorg dat het vannacht nog gebeurt, nu al die mensen er nog zijn. Agent Markham, u werkt samen met het hoofd van de technische recherche van de politie hier – dat is, geloof ik, die kleine man die naast hoofdinspecteur Powers staat. Probeer er zoveel mogelijk teamwerk van te maken. Het is nergens voor nodig dat Powers' houding de hele sfeer vergiftigt. Stuur morgenochtend een auto om me op te halen van mijn motel, laten we zeggen om halfnegen. Verder nog vragen?'

De twee agenten schudden het hoofd en vertrokken. Hush draaide zich om naar Carolyn Lang.

'Laten we er maar mee stoppen voor vannacht. Morgenochtend stuur ik je terug naar Washington om die interdepartementale groep op de rails te krijgen. Ik blijf hier nog een dagje, maar wij kunnen hier niets meer doen.'

'Ik hoop alleen dat die politieman nog staat te wachten met de auto.'

'Denk je dat Powers hem heeft teruggeroepen?'

'Hij is niet echt blij met ons.'

Hush tuurde over het grasveld voor de commandopost. In het harde licht van de schijnwerpers stond Powers te praten met zijn mensen. Zijn driftige gebaren en zijn nijdige gezicht spraken boekdelen.

'Nou, dat is mijn probleem, denk ik,' zei Hush. 'Je hebt je goed geweerd daar op de brug, trouwens.'

Ze glimlachte tegen hem. 'Volgens mij valt hij wel mee,' zei ze. 'Hij voelt zich alleen op zijn pik getrapt omdat de FBI de leiding heeft.'

Hanson lachte. 'Ik hoop dat die auto er nog staat,' zei hij.

Toen ze over het spoor terugliepen naar de landweg, dook er uit het donker een lange gedaante op die naar hen toekwam. Hush herkende Joseph Michael Edward Herlihy, bureauchef van de FBI in St. Louis. Herlihy begroette hem hartelijk, maar zijn gezicht betrok toen hij Lang ontdekte.

'Ach, Jezus!' zei hij. 'Wat heeft zíj hier te zoeken?' Hij zei het alsof Lang er zelf niet bij was.

Hush voelde dat Lang verstijfde. 'Senior agent Lang is aangesteld als plaatsvervangend leider van de interdepartementale eenheid,' antwoordde Hush.

Herlihy keek Lang nijdig aan. 'O ja? Nou, dat is dan heel dom. Lang als leider van een eenheid? Van alle...'

'Door de directeur,' voegde Hush er rustig aan toe.

Herlihy zweeg midden in zijn zin en had zichtbare moeite zich te herstellen. Ten slotte pakte hij Hush bij de arm, trok hem mee en draaide Lang zijn rug toe. 'Ik kan wel begrijpen dat ze een adjunct-directeur hebben gestuurd voor dit onderzoek,' zei hij. 'Daar heb ik geen probleem mee. Ik heb al van mijn mensen gehoord dat het een ravage is bij de rivier. Maar je moet heel goed uitkijken voor dat wijf, Hush. Ze kan zich poeslief gedragen, maar ze is levensgevaarlijk.'

'Ik weet dat er hier wat problemen zijn geweest...' begon Hush, maar Herlihy viel hem in de rede.

'Problemen? Dat is zachtjes uitgedrukt,' zei hij, zonder zich druk te maken of Lang hem kon horen. 'Dat mens kwam hier binnenzeilen met allerlei frustraties en vooroordelen. Binnen een week hadden we al een aanklacht wegens ongelijke behandeling te pakken. De jongens hadden de pest aan haar. En Hank McDougal, mijn beste senior agent, heeft vanwege haar vroegtijdig ontslag genomen.'

'Zand erover, Joe,' zei Hush, die wel probeerde om zachtjes te praten. 'Hoor eens, het grootste deel van de tijd zit ze in Washington om de contacten met de andere diensten te onderhouden. Morgen gaat ze al terug.'

'Mooi zo,' zei Herlihy, zo luid dat Lang het wel moest horen. 'Deze staat is niet groot genoeg voor ons allebei, directeur of geen directeur. Heb je alles wat je nodig hebt, Hush? Mijn mensen zeiden dat ze kamers voor jullie hebben geboekt in de Best Western in Cape Girardeau.'

Hush knikte. 'Ja, voorlopig wel. Het leger helpt ons bij het afzoeken van de oevers. Waarschijnlijk tijdverspilling, maar je weet het nooit. O ja, en ik had een aanvaring met die hoofdinspecteur van politie hier, Powers. Heeft blijkbaar de schurft aan de FBI.'

Herlihy lachte. 'Ja. Hij wil hoofd van de politie worden. Ik denk dat hij zich al een heldenrol had toegedacht in deze zaak. Het is geen beroerde vent, maar nogal opvliegend. Zal ik eens met hem praten?'

'Nee, dat is mijn probleem. Maar ik wil wel graag een eigen commandocentrum. Heb je een trailer voor me?'

'Nee, niet echt. Een paar Suburbans voor de verbindingen, maar dat is alles.'

'Goed, dan zal ik me voorlopig behelpen met de commandopost van het leger,' zei Hush. Hij keek in het donker om zich heen. 'Ben je met je eigen auto? Powers had vervoer geregeld, maar ik vrees dat die wagen weer verdwenen is.'

'Mijn jongens brengen jullie wel naar het motel als het moet,' zei Herlihy. Hij leek wat gekalmeerd en vervolgde op normale toon: 'Ik ga eens kijken wat mijn mensen uitvoeren. Wat zijn jouw plannen?'

'Ik ben afgepeigerd. Ik ga pitten.' Hush vertelde hem over de afspraken met het leger en Herlihy zei dat hij zou proberen de volgende ochtend naar de hangar te komen. Met nog een laatste nijdige blik naar Lang draaide hij zich om en stampte over de spoorbaan naar de lichten toe.

4

De hangar begon al te stinken toen Hush op woensdagochtend arriveerde. De honderdtweeënzestig zakken met rommel die langs de oevers waren gevonden lagen in keurige rijen in de grote ruimte. Hush stapte uit het zonlicht naar binnen en keek om zich heen. De zakken deden hem denken aan de uitwerpselen van een smerig beest, nat en stinkend in kleine plassen vervuild water. Onwillekeurig sloeg hij een hand voor zijn neus. Een paar onderhoudsmensen van het vliegveld stonden er somber omheen. Bij de ingang stond een grote vuilniswagen geparkeerd, waarvan de twee chauffeurs onverschillig op de voorbumper een sigaretje zaten te roken. Herlihy's ASAC, de tweede man van het bureau in St. Louis, ontmoette Hush bij de deur, samen met drie andere agenten. Ze droegen papieren overalls, dunne maskertjes en rubberhandschoenen, en hadden een ijzeren hark in hun hand.

Hush begroette hen. 'Ik neem aan dat deze smerige verzameling geheel en al voor mijn rekening komt?'

'Jazeker,' antwoordde de adjunct-bureauchef. 'Volledig. De manager van het vliegveld heeft gevraagd of we kunnen opschieten met... wat we ook doen, zodat we vanavond weer vertrokken zijn. Er stonden hier drie vliegtuigen waaraan gewerkt werd. Die moest hij weghalen om ruimte te maken en hij wil ze zo snel mogelijk weer onder dak hebben. En het wordt een warme dag, heel warm!'

'Begrepen. Zijn dit de laboranten?'

'Ja,' antwoordde de adjunct. Hij stelde twee mensen voor van het lab uit Washington en een derde man van de technische recherche van de plaatselijke politie.

Hush schudde handen. De chef-laborant pakte een flesje Vicks, spoot wat in zijn neusgaten en gaf het flesje door aan de anderen. Er werd dankbaar gebruik van gemaakt. Hush trok ook een overall aan, die hem maar tot de knieën reikte. Hij ging voorop naar de eerste stapel afval. De adjunct praatte hem bij.

'Onze explosievenexperts zijn vannacht om halfdrie bij de brug aangekomen en hebben de conclusies van de plaatselijke politie min of meer bevestigd. Twee specialisten van ons team zijn daar nu aan het werk, onder leiding van doctor Franklin. De andere technici zijn een paar uurtjes gaan slapen. Hier op het vliegveld zijn een paar smerissen, die indringers en de pers op een afstand houden terwijl wij met dit onderzoek bezig zijn. O, eh... weten we eigenlijk waar we naar zoeken, meneer?'

'Nee,' antwoordde Hanson vrolijk. 'Het zou mooi zijn als we de onderdelen van een bom zouden vinden – draden, een klok, batterijen, lege dynamietdozen, buskruitblikjes, creditcard-bewijsjes voor de aanschaf van buskruit, een groepsfoto van de daders... dat soort dingen.'

De anderen grijnsden achter hun maskertjes.

'Maar serieus, ik wil die zakken doorzoeken naar iets dat je niet langs een rivier zou verwachten, of iets dat met enige fantasie in verband kan worden gebracht met die aanslag op de brug. Ik weet nog niet wát, maar we zullen deze eh... verzameling één keer doorwerken. Daar laten we het bij. En we doen het samen, als groep.'

Ze doorzochten de eerste rij zakken, van voor naar achter, speurend naar iets dat er niet hoorde. De rivieroevers hadden een bizarre collectie vuilnis opgeleverd die de technici met ijzeren harken uiteen pulkten: flessen, plastic zakken, hout, kleren, een paar schoenen, papieren dozen, blikjes, een dode kat, autobanden... het decor van de gemiddelde Amerikaanse rivier. Aan het eind van de eerste rij legden ze een paar geteerde planken opzij met verse splinterranden. Die moesten van de brug afkomstig zijn. De tweede en derde rij leverden niets op.

De mannen van de stadsreiniging reden hun vuilniswagen met veel lawaai de hangar in en volgden de agenten met spaden en bezems. Halverwege de vierde rij zag Hush iets: een lap stof van een centimeter of dertig, waarschijnlijk van een T-shirt gescheurd. Hij trok de lap uit de stapel. De doek deed hem ergens aan denken, maar hij wist niet wat.

'Meneer Hanson?'

'Doe maar in een zak.'

Ze gingen verder met de vierde rij en begonnen aan de vijfde. Ze vonden nog wat hout van de brug, gedrenkt in iets dat naar schoonmaakmiddelen rook. Aan het einde van de vijfde rij boog een van de agenten zich over de stapel en haalde er een doek uit die precies op de eerste leek.

'Goed gezien,' zei Hush. 'Het is een lap die bewust is afgescheurd, als een noodverband. En nog redelijk schoon, in al die troep. Volgens mij heeft het iets te maken met die aanslag, maar ik kan me niet herinneren wát. Doe maar in een zak, dan gaan we verder.'

Ze waren anderhalf uur bezig met de rest van het afval, maar verder was er op de oevers van de rivier niets interessants gevonden, behalve nog wat planken van de loopbrug. De monteurs van de hangar hadden een brandslang gepakt en begonnen de betonvloer al schoon te spuiten tegen de tijd dat de agenten klaar waren met hun werk. Ze liepen naar buiten, de zon in, om te overleggen.

'Ik weet niet of dit erg zinvol was,' zei Hush. 'Maar ik vond toch dat we moesten zoeken. Je weet nooit waar je toevallig bewijzen vindt. Laat die twee lappen analyseren op chemische sporen en ga na of ze allebei hetzelfde zijn. Die stukken hout van de loopbruggen zullen wel bevestigen dat ze aan brand en buskruit zijn blootgesteld. Jullie zijn het er toch mee eens dat het een buskruitexplosie was?'

'Ja, meneer,' zei de oudste van de twee FBI-laboranten. 'Dat kan je neus je ook vertellen, maar de sporen bewijzen het. We kunnen wel ontdekken welk type kruit het was, misschien zelfs wie de fabrikant is en wat voor ontsteker er is gebruikt. Het zal wel een slaghoedje zijn geweest, of een combinatie van een slaghoedje en dynamiet.'

'Een zware bom? Zo zwaar dat hij door meer dan één man moest worden vervoerd?'

'Dat hoeft niet,' zei de technicus van de plaatselijke recherche. 'Die betonnen holte zal de explosie redelijk hebben beteugeld, zodat alle kracht op het beweegbare deel van de constructie werd gericht, dus op de draagpen. Volgens die Keeler hoefden ze alleen de pen op te blazen, niet de hele brug. De brug is ingestort omdat de pen waarop alles rustte is vernietigd, met een trein van tweeduizend ton er bovenop. Daar heb je geen bom van vijfhonderd pond voor nodig.'

'Dus de daders wisten precies waar ze de lading moesten aanbrengen voor een maximaal effect met zo min mogelijk materiaal?'

'Ja, meneer. Deze jongens wisten iets van bruggenbouw. Zonder het gewicht van die trein erop zou de brug misschien niet eens meteen zijn ingestort.'

'Goed, heren, bedankt voor alle moeite. Als iemand me nu naar de brug kan rijden? En een van de laboranten gaat met me mee.'

De rest van de dag bleef Hush op de brug, om de situatie en de schaarse sporen te bestuderen. De kraanwagen was door de rangeerloc weer naar de oever teruggereden. Blijkbaar vond Morgan Keeler ook de westelijke overspanning te onbetrouwbaar. De genietroepen en de kustwacht waren druk bezig met een grootscheepse bergingsoperatie op de rivier. Ze hadden een enorme drijvende kraan ingehuurd. Drie wagons waren al geborgen en lagen nu op een aak die stroomafwaarts van de brug voor anker lag. Twee andere, nog lege aken lagen stroomopwaarts, klaar om te worden versleept. Drie grote en twee kleine sleepboten tuften rond de pijlers van de brug en probeerden uit de buurt te blijven van de zware kabels die de drijvende kraan op zijn plaats hielden in de stroming. Het gedreun van de motoren was oorverdovend, zelfs zo hoog op de brug. Een normaal gesprek was bijna onmogelijk en iedereen communiceerde met pen en papier.

Hanson ontdekte nog een lap die achter de ladder van een pijler was blijven steken. Net zo'n doek als die twee uit de hangar, zo te zien. Nu wist hij weer wat hem die ochtend niet te binnen had willen schieten. Hij liet de lap ophalen als mogelijk bewijsstuk. Tegen een uur of twee trokken ze zich terug naar de voet van de brug voor een eerste bespreking. Ze kregen boterhammen en koffie op de militaire commandopost en bespraken de resultaten toen er een politiewagen hobbelend over de zandweg kwam en helemaal naar de brug reed. Het rechterportier ging open. Hoofdinspecteur Powers stapte uit en kwam naar het groepje toe. Hush bood hem een piepschuimbekertje met koffie aan.

'Doet u mee?' vroeg hij.

Powers fronste, maar pakte het bekertje toch aan.

'We waren bijna klaar hier,' zei Hush, met een knikje naar de brug. 'Ik denk dat we de meeste sporen nu wel gevonden hebben, voor zover aanwezig.'

Powers knikte. 'Ja. Iemand heeft die brug opgeblazen, als je het mij vraagt.' Hush keek hem even aan, maar Powers vertrok geen spier. De technisch rechercheur grijnsde in zijn koffiebekertje.

'In die hangar hebben jullie alleen twee lappen gevonden, hoorde ik,' zei Powers.

'Ja, en nog een op de brug.'

'En?'

'Dat weten we nog niet, hoofdinspecteur,' zei een van de laboranten van de FBI. 'We moeten nog meer werk doen. Onderzoek, weet u wel? Dat is ons werk. Wij zijn de FBI.' Nu was het Hush die een lachje onderdrukte. De laborant was goed van de tongriem gesneden. Tot zijn verbazing zag hij dat Powers begon te grijnzen. Even later stonden ze allemaal te lachen. Powers zette zijn pet af, stampte wat modder van zijn schoenen en hield zijn hoofd schuin. Hush liep met hem mee naar de fundamenten van de brug.

'Ik kwam u eigenlijk vragen of u zin had om een hapje te eten,' zei Powers. 'Er is een goed steak-restaurant vlak bij de grens van Missouri. We moeten een nieuwe start maken, u en ik.'

Hush' gezicht klaarde op. 'Goed idee, hoofdinspecteur. Ik had zelf ook zoiets in gedachten.'

'Blij het te horen. Ik heet Mike, tussen haakjes. Ik zal een auto naar uw motel sturen. Om een uur of zeven?'

'Heel goed. En zeg maar Hush.'

Powers zette zijn pet weer op en liep terug naar de wachtende auto. Hush ging opgelucht terug naar de technici en gaf hun zijn laatste instructies. Hij vroeg de agenten om hem naar het motel te rijden, waar hij een snelle douche nam en de receptie vroeg hem om halfzeven te wekken. Toen liet hij zich op het bed vallen in de koele duisternis van de motelkamer. Er waren geen berichten van Lang, dus ging alles goed. Of anders was ze niet van plan zijn hulp in te roepen. Hij had een bericht achtergelaten voor Tyler Redford om haar zo goed mogelijk te helpen. Tyler zou wel begrijpen wat hij bedoelde.

Om klokslag zeven stopte er een glimmende politiewagen met een woud van antennes onder het afdak voor het motel. Hush stapte in. De chauffeur was een grote politieman van indiaanse afkomst. Dat betekende, tot Hush' grote opluchting, dat de voorbank zo ver mogelijk naar achteren was geschoven. De politieman salueerde met twee vingers en draaide de snelle auto toen de hoofdweg op. Hush bestudeerde het bedieningspaneel van alle apparatuur aan boord, terwijl de onverstoorbare chauffeur met zo'n honderdtwintig kilometer per uur over de donkere weg zoefde. Radio's, radar, een computerterminal, stapels formulieren, een eerstehulpkist, een geweer – alles wat een politieman maar nodig zou kunnen hebben. En een videocamera, zag hij. Om de boeven te filmen of de politie te beschermen tegen de advocaten van de boeven? Hij werkte al zo lang achter de schermen dat hij bijna was vergeten hoe een echte politiewagen eruitzag. Alleen het stalen hek tussen de voor- en achterbank ontbrak en het leek of de ruimte achterin was omgebouwd tot een mobiel commandocentrum, met twee telefoons en nog een computerterminal. Dit moest Powers' eigen wagen zijn, besefte hij.

Ze arriveerden bij het restaurant, een roodstenen gebouw langs de weg, waarvan het volle parkeerterrein veel goeds beloofde. De chauffeur zette hem bij de voordeur af. Hush was zich bewust van de blikken van vier jongelui in vrijetijdskleding die de parkeerplaats overstaken. Zelf droeg hij een donker pak, met een wit overhemd, een representatieve das en glanzende, zwarte wingtips. Zijn lengte alleen was al voldoende om de aandacht te trekken, en hij viel nog meer op omdat hij uit een politiewagen stapte.

Powers zat al aan een tafeltje. Hij was gekleed in een sportjasje, met een stropdas, een bruine militaire plooibroek en instappers. Het ontging Hush niet dat het sportjasje ruim genoeg zat om een schouderholster te kunnen verbergen. Eén moment vroeg hij zich af of hij zelf ook een wapen had moeten dragen nu hij weer in het veld werkte. Het personeel van het restaurant wist kennelijk wie Powers was en had hem een discreet hoektafeltje achter in de eetzaal gegeven. De zaal had een laag wit balkenplafond, met stenen muren, een houten lambrisering en een grote open haard aan beide kanten. De cliëntèle liep uiteen van nuchtere boeren tot jongelui uit de stad die erbij liepen als cowboys. Zoals altijd was Hush bang dat hij opviel toen hij zich op zijn stoel wurmde. Een aantrekkelijke jonge dienster dook bij het tafeltje op zodra hij was gaan zitten.

'Een dubbele scotch on the rocks, weinig water,' dreunde Powers en trok zijn wenkbrauwen op naar Hush.

'Voor mij ook,' zei Hush. Normaal dronk hij geen sterke drank tijdens een onderzoek in het veld, maar hij had het gevoel dat Powers hem op de proef stelde.

'Dank u, meneer. En hier zijn uw menu's. Onze specialiteit van vanavond...'

'Oké, Cindy,' zei Powers. 'We bestellen zo meteen.'

Het meisje haastte zich weg en kwam twee minuten later met de drankjes. Powers hief zijn glas naar Hush, nam een flinke slok en slaakte een voldane zucht.

'Niets zo lekker als die eerste slok na een zware dag,' zei hij. 'Om te beginnen wil ik mijn excuus maken voor mijn botte gedrag van gisteravond. Heel onprofessioneel. Niet goed te praten, en dat zal ik ook niet proberen.'

'Excuus aanvaard. En ik verontschuldig me voor mijn botte optreden als federaal agent. Dit is jouw gebied en ik had me anders moeten opstellen.'

'Ja, wel, nou ja. Ik... *wij*... willen helpen. Een aanslag op een spoorbrug is een heel ernstige zaak hier in Missouri. Om nog maar te zwijgen over de gevolgen voor het treinverkeer.'

'Daar zegt Union Pacific nog niet veel over.'

'Dat komt nog wel, maar de concurrentie is groot. Die spoorwegmaatschappijen zijn niet zo scheutig met informatie. Hoor eens, ik weet dat jullie de leiding hebben van het onderzoek, maar wij willen graag meedoen, want ik denk dat we heel nuttig kunnen zijn.'

Hush knikte en zette zijn glas neer. 'Daar kun je van opaan,' zei hij. 'Wat je ook over ons hebt gehoord, de FBI weet dat de politie altijd een veel beter beeld heeft van de plaatselijke situatie, tenzij wij al heel lang met een zaak bezig zijn. Vertel me eerst eens hoe de politie hier is georganiseerd.'

'Wij zijn de Highway Patrol. Dan heb je nog de County Sheriffs en sommige grote steden die het kunnen betalen – St. Louis, Kansas City, Jefferson City – hebben een eigen politiemacht. Een structuur die je wel vaker tegenkomt. Alleen hebben wij geen aparte recherche, zoals in Georgia. Recherchewerk valt onder ons.'

'Dus jullie zijn hier de CID?'

'De CIB,' verbeterde Powers hem. 'B voor Bureau. Missouri heeft vijf bureaus: operationele dienst, recherche, technische dienst, administratie en ondersteunende diensten. Ik ben hoofd van de recherche. We hebben de bevoegdheid om onderzoek te doen in de hele staat, rechterlijke bevelen aan te vragen en arrestaties te verrichten, ook in de steden en districten.'

'Goed,' zei Hush. Toen herinnerde hij zich wat Herlihy had gezegd. 'Laat ik je één ding vragen: Heeft dit ook een politieke kant? Ik bedoel, zou het wat uitmaken als wij de daders vinden en jullie ze arresteren? Want dat zou ik eventueel kunnen regelen.'

Powers leunde naar achteren in zijn stoel, met een waarderende uitdrukking op zijn gezicht. 'Verdomme, Hush Hanson,' zei hij grijnzend. 'Een Fed met politiek benul! Ik geloof dat ik voor je moet oppassen, vriend!'

Nu was het Hush' beurt om te grijnzen. 'Ach, kantoorpolitiek is bij ons ook niet onbekend, dat geef ik toe.'

Powers lachte hardop.

'Het enige dat voor ons echt telt,' vervolgde Hush, 'is dat we de eer kunnen opeisen in Washington. Dat is de enige achterban die voor ons belangrijk is.'

'Begrepen. En jij bent redelijk hoog, nietwaar? Als adjunct-directeur?'

'Juist. Mijn afdeling is opgericht voor de coördinatie van ingewikkelde federale onderzoeken waar verschillende diensten bij betrokken zijn. Als wij de daders te pakken krijgen, geef ik in Washington zo'n standaardbericht uit van "Wij krijgen altijd onze man". Maar als jullie een succesje kunnen behalen door de feitelijke arrestatie te verrichten, misschien met camera's erbij, dan heb ik daar geen moeite mee.' Hij wachtte even en nam een slok. 'Aangenomen dat het een plaatselijke kwestie is. Als het een Iraaks complot zou zijn of zoiets, is het natuurlijk een federale zaak.'

'Ja, oké,' zei Powers. 'Dat begrijp ik. Dus jullie denken dat er een of andere groep achter die aanslag zit?'

'We zijn nog maar net begonnen. We gaan er altijd van uit dat zo'n terroristische aanslag het werk is van een groep, al was het maar omdat zoiets niet zo eenvoudig te organiseren valt. Maar voorlopig hebben we nog geen enkele concrete aanwijzing, behalve een vermoeden van de explosieven die ze hebben gebruikt.'

'Wat is de rol van die Lang precies?' vroeg Powers, terwijl hij zijn glas leegdronk.

'Senior agent Carolyn Lang? Ze komt van het hoofdkwartier in Washington en ze is aangewezen als plaatsvervangend leider van dit onderzoek. Ze zal voornamelijk vanuit Washington opereren en de contacten tussen de departementen onderhouden.'

'Knappe meid,' vond Powers. 'Maar die jongens van Herlihy vertelden een paar dingen over haar. Een kenau, schijnt het.'

Hush zuchtte. 'Ik werk nog pas kort met haar,' zei hij. 'Het zijn allemaal verhalen uit de tweede hand. Maar Hijzelf Herlihy moet niets van haar hebben, dat staat vast.'

Powers liet het ijs in zijn glas rinkelen en knikte bij zichzelf. 'Ja, dat is duidelijk. Maar ik zal je wat zeggen. Gisteravond, toen jij en ik trammelant met elkaar hadden... Ik was zo kwaad dat ik iemand een dreun wilde verkopen. Ik weet niet of ze het zelf merkte, maar haar hand ging naar haar pistool op het moment dat ik bijna mijn zelfbe-heersing verloor. Ze heeft dus een goed instinct voor moeilijkheden.'

Hush herinnerde het zich. 'Dat is prettig om te weten.'

Toen zei Powers iets dat hem verraste. 'Die bijnaam van je,' zei hij. 'Hush. Waar komt die vandaan?'

'Ik ben nogal zwijgzaam. Iemand heeft daar ooit een grap over gemaakt, lang geleden. Zo is het ontstaan, en die naam is blijven han-gen.'

'Het heeft dus niets te maken met een schietpartij in Baltimore?'

Hush probeerde niets te laten merken. Hij vroeg zich af wie zijn mond voorbij had gepraat. Het incident in Baltimore was allang begraven en dat wilde hij graag zo houden. 'Nee,' zei hij. 'Dat staat er los van. Het grootste deel van mijn carrière heb ik achter een bureau in Washington gezeten.'

Powers glimlachte en zweeg een moment terwijl hij de kaart bestudeerde. Hush besefte dat Powers had rondgebeld. Nou ja, dat was alleen maar verstandig. Hush informeerde naar de politieman die hem naar het restaurant had gereden.

'Dat is Little Hill, Kleine Heuvel,' antwoordde Powers. 'De mensen hier denken dat hij indiaans is, maar zijn ouders komen van Samoa. Hij is mijn persoonlijke chauffeur. Hij kletst niet en hij is heel nuttig in gevaarlijke situaties.'

'Kléíne Heuvel?'

Powers grinnikte. 'Je had zijn vader moeten zien, Big Hill, Grote Heuvel. Die zat ook bij de politie.' Toen tikte hij op de menukaart. 'Hoe eet je je steaks?'

'Meestal niet doorbakken. Maar wat betekent dat hier?'

'Ze hakken de hoorns eraf, ze vegen de kont schoon en ze zetten hem zo op tafel.'

'Juist. Dan maar halfdoorbakken, denk ik.'

Onder het eten praatten ze over van alles en slepen de scherpe kantjes van hun bureaucratische relatie weg met nog een whisky. Bij de koffie vertelde Powers wat over zijn eigen achtergrond als politie-man en wachtte even toen de dienster het tafeltje kwam afruimen.

'Je zei dat je voornamelijk op het hoofdkwartier had gezeten,' zei hij. 'Ik dacht dat je heel wat praktijkervaring moest hebben om tot jouw functie op te klimmen.'

'Vroeger wel, maar ons werk wordt zo complex en gespecialiseerd dat sommige mensen ook binnen het hoofdkwartier carrière maken.'

Powers knikte langzaam en roerde in zijn koffie. Hij leek ergens over na te denken. Toen keek hij Hush weer aan.

'Hoe zat dat in Baltimore? Er gaan geruchten. Ik zou graag de waarheid horen.'

Daar moest Hush even over nadenken. Hij sprak bijna nooit over Baltimore, maar Powers leek hem recht-door-zee, zeker voor iemand met zijn hoge functie. Bovendien moesten ze samenwerken. Opeens kreeg hij de behoefte erover te praten. Misschien kwam het door de scotch.

'Ik was nog een jong agentje, de jongste van een team dat een valstrik had gezet voor een stelletje drugdealers,' zei hij. 'Mijn twee partners gingen naar binnen, ik bleef buiten. Het duurde nogal lang. Toen ze niet terugkwamen, stormde ik naar binnen. Zonder eerst om versterking te vragen, zoals dat hoorde. Er werd geschoten, maar het liep goed af. Toen kwam de hele papierwinkel. Ik kreeg op mijn lazer omdat ik niet volgens de richtlijnen had gehandeld, en terecht.'

Powers keek hem aandachtig aan. 'Zoals ik het heb gehoord,' zei hij ten slotte, 'hadden die drugdealers jouw partners al in de keuken op hun knieën gedwongen en wilden ze hun een nekschot geven. Jij stormde naar binnen en schoot ze allevier dood. Door het hoofd.'

Hush staarde door de eetzaal. Door de ogen, dacht hij, maar snel onderdrukte hij dat detail. Toch zou hij die herinnering nooit kwijtraken: vier schoten binnen hooguit drie seconden. De eerste, Herrera, was nog bezig in elkaar te storten als een eenogige zoutzak toen Hush de vierde man al een kogel door zijn kop had gejaagd. De schoten volgden elkaar zo snel op dat hij zich afvroeg of hij niet iemand had gemist. Maar het waren vier voltreffers. Een van de geknielde agenten plaste in zijn broek toen het schieten begon. De andere tilde na een paar seconden zijn hoofd op en keek Hush aan. De uitdrukking op het gezicht van die man zou Hush zijn leven lang bijblijven. De stilte in die keuken... dat slachthuis... was oorverdovend. Na die schietpartij had zijn bijnaam een heel nieuwe betekenis gekregen.

'Ja, zo ongeveer,' antwoordde hij nu, om maar wat te zeggen. Hij haalde zijn schouders op. 'Het is al lang geleden. Ik was nog onervaren, daarom hebben ze het me vergeven. Bovendien hebben ze daarna de richtlijnen veranderd. Je hoort een ervaren man op wacht te zetten. Als je hem echt nodig hebt, is dat niet het moment voor een amateur.'

'En na vier jaar heb je voor een andere carrière gekozen,' zei Powers. 'Op kantoor.'

'Klopt,' zei Hush.

'Vanwege dat schietincident?' Powers keek hem aan met een blik van: we zijn allebei politiemensen en het is belangrijk dat ik dat weet.

Hush aarzelde. Wat er in Baltimore was gebeurd had zijn leven veranderd. Hij was altijd al introvert geweest, maar na dat bloedbad had hij een muur om zich heen gebouwd om die andere Hush Hanson – de man die binnen drie seconden zo meedogenloos en efficiënt vier mensen kon doden – in bedwang te houden. Hij had natuurlijk alle reden gehad om te schieten, maar toch...

'Ja, toen ik die vier schooiers neerlegde, heb ik iets over mezelf ontdekt,' zei hij. 'En daar was ik niet blij mee.'

Powers wachtte even en zei toen: 'Je vond het lekker.'

'Lekker? Nee, dat is helemaal het verkeerde woord.'

Powers liet zich niet uit het veld slaan. 'Oké, niet lekker dan. Maar het was wel een kick. Het was het opwindendste dat je ooit had gedaan, hoe schuldig je je er achteraf ook over voelde.'

Hush knikte langzaam. 'Ik voelde me schuldig omdat ik vier mensen had gedood – als je ze mensen kon noemen. Natuurlijk was ik blij dat ik twee collega's het leven had gered.' Hij wachtte even. 'Ik denk dat ik moeilijk kon geloven dat ík dat had gedaan. In een fractie van een seconde.' Hij praatte te veel. Die verrekte scotch.

Powers knikte peinzend. 'Dus besloot je dat je beter niet meer op straat kon werken en koos je voor een bureaubaan.'

'Met wat aanmoediging van bovenaf, denk ik,' zei Hush. Hij wenkte de dienster voor nog een kop koffie. 'Ik geloof dat mijn bazen ook geschrokken waren. Ik ben heel jong op het hoofdkwartier gaan werken, maar niemand maakte bezwaar. Nou ja, dat is het hele verhaal, zo'n beetje.'

Powers zag dat Hush er verder niets over wilde zeggen. Hij liet de ijsblokjes weer rinkelen in zijn glas en nam een laatste slok. 'Bedankt voor de uitleg,' zei hij. 'En wat doen we nou met die spoorbrug, verdomme?'

Op woensdagavond hield majoor Matthews toezicht op de samenstelling van trein 2713, het wapentransport. Hij stond in de observatiepost op de tweede verdieping, een kamer met een grote glaswand die uitzicht bood op de enorme hal. De mannen die met de trein bezig waren droegen beschermende pakken. Ze gebruikten een loopkraan om de besmette mantels uit een rij munitiewagons in een van de gepantserde wagons te tillen. Omdat hij zelf in een afgesloten ruimte stond, hoefde Matthews geen beschermende kleren aan.

De assemblagehal was een groot betonnen gebouw van vier verdiepingen, zonder ramen en met reusachtige stalen deuren aan weerskanten. De hal bood ruimte aan tien wagons. In de betonnen vloer liepen twee evenwijdige rangeersporen, met nog eens twee ernaast. Wat verderop lag een smaller spoor voor de kleinere munitiewagons. Een loopkraan met een capaciteit van dertig ton hing aan het plafond op glijders die haaks op de sporen stonden. De speciale wagons waren geschikt voor een lading van tachtig ton en speciaal ingericht voor het vervoer van vijfhonderdponds bommen, acht-inch houwitsergranaten, ballistische raketten of chemische verstuivers. Om de wagons te laden werden de bovenkant en de zijwanden verwijderd tot de vracht was verzameld op vergrendelde rekken, waarna de zijwanden en de bovenkant weer werden bevestigd en de druksystemen aan boord werden geactiveerd. In elk van de loodsen heerste een negatieve luchtdruk en de enige, beveiligde toegang voor het personeel was voorzien van een luchtsluis. De feitelijke werkplaats was een secundaire drukzone, die ervoor moest zorgen dat bij een ongeluk al het vrijgekomen giftige materiaal binnen de werkplaats zou blijven, terwijl de primaire drukzone de andere mensen in het gebouw beschermde. Iedereen in de werkplaats moest een volledig beschermend rubberpak dragen, met handschoenen, een zuurstofmasker en zuurstofflessen. Matthews wist dat die pakken het werk veel lastiger en trager maakten, maar daar was weinig aan te doen. Veiligheid ging voor.

De controlekamer belde. De kolonel wilde hem spreken in Loods Negen. Hij liep naar de gang achter de galerij en nam de lift naar de begane grond, die buiten de drukzones van de werkplaats lag. Loods Negen was een drievoudig beschermd gebouw, het achterste van de twee rijen betonnen loodsen. Het was gebouwd voor de afhandeling van 'druppelaars', wapens in het depot van Anniston waarvan de binnenmantel verdacht was vanwege ouderdom of zichtbare beschadigingen. Ze lekten niet echt, maar de mantels – die vaak meer dan vijftig jaar oud waren – begonnen te roesten en werden niet langer als veilig beschouwd. In Loods Negen zouden de twee speciale wagons worden geassembleerd die de beschadigde Russische torpedo's moesten vervoeren.

Hij meldde zich af bij de bewaking, passeerde de luchtsluis en stapte de nachtlucht in. Links zag hij de blinde betonnen muur van Loods Drie en daarachter nog twee grote gebouwen. Rechts lag de vertakking van het hoofdspoor. Loods Negen lag drie gebouwen verderop. Het belangrijkste rangeerspoor liep tussen de loodsen door. Als alle wagons waren geassembleerd zou er een rangeerloc komen om de trein naar het hoofdspoor te brengen. Daarna zou hij achter een speciale combinatie diesellocs van het leger worden gekoppeld voor de rit naar Utah.

Matthews stak de verlaten betonvlakte over tussen de tien loodsen van het depot. Het begon al warmer te worden. De zonnewarmte straalde nog van de betonplaten, als voorbode van de verstikkende zomerhitte van Alabama. Achter de hoge omheining rond de gebouwen begonnen de bomen: een heel dennenbos, dat zich kilometers ver uitstrekte op het vierduizend hectaren grote terrein. Daar ergens, voorbij de bossen, lagen de 'tombes', rijen en rijen zwaarbewaakte, gedeeltelijk ingegraven betonnen bunkers met de restanten van het Amerikaanse chemische wapenarsenaal. Met de ondertekening en ratificatie van de Conventie voor Chemische Wapens hadden de Verenigde Staten zich verplicht hun hele voorraad chemische wapens te vernietigen. Maar de feitelijke vernietiging zou zeker tien jaar of nog langer in beslag nemen. Elk van de chemische-wapendepots had zijn eigen destructieoven. Alle wapens in alle depots in het hele land moesten worden geïnspecteerd, gereedgemaakt voor verwerking, uit hun bunkers gehaald, in munitiewagons geladen en naar de destructieoven vervoerd, waar de inhoud werd verwijderd en verbrand. De lege mantels, ontdaan van hun dodelijke lading, werden vervolgens verzameld om met speciale treinen naar de grootschalige metaaldestructiebedrijven van het leger te worden gebracht, diep in de woestijn van Utah.

Blijkbaar had kolonel Anderson uit Washington bericht gekregen over de nieuwe route. Aanvankelijk had het leger de complete wapens naar Utah willen brengen, maar dat had een geweldig bureaucratisch gevecht opgeleverd over de te volgen routes. Alle milieugroepen in het hele land hadden het leger te vuur en te zwaard bestreden om de transporten tegen te houden, terwijl ze tegelijkertijd klaagden dat het chemische arsenaal niet snel genoeg vernietigd werd. Het leger zat dus altijd fout. Ook het voorstel om trein 2713SP van Anniston naar Tooele te laten rijden was op grote bezwaren gestuit, al bestond de lading slechts uit lege mantels.

Het leger had drie argumenten. Om te beginnen hadden de Verenigde Staten het verdrag ondertekend en waren ze dus volgens het internationale recht (dat zwaarder woog dan de nationale wetten) verplicht de wapens te vernietigen. In de tweede plaats waren de wapens binair veilig. Dat betekende dat elk Amerikaans chemisch wapen geen feitelijk chemisch middel bevatte, maar slechts de twee hoofdbestanddelen van de uiteindelijke giftige stof. Tot het moment waarop het wapen werd afgevuurd en aan G-krachten werd onderworpen, konden die hoofdbestanddelen zich niet met elkaar vermengen tot een giftig middel. Zelfs als er een treinongeluk gebeurde en de trein echte wapens aan boord zou hebben, zou er in het ergste geval alleen wat chemische vervuiling optreden. Er konden geen zenuwgassen vrijkomen, of middelen die het bloed aantastten. En dat gaf nog meer gewicht aan het derde argument, want de lading van trein 2713 bestond niet uit feitelijke wapens, maar uit lege hulzen. De enige reden voor al die veiligheidsmaatregelen was de theoretische kans dat sommige mantels zo waren doorgerot dat ze van binnen met dodelijke stoffen waren besmet. Het waren sterke argumenten, maar Matthews wist natuurlijk dat twee van de wagons nu iets veel gevaarlijkers zouden vervoeren dan chemische hulzen: een stel beschadigde Russische kernwapens. Waarvan, zoals Matthews heel goed besefte, kolonel Anderson en niemand anders op het depot van Anniston eigenlijk het fijne wist.

Tom Matthews had er bijna twintig jaar opzitten in het leger. Over een jaar zou hij met pensioen gaan. Daarom was hij heel voorzichtig in deze late fase van zijn verder weinig opmerkelijke carrière als officier bij het korps Chemische Wapens. Hij wist allang dat hij het niet tot luitenant-kolonel zou brengen. Het korps Chemische Wapens was een aflopende zaak. Maar hij had zijn land bijna twintig jaar naar eer en geweten gediend en was financieel afhankelijk van zijn militaire pensioen, dat hij voor geen prijs in gevaar wilde brengen. Dus wilde hij niets te maken hebben met een transport van lekkende kernwapens door Amerika, zeker niet onder valse voorwendsels.

Toen hij bij Loods Negen aankwam, zag hij dat de auto van kolonel Anderson stond te wachten, met zijn chauffeur. Daarnaast stond een andere dienstauto geparkeerd. Matthews meldde zich bij de bewaking achter de eerste luchtsluis en kreeg een escorte mee. Van buiten verschilde Loods Negen niet van de andere loodsen, maar voorbij de zwaarbewaakte ingang lag een tweede, met cijfercodes beveiligde luchtsluis. Zijn escorte liet hem binnen in het hart van het gebouw. Daar namen ze de lift naar de luchtsluis van de controlekamer op de eerste verdieping. De controlekamer had een positieve luchtdruk en ramen die uitkeken op de assemblagehal, net als het gebouw waar hij net vandaan kwam. Er stonden consoles voor de bediening van de loopkranen, de hoofd- en hulpdeuren en alle veiligheidssystemen in de hal. Omdat er geen wagons in de hal stonden, was er ook geen personeel. De consoles waren afgesloten. Matthews' escorte bleef voor de deur van de controlekamer wachten.

Kolonel Anderson stond in het midden van de kamer, met kolonel Mehle en twee andere officieren, twee luitenant-kolonels die Matthews niet herkende. Waarschijnlijk hoorden ze bij Mehles team. Kolonel Anderson keek nogal zorgelijk.

'U had gebeld?' vroeg Matthews, die zijn vraag bewust aan Anderson richtte.

'Ja, er zijn ontwikkelingen. Om te beginnen meldt de militaire inlichtingendienst in Washington dat die brug bij Thebes niet zomaar is ingestort. Het was sabotage.'

'Verdomme, heeft iemand hem opgeblazen?'

'Ja. In de tweede plaats heb ik twee keer telefonisch vergaderd met generaal Whitfield over die ingestorte brug en een nieuwe route voor trein 2713. Hij begrijpt dat we in tijdnood zitten en uiterlijk volgende week moeten vertrekken.'

Matthews keek even naar Mehle. 'Is de generaal op de hoogte van het nieuwe probleem, kolonel?'

Anderson liet het antwoord op die vraag aan Mehle over. 'Nee. Generaal Whitfield is daar niet over ingelicht,' zei hij. 'En dat zal ook niet gebeuren. Dit probleem wordt op een hoger niveau afgehandeld.'

Dat moest Matthews even verwerken. Generaal-majoor Whitfield was commandant van het korps Chemische Wapens. Als hij niet op de hoogte werd gebracht van de Russische torpedo's, moest Mehle de steun hebben van de allerhoogste top van het Pentagon.

'Wie heeft ons dan toestemming gegeven om die beschadigde kernwapens per trein te vervoeren, kolonel?' vroeg Matthews. Mehle keek hem doordringend aan. Matthews wist dat hij bijna zijn boekje te buiten ging, maar hij herinnerde zich ook dat Carl Hill deze orders op schrift had willen hebben.

'Ik heb mondelinge orders van de stafchef van het leger,' antwoordde Anderson, die naar de grond staarde.

'Móndelinge orders, kolonel?' herhaalde Matthews. Hij deed zijn best om niet al te verbaasd te klinken.

'Bevestigd door de opperbevelhebber van het Special Operations Command,' zei Mehle. 'Wat is het probleem, majoor? Zijn de orders van twee viersterrengeneraals niet goed genoeg voor u?' Mehles officieren keken Matthews vernietigend aan.

Carl Hill had gelijk, besloot Matthews. 'Kolonel, we hebben het over een clandestien transport van beschadigde kernwapens via de nationale spoorwegen. Ik zou graag een schriftelijk bevel krijgen van iemand met het juiste gezag,' zei hij. 'Tot nu toe... en dat is geen insubordinatie... heb ik alleen iets gehoord over een paar telefoongesprekken.'

Mehle begon rood aan te lopen, maar kolonel Anderson kwam tussenbeide. 'Ik begrijp je probleem, Tom. Ik zal persoonlijk een order voor trein 2713 ondertekenen. Met een formulering die de speciale wagons dekt. Maar we mogen niets op schrift zetten over die kernwapens. Orders van het hoogste gezag.'

Anderson keek Matthews aan met een blik van: je kunt me vertrouwen. Dat geloofde Matthews ook wel. Hij wist dat de kolonel er niet de man naar was zijn ondergeschikten in de steek te laten. Maar Mehle was een heel ander verhaal.

'Ja, kolonel,' zei Matthews en hij besloot om de zaak later met Anderson te bespreken, zonder de officieren van Special Ops erbij.

Anderson slaakte even een zucht van verlichting. 'Goed,' zei hij. 'Oké. Het probleem met de route is natuurlijk hoe we de trein over de Mississippi moeten krijgen. Generaal Whitfield is het ermee eens dat we de 2713 via de oorspronkelijke route tot aan het knooppunt bij Birmingham laten rijden. Daarna zullen we de rivier moeten oversteken bij Memphis. Volgens de berekeningen van zijn staf zijn we dan nog op tijd. Dat moeten jij en majoor Hill nog maar eens narekenen.'

'Goed, kolonel,' zei Matthews. Hij wachtte af wat er nog meer zou komen. Mehle hoorde alles met zichtbaar ongeduld aan.

'Bovendien heeft de commandant orders gegeven om de wijziging in de route niet... ik herhaal, *niet*... voor het vertrek bekend te maken. In het licht van die aanslag op de brug bij Thebes is de overeenkomst tussen het leger, het ministerie van Milieu en de andere instanties nu onderhevig aan "veranderde veiligheidsoverwegingen". Als het nodig is, zei generaal Whitfield, kan hij zelfs een noodverordening aanvragen om die trein te laten rijden.'

Dat zal wel, dacht Matthews, maar de generaal heeft geen idee waarom hij die verordening zo gemakkelijk kan krijgen.

'De aanwezigheid van de Russische wapens mag aan niemand bekend worden gemaakt, majoor,' verklaarde Mehle. 'Alle extra veiligheidsmaatregelen worden zogenaamd getroffen omdat twee van de speciale wagons mogelijk besmette wapenresten bevatten. Is dat duidelijk?'

Matthews haalde diep adem. 'Ik geloof wel dat we het ministerie van Milieu om de tuin kunnen leiden, kolonel,' zei hij, 'maar u stelt voor om pas onderweg de route van die trein te wijzigen. Als ik het goed begrijp, zult u toch de plaatselijke instanties moeten waarschuwen. Als die geen toestemming geven, zal de verkeersleiding van de spoorwegen zo'n chemisch transport nooit laten passeren. Zo heb ik het tenminste van majoor Hill begrepen.'

'Ja, dat weet ik. Maar we kondigen het ook niet aan. Washington wil die trein via de oorspronkelijke route laten vertrekken en dan op het laatste moment, door omstandigheden gedwongen, een omweg maken via Memphis. Zonder dat het publiek daarover wordt ingelicht, uiteraard. Dat spreekt vanzelf.'

'Ja, kolonel. Natuurlijk,' zei Matthews, terwijl hij nadacht over de kans dat het nieuws over die omleiding zou uitlekken. Dat zou een complete ramp worden, zelfs zonder dat iemand iets over die kernwapens wist.

'Mijn mensen hebben nieuwe containers voor de wapens laten komen,' zei Mehle. 'Uw deskundigen geven onze mensen nu instructies hoe ze veilig met die munitiewagons moeten omgaan. Als het zo ver is, komen er experts van het Special Operations Command om de wapens in te laden in Loods Negen.'

'Ik neem aan dat iemand een dekmantel heeft bedacht, kolonel?' zei Matthews. 'Als u onze mensen door die van u vervangt, weet de hele basis dat.'

'Daar hebben we over gesproken, majoor. De dekmantel is dat de C-130 Iraaks materiaal aan boord had dat door de VN-inspecteurs is ontdekt. We hebben gesuggereerd dat het chemisch is, maar voor alle zekerheid behandelen we het als biologisch materiaal.'

'Uw mensen hadden dosimeters bij zich op de plaats van het ongeluk, kolonel,' zei Matthews tegen Mehle.

'Nu niet meer,' antwoordde hij. 'Tenminste niet zo dat iemand ze kan zien. We hebben niet gezegd wat dat Iraakse materiaal precies inhoudt, maar als er toch geruchten komen, wekken we de indruk dat het chemisch is.'

Matthews knikte en dacht over Mehles voorstel na. De oorspronkelijke route liep van Anniston naar het knooppunt van Birmingham in Alabama, dan in noordwestelijke richting naar de afgelegen brug van Cape Girardeau in Missouri, en vandaar verder naar het noordwesten, tot aan Utah. Een route door een grote stad als Memphis was natuurlijk veel gevaarlijker.

'Goed, kolonel,' zei Matthews tegen Anderson. 'Carl en ik zullen de nieuwe route berekenen. We moeten het beste moment kiezen om door Memphis te rijden, want dat is de enige grote stad waar we doorheen komen. Morgenochtend bij de stafvergadering heb ik de nieuwe gegevens bij de hand.'

'Oké, dat is geregeld,' zei Anderson, duidelijk opgelucht dat Matthews zich niet langer verzette.

Mehle keek Matthews nog eens doordringend aan en verdween toen met zijn assistenten naar beneden. Matthews wilde vertrekken, maar kolonel Anderson had nog iets op het hart. Hij liep naar het raam met uitzicht op de verlaten hal beneden. Zijn gezicht leek vermoeid en zorgelijk in het gedempte licht van de controlekamer.

'Dit is een beerput, Tom,' zei hij. 'Achter de schermen worden allerlei spelletjes gespeeld waar je geen idee van hebt.'

Matthews dacht goed na over zijn antwoord. Zijn baas werd zwaar onder druk gezet door de legertop en waarschijnlijk ook door Mehle. Maar toch voelde hij zich verplicht zijn bedenkingen uit te spreken. Hij beschreef de gevaren van een tritiumgaslek en vertelde de kolonel wat hij zich nog van zijn kernwapencursus herinnerde over slechtgeassembleerde Russische wapens.

Anderson schudde langzaam zijn hoofd. 'Ik weet het. Mehle is ook heel eerlijk tegen me geweest over de gevaren, moet ik zeggen. Maar het leger kan geen kant meer op. Na dit ongeluk wil Washington die dingen niet meer door de lucht vervoeren. Ze vinden het nog een geluk bij een ongeluk dat die krengen hier in een speciaal wapendepot terecht zijn gekomen, waar toevallig een streng beveiligde geheime trein klaarstond om op weg te gaan naar een plaats die niet ver bij hun oorspronkelijke reisdoel vandaan ligt.'

'Ja, kolonel, maar over *die* trein zijn we heel open en eerlijk geweest. Wat gebeurt er als we worden betrapt bij het transport van geheime wapens via de nationale spoorwegen?'

Anderson keek hem somber aan. 'Laten we maar hopen dat we niet worden betrapt. Die vraag van jou om schriftelijke orders... was dat Hills idee?'

De kolonel kende zijn pappenheimers, dacht Matthews. 'Ja, dat is waar. Maar ik maak me ongerust, net als hij. En dat zou u ook moeten doen, met alle respect.'

Anderson lachte koeltjes. 'Bedankt voor je bezorgdheid, Tom. Wees maar niet bang, ik zal je dekken. Als iemand straks voor deze stunt moet opdraaien, dan ben ik het. Ik hoop alleen dat onze bazen weten wat ze doen.'

Matthews tuurde naar de donkere hal. Dat hoop ik ook, dacht hij.

5

Een kille, natte regen daalde neer op het rangeerterrein van Central Railroad in East St. Louis, Illinois, toen hij uit de schaduw van een onderhoudsloods stapte met een militaire plunjezak over zijn schouder. Hij was gekleed als een gewone spoorwegman, in regenkleding en een helm, alsof hij op weg was naar zijn late dienst als remmer. Met dit weer had hij een meer dan gemiddelde kans om geen mens tegen te komen op het rangeerterrein, zeker op dit uur, maar toch probeerde hij in zijn rol te blijven. Hij stak met de zware plunjezak zes sporen over, zigzagde tussen de wagons door en probeerde zijn voeten droog te houden. De eerste zes sporen, bekend als de wachtkamer, werden gebruikt om wagons klaar te zetten die vanaf de kant van Missouri kwamen. De sporen zeven tot en met twaalf waren bestemd voor treinen die de andere kant op gingen. Spoor zeven was nu aan de beurt. Toen hij daar aankwam, keek hij nog één keer om zich heen, gooide zijn plunjezak op het achterbalkon van een tankwagon van Norfolk Southern en klom er achteraan. Hij schoof de zak in de schaduw onder de ronde tank, maar deed verder geen moeite zich te verbergen. Rangeerders reden regelmatig met treinen mee over de brug. Hij kon de bovenkant van de MacArthur-brug al onderscheiden in de duisternis en de regen. De rest werd aan het zicht onttrokken door honderden wagons, open of gesloten, allerlei typen, met hier en daar een rangeerloc die door het donker tufte.

Het complex van East St. Louis was groot, bijna tweehonderd hectaren, met sporen, aftakkingen, rangeerheuvels en de onderhoudsloods, op een kruispunt van acht nationale en regionale spoorlijnen. De belangrijkste functie was de samenstelling en verwerking van treinen die de MacArthur-brug moesten oversteken bij St. Louis, op weg naar het westelijke spoorwegnet van Amerika. Aan de kant van Missouri had de Terminal Railroad een kleinere versie van het rangeerterrein van Illinois, met sporen die onder de I-55 – de snelweg – door liepen. De MacArthur-brug, meer dan dertig meter boven de

Mississippi, was bijna constant in gebruik. Treinen uit het oosten werden gereedgemaakt aan de kant van Illinois, gecombineerd met wagons van andere maatschappijen, en door rangeerlocs over de hoge, gewelfde brug naar Missouri gesleept, waar ze achter de locomotieven van Union Pacific en Burlington Northern Santa Fe werden gekoppeld. Treinen op weg naar het oosten werden afgekoppeld, in segmenten verdeeld, over de brug gesleept en in Illinois weer gecombineerd. Er was ook autoverkeer over de brug, maar het wegdek was zo oud en smal dat er weinig gebruik van werd gemaakt, behalve op de drukste momenten van de dag, als de diensten wisselden.

Een luid gerammel van voor naar achter was het teken dat deze trein in beweging kwam. De man greep een reling en even later rolde zijn tankwagon met schokjes vooruit. De massieve stalen wielen sisten en piepten over de natte rails. Hij keek op zijn horloge. De wonderen van de centrale verkeersleiding, dacht hij, en ontspande zich toen. De treinen over de brug reden nooit sneller dan vijf tot acht kilometer per uur. Zoals de meeste bruggen was de MacArthur al oud. Hij was anderhalve kilometer lang, maar dikwijls waren de treinen nog veel langer. De man ging op de bovenste tree zitten en hield zorgvuldig zijn voeten ingetrokken toen de trein een paar wissels nam. De zwaargeladen wagons zwiepten vervaarlijk heen en weer, als in een dronken polonaise, voordat ze eindelijk het spoor naar de brug hadden bereikt. Zodra ze daar reden, werd de nachthemel voor hem uit verduisterd door een trein die vanuit Missouri kwam. De natte metalen zijwanden van de tegenligger denderden vlak langs zijn gezicht.

Hij wachtte tot hij de hoek voelde veranderen en zijn tankwagon aan de flauwe helling begon. Toen schoof hij zijn plunjezak naar de uiterste rechterkant van het kleine balkon en kroop er zelf achteraan. Met zijn regenkleding en in dit slechte weer maakte hij zich geen zorgen dat iemand hem zou zien. Maar het verbaasde hem wel dat het rangeerterrein niet extra werd bewaakt na wat er honderdvijftig kilometer stroomafwaarts was gebeurd. Dat zou na vannacht wel anders worden, dacht hij. Maar dat gaf niet. Hij had er al rekening mee gehouden dat hij twee keer zou kunnen toeslaan voordat de bewaking werd verscherpt. De spoorwegen waren nu eenmaal arrogant. Waarschijnlijk staarden ze nog naar de ravage bij Thebes als een groot, log dier dat van een afstand is neergeschoten en zich afvraagt waarom het niet meer overeind kan komen. Bovendien was dit de laatste brug die hij rechtstreeks en fysiek moest benaderen.

Hij installeerde zich onder de ronding van de tank en tuurde over de rivier. Aan de andere kant zag hij de lichtjes van St. Louis. De hoge, glinsterende boog van de brug was maar half zichtbaar in de laaghangende avondnevel. De felle lampen van de casinoboten voorbij de verkeersbrug legden een roodwitte gloed over het zwarte water. De aanloop tot de feitelijke brug was anderhalve kilometer lang en beschreef een flauwe bocht van noord naar west, op weg naar de eerste boog van de hoge brug. Boven zijn hoofd zag hij het schijnsel van de lampen op de top van de brug, geluidloos knipperend in de mist om het vliegverkeer te waarschuwen.

Twaalf jaar geleden, bijna op de maand af, dacht hij, terwijl hij zijn ogen sloot voor het uitzicht beneden hem. Hij herinnerde zich nog als de dag van gisteren hoe de politiewagen op zijn oprit stopte en er een brigadier en een agent uitstapten, met sombere gezichten. Hij stond in de deuropening, in zijn colbertje, met zijn autosleuteltjes en zijn koffertje in zijn hand, op weg naar kantoor. Hij liet het koffertje vallen toen hij hun gezichten zag. Nog voordat de oudste van de twee iets zei, wist hij al dat zijn wereld was ingestort. 'Allemaal,' zei de brigadier. Die vraag bleef hij maar herhalen: 'Allemaal?' En de brigadier antwoordde: 'Ja, meneer. Het spijt ons verschrikkelijk. Is er iemand die we kunnen bellen, meneer? Kunt u niet beter even gaan zitten?'

Hij opende zijn ogen. Het beperkte zicht was ideaal. Hij trok zijn heldergele regenpak uit, rolde het strak op en borg het in zijn rugzak. De helm hield hij op. Daaronder droeg hij een donkergroene overall, een rugzak, zwartleren handschoenen en hoge veterschoenen uit een legerdump. In een schede aan de buitenkant van zijn rechterbeen had hij een groot jachtmes gestoken en onder de helm droeg hij een zwarte gebreide muts. Vijftien minuten nadat hij aan de helling was begonnen naderde zijn tankwagon de centrale overspanning. Anders dan bij Thebes was het centrale deel een hangbrug. De vlakke spoorbaan rustte op een zestig meter lang platform dat met tien centimeter dikke staalkabels aan een hoge centrale boog was opgehangen. De kabels hadden bijna een meter tussenruimte; in totaal waren het er meer dan vijfenzestig aan elke kant. Zowel aan de binnen- als aan de buitenkant van de kabelvoeten was een loopbrug met vaste wanden.

Hij hield zich met zijn plunjezak gereed bij de rand van het balkon. Toen de tankwagon bijna het midden van de centrale overspanning had bereikt, liet hij de zak zo zachtjes mogelijk op de loopbrug vallen. Meteen sprong hij er achteraan, greep zich met zijn gehandschoende handen aan de wand vast en drukte zich ertegenaan. De wagons rammelden op nog geen meter van zijn rug voorbij en hij moest oppassen dat er geen wagen tussen zat met een of ander uitsteeksel dat in het donker zijn kop van zijn romp kon hakken. Met zijn voeten schoof hij de plunjezak nog wat dichter naar de wand. Toen er even wat ruimte was tussen de wagons, zette hij zich af tegen twee staalkabels en klom over het heuphoge muurtje tussen de binnenste en buitenste loopbrug. De loopbruggen bestonden hier uit stalen roosters. En ze waren spekglad. Hij schatte de breedte van de volgende wagon, tilde de plunjezak over het muurtje en liet hem op de buitenste loopbrug vallen.

Toen keek hij naar links en rechts om te zien of de bewakers geen middernachtelijke wandeling over de brug maakten, en trok de rits van de plunjezak open. Eerst haalde hij het detcord tevoorschijn, zo'n honderd meter deze keer. Het zat opgerold in de tas. Toen hij de helft eruit had, sneed hij de plunjezak doormidden, haalde er een kistje ter grootte van een sigarendoos en een lange zwarte Maglite-zaklantaarn uit en gooide de lege tas in het donker over de rand. Daarna rolde hij het detcord uit. Elke van de staalkabels eindigde in een klamp die eruitzag als een grote omgekeerde stemvork. Onder aan die vork zat een horizontale pen van zeveneneenhalve centimeter dik. Aan de pen hing een verticale stalen stang, die zijn eigen segment van het platform met de spoorbaan droeg. De man reeg het detcord door de kleine openingen vlak boven de pennen, over de hele lengte van het platform. Hij werkte geruisloos en zweette nauwelijks, ondanks de inspanning om het lange, olieachtige koord door al die gaten te trekken. In theorie moest de explosie van het detcord de armen van de stemvorken forceren, waardoor alle pennen zouden losraken.

De trein naar het westen reed nog steeds piepend en rammelend langs hem heen in het donker. Hij bleef opletten terwijl hij de explosieven aanbracht, voor het geval er een paar remmers op de laatste wagen zaten. De trein naar het oosten sjokte verder naar Illinois, hoorbaar maar niet echt zichtbaar achter de schier eindeloze rij wagons van de westelijke trein vlak naast hem.

Het kostte hem nog eens tien minuten om het hele detcord aan te brengen. Het strekte zich nu in beide richtingen uit, van het midden van de overspanning naar de twee uiteinden. De oostelijke trein was eindelijk gepasseerd. Nu moest hij wachten op het einde van de westelijke trein voordat hij naar de andere kant kon oversteken.

Hij had nog één ding te doen. Hij liep terug naar de Missouri-zijde van de centrale overspanning en liet zich zakken door de opening in de pijler, met de hoge wagons op maar enkele centimeters van zijn hoofd. Hij klom nog drie meter lager en knielde toen neer om het kistje met tape onder de steunbalk van de westelijke spoorbaan te bevestigen. Uit een ander vak van zijn rugzak haalde hij een rol zwart telefoondraad en leidde dat onder de loopbrug door. Hij trok het terug naar de pijler, waar hij het einde om een dwarsbalk knoopte, terwijl hij de zestig ton zware wagons probeerde te negeren die een meter boven zijn hoofd voorbijdenderden. Toen zocht hij in de bundel, trok voorzichtig een stuk draad van zo'n dertig centimeter eruit met een ring aan het eind, en verbond die met de telefoondraad. Hij liet het korte stuk draad weer los; door de spanning sprong het terug in de bundel. Daarna klom hij terug naar de centrale overspanning, goed kijkend waar hij zijn voeten neerzette. Even later hurkte hij aan de kant van Missouri, dicht tegen de voet van de stalen pijler die de boog van het gebinte boven zijn hoofd ondersteunde, waar hij het detcord had vastgebonden. Hij had nog een stuk overgehouden, lang genoeg om het onder de twee sporen door te leiden naar de andere kant van de overspanning.

Het begon steeds harder te regenen en hij maakte zich zorgen over de elektrische verbindingen in al die nattigheid. Heel even leunde hij achterover tegen het koude, natte beton en haalde diep adem. Zijn hart bonsde een beetje door de inspanningen met het detcord. Hier op de brug rook het vaag naar de ozon van dieselelektrische locomotieven, met daar bovenuit de zure stank van dikke olie en oud ijzer. De lichtjes van de stad stroomopwaarts werden feller toen de bewolking even brak. Ze weerspiegelden bronskleurig in de grote boog. Hij voelde zich opeens heel zichtbaar, tot hij bedacht hoe klein hij was tegen de achtergrond van het enorme stalen gevaarte dat hem omringde. Maar niet lang meer, dacht hij. De wanden van de zware wagons die voorbijdenderden naar Missouri leken op de beeldjes van een stomme film die versprongen in de weerspiegeling van het licht. Hij probeerde enig enthousiasme op te brengen voor wat hij deed. De brug bij Thebes was een fluitje van een cent geweest en dit leek ook van een leien dakje te gaan. Zorgen dat je op de brug kwam, de springladingen aanbrengen en wegwezen. Precies zoals hij het had gepland. Maar hij voelde geen trots of voldoening over het gemak waarmee het ging. Tot nu toe, tenminste. Hij wachtte langs het spoor tot de laatste wagon voorbij was, telde in gedachten de resterende wagons af... drie, twee, een, nul... en kwam overeind. Toen zag hij de bewaker.

De man liep over de loopbrug in het midden, met zijn handen in zijn zakken. Zijn gezicht was een vage witte vlek onder zijn helm. In die ene seconde voordat de bewaker hem ook zag, liet hij het detcord vallen, pakte de grote zaklantaarn en knipte hem aan. Meteen richtte hij het felle witte licht op het gezicht van de andere man. De bewaker bleef staan en hief zijn arm op tegen het verblindende schijnsel.

'Hé, wat doe je hier?' riep hij tegen de bewaker en stapte naar hem toe over het spoor. 'Hou je handen waar ik ze kan zien! Allebei!'

Hij naderde de bewaker tot op een meter voordat de man zich herstelde van zijn verbazing en iets wilde zeggen. Maar op hetzelfde moment ramde hij de bewaker tegen zijn slaap met de staaf van de zware zaklantaarn. De man ging neer als een zak aardappels en sloeg tegen de loopbrug. Zijn helm rolde tussen de rails.

Hij merkte dat zijn handen trilden en zijn hart hevig bonsde door een stoot adrenaline. Hij had instinctief gereageerd, zonder na te denken. De bewaker lag angstig stil op de loopbrug. Zelfs in het donker was de kneuzing op zijn slaap goed te zien. Hij vroeg zich af of hij hem had gedood. Nou en? zei een stemmetje in zijn hoofd. Ga door! Zijn aandacht werd getrokken door een lange fluittoon van beneden.

De koplampen van de volgende trein naar het oosten waren al zichtbaar op de aanloop naar de brug.

Snel kwam hij in actie. Hij draaide de man op zijn zij en zag dat hij een zendertje bij zich had. Hij rukte het schoudermicrofoontje los en smeet het weg. Toen controleerde hij haastig of de man nog ademde en of hij een wapen had. Geen wapen. En hij ademde snel en oppervlakkig. Hij liet het hoofd van de man weer tegen de loopbrug zakken en pakte het uiteinde van het detcord. Hij trok het onder de eerste rails door, over het platform ertussen en onder het oostelijke spoor. Het enige zichtbare gedeelte van het detcord hing over de vaste wanden van de loopbruggen, maar het koord was zwart en de wanden waren beroet. Eenmaal aan de stroomafwaartse kant aangekomen bond hij het koord aan de eerste staalkabel vast en rende toen over de loopbrug om de andere plunjezak te vinden die hij een uur eerder had afgeworpen toen hij op een trein naar het oosten was meegereden. Terwijl hij de trein in de gaten hield die nu langzaam de brug naderde, herhaalde hij de hele procedure, reeg het detcord door de openingen in de klampen van de staalkabels en drukte het olieachtige koord stevig tegen de verbindingsstangen tot het volledig was uitgerold. Zijn mond was droog en zijn hart bonsde nog steeds in zijn keel. Maar hij was niet bang. Hij had alleen haast om op tijd klaar te zijn, zodat hij nog iets aan de bewaker zou kunnen doen. Hij had er al over nagedacht. Moest hij de man gewoon van de brug gooien?

Hij keek in de richting van Illinois en zag dat de volgende westelijke trein aan de aanloop naar de brug was begonnen, nog anderhalve kilometer bij hem vandaan. De koplampen van de rangeerloc wierpen hun gele schijnsel over de natte rails. Hij haalde de ontsteker uit de plunjezak, schopte ook die zak over de rand in het water en legde de verbindingen. Dat was eenvoudig genoeg: ontsteker, ontvanger, slaghoedje en een paar lange stroken isolatieband. Bezorgd lette hij op de naderende treinen en schatte hoeveel tijd hij nog had voordat hij zich om de neergeslagen bewaker zou moeten bekommeren.

Hij verbond de laatste draad, controleerde de verbindingen nog eens en klauterde toen terug naar de plaats waar de bewaker lag, langs het westelijke spoor. Met de zaklantaarn onder zijn arm geklemd raakte hij de man met de neus van zijn schoen in zijn testikels om zeker te weten dat hij nog bewusteloos was. Daarna sleepte hij hem over de loopbrug naar de betonnen rand van de pijler. Tegen de tijd dat de eerste zwoegende locomotief hem bereikte op het westelijke spoor, had hij de man ineengerold tot een donkere bal, met zijn gezicht weggedraaid van het licht van de koplampen. Op die plaats zou de bewusteloze bewaker de explosie van de centrale overspanning moeten overleven. Hij had besloten de man niet te doden. Zijn doelwit waren de spoorwegen, niet de mensen die er werkten. Tenzij ze hem voor de voeten liepen.

Hij verborg zich langs het spoor bij de pijler, met zijn handen tegen zijn oren gedrukt tot de locomotief ruim voorbij de centrale overspanning was. Toen zwaaide hij zich over het muurtje en sprong op de eerstvolgende wagon die hem passeerde. Maar bijna op hetzelfde moment remde de trein en stopte. Wat nu? vroeg hij zich af, hoewel hij wist dat de treinen hier vaker bleven wachten totdat ze op het rangeerterrein terechtkonden. Opeens kreeg hij een idee. Hij sprong van het balkon en liep terug naar de plaats waar hij de ineengerolde gestalte van de bewaker had achtergelaten. Hij pakte de man onder zijn armen, sleepte hem het spoor over en tilde hem op het balkon van de tankwagon. Snel klauterde hij terug naar de volgende tankwagon in de rij, net op tijd. Daar kwam de oostelijke trein, die met zijn koplampen een zee van geel licht over de loopbruggen van de centrale overspanning wierp, zo'n dertig seconden nadat hij op de tankwagon was geklommen. Tussen al die zware stalen balken en kabels moest het dunne detcord zelfs voor een oplettende toeschouwer onzichtbaar zijn. Maar toen herinnerde hij zich dat hij de helm van de bewaker had laten liggen. Verdomme! Op het spoor, zelfs. Zouden ze hem zien? Erger nog, zouden ze misschien stoppen?

Hij hoorde een aanzwellend gerammel en gebonk vanaf de brug beneden hem toen alle koppelingen zich één voor één schrap zetten, en het volgende moment sprong zijn tankwagon naar voren en reed de trein weer verder in de richting van Missouri. Hij wilde zo snel mogelijk van de brug vandaan en een positie zoeken om de explosieven te kunnen ontsteken. Hij trok zijn regenpak weer aan, over de lege rugzak heen. Tot zijn grote opluchting was de oostelijke trein gewoon doorgereden. Misschien hadden ze de helm gezien, misschien ook niet. Het was maar een helm. Hopelijk hadden ze het niet gerapporteerd.

Rustig blijven, vermaande hij zichzelf. Ademhalen. Opletten. Je bent nog niet klaar. Hij keek over de koppeling naar de roerloze gedaante van de bewaker op de volgende wagon. De man was nog steeds bewusteloos. Goed. Ze zouden hem op het rangeerterrein wel vinden, of anders had hij een lange treinreis voor de boeg. In elk geval was hij van de brug af.

Toen de trein met veel lawaai tot stilstand kwam en de locs waren afgekoppeld, sprong hij van de tankwagon en sloop voorzichtig door een labyrint van geparkeerde wagons. Zware vrachtwagens dreunden over de expansienaden van de hoge snelweg die over het rangeerterrein van de Terminal Railroad liep. Voorzichtig liep hij om de treinen heen, goed luisterend of er niet eentje onverhoeds begon te rijden. Hij kon zich niet permitteren om nog een bewaker tegen het lijf te lopen. In de verte zag hij een groepje rangeerders, als gele vlekken in de regen. De lichtbundels van hun zaklantaarns dansten heen en weer toen ze de koppelingen op de rangeerheuvels controleerden. Hij dook weg en bleef in beweging – gewoon een spoorwegman in een geel regenpak die zijn werk deed op het rangeerterrein. Hij dacht liever niet terug aan de confrontatie op de brug. Als hij die bewaker niet het eerst had gezien...

Het kostte hem twintig minuten om terug te komen bij zijn pick-up, waar hij zijn rugzak afdeed voordat hij instapte. Door de natte voorruit hield hij nog tien minuten de omgeving in de gaten, maar hij kon niemand ontdekken op de parkeerplaats voor het personeel. Eindelijk startte hij de auto. Het regende nu gestaag, dus voelde hij zich redelijk veilig toen hij achteruit wegreed tussen de rij geparkeerde pick-ups en rustig op weg ging naar de toegangsweg, hoewel het nog geen tijd was voor een wisseling van de diensten. Hij was het meest kwetsbaar op het moment dat hij langs het verkeerscentrum kwam, maar alle ramen keken uit op het rangeerterrein, net als bij de verkeerstoren van een vliegveld. Het was niet druk, dus konden er niet veel mensen aanwezig zijn, wist hij. Vier in de hoofdcontrolekamer, misschien zes tweemansploegen voor de rangeerlocs, een stuk of tien remmers op het terrein zelf en waarschijnlijk twee bewakers, die in zo'n regenachtige nacht liever in hun wachtkeet bleven. Het vreemdste was nog wel dat de ingang van het rangeerterrein niet werd bewaakt. Vermoedelijk reden er te veel grote vrachtwagens in en uit om alles te kunnen controleren. Maar dat gaat veranderen, dacht hij. Die arrogante klootzakken kunnen hun borst nog natmaken.

Langzaam reed hij langs het verkeerscentrum, wachtte tot er een trein was gepasseerd over een zijspoor dat recht langs de hoofdingang liep, en reed toen het terrein af naar het zuiden van St. Louis. Hij volgde South Twelfth Street, door het industriegebied naar het verhoogde klaverblad waar de I-44 en de I-55 samenkwamen. Bij het kruispunt met Chouteau Avenue stopte hij achter een geparkeerde truck met oplegger. In gedachten nam hij de hele bedrading nog eens door. Toen knikte hij in het donker. Het detcord zou bijna alle kabels laten knappen en het gewicht van de centrale overspanning moest voldoende zijn om het hele zaakje in de rivier te laten storten. Met een trein erop was het uitgesloten dat de brug de explosie zou overleven. Twee treinen zou nog beter zijn. Maar eerst moest hij de zender instellen en zich dan bekommeren om de autowegen over de MacArthur-brug. Het was niet de bedoeling dat een of andere burger net een nachtelijk ritje maakte over de verlaten weg op het moment dat de brug omlaagkwam.

Hij haalde de zender tevoorschijn en voerde de gegevens in. Met het apparaatje op de stoel naast zich ging hij weer op weg, sloeg rechtsaf in Chouteau Avenue, reed nog een straat verder en sloeg toen opnieuw rechtsaf naar de oprit van de MacArthur-brug. Er was nergens verkeer. Hij stopte onder aan de oprit, sprong uit de pick-up en pakte vier rode pilons uit de laadbak. Hij zette ze neer om het auto-verkeer naar het oosten te blokkeren en stapte weer in. Hij reed nu snel, sneller dan hij normaal zou doen op zo'n smalle weg. De toegangswegen klommen gelijk met het spoor omhoog, tot ongeveer eenderde van de helling. Daar liep het spoor nog door. Op het hoogste punt van de brug lag de treinbaan tien meter hoger dan de parallelweg. Het enige dat hij van de spoorbaan kon zien was de onderkant. Toen hij afdaalde in de richting van Illinois, kwamen de weg en het spoor weer op gelijke hoogte en zag hij dat er een kolentrein aan zijn trage klim naar het westen was begonnen. Mooi, dacht hij. Een lange, zware trein.

Bij de oprit aan de kant van Illinois stopte hij opnieuw, nu midden op de weg. Hij keek of er verkeer was, kon nergens een auto ontdekken en stapte uit. Hij pakte nog vier oranje pilons, sprong over de betonnen vangrail en blokkeerde de oprit aan deze kant van de brug. Ondanks de koele nachtlucht begon hij te zweten. De tijd drong. De pilons moesten het verkeer lang genoeg tegenhouden, totdat een trucker zijn autotelefoon pakte en de politie kwam kijken wat er aan de hand was. Om deze tijd werd er meestal niet door de politie gepatrouilleerd, tenzij de spoorwegpolitie had ontdekt dat ze iemand misten. En zelfs dan zou de politie op de spoorbaan gaan zoeken, niet op de weg.

Hij sprong weer in zijn auto en reed de oprit af naar South Tenth Street in East St. Louis. Vandaar kon hij snel naar de brug van de Interstate 55 komen, die ongeveer vijfhonderd meter stroomopwaarts van de MacArthur lag. Dat was een veelgebruikte brug, met zwaar verkeer, maar dat gaf nu niet. Hij reed onder de snelweg door en nam de westelijke oprit naar de I-55-brug, terug naar de stad. De boog van de brug was nu duidelijk te zien, glinsterend in de lichten van de casinoboten aan de oevers van de rivier beneden. Het was even opgehouden met regenen. De lage wolken boven de rivier leken de bovenkant van de brug te raken.

Hij tuurde naar de MacArthur toen hij over de verkeersbrug reed, in een colonne van vrachtwagens naar het westen. Hij nam de uiterste linkerbaan om een vrij uitzicht te hebben op de spoorbrug. Beneden, aan de kant van East St. Louis, zag hij de blauwe knipperlichten van een politiewagen. Hij fronste. Iemand moest de pilons hebben gerapporteerd. Toen concentreerde hij zich weer op de brug. Hij had geluk. Zo te zien reden er nu twéé treinen overheen. Hij hield een oog op de weg gericht en zocht met het andere naar de locomotieven, maar hij kon geen koplampen ontdekken. Alleen wagons. Prachtig. Een paar seconden nog.

Hij keek snel naar rechts of er geen nieuwsgierige vrachtwagenchauffeur naar binnen keek in zijn pick-up. Op het moment dat hij het midden van de verkeersbrug bereikte, pakte hij de zender, draaide zijn linkerraampje omlaag, richtte het apparaatje als de afstandsbediening van een tv en drukte de schakelaar in. Twee geelrode lichtflitsen vlamden op langs de hele onderkant van de centrale overspanning voordat de brug verdween in een enorme wolk van rook en stof. Hij stuurde snel naar rechts toen zijn linkervoorwiel de stoeprand raakte. Een vrachtwagen rechts achter hem toeterde nijdig. Toen hij de auto onder controle had en weer naar de brug keek, kwam de centrale overspanning met een soort buiklanding in de rivier terecht. Fonteinen van water spoten tweehonderd meter beide kanten op. Het brugsegment werd gevolgd door een lawine van kolenwagens die in de kolkende maalstroom verdwenen. Van deze afstand leken het speelgoedwagons, die één voor één geruisloos hun ondergang tegemoetduikelden.

Voor hem uit gloeiden remlichten aan en hij moest zelf krachtig remmen. In zijn spiegeltje zag hij een zee van lichten en achter zich hoorde hij nog meer getoeter toen iedereen op de verkeersbrug afremde en met grote ogen keek naar wat zich stroomafwaarts afspeelde. Hij wilde van baan veranderen om hier zo snel mogelijk weg te komen, maar hij wist dat hij de aandacht zou trekken als hij ervandoor ging terwijl de rest van de wereld nog verbijsterd toekeek. Daarom remde hij af tot een slakkengang en zag de treinen te pletter vallen in de rivier.

'Dat is twee,' zei hij hardop.

Kort na halfvijf in de nacht kwam Hush doodop thuis in de Belle Haven Apartments in Alexandria, Virginia. Het was een vervelende vlucht geweest vanuit Missouri, door een onstuimig lagedrukgebied, en hij was afgepeigerd. Hij nam een lange, hete douche en zette koffie. Hij dacht erover om Carolyn Lang te bellen, maar het was veel te laat. Hij had al uitvoerig met haar gebeld over de voortgang van de contacten binnen de interdepartementale eenheid. Het onderzoek, dat nog geen naam had, werd met voorrang behandeld, dus was de eerste vergadering al vastgesteld voor donderdagmiddag vier uur. Dat is vandaag, dacht hij. Toen hij in zijn koffie roerde en zat na te denken over de ravage in Missouri, ging de telefoon. Hij keek op zijn horloge: kwart over vijf. De FBI wist al dat hij terug was. Wie kon dit zijn?

'Meneer Hanson, met Carolyn Lang.'

Kijk nou eens, dacht hij. 'Ja?' Wat doet ze zo laat nog op, vroeg hij zich af.

'Ik heb het bureau gebeld. Ze zeiden dat u terug was. Het spijt me, maar...'

'Ik was nog op. Ik wilde jou ook bellen, maar had net besloten om dat niet te doen. Wat is er?'

'Een volgende aanslag. Weer een brug, nu in St. Louis. Een spoorbrug, de MacArthur.'

'Godsamme!'

'Ja. Volgens de eerste berichten is het middensegment opgeblazen. En twee kolentreinen zijn in de rivier gestort.'

'Twéé? Allemachtig! Welke spoorwegmaatschappij?'

'Meer dan een. St. Louis is een belangrijk knooppunt. Er zijn blijkbaar acht maatschappijen die dat grote rangeerterrein aan de kant van Illinois gebruiken, en nog eens drie lijnen die gebruikmaken van het terrein op de oever van Missouri. Zodra ik het hoorde heb ik die man van Union Pacific gebeld, Canning – de hoofdingenieur, weet u nog? Dit wordt een ramp, zei hij. Het hele nationale spoorwegnet zal er last van hebben.'

Hush was al vaker in St. Louis geweest. Hij herinnerde zich de enorme rangeerterreinen bij de rivier. 'Is dat de enige spoorbrug in St. Louis?'

'Nou, in de stad zelf zijn er twee, de MacArthur en de Merchants, maar de Merchants staat in de steigers, dus eigenlijk is... was... er maar een. Volgens Canning zijn er nog drie andere bruggen binnen driehonderd kilometer ten noorden van de stad, bij Quincy in Louisiana en Hannibal in Missouri. Die bij Quincy is van tonnagegroep zeven, net als de MacArthur, maar de rangeerterreinen daar zijn veel kleiner dan in St. Louis.'

'Help me even, wat is tonnagegroep zeven?'

'Dat heeft Canning me uitgelegd. Spoorlijnen zijn gegroepeerd in categorieën, van één tot zeven, als aanduiding van het aantal miljoenen brutotonmijl per spoormijl die ze aankunnen. Groep zeven is een lijn van jaarlijks meer dan veertig miljoen brutotonmijl per spoormijl.'

Hush had wat moeite met die brutotonmijlen per mijl, maar hij begreep het zo ongeveer. Hij herinnerde zich dat de brug bij Cape Girardeau ook een lijn van groep zeven was geweest.

'Dus de daders weten precies waar ze moeten toeslaan.'

'Ja. Canning vertelde dat er zeven rangeerterreinen aan de kant van Illinois liggen en nog eens vier op de oever van Missouri. In feite, zei hij, was het treinverkeer van en naar Chicago ten noorden van St. Louis nog intact, maar het zuiden van het land was zwaar getroffen. Heel zwaar.'

Ze hadden al die rivierbruggen moeten bewaken, dacht Hush. Hij was ervan uitgegaan dat de spoorwegen dat ook deden.

'Meneer Hanson?'

'Ja, ik ben er nog. Ik denk na. Goed, laten we die vergadering maar vervroegen naar vanochtend. Zo vroeg mogelijk. Bel maar rond om te vragen wie er kan komen en wie niet. Waar zit je nu?'

'Thuis. In Old Town.'

Hij wist niet eens waar ze woonde. 'Dan zijn we buren,' zei hij. 'Ik woon in het Belle Haven.'

'Ja, dat weet ik,' zei ze geduldig. Dat verbaasde hem. Onzin, natuurlijk. Dat had hij kunnen verwachten.

'Oké,' zei hij toen. 'Ik stuur wel een auto. Geef me je adres, dan komt iemand je ophalen. Is drie kwartier tijd genoeg?'

Na de interdepartementale vergadering van donderdagochtend belegde Hush een debriefing op zijn kantoor met Carolyn Lang, Ben Fenton (de hoogste vertegenwoordiger van de operationele afdeling van de FBI), Carter VanKampf (van de afdeling informatie) en zijn eigen assistent Tyler Redford. De eerste formele bijeenkomst van de interdepartementale groep was noodgedwongen een haastige affaire geweest, met weinig harde informatie en veel handenwringen op hoog niveau. Aan belangstelling geen gebrek. Het ministerie van Transport had afgevaardigden gestuurd van de commissie voor de spoorwegen, de directie grondtransport, de kustwacht en de veiligheidscommissie transportzaken, sectie spoorwegen. Het ministerie van Defensie had zich laten vertegenwoordigen door de genietroepen, de inlichtingendienst van het leger en de Nationale Garde. De Geheime Dienst had inlichtingen- en explosievenexperts gestuurd. En van de FBI zelf waren mensen aanwezig van de afdelingen informatie, technische ondersteuning, het laboratorium, opsporing en onderzoek, publieke en politieke zaken, nationale veiligheid en een slimme jongeman van het bureau van de directeur. Senior agent Lang hield de notulen bij en Hush deed het verhaal, hoe kort het ook was. De operationele afdeling deelde de relevante nummers van het commandocentrum rond en de volgende vergadering was voor vrijdagmiddag drie uur genoteerd.

Hush had het opzettelijk kort gehouden, vooral omdat ze maar zo weinig wisten. Ze spraken af dat de FBI de media op de hoogte zou houden van de voortgang in de zaak, terwijl het ministerie van Transport de gevolgen van de aanslagen aan de pers zou meedelen. Bovendien was iedereen het erover eens dat er zo snel mogelijk vertegenwoordigers van de transcontinentale spoorwegmaatschappijen in de eenheid moesten worden opgenomen. De man van Transport zou daarvoor zorgdragen.

Hush' eigen kantoor lag op de negende verdieping van de toren van het hoofdkwartier, met een schuin uitzicht op de centrale binnenplaats. De hogere adjunct-directeuren zaten allemaal op de zesde etage, maar voor Hush als waarnemend adjunct was dat nog niet weggelegd. In de ene hoek stond zijn bureau, in de andere een kleine vergadertafel met zes stoelen. Tegen een van de muren stond een boekenkast, aan de andere hing een grote kaart van de Verenigde Staten. Hush ging achter zijn bureau zitten en las Langs aantekeningen door.

'Ben, weten we al wat meer over die aanslag in St. Louis?'

Ben Fenton, toezichthoudend agent van de operationele afdeling, bestudeerde een telex die tegen het einde van de vergadering aan de eenheid was overhandigd. 'De politie van Missouri denkt dat het nu detcord was. Alle staalkabels die het middensegment droegen zijn door de explosie gebroken, waardoor de brug recht naar beneden stortte. Er waren veel ooggetuigen op de verkeersbrug stroomopwaarts. Die zeggen allemaal hetzelfde: een horizontale lichtflits, als een rode bliksem, en het volgende moment viel de brug plat omlaag.'

'Slachtoffers?'

'Er wordt iemand van de spoorwegpolitie vermist. Union Pacific had blijkbaar iemand op die brug laten patrouilleren na de aanslag bij Thebes. Veertig minuten voor de klap heeft hij zich nog gemeld en was er niets aan de hand. Een machinist van een rangeertrein die over de brug reed heeft een helm tussen de rails zien liggen, maar niemand weet van wie die was en hij is met de brug omlaaggestort.'

'We moeten maar aannemen dat hij op de brug was toen die explodeerde,' zei Hush. 'Misschien heeft hij de daders verrast. Dat zou een aanknopingspunt kunnen zijn. Hoeveel wagons zijn in de rivier gestort?'

'De spoorwegen schatten het op honderdvijf: zevenenzeventig volledig geladen kolenwagens en de rest een combinatie van andere vracht en lege wagons. Net als de vorige keer. Blijkbaar hebben ze met de explosie gewacht tot de locomotieven van de brug waren. Het ministerie van Milieu heeft al mensen gestuurd om de vervuiling te meten, hoewel dit er niet zo somber uitziet als Thebes – vanuit hun standpunt. Het is voornamelijk steenkool. Maar de vaargeul is gestremd en dat maakt het nog erger.'

Het bleef een tijdje stil toen iedereen het nieuws verwerkte. Hush tekende poppetjes op zijn blocnote en stelde toen de belangrijkste vraag: 'Oké, wie zit hierachter?'

VanKampf schudde zijn hoofd. 'We hebben de nationale databases uitgemolken, maar tevergeefs. Carswells mensen hebben geen idee. En het klopt ook niet met de werkwijze van de bekende buitenlandse terreurgroepen. Wat vage vermoedens over binnenlandse milities die misschien de "infrastructuur van de overheid" willen ondermijnen, maar die richten zich toch meestal op gebouwen, net als de buitenlanders.'

'Misschien is dit zo'n voorbeeld van een "kwestie van tijd",' opperde Fenton. 'Begrijp je? Dat het maar een kwestie van tijd is voordat een stel idioten de stroomvoorziening of het telefoonnet probeert te ontwrichten. Of bruggen opblaast, zoals nu.'

Hush keek naar zijn assistente, die kennelijk iets op haar hart had. 'Senior agent Lang?'

'*Cui bono*,' zei ze. 'Wie heeft er baat bij? Of juist het omgekeerde: Wie heeft er last van?'

Dat leidde weer tot een bedachtzame stilte.

'Ja,' zei VanKampf, 'je bedoelt dat we binnenkort een briefje van een stel afpersers kunnen verwachten: betaal ons zoveel miljoen dollar, dan zullen we geen bruggen meer opblazen.'

Maar Hush concentreerde zich op de tweede mogelijkheid die Lang had genoemd. Wie had er last van? 'Twee bruggen uit categorie zeven. Geen briefjes, geen groeperingen die de aanslag opeisen,' zei hij. 'Het lijkt erop dat niemand er voorlopig iets mee wil *winnen*. Maar we weten wel wie erbij *verliest*. Er zijn twee spoorbruggen ingestort, twee grote, belangrijke bruggen. Belangrijk omdat er zo weinig van zijn.'

Hush stond op en liep naar de kaart. 'Er liggen... lagen... maar zes operationele grote spoorbruggen over de Mississippi binnen een afstand van elfhonderd kilometer tussen St. Louis en New Orleans – hier in St. Louis, Thebes, Memphis, Vicksburg, Baton Rouge en New Orleans. En dan zijn er nog twee, in St. Louis en Memphis, die minstens een jaar buiten gebruik zijn wegens reparaties.'

Hij liep naar zijn bureau en pakte een boek. 'Dit is de *US Railroad Traffic Atlas*. Dat schijnt het belangrijkste openbare naslagwerk te zijn. Bij St. Louis begint een geografische strook waar zo'n veertig procent van het Amerikaanse vrachtverkeer van oost naar west passeert. Over die zes bruggen. Nu zijn er nog maar vier over. Dat is een terugval van drieëndertig procent in spoorwegcapaciteit.'

'Het is misschien nog erger,' zei Lang. 'Ik heb weer met de hoofdingenieur van Union Pacific gesproken. Zonder die rangeerterreinen zou elke brug een flessenhals zijn. Dank zij die rangeerterreinen kunnen ze met een centrale verkeersleiding de aanvoerlijnen naar en van die bruggen reguleren zonder dat het oostwestverkeer vastloopt. De brug bij Thebes had twee rangeersporen waar treinen aan weerskanten konden wachten, maar dit complex bij St. Louis is een gigantisch knooppunt met meer dan driehonderd rangeersporen.'

'Dan is dit dus een ernstig probleem,' zei Tyler Redford. 'Die man van de directie grondtransport zei dat de spoorwegen op dit moment al op maximale capaciteit werken, of daar dicht tegenaan.'

'Oké,' zei Hush. 'Dat is een antwoord op de vraag: wie heeft er last van? Misschien is het geen aanval op de bruggen zelf, maar op de spoorwegen.'

'Of op het hele land, dat is ook mogelijk,' zei VanKampf. 'De spoorwegen hebben ervan te lijden, maar ook de economie loopt vast omdat er geen transport is voor de goederen. Ga maar na.'

Hush ging weer achter zijn bureau zitten. 'Mensen, zo denken we in kringetjes. Goed, we installeren een commandocentrum in Situatieruimte 4. Carter, kun jij contact opnemen met je veiligheidscollega's bij de grote spoorwegmaatschappijen? Misschien kunnen ze hier naartoe komen voor een uitwisseling van informatie. Desnoods officieus, als hun juristen moeilijk doen. Ben, kan de operationele dienst voor goede spoorwegkaarten zorgen in Sit-4? Tyler, regel de nodige verbindingen in Sit-4, met een bezetting rond de klok. Als iedereen is geïnstalleerd, laat ze dan een basis formuleren voor een serie persberichten. We moeten het mediabeest regelmatig een kluif toewerpen, anders gaat het speculeren in technicolor.'

Hij wachtte even. 'Verder nog goede ideeën?'

De anderen schudden hun hoofd. 'Oké. Dan gaan senior agent Lang en ik weer terug naar Missouri.'

Carolyn Lang zei dat ze nog even met VanKampf moest overleggen. Tyler Redford bleef achter. Hush stak een paar van de rapporten in zijn koffertje en vroeg Redford toen of Lang moeite had gehad met de organisatie van de interdepartementale groep.

'Helemaal niet,' zei Redford. 'Ik heb haar wat tips gegeven, maar ze heeft zelf het meeste werk gedaan. En goed.'

'Had ze nog problemen met bepaalde mensen?'

'Nou, Carswell van Nationale Veiligheid is niet zo blij met haar,' antwoordde Redford, 'maar eigenlijk heeft hij de pest aan ons, aan de IITF, niet aan haar. Nee, wie zou nou moeilijkheden maken met zo'n knappe meid? De meeste jongens deden hun best om aardig te zijn. Ze heeft het uitstekend gedaan.'

Hush leunde achterover in zijn speciaal ontworpen bureaustoel en sloot een moment zijn ogen. Dus Carolyn Lang, die volgens eigen zeggen geen goed netwerk had in dit gebouw, had het uitstekend gedaan? Heel interessant, dacht hij. Even vroeg hij zich af of er nog een ander spelletje werd gespeeld door de onderdirecteur, een spelletje bínnen een spelletje. Maar toen stoorde de telefoon hem in zijn overpeinzingen.

Donderdagmiddag om twaalf uur gebruikte Matthews een haastige lunch in de officiersclub toen zijn pieper meldde dat hij het operationeel centrum van Anniston moest bellen. Met zijn zaktelefoon belde hij de wachtofficier.

'Majoor Matthews, we hebben net bericht gekregen van het operationeel hoofdkwartier in Washington. Er is een brug in St. Louis gesaboteerd.'

'Allemachtig! Weer een?'

'Ja, majoor. Nog geen bijzonderheden. Ik heb kolonel Anderson al gewaarschuwd. Hij zei dat hij u wilde spreken.'

Matthews voelde de moed in zijn schoenen zinken. 'Natuurlijk. Oké, ik ben al op weg.'

Hij was een uurtje geleden vertrokken uit het kantoor van de kolonel nadat hij en Carl Hill hun berekeningen hadden gepresenteerd voor de nieuwe route van trein 2713, die nu via de Frisco-brug in Memphis liep. De route was zelfs twee uur korter dan de oorspronkelijke rit via Cape Girardeau bij Thebes, waardoor ze wat meer speelruimte hadden voor de omleiding naar Idaho. Dat was het goede nieuws. Het slechte nieuws was dat ze nog steeds met een bijzonder gevaarlijke lading door een grote stad moesten rijden. Anderson had ernstig naar zijn bezwaren geluisterd en hun toen opdracht gegeven de route zo te berekenen dat de trein omstreeks drie uur 's nachts door Memphis zou komen, als er weinig mensen op de been waren en weinig verkeer bij de overwegen. Matthews was er niet gelukkig mee toen hij vertrok. Nu hij weer terugliep naar Andersons kantoor besloot hij het nog één keer te proberen.

Maar op het kantoor trof hij kolonel Mehle aan, in plaats van Anderson. 'Doe de deur dicht,' beval Mehle toen Matthews had aangeklopt en zijn naam had genoemd. 'Ik neem aan dat u het nieuws hebt gehoord over de MacArthur-brug in St. Louis?'

'Ja, kolonel. Waar is kolonel Anderson?'

'Hij heeft u hier niet laten komen, maar ik. Kolonel Anderson vertelde me dat u en majoor Hill problemen hebben met het transport van trein 2713.'

Matthews wist dat hij voorzichtig moest zijn. Het beviel hem niets dat Anderson er niet bij was. Als Mehle zich het recht toeëigende om Andersons kantoor zomaar te gebruiken, was er iets belangrijks veranderd in de verhoudingen. 'Ja, kolonel, dat is wel zo,' zei hij.

Mehles gezicht betrok, maar Matthews besloot om door te zetten. 'Ik vind dat we toch al grote risico's nemen door de route te wijzigen, kolonel. En een transport van lekkende kernwapens door een dichtbevolkte stad is helemaal riskant.'

'Dat vindt u.'

Matthews aarzelde 'Ja, kolonel, dat vind ik. Ik werk al drie jaar aan toestemming voor die route, kolonel.'

'Dat heb ik gehoord, *majoor*,' zei Mehle, met nadruk op die rang, zodat Matthews heel goed begreep wie de majoor was in deze kamer en wie de kolonel. 'Denkt u niet dat onze meerderen in Washington die overwegingen ook in hun besluit hebben meegenomen?'

'Eh, ja, kolonel, ik vermoed van wel.'

'Dat vermóédt u? Dan kan ik uw vermoeden bevestigen. Ik ben maar tijdelijk verbonden aan het Special Operations Command. Normaal werk ik bij de staf van de Nationale Veiligheidsraad. Zegt u dat iets, majoor?'

'Nee, kolonel.'

'Wát?' schreeuwde Mehle. 'Bent u echt zo onnozel? Weet u niet wat de Nationale Veiligheidsraad is? Beseft u niet met welke mensen ik contact heb?'

'Dezelfde mensen met wie Ollie North contact had,' antwoordde Matthews onverstoorbaar. 'En we weten allemaal hoe dat is afgelopen.'

Eén moment keek Mehle zo woedend dat het leek of hij iemand

een dreun wilde verkopen. Hij opende zijn mond om iets zeggen, maar klapte zijn kaken weer op elkaar. Hij haalde diep adem en liet zich terugzakken op zijn stoel.

'Wat ik wil weten, majoor Matthews,' zei hij, 'is of u wel of niet meedoet. Hoe lang moet u nog voordat u uw twintig jaar hebt volgemaakt? Minder dan een jaar?'

Aha, dacht Matthews ongerust. 'Ja, kolonel,' antwoordde hij met onvaste stem.

'De beste manier om daar te komen met uw pensioen intact is u voor honderd procent in te zetten en deze missie uit te voeren. Uw bedenkingen over dit project zijn genoteerd, maar ze komen te laat. De beslissing is al genomen door de bevoegde instanties op het hoofdkwartier. Wij zullen die trein laten rijden en het leger helpen dit probleem op te lossen. Is dat duidelijk?'

'Ja, kolonel. Heel duidelijk.'

Mehle keek hem even aan. 'Ik geef toe dat het niet zonder gevaar is. Maar de aanwezigheid van speciale wapens in die trein is een militair geheim en ik verwacht dat het geheim zal blijven totdat de trein zijn nieuwe bestemming heeft bereikt. Als u moeite heeft met die geheimhouding is dit het moment om dat te zeggen.'

'Nee, kolonel,' antwoordde Matthews. 'Ik heb in negentien jaar bij het leger nog nooit een geheim geschonden en daar zal ik nu niet mee beginnen.'

Mehle keek hem nog eens aan. 'Goed, majoor. Zoals kolonel Anderson al zei, zal er een schriftelijke order komen die u en majoor Hill van de verantwoordelijkheid ontlast. Moet ik nog met majoor Hill spreken of kan ik dat aan u overlaten?'

'Ik praat wel met hem, kolonel.'

'Goed. Hebt u verder nog iets op uw hart?'

Matthews aarzelde. 'Hoe zit het met de aanslagen op die bruggen, kolonel?' vroeg hij. 'Wordt het risico niet groter nu iemand de bruggen over de Mississippi opblaast?'

'Dat moet Washington maar uitmaken. De FBI onderzoekt de zaak en zij zullen die klootzakken wel te pakken krijgen, wie het ook zijn. Het is onze taak om beslissingen uit te voeren, niet om ze in twijfel te trekken. Om vijf uur vanavond verwacht ik een statusrapport van u over de samenstelling van trein 2713.'

Matthews knipperde met zijn ogen. Hij werkte niet voor kolonel Mehle. 'Kolonel Anderson, bedoelt u?'

'Kolonel Anderson is afwezig in verband met een tijdelijke opdracht. Ik heb nu het bevel over dit project. Alle rapporten over trein 2713 worden tot nader order aan mij gericht, majoor. U kunt gaan.'

Op donderdagmiddag reed hij met zijn pickup-truck langzaam over een hobbelige zandweg van drie kilometer lang, tussen twee katoenvelden van tweehonderdvijftig hectaren. De grote vlakten van zwarte aarde, met hier en daar wat groepjes kale bomen, zouden deprimerend moeten zijn, maar voor hem was deze afzondering bijna een troost. Sinds het ongeluk woonde hij in het kleine huisje bij de rivier. De vorige bewoner was een eenzelvige kunstenaar geweest die uiteindelijk zelfmoord had gepleegd in de tuin. Vanwege die achtergrond en het feit dat hij aanbood om elke maand contant te betalen, had hij een heel aantrekkelijke huur gekregen.

De laan liep vanaf de landweg naar een kleine heuvel omringd door bomen, direct aan de Mississippi en hoog genoeg boven de rivier om geen last te hebben van de jaarlijkse overstromingen. Er waren geen oeverwallen aan deze kant, dus had het houten huis door de bomen een vrij uitzicht op de rivier. Het was maar een klein huis – woonkamer, eetkamer, open keuken, twee slaapkamers en een badkamer. Aan drie kanten lag een overdekte veranda. Het was gebouwd op betonnen pijlers van een meter hoog, als extra bescherming tegen overstromingen. Aan de achterkant stond een oude stal die hij als werkplaats gebruikte en waar hij zijn pickup-truck parkeerde. Naast de stal stonden wat bouwvallige schuurtjes met schimmelend tuingereedschap. Er was een waterput, een septic tank, telefoon en elektriciteit. De dichtstbijzijnde buren woonden in de boerderij vijf kilometer verderop.

Aan één kant van het huisje lag een kleine omheinde moestuin die nogal wisselende oogsten opleverde vanwege de hoge bomen om het huis. Vlak bij de achtertrap was een tornadokelder met een schuine deur. De kelder was een hol in de grond waar ooit de groente was opgeslagen. Zoals iedereen in die buurt had hij daar menige zomernacht doorgebracht als die onvoorstelbare stormen vanaf de Great Plains kwamen opzetten en de radio in de keuken de ene waarschuwing na de andere uitzond.

Voorbij de bomen, zo'n honderd meter van zijn achterveranda, had de rivier steile, vijf meter hoge oevers uitgesleten. Zijn boot lag aan de ketting in een van de sloten die voor de afwatering van de vlakke katoenvelden zorgden. Achter het huisje was de Mississippi zo'n twaalfhonderd meter breed en de vaargeul voor de grote schepen lag aan de kant van Illinois. In de verte was bijna constant het gedreun te horen van de dieselmotoren van de grote duwboten die de driehonderd meter lange combinaties van rivieraken heen- en terugbrachten, vierentwintig uur per dag. De schepen vervoerden bijna dertigduizend ton vracht in hun diepe buik: maïs, tarwe, sojabonen, steenkool, katoen, olie, hout en plaatijzer, het levensbloed uit het Midden-Westen van Amerika dat de halve wereld moest voeden, kleden en onderdak geven. 's Nachts klonk het allemaal wat luider. De aken en hun machtige duwboten kropen moeizaam stroomopwaarts. Hun veelkleurige lichten werden grotendeels aan het oog onttrokken door het verkeer stroomafwaarts, dat onnatuurlijk snel over het glinsterend zwarte water gleed. Vaak zat hij uren op de oever, kijkend en luisterend. Alleen met zijn herinneringen.

Hij had boodschappen gedaan in Festus, zo'n dertig kilometer verderop. Hij hield van de exotische namen van de steden langs of vlak bij de grote rivier: Cairo, Herculaneum, Memphis, Karnak, New Athens, Thebes.

Thebes.

Een kille golf van voldoening sloeg door hem heen toen hij de auto bij het huisje parkeerde. Hij bleef nog even in de truck zitten. Thebes was perfect gegaan, St. Louis bijna perfect. De bewaker was voorlopig als vermist opgegeven. Dat vond hij jammer, maar het was onvermijdelijk geweest, gezien de omvang van wat hij nog allemaal van plan was. En het zóú gebeuren. Hij moest het afmaken. En als het zijn dood zou worden, ach... hij had toch niet veel meer om voor te leven. Hij sloot zijn ogen en riep voor de tienduizendste keer de beelden op: Kays stationcar, zwartgeblakerd, onherkenbaar verwrongen, vernield, verbrijzeld – de woorden sneden als vurige pijlen door zijn hoofd. Willekeurige gele plastic lijkzakken om de grijze resten van wat ooit zijn gezin was geweest. Plastic om geen vlekken te maken. Als vlees dat uit een gehaktmolen kwam.

En die grote diesellocomotieven, vijfhonderd meter verderop, onverschillig en ongeïnteresseerd, zonder zelfs maar een schrammetje. Er zaten alleen wat krassen in de lak van de stalen koeienvanger op de neus van de voorste locomotief. De motoren draaiden nog, alsof ze snel weer aan het werk wilden, ongeduldig over het oponthoud, dat irritante obstakel dat rokend en lekkend dertig meter voorbij de overweg lag. De politie en de spoorwegmensen stonden de *machinist* te troosten, godverdomme, terwijl de resten van zijn vrouw en zijn twee kinderen weglekten in de greppel.

Weer zag hij de overweg, geblokkeerd door die rij wagons van anderhalve kilometer lang. Een gelijkvloerse kruising, waarvan de lichten niet hadden gewerkt – of alleen zo nu en dan. Toen hij arriveerde, deden ze het wel, maar later, veel later, had zijn advocaat een getuige gevonden die volhield dat ze niet werkten totdat de trein eindelijk tot stilstand was gekomen. Maar die getuige had Kay niet zien oversteken.

En de mensen van de spoorwegmaatschappij: grijze pakken en uitgestreken smoelen. Juristen die een miljoen dollar per jaar opstreken, hele bataljons juristen. 'Wij zijn diep begaan met het verlies van dit gezin, edelachtbare, maar mensen kunnen het blijkbaar niet afleren: proberen de trein vóór te zijn. Hij rijdt twee keer zo snel als je denkt en hij is half zo dichtbij als het lijkt. Dat is het gezichtsbedrog van die evenwijdige lijnen. Er waren geen spoorbomen, maar wel lichten.

Andere auto's zijn gestopt. Zij niet, edelachtbare. Dat is het hele verhaal. Ze heeft geprobeerd de trein vóór te zijn. En dat heeft ze verloren.'

En hij verloor ook. Niet één rechtszaak, maar twee. Vier jaar procederen. Het had hem elke cent gekost die hij bezat. Hun huis, hun spaargeld, alles. En daarna begonnen ze een zaak tegen hém. Schade aan de locomotief, gederfde inkomsten, vergoeding van juridische kosten, de onkosten van hun eigen advocaten. Ze hadden hem onder curatele gesteld en de banken incasseerden de rest. Hij was nog steeds bezig met afbetalen. Dat zou hij zijn leven lang moeten doen, en waarschijnlijk nog na zijn dood, met de inkomsten van zijn levensverzekering.

Zijn enige getuige had verklaard dat de lichten niet werkten aan de kant van de hoofdweg.

'Waarom bent u dan wél gestopt, meneer?'

'Ik zag dat de auto's aan de andere kant stilstonden. Toen zocht ik naar de trein en zag hem aankomen.'

'Maar de dame stopte niet?'

'Dat weet ik niet. Misschien wel. Maar de trein was er al en haar auto werd meegesleurd door die locomotief als een hond onder een vrachtwagen, en... ik wil er niet meer over praten, edelachtbare. Ik heb er toch al nachtmerries van.'

En dus had hij verloren.

Hij opende zijn ogen.

En nu, bij God, als er een God bestond, zouden *zij* verliezen. Hij zou de spoorwegen een kettingzaag op de keel zetten. Hij zou de treinen tegenhouden, het hele spoorwegnet lamleggen – desnoods het hele land. Het maakte hem niet uit. Niets kon hem meer schelen.

Hij merkte dat zijn vingers tintelden omdat hij ze zo hard om het stuur klemde. Zijn kaak deed pijn van het tandenknarsen. Ik maak ze helemaal kapot, dacht hij. Ik weet precies hoe, en ik zal het doen ook. Helemaal alleen. Elke aanslag was minutieus voorbereid. De bruggen waren geanalyseerd, de omgeving verkend, de dienstregeling in zijn geheugen geprent, de explosieven gestolen, de elektronica zelf gebouwd. En hij koesterde de haat, de kille, dodelijke, giftige haat, als een fataal virus diep in zijn brein.

Hij haalde diep adem, en toen nog eens. Hij dwong zijn lichaam zich te ontspannen, één vinger, één hand, één arm tegelijk toen hij het stuur losliet. Eén voor één, net als de bruggen.

De volgende zou moeilijker worden, wist hij. Ze waren nu op alles voorbereid en de FBI was erbij betrokken. Volgens hem bestond de FBI tegenwoordig voor de helft uit bureaucraten, maar met die geweldige omvang en mogelijkheden was het een redelijk effectieve tegenstander. Uiteindelijk zouden ze hem wel vinden en zou er op een vroege morgen een rij dienstauto's over de zandweg naar zijn huis komen.

Hij had nog een paar interessante dingen in petto voor dat moment, maar voorlopig tastten ze nog in het duister, vermoedde hij. De televisie had het over een grote eenheid van de overheid en besprekingen op het hoogste niveau in Washington. In de media circuleerden wilde verhalen over terreurgroepen. Woordvoerders die oprecht in de camera blikten probeerden alle vragen te ontwijken terwijl hun bazen in de regering koortsachtig nadachten over het wie, wat en waarom. En wat ze in godsnaam verder moesten doen. Want hij had één groot voordeel. Hij had twaalf jaar de tijd gehad om deze wraakactie voor te bereiden. Die arrogante klootzakken hadden zelfs geen hek om de bruggen gezet! Het leek wel of ze iemand uitdaagden het tegen hen op te nemen. Nou, dacht hij, hier ben ik dan.

Heel even flakkerde de zonsondergang over het vlakke land, een laatste opleving van fel oranje licht, dat snel naar rood verkleurde, de bomen zwart schilderde en de rivier veranderde in een vurige staalplaat van wisselende tinten. Het deed hem denken aan die roodgekleurde explosies langs de onderkant van de MacArthur-brug, en hoe het middensegment als een reusachtige surfplank plat op het water was gestort.

Dat was de tweede. Nu nog vier. Een visioen van Kay en de kinderen, vrolijk lachend en springlevend, zweefde over zijn vooruit in het laatste licht van de ondergaande zon. Zo levend als hij nu dood was, van binnen.

Hij hoefde het alleen nog af te maken.

'Geen probleem,' zei hij hardop.

6

Op vrijdagochtend stonden Hush en Carolyn Lang op de Missouri-oever bij de ingestorte brug en staarden naar de inmiddels bekende berg wrakstukken in de rivier beneden. Achter de regen was een koufront gekomen en het was een frisse, gure dag daar op de brug. De MacArthur lag hoger boven het water dan de brug bij Thebes, maar de natte heuvel van vernielde treinwagons zag er ongeveer net zo uit. Voor de veiligheid had de politie het gapende gat in het midden met touwen afgezet. Twee rijen zwarte staalkabels bungelden nutteloos naar beneden vanaf het onbeschadigde gebinte. Ze wapperden heen en weer in de wind, als de galgen van een gigantisch schavot. Twee FBI-agenten van het bureau in St. Louis stonden te praten met een paar gehelmde ingenieurs van de spoorwegen. Aan de voet van de brug had zich een stoet hulpdiensten verzameld en aan de kant van Illinois was net zo'n groep te zien, met blauwe zwaailichten. Hoofdinspecteur Powers had één hand op het touw van de afzetting en wees met zijn andere naar de kabels.

'Het was weer detcord,' riep hij boven de wind uit. 'Alle kabels zijn gewoon doorgesneden en de brug is als een steen omlaaggestort. We hebben nu genoeg ooggetuigen.'

'Is er nog nieuws over die vermiste bewaker?' vroeg Hush.

'Nee. Union Pacific had opdracht gegeven om over de brug te patrouilleren. Alle maatschappijen met een terminal in St. Louis zouden om beurten iemand op de brug zetten. Na vannacht zullen ze de bewaking wel verscherpen, neem ik aan.'

Hush keek hoofdschuddend naar de ravage beneden en stak zijn handen in de zakken van zijn windjack. Carolyn Lang stond weggedoken tegen de stalen wand van de pijler en telefoneerde met Washington. Ze waren pas donderdagmiddag laat vertrokken en hadden een hotel genomen in de binnenstad van St. Louis. Bureauchef Herlihy was die ochtend naar het hotel gekomen om hen op te pikken. Herlihy had Lang in een andere auto willen zetten, maar Hush had erop gestaan dat ze met hen meereed. Daar was Herlihy niet blij mee. Hij moest er maar aan wennen, vond Hush. Hij tolereerde geen gelazer tegenover Lang, zeker niet nu deze zaak alleen maar groter werd, in plaats van kleiner. Er kwam al enige druk uit het kantoor van de directeur. Herlihy stond nu aan de kant van Illinois, met een groep rechercheurs van de politie van St. Louis. Ze verhoorden iedereen die de vorige avond dienst had gehad op de grote rangeerterreinen.

Keeler, de hoofdinspecteur bruggen van de genie, arriveerde aan de westkant van het middensegment. Hij stapte uit een pickup-truck die op een hydraulisch spoorkarretje was gezet en zo over het spoor naar boven was gereden. Hij was in het gezelschap van de onderhoudsingenieur van Union Pacific, zijn districtsopzichter en een jeugdige legerofficier in een gesteven gevechtspak. Hush en Powers liepen over de restanten van de spoorbaan naar het groepje toe. Lang telefoneerde nog.

'Zo ontmoeten we elkaar weer, meneer Hanson,' zei Keeler. 'En zo vlug al.'

'Ja, dat belooft niet veel goeds, meneer Keeler,' antwoordde Hush. Keeler stelde de UP-ingenieurs aan hem voor. De officier bleek een bouwkundige van de genie te zijn. Samen liepen ze naar de dichtstbijzijnde afgebroken kabel. Keeler trok dikke handschoenen aan en begon aan de bungelende kabel te sjorren, maar dat had weinig zin. Het ding was tien centimeter dik, bijna twaalf meter lang en moest meer dan duizend kilo wegen. Keeler wachtte tot de kabel door de wind weer hun kant uit werd geblazen en inspecteerde toen haastig het verbrande en gesmolten uiteinde van de verankering.

'Detcord,' verklaarde hij.

'Eureka,' mompelde Powers zachtjes.

Als Keeler het had gehoord, liet hij dat niet blijken. Hij richtte zich weer op en vroeg: 'Hebben ze het aangrenzende segment ook op schade onderzocht, net als in Thebes?'

Hush en Powers keken eerst naar elkaar en toen naar de twee ingenieurs. Blijkbaar had niemand daar nog aan gedacht. Keeler en de ingenieurs liepen naar de andere kant van de pijler en begonnen de spoorbaan te onderzoeken, in de richting van Missouri, tot aan het eind van het volgende segment. Carolyn Lang kwam er nu ook bij, met haar schrijfblok tegen haar borst geklemd en vroeg Hush wat ze deden. Net toen hij antwoord wilde geven, hoorden ze iemand roepen: 'Neeeee!' Meteen gevolgd door een golf van hitte en een zware klap die de spoorbaan deed trillen en hen achteruitwierp.

Hush dacht dat hij Lang hoorde gillen toen er een gemene grijszwarte rookwolk over hen heen sloeg, die door de wind snel langs de pijler stroomafwaarts werd geblazen. Toen de rook optrok, staarde Lang naar de voorkant van haar blouse, waar zich een rode vlek begon te vormen achter de open rits van haar windjack. Ze liet haar telefoon en haar schrijfblok vallen en klauwde in paniek naar de knoopjes van haar blouse. Voordat Hush iets kon doen rukte ze de knoopjes los en tastte in haar blouse. Ze haalde er een bloederig stuk ijzer uit en smeet het vloekend op de grond, alsof het gloeiendheet was. Hush zag een kleine bloedende streep tussen haar borsten voordat ze haar blouse weer dichtknoopte.

'Verdomme! Dat brandde gemeen!' zei ze tegen de stomverbaasde Hush. Hij bukte zich tussen haar voeten en raapte het stuk ijzer en haar schrijfblok op. Toen hij zich oprichtte, zagen ze allebei dat er een groot, grillig gat in het dikke schrijfblok zat. Lang trok wit weg toen ze het zag. Hij pakte haar bij de arm en loodste haar voorzichtig naar de zijkant van de pijler.

'Ga zitten,' beval hij. Hij pakte zijn zakdoek, legde die tegen de bloedende wond tussen haar borsten en drukte haar rechterhand 'Hoofd omlaag,' zei hij. 'Helemaal naar beneden. Zo, ja. Tussen je knieën. Niks aan de hand. Je hebt verdomd veel geluk gehad! Diep ademhalen, nou. Langzaam.'

Ze bleef tegen de pijler zitten terwijl Hush haastig door de opening stapte en toen abrupt bleef staan. Keeler stond een meter of zes verderop langs de spoorbaan, waarvan de stroomopwaartse kant zichtbaar doorzakte bij het draagpunt van de pijler. Er zat daar een groot gat in het platform. Naast het gat lagen de bloederige resten van de jonge legerofficier. Zijn bovenlichaam was letterlijk weggerukt. De districtsopzichter, die aan de andere kant had gestaan, gedeeltelijk beschut door de wand van de loopbrug, lag achterover op de rails en probeerde om niet tussen de bielzen door in de rivier te storten. Toen hij weer op de brug stond, greep hij met twee handen naar zijn hoofd. Bloed stroomde over zijn voorhoofd uit verschillende snijwonden op zijn schedel.

Powers, die door de betonnen pijlerwand tegen de explosie was beschermd, stond al in zijn radio te praten terwijl Keeler voorzichtig naar het oostelijke spoor schuifelde en terug naar de pijler klom. Zijn gezicht was asgrauw. Hush besefte dat hij niets meer voor de legerofficier kon doen en draaide zich weer om naar Lang. Ze zat nog steeds op de spoorbedding, met zijn zakdoek tegen haar borst gedrukt. Hij besloot bij haar te blijven. Dit was niet het juiste moment voor haar om het verminkte lichaam van de legerofficier te zien. Ondanks de wind hing er nog een sterke geur van explosieven, vermengd met de misselijkmakende stank van brandend vlees. Hij knielde naast haar en pakte haar andere hand. Ze was nog steeds bleek, maar haar gezicht klaarde wat op.

'Jezus, dat was schrikken, zoals de papegaai zei,' verklaarde ze, met een blik op de roodgevlekte zakdoek tegen haar borst. 'Wat is er in godsnaam gebeurd?'

'Blijkbaar hebben de daders een boobytrap achtergelaten,' zei Hush. 'Powers heeft al medische hulp ingeroepen. Goddank voor dat schrijfblok.'

'Amen,' zei ze, met nog een blik op de zakdoek.

Ze probeerde een luchtige toon aan te slaan, maar dat lukte niet helemaal. Haar gezicht betrok weer. Hush besloot voorlopig niets over de legerofficier te zeggen. Even later kwam Powers om de pijler heen. Hij zag Lang en liep haastig naar hen toe. De ongedeerde spoorweg-inspecteur had één blik op de resten van de officier geworpen en zijn maag omgekeerd. Daarna had hij zich vermand en Keeler geholpen. Hij had zijn jasje uitgetrokken en zijn eigen hemd gebruikt om het hoofd van de gewonde man te verbinden. Powers, de enige op de brug met een portofoon, had Langs verwonding meteen gemeld toen hij zag dat ze een bebloede zakdoek tegen haar borst hield.

Hij keek naar haar roodgevlekte blouse. 'Is het ernstig?' vroeg hij.

'Ik geloof het niet,' zei Hush. 'Hier werd ze door geraakt, maar het ging eerst door dat schrijfblok heen.' Hij gaf Powers het bloederige stuk ijzer. De politieman bekeek het en wikkelde het toen in een rubberhandschoen die hij uit zijn zak haalde.

'Wat is er gebeurd?' vroeg Hush.

Powers schudde zijn hoofd. 'We zochten naar afwijkingen, eventuele schade aan de andere kant. Opeens hoorde ik Keeler schreeuwen en toen...*wham!* Heb je die militair gezien?'

'Ja. Godverdomme.' Ze zagen nog een onderhoudstruck naderen over het spoor vanaf het rangeerterrein van Venice, beneden. Het gele zwaailicht knipperde dringend. Morgan Keeler stapte door de opening in de pijler. Zijn gezicht was nog bleek en hij wreef met zijn linkerhand over zijn kin. Hij bleef staan toen hij Lang zag en zei tegen Powers:

'Hoofdinspecteur, kunt u die truck waarschuwen om te stoppen voor die overspanning? Dat hele segment zou kunnen instorten.'

Powers pakte zijn radio, terwijl Hush bij Lang neerknielde.

'Gaat het?' vroeg hij. Ze knikte. Voorzichtig haalde ze de bloeddoordrenkte zakdoek weg en ze bestudeerden allebei de wond. Hush probeerde de ronding van haar borsten aan weerszijden te negeren.

'Het is een vleeswond, meer niet,' zei ze, terwijl ze haar blouse en jack weer dichtknoopte. 'Het schrijnt meer dan dat het pijn doet. Is er verder nog iemand gewond?'

Nu pas vertelde Hush haar dat de legerofficier gedood was. Lang slikte een paar keer toen ze het hoorde en trok haar jack nog dichter om zich heen. Haar handen trilden. Ze was op het nippertje aan de dood ontsnapt en dat wist ze. Keeler staarde door de opening in de pijler, met een sombere uitdrukking op zijn gezicht. Hush probeerde de gruwelijke aanblik van het lichaam van de jonge militair uit zijn gedachten te bannen. Ze zagen dat de truck stopte aan het begin van het volgende segment. Twee politiemensen met eerstehulptassen stapten uit en kwamen snel naar hen toe over de loopbrug aan de oostkant. Powers ving hen op.

Hush voelde zich misselijk worden. Te lang achter een bureau gezeten, dacht hij. 'Wat is het gevolg voor de brug?' vroeg hij.

'In wezen hetzelfde als bij Thebes, ben ik bang,' zei Keeler. 'Het betekent dat we geen grote kranen bij het middensegment kunnen krijgen, in elk geval niet aan deze kant. Ze zullen eerst het binnenste segment moeten repareren, voordat ze hier kunnen beginnen. Een gerichte springlading, denk ik. Deze brug zal een hele tijd buiten gebruik zijn.'

'Ik had begrepen dat de Merchants-brug ook in de steigers staat,' zei Hush na een paar seconden. 'Die jongens zijn geen amateurs, is het wel?'

Keeler schudde zijn hoofd, maar gaf geen antwoord. Carolyn Lang stond op, nog steeds met de zakdoek onder haar jack. Een van de politiemensen dook op. Hij droeg witte rubberhandschoenen en reikte Lang een groot stuk verbandgaas aan. Powers liep vlak achter hem.

'Die andere man is zwaargewond, maar hij redt het wel,' verklaarde hij. 'Ik heb het rangeerterrein aan de kant van Illinois gebeld en het commandocentrum gewaarschuwd. Mijn mensen sturen de explosievendienst om de hele brug te inspecteren. O ja, en Herlihy is ook op de hoogte.'

'Bedankt,' zei Hush. 'Meneer Keeler hier denkt dat het een gerichte springlading was.'

'Ik dacht eerst een granaat,' zei Keeler, 'maar die stalen balken zijn behoorlijk dik en zoals die man is verminkt... het moet iets zwaarders zijn geweest dan een granaat.'

Lang ritste haar FBI-jack dicht over het verbandgaas en de politiemensen liepen terug om een laken over de stoffelijke resten van de militair te leggen. 'Oké,' zei Hush, 'we gaan weer naar beneden. Dit wordt een mediacircus. Ik wil eerst agent Lang naar een ziekenhuis brengen en daarna moeten we met Washington overleggen, neem ik aan.'

'Jullie moeten die klootzakken vinden,' zei Keeler met nadruk. 'Deze bruggen zijn onvervangbaar.'

Keeler vatte de aanslagen op de bruggen persoonlijk op, merkte Hush. Hij raapte Langs telefoon op en nam haar bij de arm. 'Dat weten we, meneer Keeler. En geloof me, we doen ons best.'

Hush was blij dat er een laken over het lijk van de officier lag toen hij met Lang langs het gapende gat liep en haar voorzichtig meenam over het oostelijke spoor van het volgende segment. De politiemensen stonden nog om de gewonde ingenieur heen. Over het spoor naderde al een volgende truck, met nog meer hulptroepen. Hush wachtte tot iedereen was uitgestapt en liet de truck toen terugrijden naar het rangeerterrein, waar Herlihy op hen wachtte met twee dienstauto's van de FBI. Een kleine groep spoorweg- en politiemensen had zich verzameld bij de voet van de brug. De media zouden niet ver achterblijven, dacht Hush.

'Wat is er boven gebeurd?' vroeg Herlihy, met een tersluikse blik naar Langs witte gezicht en haar met bloed besmeurde vingers.

'Er was een bom achtergelaten. Die bruggeninspecteur, Keeler, en iemand van de genie waren bezig het volgende segment op schade te inspecteren toen die militair blijkbaar een struikeldraad raakte. De man was op slag dood en de dragers van het volgende segment werden weggeblazen. Volgens Keeler is die brug nog een hele tijd buiten gebruik. Agent Lang werd door een scherf geraakt, maar het lijkt een oppervlakkige wond. Kan iemand van jullie haar naar het ziekenhuis brengen?'

'Natuurlijk,' zei Herlihy, met een ongemakkelijke uitdrukking op zijn gezicht toen hij naar Carolyn keek. Hij riep een agent, die haar meenam naar zijn auto. Hush riep haar na dat hij ook naar het ziekenhuis zou komen.

'Redt ze het wel?' vroeg Herlihy.

'Maakt het jou wat uit?' wilde Hush weten.

Herlihy liep rood aan. 'Hoor nou eens, verdomme. Ze was een nagel aan mijn doodskist hier, maar ze is nog altijd een collega. Ja, het maakt me wél wat uit.'

'Sorry,' zei Hush. 'Maar je zit haar al dwars sinds die aanslag in Thebes. Ze is heus geen bedreiging voor je, hoor.'

Herlihy keek hem sarcastisch aan. 'Dacht je dat het daarom was? Dat ik me *bedreigd* voel door Carolyn Lang?'

'Ik weet niet wat jij voelt,' antwoordde Hush effen. 'Ik weet alleen hoe je je gedraagt.'

Herlihy schudde zijn hoofd. 'Hush,' zei hij, 'voor een adjunct-directeur ben je wel erg naïef. Ik ben niet degene die zich bedreigd hoeft te voelen door Carolyn Lang. Let maar op. Ze wacht gewoon het juiste moment af, en dan... Pearl Harbor. Geloof me nou.'

'Ik heb geen tijd voor die onzin, Joe. Wíj hebben daar geen tijd voor.'

Herlihy slaakte een diepe zucht. 'Goed,' zei hij. 'Maar zeg niet dat ik je nooit gewaarschuwd heb. Heeft iemand al met Washington gebeld?'

'Dat wilde ik net doen,' zei Hush. Hij loodste Herlihy bij de menigte vandaan. 'Deze zaak begint uit de hand te lopen en we zijn nog geen stap verder.'

'Nee, precies. De politie is in alle staten. En kijk daar eens.' Herlihy wees stroomopwaarts naar de brug van de I-55. Een camerawagen stond al geparkeerd aan één kant van de brug. Een andere was onderweg naar hen toe. Herlihy gaf zijn mensen opdracht om de pers van de rangeerterreinen vandaan te houden, op beide oevers. Toen haalde hij een grote sigaar tevoorschijn en stak die op in een wolk van blauwe rook. Hush, die zelf niet rookte, inhaleerde wat rook door zijn neus om de stank van de dood op de brug kwijt te raken. Ze liepen terug naar Herlihy's auto.

'Weten de spoorwegmensen al wat meer?' vroeg Hush.

'Nee, vergeet het maar. Ze maken zich meer zorgen dat de brug buiten bedrijf is en wat dat betekent voor hun "concurrentiepositie". Dat is de kreet van de dag. Verder rennen ze in kringetjes rond. Toen ze hoorden dat die militair was opgeblazen belden ze meteen hun advocaten, hoorde ik van mijn adjunct.'

'Bij de eerste vergadering van de interdepartementale groep waren ze ook weinig behulpzaam,' beaamde Hush. 'Ze wilden geen vertegenwoordiger sturen omdat ze geen aansprakelijkheid wilden aanvaarden. Dat soort onzin.'

'Laten we maar naar mijn kantoor gaan,' zei Herlihy. 'Dan kun je daar bellen. Voordat je naar het ziekenhuis gaat om te zien hoe het Scheermes... senior agent Lang het maakt.' Hij bleef staan. 'Een boobytrap,' zei hij toen. Zijn mondhoek trilde.

Hush keek hem zwijgend aan.

'Oké, oké,' zei Herlihy. 'Ik zal braaf zijn, dat beloof ik je. Ik zal zelfs rijden.'

Majoor Matthews zat thuis aan de lunch toen Carl Hill belde.

'We hebben de definitieve order uit Washington,' begon Hill. '"Begin vanmiddag met samenstelling trein. Op maandag vrachtinspectie. Vertrek voorlopig vastgesteld op volgende week dinsdag."'

'Begrepen,' zei Matthews. Het bleef even stil.

'Tom, ik moet je wat vragen.'

Matthews hield zijn adem in. Hill had het druk gehad met de wijzigingen in de route en het toezicht op de samenstelling van de trein. Matthews had nog niet de kans gekregen om met hem te praten, zoals hij Mehle had beloofd – voornamelijk omdat *hij* door Mehle was bedreigd, niet Hill.

'Ja, Carl?'

'Hoe zit het met die Mehle? Opeens moet ik mijn rapporten aan hém sturen, niet langer aan kolonel Anderson. En net moest ik in Loods Negen zijn, maar de bewaking zei dat ik niet op de nieuwe toegangslijst sta. Jij wel, zeiden ze erbij. Ik ben de transportofficier, godverdomme! Wat is hier aan de hand?'

'Loods Negen?' herhaalde Matthews, om tijd te winnen. Die idioot van een Mehle, dacht hij. Zijn vrouw, die aan de andere kant van de kamer zat, deed alsof ze niet meeluisterde. 'Carl, we moeten even praten.'

'Ik weet heel goed wat er in Loods Negen gebeurt. Daar worden die

116

probleemkinderen ingeladen. Maar ze kunnen mij daar niet vandaan houden!'

'Waar ben je nu?'

'Terug in het operatiecentrum.'

'Ik kom er zo aan. Wacht op me voor de deur en praat er met niemand over.'

Twintig minuten later stonden ze naast elkaar tegen Matthews' auto geleund. Hill schopte een steentje heen en weer met de neus van zijn schoen, terwijl Matthews hem vertelde wat zich in Andersons kantoor had afgespeeld.

'Dus hij is adviseur van de Nationale Veiligheidsraad,' besloot Matthews.

'Geweldig,' zei Hill. 'Maar dat is geen garantie dat hij niet geschift is. Zeker niet met deze regering. En waar is kolonel Anderson? Niemand heeft hem de afgelopen dag gezien.'

'Mehle zei dat hij voor een tijdelijke missie naar Washington was teruggeroepen. Hoor eens, die Mehle heeft grote invloed. Hij houdt nog steeds het CERT en al die MP's op het vliegveld vast, zonder dat ik één kik heb gehoord vanuit Fort McClellan. We moeten heel voorzichtig zijn met die man.'

'Ik zal je wat zeggen,' zei Hill. 'Het bevalt me niets. Het bevalt me niet dat we in het geheim een nieuwe route moeten uitwerken, het bevalt me niet dat we die beschadigde kernwapens dwars door Memphis moeten vervoeren en het bevalt me niet dat een lul uit Washington hier zomaar de baas komt spelen.'

Daar was Matthews al bang voor geweest. 'Rustig aan nou, Carl,' zei hij. 'Ze laten speciale containers komen voor die wapens en met die twee pantserwagons van jou kan er weinig meer misgaan. Washington is waarschijnlijk nog benauwder voor problemen dan jij.'

'Dat hangt er maar vanaf,' zei Hill en hij gaf een schop tegen de stoeprand, 'wie in Washington toestemming heeft gegeven voor deze stommiteit.'

Op Herlihy's kantoor in het Abrams Federal Office Building zaten Hush en de bureauchef drie kwartier aan de speaker-telefoon met Tyler Redford in Washington om hem de eerste feiten over de aanslag op de MacArthur-brug door te geven en hem op de hoogte te brengen van de tweede bom. Hush vroeg hem contact op te nemen met de juiste mensen bij het ministerie van Transport en toestemming te vragen om een algemene waarschuwing te laten uitgaan voor de veiligheid van de resterende spoorbruggen over de Mississippi, ten noorden en zuiden van St. Louis, met de mogelijkheid om de Nationale Garde in te zetten voor de bewaking. Redford bevestigde dat de spoorwegen, zogenaamd uit zakelijke overwegingen, geen mededelingen wilden doen over de gevolgen van het verlies van twee bruggen. Bovendien voelden ze waarschijnlijk niets voor de inzet van federale troepen, omdat hun spoorwegpolitie het exclusieve gezag had binnen de spoorwegen en ze geen precedenten wilden scheppen. Hush kreunde hardop. Een stelletje terroristen was bezig het vervoer lam te leggen en de spoorwegmaatschappijen lieten hun juristen op het probleem los.

Volgens Redford was de brandende vraag in Washington nu wat de FBI eraan deed, behalve het beleggen van interdepartementale vergaderingen. Herlihy antwoordde dat de politie haar databases doorzocht op personen of groepen die bij het profiel van de aanslagen pasten, maar tot nu toe nog niemand had kunnen vinden. De gevaarlijkste milities opereerden allemaal ver ten westen van Missouri. Redford herinnerde hen eraan dat er een enorme belangstelling van de media was en dat de directeur al lastige vragen had gekregen van de toezichtcommissies binnen het Congres. Commentatoren op de televisie voorspelden een economische ramp als de spoorwegen nog meer van dit soort klappen zouden krijgen, enzovoort.

Redford had ook een paar cijfers van het ministerie van Transport. De MacArthur-brug verwerkte gemiddeld twaalf zware treinen per uur, in beide richtingen, vierentwintig uur per dag. Een trein van honderd wagons vervoerde bijna achtduizend ton vracht. Zelfs rekening houdend met vijftig procent lege wagons over de bruggen betekende dit dat er nog bijna een miljoen ton transcontinentale vracht per dag moest worden omgeleid via andere bruggen, die al hun volledige capaciteit benutten en in sommige gevallen een minder goed regionaal spoorwegnet hadden.

Hush bedankte hem en sloot af met het dringende advies om vooral eerst de resterende bruggen goed te beveiligen. De spoorwegpolitie, de gewone politie, de FBI... de interdepartementale groep had een ruime keus, maar in elk geval moest er een eind komen aan die vrije toegang tot de bruggen.

'Bedoel je dat ze helemáál geen beveiliging hadden?' vroeg Redford.

'Er patrouilleerde één vent over een brug van anderhalve kilometer lang, in het donker. En die wordt nu vermist. Er zijn geen echte belemmeringen om op de bruggen of de rangeerterreinen te komen, behalve een ijzeren hek dat niet wordt bewaakt. Die brug bij Thebes lag in een soort niemandsland. Zelfs als ze met een busje de brug op waren gereden had geen hond het gezien. We moeten ze dus beveiligen, en snel!'

'Begrepen, chef,' zei Redford. 'Ik zal meteen bellen met de belangrijkste mensen van de eenheid.'

'Goed. En als de grote spoorwegmaatschappijen niet willen meewerken, moet het ministerie het ze niet langer vrágen maar bevélen.

Als het moet, verdomme, kan de regering ze zelfs nationaliseren – in elk geval de bruggen.'

Redford moest even slikken, en Hush besefte dat die laatste suggestie misschien wat extreem was. Ze maakten een eind aan het gesprek en Herlihy liet nog wat koffie aanrukken. Een van de secretaresses stak haar hoofd om de deur om te zeggen dat de plaatselijke tv-zender in het middagjournaal een reportage liet zien over de aanslag op de brug. Herlihy kreunde en zette de tv in zijn kantoor aan.

Hoofdinspecteur Powers werd geïnterviewd door een adembenemend mooie blondine, die moeite had haar kapsel in model te houden in de wind op het rangeerterrein. Powers ontweek professioneel haar vragen. Ja, dit was de tweede spoorbrug waarop binnen een week een aanslag was gepleegd. Ja, vanochtend was er nog een bom ontploft op de brug, waarbij één man was gedood, maar zijn naam kon pas bekend worden gemaakt als de familie was ingelicht. Verder waren er twee gewonden, geen details. En de gevolgen voor het nationale treinverkeer? Die moesten worden vastgesteld door een interdepartementale werkgroep in Washington. Klopte het dat er al goederentransporten werden omgeleid? Daar moesten de spoorwegen maar op antwoorden. Was de FBI erbij betrokken? Ja, in samenwerking met de politie. Had de FBI enig idee wie er achter deze aanslagen zat? Alle politieorganisaties waren druk bezig met verschillende aanknopingspunten. Bestond er een goede samenwerking tussen de politie van Missouri en de federale diensten? Absoluut. Dacht de FBI dat dit het werk was van terroristen? Daar moest de FBI maar op antwoorden. Voorlopig bleven alle opties open. En daarna moest Powers dringend weg.

Terwijl Hush zat te kijken, dacht hij aan Carolyn Lang. Ze had die ochtend een heel vervelende schok gekregen op de brug. Zonder dat schrijfblok zou die scherf een gat zo groot als een stuiver in haar borst hebben geslagen. En dan was er nog iets anders dat hem dwarszat: de suggestie van Herlihy dat Lang een bedreiging vormde voor hém. Wist Hijzelf Herlihy iets over de politieke spelletjes van de directeur? Ondanks alle verhalen over Carolyn Lang had ze zich heel professioneel gedragen. Hij besefte dat hij hier weg wilde om te zien hoe het met haar ging.

'Niet slecht,' zei Herlihy toen hij de tv uitzette. 'Hij heeft niets verteld dat al niet duidelijk was voor iedereen die de explosie vanaf die andere brug heeft gezien.'

'Powers is wel oké, geloof ik. We hebben onze geschillen bijgelegd na die eerste uitbarsting op de brug. We zijn samen gaan eten en hebben een borrel gedronken. Ik heb hem beloofd dat de politie in de eer kan delen, als hij daar politiek iets aan heeft. Toen bond hij behoorlijk in.'

'Ja, ik ken dat,' zei Herlihy. 'Hoewel er op dit moment weinig eer te behalen valt. Wie zit hierachter, in godsnaam?'

Hush schudde zwijgend zijn hoofd. 'Ik ga maar eens bij Lang kijken,' zei hij terwijl hij opstond.

Herlihy wilde iets zeggen, maar deed het niet en keek verdacht onschuldig.

'Wat?' zei Hush.

Herlihy vroeg hem de deur van het kantoor dicht te doen. 'Zou je ook gaan kijken als het een man was?'

'Jazeker. Jezus, Joe, ze werkt voor me. Ze in gewond geraakt in diensttijd. Alleen omdat jij een hekel hebt aan vrouwelijke agenten hoef ik me daar toch niets van aan te trekken? Dit hoort bij mijn werk.'

Herlihy keek hem geamuseerd aan. 'Spreekt hier een adjunct-directeur of een gewone klootzak zoals ik, Hush?'

Hush maakte een handgebaar. 'Ik zeg maar één ding. Als de baas problemen heeft met het idee dat vrouwen net zulke goede agenten kunnen zijn als mannen, zullen zijn ondergeschikten er ook zo over denken. Zo is het waarschijnlijk hier ook gegaan.'

'Onzin,' zei Herlihy meteen. 'Er hebben hier altijd vrouwen gewerkt sinds ik bureauchef ben. En die hebben nooit de neiging gehad om op de barricade te klimmen. Totdat zíj verscheen. Je bent al te lang uit de loopgraven vandaan, Hush. Je hebt nooit een plaatselijk bureau geleid. Je weet niet wat het betekent om een tijdbom als Lang op je kantoor te hebben, die allerlei onrust veroorzaakt. Ze leek verdomme wel een virus dat de hele organisatie aantastte.'

Hush moest toegeven dat hij nooit bureauchef was geweest. En hij moest voorzichtig zijn. Herlihy kende de huidige directeur van de FBI al heel lang, zoals veel bureauchefs. Daarom was Lang waarschijnlijk overgeplaatst en Herlihy gehandhaafd.

'Bovendien,' vervolgde Herlihy, 'is de man die mijn adjunct had moeten worden, Hank McDougal, de man die ik graag als mijn opvolger had gezien, gedwongen vervroegd ontslag te nemen. Vanwege haar. Denk daar maar eens over na.'

'Wat bedoel je nou precies?' vroeg Hush.

'Dat ze over lijken gaat, dat bedoel ik.'

'Ik geloof niet dat ze concurrentie voor me is, Joe,' zei Hush, maar meteen herinnerde hij zich dat ze dat wél was, in zekere zin.

'Nee, maar jij bent niet getrouwd, is het wel?' antwoordde Herlihy en zwaaide met zijn vinger naar Hush. 'En zij ook niet, dat is wel duidelijk. En hoewel ik me persoonlijk niet kan voorstellen dat je als man warm loopt voor een type als Carolyn Lang, moet je toch uitkijken. Mensen hoeven haar maar te zien en er komen praatjes. Zo begint het gedonder, Hush.'

Hush hief zijn handen in een gebaar van overgave. 'Ik begrijp het. Maar ik ga toch naar haar toe. Maar hoe moet het nu in godsnaam verder, Joe? Onze inlichtingensectie weet helemaal niets. Je hebt zelfs niet de gebruikelijke gekken die de aanslagen opeisen. En de spoorwegen verschuilen zich achter een regiment advocaten.'

Herlihy liet zich met een klap op zijn reusachtige stoel vallen. Hij had een groot kantoor, dat nog groter leek omdat het rechtstreeks in de vergaderzaal uitkwam. Achter de gesloten deur lag de kantoortuin waar de agenten van St. Louis achter hun bureaus zaten te werken en te bellen. En de FBI nam nog twee andere etages in beslag. Voordat Herlihy kon antwoorden ging zijn telefoon. Hij luisterde even en hing op.

'Probleem opgelost. Lang is terug in het gebouw. Heb je een kantoor nodig? Ik kan wel tijdelijk iemand evacueren.'

Hush besefte dat Langs terugkeer pijnlijk kon zijn, zowel voor Herlihy en zijn mensen als voor haarzelf. Het feit dat er ook een adjunct-directeur op hun dak was gestuurd maakte het niet beter.

'Niet nodig,' zei Hush. 'Ik moet toch weer snel naar Washington. Ik ga terug naar de brug om met wat mensen te praten en de omgeving te bekijken. We zullen je verder niet lastigvallen. Als je een auto voor me hebt...'

Herlihy bood hem ook een chauffeur aan, maar Hush wilde een tijdje onafhankelijk zijn. Hij begroette Lang bij de receptie terwijl Herlihy instructies gaf via de intercom. Lang had zich omgekleed, maar leek verder weer in orde. De bovenkant van het verband, met een bruine vlek betadine, was nog zichtbaar in de v-hals van haar blouse. Toen ze beneden kwamen, stond er een agent op de stoep te wachten met de sleuteltjes van een nieuwe Ford Crown Vic. Hij gaf de sleuteltjes aan Lang, knikte tegen Hush en stapte weer naar binnen.

Lang liep naar de auto en opende het rechterachterportier. Hush glimlachte en ging voorin zitten. 'Ik ben te lang voor de achterbank. Van welke auto dan ook,' zei hij.

Lang zei niets, sloot het portier, liep om de auto heen en stapte in.

'Kun je wel rijden?' vroeg hij toen ze vertrokken.

'Het is maar een vleeswond. Ik geloof dat ik vooral geschrokken was. Zeker toen ik besefte...'

'Ja, dat zal het wel zijn. Wil je lunchen?'

'Ik lunch meestal niet. Maar als u...'

'Ik dacht dat je wel een stevige scotch zou kunnen gebruiken. En daarna lunch, al is het maar als excuus... het is nog midden op de dag, per slot van rekening.'

Ze keek hem aan en voor de tweede keer meende hij iets van warmte in haar ogen te zien. 'Een scotch, midden op de dag.'

'Ja. Misschien wel een dubbele.'

'Klinkt geweldig. Maar dan zult u moeten rijden, meneer Hanson.'

'Dat zal wel lukken,' zei hij.

Ze vonden een restaurant aan de oever, ten noorden van de casinoboten, trokken hun FBI-windjacks uit en stapten naar binnen voor een lunch en een broodnodige scotch voor Lang. Bij de koffie vertelde ze hem wat ze had gehoord van de agent die haar naar het ziekenhuis had gebracht. Het onderzoek van Herlihy's team op het rangeeremplacement had nog eens bevestigd dat de brug geen enkele beveiliging had.

'Dus een serieuze bewaking om een vastberaden terreurgroep te zien aankomen of tegen te houden...'

'... hebben ze niet. Wel videobewaking op de rangeerterreinen, maar die is gericht op de treinen, niet op indringers. De beelden worden bekeken in het regionale verkeerscentrum. Die emplacementen, bruggen en waarschijnlijk zelfs het rollend materieel zijn een makkelijke prooi voor iemand die weet wat hij doet.'

Hush stopte opeens met eten. *'Iemand?'*

Ze keek hem strak aan en knikte langzaam. 'Daar heb ik aan gedacht, ja. Stel dat het geen groep is, maar één enkele dader?'

Hij dacht een tijdje na. 'Ga door. Waar baseer je dat op?'

Ze fronste. 'Bewijzen, bedoelt u? Feiten? Die heb ik niet. Maar toen ik op die brug stond, vlak voordat die arme man... nou... aan stukken werd gereten, bedacht ik dat *ik* dat detcord ook onder de kabels had kunnen aanbrengen en dat *ik* ook een boobytrap had kunnen leggen. Goed, ik weet niet hoe het moet, maar als je dat wél weet, is het niet zo moeilijk uitvoerbaar, die hele operatie. Iemand in z'n eentje zou heel eenvoudig via die rangeerterreinen op de brug kunnen komen, vooral 's nachts.'

'Terwijl een groep, of hun wagens, veel eerder zouden opvallen.'

'Precies. Zeker als de dader zich net zo zou kleden als de mensen die er werken.'

'Of daar misschien zélf werkt,' opperde hij. 'Een spoorwegman? Iemand met een wrok?'

'Ja. Onze inlichtingensectie en de plaatselijke politie hebben nog steeds geen aanknopingspunten met een van de bekende groepen. Ik denk dat we ons moeten concentreren op de mogelijkheid van maar één enkele dader.'

Hush dacht weer na. Iedereen was er vanzelfsprekend van uitgegaan dat het een groep moest zijn. Een terroristische cel. Een van de milities die zo de pest hadden aan de regering, misschien. Alleen waren de aanslagen gericht tegen de spoorwegen, niet tegen de regering.

'We moeten terug naar Washington,' zei hij. 'Vanavond nog. Maar laten we eerst nog eens met die bruggeninspecteur, Keeler, gaan praten om te horen wat hij van jouw theorie denkt.'

Ze keek naar haar lege glas en schoof de autosleuteltjes over het tafeltje. Hun ogen ontmoetten elkaar, misschien een nanoseconde langer dan nodig was.

'Voel je je wat beter?' vroeg hij.

'Veel beter.' Ze wachtte even. 'Ik was bang, daarboven. Niet toen het gebeurde, maar daarna. Als ik dat schrijfblok niet had gehad...'

'Ik weet het. Ik heb het zelf meegemaakt. Dan ga je pas nadenken over wat écht belangrijk is,' zei hij. 'Maar nu gaan we Keeler zoeken.'

Via de radio namen ze contact op met het kantoor, dat Morgan Keeler lokaliseerde in het operatiecentrum van Union Pacific, op het eerste rangeerterrein aan de kant van East St. Louis. Daar vergaderde hij met de spoorwegen over de gevolgen van het verlies van de brug bij Thebes en de MacArthur. Toen ze kort na drie uur 's middags het emplacement op reden, viel het hun onwillekeurig op dat bijna alle rangeersporen vol stonden – en dat geen mens hen tegenhield bij de poort.

'Dat belooft niet veel goeds,' zei Hush toen ze over de kuilen in het parkeerterrein voor de blinde muur van het operatiecentrum hobbelden. Het leek wel een bunker, maar dan zonder bewaking. Zelfs geen receptioniste. Een remmer in de deuropening vroeg hun om even te wachten terwijl hij ging kijken wie hen te woord kon staan. Toen hij terugkwam vroeg hij hun om hem te volgen naar de hoofdcontrolekamer boven. Daar werden ze opgevangen door de hoofdopzichter van het district East St. Louis, die hen voorstelde aan de anderen in de kamer.

Er stonden ongeveer twintig mannen rond een rij consoles in het midden van de grote ruimte zonder ramen. De muren waren vijf meter hoog en bedekt met veelkleurige spoorschema's waar witte en gele lampjes langzaam overheen kropen. Een luidspreker kwetterde en acht verkeersleiders gingen onverstoorbaar verder met hun werk, mompelend in hun microfoontjes, zonder te letten op de mannen achter hen. Twee helderrode lijnen op de borden gaven de MacArthur- en de Merchants-brug aan. Twee andere mannen in een hoek stonden druk te discussiëren met een derde man, die in elke hand een telefoon had.

De hoofdopzichter noemde de namen van de aanwezige spoorwegmensen, onder wie afgezanten van Union Pacific, Illinois Central, Norfolk Southern, Burlington Northern Santa Fe, CSXT, Gateway Western en Conrail. Morgan Keeler en een legerkolonel in uniform vertegenwoordigden de genie en dan was er nog een grimmige ambtenaar van de directie grondtransport uit Washington.

'Sorry dat we storen, heren,' zei Hush, terwijl hij zichzelf en Carolyn voorstelde. 'We wilden graag meneer Keeler spreken, maar we wachten wel tot u klaar bent.'

Een grote man met een rood gezicht en een naamkaartje van Union Pacific knikte tegen Hush. 'Dat duurt niet lang meer, meneer

Hanson,' zei hij. 'We komen nu in het stadium van de goocheltrucs, als u begrijpt wat ik bedoel. Complete treinen laten verdwijnen in een hoge hoed.'

Hush knikte. 'Ik zag dat de sporen al helemaal vol stonden,' zei hij. 'Wat is uw conclusie?'

'We willen een deel ervan overbrengen naar Thebes,' zei de UP-man nadrukkelijk. 'Als dat niet lukt, zullen we prioriteiten moeten stellen om te bepalen welke treinen de bruggen ten noorden van St. Louis mogen gebruiken.'

'Met andere woorden, een complete chaos.'

De man met het rode gezicht snoof. 'Op dit moment komen hier elk uur ongeveer zeshonderdvijftig wagons aan. Totdat we een bruikbare nieuwe route hebben uitgewerkt, heeft Union Pacific heel andere prioriteiten dan de rest van de wereld. Het is een teringzooi. Neem me niet kwalijk, mevrouw.'

Hush zei snel iets om de pijnlijke stilte op te vullen. 'De FBI is druk bezig,' zei hij. 'Hier, in Thebes en in Washington. En we krijgen alle medewerking van de plaatselijke politie.'

'Wat hoorde ik nou over een tweede bom, vanochtend?' vroeg een andere man, die naast Keeler stond. Hush merkte dat Keeler zich ergerde aan de interruptie. Hij legde uit wat er was gebeurd en dat agent Lang door een scherf was geraakt. Er steeg een meelevend gemompel op.

'Hebt u al verdachten?' vroeg iemand.

Hush aarzelde. Het correcte antwoord van de FBI hoorde te zijn dat ze enkele veelbelovende sporen volgden, maar hij wilde deze mensen niet belazeren.

'Nee. Ik hoop dat dit onder ons blijft, maar het antwoord is nee. We hebben wel wat sporen gevonden op de brug bij Thebes en ik denk dat we ook wel iets vinden op deze brug, maar op dit moment eist geen enkele groep de verantwoordelijkheid op en heeft onze inlichtingensectie nog geen enkel aanknopingspunt gevonden. Niet bij het eerste onderzoek, tenminste. Maar we werken er hard aan, zoals ik al zei. En dat is meestal de manier waarop de politie tot resultaten komt.'

'Heren, het korps genietroepen wil nu graag een antwoord van u horen,' zei Keeler vanaf de rand van de groep. 'Moeten we nu een drijvende noodbrug aanleggen of niet?'

De man van CSXT kwam onmiddellijk tussenbeide. 'Alleen als die de helft van de tijd open is. Er liggen al heel wat binnenvaartschepen te wachten en dat zal nog erger worden als de vaargeul bij Thebes weer opengaat.'

Dat antwoord leidde tot een heftige discussie. Uit de argumenten concludeerde Hush dat CSXI als enige spoorwegmaatschappij ook een grote binnenvaartvloot op de Mississippi had. Keeler hief wanhopig zijn handen. Hush gaf hem een teken om even mee te lopen naar de gang, waar hij Carolyns theorie over de mogelijkheid van maar één enkele dader aan hem voorlegde. Hij vroeg Keeler of één man fysiek in staat zou zijn zulke aanslagen te plegen. Daar moest Keeler even over nadenken.

'Ja,' zei hij ten slotte. 'Hij zou de situatie rond de bruggen van tevoren uitvoerig moeten verkennen – de verkeersdichtheid, het ontwerp van de bruggen, de beveiliging...'

'Welke beveiliging?' vroeg Lang.

Keeler keek haar verbouwereerd aan. 'Ja, daar hebt u gelijk in. De rangeerterreinen en de spoorlijnen zelf worden wel bewaakt, maar de bruggen...'

'Daar kan iedereen komen,' zei Hush. 'Hopelijk is daar in deze vergadering uitvoerig over gesproken?'

'Nou, ik heb er niets van gemerkt,' zei Keeler. 'Ze zijn alleen geïnteresseerd in de routes van hun eigen treinen. Laat de concurrentie maar barsten. Die man van Union Pacific had gelijk. Spoorwegmaatschappijen zijn gewoon niet gewend om met elkaar samen te werken. In technisch opzicht lukt dat nog wel en gebruiken ze dezelfde rangeerterreinen en sporen, maar altijd binnen een systeem van tarieven en vergoedingen. Verder staan ze elkaar naar het leven.'

'U bent de hoogste ingenieur van de overheid in dit zuidelijke deel van Mississippi,' zei Hush. 'Als wij de spoorwegmaatschappijen onder druk zetten om de bewaking te verscherpen of dreigen om de Nationale Garde in te zetten, bent u dan bereid een grondige veiligheidscontrole van de resterende bruggen uit te voeren? Om te zien of er al bommen zijn gelegd of dat er op andere manieren mee is geknoeid?'

'Natuurlijk,' zei Keeler. 'Dat was ik toch al van plan – als iemand naar me wilde luisteren, tenminste. Maar u moet grondig niet verwarren met snel.'

'Wat bedoelt u?'

'Ten zuiden van St. Louis zijn nog vier operationele bruggen over, bij Memphis, Vicksburg, Baton Rouge en New Orleans. Met uitzondering van Vicksburg zijn dat allemaal enorme bruggen. Net zo groot als de MacArthur hier, of nog groter. Het lijkt me het beste dat u de maatschappijen opdracht geeft voor een veiligheidsonderzoek naar alle bruggen, dan zullen wij een uitgebreide inspectie houden.'

'Akkoord. Ik zal het morgen in Washington meteen bespreken met de interdepartementale eenheid.'

'Morgen is het zaterdag,' zei Keeler.

'Ja, en?' vroeg Hush. 'Als ik het zo zie, zullen we waarschijnlijk ook op zondag moeten vergaderen. Ik heb de indruk dat de spoorwegen grote moeilijkheden krijgen.'

Keeler knikte. 'Die hebben ze al. En het wordt allemaal nog lastiger omdat ze niet willen samenwerken. Dat ligt in hun aard.'

'Kan het leger een drijvende brug over de Mississippi leggen?' vroeg Carolyn.

'Als we een pontonbrug over de Rijn konden leggen om er tanks overheen te laten rijden, kunnen we dat ook bij de Mississippi doen,' zei Keeler. 'Maar dat is geen geringe operatie. En de binnenvaart maakt het allemaal nog ingewikkelder.' Hij keek Hush weer aan. 'Denkt u echt dat het maar één dader is?'

'Dat kunnen we niet uitsluiten,' zei Hush. 'Hoewel me dat een lief ding waard zou zijn.'

'Hoezo?'

'Eén enkele man opsporen langs een rivier van vijftienhonderd kilometer lang? We hebben wel een hoge dunk van onszelf, meneer Keeler, maar zelfs voor de FBI lijkt dat bijna onmogelijk.'

Majoor Matthews stond in de controlekamer van het operatiecentrum op het depot van Anniston en keek hoe de verkeersleider en zijn drie assistenten de achtenzeventig omgebouwde wagons op hun plaats brachten op het eindspoor van het terrein. Van buiten leek het operatiecentrum op de verkeerstoren van een vliegveld, met donkergetinte ramen aan vier kanten, een klein woud van antennes op het dak en een vrij uitzicht over het hele rangeerterrein. De tien assemblageloodsen stonden als anonieme wachters aan de rand van het complex. De verkeersleiders hielden radiocontact met de controlekamers in elk van de assemblageloodsen en de remmers en wisselwachters tussen de rails. Elke groep wagons werd met één enkele dieselloc uit de loodsen naar buiten gereden en daar aan de trein gekoppeld, waarna de koppelingen nog eens door de rangeerders werden gecontroleerd. Een stuk of tien MP's uit het naburige Fort McClellan hielden toezicht en patrouilleerden over het terrein. Met al die activiteit zou niemand denken dat het zaterdag was.

Carl Hill stapte vanaf de buitentrap de controlekamer binnen. Hij sprak even met de verkeersleider en liep toen naar Matthews bij het raam.

'De locomotieven komen eraan,' zei hij, wijzend naar de ramen achter hen. Matthews draaide zich om. De spoorlijn langs het depot van Anniston behoorde toe aan Norfolk Southern, een lijn van tonnagegroep zeven, die Atlanta met Birmingham verbond. Het spoor liep vlak langs het complex, maar wel buiten de afzetting. Het rangeerterrein van het depot kwam uit op een eindspoor langs de assemblageloodsen. Matthews zag drie grote diesellocs, aan elkaar vastgekoppeld, die log achteruitreden naar de eerste controlepost.

Hill vertelde hem dat het locomotieven waren van vierduizend pk met een zesassig onderstel. Ze waren matzwart gespoten, met serienummers van het Amerikaanse leger in plaats van het logo van een maatschappij. De locs waren gepantserd, met schuine in plaats van verticale stalen mantels, staalplaten met sleuven over de zijramen en een stalen rok om de wielkasten en slepers. Waar zich normaal een klein platform achter de locomotief bevond, was een extra gepantserde cabine geïnstalleerd voor twee bewakers, statieven voor hun automatische wapens en een militaire radioconsole.

'Waarom drie locomotieven?' vroeg Matthews.

'Deze trein is officieel geclassificeerd als "zwaar". Het gewicht van de wagons varieert van negentig tot honderdtwintig ton, afhankelijk van de wapenhulzen die ze vervoeren.'

'Hoe snel is hij dan?' vroeg Matthews. Zijn kennis van treinen was beperkt tot de situatie op het depot zelf. Commerciële spoorwegoperaties waren Hills specialiteit en als transportofficier zou hij ook meegaan met de rit naar het westen.

'Geen idee,' zei Hill. De locs waren inmiddels de eerste controlepost gepasseerd en naderden de volgende, op het terrein zelf. De zware stalen hekken van de omheining schoven weer dicht. 'We hebben de route berekend met gemiddelde snelheden,' vervolgde hij. 'Rekening houdend met oponthoud, stopseinen, rangeertijden... noem maar op. De gemiddelde goederentrein in dit land bestaat uit 69 wagons, weegt 2600 ton minus de locomotieven, en heeft een gemiddelde snelheid van maar 35 kilometer per uur.'

'Meer niet?'

'Gemiddeld, zei ik. Op vlak terrein halen die drie locs wel een snelheid van zo'n 110 tot 120 kilometer per uur. De werkelijke reden om er drie aan elkaar te koppelen zijn de hoge heuvels in het westen.'

De locs passeerden nu het tweede hek. Nu pas zag Matthews dat er maar één echt reed.

'Waarom duurt die assemblage zo lang?' vroeg hij.

'Omdat elk wiel van elke wagon een 1500-kilometerinspectie krijgt. En dat geldt ook voor de hydraulische remmen en alle andere vitale onderdelen. Bovendien heb je bij trein 2713 nog te maken met de verzegeling en beveiliging van de wagons. Daar zijn we nu bijna mee klaar. Maar onderweg naar Utah moeten we de wielen nog eens controleren. Om de 1500 kilometer, volgens de officiële voorschriften. Je mag hopen en bidden dat er niets misgaat met de wielen of de lagers.'

'En als dat wel gebeurt?'

'We kunnen de zaak niet uitladen buiten het depot, dat is duidelijk. Als er een wiel warmloopt, zetten we de wagon op een zijspoor, met een stel bewakers eromheen, en wachten tot het dichtstbijzijnde militaire spoorwegdepot een locomotief kan sturen met een onderhoudsploeg. Die wielen wegen 800 pond – per stuk! Het is wat anders dan een bandje verwisselen.'

De drie locs waren nu op het terrein aangekomen en naderden de toren. De ruiten rammelden toen de voorste locomotief dichterbij kwam.

'Is er al nieuws over de aanslagen op die bruggen?' vroeg Hill. 'Wil Washington dit transport nog steeds doorzetten?'

Matthews knikte. Hij keek om zich heen of er niemand meeluisterde. Er waren nog vier andere mensen in de controlekamer.

'En ze zijn niet van plan om de nieuwe route bekend te maken voordat de trein al onderweg is?'

Matthews knikte weer.

Hill schudde zijn hoofd. 'Dwars door ons mooie Memphis.'

Mond dicht, Carl, dacht Matthews. Nog een paar dagen, dan zijn we hopelijk van deze ramp verlost.

7

Op zondagochtend ijsbeerde Hush door de wachtkamer van de polikliniek van het George Washington University Hospital totdat Carolyn Lang weer terug was met haar medicijnen. Het verbaasde hem dat er zoveel mensen waren, maar toen realiseerde hij zich dat het zondagochtend was na een zaterdagnacht in Washington DC.

De terugreis naar Washington op vrijdagavond was zonder problemen verlopen en hij had Carolyn met een dienstauto naar haar huis in Alexandria laten brengen voordat hijzelf bij het Belle Haven was uitgestapt. Ze leek weer in orde na het incident op de brug, maar hij zag wel dat ze in de auto een hand tegen het verband op haar borst drukte. Waarschijnlijk had ze meer pijn dan ze wilde toegeven.

Op zaterdagochtend was er een spoedvergadering van de interdepartementale eenheid over de aanslag op de MacArthur-brug. Het was een frustrerende bespreking, met meer vragen dan antwoorden. Redford had de spoorwegmaatschappijen weten te overreden om afgevaardigden te sturen, maar de grootste maatschappijen – CSXI, Norfolk Southern, Union Pacific en Burlington Northern Santa Fe – werden vertegenwoordigd door juristen, van wie de meesten zich beperkten tot agressief commentaar. De FBI had nog weinig voortgang te melden en het ministerie van Transport drong somber aan op uitbreiding van het onderzoek. De afgezant van het Witte Huis, een keffertje van ergens in de twintig, vroeg zich hardop af of het ministerie van Defensie niet beter in staat was de zaak te onderzoeken, een voorstel waar de afgevaardigde van Defensie – die daar weinig heil in zag – meteen korte metten mee maakte.

Het kwam erop neer dat ze niets anders hadden om op af te gaan dan de explosieven, die helaas geen concrete aanwijzingen hadden opgeleverd. Het pyrodex dat voor de brug in Thebes was gebruikt was overal verkrijgbaar en detcord liet nu eenmaal niets anders achter dan een zwarte streep. De drie lappen met sporen van slaghoedjes werden nog onderzocht op hun herkomst. De boobytrap waardoor de legerofficier zo'n gruwelijke dood was gestorven was een combinatie geweest van een bom en een gerichte springlading, vermoedelijk van militaire oorsprong. Een bewijs dat de daders wisten hoe ze zo'n gerichte lading moesten aanbrengen, maar dat was ook alles.

Hush had besloten om voorlopig niets te zeggen over de ééndadertheorie. Als het onderzoek die kant op ging, zouden ze naar buiten toe volhouden dat ze aan een samenzwering dachten, om de werkelijke dader een vals gevoel van veiligheid te geven. Binnen de FBI was met nauwelijks verhulde scepsis op Carolyns theorie gereageerd, zeker door de afgezant van Carswells sectie, Nationale Veiligheid, die heilig geloofde in een terreurorganisatie. Hush had het gevoel dat de verschillende secties binnen de FBI zich op hun stellingen terugtrokken nu duidelijk werd dat deze zaak een ramp zou kunnen worden voor iedereen die zich ermee bemoeide.

Hij hield op met ijsberen en liet zich op een van de schaarse lege stoelen vallen om na te denken. Maar hij had moeite zich te concentreren, omdat er via de luidsprekers voortdurend mensen werden opgeroepen. In de loop van zaterdagmiddag was hij van het kantoor van de directeur teruggekomen naar de vergaderkamer van de IITF, waar hij Lang had getroffen, die een beetje pips zag. Ze was bang dat ze een beginnende infectie had van de wond in haar borst. Ze had een hoogrode kleur en kon niet van het verband afblijven. Hush had haar opgedragen om naar het GWU-ziekenhuis te gaan, waar ze haar een nachtje hadden opgenomen om meteen te kunnen ingrijpen bij een infectie. Die ochtend had Hush meteen gebeld om te horen hoe het ging. Ze mocht weer naar huis, dus had hij bericht achtergelaten dat hij haar zou oppikken.

Hij keek op zijn horloge. Ze was nu al een uur weg, terwijl ze alleen maar medicijnen zou gaan halen. Tijdens het wachten probeerde hij de motieven te analyseren waarom hij hier was. Hij dacht maar steeds aan Herlihy's vraag of hij dit ook zou doen als het om een mannelijke collega ging en niet om een aantrekkelijke vrouw.

Inderdaad, een interessante vraag, of eigenlijk twee. Om te beginnen was er de onuitgesproken instructie van de directeur om Lang in diskrediet te brengen als dat lukte. Natuurlijk zou hem dat lukken. Hij hoefde alleen maar gebruik te maken van de bestaande vijandigheid tegenover haar en haar niet te steunen als mensen zich tegen haar verzetten, zodat het gif vanzelf zijn werk zou doen. Zeker nu ze haar eigen theorie had over de aanslagen. Carswell en zijn makkers zouden maar al te graag haar ideeën de grond in boren, en haar erbij. De lastige vraag was: wilde hij dat wel? Tot nu toe had ze, professioneel gesproken, nog niet één fout gemaakt en zelfs een invalshoek gevonden die voor hun onderzoek van beslissend belang zou kunnen zijn.

De tweede vraag was persoonlijk en nog veel lastiger. Hush voelde zich heen en weer geslingerd tussen zijn gebruikelijke zwijgzaamheid tegenover vrouwen en zijn toenemende interesse in Carolyn Lang. Hij hoefde maar in een willekeurige passpiegel te kijken om te weten dat hij in de ogen van de meeste mensen een bonenstaak was. Carolyn Lang was ontegenzeggelijk een knappe vrouw. En dus zat hij nu hier, als adjunct-directeur van de FBI, om een ondergeschikte naar huis te brengen. En waarom? Zeker niet omdat Carolyn zijn persoonlijke interesse had aangemoedigd. Misschien speelde hij wel met vuur.

'Ik ben klaar. We kunnen weg,' hoorde hij een stem. Hij keek op en zag Carolyn voor hem staan, met in haar ene hand een witte plastic zak van de apotheek van het ziekenhuis, in de andere haar handtas. Ze had haar make-up wat bijgewerkt en leek veel energieker dan toen hij haar eerder die morgen had gezien. Ze droeg hetzelfde zakelijke pakje als tijdens de vergadering van zaterdag, met een redelijk strakke rok. Nu ze vlak voor hem stond keek Hush een seconde langer naar haar aantrekkelijke figuur dan misschien gepast was.

'Goed,' zei hij snel en stond op. Meteen torende hij weer boven haar uit, maar ze deed geen stap terug en heel even stonden ze dicht tegen elkaar aan.

'Geweldig,' zei hij en schraapte zijn keel. Ze draaide zich om met een zweem van een ondeugend lachje en liep toen naar de lift. Haar dikke blonde haar danste op haar schouders en ze liet een vaag parfum achter. Hij hoopte dat hij niet als een uit zijn krachten gegroeide pup achter haar aan liep toen ze vertrokken, onder de waarderende blikken van de andere mannen in de wachtkamer.

Haar huis in Alexandria lag aan Union Street in Old Town, ongeveer drie kilometer stroomopwaarts van zijn eigen appartement. Het was een groot herenhuis van drie verdiepingen, in een rij met uitzicht op de laatste winkels langs de Potomac. Ze nodigde hem uit voor koffie. Hij vond dat hij beter kon weigeren maar hoorde zichzelf al ja zeggen.

'Zo!' zei hij toen ze binnenkwamen. Ze had het heel luxe ingericht.

'Ik ben vrijgezel en financiën was mijn hoofdvak op de universiteit,' zei ze over haar schouder als antwoord op zijn onuitgesproken vraag. 'De beurs is heel winstgevend voor me geweest.'

Hij liep achter haar aan naar de keuken, waar ze het koffiezetapparaat aanzette. Achter het huis lag een ruime, ommuurde tuin, omringd door hoge bomen die boven de achtermuur uittorenden. Er was een mooie stenen patio met dure tuinmeubelen en een overdekt bad.

'Die kleren ruiken naar het ziekenhuis, net als ik,' zei ze. 'Ik ga me omkleden. De koffie is zo klaar. Schenk uzelf maar in.'

Hush hield van koken en bekeek de keuken met interesse. Hij moest oppassen om niet zijn hoofd te stoten tegen de verzameling pannen die gevaarlijk laag aan het plafond hingen. Binnen een kwartier was ze weer terug, toen hij net zijn eerste beker koffie op had. Ze had een douche genomen en zich omgekleed in een wit badpak, sandalen en een dunne witte blouse met lange panden, nonchalant over het badpak geknoopt. Hij probeerde niet naar haar figuur te staren en concentreerde zich op het verband.

'Hebben ze je gehecht?' vroeg hij.

'Nee,' antwoordde ze, terwijl ze zich bukte om in de koelkast naar room te zoeken. 'Ik heb alleen een infuus gekregen en een paar liter antibiotica. Volgens de artsen hadden ze de infectie nog net op tijd bij de kladden.'

Ze draaide zich om en schonk zich een kop koffie in met een flinke klodder room. 'Kom mee naar buiten. Ik snak naar wat zon.'

Hij volgde haar door de achterdeur en weerstond de werktuiglijke neiging om te bukken. De deuren hier waren ruim twee meter hoog. Ze sloeg wat pluizen van de ligstoel en liet zich vallen. Hij nam een van de tuinstoelen en probeerde geen koffie te morsen. Een blauwe gaai begon luid tegen hen te vloeken vanaf een hoge stenen muur.

'Zo,' zei ze, terwijl ze de witte blouse losknoopte en haar sandalen uitschopte. 'Welkom in mijn tuin.'

Hij knikte, mompelde wat en roerde totaal overbodig in zijn koffie. Hij voelde zich een beetje opgefokt – door de cafeïne of omdat hij alleen was met Carolyn Lang? Ze hield haar koffiebeker met twee handen onder haar kin en keek hem koeltjes en onderzoekend aan over de rand. Haar ogen leken diepgroen in de felle zon. Hij merkte dat hij niets wist te zeggen. Hij deed zijn naam wel eer aan.

'Je vindt het zeker moeilijk om met mij alleen te zijn?' vroeg ze. 'Ben je getrouwd?'

Hij lachte snel. 'Nee, natuurlijk niet,' antwoordde hij, met een droge keel. Ze zocht een gemakkelijke houding met kleine vloeiende bewegingen van haar lichaam en hij deed zijn uiterste best om niet te staren.

'Natuurlijk niet? Hoezo?'

'Ik ben niet echt een ladykiller.'

Ze haalde haar schouders op en lachte. 'Nou ja, je bent erg lang,' zei ze. 'Daardoor voel je je onhandig en onaantrekkelijk. Dat is vreemd van mannen.'

'Wat is vreemd?'

'Mannen letten vooral op het uiterlijk van een vrouw. Zeker in het begin. En dus denken ze dat wij dat ook doen. Je bent helemaal geen onaantrekkelijke man, Hush Hanson.'

Hij glimlachte tegen haar en wist niet wat hij moest antwoorden.

'Je hebt de reputatie van een slimme speler in Washington en je hebt het tot adjunct-directeur gebracht in minder dan honderd jaar. Maak je niet druk. Doe je bepakking af, zoals ze in het leger zeggen.

In elk geval je stropdas. Ik bijt niet, hoor.'

Hij zette zijn beker neer. 'Ja, nou... Bedankt voor de complimenten, maar ik weet niet goed wat ik moet denken van al die problemen tussen mannen en vrouwen op het werk. Als Heinrich daar op die muur zat, zou hij vragen of ik gek geworden was.'

Ze lachte. 'Als Heinrich op die muur zat, zou hij proberen in mijn badpak te kijken,' zei ze. 'Niet dat daar veel fraais te zien is op dit moment.' Ze hield haar hoofd schuin. 'Hoor eens, ik weet ook wel dat deze benoeming een test voor me is, dus ik wil niet suggereren dat wij iets moeten beginnen met elkaar. Ik wil je alleen bedanken omdat je... jezelf bent. Hush Hanson. Goudeerlijk.'

Hij wilde iets zeggen, maar bedacht zich. Carolyn wachtte. Dus zei hij het toch.

'Ik wil alleen maar zeggen dat het een beetje verwarrend is dat jij bij dit onderzoek bent betrokken. Dat is míjn probleem, niet het jouwe, dat weet ik ook wel.'

'En mijn reputatie op het hoofdkwartier maakt het natuurlijk niet beter.'

'Nee. Ja. Ik bedoel, nou ja, de manier waarop Herlihy zich gedroeg in St. Louis. Dat verbaasde me nogal.'

'Zo is Herlihy nou eenmaal. Maar ik ben wel nieuwsgierig. Hoorde ik hem zeggen dat jij voor me moest oppassen?'

Haastig probeerde hij zich te herinneren hoe dicht ze in de buurt had gestaan toen Herlihy hem voor haar had gewaarschuwd. Vrij dichtbij, dacht hij. 'Ja, dat is waar.'

'Dat dacht ik al. Ik zal je nog iets vragen. Heb *ik* soms reden om me ongerust te maken? Heeft hogerhand me bijvoorbeeld op deze hopeloze zaak gezet om me beentje te lichten?'

Verdomme, dacht hij, dus ze weet het. Maar hoe kon dat? Hij wilde haar de waarheid zeggen, maar zijn politieke instinct schreeuwde hem toe dat hij de vraag moest ontwijken.

'De onderdirecteur voelt zich meestal niet verplicht zijn benoemingen uit te leggen,' zei hij voorzichtig. 'En of je het weet of niet, maar voor mij is het ook een test.'

'Hoezo?'

Hij legde uit dat hij maar 'waarnemend' adjunct was. 'Maar als we dit onderzoek toch tot een goed eind brengen, heeft dat rechtstreekse gevolgen voor de toekomst van ons allebei.'

'Heel handig, meneer Hush Hanson,' zei ze grijnzend. 'Nou begrijp ik waarom je het zo lang hebt volgehouden.' Heel even ving hij een glimp op van de Colley Lang die hij zich zo moeilijk had kunnen voorstellen. Hij probeerde terug te grijnzen, hoewel hij niet precies wist wat ze met die opmerking bedoelde. Ze boog zich naar voren om haar beker op de grond te zetten en maakte een grimas.

'Doet het nog pijn?'

'Een beetje.'

Hij wilde opstaan. 'Dan kan ik beter gaan,' zei hij.

Ze strekte zich weer op de ligstoel uit en wreef even in haar ogen. 'Wat er op die brug is gebeurd,' zei ze, alsof hij niets gezegd had, 'en hoe het met die arme officier is afgelopen... Dan ga je toch nadenken.'

'Je hebt geluk gehad, met dat schrijfblok.'

'Weet je dat ze op Quantico een ingelijste spreuk hebben? Ik zie het nog voor me: DRAAG ALTIJD EEN OPSCHRIJFBOEKJE BIJ JE.' Ze lachte. 'Maar... ja, ik ben er behoorlijk van geschrokken.'

'Dat is normaal als er op je geschoten wordt. Want dat is er in feite gebeurd.'

Ze opende haar ogen. 'Ik heb ook verhalen over jou gehoord. Een affaire in Baltimore.'

'Dat is al heel lang geleden, Carolyn. Toen ik nog maar pas bij de FBI zat.'

'Wil je erover praten?'

Hij haalde diep adem en vertelde haar het hele verhaal. Domingo, Herrera, Santos en Belim. De namen kwamen ongevraagd bij hem boven, als spookachtige trofeeën aan de achterwand van zijn geest. Hoofden met maar één oog. De zon brandde heet op de windstille patio.

Ze wees naar het verband tussen haar borsten. 'Dit geldt als een bijna-doodervaring, denk ik. Je was een grote steun voor me daar op die brug. Waar haal je die koelbloedigheid vandaan?'

Hij had al in geen jaren meer met iemand over Baltimore gesproken. Of wacht eens... toch wel. Met Powers. 'Rustig blijven in een gevecht is meer een kwestie van zelfbeheersing dan van koelbloedigheid, denk ik,' zei hij snel, om duidelijk te maken dat hij er niet dieper op in wilde gaan.

Ze wachtte. Ze leek in staat om hem te dwingen die stiltes op te vullen. Je ként haar niet, waarschuwde een stemmetje in zijn hoofd. Maar ik wil haar léren kennen, dacht hij. En dus vertelde hij haar hetzelfde als hij Powers had verteld.

Ze knikte peinzend. Haar ogen glinsterden met interesse en misschien met nog iets meer, alsof het verhaal haar had opgewonden. 'Hoe voelde je je eigenlijk toen je dat deed?' vroeg ze.

'Verdoofd, eigenlijk. Het was allemaal adrenaline, een gevoel alsof de tijd stilstond, een opeenvolging van beelden boven de loop van een pistool, omlijst door heel veel herrie. En daarna...'

'Ja,' zei ze, en ze knikte langzaam. 'Ik kan het me voorstellen.'

'Nee, dat kun je niet.'

Ze knikte weer, omdat ze het met hem eens was. Ze had een blos op haar wangen en hij merkte dat de fysieke spanning tussen hen toenam. Toen ging ze overeind zitten, trok haar blouse uit en pakte een tube crème.

'En wat doen we nu?' vroeg ze, terwijl ze haar armen en de voorkant van haar benen begon in te smeren. Ze deed het langzaam en heel aandachtig. Ze streelde haar lange benen en wreef de crème in grote cirkels over haar soepele spieren. Hush keek gefascineerd toe, maar haar vraag verwarde hem.

'Nu?' Het onderzoek, bedoelde ze? 'Nou, ik ga weer naar kantoor om te bedenken wat we nog meer kunnen doen dan vergaderen met andere diensten en elkaars geweeklaag aanhoren. En ik wil nog eens nadenken over jouw suggestie dat er misschien maar één dader is.'

Ze knikte en draaide zich om op de ligstoel. Ze stak hem achterwaarts de tube toe. 'Wil je me even insmeren? Daarna ga ik maar slapen. Een dagje bijkomen. Dan kan ik er morgen weer tegenaan.'

Hush aarzelde, maar stond toen op en trok zijn stoel naast de hare. Ze liet de hoofdsteun zakken in de horizontale stand, strekte zich helemaal uit en legde haar hoofd op haar gevouwen armen, met haar gezicht half van hem af gedraaid. Hush begon bij haar nek en hield haar weelderige haar opzij terwijl hij de crème in haar huid masseerde. Zelfs in de felle zon leken haar rug en schouders ongewoon bleek. Maar ze had mooie spieren en werkte blijkbaar regelmatig aan haar conditie.

'Ik hoop dat dit zonnebrandcrème is,' zei hij opeens, om de stilte te verbreken terwijl hij haar lichaam streelde. Ze mompelde bevestigend.

Hij deed zo lang mogelijk over haar bovenrug en haar schouders, duwde zijn vingers onder de bandjes van haar badpak en ging toen verder met haar benen. Hij begon bij haar voeten en werkte zo omhoog. Hij probeerde zich te herinneren wanneer hij voor het laatst een vrouwenlichaam onder zijn handen had gevoeld. Dat moest al heel, heel lang geleden zijn. Doe niet zo idioot, dacht hij toen. Ze wil alleen dat je haar insmeert zodat ze niet verbrandt. Hij voelde zich een beetje belachelijk zoals hij daar zat, op de rand van haar ligstoel in zijn nette pak, als een soort dubbelgevouwen sprinkhaan. En toch... Ze had haar ogen dicht en de suggestie van een glimlach om haar lippen. Hij kwam bij haar knieholten, wachtte even en ging toen door. Haar ademhaling veranderde en hij zag dat ze met haar vingers de stof van de ligstoel greep.

Opeens veranderde er iets in haar gezicht. Ze was duidelijk opgewonden. Hij ging wat verzitten en bewoog zijn vingers nu wat ritmischer. Hij streelde haar dijen van boven naar beneden in plaats van in cirkels, en hield dat een paar minuten vol, tot hij de randjes van haar badpak bereikte. Ze klemde nu de metalen buizen van de ligstoel in haar handen en hij zag dat ze opeens haar spieren spande. Om heel, heel zeker te zijn keek hij nog eens naar haar gezicht en de heftige blos op haar wangen. Toen balde hij zijn hand tot een soepele vuist en liet die tussen haar benen glijden, terwijl hij de harde kant van zijn pols langzaam tegen haar aan bewoog. Ze kreunde diep in haar keel, klemde zijn pols tussen haar dijen en nam de beweging van hem over. Haar heupen golfden traag, toen sneller en dringend. Hij spreidde zijn vingers tegen haar kruis en hield haar daar vast terwijl zij de toppen beklom en de harde pezen van zijn rechteronderarm bereed tot haar hele lichaam verstijfde en de zijkant van haar gezicht vuurrood kleurde door de inspanning van een orgasme dat haar van top tot teen deed trillen. Ze kreunde luid van genot en ontspande zich toen over haar hele lichaam. Ze ademde hortend uit, slikte toen een paar keer en verslapte. Hij trok zijn hand terug en streelde haar weer. Hij masseerde haar nek en haar schouders, steeds zachter, terwijl ze langzaam wegzakte in een diepe slaap.

Hij stond op, voorzichtig om haar niet wakker te maken, en verschikte zijn eigen erectie. Snel keek hij naar de ramen van de buurhuizen om te zien of iemand had gekeken, maar de ommuurde patio had veel privacy. Ze sliep nu en ademde diep en regelmatig. Het enige teken van haar inspanningen was het dunne laagje zweet in haar nek. Zo geruisloos mogelijk pakte hij zijn koffiebeker en stapte het huis weer in. Hij zette de beker in de gootsteen en liep naar de voordeur. Daar controleerde hij of de deur achter hem in het slot zou vallen en trok hem toen zachtjes achter zich dicht. Buiten ademde hij krachtig uit en liep in de felle zon naar zijn auto, stomverbaasd over zichzelf.

Op zondagavond stonden Matthews en Hill met kolonel Mehle en zijn mensen achter de ramen van de galerij in Loods Negen. Beneden hen in de hal waren de technici in beschermende pakken bezig de bovenste helft van de eerste speciale wapenwagon te monteren op de onderste helft, waarin de Russische wapens lagen. De wagon was een omgebouwde chemische drukwagon, twintig meter lang, met een laadvermogen van zeventig ton. De tank was in de lengte doormidden gezaagd, zodat de bovenste helft bij het laden kon worden verwijderd. De wagen had een dubbele wand. De buitenste was van glanzend aluminium, daaronder zat een stalen drukvat. In de onderste helft nestelden twee donkergroene containers op een frame van hydraulisch opgehangen rekken. De rest van de tankwagon was leeg. De containers zelf waren negen meter lang, hadden een doorsnee van een meter twintig en de vorm van een raket, met navelstrengen aan weerskanten en een instrumentenconsole aan de bovenkant. Matthews zag de zwarte vlakken op de containers waar de waarschuwing STRALINGSGEVAAR was overgeschilderd. Tussen de wapens was een provisorisch scherm van loden platen aangebracht. De instrumentenpanelen op de containers hadden witte, gele en rode lampjes. Aan één kant van de bovenste helft van de tankwagon waren reserve-instrumentenpanelen gemonteerd, één voor elk van de ingeladen containers. Alleen de witte lampjes brandden, wat waarschijnlijk betekende dat alles in orde was in de containers. Geen van de technici in hun beschermende pakken leek op die lampjes te letten. Er stond een man op alle hoeken van de tankwa- gon om de vijftien ton zware stalen helft van de cilinder aan de loop- kraan met kabels op zijn plaats te laten zakken. Langzaam en voor- zichtig daalde het bovenstuk met zijn gaten op de pennen daaronder neer. De hele operatie voltrok zich in overdreven slowmotion. Matthews keek op zijn horloge.

'Zijn dat mensen van Anniston daar beneden?' vroeg Hill zacht. Mehle en zijn team raadpleegden een serie tekeningen in de hoek van de kamer.

'Nee, van Mehle. Alleen de opzichter aan de overkant is iemand van ons. De rest van het personeel van Loods Negen is vervangen toen de wagons klaarstonden.'

'En zal niemand zijn mond voorbijpraten?'

'Waarover? Mehle heeft geruchten rondgestrooid dat de c-130 gevaarlijk materiaal aan boord had. Iedereen denkt nu dat het biolo- gische stoffen uit een van de laboratoria van de overheid zijn: het Ebola-virus, miltvuur of zoiets. Onze mensen waren allang blij dat ze het aan die ploeg van Mehle konden overlaten. Hoe lang hebben we nog nodig voor de rest van de trein?'

'De laatste controle van het centrale gedeelte is bijna klaar,' zei Hill. 'Morgen is de grote dag, denk ik. Alle wielen zijn geïnspecteerd.'

'En de veiligheid?' vroeg Matthews. 'Met het oog op die twee spe- ciale wagons?'

Hill knikte zwijgend. Matthews keek hem van opzij aan maar ging er niet op door.

De bovenste helft was nu bijna in positie en een paar mannen op de hoeken trokken krachtig aan de touwen om de pennen en gaten op één lijn te krijgen. 'Ik maak me nog steeds ongerust over de aanslagen op die bruggen,' zei Hill. 'Als je de tv moet geloven heeft de FBI nog geen idee.'

'Ik heb gehoord dat ze alle bruggen over de Mississippi extra laten bewaken. Hopelijk zal dat ze een tijdje tegenhouden.'

'Eerst Thebes, nu de MacArthur in St. Louis. Als ze het rijtje afwer- ken, wat wordt dan de volgende?'

Matthews herinnerde zich de kaart in de vergaderzaal van kolonel Anderson. De volgende zou de Frisco-brug bij Memphis zijn. 'Laten we maar opschieten,' zei hij.

'Ik denk niet dat de spoorwegen die nieuwe route accepteren,' zei Hill. 'Volgens mij zetten ze de hele trein op een zijspoor zodra we een verzoek voor Memphis indienen zonder de juiste papieren van het ministerie van Milieu. Bovendien begint het zaakje al aardig vast te lopen.'

'Misschien moeten we dat tegen Mehle zeggen,' opperde Matthews.

'Zeg jij het maar,' bromde Hill. 'Een van zijn mensen beweerde dat ze ook de spoorwegen desnoods dat verhaal over die biologische wapens op de mouw zullen spelden als de trein al rijdt. Dan zal geen mens hem willen tegenhouden, waar dan ook.'

De bovenste helft van de wagon landde op de pennen met een dreun die door het hele gebouw voelbaar was. Matthews slaakte een zucht van opluchting. Dat was de eerste. Nu nog een.

'Nou ja, als het maar werkt,' zei hij. 'Maar ik ben blij dat ik niet mee hoef.'

Hill wierp hem een ondoorgrondelijke blik toe.

8

De maandagochtend vloog voor Hush voorbij in een opeenvolging van vergaderingen en besprekingen op het hoofdkwartier over de aanslagen op de bruggen. Toen hij op zondag bij Carolyn vandaan kwam was hij meteen naar kantoor gegaan om zich in zijn eentje te kunnen voorbereiden op het soort maandag dat een belangrijke zaak altijd met zich meebracht. De rest van de dag had hij op kantoor en in Situatieruimte 4 gezeten, verdiept in rapporten over de twee bruggen. Zo nu en dan sprak hij met wachtofficieren, technici en informatieanalisten. De interdepartementale eenheid had een korte telefonische vergadering gehouden, voornamelijk om de berichten van twee andere diensten aan te horen over de toenemende chaos bij de nationale spoorwegen.

In de loop van maandagmorgen was Carolyn Lang weer op kantoor verschenen nadat ze eerst bij de medische post van het hoofdkwartier haar verband had laten verschonen. Daarna had ze zich meteen teruggetrokken met Tyler Redford, die steeds meer betrokken raakte bij de persvoorlichting. Hush zag haar eigenlijk pas halverwege de middag, tijdens een vergadering. Ze was heel zakelijk en liet niets blijken van wat er de vorige dag op haar patio was gebeurd. Hush was wat teleurgesteld, maar toen hij haar in de pauze een kop koffie aanreikte, zei ze: 'Bedankt, dat had ik net nodig,' met een intiem lachje. Daarna belde het kantoor van de directeur en stortte de hele bureaucratische waterval zich weer over hem heen.

Tegen maandagavond werd duidelijk dat er twee concurrerende theorieën over de zaak bestonden. Binnen de ITTF wilden Hush en zijn team zich concentreren op de mogelijkheid van maar één dader, terwijl Carswell en zijn sectie Nationale Veiligheid de theorie van een terreurgroep verkondigden tegenover iedereen die maar wilde luisteren. Hush probeerde de mening van de directie te peilen over die uiteenlopende visies, maar Wellesley reageerde ontwijkend. Daarna was Hush naar de fitnessruimte gegaan om de stress er wat uit te zweten.

Zijn belangrijkste succes van die dag was dat hij Mike Powers benoemd kreeg als centrale coördinator van de twee politiekorpsen die bij het onderzoek betrokken waren. 's Avonds tegen halfnegen was Hush het zat. Hij stond net wat papieren in zijn tas te proppen toen Carolyn Lang in de deuropening van zijn kantoor verscheen.

'Waarom neem je de rest van de dag niet vrij?' vroeg ze.

Hij lachte. 'Ik heb net de overwinning uitgeroepen voordat iemand anders de nederlaag toegeeft,' zei hij. Ze was heel aantrekkelijk zoals ze daar stond, afgetekend in de deuropening. 'Je ziet er weer wat beter uit.'

Nu was het haar beurt om te glimlachen. 'Zo voel ik me ook.' Toen was ze weer serieus. 'Dat gedoe met Carswell... we kunnen het niet veel langer verborgen houden voor de interdepartementale groep. De persdienst wil van de zesde verdieping weten hoe ze het moeten spelen en de stilte wordt oorverdovend.'

'Hebben we al een naam voor deze operatie?' vroeg hij.

'Niet dat ik weet.'

'Noem het maar Treinman. Dat woord gebruikte de directeur een paar dagen geleden ook. Zeg dat tegen Wellesley. We noemen het Operatie Treinman en we maken duidelijk waar die naam vandaan komt.'

'Treinman is enkelvoud. Dus dan benadrukken we onze eigen theorie tegenover die van hen.'

'Precies. Verdomme, we kunnen het toch proberen? Carswell heeft veel macht in dit gebouw, maar misschien kunnen we hem te slim af zijn.'

Ze knikte. 'Ik regel het wel. Maar het blijft natuurlijk luchtfietsen.'

'Dat weet ik. Als het echt maar één dader is, moeten we hem op een of andere manier onder zijn steen vandaan zien te krijgen. Ik ga naar huis, neem een borrel en zal proberen iets te bedenken.'

Ze keek op haar horloge. 'Ik heb nog een bespreking met de voorlichters. Morgen moeten ze een uitvoerige persconferentie geven. En natuurlijk hebben ze geen flauw idee wat ze moeten zeggen.'

'Niemand weet nog iets. Ik hoop alleen dat die klootzak het hierbij laat.'

'Ik durf te wedden van niet,' zei ze.

Hij lag in het donker tegen de achterkant van een berg grind en bestudeerde de bruggen van Memphis door een verrekijker. Het was maandagavond. Een uur geleden had hij een gat in een ijzeren hek van de grindgroeve geknipt en de tijd genomen om de bergen grind en steen te beklimmen tot hij een goede uitkijkpost had gevonden. De spoorbruggen van Memphis lagen ruim een kilometer stroomafwaarts. Het waren er twee, de Harahan en de Frisco. De Harahan lag dichterbij, maar daar had hij het niet op voorzien. De Harahan kreeg een nieuw brugdek en zou nog achttien maanden buiten bedrijf zijn. De Frisco, niet ver stroomafwaarts van de Harahan, was een boogbrug met een vakwerkconstructie en één enkelspoor in het midden. Links van hem, aan de overkant van de rivier, lag Memphis. De roze kwartslampen van de nieuwere verkeersbrug, vlak onder de Frisco, verlichtten zijn doelwit. De nacht was helder en stil, het zicht perfect.

Veel te perfect, dacht hij toen hij de veiligheidsmensen telde die bij hun wagens rondhingen op de toegangswegen en onder de pijlers op de oever aan de kant van Arkansas. Er waren extra lampen opgehangen langs de hele onderkant van beide bruggen tot aan de eerste pijler, en hij was er redelijk zeker van dat er ook op de brug zelf werd gepatrouilleerd, waarschijnlijk over de loopbruggen, waar ze uit het zicht konden blijven. Als ze slim waren, hielden ze met infrarood-kijkers ook de rivier zelf en de omliggende velden in de gaten. Hij bleef plat op het grind liggen, aan de andere kant van de berg, zijn lichaam omgeven door de gladde, warme steentjes, om geen contrast met de achtergrond te vormen voor de nachtzichtapparatuur. Ongetwijfeld had de FBI groot alarm geslagen nadat de brug van St. Louis was opgeblazen. Dat bleek wel uit al die Suburbans en Bronco's met schijnwerpers die hier en daar langs de oeverwallen neusden. De chauffeurs stopten en maakten een praatje met de mannen die de wacht moesten houden onder de brug. Het stemde hem tevreden dat hij een klein vuurtje zag in een leeg ijzeren vat onder het massieve betonnen bruggenhoofd. Dat betekende dat de mannen zich daar zouden verzamelen als de nacht verstreek, waardoor het aantal slachtoffers hopelijk beperkt zou blijven als hij eindelijk toesloeg.

Het contrast tussen de twee oevers, Tennessee en Arkansas, was opvallend. Aan de overkant zag hij de heldere lichten van Memphis. Aan deze kant was het bijna donker. Wat verder naar rechts brandden de lichtjes van West Memphis, maar daartussen lag een uitgestrekte rivierdelta met laaggelegen moerassen en oeverwallen. De sporen van de twee bruggen kwamen samen op ongeveer achthonderd meter ten westen van de vaargeul. Achter hem, even ten noorden van de stille grindgroeve, brandden de lampen van een fosfaatfabriek, ruim zes kilometer stroomopwaarts, met daarachter de grote, helder verlichte sleepboten die de aken tegen de stroom in sleurden. Het belangrijkste verschil tussen nu en alle andere keren dat hij de brug had verkend was het constante treinverkeer over de Frisco, nu de capaciteit van de bruggen over de Mississippi de afgelopen week met dertig procent was teruggebracht.

Hij legde zijn verrekijker neer en keek op zijn horloge. Tijd om te beginnen, dacht hij. Toen hij met zijn pickup-truck naar Arkansas reed, had hij het plan voor vannacht in gedachten nog een paar keer doorgenomen. Na de aanslag op de brug bij Thebes hadden ze heel traag gereageerd. Daardoor was de MacArthur simpeler geweest dan je mocht verwachten, veel te simpel. Maar bij dit doelwit, het derde, hield hij rekening met een zware bewaking. Daarom moest dit op afstand gebeuren.

Hij drukte weer op de lichtschakelaar van zijn horloge en liet zich toen voorzichtig van de berg grind omlaagglijden. Hij verstijfde toen hij een patrouillewagen over de oeverwal naar de grindgroeve hoorde komen. Het licht van de koplampen gleed over het hek en de geparkeerde grindwagens. De wagen bleef lang genoeg staan om het gedeeltelijk geladen grindschip te inspecteren dat daar tegen de oever lag, maar even later daalde de auto met vierwielaandrijving de helling van de oeverwal weer af en reed terug naar de brug. Hij stond op en lette erop dat hij grindhopen tussen zichzelf en de bruggen hield toen hij vertrok.

Veertig minuten later zat hij weer in zijn pickup-truck, die hij had verborgen in een dichte groep bomen aan de voet van de oeverwal. Hij sloeg het stof van zijn kleren en klom in de truck. Het binnenlampje had hij uitgeschakeld. Met gedoofde lichten reed hij langzaam stroomopwaarts, bij de bruggen vandaan, naar de weg bij de grens van het district, ongeveer halverwege de fosfaatfabriek en de grindgroeve. Hij sloeg linksaf naar de donkere tweebaansweg en reed anderhalve kilometer naar het westen, tot aan de ingang van de zuiveringsinstallatie van de waterleiding van Memphis. Hij rekende erop dat er geen verkeer op deze weg zou zijn totdat de ploegendienst op de fosfaatfabriek zou wisselen. Dus had hij nog twee uur de tijd.

Hij nam de grindweg naar het gesloten hek van de waterzuiveringsinstallatie en reed voorzichtig langs de omheining naar de achterkant. Dit was geen installatie die rioolwater zuiverde. Hier werd het drinkwater voor Memphis ingenomen en voorbewerkt. Het complex nam rivierwater in, stroomopwaarts van de grote fosfaatfabriek, sloeg het op in grote bekkens en centrifugeerde en chloreerde het water voordat het via een twintigduims hoofdleiding naar de laatste filtreer- en distributie-installaties in Memphis zelf werd gepompt. Het terrein van de installatie besloeg zo'n acht hectaren, waarvan het grootste deel uit bekkens bestond. In het midden van een klaverblad van vier vijvers stond een betonnen gebouw zonder ramen. Daar bevonden zich de hoofdpompen voor het innemen van het water, een kleppenstelsel voor de distributie, de machines voor de chloorinjecties en de verhitting, en een serie overslagpompen om het water vanuit de installatie over de rivier naar Memphis te transporteren. Buiten lagen nog een kleppenbank en een propaantank van twintigduizend liter. Hij wist dat de installatie onbemand was en op afstand vanuit de centrale gemeentelijke waterleiding in Memphis werd bediend. Het was in feite een continu proces dat maar eens per dag fysiek door mensen werd gecontroleerd. Als er na werktijd signalen kwamen dat er iets fout ging, legde het controlecentrum de inname op afstand stil en kwam er de volgende morgen iemand kijken. De standbuizen in Memphis bevatten ruim voldoende water voor twee dagen. En daar rekende hij op.

Hij parkeerde de truck bij het hek aan de achterkant, voorbij de laatste vijver, pakte de grote draadtang uit de laadbak en liep naar de omheining. Hij wist al dat de installatie niet elektronisch was beveiligd. Even later stond hij voor het gesloten hek, met daarachter de verhoogde weg die tussen de bekkens door naar het hoofdgebouw liep. Het hek was afgesloten met een eenvoudige ketting en een hangslot. Geen probleem voor de zware draadtang.

Zijn plan was simpel. Hij zou de kleppen sluiten van alle chloortanks die in een rij langs de buitenmuur lagen. Het wegvallen van de druk zou in het controlecentrum in Memphis worden geregistreerd als een storing in het chloorinjectiesysteem. Daarop zouden de inlaat- en overslagpompen worden afgesloten en de installatie buiten bedrijf worden gesteld totdat iemand van de dagploeg de volgende morgen zou komen kijken. Zodra hij hoorde dat de installatie was uitgeschakeld zou hij naar de andere kant van het gebouw lopen om de afsluitklep van de zware hoofdleiding die het gezuiverde water naar Memphis bracht dicht te draaien. Als hij op die manier het systeem had geïsoleerd, zou hij de overloopklep van de leiding openen om al het water te laten weglopen naar het dichtstbijzijnde bekken.

De leiding liep niet onder de rivier door, maar er overheen. Hij hing vlak onder de Frisco-brug.

Toen hij de chloorkleppen had gesloten, liep hij terug om de truck te halen en deed het hek achter zich dicht. Hij reed naar het gebouw en parkeerde naast de propaantank. Terwijl hij wachtte tot de installatie was stilgelegd, verkende hij haastig de buitenkant van het gebouw. Er hingen witte veiligheidslampen op de vier hoeken van het gebouw, die vreemd genoeg het effect hadden dat het gebouw zelf en zijn wagen volledig in de schaduw stonden. Er was nog steeds geen verkeer op de landweg. Boven de bomen rond de waterzuiveringsinstallatie zag hij nog net de waarschuwingslichten voor het vliegverkeer op de bruggen. Eindelijk hoorde hij de grote pompen in het gebouw tot stilstand komen en even later zakten de beluchtingsfonteinen in de bekkens in.

Hij wachtte vijf minuten tot de druk in de grote leidingen helemaal was weggevallen. Toen liep hij naar de kleppenbank voor het ventiel van de hoofdleiding, waar die uit de muur van het gebouw kwam. Hij draaide aan een klein aftapventiel onder aan de grote twintigduims klep. Een krachtige straal water spoot tegen het beton. Na een minuut of drie nam de kracht wat af en stroomde het water als uit een kraan. Dat betekende dat de druk op de binnenpoort was geëgaliseerd. Met de draadtang knipte hij de vergrendeling van de hendel van de grote klep door. Daarna stak hij de stelen van de tang in het wiel van de hendel en sloot met veel moeite de scheidingsklep af. Als het systeem toch nog werd opgestart, zou dat geen invloed meer hebben op zijn plannen met de leiding.

Vervolgens knipte hij de vergrendeling van het twaalfduims ventiel van de aftapkraan los en draaide het open, kreunend van inspanning om het grote wiel rond te krijgen. In het donker, drie meter verderop, ontstond een fontein toen de twintigduims leiding begon leeg te lopen. Hij ging op zijn hurken zitten en keek of het water goed doorstroomde, want dit zou wel even gaan duren. Het was ongeveer drie kilometer van hier tot aan de brug, en daarna nog anderhalve kilometer vanaf het einde van de brug tot aan de installatie in Memphis zelf. Hij wist niet of het water aan de kant van Memphis over de 'heuvel' zou worden gezogen naar deze kant. Dat hing ervan af of de aftapleiding in Memphis werd ontlucht of niet. Maar dat maakte niet uit. Eigenlijk hoefde hij maar de halve leiding af te tappen. Een halve brug was net zo onbruikbaar als helemaal geen brug.

Terwijl hij wachtte dacht hij na over zijn campagne tot nu toe. Het had wat tijd en zorg gekost om de explosieven te verzamelen, maar in zijn vak wist hij nu eenmaal waar en wanneer bepaalde springstoffen werden opgeslagen. Hij had steeds maar kleine hoeveelheden gestolen: één staaf dynamiet, twee slaghoedjes en nooit meer dan een pond anfo of ammonium-nitraatdieselpasta, als hij dat ergens tegenkwam. De enige grote diefstallen waren complete rollen detcord, die nu eenmaal moeilijk te splijten waren zonder de juiste aansluitingen.

Omdat hij in de loop van de jaren nooit meer dan kleine hoeveelheden had weggenomen had niemand alarm geslagen over de verdwenen explosieven. Daarna had hij vele uren het terrein verkend, de verkeersstromen geanalyseerd en de bruggen bestudeerd. 's Nachts sloop hij over rangeerterreinen om de beveiliging te testen, de juiste tactiek voor te bereiden, plekken te zoeken waar hij de springstoffen kon verbergen en de beste routes te bepalen naar het doelwit en weer terug. Een deel van het werk had hij bij klaarlichte dag gedaan. De spoorwegen waren misschien meedogenloos voor zwartrijders, maar verder stelde hun beveiliging niets voor.

Hij schepte enige grimmige voldoening in wat hij tot nu toe had bereikt. Hij lag nog goed op schema. Hierna zou Vicksburg natuurlijk zwaar worden bewaakt, maar hij zou een overstapje maken door toe te slaan bij Baton Rouge. Daarna misschien terug naar Vicksburg of door naar New Orleans. Naarmate hij verder kwam, waren zijn plannen wat losser omlijnd. Ooit zouden ze immers ontdekken wie hij was en hem achternakomen. In de verte, aan de zuidkant van Memphis, floot een locomotief – een lang en klaaglijk geluid, alsof de trein wist wat er ging gebeuren.

Toen hij het geborrel van luchtbellen in de leiding hoorde sloot hij het ventiel en liep terug naar de laadbak van de pickup-truck. Daar maakte hij de riempjes van een dekzeil los, waaronder een acetyleen-lasbrander met drie tanks verborgen lag. Via een plank liet hij de tanks voorzichtig op de grond glijden. Daarna rolde hij ze naar het pomphuis. In plaats van één groene zuurstoftank en twee gele acetyleentanks had hij drie groene zuurstoftanks bij zich. Hij legde de bovenkant van de tanks tegen de grote propaantank en liep weer naar de truck voor de ontsteker en de tijdklok. Hij voelde zich nogal kwetsbaar in de felle lampen, maar de kans dat hij werd opgemerkt of dat er iemand hier naartoe zou komen was maar klein. De hemel boven de vijvers was nog helder. De sterren straalden. Hij bleef staan toen hij een auto op de landweg meende te horen, maar het geluid kwam vanaf de overkant van de rivier – de oever van Tennessee. Hij veroorloofde zich een lachje. Deze aanslag zou een complete verrassing worden. Toen ging hij aan het werk.

Een uurtje later stak hij via de I-55-brug de rivier over naar Memphis en reed naar een oeverwal aan de noordkant van de stad, bijna recht tegenover de grindgroeve op de andere oever. Boven aan de weg naar de oeverwal bleef hij staan, doofde zijn lichten, draaide zijn raampje omlaag en stak een sigaret op. De witte grindhopen aan de overkant leken grijze heuvels in het donker. De bruggen lagen links van hem, ruim een kilometer stroomafwaarts, waar hun oostkant verdween tussen de lichtjes die het industriegebied van Memphis markeerden.

Door zijn verrekijker kon hij nog steeds de auto's van de wachtposten aan de westkant van de evenwijdige bruggen zien. Het vuur in het vat onder het westelijke bruggenhoofd brandde nog. Hij keek op zijn horloge. Het kon nu elk moment gebeuren. Hij verwachtte niet dat de Frisco-brug zou instorten, maar de schade zou enorm zijn. En hij zou wat hulp krijgen, zag hij voldaan toen de koplampen van een trein vanuit Arkansas de overspanning naderden.

Weer keek hij op zijn horloge. Toe nou! Had hij de tijdklok wel goed ingesteld? Waren de batterijen nog vol? In gedachten liep hij alle details nog eens na, maar hij wist dat hij geen fouten had gemaakt. De lucht die al in de leiding zat zou een voldoende explosief mengsel vormen met het propaan. De extra zuurstof zou de doorslag geven. De drie lastanks met zuurstof stonden onder druk en bevatten zo'n vierentwintig kubieke meter gas. Hij had het drukventiel van het lasapparaat aan de ontluchter van de propaantank gekoppeld. Met een vierduims benzineslang had hij vervolgens de vulopening van de propaantank onder lichte druk met de drukverdeelklep van de waterleiding verbonden. Op het moment dat hij in zijn truck de rivier overstak, perste de zuurstof in de lastanks twintigduizend liter propaan de waterleiding door, onder een druk van tweeduizend pond. Omdat de scheidingsklep was afgesloten, kon het gas maar één kant op: naar

Memphis. Zo vulde de leiding onder de Frisco-brug zich met een uiterst explosief mengsel. Hij had een uur berekend voor de tijd die de explosieve damp nodig had om de brug te bereiken, waarna een wolframdraadje dat hij in de aansluiting van een drukmeter had gewurmd door middel van de tijdklok zou worden ontstoken. Het kon niet lang meer duren.

Hij tuurde weer naar de brug, speurend naar de politiemensen die daar ergens moesten rondlopen. Een sleepboot met rivieraken kwam in zicht. Het toplicht van de sleper stak wit af tegen het glinsterende zwarte water van de rivier. Bijna ontging de explosie hem nog, toen het zo ver was. Een grote geel-oranje vuurbol steeg op vanaf de andere kant van de rivier, ergens voorbij de grindgroeve. Het vuur siste tussen de bomen door en stormde als een woedende draak naar het bruggenhoofd van de Frisco-brug en sloeg er toen overheen. De geweldige vlammenzee verlichtte het gebinte van de brug en etste de afzonderlijke balken en de wagons van de passerende trein in scherp reliëf. De begeleidende klap weergalmde langs de hele kade van Memphis. Het ging allemaal zo snel dat er alleen een groen licht op zijn netvlies achterbleef. Het gebulder van de explosie weerkaatste nog enkele seconden over de rivier.

Eén moment sloot hij zijn verblinde ogen en keek toen opnieuw. De brug ging schuil in een wolk van stof en rook, begeleid door het kraken van de vervormde stalen balken en de piepende remmen van de trein. Vurige brokstukken daalden uit de hemel in het water neer en veroorzaakten sissende fonteinen boven de rivier. Hij startte de truck en reed achteruit de oeverwal af. Toen hij vertrok, probeerde hij weer iets van triomf te voelen, maar het bleef bij de vertrouwde leegte in zijn hart. Thebes. St. Louis. Nu Memphis. Dat was drie. Nog drie te gaan. Ze zeiden dat wraak een maaltijd was die je het beste koud kon eten. Koud was het zeker. Achter hem waren de eerste blauwe zwaailichten al op weg naar de voet van de brug.

146

9

Dinsdagnacht, een paar minuten over twee, ging de telefoon. Hush moest even zoeken naar het lichtknopje naast zijn bed en nam toen op.

'Hanson,' zei hij. Zijn stem klonk schor.

'Meneer Hanson, met agent Styles in Sit-4. We hebben net bericht gekregen dat er weer een brug is opgeblazen.'

'O nee!' riep Hush uit. Hij vloog overeind en was meteen klaarwakker. 'Waar?'

'Memphis, Tennessee, meneer. De Frisco-brug. Eigendom van Burlington Northern Santa Fe, maar hij wordt door nog vier andere maatschappijen gebruikt.'

Hush wreef in zijn ogen. Iedereen was gewaarschuwd en de maatschappijen hadden extra maatregelen genomen. 'Weten we al wat meer?'

'Nee, nog niet, meneer. Alleen dat er een aanslag op de brug is gepleegd en dat er waarschijnlijk slachtoffers zijn gevallen.'

'Stuur een auto, als je wilt,' zei hij, terwijl hij zijn benen uit bed zwaaide. Hij wilde Carolyn Lang bellen, maar deed het niet. Ze was nog op kantoor geweest toen hij vertrok, en ze kreeg nog antibiotica. Hij kon haar beter laten slapen en wachten tot ze morgenochtend weer op haar werk kwam. Tegen die tijd was hij waarschijnlijk uitgewoond. Weer een brug. Verschrikkelijk.

Het was druk in Situatieruimte 4 toen hij op het FBI-hoofdkwartier arriveerde. Agenten luisterden naar de laatste berichten over de telefoon en stelden rapporten op. De hoogste wachtofficier bracht hem haastig op de hoogte. De meeste veiligheidsmensen hadden op of onder de brug gestaan toen de klap kwam. De brug was deze keer niet ingestort, maar op het moment van de explosie reed er wel een zwaar graantransport overheen. De eerste berichten spraken van een gelijktijdige explosie over de hele lengte van de brug. Volgens een andere melding waren er secundaire ondergrondse explosies geweest in de buurt van de toegangswegen naar de bruggen aan *beide* kanten. De mensen van Sit-4 probeerden nog steeds een overzichtelijk beeld te krijgen.

'Hoe is die brug eraan toe?' vroeg Hush.

'Hij staat nog, maar er is een trein half door het brugdek gezakt, over de hele lengte. De wielen hangen boven de rivier. Er is nog niets bekend over de structurele schade, maar ze hebben wel al het scheepvaartverkeer stilgelegd tot ze weten wat er precies aan de hand is. Er is nog een andere, evenwijdige brug, maar die is buiten dienst.'

De directeur zou razend zijn, dacht Hush. Dit was waarschijnlijk het juiste moment om de zaak door te spelen aan de Nationale Veiligheidsraad, zoals zijn nemesis Carswell ongetwijfeld over een paar uur zou suggereren. En nog steeds wisten ze niets. Opeens had hij genoeg van die vergaderingen van de interdepartementale eenheid. Hij wilde meteen naar de Mississippi en net zolang doorgaan tot hij die vent te pakken had. Hij liep naar de grote wandkaart die ze van de spoorwegen hadden gekregen.

Er zaten grote rode spelden op drie plaatsen langs de rivier. Drie bruggen op rij: Thebes, St. Louis en nu Memphis. Alsof de dader ze allemaal afwerkte. De dader, enkelvoud, dacht hij. Waren ze daar wel zo zeker van? Hij had de vorige avond maar weinig goede ideeën gehad, vooral omdat hij voortdurend werd afgeleid door de herinnering aan Carolyn Lang in haar ligstoel. Hij gleed met zijn vinger over de kaart, langs de dikke blauwe lijn van de rivier. Het volgende doelwit zou Vicksburg moeten zijn, logisch gesproken. Maar wat zou één enkele man in godsnaam kunnen bewegen om al die spoorbruggen op te blazen? Het lag meer voor de hand dat het een groep was, maar ook daar hadden ze nog geen enkele aanwijzing voor.

'Meneer Hanson?' riep een agent. 'Ik heb ene Morgan Keeler aan de telefoon.'

Hush nam het gesprek aan het centrale bureau, met een vinger in zijn andere oor tegen de herrie om hem heen.

'Hanson?' zei Keeler. 'Ik kreeg net bericht van ons operatiecentrum in Baton Rouge. Ik kan het niet geloven.'

'Wij zijn er ook niet blij mee, meneer Keeler. Waar bent u nu?'

'In St. Louis, op het bureau veiligheidszaken van de kustwacht. Ik hoop met een helikopter naar Memphis te komen, zodra het licht wordt. Hier moet een eind aan komen. Deze mensen leggen het hele spoorwegnet lam. U hebt geen idee van de stremmingen rondom St. Louis, om nog maar te zwijgen over de binnenvaart. Iedereen wordt gek hier.'

'Ik voel met u mee, meneer Keeler. Hier is het ook een heksenketel. En het zal nog wel erger worden als de regering in Washington wakker wordt. Ik denk dat ik hier maar vertrek.'

'Goed idee,' zei Keeler. 'Die eenheid van u kan ook geen potten breken, geloof ik.'

Hush gaf daar geen antwoord op. Het was wel duidelijk.

'Weet u nog dat we een theorie hadden?' vroeg hij ten slotte. 'Dat het geen terreurgroep was, maar één enkele dader?'

'Ja, dat herinner ik me.'

'Heeft u daar nog over nagedacht?'

Nu was het Keelers beurt om te zwijgen. 'Het lijkt me wel mogelijk,' zei hij na een tijdje. 'Hoewel ik eerst wil zien wat er in Memphis is gebeurd. Wat ik nu hoor, begrijp ik niet erg. Hopelijk hebt u al een verdachte?'

'Nee, maar het maakt wel verschil voor het onderzoek. Terreurgroepen spoor je op aan de hand van hun werkwijze en door het verzamelen van zoveel mogelijk informatie. Een individuele dader is veel lastiger te vinden, tenzij hij belt om losgeld of met politieke eisen of zoiets komt. Wat begrijpt u niet aan deze aanslag in Memphis?'

'Die berichten over ondergrondse explosies. Dat slaat nergens op, maar natuurlijk ben ik er nog niet geweest. Ik denk trouwens wel dat hij die explosieven al lang van tevoren heeft aangebracht, voordat de spoorwegen de bewaking verscherpten. Na die aanslag in St. Louis hebben wij de bruggen op mogelijke bommen onderzocht.'

'En met "wij" bedoelt u...'

'De genietroepen en de technische dienst van de spoorwegen.'

'Goed. We zullen proberen hoofdinspecteur Powers te bereiken.'

'Verkeerde staat,' zei Keeler. 'De Frisco-brug loopt tussen Arkansas en Tennessee.'

Hush zei hem dat Powers was benoemd tot coördinator van het politieonderzoek. 'Hij moet de politie in Arkansas en Tennessee maar op de hoogte brengen. Naar hem zullen ze eerder luisteren dan naar de FBI.'

'Goed. En wat zijn úw plannen?'

'Ik vertrek naar Memphis. Dan zie ik u daar?'

'Ja,' zei Keeler. 'En hoor eens, iemand moet ervoor zorgen dat die brug bij Vicksburg voldoende wordt bewaakt. Als er een lijn in die aanslagen zit, is dat de volgende brug na Memphis.'

'Dat weten we,' antwoordde Hush. 'Ik was er al mee bezig. Misschien moeten we vanavond de Nationale Garde erheen sturen.'

'Desnoods laten we al die bruggen bewaken door de Nationale Garde,' zei Keeler. 'Luister, Hanson, ik neem dit heel persoonlijk op. Dit zijn *mijn* bruggen. Ik zit de spoorwegmaatschappijen al twintig jaar op hun huid om het *hoogstnoodzakelijke* te doen aan het onderhoud van die prachtige oude dingen. Dus laten we die klootzak zo snel mogelijk te pakken krijgen!'

Hush beloofde dat hij zijn best zou doen en hing op. Over een paar uur zou hij zich in die vergaderzaal moeten verantwoorden tegenover de directeur en de andere adjunct-directeuren. En hun moeten vertellen dat ze nog geen verdachten en zelfs geen enkel aanknopingspunt hadden. Geen aanlokkelijk vooruitzicht.

'Agent Styles,' riep hij door de kamer. 'Regel een vlucht naar Memphis voor me. Ik moet daar morgenochtend zo vroeg mogelijk zijn.'

'Jawel, meneer,' zei Styles. 'Wilt u de directeur en de onderdirecteur inlichten?'

'Ja, maar uit het vliegtuig, als je begrijpt wat ik bedoel.'

Styles grijnsde en pakte de telefoon. Hush liep weer naar de tafel om de rapporten uit Memphis nog eens door te lezen. Ergens in zijn achterhoofd bedacht hij dat hij niet alleen uit het hoofdkwartier weg wilde, maar ook uit Washington. Voorlopig moest hij in de buurt van die bruggen blijven als hij deze vent wilde pakken en zijn baan wilde houden. De vraag was wat hij met Carolyn Lang moest doen. Haar hier achterlaten om het werk van de interdepartementale eenheid te coördineren? Dat was normaal gesproken de taak van een assistent, dacht hij. Aan de andere kant vond hij dat niet eerlijk tegenover haar. Het was háár idee geweest dat ze waarschijnlijk met één enkele dader te maken hadden – wat hem steeds waarschijnlijker leek. Maar dan zou Lang met Carswell te maken krijgen en de directeur moeten trotseren als hij stampij maakte over het gebrek aan voortgang, terwijl hij, Hush, zijn boeltje pakte en wegsloop in de donkere woestijnnacht.

Hij legde de stapel telexberichten neer en staarde naar de kaart. Het was begonnen in Thebes, toen St. Louis, en nu Memphis. Als het inderdaad maar één vent was, moest hij mobiel zijn en vermoedelijk alle explosieven al lang van tevoren hebben aangebracht, zoals Keeler zei. Hush vroeg zich af of de dader zou proberen álle spoorbruggen over het zuiden van de Mississippi op te blazen. De drie bruggen die nog over zijn, bedoel je? dacht hij spottend. Wat bezielde die vent in vredesnaam? Tot nu toe had hij een gebied bestreken van zo'n vierhonderd kilometer. Hij wenkte Styles.

'Zeg tegen het bureau in Memphis dat ik een verbindingscentrum met Sit-4 wil. En dat we vanmiddag om een uur of vijf vergaderen met de bureauchefs uit Memphis en St. Louis, hoofdinspecteur Powers en de politiechefs die hij wil meenemen, plus Morgan Keeler, de bruggeninspecteur van de genie.'

Styles maakte druk aantekeningen. Hush wachtte even tot hij klaar was. Toen legde hij hem uit waarom hij Lang nog niet had gebeld.

'Zeg tegen Operaties dat ik vanuit het vliegtuig de directeur zal inlichten. Daarna bel ik senior agent Lang, morgenochtend om een uur of halfzeven, om haar de leiding op te dragen over de interdepartementale eenheid hier. We zullen Sit-4 zoveel mogelijk informatie vanuit Memphis sturen, dan kan zij de zaak hier in Washington coördineren. Breng ook Tyler Redford op de hoogte. Hij moet Lang helpen waar mogelijk.'

Pas toen hij een uurtje in de lucht was belde Hush via de beveiligde lijn het privé-nummer van de directeur. Hij had nog overwogen om eerst de onderdirecteur te bellen, maar wat maakte het uit? Hij was adjunct-directeur, niet adjunct-onderdirecteur. Hij vertelde wat ze wisten over de aanslag op de Frisco-brug, hoorde de woedende reactie aan en beschreef toen zijn eigen plannen om zelf de leiding ter plaatse te nemen terwijl Carolyn Lang zich mocht bekommeren om het tumult in Washington dat ongetwijfeld zou uitbreken. Tot zijn verbazing was de directeur het daarmee eens. Hush maakte van de gelegenheid gebruik om hun theorie uit te leggen dat het maar om één enkele dader ging en niet om een terreurgroep, vooral omdat de inlichtingensectie nog geen enkele aanwijzing had kunnen vinden. Hij lichtte Carolyns redenering toe.

'Ze heeft het bekende principe van "wie profiteert ervan" gewoon omgedraaid,' zei Hush. 'De dader heeft een manier gevonden om de spoorwegen de meeste schade toe te brengen door ze te treffen in hun achilleshiel: de grote bruggen over de Mississippi.'

'Denkt u dat hij zelf een treinman is? Iemand van de spoorwegmaatschappijen? Met een wrok?'

Hush ging er meteen op in. Het was de tweede keer dat de directeur het woord 'treinman' gebruikte. 'Ja, dat dachten wij ook, meneer. Daarom noemen we het Operatie Treinman. Wie hij ook is, hij schijnt verdomd veel te weten over de situatie rond die bruggen. En blijkbaar had hij vrije toegang, in elk geval in Thebes en St. Louis.'

Het bleef even stil. Toen vroeg de directeur hoe Lang zich hield.

'Heel professioneel. Ik geloof dat ze weer is hersteld van die verwonding in St. Louis. Ze zal het me wel behoorlijk kwalijk nemen dat ik haar in Washington achterlaat.'

'Dat is haar werk als assistent,' antwoordde de directeur, die nu klaarwakker leek. 'Hoor eens, we krijgen de wind van voren over die aanslagen en het gebrek aan voortgang in het onderzoek. Ik heb steeds tegen de mensen op mijn niveau gezegd dat ze maar met ideeën moesten komen als ze het beter wisten, maar dat kan ik niet lang volhouden. We hebben resultaten nodig, en snel. We krijgen ook al commentaar uit het Witte Huis. Spoorwegen zijn politiek van groot belang.'

'Ja, meneer,' zei Hush. 'Daarom ga ik ook zelf naar de Mississippi. En daar wil ik blijven tot de zaak is opgelost.'

'Zo snel mogelijk, meneer Hanson. Hou ons op de hoogte. Zodra ik morgenochtend op kantoor kom, verwacht ik van senior agent Lang het laatste nieuws over Operatie Treinman.'

Hush hing op en haalde diep adem. Hij keek op zijn horloge. Carolyn zou niet blij met hem zijn. Over een uurtje zat hij in Memphis. Hij had haar vlak voor de landing willen bellen, maar na de laatste woorden van de directeur besloot hij om niet langer te wachten. De directeur noemde het nu Operatie Treinman. In elk geval kon hij het gesprek met een positief nieuwtje beginnen. Ja, vast.

Matthews had zich net geschoren toen er een telefoontje van het operatiecentrum kwam. Kolonel Mehle had een vroege stafvergadering belegd over trein 2713. Binnen een halfuur werd iedereen in de vergaderzaal van de commandant verwacht.

'Wat is er nou weer?' vroeg Matthews aan de wachtofficier.

'De kolonel heeft een kwartier geleden een dringend persoonlijk bericht van het Pentagon gekregen. Iemand van verbindingen heeft het naar zijn privé-kamer gebracht. Meer weet ik ook niet, majoor.'

Matthews bedankte hem en zocht haastig naar zijn uniform. Zijn vrouw lag nog in bed, maar ze werd wakker toen hij in de donkere kast begon te rommelen. Ze deed het licht in de slaapkamer aan en automatisch ook de televisie voor het ochtendnieuws. Matthews had zijn overhemd al aan toen hij het bericht over de brug in Memphis hoorde. Hij kwam bij de kast vandaan en staarde met toenemend afgrijzen naar de Frisco-brug in het eerste ochtendlicht.

'Godallemachtig,' mompelde hij. Bij een van de locomotieven van trein 2713 was de vorige dag een elektrische storing opgetreden en ze wachtten nog op onderdelen. En nu dit.

'Wat is er?' vroeg Ellie, die nog niet helemaal wakker was.

'Die brug was onze route voor trein 2713 over de Mississippi. Eerst dat probleem met die locomotief, en nu dit. Mehle gaat door het lint.'

'Wat gebeurt er nu?' vroeg ze.

'We zullen die trein moeten ophouden – én een andere route moeten vinden. Dat gedonder met die rivierbruggen loopt ernstig uit de klauwen. En we hebben niet veel tijd meer.' Hij pakte zijn uniform en liep de kamer uit voordat ze kon vragen waarom.

Om halfnegen landde Hush in Memphis. Anderhalf uur later gaf Powers hem een rondleiding langs de waterzuiveringsinstallatie.

'Van hieruit hebben ze de zaak laten exploderen,' zei hij, wijzend naar de verbrande achtermuur van het controlegebouw van de installatie. De resten van een gescheurde propaantank leken zich als grillige, zwartgeblakerde armen te spreiden om het al even zwartgeblakerde beton te omhelzen. In de aarde was een greppel gebrand van bijna een meter diep, die in de richting van de bruggen liep. De omgewoelde losse aarde rook naar propaangas. Powers was in het gezelschap van de politiechefs in Arkansas en Tennessee en enkele functionarissen van de waterleiding van Memphis. Een groepje FBI-agenten van het bureau in Memphis stond te kijken hoe de technische recherche uit Arkansas haar werk deed.

'Die open greppel loopt rechtstreeks naar de brug,' zei de man van de waterleiding. 'Daar lag een twintigduims hoofdleiding die het ingenomen water vanuit deze installatie naar het systeem in Memphis transporteerde.'

'Een waterleiding?' vroeg Hush met een blik om zich heen. Wat had een waterleiding in godsnaam met een aanslag op een brug te maken?

Het was Powers die antwoord gaf op zijn onuitgesproken vraag. 'De mensen van de waterleiding dénken dat ze de hoofdleiding hebben afgetapt en vervolgens met propaan gevuld.'

'Maar waarom?' vroeg Hush.

'Omdat die hoofdleiding vlak onder het brugdek van de Frisco-brug de rivier overstak.'

'Aha.'

'Ja.'

'Waarschijnlijk propaan met zuivere zuurstof eraan toegevoegd,' opperde de politiechef uit Arkansas. 'Propaan alleen is niet genoeg. We zullen die tank inspecteren zodra we de rest hebben teruggevonden. Die ligt misschien in die lagune. Of op Mars.'

'Maar is dat genoeg om zo'n grote brug op te blazen?' vroeg Hush.

'Reken maar,' zei de ingenieur van de waterleiding. 'Ga maar na. Een twintigduims leiding van twaalfhonderd meter lang onder die brug, gevuld met propaan en zuivere zuurstof? Of zelfs gewone lucht? Je hebt maar een concentratie nodig van elf of twaalf procent. Je zou het kunnen beschouwen als een pijpbom van ruim driehonderd kubieke meter. Dat geeft een leuke klap.'

'Verdomme,' zei Hush, die het zich probeerde voor te stellen.

'Ja. De enige reden dat die brug nog staat is dat het grootste deel van de explosieve kracht in het niets is verdwenen. Maar volgens de spoorwegmensen is in elk geval het hele brugdek opengescheurd.'

'Die leiding hing vlak onder het spoor,' zei Powers. 'De dragende constructie van de brug lijkt nog wel intact, maar het brugdek ziet eruit als verbrande paling. En er reed net een trein overheen. Keeler, de inspecteur van de genie, is er al naartoe.'

Hush tuurde naar de greppel toen er een idee bij hem opkwam. 'De spoorwegen,' mompelde hij. 'Het gaat hem niet om de bruggen, maar om de spoorwegen.'

Powers pakte zijn elleboog en loodste hem bij de anderen vandaan. *'Hij?'* vroeg hij.

Hush legde hem haastig de theorie uit waar de FBI – of een deel daarvan – in geloofde en vroeg Powers toen of hij en de andere politiemensen die middag voor een bespreking naar het bureau van de FBI in Memphis konden komen. Hij vertelde Powers dat hij een plaatselijk commandocentrum in Memphis wilde inrichten en dat de FBI vreesde dat de brug van Vicksburg de volgende zou zijn.

Powers zei dat hij en de anderen bij de vergadering zouden zijn en stelde toen voor om bij de brug te gaan kijken. Hush vroeg de hoogste

153

agent van het bureau in Memphis om uit te zoeken hoe de technische teams van de twee politiekorpsen hun onderzoek wilden organiseren. Hij wachtte terwijl Powers met de twee politiechefs overlegde en liep wat rond over het terrein van de waterzuivering. Er was geen duidelijke schade behalve de propaantank en die lelijke greppel die als een akelige wond door de aarde sneed. Te oordelen naar de restanten moest de tank duizenden liters propaan hebben bevat. Als gas was propaan zwaarder dan lucht, dus had de dader de tank onder druk moeten zetten, waarschijnlijk met zuurstoftanks, verbonden met de hoofdleiding van het water. En dan maar afwachten. Er waren geen ingewikkelde buizen of slangen voor nodig. Het was allemaal vrij eenvoudig. Hush wist dat de brug zwaar was bewaakt en blijkbaar had de dader dat ook beseft. En hij wist nog iets anders, dacht Hush. Hij wist dat er via de bruggen allerlei verbindingen liepen – telefoon, waterleiding en soms zelfs aardolieleidingen. Hoe groter de brug, des te meer buizen en kabels eronder hingen. Hij keek naar de technische recherche die de tank onderzocht.

Operatie Treinman. Carswell zou flink de pest in hebben, maar ze hadden nu de zegen van de directeur. Misschien was de eerste intuïtie van de directeur wel juist geweest. Hun dader leek alles te weten van zijn doelwitten. In dit geval was hij niet eens in de buurt van de brug gekomen maar had hij de explosie veroorzaakt via een twintigduims waterleiding, op veilige afstand. De wachtposten op en rond de brug waren er volledig door verrast.

En hij realiseerde zich nog iets anders. De eerste twee bruggen waren opgeblazen met springstoffen op de brug zelf. Maar voor deze aanslag was een uitvoerige voorbereiding nodig geweest. De dader wist dat de bruggen in dit stadium van zijn campagne veel beter zouden worden beveiligd. Hij wist dus ook dat hij niet langer in het donker een brug kon beklimmen om hem van detcord te voorzien. Dat versterkte Hush' vermoeden dat dit een actie was tegen de spoorwegen en hun treinen, niet tegen de bruggen. Die waren alleen een middel om de spoorwegen te treffen. Er bleven er nog drie over in de zuidelijke sector: Vicksburg, Baton Rouge en New Orleans. Het ministerie van Transport schatte dat de spoorwegen zo'n veertig procent van hun transcontinentale capaciteit kwijt waren. Omstreeks deze tijd zou de hel pas goed losbarsten in Washington, dacht hij.

Hij keek om zich heen waar Powers bleef, maar de hoofdinspecteur stond nog steeds te praten met zijn collega's, van wie er een met een zaktelefoon belde. Hush pakte zijn eigen GSM, belde Sit-4 op het FBI-kantoor en vroeg naar Lang. De wachtofficier antwoordde dat Lang in vergadering was met de directeur en het bestuur. Tyler Redford was er wel.

'Waren ze nog geïnteresseerd, vanochtend?' vroeg Hush.

'Och, zo'n beetje,' speelde Redford het spelletje mee. 'Heinrich komt eens per uur schuimbekkend binnen, het Witte Huis stuurt een permanente vertegenwoordiger om "de coördinatie te bevorderen" met Sit-4, de Nationale Veiligheidsraad vergadert vanmiddag, de Nationale Garde zal waarschijnlijk de laatste bruggen over de Mississippi militair moeten bewaken, en we hebben Sit-5 overgenomen om al die kostbare assistentie onder te brengen. Verder is het rustig, chef.'

Hush kende Redford en zijn vrouw, die bij de afdeling personeelszaken van de FBI werkte, al heel lang. 'Jammer dat ik dat allemaal moet missen,' zei Hush. 'Hoe is het met Lang?'

'Ze zal je niet dankbaar zijn, als je ziet hoeveel shit ze over zich heen krijgt van de directie,' antwoordde Redford. 'Ze praat veel met Heinrich. De mensen die het kunnen weten beweren dat ze je baantje wil inpikken.'

'Vergeet niet tegen wie je het hebt, Ty. Als zij met dat reptiel wil praten, vind ik het best.'

'Menéér reptiel voor ons, Hush. Hoor eens, de zaak wordt met het uur chaotischer. Hoe meer afdelingen zich ermee bemoeien, des te luider de directeur begint te klagen dat er geen schot in zit. Carswell kijkt vanaf de zijlijn toe en is het nadrukkelijk met hem eens. Als jullie daar nog iets hebben ontdekt, zég het dan. We hebben dringend nieuwe feiten nodig.'

Hush beschreef de werkwijze bij de laatste aanslag. 'Zeg maar tegen iedereen dat we tegen het einde van de middag met mededelingen komen,' besloot hij. 'En druk ze op het hart om die brug bij Vicksburg te bewaken. Die vent is nauwelijks te stoppen en Vicksburg is de volgende brug stroomafwaarts. Zeg tegen Lang dat ik zal proberen haar om een uur of twaalf te bellen in Sit-4.'

Hush hoorde het geluid van een deur die dichtsloeg en opeens waren de achtergrondgeluiden aan Redfords kant verdwenen. 'Ik zal het haar zeggen, Hush,' antwoordde Redford. 'Maar hou vooral persoonlijk contact met de directeur of met Heinrich. Wat ik allemaal over die vrouw hoor bevalt me niets.'

'Onzin, Ty. Of wil jíj de zaak soms overnemen, op dit moment? Ik bedoel, moet je luisteren, ik heb haar vanochtend gebeld en ze was niet echt blij met het nieuws dat ik hierheen ging en dat zij in Washington mocht blijven.'

'Dat begrijp ik,' zei Redford. 'Maar wees voorzichtig en blijf in contact met de zesde verdieping. Nu moet ik weg. Het nieuwe schatje van het Witte Huis is gearriveerd.'

'Is ze knap?'

'Het is een hij, geloof ik.'

Powers' auto hobbelde over een tijdelijke brug van stalen platen die over de greppel was gelegd waar de aanvoerleiding van het water had gelopen. Ze passeerden een kordon van hulpdiensten en nog meer politiewagens aan de voet van de verkeersbrug. Even verderop lagen de twee spoorbruggen. Daar meldden ze zich bij een mobiele commandopost die was geleend van het arrestatieteam van de politie van Memphis. De wagen stond aan de overkant van een gelijkvloerse kruising onder de brug. Een groep van drie locomotieven van Union Pacific met een eindeloze rij wagons erachter stond werkloos op de rails, vijftien meter bij de commandopost vandaan. Toen ze uitstapten sloeg de stank van propaan en zwartgeblakerde losse aarde hen tegemoet. De greppel begon al vol te lopen met rivierwater.

Het tafereel was Hush inmiddels al veel te vertrouwd. Wagens van de hulpdiensten, politie, spoorwegmensen, wat toeschouwers, de genietroepen en de kustwacht. Alle gebruikelijke verdachten, dacht hij. Op de andere oever van de rivier, aan de kant van Memphis, had zich een soortgelijke groep verzameld. Gele en blauwe zwaailichten knipperden aan de voet van de brug. De aankomst van een adjunct-directeur van de FBI veroorzaakte enige beroering onder de politie toen het bericht zich via de politieradio verspreidde. Powers en Hush, met de adjunct-bureauchef uit Memphis en enkele politiemensen uit Arkansas en Memphis, liepen over het spoor omhoog naar de brug.

Op het eerste gezicht leek de schade mee te vallen, maar toen Hush het punt zag waar de waterleiding zich bij de brug voegde, leek het of het brugdek daar door een gigantische blikopener was opengescheurd. De meeste bielzen waren versplinterd of verbrand en de rails hingen verbogen tussen de segmenten van het gebinte. Er stond een rij graanwagons op de brug, in allerlei vreemde hoeken. Sommige leken maar half zo hoog als de wagons ernaast.

Een vermoeid ogende Morgan Keeler liep over het spoor naar hen toe, zonder zich veel aan te trekken van de toestand van de bielzen. Hush wist dat hij zoiets nooit zou durven.

'Meneer Hanson,' zei Keeler. Hij trok zijn handschoenen uit en gaf Hush een hand. Hij droeg een groene legeroverall en een witte helm van Union Pacific. Hij schoof de helm naar achteren om Hush te kunnen aankijken.

'Meneer Keeler,' zei Hush. 'We kunnen elkaar zo niet blijven ontmoeten. Wat is de situatie?'

'Het moet een verdomd slimme jongen zijn, als uw theorie klopt,' zei Keeler. Hij keek over de brug naar het einde van de ontspoorde trein. 'Wacht maar tot u de gevolgen ziet.'

'Komt de brug omlaag?'

'Dat weet ik nog niet,' zei Keeler. Het brugdek ligt aan flarden. Misschien kunnen ze hier een kraan naartoe krijgen om de wagons weg te halen, maar ik vrees dat ze eerst de spoorbaan moeten herstellen. We weten gewoon niet hoeveel schade er aan de constructie van de brug zelf is toegebracht.'

'Maar u denkt niet dat hij zal instorten?'

'Het zou kunnen. Dat is een heel zwaar graantransport – een paar duizend ton die nu alleen worden gedragen door het gebinte, dat daar niet op berekend is. Als we verbogen pennen, gebroken klinknagels en drukvervorming in de I-balken tegenkomen... dan moet er een nieuwe brug worden gebouwd.'

Hush vloekte zachtjes. Powers trok hem aan zijn mouw. 'Wij moeten eerst weten hoe die aanslag is gepleegd, en dat is niet hier gebeurd.'

Hush dacht even na. Powers had gelijk. De aanslag was gepleegd vanaf de waterzuiveringsinstallatie. Dit verbrijzelde brugdek was alleen maar het gevolg.

De adjunct-bureauchef van de FBI in Memphis mengde zich in het gesprek. L. Watkins Thomas was een magere man met een scherp gezicht, die veel ouder leek dan Hush. Hij had hem al verteld dat de bureauchef zelf met ziekteverlof was. 'Daar werken we nu aan, met de mensen uit Arkansas. De daders hebben het hek van de zuiveringsinstallatie geforceerd, een paar zware kleppen open- en dichtgedraaid en een grote propaantank onder druk gezet om een explosief gasmengsel door de leiding naar de brug te persen. Er is een grote kans dat we daar concrete sporen vinden. In elk geval moeten de daders op de hoogte zijn geweest, dus is er sprake van traceerbare systeemkennis.'

'Traceerbare wát?' vroeg Powers.

'Er was specialistische kennis voor nodig,' zei Thomas. 'Ze wisten hoe die zuiveringsinstallatie werkte, ze wisten dat er 's nachts niemand zou komen als ze de chloortoevoer afsloten, ze wisten dat een propaantank gas levert via verdamping en niet door druk, en ze wisten dat het propaan zelf niet voldoende zou zijn voor een explosie.'

'En ze moesten weten wat er met de brug zou gebeuren als ze die leiding opbliezen,' zei Powers.

'Precies,' beaamde Thomas. 'Dus zijn we op zoek naar een groep, of misschien een persoon, die al die dingen wist én er iets mee kon doen. En bovendien een motief had. Traceerbare systeemkennis, noemen we dat.'

Hush knikte. Thomas concentreerde zich op de zaak zoals die er lag. Dat zou jíj ook moeten doen, vermaande hij zichzelf. 'Meneer Keeler,' zei hij, 'als u deze brug weer bedrijfsklaar zou moeten maken, zou u dat lukken?'

'Ligt eraan hoe veilig hij moet zijn,' zei Keeler. 'Als ze erbij kunnen komen, kunnen de spoorwegen deze wagons vrij snel weghalen. Maar dan moeten ze eerst de rails en de bielzen aan die kant van de trein herstellen. Daarna gaat het voetje voor voetje: een kraan erheen sturen, een wagon omhoogtillen en op een onderstel zetten, een reparatiewagen erheen sturen, het volgende stukje spoor herstellen... Dan de reparatiewagen weer terug en de kraan erheen. Op die manier. Maar de brug...'

'Ja, ik begrijp het. Misschien is de hele constructie van de brug beschadigd. Maar als die brug weer bedrijfsklaar móét worden gemaakt, hoe lang zou dat dan duren?'

Keeler keek zijn onderhoudsingenieur aan, die zijn schouders ophaalde. 'Een wilde gok?' vroeg de ingenieur. 'Als we in continudienst werken, vanaf beide kanten? Tweeënzeventig uur.'

'Maar dan is hij nog niet geschikt voor alle treinverkeer, Bill,' protesteerde Keeler. 'Ik bedoel, dan moeten we het gewicht beperken. Dan zullen we eerst moeten weten welke treinen er nog overheen kunnen.'

De ingenieur knikte. 'Ja, maar meneer Hanson had het over gebruiksklaar. Dat is mijn schatting, ongeveer.'

Hush knikte. 'Vanmiddag om drie uur vergaderen we op ons kantoor in Memphis,' zei hij. 'Als leider van de federale eenheid in deze zaak vraag ik de spoorwegen om de brug voorlopig te herstellen. We snakken naar positief nieuws, mensen. En de reparatie van een van de bruggen zou een positieve ontwikkeling zijn. In Thebes en St. Louis was dat niet mogelijk. Willen jullie het hier proberen?'

De spoorwegmensen keken eerst Keeler aan, en toen elkaar. De hoofdingenieur zei dat hij het hoofdkantoor zou bellen om te vragen hoeveel hulp ze van de andere maatschappijen konden krijgen en wat er mogelijk was. Hush bedankte hen en nam Keeler en Powers even apart.

'Meneer Keeler, ik denk dat u beter naar Vicksburg kunt vertrekken om die brug persoonlijk te inspecteren en na te gaan of iemand daar al een bom heeft aangebracht. Hou rekening met alle mogelijkheden – buizen, leidingen, kabels, nutsvoorzieningen, dynamiet in de leuningen, nucleaire postduiven, noem maar op. Duidelijk?'

Keeler knikte. Hij zou naar Memphis terugkomen om de veiligheid van de brug te controleren zodra er met de reparaties werd begonnen. Hush vroeg hem nog om te blijven tot de vergadering van die middag. Daarna moest hij zo snel mogelijk naar Vicksburg afreizen.

Hush draaide zich om naar Powers. 'Jij en ik en die duizend meelopers gaan terug naar de waterzuiveringsinstallatie om te zien of we de aanslag kunnen reconstrueren. En laten we het motief niet vergeten.'

'Gewoon ouderwets politiewerk, bedoel je?'

'Precies,' zei Hush. 'Dit was een ingewikkelde aanslag. Thomas heeft gelijk. Er moeten aanwijzingen te vinden zijn.'

Hush kreeg Lang eindelijk aan de telefoon vanaf het bureau in Memphis, om een uur of één. Ze klonk gestrest. Hij vroeg eerst hoe ze zich voelde.

'Door die antibiotica heb ik wat verstoppingsproblemen,' zei ze. 'Maar de infectie is voorbij. Lichamelijk mankeer ik niets. Psychisch weet ik het nog niet.'

'Dan ben je heel geschikt voor het hoofdkantoor,' lachte hij. 'Daar heb ik geen illusies over. Hoe is de sfeer daar?'

'De directeur is behoorlijk ongerust, dus blaft Wellesley tegen iedereen die hem voor de voeten komt. Carswell wil het onderzoek van ons overnemen. Heb je écht iets te melden vanmiddag?'

Hij vertelde wat hij in Memphis had afgesproken met de politie en de spoorwegen. Daarna legde hij haar zijn vermoeden uit over het werkelijke doelwit van de dader.

'De spoorwegen,' zei ze. 'Goed, maar waarom?'

'Dat mag jij ontdekken. Praat met de inlichtingensectie en zeg dat ze een database aanleggen van mensen die een reden kunnen hebben om treinen of spoorwegen te haten.'

'Je bedoelt iemand die gewond is geraakt bij een treinongeluk? Of wiens huis is onteigend voor een nieuwe spoorlijn? Dat soort dingen hebben wij niet in de computer.'

'Dat weet ik. Maar de inlichtingensectie weet dat wel ergens te vinden. Bij de spoorwegen zelf, bijvoorbeeld. Laat ze maar contact opnemen met de veiligheidsmensen van de spoorwegmaatschappijen. Die kunnen ze om een lijst vragen van personen die een reden hebben om de spoorwegen te haten – die de spoorwegen ooit hebben bedreigd of een proces zijn begonnen.'

'Mensen die de spoorwegen haten? Verdomme, dat kan een lange lijst worden.'

'Ja, maar het moet ook iemand zijn met technische kennis van spoorwegoperaties en chemische of op gas gebaseerde explosieven. Je kent de procedure. Je begint met een lange lijst en die probeer je in te korten. Je streept iedereen weg die niet in aanmerking komt. Ondertussen hoop ik dat de politie hier een paar concrete aanwijzingen kan vinden. De dader heeft heel wat spullen nodig gehad voor deze aanslag.'

'Begrepen,' zei ze. 'En dan nog een politieke opmerking: moet je dat zelf niet aan de directeur vertellen? Zodat hij je niet over het hoofd ziet, bedoel ik.'

Hij aarzelde. 'Ja,' zei hij ten slotte. 'Hoewel... doe jij het maar. Geef hem genoeg punten om met de Nationale Veiligheidsraad te bespreken, zodat hij daar niet voor joker zit. Misschien slaan we Carswell dan ook zijn wapens uit handen.'

'Oké,' zei ze, 'hoewel ik nog steeds vind...'

'Ja, ik begrijp het, en je intuïtie klopt ook wel. Maar op dit moment kan ik me nuttiger maken door die mensen hier te laten samenwerken. En de dader loopt nog ergens rond, langs deze rivier.'

'Je weet hoe het werkt op het hoofdkwartier,' zei ze. 'Je moet je gezicht laten zien.'

'Dat kan me nou echt niet schelen, Carolyn. Er zit een patroon in die aanslagen. We moeten proberen het plan en het tijdschema van de dader te doorkruisen. Met hem meevoelen.' Hij zweeg en zuchtte even. 'Met hem meevoelen, hoor mij nou.'

Het was haar beurt om te lachen. 'Je zou prima passen tussen al die welzijnswerkers die Pennsylvania Avenue ons op het dak stuurt. Goed, ik ga wel naar de berg. Moet ik verder nog iemand waarschuwen?'

'De mensen van Sit-4, en Tyler Redford. Ik hoop echt dat ik vanavond iets concreets te melden heb.'

Matthews zocht in zijn koffertje naar een Advil, die hij met een slok koude koffie wegwerkte. Hill zag het en bietste er zelf ook een. Het was dinsdagmiddag laat en ze zaten weer in de vergaderkamer van de commandant, wachtend op een veilige telefoonverbinding met Washington. Door de open deur van de vergaderzaal zag Matthews dat Mehle dringend zat te bellen in het kantoor van kolonel Anderson. De twee luitenant-kolonels stonden naast zijn bureau met armen vol dossiermappen. Op de gang hield de militaire politie de wacht en Matthews had zelfs de commandant van de MP van het depot al in het gebouw gezien. Nu hij erover nadacht... de militaire politie leek alomtegenwoordig sinds Mehle het feitelijke commando van de basis had overgenomen. Als een regiment stormtroepen.

'We hadden meteen via Vicksburg moeten reizen,' zei Matthews zacht. 'Dan waren we nu al de rivier over geweest.'

De onderdelen voor de locomotief waren die ochtend aangekomen en loc nummer twee zou tegen een uur of tien vanavond weer bedrijfsklaar zijn. Nu de brug bij Memphis was uitgevallen had kolonel Mehle een dringend verzoek ingediend om trein 2713 via de brug bij Vicksburg om te leiden.

'Ja,' zei Hill. 'Van achteren kijk je de koe in de kont. Het probleem is dat Vicksburg maar een beperkt gewicht kan dragen. Het is al een oude brug.'

'Is dat de reden?'

'Ik heb het met Mehle over Vicksburg gehad toen we die nieuwe route moesten uitwerken, maar dan hadden we dispensatie nodig voor het gewicht. Dus hadden we van tevoren moeten melden wat de trein precies vervoerde. Daar had Mehle geen zin in, daarom hebben we voor Memphis gekozen.'

Matthews knikte. Dus dat was de reden. Een van de luitenant-kolonels zag dat Matthews en Hill hen door de deuropening konden zien en schopte de deur dicht met de neus van zijn schoen. Matthews stak zijn middelvinger op naar de dichte deur.

'Tom,' zei Hill zachtjes, 'ik ga hier niet mee door.'

Matthews verstijfde. Daar was hij al bang voor geweest. 'Jij bent de enige transportofficier die we hebben,' zei hij, maar Hill viel hem in de rede.

'Gisteravond was ik op zoek naar de technische gegevens van die speciale wagons,' zei hij. 'De veiligheidssystemen, de noodzakelijke controle, de juiste maatregelen als die lampjes opeens van kleur veranderen... Maar ik kreeg de deur gewoon in mijn gezicht gesmeten door een van die gorilla's van Special Ops.'

'Misschien was dat voor je eigen bestwil, Carl,' zei Matthews. 'Misschien is het beter dat je niet te veel over die wapens weet. Als ik transportofficier was, zou ik er helemaal *niets* over willen weten. Als er dan iets misging, zou ik de verantwoordelijkheid volledig op Mehle en zijn trawanten kunnen afschuiven – en terecht.'

Hill schudde zijn hoofd. 'Dat is juridisch gelul, Tom,' zei hij. 'De transportofficier blijft verantwoordelijk voor de veiligheid van de operatie, van begin tot eind. De chemische wapens zijn geen probleem. Ik weet precies wat er in die oude hulzen zit. Maar die kernwapens...' Hij schudde zijn hoofd. 'Volgens mij zijn ze veel gevaarlijker dan wij denken en proberen Mehle en zijn ss de zaak te verdoezelen.'

Matthews zuchtte. Hij kende Carl Hill al drie jaar. Hill had een koppig karakter, zeker in veiligheidskwesties. Daarom was hij een goede transportofficier. Bovendien had Carl waarschijnlijk gelijk, wat het nog moeilijker maakte.

'Goed,' zei hij. 'Als je er zo over denkt, moeten we Mehle maar inlichten.'

Hill lachte. 'Dan moet ík Mehle maar inlichten, bedoel je? Hoor eens, Tom, ik heb best begrip voor jouw moeilijke positie. Jij gaat bijna met pensioen. Maar ik moet nog zeven jaar. Ik zal Mehle wel overleven.'

Matthews wilde daar iets op zeggen toen Mehles deur openging en hij met zijn twee luitenant-kolonels de vergaderzaal binnenkwam.

'We hoeven niet meer telefonisch met Washington te vergaderen,' kondigde hij aan. 'Ik heb nieuwe instructies om trein 2713 om te leiden via Baton Rouge.'

'Wéér een andere stad?' vroeg Hill geërgerd.

'Precies, majoor. Hebt u daar problemen mee?'

Voordat Matthews kon antwoorden, stond Hill op en smeet zijn stenen koffiekopje door de kamer. Het sloeg kapot tegen de muur, boven een afvalemmer. Er viel een verbijsterde stilte in de vergaderzaal.

'Eerst Memphis en nu weer Baton Rouge?' schreeuwde Hill. 'Reken maar dat ik daar problemen mee heb, verdomme! En het antwoord is nee! Vergeet het maar! Ik doe hier niet aan mee. Het gaat tegen alle regels in, van het leger of van wie dan ook. Bovendien is het stompzinnig. Als er een ongeluk gebeurt...'

'Akkoord,' zei Mehle zacht. Matthews zag een uitdrukking van kille triomf op het gezicht van de kolonel. Opeens besefte hij dat Hill in een valstrik was gelopen. Op dat moment zag hij ook het rode lampje van de intercom midden op de vergadertafel. Die klootzakken hadden hen afgeluisterd!

'Wat?' vroeg Hill.

'Uw ontslag is aanvaard, majoor. Wilt u hier even wachten?'

Mehle knikte naar een van de luitenant-kolonels, die meteen opstond. Voordat de geschokte Hill nog iets kon zeggen stapte hij de kamer uit en deed de deur achter zich dicht. Hill bleef staan, met een vuurrood gezicht. Even later kwam de luitenant-kolonel terug in het gezelschap van luitenant-kolonel VanSandt, de commandant van de MP van het depot. Achter hem stonden twee grote MP's. Mehle stond op.

'Kolonel VanSandt, wilt u majoor Hill in verzekerde bewaring stellen wegens overtreding van de veiligheidsvoorschriften van het depot met betrekking tot speciale wapens,' beval hij. 'Ik zal de aanklacht op alle punten persoonlijk ondertekenen. U kunt hem naar Fort McClellan brengen voor eenzame opsluiting. Hij mag met niemand spreken, is dat duidelijk?'

'Ook niet met zijn gezin, kolonel?' vroeg VanSandt.

'Met niemand,' herhaalde Mehle. 'Majoor Hill, wilt u met de commandant meegaan, alstublieft?'

Hill stak zijn kaak vooruit. 'Dit is belachelijk, kolonel. Ik werk niet voor u, maar voor kolonel Anderson. En ik sta erop dat u mijn vrouw inlicht over deze...'

'Ik kan u ook in een bunker van Area-16 laten opsluiten als u dat liever hebt, majoor.'

Hill knipperde met zijn ogen. Matthews' adem stokte. Area-26 was de opslagplaats voor lekkende chemische wapens.

Mehle boog zich naar voren. 'U moet goed begrijpen dat ik u nu als een ernstig gevaar voor onze nationale veiligheid beschouw, majoor. Kolonel VanSandt, alle middelen, ook dodelijk geweld, zijn toegestaan om deze officier te verhinderen contact te hebben met de buitenwereld. Is dat goed begrepen?'

VanSandt trok zijn wenkbrauwen op. 'Dat wil ik op schrift hebben, kolonel,' zei hij.

Matthews zag dat de twee MP's in de deuropening probeerden hun schrik en verbazing te verbergen over wat hier werd gezegd. Mehle bukte zich en krabbelde iets op zijn blocnote dat op de vergadertafel lag. Hij scheurde het velletje eraf en gaf het aan VanSandt, die er een blik op wierp, met zijn ogen knipperde en knikte. 'Komt u maar mee, majoor.'

Hill werd naar buiten gebracht.

'Doe de deur dicht, majoor Matthews,' beval Mehle. Matthews

stond op en sloot de deur. Toen ging hij weer aan de tafel zitten, met een slap gevoel in zijn benen. *Dodelijk geweld?*

'Goed,' zei Mehle. 'Ik heb opdracht gegeven om het hele depot af te grendelen tot trein 2713 onderweg is en veilig de Mississippi is overgestoken. Niemand mag erin of eruit, en de telefoon is tot nader order buiten werking. Majoor Matthews, u bent hierbij benoemd tot transportofficier van trein 2713.'

Matthews' mond viel open. Transportofficier? Hij was sprakeloos. Om te beginnen had hij daar de papieren niet voor, en in de tweede plaats wilde hij niet verantwoordelijk zijn voor dit waagstuk. Maar wat zou er gebeuren als hij weigerde? Zou hij dan Hill gezelschap mogen houden in het cachot, met een prop in zijn mond? En na negentien jaar uit het leger worden geschopt zonder pensioen? Mehle observeerde hem terwijl dat alles door zijn gedachten ging.

'Hoor eens, Tom,' zei Mehle opeens op heel andere toon, 'er is een noodsituatie in het land. De aanslagen op die bruggen hebben het nationale transportnet lamgelegd. Ik zit al de hele ochtend aan de telefoon met Washington en het is veel ernstiger dan de media nog weten.'

Matthews liet zich niet bedotten door het onverwachte gebruik van zijn voornaam. Hij vond zijn stem weer terug. 'Waarom houden we die trein dan niet hier, kolonel? Of in elk geval de speciale wagons? Die andere bruggen zijn nu overvol. De kansen op een ongeluk onderweg worden alleen maar groter, niet kleiner.'

'Je vergeet de tijdslimiet die aan het transport is gesteld, Tom. Nog afgezien van de speciale wagons moeten die chemische wapens hier donderdag vandaan zijn.'

'Dit is een noodsituatie, kolonel, zoals u zegt. Als we toch de route omgooien, waarom zouden we ons dan druk maken over de voorschriften van het ministerie van Milieu?'

Een van de luitenant-kolonels nam het woord. 'De belangrijkste reden waarom we niet kunnen wachten is dat onze instrumenten vannacht een stijging van de temperatuur in de speciale wagons hebben gemeten.'

Matthews keek ontzet. 'Ho!' zei hij. 'U bedoelt dat ze straks spontaan kunnen exploderen?'

'Niet precies,' zei Mehle voorzichtig, 'maar er is een waarneembare verandering opgetreden. Het probleem zit hem natuurlijk niet in het splijtmateriaal.'

Matthews moest even nadenken, maar begreep het toen. Temperatuur, geen straling. Een chemische reactie, geen kernreactie. De hoog-explosieve componenten in de verzegelde plutoniumcontainers waren instabiel geworden. 'Geweldig,' zei hij tegen niemand in het bijzonder. 'Heel fijn.'

'Die trein moet hier weg, Tom,' zei Mehle ernstig. 'We móéten vertrekken. Nu. Naar het westen. En vooral over de Mississippi. Denk eens na. Je woont hier zelf ook, met je vrouw. Het is ook in je eigen belang dat die trein uit Anniston verdwijnt, of niet?'

Matthews begreep wat Mehle bedoelde. De kolonel was bang dat er hier iets zou gebeuren, op het depot. Die mogelijkheid was de grootste schok die hij vanochtend te verwerken had gekregen. Hij dacht aan Ellie en de andere families die op of bij het depot woonden. Als het explosieve materiaal in een van die wapens tot ontsteking kwam, zou dat wel geen nucleaire explosie veroorzaken, maar wel een enorme radioactieve vervuiling hier op het depot. En als de andere wapens zouden volgen in een spontane reactie...

'Jij weet hoe het met de hulzen van die chemische wapens zit,' zei Mehle. 'En je hebt een cursus gevolgd in de veiligheid en behandeling van kernwapens. Ingenieur Godowski kan de route coördineren met de verschillende spoorwegmaatschappijen. De hele reis wordt begeleid vanuit het operatiecentrum hier in Anniston, onder mijn bevel.'

'Maar via Baton Rouge?' vroeg Matthews.

'Dat is geen vrijwillige keuze, Tom,' zei Mehle. 'We weten dat Vicksburg een betere route is, maar die brug is al nauwelijks berekend op al het verkeer dat wordt omgeleid na de aanslagen op de drie bruggen in het noorden. Bovendien kan hij maar een beperkt gewicht dragen. Washington heeft ons toestemming gegeven om via Baton Rouge te rijden. Die brug is minder druk en berekend op zware treinen.'

Matthews schudde zijn hoofd. Hij had tijd nodig om na te denken, maar Mehle gaf hem geen ruimte.

'Hoor eens, Tom, die wapens zijn van vitaal belang voor ons inlichtingen- en antiterreurprogramma. Je hebt alle deskundigen gehoord. Er verdwijnen nu al Russische kernwapens uit het oude sovjetarsenaal. Goddank hebben we er nog een paar te pakken gekregen. Nu kunnen we onze opsporingsapparatuur ombouwen en onze NEST-teams instrueren om die dingen te vinden als en wanneer ze ons land binnenkomen. Maar eerst moeten we ze naar Idaho zien te krijgen.'

'Daarbij zijn al twee officieren om het leven gekomen, majoor,' zei een van de luitenant-kolonels. 'Toen het vliegtuig uw brandweertruck ramde, die verkeerd stond opgesteld.'

Matthews stond op en liep naar de wandkaart om zijn bonzende hart tot bedaren te brengen. Mehle had hem niet bedreigd – nog niet, tenminste. Misschien had de onsympathieke kolonel toch gelijk. En de situatie was ernstig genoeg, zeker als er in de Russische wapens een probleem dreigde met de stabiliteit van de hoog-explosieve componenten. Als een van die dingen explodeerde, zouden de zware tankwagons de klap wel kunnen opvangen, tenzij er natuurlijk een kettingreactie met de andere kernkoppen optrad. Hij moest er niet aan denken.

'Oké, kolonel, ik ben er wel niet voor opgeleid, maar ik zal het doen,' zei hij en hij keek Mehle weer aan. 'Maar ik wil een schriftelijke bevestiging dat ik me heb verzet tegen het vervoer van instabiele kernwapens via het gewone spoorwegnet door een Amerikaanse stad. En u moet me beloven dat Carl Hill niets zal overkomen, behalve dat hij wordt vastgehouden. Er kan geen sprake zijn van dodelijk geweld.'

Mehle knikte langzaam. 'Daar is ook geen sprake van. Dat zei ik alleen om Hill angst aan te jagen. Op dat briefje heb ik geschreven dat er *geen* dodelijk geweld mocht worden gebruikt. Een toneelstukje. U kunt het navragen bij VanSandt. Maar verder ga ik akkoord.'

'Ik wil ook Carls vrouw kunnen vertellen dat er niets aan de hand is. Meer zal ik niet zeggen, maar ik kan niet accepteren dat ze hoort dat haar man gevangenzit zonder enige uitleg.'

Mehle keek zijn officieren even aan en knikte toen weer. 'Akkoord,' herhaalde hij. 'Dan kunt u nu een route uitstippelen van het knooppunt Birmingham naar Baton Rouge. Eenmaal aan de overkant wil ik een reserveroute achter de hand houden naar Pine Bluff, Arkansas, naast de hoofdroute naar Idaho.'

'Pine Bluff, kolonel?'

'Ja. Voor het geval er iets misgaat met de speciale wapens. Het Pine Bluff Arsenal heeft een kleine verbrandingsoven.'

Matthews knikte. Het Pine Bluff Arsenal was ook een depot voor chemische wapens. Het lag veel dichterbij dan Idaho, maar hij wist niet of hun chemische verbrandingsoven wel in staat was om hoogexplosieve componenten te scheiden van een plutoniumkern als dat nodig zou zijn.

'Zodra u de route hebt uitgewerkt,' vervolgde Mehle, 'zal ik die aan Washington voorleggen voor definitieve goedkeuring. Ze zullen op nationaal niveau wel wat druk moeten uitoefenen om voorrang te krijgen voor deze trein en de milieuconcessies te bespoedigen.'

'Dat is toch niet zo moeilijk?' zei Matthews.

'Moeilijker dan je denkt, Tom. Deze trein vervoert geen olie, steenkool, chemische grondstoffen, bederfelijke waar of medische voorraden. En dat zijn de transporten die op dit moment voorrang krijgen. Zo ernstig is het nu al.'

'Wanneer moeten we vertrekken, kolonel?'

'Reken maar op woensdagavond. O, en nog iets. Onze veiligheidsmensen bevelen aan om trein 2713 alleen in het donker te laten rijden. Probeer de route zo snel mogelijk op papier te zetten. Morgenavond bij zonsondergang vertrekken we.'

'Als we alleen 's nachts rijden gaat het twee keer zo lang duren, kolonel.'

'Daar heb ik al op gewezen. Als we eenmaal onderweg zijn, zal het temperatuurprobleem Washington misschien tot andere gedachten brengen. Maar eerst en vooral moeten we de trein over die verdomde Mississippi zien te krijgen.'

Op dinsdagavond om zeven uur plaatselijke tijd in Washington belde Hush via een veilige lijn met het crisiscentrum op het hoofdkwartier van de FBI. Bij hem op het bureau in Memphis had hij adjunct-bureauchef Thomas, Powers, Keeler en een stenografe. In Washington zaten de onderdirecteur, Tyler Redford, Carolyn Lang, adjunct-directeur Carswell en twee dienstdoende agenten van Sit-4.

Hush bracht de groep in Washington eerst op de hoogte van de vergadering die ze zojuist hadden gehouden met alle politiediensten. Iedereen werkte voor honderd procent mee, meldde hij, onder de bezielende leiding van hoofdinspecteur Mike Powers van de recherche in Missouri. Daarna besprak hij hun theorie dat de aanslagen het werk waren van één enkele dader. Het leek erop dat hun man een plan volgde dat hij uitvoerig en langdurig had voorbereid. Wie hij ook was, hij wist heel veel van de spoorwegen, de kwetsbaarheid van de bruggen over de Mississippi en van explosieven.

'Meneer Hanson, dat hebben we allemaal al gehoord van senior agent Lang,' viel Wellesley hem in de rede. 'Hebt u nog wat nieuws?'

Hush zag dat de mensen om hem heen met hun ogen rolden, maar hij ging rustig door. 'Nieuw is dat de spoorwegen hebben bevestigd dat ze de Frisco-brug binnen tweeënzeventig tot zesennegentig uur weer bedrijfsklaar kunnen krijgen. Ik heb Morgan Keeler van de genietroepen hier bij me, die daar meer over kan zeggen.'

Keeler boog zich naar de kegelvormige speaker-telefoon midden op tafel en beschreef de schade aan de brug en het werk dat nodig was voor het herstel. Hij onderschreef de theorie dat het mogelijk maar één enkele dader was.

'Bent u een expert, meneer Keeler?' vroeg Wellesley schamper. 'Hebt u soms aanwijzingen waar wij niets van weten?'

Hush wist dat het cynisme voor hém bedoeld was en niet voor Keeler, maar Keeler liet zich niet uit het veld slaan.

'Ik baseer dat op het feit dat de gebruikte explosieven door één persoon konden worden vervoerd.'

'Allemaal goed en wel, maar zijn er concrete bewijzen voor de ene of de andere theorie?'

Hush gaf antwoord. 'Op de brug bij Thebes zijn resten van pyrodex en detcord gevonden. We hebben ook drie lappen ontdekt die sporen van dynamiet bevatten. Daarin kunnen de ontstekers zijn verpakt. Verder hebben we bewijzen dat iemand de ladder tegen de pijler heeft beklommen vanaf de rivier – één persoon maar, niet een hele groep. In St. Louis hebben we minieme resten van detcord ontdekt, identiek aan het materiaal uit Thebes. We hebben chemische sporen van de boobytrap en een scherf die agent Lang heeft eh... teruggevonden.'

'Goed. En bij de brug in Memphis?'

'Helemaal niets. Maar bij de waterzuiveringsinstallatie hebben we sporen ontdekt van een tang op de sloten en de kettingen van de kleppen, koperresten op de ontluchter van de propaantank, wat erop wijst dat hij daaraan iets heeft bevestigd om de tank onder druk te zetten, een paar bandensporen van een grote wagen of pickup-truck achter het hek en voetsporen in een grindgroeve niet ver van de brug, in de nabijheid van dezelfde bandensporen. De politie is druk bezig met die bandensporen. Misschien levert het niets op, maar we hopen soortgelijke sporen in St. Louis of Thebes te vinden, dan zijn we weer een stap verder.'

'Eén pickup-truck vinden in het hele Midden-Westen?' vroeg Wellesley. 'Toe maar.'

'Ik weet het, meneer Wellesley. Maar zo werkt het nu eenmaal. Eén aanwijzing tegelijk.' Je kon merken dat de onderdirecteur van de luchtmacht kwam, dacht Hush.

'Oké, oké, maar wat dóén we nu eigenlijk?' Wat doet ú nou eigenlijk, bedoelde hij.

'*Wij* maken zo goed mogelijk gebruik van de niet geringe hulp van de plaatselijke politie. Zij hebben de technici en zij kennen het terrein. Zij praten wat gemakkelijker met getuigen, die anders maar zouden schrikken van een FBI-agent met zo'n zonnebril met spiegelende glazen, zodat ze geen mond meer opendoen. Natuurlijk zijn onze mensen druk aan het werk. Maar gelukkig hoeven we niet meer vanaf nul te beginnen, meneer Wellesley.'

Powers gaf hem een velletje papier dat Hush haastig doorlas. 'We krijgen juist bericht,' zei hij tegen Wellesley, 'dat de politie in Dallas de vermiste bewaker van Union Pacific heeft gevonden – die op de MacArthur-brug, weet u nog? Ze hebben hem bewusteloos aangetroffen op een tankwagon. Hij heeft een klap tegen de zijkant van zijn hoofd gehad. Hij ligt nu in het ziekenhuis.'

'Heeft hij al wat gezegd?'

'Hij is nog niet bij bewustzijn.'

Er viel een stilte. 'Een klap op zijn hoofd?' zei Carswell toen. 'Misschien is het dan toch niet één dader.'

'Hoezo?' vroeg Wellesley.

'Als het een groep was en iemand van die groep door de bewaker werd verrast, zou die proberen de aandacht van de bewaker af te leiden, zodat een van zijn maten de man bewusteloos kon slaan.'

'Er zijn toch nog meer slachtoffers gevallen?' vroeg Wellesley. 'In Memphis?'

'Ja,' antwoordde Powers, die nu een ander rapport raadpleegde. 'Vijf bewakers van de spoorwegen zijn gewond geraakt toen die leiding explodeerde. Brandwonden. Twee mensen in kritieke toestand.'

'Dus die ene dader – als we daar even van uitgaan – heeft er geen probleem mee om mensen te verwonden en zelfs te doden als het moet.'

'Daar lijkt het op,' beaamde Hush. 'En vergeet die legerofficier op de MacArthur-brug niet. Terwijl de plaatselijke politie naar sporen zocht, heb ik agent Lang gevraagd iets voor me uit te zoeken. Carolyn, heeft dat nog wat opgeleverd?'

'Ik ben begonnen bij het National Crime Information Center,' antwoordde Lang, 'en ik heb hetzelfde verzoek doorgegeven aan de Geheime Dienst, het Bureau of Alcohol, Tobacco and Firearms, de narcoticabrigade en de militaire inlichtingendienst. Morgen vroeg heb ik een bespreking met de directies en veiligheidschefs van de grootste drie spoorwegmaatschappijen om te zien hoe we het best een database kunnen opzetten. Toen ik ze de eerste keer vroeg wie er de pest aan ze had, begonnen ze hartelijk te lachen.'

'Zo grappig is het niet,' protesteerde Wellesley. 'Ik zal de directeur vragen om hun bestuursvoorzitters te bellen.'

'Ze vonden het ook niet grappig, meneer Wellesley,' zei Lang. 'Ze dachten alleen dat het een hopeloze opgave was.'

'Omdat die theorie niet deugt,' zei Carswell. Weer viel er een stilte.

'Nou, we moeten ze maar genezen van dat misverstand,' zei Hush, die besloot om Carswell te negeren. 'Hier zijn wij nu eenmaal het beste in, meneer Wellesley: onze grote database gebruiken om een speld in een hooiberg te vinden. Carolyn, neem een paar mensen van het NCIC mee naar die bespreking. Dan kunnen ze uitleggen hoe wij zo'n enorme database kunnen schiften.'

'Misschien moeten we de *profilers* erbij halen,' opperde Carswell, op een toon die droop van sarcasme.

'Goed idee,' zei Hush meteen.

Ze praatten nog een halfuurtje over andere mogelijkheden, waarna Wellesley aan Hush vroeg om een kwartier te wachten en hem dan terug te bellen op zijn eigen lijn. Dat was het einde van de telefonische vergadering. Keeler zei dat Powers hem die avond een politie-escorte naar de brug van Vicksburg zou meegeven om de inspectie van de volgende morgen te coördineren. Ze wikkelden nog wat details af voordat Thomas en zijn mensen vertrokken om een crisiscentrum op het bureau in te richten. Hush pakte de telefoon.

'Nu wordt het pas echt serieus,' zei Powers.

'Ja, dit is de FBI,' zei Hush. 'Op mijn niveau zijn de gesprekken achter gesloten deuren belangrijker dan wat er in vergaderingen aan de orde komt. Dat is bij de politie natuurlijk heel anders.'

Powers vertrok geen spier. 'Absoluut. Wij werken altijd in alle openheid, volkomen eerlijk en oprecht, en sportief tegenover iedereen. Amen.'

De twee mannen lachten luid. Powers stond op, verliet de kamer en trok de deur achter zich dicht. Hush belde eerst met Tyler Redford, in de hoop om hem of Lang nog te treffen voordat hij Wellesley moest terugbellen. Maar hij kreeg een van de senior agenten van de IITF aan de lijn, die net terug was van tien dagen verlof. De agent zei dat hij niet precies wist wat er aan de hand was, maar dat Redford was opgeroepen voor een speciale vergadering op de zesde verdieping met Carswell, de adjunct-directeur van Nationale Veiligheid.

'O ja? En waar gaat dat over?'

'Ik ben met vakantie geweest, meneer Hanson, ik weet het ook niet,' zei de agent, 'maar er schijnt een nieuwe eenheid gevormd te zijn.'

'Wat?'

'Ik hoorde dat de directeur had besloten het onderzoek naar de aanslagen op die bruggen totaal anders te organiseren. Een of andere vrouw schijnt de leiding te krijgen van de zaak, hier op het hoofdkantoor. Carolyn Lang.'

Hush was even sprakeloos. Hij bedankte de agent en hing op. Hij bleef een moment in de lege vergaderzaal zitten om deze klap te verwerken. Dat moest de reden zijn waarom Wellesley hem had gevraagd om terug te bellen. Hadden ze hem de leiding van het onderzoek ontnomen? En hem vervangen door zijn adjunct? Hier klopte iets niet. Carolyn was zogenaamd op proef aan het onderzoek toegevoegd, om zich te kunnen bewijzen na haar rampzalige episode als adjunct-bureauchef in St. Louis. Als Operatie Treinman nu was overgeheveld naar Nationale Veiligheid, wat betekende dat dan voor hem? Zat hij nu als adjunct-directeur moederziel alleen in Memphis? Met wat voor opdracht?

Hij vulde zijn bekertje met het vloeibare asfalt dat op de bodem van het koffiezetapparaat was achtergebleven, keek op zijn horloge en belde via de veilige lijn het nummer van de onderdirecteur. Wellesleys secretaresse zette hem een paar minuten in de wacht. Net op het moment dat hij wilde ophangen, meldde Wellesley zich.

'Hush Hanson, bedankt voor het terugbellen.'

Alsof ik een keus had, dacht Hush. 'Ik begrijp dat er veranderingen zijn aangebracht in de structuur van de eenheid,' zei hij.

'Je netwerk functioneert nog uitstekend, merk ik,' zei Wellesley. 'Ja. Dat is laat in de middag gebeurd. De directeur kwam terug van het Witte Huis en gaf me opdracht om de zaak een beetje te stroomlijnen. Deze operatie wordt veel te groot. Het heeft niets met jou te maken, Hush, of met jouw aanpak van de zaak. We moeten alleen het publiek de indruk geven...'

'Neem me niet kwalijk, meneer Wellesley,' viel Hush hem in de rede, 'maar zo zal het wel worden uitgelegd, zeker hier in het veld. Dit lijkt sterk op het ontslag van een adjunct-directeur.'

'Welnee. Jij houdt gewoon de leiding van het onderzoek ter plaatse. Carolyn Lang wordt belast met de situatie hier in Washington en de directeur zelf zal de interdepartementale eenheid onder zijn hoede nemen.'

'De *directeur?*'

'Ja, hoogst persoonlijk. Die interdepartementale groep functioneert nu bijna op kabinetsniveau.'

'Maar dat is ongehoord.'

'Hush, ik geloof niet dat je beseft wat er allemaal is gebeurd na de aanslagen op die bruggen. Het hele land heeft al problemen met de aanvoer van grondstoffen en levensmiddelen – steenkool voor krachtcentrales, etenswaren, alle aardolieproducten die niet door een pijpleiding gaan, en chemische stoffen voor de fabricage van god-mag-weten-wat. En dan heb ik het nog niet eens over de trucks.'

Hush probeerde nog steeds te verwerken wat hij allemaal te horen kreeg. 'Trucks?' vroeg hij.

'Ja. Dat wist ik ook niet, maar heel veel opleggers worden gewoon voor lange trajecten op de trein gezet en dan plaatselijk door trekkers naar hun bestemming gereden.'

Wellesley probeerde hem af te leiden. 'En wat moet ik hier dan precies doen?' vroeg Hush.

'Hetzelfde wat je nu ook doet. Het onderzoek leiden als hoogste man van de FBI ter plaatse. Al het politiewerk langs de Mississippi coördineren en stimuleren, om ervoor te zorgen dat iedereen op zijn tenen loopt.'

Organiseren en stimuleren? Op hun tenen lopen? 'Dat gebeurt nu al.'

'Daarom is het zo belangrijk dat je daar blijft, begrijp je? Je rapporteert nu aan de directeur, via Carswell.'

Wacht eens even, dacht hij, *via Carswell?* 'Dat begrijp ik niet. U zei net...'

'Dat weet ik, maar Lang is geen adjunct-directeur. Carswell wel. Samen rapporteren jullie aan de directeur, via Carswells kantoor. Dat houdt de lijnen zuiver.'

'En wat is haar taak precies?'

'Zij is ons boegbeeld hier in Washington. Zij komt op de televisie, zij doet een dansje in het Congres en zij mag het geweeklaag van de spoorwegen aanhoren. Denk na, Hush. Wie is er nou beter af?'

Wellesley probeerde hem op alle manieren zand in de ogen te strooien. In elk geval had Carswell de leiding over Operatie Treinman in handen gekregen. Wellesley ging nog even door.

'Jij bent onze speerpunt, Hush. Wij zullen hier in Washington alles doen om je te steunen. Je werkt voor de directeur, niet voor Carswell. Hij moet alles verzamelen en schiften, als doorgeefluik. De directeur heeft niet de tijd om al het ruwe materiaal te verwerken.'

'Nee, dat zal wel,' zei Hush, nog steeds verbijsterd.

'Mooi zo,' zei Wellesley. 'Maar er is één voorwaarde. Je geeft geen verklaringen uit aan de pers. Alles wat betrekking heeft op deze zaak wordt vanuit Washington gecoördineerd. Hoe langer dit onderzoek gaat duren, des te meer de FBI zich zal moeten verdedigen. En dat kan het best vanuit het hoofdkantoor gebeuren.'

Hush merkte dat hij knikte, bijna met tegenzin. Carolyn Lang. Hij had zitten slapen achter het stuur. Opeens vroeg hij zich af of híj misschien slachtoffer van een samenzwering was geworden. Hij kon het in elk geval eens testen.

'En dat gesprek dat nooit plaatsgevonden heeft in het kantoor van de directeur, toen deze hele zaak begon?' vroeg hij.

'Bekijk het eens vanuit Washington, Hush. Wie krijgt de hele ellende over zich heen als er nog een brug instort? Jij of Miss Lang?'

Hush had het idee dat Wellesleys redenering niet klopte, maar hij wist er niets op te zeggen. 'Heel goed,' zei hij. 'Ik neem aan dat de directeur alles nog per telex zal bevestigen?'

'Ja. Alle plaatselijke bureaus krijgen vanavond nog bericht. Ga maar gewoon door met je werk. We zullen iedereen duidelijk maken dat jij nog steeds de baas bent. Je kunt ons vertrouwen, Hush.'

Dat beruchte zinnetje galmde nog na in zijn hoofd toen hij had opgehangen. George Wellesley vertrouwen? Die gifslang? Haastig belde hij de IITF en vroeg de agent die opnam of Tyler Redford hem meteen wilde terugbellen zodra hij binnenkwam. Toen hing hij op en bleef een tijdje zitten terwijl hij deze nieuwe wending probeerde te bevatten. Hij was ervan overtuigd dat ze hem erin hadden geluisd. En op de een of andere manier was Carolyn Lang daarbij betrokken.

10

Op woensdagochtend om halfnegen wachtte majoor Matthews in de commandowagon aan het einde van de trein op bericht over de speciale tankwagons. De hele trein stond klaar voor vertrek. Alle wagons met de chemische-wapenbemanteling waren geïnspecteerd en goedgekeurd voor transport via het spoor. De locomotieven waren bijgetankt en het escorte was ingestapt, achteraan in de commando-wagon en vooraan in de verbindingscabine. De trein van achtenze-ventig wagons en drie locomotieven strekte zich bijna anderhalve kilometer voor hen uit op het rangeerspoor. De commandowagon stond nog in het bos, een heel eind van het rangeerterrein vandaan. Alleen de twee speciale wagons ontbraken nog om de trein compleet te maken. De plompe, sterke rangeerloc van het depot stond op een parallelspoor achter de commandowagon, wachtend op een teken uit Loods Negen.

De commandowagon was een uit zijn krachten gegroeide remwa-gen die legergroen gespoten was. Hij bestond uit een slaapcabine voorin, een badkamer met douche en een klein keukentje in het mid-den, en een zitkamer achterin. De zitkamer was omgebouwd tot ope-ratiecentrum. Aan één kant stond een rek met radioapparatuur, twee verbindingsconsoles, een GPS-navigatiesysteem en een controlepaneel dat de veiligheidsstatus en de druk van alle wagons van de trein aan-gaf. In de voorste wand was een wapenkast ingebouwd die twintig M16's en vier .12-infanteriegeweren bevatte. In het midden stonden een tafel en stoelen, en tegen de andere wand waren kasten voor beschermende pakken en zuurstofmaskers geschroefd. Aan de ach-terkant was een piepklein balkonnetje met een leuning, en aan elke kant zat een raam. Op het dak stonden vijf antennes en een GPS-scho-tel. Voor de commandowagon kwam de wagon van de militaire poli-tie, met dezelfde indeling, maar zonder alle operationele apparatuur. En de slaapcabine was groter.

Matthews huiverde in de koelte van de airco, die maar één stand scheen te kennen: volle kracht. Gelukkig lagen er dekens op de bedden in de slaapcabine. De militaire politie liep nog langs het spoor om de trein te bewaken. Als ze vertrokken zouden er twee MP's op de locomotief meerijden als extra bescherming. Er was geen interne verbinding tussen de MP-post en de cabine van de machinist. De enige mogelijkheid om daar te komen was via een loopbrug met een reling aan de rechterkant van de locomotief. De MP-post was voorzien van extra verbindingsapparatuur, een rek voor de wapens en munitie van de politiemensen en steunpunten voor twee M60-machinegeweren. Ook waren er nachtkijkers aan boord, en ruimte voor het opbergen van twee beschermende pakken tegen chemische besmetting.

Al twee uur geleden had Matthews de commandowagon, de wagon voor de militaire politie en de MP-post geïnspecteerd. Alles was in orde. Ze hadden de radioverbinding tussen de commandowagon en de MP-post en tussen de hoofdconsoles en het operatiecentrum van het depot getest. Via beide radiosystemen konden ook de gesprekken tussen de machinist en de verschillende verkeersleidingscentra van de spoorwegen worden gevolgd. Verder waren er frequenties waarop onderweg contact kon worden gelegd met plaatselijke en federale politie-organisaties. Matthews onderdrukte de neiging om alles opnieuw te controleren.

Hij schonk nog een kop koffie in en keek uit het raam naar de dennenbomen die zich aftekenden tegen het laatste licht van de ondergaande zon. Eindelijk had hij zijn vrouw verteld wat er aan de hand was en haar de officiële brief gegeven, ondertekend door Mehle, met zijn orders om de trein naar Tooele te brengen. De brief bevatte ook zijn bezwaren. Het was hun verzekeringspolis voor het geval alles zou misgaan, zei hij. Daarna had hij haar bezworen alles geheim te houden. Als het depot niet was afgegrendeld, zou hij haar ergens anders naartoe hebben gestuurd, samen met Marsha Hill en haar kinderen. Maar voorlopig zat er voor iedereen niets anders op dan zich gedeisd te houden en het spelletje van het leger mee te spelen.

Matthews stelde zichzelf nog eens gerust dat er niets met de speciale wagons kon gebeuren zolang ze onderweg geen ernstig ongeluk kregen. Die honderd ton zware tankwagons fungeerden zelf als drukcontainers en de kernkop van de torpedo's was eigenlijk geen grote bom maar een gesegmenteerde bol met hoog-explosief materiaal, ontworpen om de kern te laten imploderen. Zolang er geen kernreactie optrad, dacht hij nog eens, zouden de tankwagons de klap wel opvangen als een van die torpedo's afging.

Hij keek op zijn horloge. Bijna negen uur in de avond. Hij vroeg zich af waarom het zo lang moest duren. Hij probeerde niet aan Carl Hill te denken of aan de vraag of Mehle woord zou houden. De telefoon ging. Het operatiecentrum van het depot.

'Majoor Matthews,' zei hij.

'Dit is het operatiecentrum. Bericht van kolonel Mehle. Washington heeft het vertrek van trein 2713 uitgesteld. Houd de trein stand-by tot nader order. Al het personeel blijft op zijn plaats. De vermoedelijke vertrektijd is nu morgenavond twintig uur. Is dat begrepen, majoor?'

'Begrepen,' antwoordde Matthews.

Hij hing op. Dus het zou toch donderdag worden, dacht hij. Dat verrekte leger. Altijd haast en dan weer wachten. Hij stapte het achterbalkonnetje van de commandowagon op en riep de sergeant.

11

Hij parkeerde de wagen op de enige vrije plek bij het stadspark van Baton Rouge aan de voet van Battery Street. Het was donderdagmiddag halfzes en de zon scheen bijna recht in zijn ogen. Het stervende licht werd versterkt door de glinsterende weerkaatsing in de rivier. Het zwarte ruitvormige web van stalen gebinten die de spoorbrug droegen, drie kilometer stroomafwaarts aan zijn linkerhand, was scherp afgetekend tegen de metallic bronzen hemel. Het park was maar klein, ingeklemd tussen pakhuizen en een reparatiescheepswerf. Het was ook bijna verlaten, zodat hij zich afvroeg waarom het parkeerterrein zo vol stond, totdat hij zich realiseerde dat de arbeiders van de scheepswerf daar hun auto's neerzetten.

Hij stapte uit en keek om zich heen. Twee oudere, zwarte vrouwen zaten op een bankje te praten en te genieten van de brede rivier. Een haveloze hond snuffelde tussen de schaarse struiken die langs een wankel smeedijzeren hek groeiden. Verfomfaaide duiven waren neergestreken op de bronzen pet van de onvermijdelijke generaal te paard. Ergens op de rivier klonk de fluit van een duwboot die een collega begroette toen ze elkaar passeerden achter een lange stoet rivieraken. De motoren van de duwboot die tegen de stroom in voer draaiden op vol vermogen en toch leek hij nauwelijks vooruit te komen. Er stond een lichte bries vanaf de rivier, die een vettige lucht meenam van de olieraffinaderij een eindje stroomopwaarts.

Zijn aandacht werd getrokken door een witte boot die aan de overkant van de rivier bij de Jameson-werf voor anker lag. Met zijn waterverplaatsing van achtduizend ton en zijn lengte van 153 meter was de ss *Cairo* ideaal voor zijn plan. Het was een vrij nieuw schip dat genoeg had aan een bemanning van maar dertien officieren en matrozen. De *Cairo* was bezig iets te laden, waarschijnlijk rijst, die verdween in de voorste ruimen, waarvan de luiken openstonden, recht overeind als reusachtige *M*'s op het dek. Volgens het schema van de havenmeester moest de *Cairo* die avond om elf uur vertrekken voor een tocht van tweehonderdvijftig kilometer naar de Golf van Mexico. Het was een karakteristiek binnenvaartschip met een geringe diepgang en een bovenbouw van zes verdiepingen aan de achterkant, schuin aflopend naar de boeg.

Hij stak een sigaret op, zette zijn voet op de onderste spijl van de oude ijzeren reling langs de kade en tuurde stroomafwaarts naar de brug. Die lag te ver weg om te kunnen zien of hij werd bewaakt, maar hij wist dat er wachtposten moesten zijn. De televisie had uitvoerige reportages laten zien over de spoorbruggen, compleet met een overzicht van de schade die tot nu toe was aangericht. De Nationale Garde bewaakte de toegangswegen en de kustwacht patrouilleerde nadrukkelijk op de rivier. De politie, de spoorwegpolitie, de genie en verschillende federale diensten kropen als mieren over de resterende bruggen, op zoek naar bommen of draden.

Alles ging volgens plan, dacht hij, terwijl hij een lange wolk rook uitblies. De spoorwegen waren bezig de overgebleven bruggen te inspecteren en schoon te vegen. En ongetwijfeld zocht hun leger advocaten naar iemand die ze konden aanklagen, een persoon of instelling om tot de laatste cent uit te zuigen en kapot te maken. Zoals ze hém hadden uitgezogen nadat ze zijn gezin kapot hadden gemaakt. Hij probeerde niet te denken aan de legerofficier die was gedood, of aan de mannen van de spoorwegpolitie die in het ziekenhuis van Memphis moeizaam naar adem hapten met hun verschroeide longen. Dit is oorlog, dacht hij. En oorlog eist slachtoffers. Als de spoorwegpolitie hem nu op een van de bruggen zou betrappen, zouden ze hem neerschieten en zijn bloedende lichaam in de rivier gooien als voedsel voor de roofvissen. Maar dat gaf niet. Hij was niet bang meer voor de dood. Daarom zou hij hen verpletteren zoals die locomotieven zijn vrouw en kinderen hadden verpletterd: als een machine, zonder mededogen of genade. Hij hoefde alleen maar zijn ogen te sluiten, zich het tafereel bij die overweg weer voor de geest te roepen, en ieder gevoel van medemenselijkheid en verantwoordelijkheid verdween. Hij was vastbesloten. Hij liet zich niet vermurwen. En hij was aan de winnende hand.

Hij nam nog een lange haal van zijn sigaret en blies langzaam de rook uit, genietend van de aromatische wolk om zijn hoofd die de muggen verjoeg. Er was een redelijke kans dat hij de actie van vanavond niet zou overleven, maar vier van de zes was geen slecht resultaat. En als hij goed zou wegkomen, wachtten er nog twee bruggen. Natuurlijk verwachtten ze dat Vicksburg nu aan de beurt was. Hij had immers systematisch de rivier afgewerkt, de bruggen één voor één opgeblazen. Op elke federale kaart stond Vicksburg als het logische volgende doelwit aangegeven. Maar hij wachtte nog even met Vicksburg, hoewel ze na vanavond donders goed zouden weten dat hij daar óók al was geweest.

Hij nam nog een laatste trek, schoot de peuk de rivier in en liep naar zijn auto terug. De vrouwen en de hond waren verdwenen. Hij keek om zich heen of niemand hem in de gaten hield en liep toen naar de laadbak van de pickup, waar nu een dichte kap overheen was gemonteerd. Hij opende de achterklep en inspecteerde een rubberen pakket dat tegen de zijkant van de wagen lag. Van onderen stak de schroef van een kleine buitenboordmotor uit het rubber, aan de andere kant een rol donker nylontouw. Tussen de motor en de laadklep was een kleine weekendtas gepropt. Naast het rubberen pakket lag een roestige, gestripte crossmotor vastgesnoerd. Hoe aftands hij er ook uitzag, de motor reed nog perfect en hij was voorzien van een gestolen nummerplaat uit Louisiana en een heel efficiënte knaldemper.

Hij zou moeten wachten tot het helemaal donker was voordat hij de opblaasbare rubberboot naar het water kon brengen. De enige onzekere factor was of de brandstofsteiger stroomafwaarts van de verkeersbrug afgesloten was. Daar wist hij wel wat op, maar het zou beter zijn als hij geen duidelijke sporen van braak zou achterlaten. Hij stapte weer in de cabine van de truck en reed weg om een eettentje te zoeken. Al die plannen en voorbereidingen hadden hem een stevige honger bezorgd.

Hush stond op de militaire stellingen uit de Amerikaanse Burgeroorlog, boven de Mississippi, en keek naar een lange trein die de brug van Vicksburg beklom. De drie locomotieven braakten hete rookzuilen van blauwe dieseldampen omhoog, op weg naar het westen. Het was donderdagavond en op de kleine parkeerplaats onder de militaire stellingen stond een mobiele commandopost van de Nationale Garde, met een woud van antennes op het dak. Er hingen een paar soldaten rond. Hun uniformen leken niet te passen bij hun burgerkapsel. Ook op het brugdek werd gepatrouilleerd. Beneden, links van hen, lag het Mississippi State Welcome Center, met een adembenemend uitzicht over de rivier en prachtige kaarten van de belangrijke plaatsen uit de Burgeroorlog, hier vlakbij. Het gebouw en de parkeerplaats waren voorlopig gevorderd door de politie en de Nationale Garde, met nog meer voertuigen en mensen. De toegangswegen naar de brug waren afgezet door de militaire politie. Al die drukte had heel wat nieuwsgierigen naar de brug gelokt.

Hush vond het nogal ironisch dat de heuvels van Vicksburg nu weer door militairen waren bezet. Het contrast tussen het grote kanon uit de Burgeroorlog en de satellietschotels op het dak van de mobiele commandopost was veelzeggend. Vanwege de hoge oever aan de kant van Mississippi liep deze brug recht over de rivier en daalde pas ver na de oevers naar het maaiveld af. Het was een vakwerkbrug met links één enkel spoor, en een smalle tweebaansweg van de oude

Route 80 aan de stroomopwaartse kant. Aan de zijde van Vicksburg stond een verlaten tolhuisje met een pleintje aan het eind van de afrit, maar het meeste autoverkeer stak nu bijna een kilometer stroomafwaarts de rivier over, via de veel nieuwere brug van de Interstate 20. Op het tolpleintje stond nog een dichtgespijkerd hokje voor de brugwachter, met borden die de afmetingen en gewichten aangaven van de voertuigen die over het oude wegdek werden toegelaten. Toeristen mochten oversteken, maar er was aan die kant weinig meer te zien dan een zand- en grinddepot van de genie en een zes meter lang restant van het mislukte kanaal van generaal Grant.

De bossen en *bayous* aan de kant van Louisiana verdwenen in het donker toen de zon achter de westelijke oever zakte. Al een uur voor zonsondergang waren er donkere wolken uit het westen komen opzetten en de soldaten hadden opgerolde regenpakken bij zich. Recht beneden hen, op de rivier zelf, lag een helder verlicht casinocomplex, wat Hush als liefhebber van de historie van de Burgeroorlog een aanfluiting vond. Waar de plompe zwarte kanonneerboten van admiraal Porter ooit met twaalfduimsgranaten de strijd hadden aangebonden met de Zuidelijke stellingen hier op de hoge oever, lag nu een kitscherige stoomboot. Het ding was versierd met snoeren rode, blauwe en witte lampjes en er omheen lag een parkeergarage vol met pickup-trucks.

Hush was de hele ochtend met Morgan Keeler op de brug geweest, die ze tot op de laatste millimeter hadden geïnspecteerd, in het gezelschap van een paar jonge ingenieurs van de genie en veiligheidsdeskundigen van de spoorwegen. Dat was niet eenvoudig geweest vanwege het drukke treinverkeer over de brug. De treinen passeerden met tussenpozen van maar vijf minuten, omdat de spoorwegen zoveel mogelijk verkeer over de resterende bruggen wilden omleiden. Onder de brug was een rivierpatrouille georganiseerd, tot een paar kilometer naar beide kanten, om ervoor te zorgen dat niemand de brug vanaf het water zou kunnen naderen. Een radarpatrouilleboot van de marine lag afgemeerd aan de middelste pijler om ook 's nachts voldoende bescherming te bieden. Aan de andere kant reden Humvees van de Nationale Garde heen en weer over de hoge oeverwallen. De spleten van de gele koplampen waren al zichtbaar achter de grillige rij bomen langs het water. Boven de delta van Louisiana in het zuiden weerlichtte het zo nu en dan na de warme dag.

Ze hadden het wegdek en de spoorbaan verkend, de draagpennen van het gebinte en alle grote draagbalken geïnspecteerd, op zoek naar verdachte zaken, nieuwe draden of elke afwijking die ze maar konden vinden. Ze waren omhooggeklommen door de stalen constructie, waar ze de duiven verjoegen en wolken roest en afbladderende zwarte verf over zich heen kregen, terwijl de treinen over de oude brug onder hen door denderden. Ze daalden af langs de betonnen wanden van de pijlers, over roestige, krakende ladders die Hush' hoogtevrees bepaald niet wegnamen. De hele ochtend hield Keeler college over de constructie van de brug, de ouderdom van het staal en de verbindingen, de functie van alle buizen en leidingen die onder het spoor door liepen, het systeem van de verbindingen, de problemen van het onderhoud en de onwil van de spoorwegen om die oude bruggen nog een beetje in goede staat te houden. Hoewel Hush er gauw genoeg van kreeg, was wel duidelijk dat Keeler grote liefde koesterde voor die grote, oude bruggen. Tegen de middag was Powers gearriveerd uit Memphis en was Keeler naar het zuiden vertrokken voor een soortgelijke inspectie van de spoorbruggen bij Baton Rouge en New Orleans.

De afgelopen twee dagen hadden Powers en zijn mensen geprobeerd alle concrete aanwijzingen te verzamelen en te interpreteren die door de plaatselijke en federale recherche bij de drie getroffen bruggen waren gevonden. Daarvan bood Memphis de meeste hoop. Aangenomen dat de dader werkelijk in zijn eentje opereerde, was het nu vrij zeker dat hij in een pickup-truck reed. Powers had de politie in Missouri een lijst laten aanleggen van alle chauffeurs van trucks en auto's van wie ze verklaringen hadden opgenomen in de nacht van de bomaanslag op de MacArthur-brug. Het stond wel vast dat er een pickup midden op de verkeersbrug had gereden op het moment dat de MacArthur instortte. Een van de vrachtwagenchauffeurs beschreef een bruine pickup-truck met alleen een bestuurder, die voor hem uit reed en vreemd was gaan slingeren toen de MacArthur explodeerde. Meer kon hij niet vertellen. Hij wist redelijk zeker dat het een Ford was geweest, een 150 of een 250. De bandensporen bij de waterzuiveringsinstallatie kwamen overeen met de bandenmaat van een F-150, wat – zoals Powers vermoeid opmerkte – de zoektocht beperkte tot een paar honderdduizend pickup-trucks in de zes staten langs het zuiden van de Mississippi.

De waterzuivering zelf had nog een paar aanwijzingen opgeleverd. De kopersporen op de ontluchter van de propaantank kwamen overeen met het metaal dat werd gebruikt voor acetyleenbranders. Misschien had hij de propaantank onder druk gezet met zuurstof uit een lasbrander. De kettingen van het hek en de grote kleppen waren doorgeknipt met een zware draadtang, van het type dat je bij ijzerzaken kon kopen. De afdrukken wezen uit dat de tang redelijk nieuw moest zijn geweest. De ontsteker voor het explosieve mengsel in de leiding was nog niet gevonden, maar er waren wel sporen van wolfram ontdekt.

Met de hulp van het Bureau of Alcohol, Tobacco and Firearms was het FBI-laboratorium begonnen aan een profiel van de springstoffen die tot nu toe waren gebruikt. De brug bij Thebes was opgeblazen met zwart kruit en niet met pyrodex, zoals eerst werd aangenomen. Verder was er een militaire variant van detcord gebruikt om de drager van het volgende segment te vernielen. Het buskruit was ontstoken met een kleine dynamietlading die op zijn beurt was geactiveerd met een slaghoedje, waarschijnlijk op afstand. In de kasten van de draagpennen waren sporen van draad gevonden.

Het zwarte kruit was gemakkelijk verkrijgbaar voor jagers, maar het detcord en het dynamiet vormden een belangrijker aanwijzing, vooral het militaire detcord, omdat de strijdkrachten dat bij één enkele leverancier betrokken. Hetzelfde detcord was gebruikt om de brug bij St. Louis op te blazen en ook de boobytrap was een militaire bom geweest. Het kleine scherfje dat Carolyn Lang had geraakt was een stukje staal van de afsluitdop van een pijpbom. De pagina's van het schrijfblok dat de grootste klap had opgevangen hadden sporen van een herkenbaar smeermiddel opgeleverd. Maar het waren allemaal fragmentarische aanwijzingen, die geen duidelijk beeld opleverden.

Op woensdagmiddag kreeg Hush via Tyler Redford bericht van Carolyn Lang over de vorderingen met de databases. De spoorwegmaatschappijen hadden een enorme voorraad dossiers aangeleverd, soms als computerbestanden maar grotendeels nog op papier. Van een logische indeling of een chronologische volgorde was geen sprake. De moed scheen Lang in de schoenen te zijn gezonken toen ze besefte hoeveel werk het zou kosten om een mogelijk profiel te vinden in die berg van informatie. De technisch directeur van de inlichtingensectie van de FBI had voorgesteld een eigen tijdelijke database aan te leggen op basis van de spoorwegdossiers en de structuur van het FBI-archief, zodat alle politiekorpsen in het land het zouden kunnen benaderen via het NCIC.

Er was één groot probleem. De advocaten van de FBI waarschuwden dat dit mogelijk tegen de wet op de privacy indruiste, en ook de juristen van de spoorwegmaatschappijen maakten bezwaar dat de overheid zo'n database zou aanleggen. Sommige geschillen waren geregeld onder de bepaling van zwijgplicht voor alle partijen, en andere zaken bevatten informatie die volgens de advocaten de spoorwegen nog meer schadeclaims zouden kunnen bezorgen. Aan de andere kant drongen de directeur en de minister van Justitie op uitbreiding van het onderzoek aan, en dat gebruikte Lang als argument om de inlichtingensectie van de FBI aan het werk te houden. Carswell vond het nog steeds zinloos en steunde luidkeels de waarschuwingen van het bestuur.

Hush vertelde Redford over zijn gesprek met de onderdirecteur en herhaalde Wellesleys bewering dat hij bij deze commandowijziging aan het langste eind had getrokken. Redford had daar ook zijn twijfels over, maar het was zo druk dat ze weinig anders konden doen dan van de ene crisis naar de andere hollen. Hush wilde graag met Carolyn persoonlijk praten, maar hij kreeg haar niet te pakken en dat maakte hem ongerust.

Het einde van de trein was nu op gelijke hoogte met zijn positie op de heuvel. Hij liep het grasveld af naar Powers, die stond te wachten op een voetgangersbrug over het spoor naar het Welcome Center.

'En nu?' mompelde Powers, met een sigaret in zijn mond. 'Afwachten maar?'

'Ja, afwachten,' beaamde Hush. 'En we weten niet eens zeker dat dit het volgende doelwit zal zijn.'

'Nee, precies,' zei Powers. 'Verdomme, als hij al deze maatregelen ziet, besluit hij misschien gewoon te wachten tot we weer vertrokken zijn, net als Saddam Hoessein.'

Hush knikte en bleef staan op de voetgangersbrug. De rode achterlichten van de goederentrein naar het westen verdwenen in de schemering van Louisiana. 'We hebben nog steeds geen concrete aanwijzingen. Hier en daar wat sporen, twee tegenstrijdige theorieën, en dat is alles.'

'Een reis van duizend mijlen... en dat soort gelul,' zei Powers, terwijl hij zijn peuk naar het spoor beneden schoot.

'Het definitieve antwoord zal uit Washington moeten komen,' zei Hush. 'Als ze zich van die advocaten kunnen bevrijden, zal er wel een lijst ontstaan met zo'n tien namen van mensen met een mogelijk motief voor deze aanslagen. Als Carolyn de inlichtingensectie tenminste aan het werk kan houden.'

'Mensen die de spoorwegen haten?' zei Powers. 'Waar begin je dan mee? Tienduizend namen?'

Hush gaf toe dat het een gigantische opgave was, maar zijn politieke instinct zei hem nog steeds dat het werkelijke gevecht – afgezien van het onderzoek zelf – zich in Washington afspeelde. Terwijl hij hier heen en weer klauterde over de bruggen van de Mississippi.

Powers leek zijn gedachten te lezen. 'Is er nog nieuws over die commandowijziging?'

Hush schudde zijn hoofd.

'Je vindt het niet erg dat ik het vraag?' zei Powers. 'Wat denk je zelf over die nieuwe organisatie van de eenheid? Het ene moment is die dame nog jouw adjunct, het volgende moment is ze hoofdopziener van de dierentuin?'

Hush glimlachte. 'Het nieuws doet snel de ronde,' zei hij. 'Nee, eigenlijk heeft de directeur nu officieel de leiding. Lang mag de kritische buitenwereld te woord staan en Carswell "coördineert" de informatie uit het veld. Volgens de onderdirecteur heb ik het goed getroffen hier. Nou, bedenk het zelf maar.'

'Tsja,' zei Powers.

'Precies. Tsja,' zei Hush. 'Volgens mij is mijn carrière naar een zijspoor gerangeerd. Ty Redford zei dat Lang me graag privé wilde spreken. Misschien kan zij me uitleggen waarom ik het gevoel heb dat het kleed onder mijn voeten wordt weggetrokken.'

Powers lachte hardop, waardoor een paar militairen verbaasd omkeken. De Nationale Garde die voor deze crisis was opgeroepen, bestond uit gewone burgers die inderhaast werk en thuis vaarwel hadden moeten zeggen. Zij vonden er weinig grappigs aan. Over het spoor verscheen een enkel wit lichtje in de verte toen de volgende trein naar het oosten de brug begon te naderen. Op de oever van Mississippi stond de westelijke trein al te wachten met draaiende motoren.

'Ik ken een hoofdinspecteur van de politie van Mississippi,' zei Powers. 'Hij woont hier in Vicksburg en hij had me uitgenodigd voor een borrel als we klaar waren. Waarom ga je niet mee? Laat die militairen hun werk maar doen.'

'In elk geval wéten ze wat hun werk is,' zei Hush terwijl hij achter Powers aan de trap afdaalde naar de politiewagen, waar Little Hill al stond te wachten. Hush zwaaide naar de FBI-agenten van het bureau in Jackson die voor de open deur van het als basis ingerichte Welcome Center stonden. Ze zwaaiden niet terug.

Om halftien parkeerde hij de truck in de schaduw van een donker pakhuis op de oever van Louisiana en zette de motor af. Hij tuurde naar buiten en wachtte een kwartiertje om de omgeving van de oeverwal te verkennen. Het pakhuis stond aan de overkant, dus kon hij de rivier niet zien. Hij keek naar links, stroomopwaarts, waar de bovenkant van de spoorbrug, anderhalve kilometer verderop, boven de huizen uitstak. Baton Rouge zelf leek een koepel van licht boven de hoge wal. Hij had al lang geleden de situatie langs de nabijgelegen oevers verkend: een reparatiescheepswerf met een drijvend droogdok, een lange kade waar vaak duwboten lagen afgemeerd, een brandstofsteiger en zijn eigen doelwit: de verlaten Esso-pier. Ongeveer driehonderd meter stroomafwaarts van waar hij nu stond lag een glooiende scheepshelling tegen de oeverwal, bereikbaar vanaf de weg. Volgens de borden mochten particuliere auto's hier niet over de oeverwal rijden. Aan zijn linkerkant liep een soortgelijke toegangsweg voor de arbeiders van de scheepswerf.

Bij zonsondergang had hij de eerste tekenen van onweer in het westen gezien, maar voorlopig was het nog een vochtige, donkere avond langs de rivier. Daar was hij blij om. Hij had een goed zicht nodig, en een niet te sterke wind. Hij wachtte nog vijf minuten voordat hij de motor weer startte en naar de dichtstbijzijnde toegangsweg reed. Daar aangekomen doofde hij zijn koplampen en maakte een scherpe bocht naar de grindweg die schuin omhoogliep naar de oeverwal. Hij stopte even om te zien of er geen auto's of trucks beneden stonden, reed toen de heuvel over en daalde af naar de oever. Daar sloeg hij linksaf, reed nog dertig meter door en zette de motor af bij een groepje bomen. Hij keek op zijn horloge. Nog tijd genoeg.

Hij hield de omgeving in de gaten en draaide de raampjes omlaag om de geluiden van de rivier te kunnen horen. Op de scheepswerf was een avondploeg aan het werk. Het knetterende, blauwwitte schijnsel van een lasbrander verlichtte de openingen in de zijkant van een graanschuit die werd gerepareerd. Een grote rijdende kraan langs de steiger van de werf stond met draaiende motor te wachten. De lichten van de arm dansten zachtjes op en neer in een bries die de rivier niet bereikte. De dieselmotor braakte blauwe rookwolken over het water uit. Op de rivier zelf trotseerde een duwboot de stroming om een rij aken op te pikken. Een andere kwam stroomafwaarts met een stoet hopperschuiten. Baton Rouge lag grotendeels rechts van hem toen hij in de richting van de rivier keek. Uiterst rechts zag hij de afgeplatte boog van de verkeersbrug. Links kon hij nog net de rode lichtjes op de spoorbrug onderscheiden, met daarachter de witte en gele gloed van de havenlichten voorbij de grote bocht. Het water spiegelde met duizenden olieachtige lichtpuntjes toen de hekgolven van de duwboten en de aken tegen de steigers en pieren sloegen. Aan de overkant van de achthonderd meter brede vaargeul patrouilleerde een kleine kotter van de kustwacht. De witte romp en de boordlichten waren duidelijk zichtbaar in het donker. Hij had wel rekening gehouden met patrouilles op de rivier. Ze zouden de brug niet kunnen redden.

Een kleine grindweg slingerde zich door de bomen, rechts van zijn auto. Het weggetje eindigde bij het roestige ijzeren hek van de verlaten Esso-pier, waarvan het houten dek met de stalen platen allang in de rivier was verdwenen. Het enige dat nog overeind stond waren twee rijen afgeknotte, rottende palen. Daar kon hij de rubberboot opblazen, in het water gooien en aan een van de palen vastleggen. De boot was gemaakt van zwart synthetisch rubber en nog geen twee meter lang. De motor was een compacte 22-pk buitenboord, die hij matzwart had gespoten. Die combinatie moest op het water bijna onzichtbaar zijn.

Daarna zou hij weer naar de truck gaan, terugrijden over de oeverwal, dan naar het zuiden langs de toegangsweg en vervolgens in westelijke richting naar de hoofdweg, ongeveer anderhalve kilometer ten westen van de rivier en evenwijdig daaraan. Hij moest de hoofdweg blijven volgen, stroomafwaarts naar de plek waar hij de truck wilde verbergen. Dat was het einde van de eerste fase, die nog redelijk veilig was. Zodra hij de truck had achtergelaten, werd het pas echt interessant. Hij keek op zijn horloge. Het eindspel naderde. Na vannacht zouden ze een veel betere kans hebben om hem te vinden, omdat er dan getuigen waren die hem hadden gezien. Hij controleerde nog eens of zijn pieper uit stond en zijn zaktelefoon was opgeladen. Toen klopte hij op de kolf van een Colt .45 politiemodel. Oud, maar nog niet versleten, dacht hij. Net als ik.

Donderdagavond om vijf over tien hoorde Matthews de wagons voor hem uit rammelend in beweging komen. De geluiden zetten zich voort tot aan de commandowagon. Door de twee grote tankwagons voor hem kon hij de rest van de trein niet zien, maar eindelijk gingen ze nu toch van start. Samen met de sergeant van de militaire politie stapte hij het achterbalkon op en zag de dennenbomen langs zich heen glijden toen de trein snelheid maakte in het donker.

Het was een lange dag geweest, een dag van wachten. Ze hadden allemaal in de trein moeten blijven. Hij had twee keer met Mehle over de doorgaande route gesproken, en beide keren leek de kolonel bijna bezorgd om de mensen die zo lang op het zijspoor moesten wachten. Zelfs de twee civiele machinisten waren aan boord gebleven, in de wagon van de militaire politie. De bewakers waren verdeeld in twee teams van zes man die langs de trein patrouilleerden. De hele nacht en de volgende dag hadden ze hun werk gedaan in diensten van vier uur. Twee extra verbindingsspecialisten hadden achter de apparatuur gezeten, zes uur op en zes uur af. Eindelijk, om halfnegen 's avonds, hadden ze toestemming gekregen voor het vertrek. De twee speciale tankwagons waren uit de loods gekomen en een uurtje later aangekoppeld, vlak voor de twee militaire wagons.

Boven de trein zagen ze de lichten van de hoofdingang van Anniston toen ze het hek van het depot naderden. Omdat de trein anderhalve kilometer lang was, stonden het binnenste én het buitenste hek open – tegen de veiligheidsvoorschriften in, maar dat kon niet anders. De locomotieven maakten meer snelheid toen ze de wissel naar het hoofdspoor naar het westen passeerden. Half en half had Matthews een klein afscheidscomité bij de poort verwacht, maar hij zag niemand anders dan de gebruikelijke wachtposten, als donkere silhouetten tegen het licht van de natriumlampen op de torens naast de ingang. Het binnenste hek begon zich al te sluiten toen de commandowagon het depot verliet.

'Waarom zitten die grote tankwagons helemaal achteraan?' vroeg de sergeant, een grote zwarte man die de ene stinkende sigaar na de andere rookte.

'Omdat ze de gevaarlijkste lading vervoeren,' zei Matthews. Hij was nieuwsgierig wat de sergeant erover had gehoord.

'O ja. Het mosterdgas. Als die rotzooi vrijkomt, zullen wij de eersten zijn die het merken. Nietwaar, majoor?'

'Je hebt die tankwagons gezien. Volgens mij lopen we meer risico door die tien jaar oude legerrantsoenen dan door lekkend mosterdgas.'

De sergeant schoot in de lach. Iedereen maakte natuurlijk grappen over de rantsoenen. Matthews had de militaire politie al horen aankondigen dat ze bliksemsnel iemand naar de plaatselijke hamburgertent zouden sturen als ze langer dan een uur ergens op een zijspoor

184

moesten staan. Maar in elk geval leek het gerucht over het mosterd-gas zich volgens plan te hebben verspreid.

De snelheid van de trein nam toe in de duisternis. De lucht van dieseluitlaatgassen drong tot de commandowagon door toen de loco-motieven het tempo verhoogden. Matthews zag het eerste seinhuis voorbijflitsen in het donker. Hij probeerde de lichten te interpreteren maar dat lukte hem niet. Tijdens het lange wachten had hij zich wat meer in de spoorwegen verdiept. De machinisten hadden hem de beginselen bijgebracht van een heel nieuwe taal. Ze hadden hem ver-teld over blokken, divisies, lijnen en meer dan tien verschillende typen locomotieven. Hij wist nu dat deze trein een *unit* was omdat hij tijdens de rit naar Utah niet van samenstelling zou veranderen, dat het ritnummer oneven was omdat ze naar het westen reden en dat die samenstelling de *consist* werd genoemd. Carl Hill zou zich helemaal thuis hebben gevoeld in dit wereldje, dacht hij. Maar Carl Hill kwijnde weg in een cachot in Fort McClellan.

De radioman riep hem weer binnen. Kolonel Mehle was aan de lijn en wilde hem persoonlijk spreken. Wat nou weer? dacht hij toen hij achter de verbindingsconsole ging zitten.

'Majoor Matthews,' zei hij.

'Kolonel Mehle. Schakel naar het veilige kanaal.'

Matthews voerde de codes in en Mehle ging verder: 'Een of andere belangrijke interdepartementale eenheid heeft net het bericht uitge-geven dat er een terreurwaarschuwing klasse drie van kracht is voor alle bruggen over de Mississippi,' zei hij. 'Volgens het ministerie van Defensie is de FBI verdeeld over de zaak. Ze zijn het er niet over eens of het nu één enkele dader is of een groep. Hoe dan ook, ze gaan ervan uit dat het gevaar nog niet voorbij is.'

'Begrepen, kolonel,' zei Matthews. 'Betekent dat nieuwe orders voor de trein?'

'Voorlopig niet. Ik heb het hoofdkwartier gemeld dat trein 2713 onderweg is. Geschatte aankomsttijd in Birmingham is nog steeds halftwaalf.'

'Dat heb ik ook van de machinist gehoord.'

'Oké. Norfolk Southern verwacht wel wat oponthoud in Birmingham. Het verkeer van oost naar west is een chaos, dat ligt voor de hand. Zorg voor een volledige bewaking bij elke stop, oké?'

'Ja, kolonel. Begrepen.'

Mehle hing op en Matthews bracht de sergeant op de hoogte. Middernachtelijke uitstapjes naar de plaatselijke hamburgertent kon-den ze wel vergeten.

Hush en Mike Powers waren kort na tien uur 's avonds weer terug bij de brug in Vicksburg. Ze hadden Powers' vriend getroffen in een res-taurant in het centrum, waar ze in een privé-kamer wat hadden gegeten en gedronken. De mensen van het restaurant waren bijzonder vriendelijk voor hen geweest. Onder het eten hadden ze alledrie over niets anders gesproken dan de aanslagen op de bruggen. De hoofdinspecteur uit Mississippi was duidelijk onder de indruk van de goede samenwerking tussen de politie en alle federale diensten. Hij vertelde ook dat het aantal ongelukken bij spoorwegovergangen was gestegen nu er de afgelopen dagen vier keer zoveel treinen door Mississippi reden als normaal. Voor Hush was het een prettige afwisseling om weer eens over echt politiewerk te kunnen praten en zijn eigen bureaucratische problemen te vergeten.

Het bliksemde boven Louisiana toen ze het Welcome Center binnenstapten om te horen hoe het ermee stond, maar er was niets bijzonders te melden. De bruggen in Baton Rouge en New Orleans werden nog steeds zwaarbewaakt en ook alle buizen en leidingen van de nutsvoorzieningen waren beveiligd. De spoorwegen zelf hadden hun bewaking op de rangeerterreinen verdubbeld en zelfs verdrievoudigd en ze voerden inspecties uit op alle treinen die de bruggen over de Mississippi wilden oversteken.

Er lag een telex voor Hush van Carolyn Lang, die hoopte dat ze binnenkort inzage zou krijgen in de processtukken van drie van de vier grote spoorwegmaatschappijen. Het slechte nieuws was dat Carswell en zijn kantoor veel druk op de inlichtingensectie uitoefenden om het onderzoek in een andere richting te sturen. Er was een tweede bericht van Tyler Redford dat de FBI een ander mediabeleid overwoog vanwege de interne onenigheid over de vraag wie er achter de aanslagen zat. De federale inlichtingendiensten hadden nog steeds geen aanknopingspunten kunnen vinden met de bekende terreurgroepen.

'Wat betekent dát nou weer?' zei Powers toen Hush hem de telex liet zien. 'Dat lijkt onze theorie van één enkele dader juist te bevestigen, zou je denken.'

'Als hij in zijn eentje werkt, heeft hij de zaak wel verdomd lang voorbereid,' antwoordde Hush. 'Dus moeten we ervoor zorgen dat die database lang genoeg teruggaat.'

Hush stelde voor een eindje te gaan lopen na de zware maaltijd. De avondlucht was vochtig en drukkend toen ze uit het koele gebouw naar buiten stapten, het spoor overstaken en het pad afliepen naar het donkere tolhuisje. Na de extra veiligheidsmaatregelen was de brug gesloten voor alle autoverkeer. Ze lieten hun pasjes zien en liepen langs de wachtposten van de Nationale Garde naar het smalle wegdek naast de rails. Het enkelspoor glinsterde in de felle gloed van de tijdelijke schijnwerpers die het brugdek verlichtten. Een westelijke trein stak de brug over toen ze daar liepen, zo dicht langs de weg dat ze de wagons met een bezemsteel hadden kunnen aanraken. Hush voelde de oude brug trillen onder het gewicht van de trein, en de herrie maakte elk gesprek onmogelijk. Hush trok zijn jasje uit omdat het zo benauwd was. Hij tuurde over het water van de rivier dat de duizenden veelkleurige lichtjes van de kitscherige rivierboot stroomopwaarts weerspiegelde. De oevers boven de rivier waren donker en ook in de stad zelf brandde niet veel licht meer.

De trein was hen eindelijk voorbij tegen de tijd dat ze het midden van de brug bereikten. Een lichte bries streek door de oude stalen constructie en overstemde bijna de geluiden van de vrachtwagens op de verkeersbrug stroomafwaarts. Hush meende in de verte het gerommel van onweer te horen, maar toen hij beter luisterde bleek het een oostelijke trein te zijn. Het dreunen van de motoren zwol langzaam aan boven de rivier en een fel wit licht scheen in hun gezicht toen de trein begon aan de beklimming van de brug vanuit het laaggelegen land van Louisiana. Ze liepen verder, meldden zich bij de wachtposten aan de overkant en gingen weer terug naar Vicksburg. De oevers achter hen lagen volledig in het donker. Hush kon zich bijna voorstellen dat de geesten van het leger van generaal Grant daar nog ergens in de *bayous* lagen te zweten, zoekend naar een weg langs de kanonnen van Vicksburg.

Hij sloeg af naar het parkeerterrein van een minimart, reed met de crossmotor naar de achterkant, schakelde de motor uit en verborg hem tussen twee vuilniscontainers. De grasvelden en de benzinepomp aan de voorkant waren goed verlicht, maar hier aan de achterkant brandde maar één lamp, die op de achterdeur van de minimart was gericht. Honderd meter verderop langs de weg lag de ingang naar de haventerminal van Baton Rouge. Twee grote vrachtwagencombinaties denderden langs de minimart en draaiden in een stofwolk het havencomplex op, met veel gepiep van pneumatische remmen. Er liep een hek om de terminal, maar er stonden geen bewakers bij de hoofdingang en de zware trucks konden gewoon doorrijden. Achter het hek stonden twee lange rijen pakhuizen, evenwijdig aan de rivier. Hij zag de hoge kranen op de pier boven de daken van de pakhuizen uitsteken. Met hun witte schijnwerpers verlichtten ze de bovenbouw van de ss *Cairo*.

Hij keek op zijn horloge. Nog ruim een uur tot aan de afvaart. De *Cairo* vertrok eens in de tien dagen vanaf deze terminal, strijk en zet, met bulkvracht over de rivier naar de Golf van Mexico. Het was een van de zes middelgrote vrachtschepen met weinig diepgang die Baton Rouge als thuishaven hadden. De vertrektijd was afhankelijk van het laadschema hier en de verkeerssituatie in de grotere haven van New Orleans. Maar wie de juiste tijd wilde weten hoefde alleen maar het nummer van het kantoor van de terminal te draaien. Dan kreeg je een bandje te horen met alle vertrektijden, zoals een theater de begintijden van de voorstellingen geeft. De vergelijking beviel hem wel. Zelf stond hij ook op het punt een geweldige voorstelling te geven.

187

Hij ging zijn plan nog eens na. Hij zou met de motor de terminal op rijden, rechtstreeks naar het parkeerterrein voor de bemanningen van de schepen aan het afgelegen einde van de pier. Daar zou hij een paar minuten wachten, tot hij zeker wist dat er geen getuigen waren, en de motor in het water dumpen. Vervolgens zou hij met een kleine tas en in onopvallende kleren naar het schip lopen, de loopplank op. Hij was al eens aan boord van de *Cairo* en drie van haar zusterschepen geweest, een uurtje voor de afvaart, en had daar nooit iemand aan dek gezien. De machinisten waren beneden om de motoren op te starten, en de matrozen hadden de vrachtluiken allang gesloten en waren naar hun hutten verdwenen. De enige mensen die nog rondliepen waren de kapitein, de loods, een stuurman en een roerganger in het stuurhuis. Het vertrek vanaf de terminal was routine. Als er nog iemand wakker was, zat hij tv te kijken in het bemanningsverblijf. Toen hij het uitprobeerde, had hij ongehinderd door de hele bovenbouw op het achterdek kunnen zwerven. Kort voor een nachtelijke afvaart was het schip praktisch verlaten. Vanavond dus ook. Hij had vastgesteld waar de officiershutten en andere riskante plekken – zoals de lounge – zich bevonden.

Hij zou gewoon aan boord gaan, rechtstreeks naar de hut van de machinist lopen en zich daar insluiten. In de hut zou hij zich omkleden in een zwart duikpak, compleet met een kap en dunne laarzen. Daar overheen zou hij een hemd en een kakibroek aantrekken, met wijde cowboylaarzen over de duikerslaarzen en een grote gele honkbalpet op zijn hoofd. Na een laatste controle van zijn spullen begon dan het wachten. Zodra het schip onderweg was, zou hij een rubberen Bill Clinton-masker opzetten en uit de hut naar de brug klimmen, met de kleine tas die een zuurstofmasker, een reddingsvest en een paar zwemvliezen bevatte. Hij zou de .45 in de aanslag houden. Vlak voordat hij de hut verliet, moest hij nog twee telefoontjes plegen met zijn GSM. Verder moest hij ervoor zorgen dat het schip stroomafwaarts door de vaargeul voer op het moment dat hij toesloeg. Daarna was het afgelopen met de sleur en zouden ze met Brother Bill de reis van hun leven maken, recht op de spoorbrug van Baton Rouge af.

Ze liepen terug naar het parkeerterrein van het Welcome Center toen het einde van een bijzonder lange, oostelijke trein hen met veel gerammel en geraas passeerde. Het was Hush die het eerst een telefoon hoorde overgaan in de richting van het donkere tolhuisje. Het geluid leek vanaf de weg te komen, ergens achter het huisje. Hij keek Powers aan, die knikte. Ja, hij had het ook gehoord, net als de wachtposten. Hush liep naar het tolhuisje en zag daar een paar publieke telefoons aan de betonnen muur hangen. Ze leken niet erg modern, maar een van de toestellen ging toch over. Een soldaat van de Nationale Garde op de veranda van het bezoekerscentrum kwam naar hen toe met een zaklantaarn en liet het licht in hun richting schijnen. Hush en Powers liepen de rij telefoons langs tot ze wisten welke er rinkelde. Hush keek naar Powers, die zijn schouders ophaalde. Hush nam op.

'FBI', zei hij.

'*Stop de treinen,*' zei een krakende stem, als door een zuurstofmasker. '*Er ligt een bom op de brug. Je hebt vijftien minuten. Stop de treinen!*'

Stilte. Hush keek weer naar Powers en hing toen op.

'Wat?' vroeg de politieman.

'Een vent die zei dat er een bom op de brug ligt. "Stop de treinen," zei hij. "Je hebt vijftien minuten."'

'Zou het serieus zijn?'

Hush dacht bliksemsnel na. Ze hoorden de volgende westelijke trein al naderen vanaf het emplacement links van hen. Omdat hij al reed, zouden ze hem waarschijnlijk niet meer kunnen tegenhouden. Maar als ze inderdaad nog een kwartier de tijd hadden, moest hij veilig over de brug kunnen komen.

'Daar moeten we van uitgaan,' zei Hush en hij liep naar de commandopost. Powers kwam haastig achter hem aan en brulde tegen de Nationale Garde dat ze hun mensen van de brug moesten halen. Tegen de tijd dat ze het parkeerterrein bereikten, hadden de officieren zich al verzameld, gewaarschuwd door hun wachtposten bij het tolhuisje. Hush legde uit wat er aan de hand was en bevestigde dat iedereen van de brug af moest. De hoogste officier van de Garde gaf een paar snelle bevelen via de radio en zei dat hij de explosievendienst zou waarschuwen, die zich gereedhield op de luchtmachtbasis bij Meridian. Er volgden een paar haastige gesprekken over de radio, bemoeilijkt door het lawaai van de passerende trein. De commandopost gaf het verkeerscentrum in Jackson opdracht al het treinverkeer tegen te houden zodra deze laatste trein de brug zou hebben verlaten. De radarpatrouilleboot kreeg bevel om onder de brug vandaan te komen. Even later hoorden ze de twee locomotieven van de passerende trein accelereren toen de machinisten instructies kregen om zo snel mogelijk het spoor vrij te maken.

Hush stapte weer naar buiten, waar Powers stond te wachten. Soldaten en politiemensen liepen door elkaar heen en wierpen nerveuze blikken op de grote, donkere brug. Iedereen keek op zijn horloge, Hush ook. Nog een minuut of tien. Twee grote zoeklichten die boven de stellingen uit de Burgeroorlog waren geïnstalleerd werden ingeschakeld en lieten hun lichtbundels over de brug glijden. De trein leek eindeloos. De wagons denderden voorbij, één voor één, zonder dat het eind in zicht was. Nog negen minuten.

Hij had gebeld zodra hij het geluid van de hoofdmotoren van het schip hoorde en voelde aanzwellen van nul tot kruissnelheid. Daarna een duidelijke trilling toen de schroef zich in het water beet en het schip van de steiger vertrok. Hij keek door een patrijspoort. De lichten op de tegenoverliggende oever leken in beweging te komen. Het schip had geen sleepboot nodig omdat het een boegschroef had. Met een rustige zijwaartse beweging maakte het zich los van de steiger en even later bereikte het de stroming van de rivier. Toen hij door het raampje de lichtjes van Baton Rouge naar links zag glijden, zette hij het rubbermasker op, laadde de .45 door, spande de haan, klemde de zaktelefoon onder zijn linkeroksel en stapte de deur uit. Linksaf en naar voren. Niemand op de gang. Mooi zo.

Twee binnentrappen omhoog naar de verdieping van het stuurhuis. Een kleine hal, rechts de kaartenkamer, links de radiohut. Allebei de deuren gesloten, net als die van het stuurhuis. Hij verschikte wat aan het warme rubbermasker, waarachter zijn gezicht begon te zweten, controleerde de .45 en stapte door de deur het stuurhuis binnen.

De grote stuurhut besloeg de hele breedte van het schip en was ongeveer zes meter diep vanaf de achterwand tot aan de ruiten. Aan weerskanten was een deur naar de brugvleugels. Er brandde gedempt rood licht om het nachtzicht van de officieren niet aan te tasten. Tussen hem en de ruiten in stond de console van de roerganger, een Latino die twee handen op het stuurwiel had. Tegen de achterwand links van hem was een kaartentafel gemonteerd, maar daar was niemand. Voor de ruiten aan weerszijden van het gyro-peiltoestel in het midden stonden twee mannen van middelbare leeftijd, in burger. Een van hen moest de kapitein zijn, wist hij, de andere de loods. Waar was de stuurman? Meestal deed de stuurman de navigatie. Eindelijk werd hij opgemerkt door de roerganger.

'Qué...?' begon hij, maar toen zag hij pistool.

Met een gebaar van het wapen beduidde hij de roerganger om op de grond te gaan liggen. De man gehoorzaamde meteen en sloot zijn ogen. De kapitein en de loods hadden nog niet gemerkt wat zich achter hen afspeelde. Ze stonden zachtjes te praten en keken door de ruiten. Hij deed een stap naar voren en zocht weer naar de stuurman, maar hij kon niemand anders ontdekken op de brug of de brugvleugels. Door de ruiten zag hij de rest van het schip, tot aan de boeg, met de spoorbrug in de verte. Het schip koerste af op de doorgang tussen de twee pijlers van de vaargeul. Dwars aan bakboord lag een kleine kotter van de kustwacht, die in de buurt van de brug patrouilleerde. Stroomafwaarts kwam een duwboot met een rij aken hun kant op. Een van de mannen bij het raam wees de binnenvaartschepen aan, de ander pakte zijn verrekijker om de lichten te controleren.

Hij stapte op het kleine houten platform achter het roer, zette één voet op de nek van de roerganger en draaide het wiel iets naar rechts.

Toen boog hij zich naar de eenarmige telegraaf van de machinekamer en drukte de koperen hendel helemaal naar voren, in de stand volle-kracht-vooruit. De twee mannen bij de ruiten draaiden zich haastig om bij dat geluid. Hij richtte zijn wapen.

'Liggen,' zei hij. 'Op de grond. Nu!'

Er klonk een luide bel toen de machinekamer reageerde op de order volle-kracht-vooruit en even later voelde hij het dek trillen toen de hoofdmotor van het schip naar vol vermogen accelereerde. De twee mannen bij de ramen staarden hem nog steeds met open mond aan maar bewogen zich niet. Een telefoon rechts van de kapiteins-stoel begon te rinkelen. Het schip reageerde eindelijk op het roer en de boeg draaide langzaam naar rechts. Hij richtte de .45 op een van de mannen en trok de hamer naar achteren. 'Liggen. Nu! Of wil je dood?'

De twee mannen lieten zich op hun knieën zakken, met hun handen boven hun hoofd.

'Op je knieën. Kruip daar naartoe en ga liggen!' beval hij, wijzend met de loop naar de bakboordzijde van het stuurhuis. Toen keek hij weer door de ramen en zag dat de boeg wat sneller draaide. Te snel, zelfs. Hij draaide het wiel weer naar bakboord tot het schip op koers lag. De twee mannen kropen op hun knieën naar bakboord. De brug kwam nog sneller naderbij nu het schip accelereerde. Hij was misschien nog duizend meter ver en vulde al een groot deel van de ramen.

'Liggen!' brulde hij tegen de twee mannen en ze gehoorzaamden. De telefoon naast de stoel van de kapitein rinkelde nog steeds, maar hij lette er niet op. Hij stapte naar achteren, met zijn wapen op de liggende mannen gericht en deed de deur van het stuurhuis op slot. Toen liep hij weer naar het roer en corrigeerde de koers. Er ontstond een soort reactie met de stroming van de rivier, want hij voelde meer dan hij zag dat de achtersteven begon weg te draaien, waardoor het schip enigszins schuin op de stroom kwam te liggen. Het gaf niet. Als de snelheid toenam, zou hij de juiste koers naar het doelwit wel kunnen vinden.

Nog achthonderd meter. Hij klemde de .45 nog steviger in zijn vuist.

Bij de brug van Vicksburg hield iedereen zijn adem in toen de klok de toebedeelde vijftien minuten aftikte. Toen er nog vier minuten over waren had de westelijke trein eindelijk de brug verlaten en konden ze niets anders meer doen dan wachten. Een groep soldaten van de Nationale Garde had zich rond de commandopost verzameld en nog meer soldaten stonden op de veranda van het Welcome Center. Sommigen hadden videocamera's bij zich, zag Hush, in de hoop de plaatjes van hun leven te schieten, ook al was het pikkedonker. Hush en Powers waren naar de top van de heuvel geklommen, waar de kanonnen uit de Burgeroorlog stonden, en de mensen van de mobiele commandopost stonden allemaal voor de verlichte deuropening, starend naar de lege brug.

'Misschien moet ik er met mijn rug naartoe gaan staan,' zei Hush. 'Dan gaat hij wel de lucht in.'

Nog een minuut verstreek. Nog steeds niets. Ze waren een hele ochtend bezig geweest met de inspectie van die brug, dacht Hush. Hij, Keeler en Keelers hele team. En ze hadden niets gevonden. Daarna had een groep ingenieurs van Kansas City Southern de brug nog centimeter voor centimeter onderzocht, gevolgd door twee sergeants van de explosievendienst. Alle draden, leidingen en stalen balken zaten dik onder het vet en het vuil. Daar was de laatste tijd geen mens meer aan geweest. Het enige glimmende metaal op de hele brug waren de rails. Zelfs de duivenpoep leek al oud.

'Ik kan me niet voorstellen dat er een bom op die brug ligt,' zei hij ten slotte, toen er weer een minuut voorbij was. 'Hij is vandaag compleet onderzocht, en gisteren ook.'

'Misschien hadden we in het water moeten zoeken,' zei Powers. 'Misschien heeft die klootzak een stel mijnen gelegd.'

Hush schudde vermoeid zijn hoofd en pakte zijn portofoon. 'Hanson hier. Hoe lang nog tot de explosievendienst er is?'

'Minuut of twintig. Het leger maakt op de weg een landingsplaats vrij voor de helikopter.'

Hush verbrak de verbinding. 'Het enige dat we kunnen doen is de EOD erop afsturen om te zien wat zij kunnen vinden.'

'Toch was dat een vreemd telefoontje,' zei Powers. 'Hij kende het nummer van die publieke telefoon en hij wist dat iemand zou opnemen. Als we geluk hebben, kunnen we het misschien traceren.'

'Je weet ook wel dat het een digitale GSM is geweest.'

'Ja, maar heeft iemand die telefoons vanochtend gecontroleerd?'

'Ik niet,' zei Hush. 'Ik dacht dat ze allang niet meer werkten. Sommige hadden nog een ouderwetse draaischijf, als ik het me goed herinner.'

'Zullen we erheen gaan om nog eens te kijken?'

Hush tuurde omlaag naar het verlaten pleintje rond het tolhuisje. Er woei een wit stuk papier om het dichtgespijkerde hokje maar verder bewoog er niets.

'Misschien kunnen we dat beter aan de EOD overlaten,' zei Hush. 'Die spelen graag met bommen.'

'Als er echt een bom is, dan ligt die heus niet dáár,' zei Powers. 'En wat kunnen we anders nog doen?'

Hush stemde met tegenzin in en langzaam liepen ze naar het tolhuisje nadat ze de commandopost hadden gemeld dat ze de telefoons gingen inspecteren.

Vijfhonderd meter. De lichten langs de oever gleden nu nog sneller voorbij. Met één oog op de doodsbange mannen op de grond pakte hij zijn zaktelefoon, koos een nummer en drukte op de zendtoets. Toen op de display de tekst CALLING verscheen, gooide hij de telefoon door de open deur van het stuurhuis in de rivier. Dat zou ze wel even bezighouden daar op die brug in Vicksburg, dacht hij.

Ze waren nog zes meter van de rij publieke telefoons toen ze aan de linkerkant een witte steekvlam zagen, vergezeld door een klap. Powers en Hush doken allebei naar de grond. Houtsplinters en metaalscherven vlogen rond het tolhuisje, gevolgd door een wolk van scherpe witte rook. Hush tilde net zijn hoofd op en slikte om zijn oren vrij te maken toen ze een tweede lichtflits zagen, nu uit de richting van het tolhuisje. Weer kletterde er een regen van scherven en splinters tegen de betonplaten van het pleintje. In een flits zag Hush dat Powers plat voorover lag, alsof hij in de grond wilde verdwijnen, helemaal naar China. Daarna kwam een derde explosie, en een vierde, recht voor hen uit. Het waren verblindend witte flitsen die golven van hitte en een geweldige druk op de trommelvliezen veroorzaakten. Hush lag weer plat naast Powers en probeerde zich zo klein mogelijk te maken toen de explosies voortduurden, de ene klap na de andere. Ze werden bedolven onder wolken van betonstof, gescheurd plastic en metaalsplinters van de telefoons die achter elkaar de lucht in werden geblazen. Hush voelde zich als een stuk vlees in een gehaktmolen.

Toen het eindelijk voorbij was, opende Hush één oog en begon meteen te niezen door een wolk van cementgruis. Hij dacht dat hij mensen hoorde schreeuwen, maar het klonk van heel ver weg. Nu pas merkte hij dat hij zijn adem had ingehouden. Hij zoog nog wat lucht in zijn longen en kreeg meteen een hoestbui die hem pijnlijke ribben bezorgde. Powers hees zich op handen en knieën. Zijn ogen leken rond en donker in een pantomimemasker van wit steenstof. Kleine lichtcirkeltjes van naderende zaklantaarns dansten over de grond.

'Had je nog meer goede ideeën, verdomme?' mompelde hij hees tegen Powers, terwijl hij wat betongruis uitspuwde.

Een meter op de console gaf de snelheid van het schip weer in hoekige rode cijfers op een trillende digitale display. De *Cairo* bereikte twaalf knopen, toen dertien. Hij stelde de koers nog eens bij, met wat minder uitslag van het roer. Het schip lag inderdaad schuin op de stroming, maar het was nog steeds geen probleem. Hij keek op toen hij een serie dringende stoten op een scheepsfluit hoorde. De kapitein van de duwboot in de verte probeerde hem te waarschuwen toen hij het grote schip diagonaal over de vaargeul zag slingeren. Hij vond de koperen hendel van de scheepsfluit van de *Cairo* en claxonneerde terug. Eindelijk zweeg de telefoon.

Nog vierhonderd meter. Recht op de pijler af. De top van de brug verdween onder de bovenrand van de ramen van de brug.

Achter hem werd dringend op de deur gebonsd toen iemand probeerde het stuurhuis binnen te komen. Hij controleerde het roer nog eens en hield het toen midscheeps. De grijswitte betonnen pijler bevond zich precies in het midden van de ruiten van de brug. De digitale display gaf 13,5 knopen aan. Hij gaf nog een paar stoten op de scheepsfluit en stapte toen achteruit naar de deur van het stuurhuis. Hij wist al wat er ging gebeuren.

Nog driehonderd meter, en het ging steeds sneller. De onderkant van het brugdek was al niet meer te zien, alleen de uitdijende contouren van de pijler.

Uit zijn ooghoek zag hij een beweging bij de deur van de brugvleugel aan bakboord. Zonder te aarzelen richtte hij de .45 naar links en vuurde twee schoten af. Het glas spatte uit de deur en iemand buiten gilde.

Nog tweehonderd meter en precies op koers. Vijftien knopen nu. Een maximale waterverplaatsing van achtduizend ton. Met de stroming mee zouden ze de brug raken met een snelheid van zo'n zeventien of achttien knopen. De pijler vulde nu alle ruiten. En daar kwam de klap, eerder dan hij had verwacht. Hij was even vergeten dat het grootste deel van het schip, meer dan honderd meter, vóór hem lag. Hij had nauwelijks de tijd om de deurknop te grijpen toen het schip de pijler ramde met een aanhoudend, oorverdovend geraas van scheurend staal en krakend beton. Hij zag twee van de voorste kranen tegen het dek slaan in een wirwar van kabels, terwijl hij zelf de grootste moeite had om overeind te blijven. De roerganger op de grond slaakte een kreet toen hij met een klap tegen de voet van de console rolde. De andere twee mannen gleden weg over de gladde tegels van het dek en kwamen tegen de voorste wand terecht. Lampen en plafondtegels kwamen naar beneden en opeens stond het stuurhuis vol met stof. De boeg van het schip werd in slow motion in elkaar gedrukt tegen de pijler van de brug, over een lengte van zo'n dertig meter, voordat het schip eindelijk tot stilstand kwam. Hij voelde dat de motoren nog steeds op volle kracht draaiden, waardoor het achterschip nu snel naar links zwaaide, met een huiveringwekkend knarsend geluid toen de verbrijzelde boeg rond de pijler draaide die zich in de ingewanden van de *Cairo* had begraven.

De centrale overspanning van de brug stortte in op het moment dat hij vanaf de deur naar stuurboord liep. Een lawine van staal kletterde met donderend geweld op het voorschip. Hij werd tegen het dek gesmeten toen het schip scherp naar stuurboord helde en daarna terugstuiterde, de andere kant op. Alle ramen aan de voorkant van het stuurhuis braken tegelijk toen de bovenbouw werd verbogen. Het brugsegment brak doormidden op het voordek en het volgende

194

moment gleden ook het linker- en rechterdeel van de brug naar beneden in een stortvloed van wrakstukken die de draaiende beweging van het schip tot staan bracht. Boven zijn hoofd jankte de scheepsfluit uit protest, als het kermen van een dodelijk gewond prehistorisch dier.

Toen het schip enigszins tot rust was gekomen sprong hij overeind, greep de kleine tas die hij achter de kaartentafel had geklemd en rende naar de deur van de stuurboordvleugel. Het volgende moment werd hij tegen de wand en de reling van de brugvleugel gesmeten toen het schip weer naar stuurboord overhelde. Zelfs op die hoogte voelde hij dat de bewegingen van de *Cairo* steeds zwaarder werden en hij had de indruk dat hij heuvelop rende toen hij naar achteren liep en de buitentrap afdaalde.

Tegen de tijd dat hij het hoofddek bereikte lag het schip eindelijk stil, schuin in de vaargeul, ingeklemd tussen de wrakstukken van de centrale overspanning aan weerskanten. De boeg begon langzaam te zinken toen de voorste ruimen zich met water vulden. De pijler bevond zich nu aan stuurboord, met aan de onderkant een gapend zwart gat van zes meter diep. Het dek van het schip stond al bijna onder water. Hij hoorde mensen schreeuwen in de bovenbouw en de pijp braakte nog één keer een wolk witte rook uit toen de hoofdmotor door het alarmsysteem automatisch werd uitgeschakeld. Het gejammer van de scheepsfluit overstemde de geluiden uit de ingewanden van het stervende schip.

Hij rende over het dek naar voren, in een wolk van stof en nevel, zich vastgrijpend aan de stuurboordreling toen hij over de neergestorte kranen klauterde, waarvan de dikke, met vet ingesmeerde zwarte kabels als monsterachtige slangen over het dek kronkelden. Eindelijk vond hij de ladder voor de loods. Hij wrong zich onder de reling door en daalde zo snel mogelijk de steile treden af. Het ding zwaaide gevaarlijk heen en weer, omdat het niet langer vast zat aan de hoge stalen romp. Toen hij de waterspiegel had bereikt, hoorde hij iemand schreeuwen boven zijn hoofd. Hij keek over zijn schouder en zag drie of vier witte gezichten over de reling. Hij vuurde nog drie schoten af en hoorde de kogels tegen de bovenkant van de ladder ketsen voordat ze in de donkere nacht verdwenen. De hoofden trokken zich terug.

Onder aan de ladder had een platform moeten zitten, maar dat was onder water terechtgekomen toen het schip naar bakboord helde en op de boeg bleef liggen. De ladder voor de loods, die normaal een hoek van vijfenveertig graden maakte aan de stuurboordzij van het schip, lag nu bijna horizontaal. Het water stonk naar dieselolie en hij hoorde het gekraak waarmee de reusachtige berg staal rondom de boeg langzaam naar beneden zakte en tot rust kwam.

Hij smeet het pistool in de rivier. Met een mes sneed hij haastig zijn broek en shirt los en gooide ze in het water. Toen trok hij het rubberen Clinton-masker van zijn gezicht, zette het duikmasker op, deed de zwemvliezen aan zijn voeten, klemde zijn tanden om het mondstuk van het zuurstofbuisje en sprong in het olieachtige zwarte water. Hij keek even naar de pijler om zich te oriënteren, dook toen onder en zwom met twee handen recht voor zich uit als een duiker, trappelend met de zwemvliezen om bij het schip vandaan te komen. Door de rubberen kap hoorde hij achter zich een luid gerommel en gekraak toen de voorste schotten in het schip begonnen in te zakken. Hij zwom nog sneller, bang om tussen de wrakstukken van de brug bekneld te raken.

Hush kwam overeind, wankelend op zijn benen. Powers bleef even op zijn hurken zitten terwijl hij de rommel uit zijn haar sloeg en zijn gezicht schoonveegde. Hush tuurde door de stofwolk naar de muur tegenover hen. Waar de telefoons hadden gehangen zat alleen nog een rij zwartgeblakerde gaten in de muur. Hij klopte zijn kleren af en viel bijna om. Hij kon nog steeds niet goed horen. Het volgende moment werden ze omringd door een groep mannen die hem ondersteunden en zeiden dat hij rustig moest gaan zitten. Een paar verplegers onderzochten hen, maar hij wist vrij zeker dat hij niet ernstig gewond was. Powers staarde naar zijn linkerhand die flink bloedde. Hush vroeg zich af waarom hij dat niet eerder had gezien. Een verpleger maakte zijn gezicht schoon, wat gemeen pijn deed, en Hush zag zwarte vegen op het gaas. Er kwam een straaltje bloed uit zijn oor dat onder de kraag van zijn overhemd druppelde. Onnozel vroeg hij zich af of het zou vlekken. Een van de FBI-agenten wrong zich door de menigte.
    'Directeur Hanson, we krijgen net een dringend bericht!'
    Hush kon de man nauwelijks verstaan, hoewel hij opgewonden stond te schreeuwen, maar een halve meter bij hem vandaan.
    'Ja, zeg het maar,' zei hij. Zijn eigen stem klonk ook al zo ver. Powers staarde hem aan, met een gezicht als een pandabeer en een uitdrukking van wat-nou-weer?
    'Baton Rouge, meneer. Ze hebben de brug in Baton Rouge geramd. Met een schip, verdomme!'

De stroming was bijna te sterk voor hem. Hij zwom met krachtige slagen, maar bijna zonder iets te zien. Hij probeerde zo ver mogelijk stroomafwaarts van de pijler te komen, naar het kalmere water onder de oever van Louisiana. Daarvoor hoefde hij zich alleen maar uit de vaargeul te bevrijden en zich door de stroming naar de verlaten Essopier en de boot te laten meenemen. Alle patrouilleboten zouden zich op het zinkende schip concentreren.
    Het zuurstofbuisje gaf hem tien tot vijftien minuten lucht, dus

zou hij bijna de hele route onder water kunnen blijven. Maar hij had geen rekening gehouden met de draaikolken die rond grote voorwerpen in een stromende rivier kunnen ontstaan en hij merkte dat hij door een geweldige kracht werd meegesleurd, nu eens de ene kant uit, dan weer de andere. Waarschijnlijk werd hij naar een kleine maalstroom stroomafwaarts achter de pijler gezogen. Vastbesloten om niet in paniek te raken steeg hij naar de oppervlakte en vocht niet langer tegen de stroming. Hij schoof zijn masker omhoog en keek om zich heen. Dit was de verkeerde kant. Naast zich zag hij de grijze zuil van de pijler, bekleed met lange houten palen als buffers tegen kleine botsingen. De palen aan de stroomopwaartse kant waren afgebroken en weggeslagen door de aanvaring, en een meter of tien boven zijn hoofd zat een groot gat in het beton. Delen van staalplaten en spanten uit de boeg van het schip zaten nog aan de afgebroken houten palen gestoken. Het schip zelf lag nu ongeveer zestig meter bij hem vandaan, met de boeg bijna onder water. Het geluid van de scheepsfluit snerpte nog steeds door de nacht. De kleine kotter van de kustwacht was langszij gekomen om de mensen van boord te halen, zoals hij al had verwacht. Het schip lag nu betrekkelijk rustig in het water, zodat de bemanning vanaf het dek op de kotter kon stappen. De wrakstukken van het middensegment van de brug waren niet meer te zien, in elk geval niet vanuit zijn lage positie.

Hij voelde dat de stroming hem door de vaargeul meesleurde langs de pijler, waar aan de stroomopwaartse kant een soort hekgolf zichtbaar was. In plaats van te trachten uit de stroming weg te komen, zwom hij mee, in diagonale richting naar de dichtstbijzijnde houten paal, die hij nog net op tijd kon grijpen voordat hij om de pijler heen werd geslingerd naar de achterkant, waar een gemene draaikolk zuigend lag te borrelen. Hand over hand trok hij zich weer stroomopwaarts, vastberaden maar rustig, om energie te sparen. Hij kreeg het bijna te warm in het duikpak. Eindelijk bereikte hij de eerste paal. Daar rustte hij even uit en keek over zijn schouder naar het schip.

Details waren moeilijk te onderscheiden in het donker, maar hij zag de witte romp van de kotter snel afstand nemen toen de *Cairo* nog verder naar stuurboord overhelde en naar de bodem van de rivier zonk. Het dek verdween onder water in een fontein van opborrelende lucht, maar de witte bovenbouw bleef zichtbaar en stak vanaf één verdieping boven het dek nog boven water uit. De lichten gloeiden even aan en doofden toen. Eindelijk zweeg ook de fluit. Hij zag de kotter weer terugvaren naar de scheefhangende bovenbouw, waar waarschijnlijk nog enkele bemanningsleden waren achtergebleven. Een van de grote duwboten voer om de achtersteven heen om te helpen. Stroomafwaarts hoorde hij het geluid van nog een scheepsfluit toen een duwboot met een hele rij aken begon af te remmen omdat de vaargeul was geblokkeerd.

Hij spuwde het lege zuurstofbuisje uit en haalde een paar keer diep adem als voorbereiding op wat hij nu moest doen. Hij wilde zich afzetten tegen de voet van de pijler om zo hard mogelijk stroomopwaarts te zwemmen en dan naar links af te buigen en hopelijk bij de draaikolken rond de pijler vandaan te komen, in het rustiger water onder de oever van Louisiana. Daarna hoefde hij zich alleen maar te laten drijven en soms even te zwemmen, tot hij op gelijke hoogte kwam met de verlaten brandstofsteigers. Met zijn boot zou hij dan stroomafwaarts kunnen ontsnappen.

Een golf van koude lucht sloeg over de rivier, gevolgd door een bliksemflits en een snelle donderslag. Ideaal, dacht hij. Als het ging regenen zou hij hier met zijn rubberboot helemaal onzichtbaar zijn. Hij keek recht omhoog om te zien of er niemand op de brug stond, maar hij kon niet veel onderscheiden in het donker. Door de klap van de aanvaring was het middensegment blijkbaar in één keer naar beneden gekomen, want hij zag verder geen afgebroken restanten over de rand bungelen, dertig meter boven zijn hoofd. En hij had toegeslagen op een moment dat er geen trein overheen reed. Nou ja. Ze zouden het nog druk genoeg hebben met die vrachtboot die midden in de vaargeul was gezonken.

Thebes, St. Louis, Memphis en nu Baton Rouge. Een, twee, drie, vier, bijna op een rij – maar niet helemaal. Dus bleven Vicksburg en New Orleans nog over. Maar eerst moest hij de boot zien te bereiken. Hij haalde diep adem en dook de sterke stroming in.

12

Ze deden iets minder dan twee uur over de 250 kilometer van Vicksburg naar Baton Rouge in Powers' politiewagen. Little Hill gebruikte zijn blauwe zwaailicht en stormde over Route 61 door de Delta als de spreekwoordelijke duvel uit een doosje, de hele weg achtervolgd door een naderend onweersfront. Hush zat het grootste deel van de tijd aan de radio om via het veilige kanaal te overleggen met de commandopost in Vicksburg, die op zijn beurt weer contact hield met de veiligheidsdienst van de kustwacht in Baton Rouge. De mensen daar waren vooral bezig de bemanning van het gezonken schip af te halen en de stremming in de rivier op te lossen. Er waren zelfs twee zeeschepen die instructies hadden gekregen om ten zuiden van Baton Rouge voor anker te gaan.

Hun eigen verwondingen waren pijnlijk maar oppervlakkig, misschien met uitzondering van Hush' gehoor. Powers had een dik verband om zijn linkerhand en Hush had pleisters op zijn hoofd en zijn gezicht. Hij had het FBI-team bij de brug dringend opdracht gegeven om het gesprek naar de publieke telefoon te traceren via de centrale van de telefoonmaatschappij in Vicksburg. Powers was er nog altijd van overtuigd dat het een zaktelefoon moest zijn geweest, maar Hush hoopte dat ze toch de eigenaar zouden kunnen traceren. De explosievendienst uit Columbus was net gearriveerd toen zij vertrokken. De leider, een forse kapitein met een rood gezicht, vroeg agressief wat ze in godsnaam daar bij dat tolhuisje hadden gedaan. Hush had het antwoord maar overgelaten aan Powers, die er een beetje mee zat.

Om twee uur in de nacht kwamen ze in Baton Rouge aan. Ze reden meteen naar de spoorbrug, aan de kant van de stad, waar ze een duidelijk beeld kregen van de rampzalige toestand op de rivier. Hoe ellendig ook, het was inmiddels een vertrouwde aanblik. De brug vertoonde een groot gat in het midden waar de centrale overspanning had gezeten. De bovenbouw van een gezonken schip lag iets stroomopwaarts van de brug, midden in de vaargeul, omgeven door schepen van de kustwacht die probeerden de lekkende olie onder controle te krijgen. Hush had gehoord dat het schip de achtduizend ton metende SS *Cairo* was, maar zo half onder water leek het een veel kleinere boot. Aan de voet van de brug zag hij het gebruikelijke wagenpark van leger en politie. De chef van het FBI-bureau in Baton Rouge, Charles Rafael LeBourgoise, kwam naar hun auto toe. LeBourgoise liep al tegen de pensioengerechtigde leeftijd. Zijn gebruinde gezicht was diepgegroefd en hij was zo kaal als een biljartbal. Hush had hem wel eens ontmoet, maar hem al jaren niet meer gezien.

'Moet je die klerezooi nou zien,' zei Hush, starend over de rivier. 'Hoe heeft hij in godsnaam dat schip gekaapt?'

'Hij schijnt gewoon aan boord te zijn gegaan bij de terminal,' antwoordde LeBourgoise vermoeid. Hij was al aan het werk sinds het eerste rapport bij de FBI was binnengekomen en hij kon nauwelijks meer uit zijn ogen kijken. 'Ze ontdekten hem pas op het schip toen hij het stuurhuis binnenkwam met een raar masker op en een .45 in zijn hand.'

'En toen?' vroeg Powers.

'Nou, we hebben even gesproken met de kapitein en de rivierloods. Blijkbaar heeft hij de bemanning van het stuurhuis – dat zijn maar drie mensen – gedwongen om op de grond te gaan liggen. Daarna heeft hij de machinekamer opdracht gegeven tot volle kracht vooruit, en is hij recht op de verste pijler af gevaren. Door de klap is het hele middensegment losgeraakt.'

'Godsamme,' zei Hush hoofdschuddend. 'Zijn er doden of gewonden?'

'Aan boord zijn er een paar machinisten gewond geraakt door de aanvaring. Wat brandwonden en breuken. Maar er zijn geen doden en we weten vrij zeker dat we iedereen van boord hebben gehaald voordat het schip zonk. Die kleine vrachtschepen hebben geen grote bemanning. Volgens de kapitein is de boeg in elkaar gedrukt tot aan het tweede ruim. Het schip is total loss.'

'En de brug?'

'De wachtposten zagen het schip aankomen en zijn gevlucht. Ze werden gewaarschuwd door de scheepsfluit. Gelukkig reed er nu geen trein over de brug.'

'En hoe is het met de dader afgelopen?'

'Hij is het laatst gezien toen hij afdaalde langs de ladder voor de rivierloods. Twee matrozen ontdekten hem, maar hij vuurde drie kogels af langs die ladder en toen waren ze niet zo gretig meer.'

'En daarna? Lag er een boot klaar?'

'Dat weten we niet. Niemand heeft een boot zien liggen. De loods denkt dat hij de man in het water heeft gezien, maar op dat moment begon het schip te zinken en hadden ze wel andere problemen. Het was donker, de scheepsfluit loeide en niemand kon het ding tot zwijgen brengen. Daarna brak er een persluchtleiding op het dek, waardoor geen mens meer wat kon horen. Niemand dacht meer aan de dader. Ze waren allang blij dat ze de bemanning konden redden.'

'Maar het was één vent?' vroeg Powers. 'Hij had geen helpers?'

LeBourgoise wreef met zijn hand over zijn glimmende voorhoofd. 'Als ik het zo hoor,' antwoordde hij, 'is het allemaal heel snel gegaan. Ze hebben maar één man *gezien*. Volgens de loods had hij de kap van een duikpak onder zijn honkbalpet. Maar ze letten vooral op de loop van die 1911-M1A1, een .45 politiemodel.'

'Die houden je aandacht wel vast ja,' beaamde Powers.

'Eén man,' zei Hush. 'Volle kracht vooruit en dan... *Hang on, Sloopy!*

'Ben je al zo oud?' grijnsde Powers.

'Zoals gezegd, gelukkig reed er geen trein over die brug,' zei LeBourgoise. 'Helaas zúllen er voorlopig ook geen treinen meer over die brug rijden.'

Het bliksemde weer en de nacht veranderde in een zwart-witte dag boven de rivier. Dat was voldoende om te zien dat er een enorme plensbui naderde. Iedereen rende naar zijn auto. Powers, LeBourgoise en Hush sprongen in Powers' politiewagen op het moment dat de bui losbarstte. Een paar seconden konden ze elkaar niet verstaan boven het gekletter van de regen uit, maar toen nam het geweld wat af. LeBourgoise wierp een blik op hun pleisters en verband en vroeg Hush wat er in Vicksburg was gebeurd. Hush bracht hem op de hoogte. De mensen in Vicksburg probeerden nog steeds te ontdekken hoe die serie kleine bommetjes tot ontsteking was gebracht, maar de brug had geen schade opgelopen.

'Jullie hebben verdomd veel geluk gehad,' zei LeBourgoise. 'Maar wat was nou de bedoeling van die hele voorstelling?'

'Ik denk dat het een afleidingsmanoeuvre was. Zodra het bericht kwam dat er een aanslag was gepleegd op de brug in Vicksburg, zou de bewaking hier in Baton Rouge natuurlijk wat verslappen.'

'We hebben wel bericht gekregen,' zei LeBourgoise, 'maar de jongens op de brug zagen dat schip aankomen. Zijn timing klopte dus niet.'

De ergste regen was weer voorbij en ze konden de lichten op de andere oever weer zien. 'Het traceren van dat telefoontje zal niets opleveren, denk ik,' zei Hush. 'Maar een van onze theorieën is in elk geval bevestigd. We hebben maar met één dader te maken.'

'Misschien heeft hij toch hulp gehad,' zei LeBourgoise. 'Om aan boord van het schip te komen, en later weer eraf.'

'Hoe dan? Met een onderzeeër? Lijkt me niet, Rafe. Maar laten we eerst proberen uit te zoeken hoe hij aan boord is gekomen en waar.'

'Waarschijnlijk op de ligplaats van het schip, bij de terminal van

Baton Rouge,' zei LeBourgoise. Hij wees door de voorruit van de auto. 'Daar, voorbij die bocht met al die kwartslampen. Dat is de scheepsterminal. Daar vertrekt de *Cairo* normaal.'

'Goed, dan moet dat terrein worden afgegrendeld. Daarna ondervragen we iedereen daar – wat ze hebben gezien, wanneer en waar. We controleren alle auto's en we doen een buurtonderzoek, als er een buurt is.' Hij keek naar de oudere man, die geduldig luisterde. 'Ach, Rafe, wat zeg ik nou? Ik hoef jou je werk niet uit te leggen.'

De bureauchef knikte beleefd. Hush besefte dat LeBourgoise zich wat formeel tegenover hem gedroeg omdat Powers erbij was. Powers zei dat hij contact zou opnemen met de autoriteiten van Louisiana en het politiewerk zou coördineren.

'Daarna wil ik persoonlijk met de mensen praten die in dat stuurhuis waren,' zei Hush. 'Zij zijn de eerste getuigen die onze man daadwerkelijk hebben gezien.'

'Ze zijn naar het ziekenhuis in de binnenstad gebracht voor observatie,' zei LeBourgoise. 'Morgen halen we ze wel naar kantoor. En ik kan je de eerste verhoren laten zien. Denk je echt dat het maar één enkele dader is?'

'Nou, die mensen hebben hem vannacht gezien.'

'Ja, maar er zijn ook bommen afgegaan bij jullie in Vicksburg, op hetzelfde moment. En hoe is hij in het donker weggekomen over de rivier? Dat klinkt toch alsof hij hulp heeft gehad.' Hij zocht in zijn jaszak. 'O, dat vergat ik bijna. Dit is voor jou gekomen.'

Hij gaf Hush een telex. Hush vouwde hem open en slaakte een zucht.

'Wat is er?' vroeg Powers.

'Een dreigbrief. De onderdirecteur komt morgenochtend hier naartoe.' Hij keek op zijn horloge. 'Vandaag, bedoel ik. Hij komt om een uur of twaalf aan.'

'Heb jij even mazzel,' zei Powers met een zuur lachje. LeBourgoise staarde naar de achterkant van de stoel voor hem. Hij was duidelijk opgelucht dat Hanson erbij was om de brandweer uit Washington te woord te staan.

'Ja,' zei Hush. 'Ik zit goed.'

'Meneer Hanson,' zei LeBourgoise, 'we hebben kamers gereserveerd in de Holiday Inn hier. Moeten jullie niet een paar uur slapen? Neem me niet kwalijk, maar jullie zien er allebei belazerd uit.'

'Ja, vriend,' zei Powers, 'ik voel me nog beroerder dan ik eruitzie.'

Hush meende een lachje te zien bij Little Hill. 'Dat zal wel,' zei hij afwezig. Ze konden hier weinig meer doen. De politie van Baton Rouge was voorlopig nog niet klaar. En een adjunct-directeur van de FBI zou alleen maar in de weg lopen. Hij keek in het spiegeltje van de auto. Powers had gelijk. Hij zag er doodmoe uit en hij voelde zich nog slechter.

Majoor Matthews was diep in slaap in de commandowagon toen de korporaal van de wacht hem wakker schudde. Hij had een zaklantaarn in zijn hand en Matthews werd verblind door het onverwachte witte licht.

'Majoor? Majoor? We hebben een dringend bericht ontvangen. Majoor?'

'Oké, oké. Hoe laat is het?'

'Nul tweehonderd, majoor. Vrijdagochtend.'

'Goed, ik kom eraan,' zei Matthews en hij gooide de deken van zich af. De airco van de wagen hield de temperatuur in de slaapcabine 's nachts constant op tien graden. Huiverend trok hij zijn uniformbroek en zijn schoenen aan en liep toen naar de verbindingsconsole. De helft van de militaire politie had dienst. Ze patrouilleerden rond de trein die op een dubbel zijspoor in het noorden van Birmingham stond. De korporaal had de wacht bij de verbindingsconsole, de andere soldaten lagen te pitten in de slaapcabine van de volgende wagon.

Matthews ging achter de console zitten en keek naar het scherm. Er stond een dringend bericht op van het operatiecentrum in Anniston. Hij toetste zijn persoonlijke code in en de tekst van het bericht verscheen. De brug in Baton Rouge was vernield.

'Allemachtig,' mompelde hij, terwijl hij verder las. Trein 2713sp had opdracht om zodra het licht werd naar het depot van Anniston terug te rijden. De verkeersleiding van Norfolk Southern had instructies gekregen om de route naar Anniston vrij te houden. Ze hadden de tijd van ongeveer 0745 uur tot 0915 uur, hoewel hun tijdstip van vertrek in deze chaos nogal onzeker was. Hij leunde naar achteren en maakte een paar berekeningen. Het was maar zo'n honderd kilometer terug naar Anniston. Als ze zich inderdaad aan die tijden hielden, zouden ze ruim voor de middag weer terug zijn. Volgens het bericht werd er op het depot al aan een nieuwe route gewerkt en zou de trein vermoedelijk op vrijdagavond weer vertrekken, nu via de brug bij Vicksburg. Hij werd verzocht om de ontvangst van het bericht persoonlijk te bevestigen. Hij typte 'Orders begrepen', met zijn digitale handtekening, en drukte op de zendtoets.

'Gaan we terug, majoor?' vroeg de korporaal.

'Daar ziet het naar uit,' zei Matthews geeuwend. 'Voor één dag, tenminste. Dan proberen we het opnieuw, maar nu via Vicksburg in plaats van Baton Rouge. Er zijn niet veel bruggen meer over, zo te horen.'

Hij stapte het achterbalkon op en keek om zich heen. Buiten was het veel warmer. De lichten van Birmingham glinsterden boven de bomen in het zuiden. Ze waren aanvankelijk naar het rangeerterrein van Boyles in het oosten van Birmingham gestuurd, maar op het laatste moment had de verkeersleiding de trein omgeleid naar het noordwesten van de stad. Ze stonden nu tussen de ruïnes van een verlaten staalfabriek: twee evenwijdige rijen van twintig roestige schoorstenen aan weerskanten van een door onkruid overwoekerde betonvlakte zo groot als een voetbalveld. Het verroeste kadaver van een diesellocomotief stond op een naburig spoor geparkeerd en er lagen bergen puin op de betonvlakte, waarvan het roestende betonijzer als oude botten uit de platen stak. Achter de ruïnes lag een kleine berg metaalslakken. Hij had bezorgd toegekeken toen de trein over het overwoekerde zijspoor reed, waarvan de bielzen zichtbaar doorbogen onder het gewicht en de rails voortdurend protesteerden. De zachte bries die door het geraamte van de staalfabriek speelde rook vaag naar zwavel en roest.

Iemand had de trein zo ver mogelijk de rimboe in gestuurd. Gezien de lading die op de papieren stond was dat natuurlijk heel verstandig. Toen hij naar voren tuurde, zag hij de silhouetten van de MP's die langs de trein patrouilleerden. Hij hoorde hun schoenen over het met olie doordrenkte grind knerpen. De grote locomotieven vooraan waren uitgeschakeld, op één na, die stationair draaide om stroom te leveren voor de beveiligingssystemen van de wagons en de twee bemande wagons achter aan de trein. Toen hij weer naar binnen stapte en naar de slaapcabine liep, overwoog hij nog even om de Russische wapens te controleren. Maar eigenlijk wilde hij er niets van weten. De terugreis naar Anniston zou misschien in meer dan één opzicht een achteruitgang zijn.

Zodra hij uit de greep van de draaikolken rond de pijler was, had hij de rivier het werk laten doen. Het water nam hem mee stroomafwaarts in een gezapig tempo van vier knopen, weg van alle commotie op de brug. Twee patrouilleboten van de havenpolitie die hij niet eens had gezien voeren ook naar het schip toe, in plaats van naar hem te zoeken. Zonder verdere problemen bereikte hij de brandstofpier en zijn rubberboot. Even later zoefde hij over de rivier ten zuiden van Baton Rouge, met een snelheid van twintig knopen, midden in de vaargeul om niet te worden opgemerkt door de nachtvissers langs de oevers. Hij wist dat zijn rubberboot niet zichtbaar was op de radar, zoals bleek toen hij vlak langs een tegemoetkomende duwboot met een stel aken voer. De spoorbrug was al niet meer zichtbaar in de zware regen.

Vijftien kilometer ten zuiden van de verkeersbrug draaide hij de boot naar de kant van Baton Rouge en koerste naar een rij houten palen langs de oostelijke oever, waar de rivieraken konden worden vastgelegd in afwachting van toestemming om stroomopwaarts te varen. Er lagen nu acht donkere graanschepen, in twee rijen van vier. Hun vlakke wanden staken zeker vijf meter boven het water uit. Ze moesten dus leeg zijn. Hij stuurde de rubberboot naar de schaduwen tussen de steile, schuin aflopende boeg van de ene en de rechte achtersteven van een andere aak. De buitenboordmotor maakte opeens een verschrikkelijk lawaai in die tunnel van staal. Hij zette hem af en dreef langs de binnenste rij aken tot hij tegen de palen bonsde, op drie meter uit de kant. Achter de modderige oever en het struikgewas langs de rivier lag een landweg en nog geen kilometer verderop stond zijn pickup-truck geparkeerd. Hopelijk was de wagen niet gestolen.

Hij wilde de boot en de motor laten zinken langs de oever, dan naar de kant waden en teruglopen naar zijn truck. Daar zou hij droge kleren aantrekken en in de wagen blijven slapen tot het ochtend werd. Dan pas zou hij bedenken wat er daarna moest gebeuren. Hij was hier een heel eind van de stad en waarschijnlijk al voorbij de controleposten die de politie misschien langs uitvalswegen van Baton Rouge had ingericht. En als hij toch werd aangehouden, had hij een prachtig verhaal. Bij de FBI heerste nu blinde paniek, dacht hij toen hij zich in het water liet glijden en de ventielen van de boot losdraaide.

Hush werd wakker toen er op zijn deur werd geklopt. Hij schoot overeind in bed en had meteen spijt. Zijn hele lichaam deed pijn en de pleisters op zijn gezicht voelden als dode insecten die zich op zijn huid hadden vastgezogen.

'Eén moment,' riep hij schor. Hij maakte zich los uit de lakens, stapte uit bed, stond even op zijn benen te wankelen en vond toen zijn ochtendjas. Haastig trok hij hem aan, liep naar de deur en keek door het kijkgaatje. Tot zijn verbazing zag hij Carolyn Lang. Hij opende de deur.

'Jezus!' zei ze geschrokken toen ze zijn gezicht zag.

'Nee, ik ben het maar,' zei hij, turend tegen het felle licht. Hij had zijn horloge afgedaan, en aan het licht door de gesloten gordijnen te zien had hij zich flink verslapen. 'Hoe laat is het?'

'Tien uur,' antwoordde ze. Ze staarde hem nog steeds aan, met een hand voor haar mond.

Hij vloekte. Hij had allang op het bureau in Baton Rouge moeten zitten om de officieren van de *Cairo* te ondervragen. 'Kom binnen,' zei hij. Zijn stem klonk nog steeds een beetje ver, in zijn eigen oren.

Ze stapte de kamer binnen en maakte eindelijk haar blik los van zijn gehavende gezicht. Hij hinkte naar de enige stoel in de kamer en liet zich er voorzichtig in zakken. Carolyn ging op het voeteneind van het bed zitten.

'Ik heb me verslapen, geloof ik,' zei hij. 'Ben jij niet erg vroeg? Ik had gehoord dat Heinrich pas om twaalf uur zou landen.'

Ze trok haar rok over haar benen. Ondanks zijn bedenkingen tegen wat er in Washington was gebeurd vond hij haar nog steeds aantrekkelijk. Heel even dacht hij aan een beschuldiging wegens ongewenste intimiteiten. Ze zat immers op zijn bed in zijn hotelkamer. Hij probeerde te glimlachen, maar dat deed pijn. Ze zag zijn grimas.

'Wat is er?' vroeg ze.

'Niks,' zei hij. 'Mijn gezicht doet pijn. Waar is de grote man zelf? En wat spookt hij uit?'

Ze aarzelde. 'Wellesley komt niet,' zei ze eindelijk. 'De plannen zijn veranderd na die aanslag hier in Baton Rouge.'

Zijn hoofd bonsde en zijn mond voelde droog en een beetje smerig. Maar Carolyn was fris en charmant zoals ze daar op zijn bed zat. Wat zei ze nou? Hij slikte een paar keer tegen het gonzen in zijn oren, maar dat hielp niet.

'Ik ben een beetje doof,' zei hij. 'Een verandering in de plannen?'

'Ja, daarom ben ik zelf gekomen. De directeur heeft besloten om de hele operationele leiding van Operatie Treinman over te dragen aan Carswell en de sectie Nationale Veiligheid. Zelf houdt hij het nominale gezag. Ik heb het gisteravond van Wellesley gehoord en ik ben vanochtend meteen op het eerste vliegtuig gestapt.'

Hij was nu klaarwakker. 'Begrijp ik het goed? Nationale Veiligheid heeft het overgenomen en de IITF is buitenspel gezet?'

'Ja. In de directievergadering heeft Carswell formeel afstand genomen van de theorie dat de aanslagen het werk zouden zijn van maar één dader. Het moet een nieuwe terreurgroep zijn, zegt hij. En de directeur is het met hem eens.'

'Maar dat is onzin. De getuigen aan boord van dat schip hebben maar één man gezien die...'

'De beslissing is al genomen voordat die brug werd geramd,' viel ze hem in de rede. 'Ze hebben nu de eerste rapporten over deze aanslag gelezen en ze sluiten niet uit dat hij de enige dader op het schip was, maar volgens hen moet hij hulp hebben gehad om aan boord te komen en zeker om te ontsnappen.'

'Welke bewijzen hebben ze daarvoor, als ik vragen mag?'

Ze zuchtte. 'Ik weet het niet. Heinrich was gisteravond niet in een mededeelzame bui. Behalve...'

'Behalve wat?'

'Ik heb mijn eigen theorie. Ik denk dat de FBI minder voor schut staat als ze het verliezen tegen een groep dan tegen één enkele persoon.'

'Heeft Wellesley dat gezégd?'

'Nee, natuurlijk niet. Niet met zoveel woorden, tenminste. Hoor eens, het was al laat en hij deed heel ontwijkend. Misschien hopen ze wel dat die dader eindelijk de aanslagen zal opeisen als zíj beweren dat het een hele groep moet zijn. Ik weet het echt niet.'

Hij dacht na over de implicaties van wat ze hem zojuist had verteld. Als Nationale Veiligheid nu de leiding had, zou J. Kenneth Carswell hem zeker niet om hulp vragen. Hij en de IITF waren definitief op een zijspoor gerangeerd.

'Dat is niet wat Heinrich tegen mij zei,' merkte Hush op. Het gonzen in zijn oren en het bonzen in zijn hoofd werd nog erger.

'Ik heb hem gevraagd of er organisatorische redenen waren voor die beslissing,' vervolgde Carolyn. Ze sloeg haar ogen neer en keek hem toen weer aan. 'In verband met wat ik jou bij mij thuis had gevraagd, weet je nog?'

Hij dacht na. Ja, natuurlijk wist hij dat nog. Ze had hem gevraagd of er een spelletje met haar werd gespeeld. Of Hush misschien een heimelijke afspraak had gemaakt met de directeur. Hush had haar vraag toen ontweken. Hij knikte bedachtzaam.

Ze hield haar hoofd schuin. 'Wellesley zei dat er twee redenen waren, die allebei met jóú te maken hadden. Om te beginnen boekte je geen resultaten en in de tweede plaats "kwam je je afspraken niet na". Dat laatste zou jij me wel kunnen uitleggen, zei hij.'

'O, zei hij dat?' vroeg Hush.

'Hij biedt je een vijgenblaadje om je schaamte te bedekken. Je bent gisteravond gewond geraakt in Vicksburg. De eerste rapporten waren nogal... verontrustend. Net als je gezicht.'

'Nou, ik stel die collectieve bezorgdheid erg op prijs.'

Ze zuchtte weer en leunde naar achteren op het bed, steunend op haar handen. Die houding deed interessante dingen met haar figuur, maar Hush had wel iets anders aan zijn hoofd.

'Ik wilde je die vraag nog eens stellen,' zei Carolyn. 'Over je gesprek met de directeur. Ik wil weten wat Heinrich bedoelde toen hij zei dat je "je afspraken niet nakwam".'

Opeens had Hush er genoeg van. Gisteravond was hij bijna gedood bij dat tolhuisje, zijn hoofd bonsde, hij had overal pijn en nou kwam Carolyn hem vertellen dat ze hem de belangrijkste zaak hadden afgenomen die de FBI in jaren had gehad. Hij wist niet of Carolyn er zelf iets mee te maken had, maar als dat niet zo was, had ze alle recht om te weten wat er aan de hand was.

'Oké,' zei hij vermoeid. 'Maar je vraagt het zelf, vergeet dat niet.' Hij wachtte even om diep adem te halen en zijn gedachten op een rij te zetten. Daar zat ze dan, met al haar charme, terwijl hij eruitzag als iemand die een robbertje had gevochten in een kroeg.

'Je intuïtie klopte,' begon hij. 'We hebben inderdaad over jou gesproken, en over je benoeming binnen de eenheid. Of beter gezegd, zíj deden het woord en ik zat te luisteren. Met enige verbazing, dat wel.'

'En?'

'De directeur zei eerst dat ze behoorlijk met je in hun maag zaten.'

'Dat is geen nieuws.'

'En de "afspraak" was dat ik niet alleen de dader moest grijpen, maar jou ook de kans moest geven om plat op je bek te gaan. Dan konden zij beweren dat ze je alle gelegenheid hadden gegeven om je te revancheren, maar dat je het had verknald. Waarop ze je naar eer en geweten konden verzoeken om op te stappen.'

Ze knikte langzaam. 'Naar eer en geweten. Juist. En laat me raden. Als dat lukte, zou jouw tijdelijke benoeming als adjunct-directeur in een vaste aanstelling worden omgezet?'

De directeur had niet gelogen toen hij zei dat ze slim was. 'Precies.'

Ze staarde hem zwijgend aan, met een onaangename uitdrukking op haar gezicht. 'Dus heb je tegen me gelogen, toen in Alexandria.'

'Nee.' Hij schudde zijn hoofd en kreunde even toen er een scheut van pijn door zijn nek ging. 'Ik heb het je gewoon niet verteld. Maar eerlijk gezegd, toen ik je had ontmoet en met je samenwerkte vond ik het maar een kinderachtige samenzwering. Onze eer te na. Daarom negeerde ik het verder. Dat blijkt een vergissing te zijn geweest.'

'Wat bedoel je?'

'Ik ben aan de dijk gezet in dit onderzoek. Jij niet.'

Weer keek ze een andere kant op. Toen haalde ze diep adem en zei: 'Om twaalf uur komt Wilson McFarland, een adjunct van Nationale Veiligheid, hier op het vliegveld aan. We hebben een gesprek met LeBourgoise en zijn mensen hier in Baton Rouge, en dan vliegen we terug naar Washington.'

'Ja, jij doet nog mee, dat zei ik al. Jij hebt gewonnen.'

'Gewónnen? Wat dan, in godsnaam?' Haar ogen bliksemden van woede.

Hij kwam langzaam overeind, probeerde niet te wankelen, en liep naar het raam. Daar deed hij de gordijnen open en kreunde nog eens omdat het felle zonlicht pijn deed aan zijn ogen. Hij had last van zijn handen en zijn knieën, ongetwijfeld omdat hij zich bij het tolhuisje als een jakhals tegen het beton had gedrukt. Hij merkte dat hij steun zocht bij de gordijnen.

'Nou, dat complot had nog een interessant kantje,' zei hij, met zijn rug naar haar toe. 'Afgezien van alles, zei de directeur, vond hij jou en mij ongeveer even belangrijk voor de FBI, professioneel gesproken. Als senior agenten ontliepen we elkaar niet veel.'

'Ik begrijp het nog steeds niet.' Ze was zelf ook opgestaan.

'Degene die deze zaak overleefde zou promotie maken, zei hij.' Hush draaide zich om. 'Ik mag je dus feliciteren.'

Ze sperde haar ogen open, wilde iets zeggen, maar kon blijkbaar de woorden niet vinden. Toen keek ze op haar horloge. 'Ik... ik geloof dat ik beter kan gaan.'

'Doe dat maar,' zei hij. Hij voelde zich totaal leeg, lichamelijk en mentaal.

Zonder haar de kans te geven nog iets te zeggen hinkte hij langs haar heen naar de badkamer en probeerde de deur niet te hard achter zich dicht te slaan. Hij liet de wasbak vollopen en bukte zich om voor het eerst in de spiegel te kijken. Jezus, dacht hij. Geen wonder dat ze hem niet wilde aankijken. Hij moest zich beheersen om zijn kop niet tegen de spiegel te rammen.

Een uur later, na een lange hete douche, zat Hush aangekleed op room service te wachten voor zijn ontbijt. Hij had geprobeerd om Powers te bellen, maar die was al vertrokken, meldde de receptie. Hij had net zijn ontbijt achter de kiezen toen de telefoon ging.

'Meneer Hanson, dit is speciaal agent Mike Carney in St. Louis. We hebben uw nummer gekregen van de agent in Baton Rouge. Vanochtend kwam hier een telefoontje binnen van een ex-agent, McDougal. Mag ik hem uw nummer geven in het hotel? Hij zei dat hij u wilde spreken.'

'Best,' zei Hush. Toen hij ophing, probeerde hij zich te herinneren waar hij die naam eerder had gehoord.

Hij dacht na over zijn volgende stap. Waarschijnlijk moest hij Tyler Redford vragen welke geruchten er de ronde deden op het hoofdkantoor. Diep in zijn hart had hij weinig zin om het bureau in Baton Rouge te bellen. Hij kon zich de reactie al voorstellen. Degene die opnam zou zijn hand over de hoorn leggen en tegen zijn collega's fluisteren: 'Hé, het is Hanson, je weet wel, de adjunct-directeur die ze van de zaak hebben afgehaald? Hij vraagt of we wat voor hem te doen hebben.' Helaas, maar zo lag het nu eenmaal. Hij kon zich net zo goed afmelden en naar Washington teruggaan. De telefoon ging weer. Dat zou die McDougal wel zijn, dacht hij. Maar hij vergiste zich.

'Meneer Hanson, met Rafe LeBourgoise.'

'Goeiemorgen... geloof ik.'

'O... ja. Of misschien ook niet.'

'Je hebt het gehoord?'

'Natuurlijk. Daarom bel ik ook. Ik heb instructies gekregen van onderdirecteur Wellesley.'

'Geef me een minuutje om vaseline te pakken en het juiste standje aan te nemen.'

LeBourgoise lachte. 'Ze willen dat u met ziekteverlof gaat. De mensen in Jackson hebben blijkbaar een dramatisch beeld geschilderd van wat er op die brug is gebeurd. Senior agent Lang kwam vanochtend binnenlopen en zei dat u eruitzag als een wandelend lijk. Dat heeft ze kennelijk ook aan Washington gemeld.'

'Rafe, het valt best mee. Ik ben op de been en ik functioneer nog. Ik heb me zelfs aangekleed, helemaal alleen.'

'Ja, nou... ze hébben u al met ziekteverlof gestuurd.'

'Dan ga ik maar eens terug naar Washington,' zei Hush.

LeBourgoise schraapte zijn keel. 'Ik had sterk de indruk dat ze u daar liever niet wilden zien,' zei hij. 'Niks persoonlijks hoor, maar het hoofdkantoor wil "hij is ontslagen"-geruchten tegenspreken, en dat is makkelijker vol te houden als u nog ergens ter plaatse bent.'

Dat was dus het vijgenblaadje waar Carolyn het over had. 'Rafe...' zei hij.

'Ja, ik weet het. Kantoorpolitiek. Hé, maar vertel eens, ik hoorde dat Hank McDougal probeerde je te bereiken.'

Een goede bureauchef ontgaat niets, dacht Hush. 'Klopt. Ik verwacht een telefoontje van hem.'

'Luister goed naar wat hij te zeggen heeft, Hush. Ik denk dat hij je iets kan vertellen dat de zaak veel duidelijker maakt.'

'Rafe, ik heb koppijn en ik kan geen poot verzetten. Duidelijke taal, graag.'

'Je zit al heel lang in Washington, Hush. Misschien wel té lang. Als domme boertjes uit de provincie zien wij wat er allemaal in de hoofdstad gebeurt en danken we God op onze knieën dat wij daar niet zitten. Mijn advies? Luister naar Hank McDougal. En ga dan naar het Baptist Memorial Hospital – daar hebben wij goede contacten – om je te laten nakijken. Ik stuur wel een auto. En na afloop bel je mij.'

'Met andere woorden, ik moet mijn lelijke kop voorlopig niet laten zien.'

'Hij zit nu nog aan je nek vast, Hush. Ja, dat is mijn advies.'

'Waar is Powers?'

'De politieman uit Missouri? Die is terug naar Vicksburg.'

'Weet hij het ook al?'

LeBourgoise snoof. 'Je weet hoe snel zo'n nieuwtje gaat. Hij zei dat je het nummer van zijn mobieltje had. Over een halfuur staat er een wagen beneden. We krijgen steeds grotere problemen bij de rivier.'

'Hoezo?'

'Dat schip vervoerde rijst en alle ruimen zijn volgelopen.'

'Ja, en?'

'Rijst en water, Hush.'

'O ja. Jezus.'

'Precies. Ik spreek je nog.'

Hush hing op en ging zijn tanden poetsen. Hij had helemaal geen zin om naar het ziekenhuis te gaan. Maar misschien was het wel verstandig. Zijn balboekje stond vanochtend toch niet vol. Toen hij uit de badkamer kwam, ging de telefoon.

'Hanson,' gromde hij.

'Meneer Hanson, met Hank McDougal. U kent me niet, maar ik heb de zaak gevolgd waarvan u de leiding hebt.'

Dus nog niet iedereen weet het, dacht Hush. Hij ging op het bed zitten. Carolyns parfum hing nog in de kamer. 'Ja, meneer McDougal?'

'Ik werkte vroeger voor Hijzelf Herlihy in St. Louis. Misschien heeft hij mijn naam weleens genoemd.'

Nu wist Hush het weer. 'Ja. U zou adjunct worden, maar er ging iets mis.'

'Wat er misging was een zorgvuldig voorbereide actie van uw voormalige assistente bij de eenheid, Carolyn Lang.'

Oké, dacht Hush. Tijd om op te letten. 'Voormalig?'

'Ik heb de zaak via de televisie gevolgd. Eerst was er een eenheid van de IITF onder uw leiding. Daarna werd het commando gedeeld, met u in het veld en Lang op alle tv-zenders in Washington. Maar de ene brug na de andere stortte in en opeens kondigde de directeur aan dat hijzelf de leiding overnam. En als CNN gelijk heeft, maken J. Kenneth Carswell en Nationale Veiligheid nu de dienst uit.'

'Ik vrees dat ik daar geen commentaar op kan geven, meneer McDougal.'

'Dat begrijp ik, meneer Hanson. Ik ben weg bij de FBI en u kunt dus niet het achterste van uw tong laten zien. Maar ik zal u wat vragen. Heeft iemand u gewaarschuwd voor Carolyn Lang?'

Hush vroeg zich af wat hij moest antwoorden. Zijn hoofd bonsde pijnlijk. McDougal vatte zijn stilzwijgen op als een bevestiging.

'Dan had u moeten luisteren. Net als ik. Want Carolyn Lang is geen feministe met haar op de tanden, zoals iedereen haar afschildert.'

'Wat bedoelt u?'

'Carolyn Lang is de persoonlijke beulsknecht van de directeur, meneer Hanson. Ze werkt rechtstreeks voor hem en indirect voor Wellesley. U hebt zich zeker afgevraagd waarom uw benoeming tot waarnemend adjunct-directeur nooit in een vaste aanstelling is omgezet, neem ik aan?'

'Nou...'

'Nou, niks. De directeur heeft een lijstje. Hij wil geen oudgedienden van het vorige bewind als zijn hoogste medewerkers. Zoals hij ook geen oudgedienden als adjunct-bureauchef in de provincie wil, omdat ze dan ooit bureauchef zullen worden. Hij wil alleen zijn eigen mensen in de hoogste functies.'

Hush sloot zijn ogen. De rest wilde hij eigenlijk niet horen.

'En als hij die mensen op zijn lijstje niet kan betrappen op vleselijke gemeenschap met boerderijdieren, doet hij het via een omweg. Een van die omwegen is Carolyn Lang, die er altijd wel voor zorgt dat de obstakels voor de plannen van de directeur uit de weg worden geruimd. Waarna een van zijn eigen vriendjes uit de lucht komt vallen om de open plaats in te nemen.'

'Is dat met u gebeurd in St. Louis?'

'Ja, en dat is u nu ook overkomen.'

Hush was verbijsterd. Hij begreep wat Hijzelf Herlihy had bedoeld. Maar was dat echt zo?

'U vraagt zich af of ik het kan bewijzen,' zei McDougal. 'En dat kan ik natuurlijk niet. Niet rechtstreeks. Maar u bent nog steeds waarnemend adjunct-directeur, niet? Er zijn vast wel mensen die u nog iets schuldig zijn. Probeer inzage te krijgen in haar dossier. Kijk hoe het is afgelopen met de hoogste of op één na hoogste figuur op de afdelingen waar ze werkte, vlak nadat ze daar is vertrokken.'

Hush wist niet wat hij moest zeggen. McDougal vulde de stilte.

'U hebt de reputatie van een fatsoenlijke vent, meneer Hanson. Het probleem is alleen dat u na dat akkefietje in Baltimore naar het hoofdkantoor bent gehaald.'

'Baltimore...' herhaalde Hush. Domingo, Herrera, Santos en Belim. De mantra van de schimmen die door zijn hoofd bleven spoken.

McDougal lachte. 'Als iemand Hush Hanson zegt, denkt iedereen aan Baltimore. Vier gangsters met een kogel door hun kop en twee agenten die het ternauwernood hadden overleefd toen de rook was opgetrokken. Maar sindsdien bent u altijd een kantoorpik geweest. Ze hebben u meteen teruggeroepen uit het veld. Niet?'

'Ja, dat is waar,' fluisterde Hanson.

'Het verhaal gaat dat ze u een kantoorbaan hebben gegeven omdat u een fatsoenlijke vent was die bang werd dat hij er een kick van kreeg om schorriemorrie neer te knallen. Maar nu hebben ze ú op de korrel genomen. U bent er heel professioneel ingeluisd. Ik heb het zelf meegemaakt, daarom werd het tijd dat iemand u uit de droom hielp.'

Hush zat met zijn mond vol tanden. 'Ik weet niet wat ik moet zeggen, McDougal,' zei hij.

'Bedankt, bijvoorbeeld.'

'Ja, dat zou kunnen. Bedankt... geloof ik.'

McDougal liet een kort, bitter lachje horen. 'Nu weet u waarom we haar het Scheermes noemden,' zei hij. 'Probeer haar dossier te pakken te krijgen. En veel geluk, Hush Hanson.'

Hij werd wakker van het geluid van een kettingzaag in de bossen, ergens in de buurt. Hij had het gevoel dat er zand in zijn ogen zat na maar vijf uur slaap, maar blijkbaar had niemand hem slapend in de pickup-truck ontdekt. Hij startte de wagen, draaide de tweebaansweg op en reed in de richting van Baton Rouge. Als de politie controleposten had ingericht, dan toch voor het verkeer dat de stad *uit*reed, niet andersom. Maar hij kon nergens een wegversperring ontdekken. Hij stak de rivier over via de verkeersbrug en nam toen een provinciale weg in Arkansas, naar het noorden. Tegen de middag voelde hij zich veilig genoeg om terug te keren naar de snelweg.

Het gaf hem een zekere voldoening dat hij ook de vierde brug had verwoest, maar hij wist dat zijn succes niet lang meer kon duren. Het was maar een kwestie van tijd voordat de FBI het werkelijke motief achter de aanslagen zou ontdekken. Hij speelde met de gedachte om een haastige brief te versturen uit naam van een vreemde terreurgroep, om het onvermijdelijke nog even uit te stellen, maar in deze fase zou de FBI dat waarschijnlijk doorzien. Terwijl hij naar het noorden reed, dacht hij na over zijn volgende stap. Na gisteravond waren er nog maar twee bruggen over: Vicksburg en New Orleans. Zijn bewegingsvrijheid was dus beperkt. Misschien zou hij het niet kunnen afmaken. Aan de berichten over de radio te oordelen was de bewaking verdubbeld of verviervoudigd. Het werd tijd om een beslissing te nemen: de maskerade volhouden totdat hij absoluut zeker wist dat ze hem op het spoor waren, of onderduiken en proberen nog één brug te grazen te nemen. Zijn vluchtroute lag al klaar.

Als hij besloot ervandoor te gaan, was er nog één vervelend punt-je om te regelen. Ze beweerden dat ze de Frisco-brug over drie dagen weer bedrijfsklaar konden hebben. Dat betwijfelde hij. Hij had bereikt wat hij wilde: zoveel schade aanrichten dat de brug niet meer bruik-baar was voor treinen. Hij had niet verwacht dat ze zoveel moeite zou-den doen om de brug weer operationeel te krijgen. Dus moest hij nog één keer terug naar de brug van Memphis. De vraag was alleen hoe dicht de FBI hem al op de hielen zat. Had hij nog één of twee dagen speelruimte? Het zou veel moeilijker worden als ze hem eenmaal had-den gedwongen ondergronds te gaan.

Maar eerst wilde hij douchen, zich scheren en nog een paar uur-tjes slapen. Aan de andere kant, als ze nog in het duister tastten, zou hij nu het probleem in Memphis kunnen regelen en genoeg tijd over-houden om terug te gaan naar zijn huis aan de rivier en de laatste fase voor te bereiden. Of moest hij er maar mee stoppen?

Zijn gedachten gingen in kringetjes. Hij wreef in zijn ogen en tuur-de weer op de weg. Ja, hij begon moe te worden. Maar het vertrouwde beeld van al die zelfvoldane spoorwegadvocaten op de laatste dag van de zitting, met dat neerbuigende lachje op hun gezicht, gaf de door-slag. Wat maakt het ook uit, dacht hij. Ik heb ze al flink te pakken genomen. Ik maak die Frisco-brug nog af en daarna is de brug van Vicksburg aan de beurt. Die van New Orleans zou waarschijnlijk te moeilijk worden als hij op de vlucht was. Maar Vicksburg, het afgele-gen Vicksburg, moest nog mogelijk zijn, zeker op de manier die hij van plan was. Hij pakte de autotelefoon en belde met het kantoor van de genietroepen in St. Louis. De telefoniste van de centrale nam op. Hij vroeg naar zijn secretaresse, June Wheeler.

'Ik verbind u door, kolonel Keeler,' antwoordde de telefoniste.

Op vrijdagmiddag om halfvijf stapte Hush weer zijn hotelkamer bin-nen na een paar vervelende uurtjes in het ziekenhuis. Ondanks al hun goede zorgen voelde hij zich niet veel beter, maar een deel van het verband en de pleisters was verdwenen. Hij had ook een paar pijn-stillers meegekregen, met niet mis te verstane instructies van de apo-theker: 'Niet drinken, niet autorijden en geen atletische toeren of onverantwoordelijke dingen uithalen als u er een genomen hebt.' Hush verheugde zich nu al op die pillen. Het goede nieuws was dat het allemaal ernstiger leek dan het was.

Er lag een berichtje dat er een fax voor hem was binnengekomen bij de receptie. Hij vroeg erom terwijl hij zijn jasje uittrok en zijn das afdeed. Voordat hij naar het ziekenhuis vertrok had hij Tyler Redford gebeld, die bevestigde dat er zich een heleboel *Sturm und Drang* afspeelde rond het onderzoek, met de wildste geruchten over hoge agenten die werden afgevoerd en hele afdelingen die onder vuur lagen. Personeelszaken had verlofpapieren opgesteld waaruit bleek dat *senior agent* W.M. Hanson tien dagen officieel met ziekteverlof ging, op aanwijzing van de onderdirecteur. Niet *adjunct-directeur* Hanson, constateerde Hush. Redford probeerde het beleefd te negeren, maar het was wel duidelijk dat Hush in toenemende mate radioactief werd. Redford zei ook dat Carolyn Lang steeds meer op de voorgrond trad, veel interviews gaf voor de televisie en veel tijd doorbracht met Carswells mensen.

Hush had Redford om een grote gunst gevraagd. Zou Redfords vrouw een lijst kunnen opvragen van Carolyn Langs aanstellingen in de voorbije tien jaar om te controleren of er leidinggevende mensen in haar buurt omstreeks de tijd van haar vertrek onder vreemde omstandigheden door iemand uit Washington waren vervangen? Als voorbeeld noemde hij het geval van senior agent Hank McDougal op het FBI-kantoor in St. Louis. Toen Redford wilde weten wat de bedoeling was, antwoordde Hush dat hij er voor zijn eigen bestwil maar beter niets vanaf kon weten. En Redford, die genoeg ervaring had in Washington, vroeg niet verder. Daarna was Hush naar het ziekenhuis gegaan.

Bij zijn terugkomst slikte hij een van de capsules en waste zijn gezicht zorgvuldig. Een piccolo bracht de verzegelde fax. Het was een anonieme lijst, opgesteld door de computer. Op het eerste vel stond een chronologisch overzicht van de functies van senior agent C.B. Lang bij de FBI in de afgelopen tien jaar, eindigend met haar benoeming bij Publieke en Politieke Zaken op het hoofdkantoor, na de affaire in St. Louis. Het eerste dat Hush opviel was dat het heel veel plaatsen waren, zes benoemingen in tien jaar, bijna drie keer zoveel als de gemiddelde agent. Het tweede en derde vel bevatten een lijst van iedereen in functiegroep veertien of hoger op alle kantoren waar ze had gewerkt. Dat waren in het algemeen de bureauchef, zijn adjunct en een of meer speciale agenten in een leidinggevende positie. Op het vierde vel vond hij wat hij zocht. Op alle plaatsen waar Lang had gewerkt voordat ze bij Publieke en Politieke Zaken terechtkwam, had een van de hogere mensen ontslag genomen binnen zestig dagen vóór of onmiddellijk na haar vertrek. Het vijfde vel was zelfs nog interessanter. Van die vertrokken FBI-agenten was er blijkbaar maar één op de normale leeftijd met pensioen gegaan. Bij alle anderen stond de aantekening 'op persoonlijk verzoek, niet nader toegelicht'.

Hij legde het rapport even neer. 'Op persoonlijk verzoek, niet nader toegelicht' was de code die personeelszaken hanteerde voor iemand die de kans kreeg ontslag te nemen in plaats van een veel onaangenamer alternatief. Vijf van de zes. Hij bekeek de lijst nog eens. De laatste vijf van de zes, om precies te zijn. McDougals naam stond onderaan. Op het laatste vel vond hij een lijst van de mensen die de opengevallen plaatsen hadden ingenomen. Zoals McDougal al had voorspeld waren ze allemaal rechtstreeks afkomstig van het FBI-hoofdkantoor.

Hij legde de fax weg, wreef in zijn ogen en luisterde naar het gonzen in zijn oren. Hij kon die felle explosies bij het tolhuisje nog vóélen. Levendig herinnerde hij zich het gevoel van totale hulpeloosheid tijdens die korte maar hevige uitbarsting. Natuurlijk had Redford begrepen wat Hush wilde weten toen hij het patroon van Langs benoemingen had gezien. Hush had nog meer vragen, maar met die oververhitte sfeer op het hoofdkwartier rond Operatie Treinman kon hij Tyler moeilijk vragen om nog eens zijn nek uit te steken.

Hij keek weer naar de lijst. Hoe omstandig ook, de gegevens waren heel interessant. Hij vroeg zich af of Carolyn het altijd over de seksuele boeg gooide of dat ze nog meer trucs in haar repertoire had. Hij dacht terug aan die zondagmiddag op de ligstoel. Wat zou er zijn gebeurd als hij verder was gegaan? Het beeld van een dichtklappende val kwam hem voor ogen.

Maar de fout lag natuurlijk bij hemzelf. Carolyn en haar bazen hadden gebruikgemaakt van zijn vlucht naar Memphis en hun kans gegrepen toen hij besloot haar op het hoofdkantoor achter te laten. Een beslissing, zoals hij zich nu herinnerde, waar de directeur het mee eens was geweest. En daarna hoefden ze alleen maar die stroom van onderhuidse kritiek en scepsis aan te wakkeren: dat het onderzoek nergens toe leidde en dat de ene brug na de andere werd opgeblazen. Koppel dat aan wat giftige opmerkingen in de wandelgangen, binnen gehoorsafstand van de andere adjunct-directeuren – bijvoorbeeld na vergaderingen van de eenheid – en de jakhalzen zouden zich al snel verzamelen. En hij was er met open ogen ingetuind. Hoe had ze hem ook alweer genoemd: 'een slimme speler in Washington'? Nou, die slimme speler lag nu machteloos te spartelen als een vis op het droge.

Hij voelde zich opeens duizelig worden en herinnerde zich de pil. Hij kleedde zich uit en ging naar bed. Per slot van rekening was hij met ziekteverlof. Morgen was het zaterdag. Hij overwoog om gewoon naar zijn buitenhuis te gaan, in de vallei. Ze zochten het zelf maar uit met Operatie Treinman. Er waren genoeg duurbetaalde mensen mee bezig.

Terwijl hij lag uit te rusten op de koele, schone lakens zag hij door het raam hoe zware, bronskleurige donderwolken zich samenpakten en de middagzon verduisterden. Het schaamrood kwam hem op de kaken toen hij besefte hoe onnozel hij zich om de tuin had laten leiden. Hij had Wellesley op zijn woord geloofd toen de onderdirecteur zei dat Lang hun doelwit was. 'Je kunt me vertrouwen.' Een gifslang vertrouwen? Ja, hoor. Ze hadden hem verschalkt zoals een visser een snoek verschalkt – met de belofte van een onderzoek in het veld, die langbenige carrièrebreekster als zijn assistente en de suggestie dat hij haar ten val moest brengen om zijn eigen benoeming tot adjunct-directeur veilig te stellen. En daar lag hij nu, happend naar adem op een kamer van de Holiday Inn in de mooie stad Baton Rouge, terwijl zijn collega's woedend en schuimbekkend op jacht waren naar de dader van de aanslagen. Hoewel... dat waren ze dus niet. Geholpen door het zoemen van de airco voelde hij zijn oogleden zwaar worden. Vlak voordat hij wegzakte in een genadige, droomloze slaap, herinnerde hij zich dat hij LeBourgoise niet had gebeld.

Vrijdagmiddag laat stond Morgan Keeler midden tussen de rails van de Frisco-brug, op ongeveer eenderde van de brughelling, terwijl hij toekeek hoe een spoorkraan van Union Pacific voorzichtig een zeventig ton zware wagon naar het nog intacte gedeelte van de spoorbaan tilde. Het was warm en ongelooflijk vochtig op de brug en het kostte heel wat zweetdruppeltjes om in redelijk tempo zijn werk te doen. Zelf droeg hij een groene legeroverall en een helm van de genietroepen. Een eind verder op de brug lag nog een hele rij wagons in de vreemdste hoeken over de vernielde spoorbaan verspreid, wachtend op hun beurt, terwijl Union Pacific op de westoever en Norfolk Southern aan de oostkant van de rivier koortsachtig hun best deden om de brug weer vrij te maken voor het treinverkeer. Bouwvakkers op de naburige Harahan-brug keken met belangstelling toe.

Hij was tegen twaalf uur in Memphis aangekomen en meteen naar de dagelijkse voortgangsbespreking gegaan op het FBI-kantoor, waar hij meteen werd toegelaten. Terwijl hij luisterde naar de beschrijving van de toenemende chaos op het nationale spoorwegnet had hij moeite zijn voldoening te verbergen. De hele zuidelijke sector balanceerde op de rand van de afgrond, en de noordelijke sector dreigde overvoerd te raken door al het omgeleide verkeer. Het verlies van de rivierbruggen betekende ook een zware belasting voor een ander zwak punt van de spoorwegen uit het post-NAFTA-tijdperk: de noord-zuidroutes, die grotendeels uit rustige regionale lijnen bestonden. Die klootzakken verloren miljoenen dollars per uur en werden bijna gek van ellende. En hij was nog niet met hen klaar.

Hij luisterde onbewogen toen de twee spoorwegmaatschappijen die de Frisco-brug repareerden hun tijdschema op tafel legden om de brug weer toegankelijk te krijgen. Uit een voorlopige inspectie van de brug was gebleken dat de constructie niet wezenlijk was aangetast. Het golffront van de propaanexplosie had de spoorbaan opengescheurd, de bielzen versplinterd en tientallen wagons laten ontsporen, maar het stalen gebinte en de balken waren wel geblakerd maar niet aangetast. Er was nog een uitvoerige belastingstudie voor nodig om zeker te weten of de draagbalken en dwarsverbindingen nog betrouwbaar waren. Keeler zei dat hij iemand bij zich had die zo'n analyse kon uitvoeren. De hoofdingenieur van Union Pacific deed een beroep op Keeler in zijn functie van hoofdinspecteur bruggen van de genietroepen en Keeler beloofde zo lang op de brug te blijven als nodig was om hun voorlopige conclusies te bevestigen. De hoogste FBI-agent vroeg hoe lang die inspectie ging duren, maar daar had Keeler geen uitsluitsel over gegeven. Hij merkte op dat een paar honderd ton aan treinwagons nu op draagbalken rustte die niet voor de onder-steuning van zoveel dood gewicht waren ontworpen. Die opmerking veroorzaakte nogal wat grimmige gezichten rond de tafel.

De FBI-agent benadrukte nog eens hoe belangrijk het was om de brug snel weer in orde te krijgen omdat Washington grote druk uit-oefende om in elk geval énig goed nieuws te kunnen melden in deze afschuwelijke week. Keeler antwoordde simpelweg dat zijn inspectie aan de hoogste technische eisen moest voldoen. Aan het gezicht van de FBI-agent te zien zou er wel met het hoofdkwartier van de genie worden gebeld om te informeren of hun inspecteur wat soepeler met die eisen kon omspringen. Maar hij wist ook dat de genie, ondanks de paniek in Washington, nooit rechtstreeks een inspecteur onder druk zou zetten bij het uitvoeren van een belangrijke schadeanalyse.

Nu hij op de brug stond, zag hij de gapende rode geul in de grond, uit de richting van de waterzuiveringsinstallatie. De warme avond-lucht die opsteeg door de vervangen bielzen rook nog vaag naar pro-paan. In schril contrast met het koortsachtige herstelwerk op de brug gleed de rivier er onderdoor als een breed, onverschillig zilverwit lint. Het water werd in een wasbord van kruisende v-patronen gesneden door de bijna eindeloze processie van trage rivieraken onder de be-schadigde brug door. Met voldoening zag hij dat de zijsporen en rangeerterreinen aan beide kanten van de brug tjokvol stonden met treinen.

Het ging niet erg snel. De spoorkraan zette één wagon recht en tilde die vervolgens de brug af naar het rangeerterrein om het spoor vrij te maken. Vervolgens kwam een andere locomotief omhoog met de reparatiewagen naar de plaats waar de wagon had gestaan, om het puin op te ruimen en nieuwe bielzen en rails te leggen. Daarna moes-ten de loc en de wagen weer omlaag om plaats te maken voor de rij-dende kraan die de volgende ontspoorde wagon weghaalde. Dezelfde procedure voltrok zich aan het andere eind van de brug en de twee teams moesten voortdurend overleggen om te zorgen dat er maar één van de zware kranen tegelijk boven op de brug stond. Bovendien moest het spoor met bouten worden bevestigd in plaats van gelast, omdat het maar een tijdelijke reparatie was. In het gebinte boven zijn hoofd waren evenwichtskunstenaars bezig de schijnwerpers te verschuiven om het wisselende werkterrein op het brugdek te verlichten.

Hij had ongeveer een kwart van de brug geïnspecteerd en de opzichters gezegd dat hij nog wel de hele nacht bezig zou zijn. En dat was de waarheid. Hij had een laptop bij zich en een apparaatje dat rechtstreeks de spanningsmeters kon aflezen die overal in de constructie waren aangebracht. Het staal dat hij tot nu toe had geïnspecteerd leek in orde te zijn, maar het patroon van de uitslagen van de metertjes vertelde hem een interessant verhaal, waaruit de kiem van een plan ontstond. Maar eerst moest hij op dat belangrijke middensegment zien te komen, waar vermoedelijk het kwetsbaarste punt van de brug lag. Op dit moment waren er nog te veel mensen en zware machines aan het werk tussen hem en de centrale overspanning in. Maar dat gaf niet. Voor de uitvoering van zijn plan gaf hij de voorkeur aan de kleine uurtjes van de nacht. Zijn probleem was dat de jacht in volle gang was. De FBI zou hem elk moment op het spoor kunnen komen.

Majoor Matthews schopte een stuk graniet over de spoorbaan toen de zon op vrijdagavond onderging boven Anniston. Het was een paar minuten over zes en de militaire politie patrouilleerde weer langs de hele trein. Matthews merkte ook wel dat iedereen zorgvuldig uit zijn buurt bleef. De eerste twee uur na zijn terugkeer op het depot had hij doorgebracht in het operatiecentrum, waar een verkeersleider van Norfolk Southern hem had bijgepraat over het toenemende pandemonium bij de nationale spoorwegen. De man was uit Birmingham naar Anniston ontboden door kolonel Mehle, die zich steeds meer zorgen begon te maken en bovendien op voet van oorlog stond met Norfolk Southern. Het belangrijkste punt was de eis van het leger dat trein 2713SP voorrang moest krijgen – en de reactie van de spoorwegmaatschappij, die precies wilde weten waarom, wat Mehle juist niet wilde vertellen. Het verzoek van het leger om de brug bij Vicksburg te mogen gebruiken maakte het nog erger, omdat er al een geweldige opstopping was ontstaan bij de twee knooppunten naar het westen, in de richting van Vicksburg, Meridian en Jackson. Luisterend naar de verhitte discussie was Matthews er vrij zeker van dat de spoorwegman wist dat de trein de resten van chemische wapens vervoerde, maar geen idee had wat er in die achterste twee tankwagons zat.

Toen hij na een tijdje weer terugkwam, stond de man van Norfolk Southern op het punt te vertrekken. Aan Mehles gezicht te zien was de bespreking niet gegaan zoals hij wilde. Daarna verschenen de twee luitenant-kolonels, die Mehle wat meer vertelden over het temperatuurprobleem in de containers met de Russische wapens. De oudste in rang van de twee, Marsden, bleek de technische expert te zijn. Hij adviseerde een cryogeeninstallatie aan te sluiten op de klimaatbeheersing van de twee wagons om de wapens nog extra te koelen. Mehle gaf daar opdracht toe en stuurde Matthews terug naar de trein om ervoor te zorgen dat de locomotieven werden bijgetankt, zodat de trein elk moment zou kunnen vertrekken. Hij herhaalde nog eens dat Matthews en al zijn mensen bij de trein moesten blijven. Niemand mocht weg.

Die middag kwam de rangeerloc van het depot om de twee personeelswagons en de speciale tankwagons af te koppelen. De trein werd op een zijspoor opnieuw samengesteld om een platte wagon tussen de twee tankwagons te installeren. Op die wagon stonden twee grote koelcompressors, met de cilinders van hun aan- en afvoerreservoir, een geïsoleerde twaalfhonderdlitertank met vloeibare stikstof en een oplegger met een dieselaggregaat van tweehonderd kilowatt. Lange, zwaar geïsoleerde slangen liepen van de stikstoftank naar de controlepanelen van de speciale tankwagons. De technici van het depot waren vier uur bezig om het systeem aan te sluiten. Toen ze klaar waren, was de zon al onder. Zodra de stikstof werd rondgepompt hoorde Matthews van luitenant-kolonel Marsden dat de temperatuur zich stabiliseerde. Daarna werd de groep van vijf wagons weer aan het einde van de trein gekoppeld.

En nu deden ze wat alle legers het beste kunnen: wachten.

Hush werd moeizaam wakker, versuft door de pil. Zijn oogleden leken vastgekleefd en wilden niet open, zelfs niet toen zijn hand al op het nachtkastje naar de rinkelende telefoon tastte. Hij had nog nooit zo'n droge mond gehad.

'Hanson,' zei hij schor.

'Hush? Met Mike Powers. Gaat het?'

'Nee,' zei Hush, die eindelijk één oog open kreeg. 'Ik heb een zware pijnstiller genomen, verdomme, en ik voel me halfverdoofd.'

'Half maar? Die pillen zijn ook niet meer wat ze waren.'

Hush opende zijn andere oog. 'Hoe laat is het?'

'Halfelf, vrijdagavond. Hoor eens, ik zit in Memphis. Ik heb net met Thomas gesproken over wat ze je hebben geflikt. Wat is dat voor gelazer?'

'Typisch FBI,' zei Hush. Hij kwam overeind en deed het lampje naast het bed aan. Zijn oogleden vielen steeds dicht. 'De directeur is bezig alle oudgedienden van het vorige regime weg te werken. Blijkbaar zag hij een kans en heeft hij die gegrepen. En ik zag het niet aankomen.'

'Verdomme, en ik dacht dat we allemaal samenwerkten om de dader te vinden.'

Hush schoot in de lach en kreeg een hoestbui. 'We hebben het over de FBI, Mike. Denk eens aan J. Edgar Hoover en de spelletjes die hij speelde. Verdomme, hij liet zelfs presidenten in de val lopen. Voor sommigen van die lui is politiewerk maar een excuus voor hun werkelijke hobby.'

Powers lachte. 'Heel anders dan bij ons.'

'Dat dacht ik al.'

'Dus ze hebben je aan de dijk gezet. En nu?'

'Officieel ben ik tien dagen met ziekteverlof. Nu moet ik alleen nog beslissen of ik al of niet naar het hoofdkantoor terug kan sluipen. Per slot van rekening ben ik nog hoofd van de IITF. Maar na dit alles...'

'Het lijkt mij nogal simpel,' zei Powers. 'Ik zou teruggaan, zogenaamd heel berouwvol en lichtelijk aangeslagen, en daarna een manier vinden om die klootzakken in hun kruis te schoppen.'

Nu was het Hush die lachte. 'Je zou daar goed op je plaats zijn, Mikey,' zei hij. 'Verder nog nieuwe ontwikkelingen?'

'Nou, die theorie van je briljante ex-assistente, dat we maar met één enkele dader te maken hebben, is niet meer zo populair bij de FBI. Een of ander anaal-gefixeerd type, ene J.-nog-iets Carswell, roept dat we weer op zoek moeten naar een stel communisten, fundamentalistische moslims of andere ongewenste types.'

'Wat vinden onze mensen in het veld daarvan?'

'Officieel? O, voor de buitenwereld zijn ze het helemaal met hem eens. Ja, meneer, natuurlijk meneer, u zegt het maar. Het zijn mensen van de praktijk. Ze willen de dader grijpen en een eind maken aan dit gezeik. Die stunt met dat gekaapte schip heeft mij ervan overtuigd dat er waarschijnlijk maar één dader is. Maar ik moet je wel zeggen dat er ongelooflijk veel politieke druk wordt uitgeoefend, zowel bij ons als bij jullie, dus houden de meeste jongens zich gedeisd, als je begrijpt wat ik bedoel.'

'Ja.'

'Het gerucht gaat zelfs... en dat heb ik van Hijzelf Herlihy... dat jouw honingblonde assistente ook op de schopstoel zit met haar fraaie billen.'

'Meen je dat? Maar ik dacht...' Hij zweeg. Wat was er in godsnaam aan de hand? Carolyn had hem toch in de val laten lopen? Hij vervloekte de dichte nevel in zijn hoofd.

'Wát dacht je?'

Hush zuchtte. 'Verdomme, ik ben veel te suf om helder te kunnen denken. De wens zal wel de vader van de gedachte zijn, bij Hijzelf Herlihy. Ik had die pil niet moeten nemen.'

'Hoor eens, Hush, ik belde eigenlijk hierom. Mijn collega's uit de andere staten stellen voor om verder onze eigen weg te gaan, vooral omdat er van Washington niets meer te verwachten valt. Vanuit onze positie lijkt het of ze daar alleen maar proberen hun eigen hachje te redden.'

Hush merkte dat hij knikte. 'Dat is altijd het belangrijkste,' mompelde hij.

220

'Daarom dacht ik dat je nog maar zo'n pil moest slikken en een nachtje goed moest slapen. Je bent tenslotte met ziekteverlof. Dan kun je morgen op het vliegtuig stappen naar Memphis, zodat jij en ik iets nuttigs kunnen bedenken terwijl al die hoge bazen daar in Washington schuimbekkend voor de tv-camera's staan.'

Hush knikte weer, maar besefte dat Powers dat niet kon zien. 'Goed.'

Powers gaf Hush het nummer van zijn pieper en zijn autotelefoon. 'Dan krijg je Little Hill en die weet me altijd te vinden.'

In feite stelde Powers voor dat Hush achter de rug van de FBI om met de plaatselijke politie zou samenwerken. Dat zou heel, heel moeilijk worden. Als een van Carswells mensen daar lucht van kreeg, zou Hush stevig op zijn vingers worden getikt. Powers leek zijn gedachten te raden.

'Hé, Hush, ik weet heel goed wat ik je nu vraag. Maar ik heb met mijn baas gepraat, die op zijn beurt met de gouverneur heeft overlegd. De autoriteiten hier maken zich zorgen over dat spektakel in Washington. De FBI begint het steeds meer als een pr-probleem te zien. Maar wij krijgen de economische klappen door de aanslagen op die bruggen. De producten komen niet meer op de markt, olie en kunstmest komen niet meer bij de boerderijen en een heleboel mensen dreigen failliet te gaan. We kunnen genoeg mankracht mobiliseren om jacht te maken op die vent, maar misschien moeten we toegang krijgen tot die grote computers van jullie. Zoals de lijst die de advocaten hadden opgesteld. Weet je nog? Dat soort dingen.'

Hush haalde diep adem en probeerde helder te denken. 'Ik weet het, Mike,' zei hij. 'En ik wil het best proberen. Ik heb tenslotte geen veelbelovende carrière meer die ik op het spel zet. En bovendien...'

'Ja, die schop in het kruis.'

'Precies.'

'Hou die gedachte vast, Hush,' zei Powers en hij vroeg hem om de telefoonnummers van Little Hill nog eens te herhalen voordat hij ophing. Hush noteerde ze en liet zich weer terugvallen op het bed. Hij keek op zijn horloge. Het was tien over halfelf. Er viel wat licht van de straat beneden door zijn raam, maar de hemel ten westen van Baton Rouge was grotendeels donker. De vlam van een raffinaderij aan de overkant van de rivier wierp dansende oranje vlekken over het plafond.

Binnen de gesloten cultuur van de FBI betekende Powers' voorstel politieke zelfmoord, of nog erger. Wellesley had hem de kans gegeven om zonder gezichtsverlies tien dagen van het toneel te verdwijnen, maar Carswell zou geen inmenging van Hush Hanson dulden in het onderzoek of hem in de eer van een oplossing laten delen. Maar als de inlichtingensectie zuiver toevallig toch die database had aangelegd van mensen met ernstige grieven tegen de spoorwegen, en als Tyler

Redford die lijst voor hem te pakken kon krijgen en als... Hij kreunde hardop. Als, als, als... Onzin, allemaal. William Morrow Hanson werd in hoog tempo afgevoerd door het hoofdkwartier. Niemand die zijn eigen carrière serieus nam zou nog één vinger voor hem willen uitsteken.

Het andere probleem was persoonlijk. Als hij op freelance-basis met Powers en zijn mensen zou gaan samenwerken, zou hij weer actief bij het onderzoek worden betrokken en dingen moeten doen die hij beter kon laten. Hij zou zelfs in een situatie terecht kunnen komen waarin de dader of daders in een hoek gedreven werden en er vuurwapens aan te pas kwamen. Dan zou hij heel ver uit de buurt moeten blijven. Hé, Mike, ga jij er maar achteraan met je mensen, ik wacht wel in de auto. Ik ben niet te vertrouwen met een wapen in mijn hand, weet je nog? Want diep in mijn hart zou ik die klootzak liever om zeep helpen dan hem overdragen aan justitie.

Hij lachte bitter in het donker. Mike Powers zou hem waarschijnlijk een pistool in zijn hand drukken. Hush besefte dat hij veel te lang in Washington had gezeten. Hij probeerde alles uit zijn hoofd te zetten tot hij langzaam weer in slaap viel.

Die avond om halftwaalf hurkte Morgan Keeler onder de draagbalken van het middensegment en tuurde naar het groene schermpje van zijn laptop, dat onheilspellend oplichtte in de duisternis onder het spoor. Recht boven zijn hoofd stak het onderstel van een open goederenwagon bijna een meter door de versplinterde en geblakerde restanten van de bielzen, die nog naar propaan stonken. Beneden hem weerspiegelde het glinsterende vlakke water van de rivier de gloed van een stuk of tien grote schijnwerpers die hoog aan de middelste boog waren bevestigd. Zestig meter terug langs het spoor hees de kraan de zoveelste wagon omhoog, omringd door zwetende arbeiders die stalen stangen als steun onder de verbogen assen staken.

De huid van zijn gezicht stond strak en zijn ogen prikten van vermoeidheid. Maar hij was eindelijk waar hij wilde zijn. Hij concentreerde zich op de gegevens. De draden van de spanningsmeter waren verbonden met vier pluggen langs de dragende balk. De pluggen waren bevestigd aan repen metaalfolie die op het stalen oppervlak van de zware balken waren gesoldeerd toen de brug was gebouwd. Veranderingen in de spanning of belasting van de balk werden bepaald op basis van de vervormingen van de stroken folie. Een normale druk of spanning gaf als uitslag nul. Compressie leverde een negatief cijfer op, spanning een positieve uitslag. Het scherm vertelde het verhaal. Met een gewicht van een paar honderd ton vastgelopen en ontspoorde wagons op het middensegment had de lichtgebogen stalen draagbalk een duidelijke compressie moeten vertonen. Maar dat was niet zo. De balk stond *onder spanning*.

Keeler wist wat dit betekende. De vijfenveertig meter lange balk was volledig geplet onder de ongebruikelijke druk van de wagons en vervolgens door het horizontale vlak gezakt in een holle boog. Met het blote oog was daar niets van te zien, maar de spanningsmeters logen niet. De balk had de kritische grens van zijn belasting bereikt.

Keeler ging op zijn hurken zitten en veegde het zweet van zijn gezicht. Het was warm en benauwd op de loopbrug onder de balken. Hij verbeeldde zich dat hij de miljarden ijzerkristallen in het staal zachtjes langs elkaar heen hoorde knarsen. Als hij de brug wilde laten instorten, was dit zijn kans. De spoorwegingenieurs wachtten op zijn analyse van de centrale overspanning. Hij hoefde hun alleen maar te vertellen dat de balken nog sterk genoeg waren om *allebei* de kranen op het middensegment te kunnen dragen. Als de spoorwegen de twee kranen tegelijk naar boven lieten komen, zouden de zware balken de geest geven, waardoor het hele middensegment in de rivier zou storten. Heel simpel.

Voorzichtig klom hij over de loopbrug onder het spoor, zich scherp bewust van het onheilspellende gekraak en gekreun van de spoorbaan boven zijn hoofd toen hij zijn instrumenten opstelde om de draagbalk aan de andere kant door te meten. De uitslag was ongeveer hetzelfde, met misschien een wat geringere afwijking in de dansende, dunne groene lijnen. Maar de balk stond onder spanning, geen twijfel mogelijk. Hij maakte de draadklemmen los en schakelde de laptop uit. Verdomme, misschien zou de brug vanzélf wel instorten, ook zonder extra gewicht. Hij keek over zijn schouder naar het team van de westelijke kraanwagen. Het oostelijke team was inmiddels weer afgedaald aan hun kant van de brug. Over een uur of tien zou de eerste van de zware spoorwegkranen zijn neus op het middensegment laten zien.

Hij dacht diep na. Hij had geen garantie dat zijn plan zou slagen. Ze konden een paar wagons weghalen zonder de kranen tot op het midden van de brug te laten rijden. Dat zou de balken misschien voldoende ontlasten om de kranen toch te kunnen dragen als ze voetje voor voetje oprukten. Hij klom weer omhoog naar de spoorbaan en werd even verblind door het witte licht van al die schijnwerpers boven zijn hoofd. De wagons hingen in vreemde hoeken, sommige nog op de rails, andere weggezakt tussen de stalen dwarsbalken van het brugdek. Hij vond wat hij zocht. De wagons aan de westkant waren betrekkelijk licht, vergeleken bij de honderdtonners midden op de brug. Het zou dus weinig verschil maken of ze een paar van die lichtere wagens weghaalden.

Hij slikte een paar keer omdat hij opeens een droge keel had. Het grootste probleem waren natuurlijk de kraandrijvers en hun teams. Hij wilde niet zomaar vijftig of meer spoorwegmensen de dood in jagen. Aan de ander kant móést hij die brug laten instorten. Dus zou

hij een manier moeten verzinnen om de kranen naar het middensegment te krijgen terwijl de mensen op veilige afstand bleven wachten
tot ze zeker wisten dat het goed ging. Oké, hij zou wel iets bedenken.
Hij kon rapporteren dat de draagbalken hun maximale belasting
bijna hadden bereikt. Ze zouden een tweede locomotief achter de
kraan kunnen koppelen om het treintje vanuit de achterste cabine te
bedienen, zodat ze geen bemande locomotief naar het midden van de
brug hoefden te brengen. Als een van die balken begon door te zakken, zou dat in heel Memphis te horen zijn en had de machinist nog
de tijd om uit de loc te springen voordat de kraan omlaag werd
gesleurd, de rivier in. Natuurlijk zouden de spoorwegen hem onmiddellijk verantwoordelijk stellen voor een foutieve berekening. Maar
met al die druk vanuit Washington zouden ze hem voorlopig wel
geloven als hij zei dat het middensegment nog net betrouwbaar was
– zeker als hij dat heel behoedzaam formuleerde. Hij keek weer op
zijn horloge en toen naar de kraanwagens. Tien tot twaalf uur.
Daglicht. Morgen, in het begin van de middag. Genoeg tijd om nog
even te slapen na zijn lange nachtelijke rit en bij het FBI-bureau langs
te gaan om te horen hoe het onderzoek ervoor stond. Hij had nog
twee bruggen op zijn programma staan en hij wilde het tijdig weten
als ze eindelijk een profiel van de dader hadden.

13

Zaterdagmiddag om een uur of twaalf trommelde Hush ongeduldig met zijn vingers op de console van de politiewagen terwijl hij stond te wachten in de file. Little Hill had aangeboden om met zwaailicht en sirene door de berm te gaan, maar dat zou weinig helpen. Eerst moest de geschaarde truck met oplegger van de snelweg worden gehaald. Mike Powers was zo vriendelijk geweest om zijn eigen auto en chauffeur te sturen om Hush van het vliegveld van Memphis te halen, omdat Hush nu officieel buiten de FBI om werkte. Vlak voordat hij zijn hotel in Baton Rouge verliet had Hush nog met Tyler Redford gebeld. Hij had besloten om Redford in vertrouwen te nemen over zijn clandestiene samenwerking met Powers en de plaatselijke politie. Redford reageerde zoals hij had verwacht: 'Daar komen Carswell en zijn mensen wel achter,' waarschuwde hij. 'Dan krijg je de directeur op je nek en kun je het verder wel schudden.' Hush probeerde hem te kalmeren met het argument dat de politie nog steeds in de één-dadertheorie geloofde, waar de FBI nu afstand van had genomen. Maar Redford liet zich geen zand in de ogen strooien. 'Je bent officieel met ziekteverlof,' wees hij Hush terecht. 'En de onderdirecteur loert op een kans om je te dwingen ontslag te nemen. Die voldoening moet je die klootzakken niet geven.'

Eindelijk zag hij weer wat beweging voor hen uit en Little Hill dook meteen de berm in. Hij reed langs het wrak en remde daar even af, zodat de politie van Tennessee hem kon herkennen. Ze mochten doorrijden en hadden de file weer achter zich. Little Hill schatte dat ze ongeveer twintig minuten nodig hadden om bij de brug in de stad te komen. Hush had Redford dringend gevraagd om achter die lijst met namen aan te gaan die de inlichtingensectie had moeten opstellen op basis van de juridische informatie van de spoorwegmaatschappijen. Redford had er niet veel zin in en protesteerde nog eens dat Operatie Treinman te belangrijk en gevaarlijk was – zeker voor Hush – om je er vanaf de zijlijn mee te bemoeien. 'De president is er nu zelf bij betrokken,' zei hij, 'en een groep congresleden uit de grote agrarische staten langs de rivier windt zich vreselijk op omdat het hele transport van landbouwproducten is lamgelegd.' Tv-commentatoren beschuldigden de FBI ervan dat ze er een potje van maakten en iedere keer dat de grote televisiestations in het avondnieuws met een volgende beschuldiging kwamen, werd er weer iemand bij de FBI ontslagen. Tot nu toe waren één waarnemend adjunct-directeur en twee sectiehoofden van hun functie ontheven en door de achterdeur afgevoerd. De aanblik van het gezonken schip onder de wrakstukken van de brug van Baton Rouge hield de aandacht levend. Het enige lichtpuntje was dat de Frisco-brug waarschijnlijk die middag weer in gebruik kon worden genomen. Maar ten slotte ging Redford toch door de knieën en beloofde dat hij op zoek zou gaan naar de lijst.

Hush vroeg hem ook naar Carolyn Lang. Redford meldde dat ze nog steeds de belangrijkste woordvoerder van de interdepartementale eenheid was, hoewel er nu in de wandelgangen werd gefluisterd dat ze op het slappe koord balanceerde omdat Carswell haar niet vertrouwde of haar niet mocht – of allebei. En dan was er nog het probleem dat zíj de één-dader-theorie had bedacht. Hush zei tegen Redford dat hij nog steeds in haar theorie geloofde, ondanks de streek die zij en Wellesley hem hadden geleverd. Volgens Redford deed het nieuws over die coup nu ook de ronde op het hoofdkwartier. Hush schoot er niet veel mee op, maar een heleboel mensen die hem kenden en graag mochten waren verontwaardigd over wat er was gebeurd.

Little Hill sprak even in zijn radio en meldde dat hoofdinspecteur Powers op de oever van Arkansas stond, waar het verkeer wat minder druk was en de gehavende brug beter bereikbaar. Toen ze via de verkeersbrug de rivier overstaken zag Hush een klein legertje spoorwegarbeiders op de brug staan, terwijl een van de reusachtige kranen in positie werd gebracht om de eerste wagon van het middensegment weg te halen. Het kostte hun een halfuur om de spoorbrug te bereiken, via controleposten en wegversperringen van de spoorwegpolitie en de Nationale Garde.

Hush liet Little Hill het woord maar doen. Hij wilde niet de aandacht trekken. Little Hill zei alleen dat deze meneer was opgeroepen door hoofdinspecteur Powers, de coördinator van alle regionale politiediensten die bij het onderzoek betrokken waren. Die verklaring en Little Hills indrukwekkende verschijning leken voldoende voor de wachtposten. Hush slaakte een zucht van verlichting, want het laatste waar hij behoefte aan had was een berichtje aan de FBI in Memphis dat adjunct-directeur Hanson weer op het toneel was verschenen – exadjunct, corrigeerde hij zichzelf. Bovendien rekende hij erop dat de FBI zich vooral zou concentreren op Baton Rouge, waar het nu waarschijnlijk wemelde van de agenten, als mieren rond een omver geschopte mierenhoop.

De politiewagen hobbelde langs een rij trucks van de hulpdiensten voordat ze eindelijk stopten bij de binnenste afzetting, waar geen auto's meer werden toegelaten. Boven hen liep het spoor schuin omhoog naar de imposante stalen bogen over de rivier. Links stonden drie zware diesels met dreunende motoren op afzonderlijke sporen geparkeerd. Een vreemde machine met bundels rails onder een H-frame stond al klaar aan de voet van de brug. Powers wachtte hen op bij een van de dreunende locomotieven en Hush beklom het talud naar hem toe. Hij had zijn jasje in de wagen achtergelaten. Het was warm op de grindweg onder de helling naar de brug. Powers droeg een uniformhemd met korte mouwen en een spiegelende zonnebril onder een vilthoed met een brede rand. Op en top de zuidelijke Amerikaanse politieman, een oude rot in het vak. Het verband om zijn linkerhand was verschoond en hij had nog wat pleisters op zijn gezicht. Hij grijnsde toen hij Hush zag aankomen.

'Je hebt een hoed nodig,' zei hij, schreeuwend boven het geluid van de grote dieselloc uit. 'Anders krijgen je pleisters last van zonnebrand.'

'En dat niet alleen,' zei Hush. 'Ik heb nog eens nagedacht over je voorstel.'

Powers nam hem bij de arm en loodste hem bij de stampende diesel vandaan. Een paar seconden later nam het toerental toe en maakte de loc de wissel naar de brug vrij, zodat de reparatietrein naar boven kon komen. Op het middensegment reed de kraanwagen weer terug met een volgende verwrongen graanwagon in zijn greep. Hush vertelde Powers wat hij van Tyler Redford had gehoord.

'Dus hij zal proberen die lijst in handen te krijgen?'

'Ja, maar hij moet heel voorzichtig zijn, net als iedereen op het hoofdkwartier nu. En misschien wel extra voorzichtig omdat hij mijn adjunct was bij de IITF.'

'Ja, ik ken dat. En die vrouw, Lang? Kan zij die lijst niet krijgen?'

'Ik geloof niet dat ik op dit moment zaken met haar wil doen,' zei Hush met een strakke trek om zijn mond. Hij vertelde wat hij van McDougal had gehoord en wat hij zelf had ontdekt.

'Verdomme,' zei Powers. 'Dus daar had ze die bijnaam in St. Louis aan te danken.'

'Ja. Ik had beter moeten luisteren. Hoe gaat het hier?'

Powers legde het uit, terwijl de kraan voorzichtig terugreed over het spoor. 'Morgan Keeler heeft nu de leiding. Vanochtend heeft hij een briefing gegeven. Volgens hem zal het erom spannen of het middensegment het houdt. Ze zijn heel voorzichtig met die grote kranen. Er mag er maar één tegelijk op het middensegment.'

'Dat schiet niet op.'

'Nee. Maar als er eerst een paar wagons zijn weggehaald, zei hij, wordt het gewicht een stuk minder en kan de brug allebei de kranen dragen. De spoorwegen doen precies wat hij zegt.'

'Waarom ook niet? Als het fout gaat, is het zíjn schuld, niet de hunne.'

Powers schudde zijn hoofd. 'Typisch Washington. Denken jullie ooit ergens anders aan dan wie de schuld krijgt?'

Hush glimlachte, maar Powers had gelijk. Ze konden elkaar niet meer verstaan toen de grote kraanwagen naderbij kwam en de diesel van de reparatietrein op het punt stond de brug weer te beklimmen. Een paar opzichters van de spoorwegen overlegden via de radio. Toen stak een van hen zijn hand op en kwam de reparatietrein in beweging. Er waren nu twee locomotieven die het treintje naar boven duwden. Alleen de tweede was bemand. Hush dacht dat hij ook een kraanwagen zag naderen vanaf de kant van Memphis, maar dat was moeilijk te zien door de mazen van het stalen vakwerk van de brug. Op de andere oever leken de kantoorflats van Memphis te trillen in de hitte.

Hush voelde zich volslagen nutteloos in al die activiteit rond de bruggen – tientallen arbeiders die met wagons heen en weer reden, de locomotieven draaiend hielden, materialen klaarlegden voor de reparatietrein, beschadigde bielzen en verbogen rails weghaalden en onophoudelijk in hun walkietalkies spraken. Overal hingen dichte wolken stof en dieseldamp, en het was een ongelooflijke herrie. Hush wilde al teruglopen naar de politiewagen toen hij zag dat iedereen bleef staan en omhoogkeek naar de brug. De reparatietrein naderde het middensegment, heel langzaam nu. De arbeiders sprongen eraf voordat de trein daadwerkelijk de centrale overspanning op reed. Hush meende Keeler te zien staan met zijn witte helm, op het muurtje van de westelijke pijler, met een zendertje vlak bij zijn gezicht. Vanaf de andere oever naderde een kraanwagen met een kleinere locomotief erachter en bleef staan bij de pijler aan de kant van Tennessee. Op het middensegment stonden nog altijd zo'n twintig wagons op het vernielde brugdek. Terwijl Hush en Powers toekeken, werd er weer via de radio overlegd. Op de brug werden allerlei handsignalen gegeven en even later kropen de twee locomotieven allebei naar het middensegment toe. Hush zag dat de machinisten aan de westkant naast de deur van hun cabine stonden.

De reparatietrein ging het eerst, omdat het werkende deel van het frame zo'n vijfentwintig meter voor de feitelijke locomotief uitstak. De bemanning van de tweede locomotief wachtte nog een paar minuten, maar kroop toen voorzichtig naar het volgende deel van het vernielde spoor en begon de bouten van de verwrongen rails los te draaien. Vanaf de kant van Tennessee naderde nu een kraanwagen, op weg naar een platte goederenwagon van tachtig ton, die gevaarlijk naar links overhelde op de spoorbaan vlak achter de pijler.

Hush wilde naar de politiewagen vertrekken toen hij een geluid hoorde als een kanonsschot – een zware, dreunende klap uit de richting van de brug. Hij draaide zich bliksemsnel om en zag een kleine stofwolk boven het midden van de centrale overspanning aan de linkerkant. Meteen klonk er een tweede knal toen de draagbalk aan de rechterkant brak. Hij zag de arbeiders op het middensegment in paniek naar de veilige pijlers rennen, twintig meter verderop, vlak voordat de centrale overspanning van de brug met luid gekraak van verwrongen spanten en balken in een soort trage v recht omlaag in de rivier stortte. De kraanwagen en de reparatietrein werden meegesleurd terwijl de machinisten eraf sprongen. Er leek geen eind te komen aan het oorverdovende geraas van schrapend en brekend staal. De wrakstukken kwamen met een indrukwekkende plons in de rivier terecht en deden een enorme muur van water naar alle kanten spatten. Net als iedereen om hem heen rende Hush de oever op toen de kleine vloedgolf op hem af stormde als een bruine branding. Het water bereikte zelfs de zijsporen waar de vernielde wagons stonden te wachten. Hush en de anderen waren maar net op tijd. Ze sprongen op het balkon van een tankwagon om niet doorweekt te worden. De omgeving van de brug werd een moment lang aan het oog onttrokken door een grote, dichte stofwolk. Toen die was opgetrokken, zagen ze een paar spoorwegarbeiders zich vastklampen aan de afgebroken draagbalken aan de kant van Tennessee.

Hush keek Powers aan. 'Denk je dat Keeler zich heeft vergist?' vroeg Powers.

Hush wees naar een groepje spoorwegingenieurs. Een van hen had zijn helm op de grond gegooid en stampte hem aan stukken, terwijl de anderen allemaal tegelijk in hun zendertjes spraken.

'Zij denken van wel, zo te zien,' zei Hush hoofdschuddend. 'En Washington krijgt de schuld.'

Ze liepen door de modder terug naar de betonnen oprit van de brug. Honderden kleine vissen lagen wanhopig te spartelen op het droge. Een hele menigte spoorwegmensen kwam langs het spoor naar beneden vanaf de westelijke pier. Morgan Keeler liep er ook tussen, druk gebarend, terwijl de mannen om hem heen over hun schouder naar het ingestorte middensegment wezen. Op de rivier cirkelden drie slepers van de genietroepen rond de wrakstukken, speurend naar slachtoffers die mogelijk met de brug in het water terecht waren gekomen. Toen Keeler bij de oprit kwam, ontdekte hij Hush en Powers. Hij probeerde zich van de anderen los te maken.

'Hij heeft bescherming nodig,' riep Powers tegen Hush en hij pakte zijn portofoon. 'Anders wordt hij nog gelyncht.'

Terwijl Powers met Little Hill sprak, wrong Hush zich met geweld door de menigte heen om Keeler te ontzetten. In het midden van de groep aangekomen maakte hij zich bekend als FBI-agent en riep luid dat ze Keeler in verzekerde bewaring stelden om hem te ondervragen over wat er zojuist was gebeurd. Daar leken de dichtstbijzijnde mensen vrede mee te hebben, zodat hij de kans kreeg om Keeler mee te nemen naar Powers' politiewagen, waarmee de altijd oplettende Little Hill al naar de oprit was gereden. Hush mompelde tegen Keeler dat hij achterin moest stappen en zich moest gedragen als een arrestant. Toen hij was ingestapt staarde Keeler doodsbleek uit het raampje. Hush kwam naast hem zitten. Powers sprong voorin en gaf Little Hill opdracht om zo snel mogelijk weg te wezen. De grote politieman zette zijn zwaailicht en zijn sirene aan en baande zich een weg door de woedende groep spoorwegarbeiders die zich had verzameld bij het bruggenhoofd. Zodra ze het verkeersknooppunt onder de brug bij de rivier achter zich hadden gelaten nam Little Hill de eerste afslag naar de snelweg, schakelde de licht- en geluidsshow weer uit en reed snel naar het westen, weg van de bruggen en de bloeddorstige meute.

'Sta ik echt onder arrest?' vroeg Keeler ten slotte. Zijn toch al magere, strakke gezicht was bijna een doodshoofd.

'Nee,' zei Hush. 'Dat was alleen een excuus om je daar weg te krijgen voordat die lui je konden opknopen. Ze hielden je persoonlijk verantwoordelijk.'

Keeler haalde diep adem. 'Dat ben ik ook, min of meer,' zei hij.

'Wat is er nou gebeurd?' vroeg Powers.

'Ze hebben mijn berekeningen geaccepteerd. Om die brug vrij te kunnen maken moesten ze vanaf twee kanten de wagons van het middensegment weghalen. Iedereen had haast. Ik heb ze toestemming gegeven om twee kranen tegelijk naar het middensegment te rijden. Dat hielden de draagbalken dus niet.'

'Heb je tests gedaan of metingen verricht voordat je ze op dat middengedeelte toeliet?'

'Ja, natuurlijk. Ik had een spanningsmeter op mijn laptop aangesloten. Ik ben er sinds gisteravond mee bezig geweest. Ik heb de gegevens van alle drukpunten geregistreerd. Die balken hadden het moeten houden.' Hij schudde zijn hoofd.

'Hebt je die gegevens nog? Kunt je jezelf verdedigen?'

Weer schudde Keeler zijn hoofd. 'Nee, alles is verloren gegaan toen de brug instortte. Jullie hebben het gezien, neem ik aan. Het was een chaos toen die balk bezweek. Waar wij stonden, op het platform van die pijler, hadden we het veel te druk met het redden van de bemanning.'

Het bleef een moment stil na die bekentenis. De politiewagen reed nog steeds naar het westen over Highway 64. Powers' radio zoemde. Het was een inspecteur van de politie van Arkansas die de leiding had over de bewaking van de Frisco-brug. Hij meldde dat de adjunct van het FBI-bureau in Memphis was opgedoken en wilde weten welke FBI-agent Keeler had aangehouden.

'Oeps,' zei Hush.

'Laat maar aan mij over,' zei Powers en hij antwoordde dat híj, en geen FBI-agent, Keeler in verzekerde bewaring had gesteld en hem nu naar het districtskantoor van de genie in St. Louis bracht. Daar zou Keeler uitvoerig verslag uitbrengen aan zijn superieuren en een rapport opstellen aan de spoorwegautoriteiten. De inspecteur zei dat hij het bericht zou doorgeven. Little Hill merkte op dat ze de afslag naar Interstate 55 naar het noorden naderden. Die moesten ze maar nemen, vond Powers. En dan opschieten.

'Ze mogen niet weten dat ik daar ben geweest,' zei Hush. 'Officieel ben ik nog met ziekteverlof in Baton Rouge.'

Keeler wierp een blik op Hush' gehavende gezicht en Powers' hand. 'Wat is er met jullie gebeurd?' vroeg hij.

Hush vertelde hem over de explosies in Vicksburg, maar hij zei niets over de veranderingen in de commandostructuur van het FBI-onderzoek. De inspecteur meldde zich weer over de radio. De adjunct van de FBI in Memphis wilde Powers persoonlijk spreken. Powers keek Hush even aan en pakte de microfoon.

'Hoofdinspecteur Powers.'

'Larry Thomas hier. Ik wil opheldering. Ik hoor van verschillende kanten dat er een lange vent bij was die zich als FBI-agent bekendmaakte toen Keeler onder arrest werd gesteld.'

'Nou, ik weet van niks,' zei Powers meteen. 'Ik had alleen mijn chauffeur bij me. Een lange vent met zwart haar en niet moeders mooiste?'

Hush zag een schaduw van een grijns om Little Hills mond. Thomas vroeg hem even te wachten en meldde zich toen weer. 'Uw chauffeur? In uniform? Die vent was in burger.'

'Hoor eens, meneer Thomas,' antwoordde Powers, zonder antwoord te geven op de vraag. 'Het was een chaos daar op die brug. De spoorwegmensen stonden op het punt om meneer Keeler op te knopen aan de eerste de beste dwarsbalk. Mijn chauffeur en ik zijn erop afgegaan. We hebben iedereen verteld dat we Keeler onder arrest stelden en hebben hem zo snel mogelijk daar vandaan gehaald. Als u nog verder vraagt, zal iemand ook wel Batman en Robin in de buurt hebben gezien.'

Het bleef even stil. 'Waar bracht u Keeler ook alweer naartoe?' vroeg Thomas.

'Naar St. Louis. Daar is zijn districtskantoor. Hij zal verslag uitbrengen en misschien moet hij een goede advocaat nemen, als ik de spoorwegen een beetje ken. Maar we konden hem niet achterlaten op die brug.'

Weer viel er een stilte, alsof Thomas met iemand anders overlegde. 'Ja, oké,' zei hij toen. 'Als u het goed vindt, stuur ik een paar mensen van ons bureau in St. Louis naar u toe. Washington zit ons al op de nek. Ze willen weten wat er in godsnaam is gebeurd.'

'Akkoord,' zei Powers. 'Zodra we er zijn, zullen we Herlihy's kantoor bellen. Dan kan hij zijn mensen sturen. Oké?'

Thomas vond het best en hing op. Powers stak de microfoon weer in zijn houder. 'Ik zal ons operatiecentrum in Jefferson City bellen om te vragen of ze een auto sturen die bij Cape Girardeau op ons wacht. Die brengt jullie beiden dan afzonderlijk naar de stad. We kunnen beter niet bij ons hoofdkwartier in St. Louis arriveren onder het oog van een legertje FBI-agenten die willen weten wie er in deze auto zitten.'

'Precies,' zei Hush. Hij zag Keelers verbaasde gezicht. 'Bureaucratische manoeuvres, meneer Keeler. Het heeft niets met u te maken.'

'Wanneer komen we daar aan?' vroeg Keeler.

'Het is ongeveer vierhonderd kilometer. Honderddertig kilometer per uur... dus drie uur rijden.'

'Tweeëneenhalf,' zei Little Hill en hij gaf gas.

Op zaterdagavond tegen zes uur stond trein 2713SP nog steeds op het depot van Anniston. Matthews had de hele dag zijn handen vol aan speciale verzoeken van MP's om naar huis te mogen of in elk geval te mogen bellen met hun ouders of vriendinnetjes. Op al die verzoeken moest hij nee zeggen. De enige troost die hij de ongelukkige militairen kon geven was dat hijzelf ook niet weg mocht bij die vervloekte trein. Het depot was nog steeds gesloten voor alle telefoonverkeer, en niemand mocht erin of eruit. Er gingen geruchten over problemen met truckers bij de hoofdingang, waar de parkeerstroken vol stonden met vrachtwagencombinaties en nijdige chauffeurs. De twee oorspronkelijke machinisten hadden om vervanging gevraagd, met hun arbeidsvoorwaarden in hun hand, maar hun eis was botweg afgewezen door kolonel Mehle. Sinds hun terugkeer hoorden ze onafgebroken het geluid van passerende treinen op het hoofdspoor buiten het depot.

Om halfzeven verscheen Mehle met luitenant-kolonel Marsden en twee militaire technici uit Fort McClellan om de speciale tankwagons te inspecteren. Ze klommen op de cryogeenwagon en er ontstond een verhitte discussie die Matthews zo onopvallend mogelijk volgde vanaf het balkon van de slaapwagen. Het ging voor een deel over de betrouwbaarheid van de koelinstallatie. Ten slotte zag Mehle Matthews staan en wenkte hem. Marsden had een strakke trek om zijn mond en stuurde de technici weg toen Matthews naar de wagon toe liep. Mehle viel meteen met de deur in huis.

'Marsden hier twijfelt aan de veiligheid van de speciale wagons,' zei Mehle met een uitdrukking op zijn gezicht alsof hij de luitenant-kolonel wel kon vermoorden.

Matthews zie niets en haalde diep adem. Als een van Mehles eigen mensen dat beweerde, kon hij zich er beter buiten houden.

'Het zou me veel waard zijn geweest als u niet over die veiligheid was begonnen, majoor,' snauwde Mehle. 'Maar nu het punt toch is opgekomen wil luitenant-kolonel Marsden hier niets meer met dit transport te maken hebben.'

'Ik zei alleen maar dat de cryogeentanks de temperatuur in de vier containers omlaag hadden moeten brengen. Dat is niet gebeurd, en dat voorspelt weinig goeds. Ik kan niet langer...'

'Ja, ja, dat weet ik al,' zei Mehle met een nijdige blik naar Marsden. Matthews besefte dat dit een ideaal moment was om een verstandig woord te spreken, zeker met een gelijkgestemde geest als getuige.

'Kolonel,' zei hij, 'dit transport is al gevaarlijk genoeg zonder die Russische wapens. Waarom koppelen we de tankwagons niet af en brengen ze onder in Loods Negen totdat die spoorwegcrisis voorbij is? We zouden niet met die dingen door woonwijken moeten rijden.'

Mehles gezicht werd nog roder dan anders. 'Omdat, majoor Matthews, ik bevel heb om "die dingen", zoals u ze noemt, hier vandaan naar Utah te brengen. Zoals u heel goed weet.'

Er kwam een bewaker voorbij en Matthews moest even wachten tot hij buiten gehoorsafstand was. 'Ja, kolonel,' zei hij toen, 'dat begrijp ik. Maar de omstandigheden zijn veranderd. We weten niet wat zich binnen die kernkoppen afspeelt. Het zijn geen chemische wapens. We hebben nu een probleem met conventionele explosieven, plus het gevaar van radioactieve straling.'

'Misschien,' zei Mehle. 'Of het is heel iets anders. De tritiumboosterpluggen zijn verwijderd en de wapens hebben natuurlijk geen neutronenbron.' Hij klopte op de dikke stalen wand van de tankwagon. 'Kijk nou eens goed. Zelfs als een van die wapens implodeert, is het een gerichte explosie: naar bínnen gericht. De klap zou van buitenaf niet eens te horen zijn.'

'Tenzij er een spontane ontstekingsreactie met het andere wapen optreedt,' wierp Matthews tegen. Marsden begon al te knikken. Missie volbracht, dacht Matthews. 'Bij zo'n spontane ontsteking,' vervolgde hij, 'kan er genoeg druk ontstaan om de afdichting van de tankwagon te vernielen. Of de druk ontsnapt via een van de cryogeenleidingen. Dan kunnen er plutoniumfragmenten vrijkomen, kolonel, radioactief metaalstof. En dat zou niet zo best zijn.'

'Dat kan me allemaal geen flikker schelen. Hebt u me goed begrepen?' schreeuwde Mehle tegen hem. Hij zag de dichtstbijzijnde MP's verbaasd omkijken en vervolgde wat rustiger: 'We koppelen die wagons niet af. We vertrekken vanavond nog, uiterlijk om elf uur.'

Dat was nieuws, dacht Matthews. 'Hebben we een vrije route gekregen?' vroeg hij.

'Precies, majoor,' zei Mehle met opeengeklemde tanden. 'Een vrije route tot aan het knooppunt Birmingham. Vanaf elf uur. Ik heb mijn spullen al naar de commandowagon laten brengen.' Hij glimlachte toen hij Matthews' reactie zag. 'Inderdaad, ik zal zélf het bevel op me nemen over deze trein. Persoonlijk. Geen terugtrekkende bewegingen meer, majoor. Maar laat uw eigen plunjezak maar liggen, want u gaat met me mee.'

Hij gaf Marsden bevel om zijn cryogeeninstallatie nog eens te testen en hem te waarschuwen als de Texanen waren aangekomen. Toen vertrok hij, zonder nog een woord tegen Matthews. *Welke Texanen?* vroeg de majoor zich af.

Om zes uur 's avonds belde Hush met Tyler Redford vanuit het Holcomb Bluffs Hotel, waar Powers hem had ondergebracht nadat ze halverwege Missouri uit elkaar waren gegaan. Redford had Hush' telefoonnummer genoteerd en hem gevraagd om bij de telefoon te blijven. Binnen een kwartier belde hij terug.

'Je zou hier nog gek worden,' verzuchtte hij. 'Je hebt gehoord wat er in Memphis is gebeurd?'

'Sterker nog. Ik heb het met eigen ogen gezien.'

'Godsamme, dus jij was het tóch?'

'Wat was ik?' vroeg Hush onschuldig.

'Klets nou niet, Hush. Het bureau in Memphis belde ons in paniek toen die brug was ingestort. Een FBI-agent zou Keeler, die bruggeninspecteur, meteen na het ongeluk hebben aangehouden. Ze hadden met Powers gebeld, maar die beweerde dat híj Keeler had gearresteerd en dat er niemand van de FBI bij was geweest. De adjunct in Memphis, ene Thomas, zei dat hij dacht dat jij nog in Baton Rouge zat – maar dat Powers de kluit belazerde.'

'Dat is ook zo. Hoor eens, in die situatie was dat het enige dat we konden doen. Anders hadden die spoorwegmensen Keeler misschien gelyncht. Hij had een berekeningsfout gemaakt door die twee locomotieven op de brug toe te laten, en iedereen wist dat.'

'Shit,' zei Redford. 'Nou, Carswell is op het oorlogspad, dat zal je niet verbazen. Ze zijn nu bezig het verlies van nóg een brug te overzien, maar zodra dat brandje onder controle is...'

'Ja, ik weet het. Dan komen ze achter mij aan. Nou, ik ben met verlof. Dat is alles wat jij weet. Het laatste dat je ervan hoorde was dat ik met pijnstillers in Baton Rouge op bed lag. Dat ik de pest in had omdat ze me op een zijspoor hadden gerangeerd en dat ik me nu verongelijkt op het platteland heb teruggetrokken.'

Redford lachte. 'Ik zal het hun zeggen, maar ik denk niet dat ze het geloven. Thomas zei dat de plaatselijke politie probeert het onderzoek naar zich toe te trekken en misschien wel de eer voor zichzelf op te eisen. Als Carswell en zijn mensen dat horen, om over Heinrich nog maar te zwijgen, zullen ze een zondebok zoeken.'

'Is er ook nog iemand die naar de dader zoekt?'

Redford liet zijn stem dalen. 'Daar verschillen de meningen over.

Zolang heel Washington de FBI van alles de schuld geeft, is politiek lijfsbehoud het belangrijkste. In de wandelgangen wordt beweerd dat het misschien veel slimmer zou zijn om de zaak aan de plaatselijke politie over te dragen. Dan mogen zij eens het pispaaltje zijn. Waar is Keeler nu, trouwens?'

'Hij houdt zich schuil in hun regionale hoofdkwartier hier in St. Louis. Waarschijnlijk is hij op zoek naar een goede advocaat. Hij heeft een grote fout gemaakt, vooral omdat al zijn inspectiegegevens in de rivier zijn verdwenen toen de brug instortte.'

'Ik zou niet graag in zijn schoenen staan,' zei Redford. Toen zweeg hij even. 'Dus je werkt officieus met de politie samen?'

'Waarom niet? Bij de FBI lig ik eruit. En ik geloof nog steeds dat het maar één vent is die al die aanslagen pleegt. Heb je die lijst nog te pakken gekregen?'

'Ik heb gesproken met mijn collega van de inlichtingensectie. Volgens hem mogen ze niet verdergaan met die lijst.'

'Maar de spoorwegen hebben zich aan hun woord gehouden? Ze hebben namen genoemd?'

'Blijkbaar. Het probleem is alleen dat niemand van de inlichtingensectie met mij of met wie dan ook wil praten. Begrijp me goed, iedereen die niet direct bij Operatie Treinman is betrokken kruipt zo diep mogelijk in zijn schulp.'

'Maar er bestaat nu zo'n lijst?'

'Ik geloof het wel.'

'Ik sta bij je in het krijt, Ty,' zei Hush.

'Ik heb nog een hypotheek en een studerend kind. Dit gesprek heeft nooit plaatsgevonden, Hush.'

'Begrepen.'

Er viel weer zo'n pijnlijke stilte, waarin Redford met iemand anders op kantoor praatte. Toen meldde hij zich weer. 'Hoor eens,' zei hij, 'over vijf minuten geeft de directeur een persconferentie. Daar bel ik je nog over. Ondertussen...'

'Ondertussen hou ik me gedeisd.'

'Precies, Hush. Maak jezelf onzichtbaar.'

Hush besloot een douche te nemen en zich om te kleden terwijl hij op Redfords telefoontje wachtte. Hij vroeg zich af of die persconferentie niet ergens te zien was, maar hij had weer pijn en hij snakte naar een van die magische pillen. De rit over de snelweg van Arkansas naar Missouri was geen pretje geweest. Little Hill had het gaspedaal diep ingetrapt, zigzaggend tussen de vrachtwagens op de I-55 door. Zoals beloofd had Powers afzonderlijk vervoer voor Hush en Keeler geregeld. Bij de grens van Missouri hadden twee andere politiewagens op hen staan wachten. Een ervan had Keeler naar St. Louis gebracht, de andere had Hush naar zijn hotel ten noorden van de stad gereden. Powers was naar zijn hoofdbureau vertrokken met de belofte dat hij hem rond acht uur in zijn hotel zou bellen om hun volgende stappen te bespreken. Hush liet zich op het bed vallen en sloot zijn ogen. Om tien over halfzeven belde Redford weer.

'Nou, dit zal je prachtig vinden,' begon hij opgewonden.

'Laat horen.'

'Carswell zat naast hem en ze hielden een fraai verhaal over die brug in Memphis. Het was allemaal de schuld van de genie. Daar kwam het op neer.'

'Hebben ze Keeler bij naam genoemd?'

'Nee, maar de pers is al op weg naar het nationale hoofdkwartier van de genie in Arlington. Carswell zat naast de directeur.'

'Ja, dat zei je al. En?'

'Carswell, Hush! Niet Carolyn Lang. Het is nu officieel. Lang is eruit geschopt.'

Hush floot zachtjes. Kijk eens aan, dacht hij. Als je te dicht bij de zon vliegt, smelten je vleugels. Hij wilde iets zeggen toen Redford hem vroeg even te wachten. Hij drukte op de stiltetoets, maar even later was hij weer terug.

'Hier is iemand die u wil spreken, meneer Hanson,' zei Redford, opeens heel officieel.

Meneer Hanson? Hush was klaarwakker. Het volgende moment hoorde hij Carolyns stem. 'Goeienavond,' zei ze vriendelijk, alsof er nooit iets was gebeurd. 'Ik ben het laatste slachtoffer van Operatie Treinman. Ik had het gerucht gehoord dat u nu solo werkte. Kunt u nog hulp gebruiken?'

'Je moet nooit naar geruchten luisteren,' antwoordde Hanson zo beleefd mogelijk. 'En goede hulp is heel moeilijk te krijgen.'

'En met "goed" bedoelt u betrouwbaar?'

'Eerlijk, bedoel ik. Oprecht. Professioneel. Solide. Alleen geïnteresseerd in het vinden van de dader. Dat noem ik goede hulp.'

Het bleef even stil. Hush had grote moeite zich te beheersen. Hij probeerde koel en afstandelijk te klinken. Het liefst had hij haar de huid volgescholden, maar die voldoening gunde hij haar niet.

'Misschien dat u nog van gedachten verandert,' zei ze. 'Ik heb iets dat u wel zal interesseren.'

'Dat betwijfel ik, Carolyn. Behalve je lichaam, natuurlijk.'

Dat glipte er zomaar uit, zonder dat hij erbij nadacht. Hij hoorde dat haar adem stokte, maar ze wist zich te beheersen, net als hij.

'Ik dacht meer aan een lijst,' zei ze, zonder enige emotie in haar stem. Hush kon zich de uitdrukking op Redfords gezicht wel voorstellen. Maar toen besefte hij pas wat ze had gezegd.

'De lijst van de spoorwegen?'

Hij hoorde dat ze Redford vroeg om haar even alleen te laten. 'Ja, precies. En daar staat een naam op waar je steil van achteroverslaat. Ik overdrijf niet. Ben je nu in Baton Rouge?'

'Ik kan je beter niet vertellen waar ik ben, Carolyn, tot ik weet voor wie je tegenwoordig werkt.'

'Ik ben "teruggeplaatst" – zo heet dat tegenwoordig. Ik ga zogenaamd weer naar Publieke en Politieke Zaken, zoals jij zogenaamd weer naar de IITF teruggaat.'

'Tenzij ik besluit dat ze me in dit onderzoek al genoeg hebben vernederd en dat ik liever ontslag neem. Zodat de directeur zijn eigen man kan benoemen bij de IITF. Dat was toch het plan, Carolyn? Dat was toch *jouw* missie?'

'Hoe kom je daarbij?'

'Om te beginnen heb ik met een zekere McDougal gepraat.'

Het bleef weer even stil. Hush zei niets en liet de stilte bewust voortduren.

'Goed,' zei ze. 'Ja, dat was mijn missie. Dat is mijn werk hier. Of beter gezegd, dat wás mijn werk. Deze keer zijn we blijkbaar allebei in de val gelokt. Tijdens dat gesprekje van jou met de directeur en Heinrich.'

Die vrouw wist hem altijd weer te verrassen, verdomme. 'Dat gesprekje waar je ooit naar vroeg? Die bespreking?'

'Ja, die bespreking.'

Hij kon zich niet meer inhouden. 'En hoe voelt het om zelf een mes in je rug te krijgen, Carolyn?'

'Net zoals jij je op dit moment voelt, neem ik aan. Belazerd. Ik dacht dat ik zelf aan de touwtjes trok. Dat ik wel wat krediet had opgebouwd bij het kantoor van de directeur. Dat ik een van de ingewijden was bij de FBI, iemand die dicht bij het vuur zat, iemand die tot het kleine kringetje behoorde. En nu wil ik mijn gram halen. Zo voel jij je toch ook?'

'Absoluut. Maar waarom zou ik jou in vredesnaam vertrouwen? Waarom zou íemand jou nog vertrouwen?'

Ze liet haar stem dalen en fluisterde: 'Om de oudste bureaucratische reden die er bestaat, Hush. Omdat ik de informatie heb die jij zoekt. Ik weet wie de dader is.'

Om tien over zeven 's avonds betaalde Morgan Keeler de taxichauffeur en liep het laatste stuk door Smith Street naar het kantoor van de Van & Auto Storage. De garage adverteerde dat ze binnen een uur een auto uit de opslag konden halen, vierentwintig uur per etmaal, zeven dagen per week. Hopelijk was dat geen grootspraak. Zijn andere pickup-truck was nog steeds in Memphis, maar dat gaf niet, want na vannacht zou hij hem toch niet meer kunnen gebruiken. Hij produceerde een vervalst rijbewijs op naam van Thomas Brown, gaf het aan de man achter de balie en betaalde de rekening voor de opslag contant. De man zei dat de auto er zo aankwam. Keeler liep naar het raam en tuurde door de avond.

Het eindspel, dacht hij. Hij had deze fase zorgvuldig voorbereid, maar het zou toch een grote stap zijn om te verdwijnen en ondergronds te gaan. De afgelopen uren op het regionale kantoor van de genie waren heel onaangenaam geweest. Het was zaterdag, maar na de berichten over het ongeluk in Memphis waren alle opzichters en de districtscommandant meteen naar het kantoor gekomen. Ze hadden hem uitvoerig ondervraagd. De spoorwegen lieten al doorschemeren dat ze een schadeclaim zouden indienen en de media in Washington belegerden het hoofdkwartier van de genietroepen om erachter te komen welke ingenieur verantwoordelijk was geweest voor de Frisco-brug. De spoorwegen wisten dat al, maar die wachtten tot de genie zelf de naam Keeler officieel zou prijsgeven. Gelukkig waren de machinisten en spoorwegarbeiders met de schrik vrijgekomen. Er waren maar twee mensen lichtgewond geraakt toen de rijdende kraan over de rand werd gesleurd. Maar het verlies van de brug was al erg genoeg.

Volgens de districtscommandant, een forsgebouwde brigadegeneraal, was het voor de genie nog ernstiger dat Keeler zijn computer was kwijtgeraakt. Keeler had ervoor gezorgd dat zowel de spanningsmeter als de laptop in de rivier waren verdwenen in de paniek toen iedereen probeerde het vege lijf te redden. 's Ochtends had hij de gegevens van de spanningsmeter veranderd, zodat het leek alsof de balken nog veilig waren. Die uitkomst had hij laten zien aan de opzichters van de reparatieploeg. Daarna had hij de harde schijf eruitgehaald en in de rivier gegooid.

Maar dat maakte nu allemaal niets meer uit. De tijd begon te dringen. In de auto had hij gedaan alsof hij niet luisterde, maar hij was ervan overtuigd dat de politie het onderzoek op eigen houtje wilde voortzetten, los van de FBI. Dat betekende dat er dan twee onderzoeken liepen. Zijn kansen om aan de FBI én aan de politie te ontkomen werden dan wel heel erg klein, zeker als iemand zich ging verdiepen in alle spoorwegongevallen uit het verleden. Hij herinnerde zich dat de FBI zich had afgevraagd wat het motief kon zijn. Maar op de persconferenties die hij vanuit het FBI-hoofdkwartier had gezien was het motief niet meer ter sprake gekomen, waarschijnlijk omdat ze daar nog steeds geloofden in een terreurgroep. Maar ergens, op een of andere manier, moest iémand toch op zoek zijn naar een motief. Hij vermoedde dat hij nog één brug te grazen zou kunnen nemen. Dat zou Vicksburg moeten zijn.

'Uw wagen is er, meneer Brown,' riep de man van de garage vanaf de zijdeur.

Keeler bedankte hem en stapte naar buiten. Naast het gebouw stond een donkergroene Ford Econoline G-20 bestelwagen, omgebouwd tot camper. Hij had hem drie jaar geleden gekocht bij een veiling van een bank, en hem nooit laten registreren. Hij had hem hier naar de opslag gereden met de tijdelijke nummerborden er nog op. Ondertussen had hij vier sets nummerborden gestolen van wagens uit Missouri, Illinois, Tennessee en Arkansas. Daarna had hij de registratie van de pickup-truck van zijn huisbaas gekopieerd en daarmee een kentekenbewijs aangevraagd op naam van de boer.

Hij reed de camper naar buiten en vertrok naar zijn huisje aan de rivier. Op maandagmorgen zou de wereld instorten voor Morgan Keeler, bruggeninspecteur, dus had hij besloten om zijn laatste zaken in het huisje te regelen en dan naar het zuiden te rijden, op weg naar Mississippi. Morgen was het zondag, en het regionale kantoor zou zijn verdwijning pas opmerken als hij zich niet meldde voor zijn werk. Hoewel... de grote belangstelling van de media zou een streep door de rekening kunnen trekken. En ondanks hun geloof in een groep terroristen zou zelfs de FBI wel het verband met de aanslagen beseffen als hij opeens verdween. Hoe dan ook, het was maar een dag rijden naar Mississippi. New Orleans lag veel verder weg.

Daarna kon het hem niet veel meer schelen wat er zou gebeuren. Als hij wist te ontkomen na zijn aanslag op de brug van Vicksburg zou hij misschien nog een poging kunnen doen in New Orleans. Hij draaide de zuidelijke oprit van de snelweg op en ging op weg naar de staatsgrens. Hij was ten prooi aan gemengde gevoelens terwijl hij naar het zuiden reed: angst, opwinding, zelfs verwachting. Het eindspel, dacht hij weer. Dat woord klonk wel goed.

Kolonel Mehle stapte op zaterdagavond tien over halfelf aan boord van de commandowagon. Hij droeg een camouflagepak in de kleuren van Desert Storm, een legerpistool en een kleine koffer. Hij was in het gezelschap van twee adjudanten die Matthews nog nooit eerder had gezien. Ze hielden zich op de achtergrond en zeiden niet wie ze waren of waarom ze meegingen. Matthews, die zijn handen al vol had aan alle veiligheidsmaatregelen voor het vertrek van elf uur, had niet de tijd om zich in hen te verdiepen. De locomotieven draaiden al en Marsdens technische mensen voerden een laatste controle van de cryogeeninstallatie uit. Het goede nieuws was dat de temperatuur in de twee tankwagons twee graden was gedaald – in elk geval een stap in de goede richting. Mehle had prompt een van de cryogeentechnici bevel gegeven om mee te rijden naar Idaho.

Om precies vijf voor elf gingen de hekken van het depot open en vertrok de trein naar het knooppunt Birmingham. Hij draaide het hoofdspoor van de Norfolk Southern-lijn op en maakte snelheid. De commandowagon met Matthews, Mehle, de twee adjudanten, een radioman en een MP, was de laatste die de wissel naar het hoofdspoor passeerde. Matthews zag de schijnwerpers op de wachttorens van het depot in de nacht van Alabama verdwijnen toen de snelheid toenam. Even later werd hij geroepen door Mehle en stapte hij weer de commandowagon binnen om de route naar Idaho Falls en het INEL nog eens door te nemen.

Carolyn Lang belde Hush vanuit de receptie. Het was zaterdagavond, kort voor middernacht. Ze vertelde hem dat ze een rechtstreekse lijn-vlucht van Washington naar St. Louis had genomen. Hij zei dat hij haar in de bar beneden zou treffen als ze haar koffers naar haar kamer had gebracht.

Carolyn kwam binnen en liep meteen naar zijn tafeltje. Ze droeg een zakelijk donker pakje en had een kleine leren tas bij zich. Haar gezicht vertoonde scherpe lijnen van stress en vermoeidheid die hij de vorige keer nog niet had gezien. Ze ging aan zijn tafeltje zitten en beduidde naar de bar dat zij ook koffie wilde. Hush trok vragend zijn wenkbrauwen naar haar op, maar zei niets. Carolyn wachtte tot de koffie kwam voordat ze de tas opende. Ze haalde er een niet-ingebon-den dossier uit van ruim twee centimeter dik, dat ze voor hem op het tafeltje legde.

'Dit is de ingekorte lijst. De inlichtingensectie heeft een database gevormd uit het materiaal van de spoorwegmaatschappijen. Ze waren bezig de namen te ordenen per incident toen ze bevel kregen van Carswell om ermee te stoppen.'

'Dus Carswell en zijn mensen jagen nog steeds op terroristen?'

'Ja. Ze willen gewoon niet toegeven dat één man in zijn eentje zoveel schade kan hebben aangericht. Bovendien staat de FBI minder voor schut als...'

'Ja, dat argument ken ik al,' zei Hush. Hij keek naar het dossier maar sloeg het nog niet open, hoe graag hij dat ook wilde. 'Ik meen-de het serieus toen ik vroeg voor wie je nu werkte.'

Ze meed zijn blik. 'Dat begrijp ik wel,' zei ze, 'maar de prijs voor dat dossier is dat ik met jullie mee mag doen.' Ze keek hem weer aan. Haar heldere ogen hielden de zijne in een greep die hem verraste. 'Ik ben niet echt trots op wat ik heb gedaan, maar het verhaal is niet zo simpel als jij denkt.'

'Dan moet ik je op je woord geloven,' zei hij. 'Voorzover dat nog iets voorstelt.'

Ze knipperde met haar ogen bij die belediging en staarde naar haar koffie. 'Dat heb ik verdiend, neem ik aan. Maar ik had gedacht... ach, laat maar.'

'Wat had je gedacht? Dat ik met je mee zou voelen omdat ik zelf ook van spelletjes hou? Het punt is, Carolyn, dat ik mezelf altijd een rol heb toebedacht in het spel tussen de politie en de boeven. Begrijp je? De helden tegen de schurken. Maar jij... jij hebt mensen verraden. Hier bij de FBI. En dat zijn juist de helden.'

Ze knikte en perste haar lippen op elkaar. Ze sloeg haar ogen neer. Er was verder niemand in de bar. Het meisje achter de bar was bezig haar glazen te poetsen, die al glommen, en deed alsof ze niet naar hen keek.

Hush boog zich naar voren over het tafeltje. 'Kijk me aan!' beval hij, op zachte toon. Het liefst zou hij met zijn vuist op tafel slaan en tegen haar schreeuwen. Ze keek weer op. 'Waarom denk je in godsnaam dat ik jóú nog in mijn team wil hebben?' vroeg hij. 'Aangenomen dát er een team zou zijn.'

'Het waren geen helden, Hush. De mensen die ik in de val heb gelokt waren een groot probleem voor de FBI. Allemaal. Ze hadden te hoge posities om ze rechtstreeks te kunnen ontslaan zonder de FBI in een pijnlijke situatie te brengen, maar ze kwamen wel in aanmerking voor vervroegde uittreding.'

'Weet je dat zeker, Carolyn? Heb je hun personeelsdossiers gezien, hun staat van dienst? Je hebt dat alleen gehoord van hun eigen chefs, die de directeur hadden gevraagd een *Judas* te sturen om zich van die mensen te ontdoen.'

Ze kromp ineen toen hij het woord Judas gebruikte, maar ze krabbelde niet terug. 'Ja. Het waren types die openstonden voor allerlei dubieuze voorstellen. Ik had er geen moeite mee om ze weg te werken.'

'Nee, dat begrijp ik. Ik heb zelf enige ervaring met jouw voornaamste wapen, als je dat nog weet? Ja, natuurlijk weet je dat nog. Wat was dat, fase één?'

Ze kreeg een kleur. 'Nee!' zei ze, en ze haalde diep adem. 'Jij was anders. Jij was de eerste die ik...'

'In de val moest lokken,' opperde hij. 'Leer nou maar om het bij de naam te noemen.'

'Oké!' zei ze. 'Ik moest je in de val lokken. Maar ze wilden jou alleen weg hebben om politieke redenen. Bij de anderen was dat niet zo. Die veroorzaakten reële, aanwijsbare problemen in hun werk. Ja, ik kreeg instructies, dat is waar. Ik moest die problemen aanzwengelen tot het punt waarop de leiding concreet kon ingrijpen en zich niet meer hoefde te beperken tot een berisping.'

Hij leunde naar achteren. 'Wat was mijn "probleem" dan, Carolyn?'

Ze schudde haar hoofd. 'Het had niets met je werk te maken,' zei ze behoedzaam. 'Jouw probleem was je integriteit. In feite wilden ze je vervangen door iemand die meer... plooibaar was.'

'En dat vond jij niet verdacht?'

Ze knikte weer. 'Maar dit heeft een geschiedenis, zoals ik al zei. Ik was niet helemaal vrij in mijn keuze.'

'Gelul. Ik heb de dossiers gezien. Jij doet dit al tien jaar. En in mijn geval heb je gewoon gedaan wat je gezegd werd. Wat maakte het uit, één slachtoffer meer of minder voor de zwarte weduwe van de FBI? Ze hebben je de verkeerde bijnaam gegeven in St. Louis.'

Ze was zo fatsoenlijk om te blozen. 'Nee,' zei ze zacht. Ze pakte haar koffie en hij zag dat haar hand een beetje trilde. 'Nee. Je zal me wel niet geloven, maar... nee. Daarom was ik zo opgelucht toen jij uit Washington vertrok en mij daar achterliet. Ik wist wat er ging gebeuren en wat jij zou denken.'

Langzaam schudde hij zijn hoofd. 'Allemachtig, Carolyn Lang, je hebt wel lef.'

'En jij dan, Hush? Wat zei jij toen de grote jongens je vertelden dat je een permanente benoeming kon krijgen binnen de directie als je mij beentje lichtte? Heren, val dood?'

'Niemand zegt "val dood" tegen de directeur van de FBI. Dan sta je binnen een uur op straat. Maar toen ik merkte dat hun negatieve verhaal over jou helemaal niet klopte, heb ik je geen haar gekrenkt. Zulke scrupules had jij blijkbaar niet.'

Ze wilde iets zeggen, maar sloeg haar ogen weer neer. Hush had er genoeg van. Hij tikte op het dossier dat op het tafeltje tussen hen in lag. 'Laten we hier maar over praten. Wat staat erin dat zo belangrijk is?'

Ze stak haar kin naar voren. 'Het is een alfabetische lijst met namen, een korte beschrijving van het incident – bijvoorbeeld een auto die op een overweg door een trein is gegrepen – met de datum en de afwikkeling van de zaak.'

'Ja, en? Moet ik dat hele dossier doorlezen?'

Ze legde een beschermende hand op de stapel papier. 'Eerst wil ik de garantie dat ik mee kan doen. De FBI zit helemaal op het verkeerde spoor.'

Hij staarde haar aan.

'Hoor eens, we zitten in hetzelfde schuitje, Hush. We zijn allebei aan de dijk gezet. Je hoeft me niet aardig te vinden, maar je moet wel weten wat er in dit dossier staat.'

Hush dacht na. Hij kon van tevoren niet bepalen of ze werkelijk iets had ontdekt. Zo niet, dan zou hij gewoon op de afspraak terugkomen, besloot hij. 'Goed dan,' zei hij. 'Maar alleen als Powers ook akkoord gaat. En hij weet alles van je.'

'Ik waag het erop met Powers. Sla het open en lees het maar.'

Hij trok het dossier naar zich toe en bladerde het door. Het was een lijst van honderden namen en incidenten. Ongevallen met voetgangers, ongelukken op overwegen, ontsporingen, blootstelling aan giftige stoffen, nog meer ongevallen op overwegen – dat was de grootste groep. Hij nam het dossier bladzij voor bladzij door, terwijl Carolyn haar koffie dronk en toekeek. Hij probeerde zich te concentreren, maar hij zat nog steeds met hun andere probleem in zijn maag. Toen hij bij de *F*'s was gekomen keek hij op. Hij wilde iets zeggen, maar ze maakte een afwerend gebaar.

'Lees maar door,' zei ze.

Hij las nog een stukje en stopte toen bij de *J*'s.

'Doorlezen. En kijk goed naar de namen.'

'Toe nou, Carolyn. Wat moet ik in godsnaam...'

'Lees nou door! Ik wil dat je het op dezelfde manier ontdekt als ik.'

Op bladzij 57 viel zijn oog plotseling op een naam: Keeler, Morgan J. 'Mijn god,' fluisterde hij. 'Is dat ónze Keeler?'

Ze knikte. '*Kolonel* Morgan J. Keeler van de genietroepen van het Amerikaanse leger. Een ongeluk op een gelijkvloerse kruising, in 1986. De auto met zijn hele gezin, vrouw en twee kleine kinderen, werd gegrepen en vermorzeld door een goederensneltrein van Union Pacific. Zodra ik die naam zag heb ik de juridische afdeling van UP gevraagd om me het volledige dossier te sturen – voor de veiligheid met nog vijf andere dossiers.'

De gedachten tolden door zijn hoofd. *Keeler?* God, dat zou kunnen. Hij had de technische kennis. De gelegenheid. En het motief, zoals nu bleek. Een heel sterk motief. 'Wie had er schuld?'

'Zijn vrouw, volgens het politierapport, de veiligheidscommissie van de spoorwegen en de precedenten. Het is meestal de schuld van de automobilist. Volgens de machinist had ze de snelheid van de trein verkeerd ingeschat en de lichten genegeerd.'

'En ze zijn allemaal gedood?'

'Ja. Maar ook dat is meestal zo. Keeler is een proces begonnen omdat hij beweerde dat de lichten niet werkten. Dat heeft hij verloren. Toen heeft hij een nieuwe zaak aangespannen op een technisch juridisch punt, en die verloor hij ook. Vervolgens hebben de spoorwegen hém aangeklaagd en die zaak gewonnen. Een schadeclaim, verlies van inkomsten, proceskosten. Hij moest tweeënhalf miljoen dollar betalen. Daar is hij nog steeds mee bezig. De overheid houdt het van zijn salaris in.'

'Hebben ze hém aangeklaagd? Nadat zijn vrouw en kinderen waren verongelukt? Godsamme. Heeft hij ze ooit bedreigd?'

'Reken maar! In de rechtszaal, in het openbaar. Het staat in de stukken. Hij riep dat hij die klootzakken wel zou krijgen, al zou het zijn dood worden.'

En die belofte heeft hij waargemaakt, dacht Hush, terwijl hij naar achteren leunde en met zijn hand over zijn kin wreef. 'Hij is ingenieur, hij weet alles van bruggen, maar waar heeft hij die kennis over explosieven vandaan?'

'Uit Vietnam. Hij was commandant van een compagnie mineurs die de tunnels van de Vietcong moesten opblazen. Hoor eens, ik heb zijn adres. Het kantoor van de genie heeft me aanwijzingen gegeven. Hij woont dertig kilometer ten zuiden van Festus in Mississippi, ongeveer vijfenzestig kilometer ten zuiden van St. Louis.'

'Hebben ze je dat zomaar verteld?' vroeg Hush.

'Ik zei dat we hem wilden spreken, liever bij hem thuis dan op het regionale kantoor in St. Louis. Om de genie geen negatieve publiciteit te bezorgen. Ik liet doorschemeren dat er al dreigementen waren geuit. Op deze manier zouden we hem – en de genie – een dienst bewijzen. Ze waren me nog dankbaar ook.'

Hush zuchtte diep. 'Heb je het al aan Carswell en zijn mensen verteld?'

Ze lachte kort. 'Ik heb het wel geprobeerd, toen ik die lijst in handen kreeg, maar voordat ik Keelers naam had ontdekt. J. Kenneth gaf me de wind van voren. Ik moest hem niet aan zijn kop zeuren met onzinnige theorieën en gewoon mijn werk doen: mijn benen laten zien aan de cameraploegen.'

'Nou, hij lijkt me het ideale slachtoffer voor jouw aanpak,' zei Hush.

Carolyn zuchtte en Hush verweet zichzelf dat hij te ver ging.

'Hoor eens,' zei ze, 'ik weet wel dat je kwaad op me bent. Maar niemand op het hoofdkwartier weet op dit moment iets van die lijst, behalve de inlichtingensectie, en die kennen Keeler niet. Dit lijkt me een ideale kans.'

'Maar voor wie, Carolyn? Ik ben officieel met ziekteverlof. Als ik officieus toch aan Operatie Treinman werk en Heinrich komt erachter, kan ik op disciplinaire sancties rekenen. En jij ook.'

'Niet als we de dader vinden,' zei ze.

'En dus kom ik weer terug op het werkelijke probleem, Carolyn. Hoe weet ik of dit niet fase drie is van jouw professionele plannetje om mij onderuit te halen? Je verleidt me om een eigen onderzoek naar Keeler te beginnen en daarna zeg je het tegen Carswell? Of tegen de directeur?'

'Ik ben zelf ook uitgerangeerd.'

'Dat zeg jíj.'

Hush besefte dat ze een impasse hadden bereikt. Carolyn leek dat ook te begrijpen. Ze staarde een tijdje voor zich uit en trommelde met haar vingers op het tafeltje. Toen scheen ze een besluit te nemen.

'Oké, Hush, ik begrijp wat je zegt,' zei ze. 'Je maakt je meer zorgen over je eigen carrière dan over de dader. Het maakt je niet uit of we die gek te pakken krijgen.'

'Dat is niet waar,' zei hij. 'Jouw prijs voor deze informatie was dat je met ons mee mocht doen. Eerlijk gezegd zou ik me in het veld heel onveilig voelen met jou. Ik zou steeds bang zijn dat ik in de rug werd aangevallen. Ik moet nog wennen aan de praktijk en ik heb geen behoefte aan zo'n situatie. Misschien ben ik niet zo slim, maar ik leer wel van mijn fouten. Alles ging goed met mijn carrière totdat jij op het toneel verscheen.'

'O ja? Waarom hebben ze mij dan op je afgestuurd? Omdat je een solist bent, daarom. Omdat je geen vrienden maakt in hoge posities. Wat dacht je nou eigenlijk? Dat het voldoende was om je werk goed te doen? In deze tijd? Ben je echt zo naïef?'

'Misschien wel,' zei hij. 'Maar in elk geval steek ik mijn collega's geen mes in de rug.'

'Luister naar me,' zei ze. 'Keeler bezit alle kennis om die bruggen te vernietigen. Hij kan overal komen en hij heeft een overduidelijk motief. Als jij niet achter hem aan gaat, doe ik het wel alleen.'

'Achter hem aan gaan? Op wiens gezag? Heb je soms een arrestatiebevel? Wil je hem op eigen houtje aanhouden? En waar breng je hem dan naartoe? Aan wie wil je hem overdragen en met welke aanklacht?'

'Ik zou hem naar St. Louis brengen voor een verhoor en Herlihy uitleggen hoe het zat. Weet je wat ik denk? Dat Keeler meteen zal bekennen. Iemand die zoiets doet, is er nog trots op ook. Hij wilde er niet wijzer van worden, hij wilde alleen maar wraak.'

Hush lachte. 'Je wil hem naar Hijzelf Herlihy brengen? Die goede vriend van je? Nadat je zijn favoriete opvolger hebt weggewerkt?'

'Hank McDougal was een alcoholist. Een drankorgel.'

'Volgens jou, ja. Weet je, ik zou je bijna in je eentje erop afsturen. En dan jóú een hak zetten, voor de verandering.'

'Zou je je dan beter voelen?' vroeg ze. Haar ogen bliksemden van woede.

'Reken maar. Pas als ze je naar Washington zouden terugsleuren, zou ik zeker weten dat je niet meer voor hen werkt.'

'En wat zou je daarna doen?'

Hush aarzelde. Hij gaf het niet graag toe. 'Dan zou ik achter Keeler aan gaan.'

Nu was het haar beurt om te lachen. Het was geen prettig geluid. Toen stak ze haar hand in haar tasje, haalde haar pistool eruit en legde het op tafel. Het meisje achter de bar zette grote ogen op toen ze de Sig zag. Carolyn merkte van een afstand haar reactie en zei dat ze van de FBI waren. Daarna pakte ze haar mobiele telefoon en gaf die aan Hush. 'Hier,' zei ze, met een uitdagende blik. 'Bel ze maar. Zeg maar dat ik hier ben. Je weet het nummer.'

Hush keek haar vastberaden aan en aarzelde niet. Hij pakte de telefoon aan en schakelde hem in. Toen hij het piepje hoorde, toetste hij het nummer van het operatiecentrum in Washington. Carolyn borg het pistool weer in haar tasje en streek met haar hand door haar haar. Haar gezicht was rood aangelopen.

'Operaties,' zei een stem.

'Eén moment,' zei Hush. Hij keek Carolyn over het tafeltje aan en legde zijn duim over het microfoontje. 'Weet je zeker waar hij woont?'

Ze trok haar wenkbrauwen op en knikte toen nadrukkelijk. Hij haalde zijn duim weg. 'Met adjunct-directeur Hanson,' zei hij, en hij noemde zijn herkenningscode. 'Ik heb een boodschap voor senior agent Carolyn Lang.'

Het bleef even stil aan de andere kant. 'U belt ons met haar eigen mobiele telefoon, meneer Hanson,' zei de stem toen droog. 'Waarom zegt u het haar zelf niet? O ja, en waar zit u eigenlijk, meneer Hanson?'

Hush dacht snel na. De centralist had hem al de helft verteld van wat hij wilde weten, maar het was stom geweest om Carolyns mobieltje te gebruiken. 'Ik bel met haar telefoon omdat ze die van míjn afdeling heeft gekregen. Ondertussen wilde ik graag antwoord op mijn vraag!'

'Ja, meneer. Sorry, meneer, maar...'

'Stil even. Ik ben met ziekteverlof in Baton Rouge. Ik wil weten of Lang nog in het gebouw is.'

Carolyn luisterde aandachtig mee. De toon van de centralist werd opeens veel beleefder. 'Het is hier een paar minuten over één in de nacht, meneer Hanson,' zei hij. 'We kunnen haar oppiepen of haar thuis bellen, als u wilt. O, en adjunct-directeur Carswell heeft ons gevraagd om alle contacten met u aan hem te melden. Hebt u een nummer in Baton Rouge waarop u te bereiken bent?'

'Het nummer dat op je scherm staat, vriend,' zei Hush kortaf. 'Laat maar bericht achter op haar voice-mail op kantoor en vraag of ze mij op dit nummer belt. Dan kan ik haar mijn dossier over Operatie Treinman sturen.'

'Ja, meneer. En eh... meneer? U moet dat dossier naar de situatieruimte van Nationale Veiligheid sturen. Senior agent Lang werkt niet langer aan deze zaak.'

Dat was de andere helft van wat hij weten wilde. 'O nee? Nou, dan kunnen we elkaar gezelschap houden,' zei Hush. 'Ik stuur het dossier naar het bureau hier in Baton Rouge. Zij geven het wel door aan Nationale Veiligheid. Laat die boodschap aan agent Lang maar zitten.'

Hij verbrak de verbinding en gaf Carolyn de telefoon weer terug. Toen keek hij haar lang en doordringend aan. 'Wie garandeert me dat ik hier geen spijt van krijg, Carolyn?'

'Niemand,' zei Carolyn. 'Maar we weten allebei dat Keeler zou kunnen verdwijnen na wat er in Memphis is gebeurd.'

Hush knikte. 'Een ongeluk waar hij zelf de hand in heeft gehad, neem ik aan,' zei hij. 'Maar je hebt gelijk. We moeten iets doen, en snel. En we moeten Powers waarschuwen. Hij kan voor ondersteuning zorgen.'

'Die politieman? Met welk gezag, zal hij willen weten. En waar is ons arrestatiebevel? Wat is de aanklacht? Nee, we doen het zelf wel. We grijpen hem in zijn kraag en daarna dragen we hem over aan Powers, als je dat wilt.'

Hush tuitte zijn lippen. Ze stelde dus voor om Keeler te arresteren. Nu meteen. Op eigen houtje. Zonder ondersteuning of een officieel bevel. Dat druiste in tegen alle regels van het FBI-handboek. Ze keek hem aan.

'Wat hebben we nog te verliezen?' vroeg ze.
'Goede vraag,' zei Hush. 'Een heel goede vraag.'

14

Kort na middernacht was Keeler klaar met het inladen van de camper. Hij had voorraden bij zich voor twee weken, plus alles wat hij nodig zou hebben voor de brug van Vicksburg. Hij sloot de achterdeuren, stapte in en reed achteruit het erf over naar de plek waar de aanhanger met de boot stond te wachten. Hij koppelde hem vast en keek nog één keer om zich heen. Het was een heldere nacht met een halve maan, een stuk kouder dan overdag. Het rook naar versgeploegde aarde met een vleugje kunstmest. Het huis was donker, maar alles was geregeld, net als in het bos. Hij zou niets achterlaten, geen enkel spoor. Wie een kijkje kwam nemen zou dat al snel ontdekken. Hij reed de camper en de aanhanger naar het huis toe en ging voor het laatst naar binnen.

Hij liep meteen naar de fotokamer. Vanuit de deuropening wierp hij nog één blik op de foto's van zijn verongelukte vrouw en kinderen. Hij stapte niet naar binnen om te gaan zitten. Hij keek alleen maar. Zijn blik gleed haastig over de afschuwelijke beelden en bleef steken bij de andere foto's, uit gelukkiger tijden. Voor het treinongeluk. Hij overwoog een paar foto's mee te nemen, maar deed het toch niet. Zijn wraak moest voldoende zijn. Hij sloot de deur en liep weer naar buiten.

Hij reed de lange zandweg af en nam de US-61 naar het zuiden. Dertig kilometer verder kwam hij bij Bloomsdale, waar hij afsloeg naar een landweg die in oostelijke richting terugliep naar de rivier en een sportvisserskamp bij de samenvloeiing van een kreek en de rivier zelf. Toen hij het kamp binnenreed, met alleen zijn parkeerlichten aan, zag hij vier donkere campers en een grote caravan verspreid tussen de bomen staan. Het bouwvallige kantoortje was donker, maar er lagen wel enveloppen voor het kampeergeld. Hij deed het bedrag in een envelop, noteerde het nummer van de camper en gooide de envelop in de brievenbus. Daarna reed hij met de kampeerbus naar de boothelling in de kleine baai langs de oever.

Het was nu helemaal donker, maar de maan gaf genoeg licht. Voorzichtig reed hij de camper achteruit en keek in het spiegeltje tot hij de achtersteven van de boot omhoog zag komen. Toen stapte hij uit om het touw aan een van de stalen ringen in het beton van de helling te binden. Daarna reed hij nog een eindje achteruit tot de boot vrij was van de aanhanger, reed de helling weer op en parkeerde de wagen ergens op het terrein, zo ver mogelijk bij de andere campers vandaan. Uit de wagen haalde hij een donker windjack, een zwarte muts, een zaklantaarn en een afgezaagd dubbelloops .12-jachtgeweer. Hij laadde het wapen en propte zijn zakken vol met patronen. Toen stapte hij weer uit de camper, deed de deuren dicht en sloot ze af. Een minuut of vijf bleef hij in het donker staan, terwijl hij een sigaretje rookte en het terrein in de gaten hield.

Toen hij zeker wist dat er niemand in de buurt was, liep hij naar de boot, die zachtjes tegen de modderige oever naast de helling lag te dobberen. Hij klom aan boord, gooide het touw los en liet de boot een eindje stroomafwaarts van het kamp drijven voordat hij de buitenboordmotor startte. In rustig tempo koerste hij naar de vaargeul toe. Het was wat lichter hier midden op de rivier, maar hij zag geen schepen of rivieraken. Toch wilde hij zich er eerst van overtuigen dat er nergens vissers lagen voordat hij naar het noorden vertrok. Nu de camper veilig uit de buurt van het huis was, moest hij nog één keer terug om het karwei af te maken. Hij kon geen mens ontdekken, dus stak hij nog een sigaret op, keerde de boot stroomopwaarts en drukte langzaam de gashendel naar voren, tot vol vermogen.

Ze vertrokken in haar huurauto, doorkruisten de stad via de i-70 en namen de i-55 naar Arkansas. Toen ze St. Louis achter zich lieten zagen ze nog dat er druk werd gewerkt onder de MacArthur-brug. Een labyrint van helderwitte en gele lichtjes bescheen een hele vloot van duwboten, aken en drijvende kranen. Binnen veertig minuten waren ze in Crystal City, waar ze sterke koffie dronken bij een wegrestaurant voordat ze via de us-61 naar Festus reden. Ze misten de afslag naar de landweg en waren een kwartiertje kwijt met zoeken voordat Hush uitstapte om de huisnummers op de brievenbussen te lezen. Zodra ze het adres hadden gevonden schakelde Carolyn het dimlicht uit en reden ze de lange zandweg af, in een lage versnelling.

Ze hadden afgesproken om rustig maar niet echt heimelijk naar Keelers huis te rijden – met de parkeerlichten aan, zonder zich nadrukkelijk te verbergen. Als ze in de buurt waren zou Hush het privé-nummer van Morgan Keeler bellen met het verhaal dat ze op zo'n vreemde tijd kwamen omdat er dreigementen tegen hem waren binnengekomen na het ongeluk met de brug in Memphis. Zodra ze de kans kregen hem te arresteren, zouden ze hem mee terugnemen naar St. Louis. Ze wisten niet precies waarhéén in St. Louis, want ze zaten nog met het probleem van Herlihy en het ontbreken van een aanhoudingsbevel.

'Ik voel me er niet gerust op, zonder versterkingen,' zei Hush terwijl de auto voorzichtig over de zandweg hobbelde. De velden aan weerskanten waren vers geploegd en in het maanlicht leken de diepe, evenwijdige voren zich oneindig ver uit te strekken. Carolyn remde af en stopte.

'Misschien moeten we Powers toch maar bellen,' zei ze.

'Als we hem vertellen wie de dader is en de politie Keeler arresteert, staat de FBI met lege handen.'

Ze beukte met haar voorhoofd tegen het stuur. 'Je blijft ook een bureaucraat, is het niet? Wat maakt het nou uit wie de eer opstrijkt? De FBI had jou en mij en de juiste theorie in huis, maar ze hebben ons bij het grof vuil gezet. Laat de politie de eer maar krijgen! Het zal me een rotzorg zijn! Als wij gelijk hebben, kunnen we die wandelende rampenmachine onschadelijk maken.'

Hush merkte dat hij een kleur kreeg in het donker van de auto. Ze had natuurlijk gelijk. Maar hij moest ook naar zijn instincten luisteren. Ze waren maar met hun tweeën. En het voordeel van de politie op de schurken was juist dat ze met groot machtsvertoon konden toeslaan. Stel dat Carswell en zijn mensen toch gelijk hadden en Keeler de leider was van een grote bende? Helaas waren ze al zo ver gekomen dat het weinig zin had om nog de FBI te hulp te roepen. Hij wreef in zijn ogen. Het was een lange dag geweest.

'Oké,' zei hij. 'Ik bel Powers wel.' Toen zweeg hij. Hij had Powers' nummer niet. Dat zat in zijn koffertje. Hij vertelde Carolyn het goede nieuws. Ze schakelde de auto in de parkeerstand en zette de motor uit.

'Bel sterretje-zeven-zeven maar,' zei ze. 'Dan krijg je de politie hier. Ik zag de borden op de snelweg.'

Maar de telefoniste zei dat ze Hush niet met hoofdinspecteur Powers kon doorverbinden, ook al maakte hij zich bekend als FBI-agent. Ze wilde wel het hoofdbureau bellen, dan konden die hem misschien bereiken. Geduldig gaf Hush haar het nummer van Carolyns mobieltje en daarna wachtten ze af. Carolyn draaide de raampjes omlaag en zette de parkeerlichten uit. Krekels en kikkers brachten hun een serenade vanuit het struikgewas en het gras aan weerskanten van de zandweg.

'Ongelooflijk dat Keelers naam zomaar opdook,' zei hij.

'Hij dook niet zomaar op,' zei Carolyn. 'Een paar dozijn mensen van de inlichtingensectie zijn daar dag en nacht mee bezig geweest. Ze hebben een stapel juridische dossiers en processtukken doorgewerkt van drie meter hoog. Stuk voor stuk. Allemaal handwerk. Het dossier met Keelers naam erin was oorspronkelijk zevenhonderd pagina's dik. Dit was er maar één van.'

'Maar dat is juist het sterke punt van de FBI – verzamelen, schiften en alles uitvlooien tot er opeens een beeld ontstaat waarvan je niet begrijpt dat je het niet eerder hebt gezien.'

'Zonder al die kantoorpolitiek zou het een ongelooflijk efficiënte organisatie zijn,' zei ze.

'Kantoorpolitiek?' merkte Hush bitter op. 'Is dat een andere naam voor mensen zoals jij en ik?' Op dat moment ging de telefoon. Het was Powers.

'Mijn vrouw is hier niet blij mee,' begon hij, 'dus het moet minstens een bloedbad in een weeshuis zijn.'

'Beter nog,' zei Hush. 'We weten vrij zeker wie de dader van die aanslagen is.' Hij vertelde hem wat ze hadden ontdekt. Powers hoorde het stomverbaasd en zwijgend aan.

'Dat is niet zo mooi! En jij zit daar nu met Lang? Die had toch de poten onder je stoel weggezaagd?'

'Ja,' beaamde Hush met een blik over de donkere voorbank. 'Diezelfde Lang. Een lang verhaal.'

'Hoor eens, ik ben blij dat ik niet in jullie schoenen sta, want de FBI gaat door het lint als jullie met die dader komen aanzetten. Ik zal wel voor ondersteuning zorgen, als ik maar zeker weet dat die vent thuis is voordat ik de cavalerie erop afstuur.'

'Goed. We bellen je wel vanuit het huis, zodra we zekerheid hebben. Misschien is hij er al vandoor.'

'Na Memphis? Ja, in zijn plaats zou ik zeker zijn gevlucht. Hij wordt van alle kanten onder vuur genomen, door de media, de advocaten van de spoorwegen – zelfs door jullie. Herlihy belde me en zei dat de brug in Memphis de enige hoop van de FBI was op een ''positieve ontwikkeling'', zoals hij het noemde.'

'Wij komen misschien met een veel positievere ontwikkeling. Carolyn denkt dat hij meteen een bekentenis zal afleggen omdat hij trots is op wat hij heeft gedaan.'

'Hebben jullie ook papieren? Een arrestatiebevel? Een rechterlijk bevel? Een machtiging?'

'Helemaal niks,' zei Hush.

'Nou, je bent een dapper mens, Hush. Misschien niet slim, maar wel heel dapper. Als hij niet spontaan bekent, gaat hij vrijuit.' Hij zweeg weer even. 'Goed. Bel me als het moeilijk wordt. Of bel dit nummer maar.' Hij las het op. 'Dat is ons Special Operations Center in Jefferson City. Ik zal de dienstdoende luitenant waarschuwen. En denk aan dat tolhuisje in Vicksburg, oké?'

'Hoe zou ik dat kunnen vergeten?' vroeg Hush, terwijl hij zijn hand naar zijn hoofdhuid bracht.

Het bleef even stil, alsof Powers naar woorden zocht. 'Jullie gaan natuurlijk je boekje ver te buiten,' zei hij ten slotte.

'Dat weten we,' zei Hush weer. 'En dit gesprek heeft nooit plaatsgevonden.'

'Heel goed. Oké, we wachten op berichten.'

'We gaan erop af,' zei Hush en Carolyn startte de auto.

'Had je hem verteld wat ik had gedaan?' vroeg ze.

'Ik geloof dat hij het van onze mensen in St. Louis had gehoord. Waarschijnlijk van Herlihy. De politie hoort graag verhalen over FBI-agenten die elkaar met een stomp mes in de rug steken.'

Ze gaf geen antwoord. De auto hobbelde langzaam over de kuilen van het zandpad. Ze zagen een groepje bomen en een klein huis van één verdieping, met wat schuurtjes in de verte. Ze leken lichtgrijs in het zwakke schijnsel van de maan. Nergens was licht te zien. Hush belde Keelers nummer, maar er werd niet opgenomen.

'Laten we bidden dat er geen honden zijn,' zei hij. Carolyn knikte.

Er waren geen honden en er kwam geen reactie. Ze parkeerden recht voor het huis en wachtten of er lampen werden aangestoken, maar dat gebeurde niet. Ten slotte stapten ze uit en klopten aan. Geen antwoord. Hush klopte nog eens, terwijl Carolyn achteruitliep naar de voortuin om de ramen in het oog te houden. Ze had haar wapen in haar hand, maar omlaaggericht. Hush riep Keelers naam, maar ze voelden allebei dat er niemand was. Hush probeerde de voordeur, die niet op slot zat.

'Ik ga naar binnen,' fluisterde hij en trok zijn eigen wapen. 'Hou jij de wacht, met het oog op problemen? Of kom je mee naar binnen?'

'Ik ga met je mee. Moeten we Powers nu niet bellen?'

'We weten niet wat we zullen aantreffen, Carolyn. Misschien is hij al gevlucht. Of misschien wacht hij ons op met een jachtgeweer.'

'Dat is een vrolijke gedachte. Zal ik de politie bellen om de situatie te beschrijven en te zeggen dat we nu naar binnen gaan?'

'Goed,' zei hij en hij deed een stap bij de deur vandaan. Carolyn liep naar de auto om te bellen. Hush riep nog eens Keelers naam, maar zijn stem weergalmde tussen de lege schuren. Een zachte bries streek langs de hoeken van de veranda en nam de modderige lucht van de grote rivier met zich mee. Er kwam nog steeds geen reactie en hij zag geen enkel teken van leven. Carolyn kwam terug naar de deur. Met hun wapens op scherp stapten ze naar binnen. Daar riep Hush opnieuw. Geen antwoord.

'We gaan van kamer naar kamer,' fluisterde Hush. 'En let op de ramen.'

Ze knikte. Het huis had een veranda aan de voor- en achterkant. De voordeur kwam uit in een centrale woonkamer met een haard aan hun rechterkant en de keuken achterin, in een L-vorm. Links was de gang, met zo te zien twee slaapkamers aan de linkerkant en een badkamer aan het eind. De vloeren waren van hout. De badkamerdeur stond open en ze zagen het maanlicht door de onderste helft van het gedeeltelijk geopende badkamerraam. Een rolgordijn klapperde zachtjes in de avondbries.

De twee slaapkamerdeuren waren dicht. Het huis rook vaag naar de as van de open haard, maar verder leek het netjes en schoon. Hush besloot geen lampen aan te doen. Het schijnsel van de maan dat door de ramen naar binnen viel was voldoende. Ze bleven vlak bij elkaar om elkaar dekking te kunnen geven. Voorzichtig liepen ze ver genoeg de woonkamer in om in de kleine open keuken te kunnen kijken. Er leken wat borden in de gootsteen te staan. Op het fornuis stond een kleine pan. Een deur opzij van de keuken kwam weer uit in de gang, een andere leidde naar de veranda aan de achterkant. Hush opende de achterdeur en keek naar buiten. Er was niets anders te zien dan een groepje bomen met daarachter de rivier. Tijd om de slaapkamers te verkennen. Hij gaf Carolyn een teken om aan het begin van de gang te blijven staan terwijl hij door de keuken de gang in stapte, vlak naast de badkamer. Hij riep nog eens en klopte toen op de deur van de achterste slaapkamer. Toen duwde hij hem open, terwijl Carolyn de ramen en de andere slaapkamerdeur in de gaten hield, met haar pistool door de gang gericht.

De achterste slaapkamer was klein, zo'n drieënhalve meter in het vierkant. Tegen de achterwand van het huis stond een eenpersoonsbed, geflankeerd door twee kleine nachtkastjes. Rechts stond een toilettafel, links een kast met één deur. De kamer leek weinig gebruikt. Er lagen geen kleren, er stonden geen schoenen onder het bed, er lagen geen boeken of bladen op de nachtkastjes. Hush stapte naar binnen en liep naar de kast terwijl Carolyn hem dekking gaf vanuit de deuropening. De kast was gedeeltelijk gevuld met kleren, hangend en in stapels op een plank. Hij sloot de deur weer en ze liepen de gang door naar de volgende kamer. Nu zorgde Hush voor dekking, terwijl Carolyn de deur opende. Hij hoorde haar ingehouden kreet van verbazing.

'Moet je zien!' zei ze zacht en ze bleef in de deuropening staan.

De muren van de kamer waren letterlijk behangen met foto's van Keelers vrouw en kinderen. Er waren vrolijke kiekjes van twee kleine kinderen en een lachende jonge vrouw. Er waren foto's van school, picknicks van de kerk, kerstfeestjes, eieren zoeken met Pasen, kampeertochtjes, speelplaatsen. Daar tussenin hingen groteske foto's van het wrak bij de spoorwegovergang. Elke vierkante centimeter van de muren was gebruikt. Het maanlicht door de ramen aan de voor- en de zijkant weerkaatste in het glas en plastic van de fotolijstjes. Er stond geen bed in de kamer. Het enige meubilair was een stoel met een houten tafeltje. Op de tafel zagen ze een paar kaarsen in houders. Ze waren tot verschillende lengten afgebrand en sommige waren tot een berg kaarsvet gesmolten op het tafelblad zelf. Het rook er naar stof en kaarsvet.

'Het is een altaar,' mompelde Hush. 'Ja, Keeler is onze man. Absoluut.'

Carolyn stapte de kamer in om de foto's te bekijken bij het licht van haar zaklantaarn, terwijl Hush naar de muurkast liep. Daarin vond hij een grote archiefkast, vol met juridische stukken. Hush deed de deur weer dicht.

'Oké,' zei hij. 'We zijn te laat. Ik denk niet dat er een zolder is, en ik heb geen luik gezien. We moeten alleen nog de schuren doorzoeken. Dan kunnen we Powers' stoottroepen afbestellen.'

Carolyn knikte afwezig terwijl ze rondkeek. Ze bestudeerde de foto's van het wrak naast de rails en schudde haar hoofd. Goddank waren het zwartwitfoto's, maar het enige dat ze op de meeste opnamen nog herkende was de grote dieselloc met het logo van de spoorwegmaatschappij. Er lagen *dingen* in de greppel langs het spoor, en hier en daar wat grijze lakens. Op een van de foto's lag het geraamte van een auto, zwartgeblakerd en bijna onherkenbaar verwrongen, de banden gesmolten tot kloddens rubber, onder een wagon waarvan de voorste wielkasten de auto effectief in drie stukken hadden gesneden. Een klein laken bedekte iets tussen de vering van de wagon.

'Carolyn?'

'Ik kom eraan. Dit is... afschuwelijk. Die foto's...'

'Als ze je ooit bij een treinongeluk roepen, ga dan niet,' zei hij. 'Dat is altijd een gehaktmolen. Als jij wilt bellen? Dan zal ik de schuren controleren.'

Ze knikte. Voor de zekerheid keken ze nog eens of er geen zolder of kruipruimte was, voordat ze weer naar buiten stapten. Het maanlicht leek helderder na de duisternis in het huis. Carolyn opende het linkerportier van de auto om de telefoon te pakken. Hush liep via de zijkant van het huis langs een paar bomen naar de grootste schuur. Het ding was van hout, met open deuren aan beide kanten. Er was genoeg ruimte voor een pickup-truck en misschien nog een werkplaats in de hoek. Onder een afdak hing tuingereedschap boven een maaimachine. Door de grote deuren zag hij nog twee kleinere hokjes. Die doorzocht hij het eerst. Het waren niet meer dan gereedschapsschuurtjes. Hush ging terug naar de grote schuur. In de verte hoorde hij Carolyn het portier dichtslaan. Hij veronderstelde dat ze naar hem toe zou komen. Uit de richting van de rivier klonk het geluid van zwoegende scheepsdiesels in de nacht.

Vanuit de ingang inspecteerde hij de grote schuur. Hij zag de schimmige contouren van een paar werkbanken en statieven voor elektrisch gereedschap. Langzaam liep hij door het midden, met zijn wapen omlaaggericht. Zonder een zaklantaarn kon hij niet veel zien. Er waren alleen twee zijwanden en de afdakjes buiten. Daar kon zich moeilijk iemand verborgen houden. Hij dacht dat hij een geluid achter zich hoorde en draaide zich bliksemsnel om, maar er was niemand. Hij opende een houten kast en vond allerlei gereedschap op de planken. In de kast onder de werkbank lagen nog meer spullen, waaronder elektronische testapparatuur. Hij doorzocht alle laden voordat hij de kasten weer dichtdeed en terugliep naar de ingang van de gereedschapsschuur. Verdomme, verdomme, verdomme, dacht hij. We zijn hem net misgelopen.

De druk van een koude stalen geweerloop tegen zijn nek overtuigde hem van het tegendeel.

Matthews werd wakker toen de vertrouwde zweepslag door de lange rij wagons ging en de staart van de trein met een schok in beweging kwam. Hij ging overeind zitten in de donkere slaapcabine en wreef in zijn ogen. Mehles kooi was leeg. De twee adjudanten hadden slaapplaatsen aan de voorkant van de cabine, tegenover de deur naar het zitgedeelte. Een van hen snurkte luid.

Matthews keek op zijn horloge. Het was tien over twee in de nacht. Geen van de andere bedden was beslapen, dus zat de kolonel nog steeds in *zijn* commandocentrum. Waarschijnlijk werkte hij de radioman op zijn zenuwen door heen en weer te ijsberen en zat hij de machinisten op hun huid om sneller te gaan. 'Waarom stoppen we nou, verdomme? Doorrijden! Doorrijden!' Als hij niet tegen de machinisten schold, overlegde hij via het beveiligde kanaal met het operatiecentrum in Anniston en soms met een afdeling van het Pentagon. Matthews was opgebleven tot middernacht voordat hij eindelijk tegen zijn norse chef had gezegd dat hij ging pitten. Mehle had hem weggewoven. Op dat moment voelde hij de trein weer afremmen en greep hij de intercom om tegen de machinisten te schreeuwen.

Mehle was een bezeten mens, concludeerde Matthews. Op weg naar Birmingham was de trein regelmatig op een zijspoor gezet en elke keer dat ze afremden voor een wissel naar een parallelspoor werd Mehle nog kwader. Op een gegeven moment, toen ze weer op een rangeerspoor stonden, was een van de machinisten de hele trein langsgelopen naar de commandowagon achteraan, om uit te leggen hoe de verkeersleiding werkte – dat treinen zich volgens een bepaald systeem in en uit geografische blokken langs de hoofdroute bewogen en dat omleidingen om andere treinen te laten passeren *doodnormaal* waren. Het feit dat het hele spoorwegverkeer in het zuiden was ontwricht door het verlies van de bruggen betekende dat de verkeersleiding overbelast was. Stoppen en stilstaan, dat was de enige manier, tot ze Oklahoma achter zich hadden gelaten. Maar Mehle wilde daar niet van horen.

'Die trein moet naar de overkant van de rivier,' schreeuwde hij. 'Nu meteen! Is dat goed begrepen? Zeg tegen die klootzakken van de verkeersleiding dat we een verdomd gevaarlijke lading aan boord hebben en dat het voor iedereen het beste is als ze ons zo snel mogelijk hier vandaan krijgen naar de overkant. Duidelijk?'

De machinist liep het hele eind weer terug, hoofdschuddend en mompelend in zichzelf. Matthews hield er rekening mee dat de machinisten bij de volgende kruising zouden uitstappen en weigeren verder te rijden tot die geschifte kolonel van boord was. Hij wreef weer in zijn ogen en keek op zijn horloge. Ze reden nog steeds, maar ze hadden al in Birmingham moeten zijn. Het was maar twee uur rijden vanaf Anniston. Hij was gaan slapen in zijn ondergoed. Zijn camouflagebroek en zijn hemd hingen op een haakje aan het voeteneind van zijn kooi.

Onder zijn kleren hing ook een holster met een militaire 9-mm halfautomaat die hij en de sergeant van de militaire politie op last van Mehle de hele reis bij zich moesten dragen. Mehle was ook gewapend toen hij aan boord kwam, en hij had een MP met een M16 in de voorste dieselloc geposteerd met een eigen zendertje, enigszins tot ergernis van de beide machinisten. Een andere gewapende MP had zich in de tweede radiocabine aan de achterkant van de voorste locomotief geïnstalleerd. De MP's voor in de trein hadden een wacht van vier uur op en vier uur af. Bovendien moesten ze elkaar controleren en dus via de loopbrug langs de zijkant van de locomotief heen en weer schuifelen om te zien of hun collega nog wakker was. Mehle stond er ook op dat de militaire politie langs de hele trein van tachtig wagons patrouilleerde zodra ze op een zijspoor stopten. Zelf liep hij ook de trein langs als ze weer op tegenliggers moesten wachten. Ten slotte had Matthews hem zo ver gekregen dat hij een wachtrooster opstelde, zodat niet alle wachtposten op elke stopplaats moesten opdraven. Dan zouden ze de volgende morgen veel te vermoeid zijn.

Hij besloot uit bed te komen. Ze moesten nu in de buurt van Birmingham zijn en hij wist dat ze waarschijnlijk weer op het zijspoor bij de verlaten staalfabriek terecht zouden komen om aan te sluiten in de lange rij wachtenden naar het zuiden en het westen. Mehle zou weer tekeergaan. Het leek Matthews beter om wakker en aangekleed te zijn als de kolonel explodeerde. Dat was niet het moment om te liggen slapen.

Mehle stelde hem niet teleur. De trein reed vanuit het oosten Birmingham binnen, draaide meteen naar het noorden, toen naar het westen, en nam rammelend een serie wissels terwijl ze de lichtjes van de stad en de snelwegen links lieten liggen. Zodra hij de twee rijen roestige schoorstenen zag, zei Matthews tegen de kolonel dat ze hier de vorige keer ook hadden staan wachten. Mehle vloekte, belde de voorste locomotief en zei dat ze onmiddellijk moesten stoppen. De machinist protesteerde. De voorste helft van de trein had het rangeerspoor al bereikt, maar zo'n veertig wagons reden nog over het hoofdspoor. Daar moesten ze eerst vandaan voordat hij kon stoppen. Maar Mehle herhaalde kil en nadrukkelijk dat de trein halt moest houden. De machinist gehoorzaamde en begon te remmen, maar hij zei erbij dat hij niet langer verantwoordelijk kon zijn voor deze trein en dat hij naar de commandowagon zou komen zodra ze stilstonden. Hij vroeg of de kolonel besefte dat ze een bijzonder onveilige situatie op het hoofdspoor veroorzaakten en dat al het verkeer nu moest worden stilgelegd zodra hun stopsignaal was doorgedrongen. Dat besefte hij heel goed, antwoordde Mehle, en tot Matthews' verbazing gaf hij een formeel militair bevel. De machinist moest de verkeersleiding melden dat er mogelijk brand was uitgebroken aan boord en dat al het andere verkeer uit de buurt van trein 2713 moest worden gehouden tot het probleem afdoende was onderzocht door de militaire eenheid die met de trein was meegereisd. De machinist moest de verkeersleiding er nog eens aan herinneren dat trein 2713 een lading wapens vervoerde.

Mehle hing op en draaide zich om naar Matthews. 'Maak die twee adjudanten daar wakker en zeg dat ze naar voren gaan om hun werk te doen.'

'Hun werk, kolonel?'

'Het zijn machinisten van het leger. Wij nemen deze trein over, ook de locomotieven. Ondertussen zal ik de wachtposten opstellen en iedereen naar "rook" laten zoeken. Ik heb tijd nodig om die andere machinisten uit de trein te krijgen. Ik wil de vakbonden niet op mijn nek.'

Matthews keek hem verbijsterd aan. Mehle wilde de civiele machinisten van de trein halen? Het gezicht van de kolonel was rood van woede en uitputting en zijn ogen stonden onnatuurlijk helder. Matthews vroeg zich af of Mehle iets gebruikte. 'Kolonel, mag ik vragen wat de bedoeling is?'

'De bedoeling,' zei Mehle, 'is om deze trein weer op het hoofdspoor te krijgen en door te rijden naar Meridian, Jackson en Vicksburg. We komen nooit ergens als we ons de rest van de nacht door de spoorwegen in Nergenshuizen laten parkeren. En haal nu die adjudanten uit hun nest.'

Matthews liep haastig naar de slaapcabine terwijl Mehle het complete detachement van de militaire politie mobiliseerde.

Het voelde als een jachtgeweer, dus stond Keeler waarschijnlijk ver genoeg bij hem vandaan. Het had geen zin om zich om te draaien en naar zijn benen te schoppen.

'Een dubbelloops punt twaalf, met een enkele trekker,' zei Keeler zacht. 'Leg uw wapen dus maar op de werkbank, alstublieft.'

Hush boog zich overdreven naar voren om zijn pistool op de werkbank te leggen. De loop bleef niet in zijn nek gedrukt. Keeler wist wel beter.

'En nu terug naar het huis. Hou uw handen langs uw zij, met de handpalmen naar buiten. Uw partner ligt in de kofferbak van die auto.'

'Is ze gewond?' vroeg Hush terwijl hij uit de schuur naar buiten liep.

'Gekwetste trots, dat is alles. Ik hoorde haar tegen iemand zeggen dat hier niemand was. Daar ben ik haar heel dankbaar voor.'

Keelers stem klonk van schuin achter hem. Hush probeerde wat te verzinnen, maar het viel niet mee om iets te ondernemen tegen een geweer buiten je bereik. Keeler leek zijn gedachten te raden.

'U kunt helemaal niets beginnen, dus maak u niet druk. Ik zal u heus niet doden, of haar. Tenzij u domme dingen doet. Ik verwoest alleen bruggen.'

'Daar zal de weduwe van die legerofficier anders over denken,' zei Hush.

'Dat was een ongeluk. Hij kwam eerder bij die struikeldraad dan ik. Ik had die bom vanaf een veilige plaats tot ontploffing willen brengen. Om de zaak te vertragen, begrijpt u? Ik hoef hier alleen nog wat te regelen en dan ben ik weg. En nou lopen. Naar het huis.'

Hij porde Hush met het geweer in zijn rug. Hush liep weer verder.

'Denk maar niet dat u nog een brug zult kunnen opblazen,' zei Hush toen ze tussen de bomen vandaan kwamen. De auto stond nog op de plaats waar Carolyn hem had geparkeerd. Hij sprak luid, zodat ze hem kon horen.

'Jawel,' zei Keeler. 'Nog twee. Daarna ben ik pas klaar.' Ze liepen naar de trap van de veranda.

'U komt daar niet meer in de buurt,' zei Hush. 'Die kans is verkeken. We weten wie u bent.'

Keeler snoof. 'Dat zeiden ze ook in Baton Rouge, denk ik. Daar ben ik ook niet in de buurt gekomen, maar dat schip wél. Mooie stunt toch?'

'Dat moet ik toegeven,' zei Hush. Er klonken geen geluiden uit de auto, maar als Keeler haar niet had vastgebonden zou Carolyn zich redelijk snel kunnen bevrijden. Iedere FBI-agent was erin getraind hoe je uit een gesloten kofferbak moest ontsnappen.

'Wat is dan de volgende?' vroeg Hush toen hij de veranda naderde.

'De brug waarmee ik de grootste schade kan aanrichten, denk ik,' zei Keeler. 'En nu naar binnen.'

Hush stapte de veranda op en opende de deur. Hij kreeg bevel om drie stappen naar binnen te doen, op de grond te knielen en zijn handen op zijn hoofd te leggen. Hush gehoorzaamde en probeerde nog steeds iets te bedenken. Hij voelde zich onnozel. Dit waren de gevolgen als je geen ondersteuning had. Nu zat hij dus op zijn knieën, net als die agenten toen in Baltimore.

Keeler kwam ook binnen en deed de voordeur achter zich dicht. Mooi, dacht Hush, dan zou hij niet kunnen horen hoe Carolyn zich bevrijdde. Op de een of andere manier moest hij Keeler aan de praat houden en de man eraan herinneren dat hij hen niet wilde vermoorden. Bovendien wilde hij tijd winnen voor Carolyn. Hij hoorde Keeler naar zich toe komen. Toen zag hij sterretjes en viel opzij op de planken vloer. Hij probeerde zijn val nog te breken, maar zijn handen gehoorzaamden niet meer. Het volgende moment sloeg Keeler hem met de loop van het geweer tegen zijn rechter scheenbeen, zo hard dat Hush bijna flauwviel. Een withete pijn schoot door zijn been en de tranen sprongen hem in de ogen. Hij zag bijna niets meer en zijn oren gonsden. Keeler gaf hem nog een tik op dezelfde plaats op zijn hoofd en Hush verloor het bewustzijn.

Toen hij bijkwam, lag hij in de achterste slaapkamer, op zijn zij. Hij had een barstende koppijn en er zat een touw om zijn nek. Zijn handen waren op zijn rug gebonden en zijn voeten naar achteren gerukt. Het touw liep tussen zijn benen door. Als hij probeerde ze te strekken, werd de strop om zijn nek aangetrokken. Zijn rechterbeen deed zo'n pijn dat hij aannam dat het bot gebroken was. Hij dacht dat hij Keeler nog door het huis hoorde lopen, maar door de pijn en de misselijkheid kon hij zich moeilijk concentreren. Hij besefte dat hij op het bed lag. Hij probeerde een andere houding aan te nemen, maar hij lag op de rand, waardoor hij met een klap van het bed viel, op zijn gewonde been. De pijn was zo hevig dat hij weer het bewustzijn verloor.

Keeler hoorde de dreun in de slaapkamer, pakte zijn geweer en liep terug door de gang om te zien wat er gebeurde. De lange man lag op de grond, met zijn rechterbeen half onder zijn lichaam beknelden het touw strak om zijn keel. Hij was bewusteloos. Keeler liep de kamer in, verschikte Hansons houding een beetje zodat hij niet zou stikken, en trok de deur achter zich dicht. Bijna verstrooid deed hij hem weer open, maakte de grendel vrij en trok hem weer dicht. Hij liep terug naar de ramen aan de voorkant om nog een blik op de auto te werpen, maar daar was niets te zien. Hij pakte de foto's waarvoor hij gekomen was, haalde ze uit hun lijstjes, rolde ze op en stak ze in zijn jaszak. Daarna stelde hij de drie tijdklokken in, pakte het geweer en stapte door de voordeur naar buiten. Hij zag een witte schim ergens bij de auto en hoorde een schot. Splinters sloegen van de deurpost, vlak naast zijn gezicht. Hij liet zich plat op de vloer van de veranda vallen en vuurde met beide lopen van het geweer in de richting van de auto. Hij hoorde de voorruit uiteen spatten. Iemand gilde. Snel laadde hij het wapen, kroop op zijn buik het huis weer in en schopte de hordeur opzij. Toen de deur weer dichtviel, vuurde hij nog twee keer dwars door het gaas. Hij schoot een voorband lek en verbrijzelde nog meer glas. Haastig herlaadde hij en vuurde nog eens. De voorruit lag er nu bijna uit en de auto zakte op zijn velgen naar voren. Weer laadde hij het jachtgeweer en luisterde. Toen keek hij op zijn horloge. Drie minuten nog, misschien maar twee. Shit!

Nog steeds voorover op de grond duwde hij de hordeur weer open met de loop van het geweer. De veer kraakte hoorbaar en de vrouw achter de auto vuurde nog twee kogels door de deuropening af. De splinters sloegen uit het plafond achter hem voordat ze weer weg-dook. Hij kroop door de deur naar buiten, plat op de grond, en rolde twee keer naar rechts, tot hij achter een paal op de hoek terecht-kwam, met zijn wapen op de auto gericht. Heel even hoorde hij niets anders dan het geluid van zijn eigen ademhaling.

'Lang,' brulde hij.

'Zoek maar dekking,' riep ze terug, 'want ik kom eraan.'

'Ik blijf hier, Lang. Op de veranda. Met het geweer en een hele zak vol patronen. Laten we maar eens zien wie de beste schutter is.'

Hij dacht dat hij iets zag bewegen rechts achter de auto en het vol-gende moment werd er twee keer geschoten van ónder de auto. De kogels sloegen met een klap in de gevel van het huis. Keeler aarzelde niet. Hij vuurde één schot af op de grond onder de auto. Een fontein van vonken en een wolk van stof spatten op van onder de wagen. Hij wachtte met zijn tweede kogel omdat hij wist dat ze dan overeind zou komen om hem onder vuur te nemen terwijl hij herlaadde. Het wijf had wel lef.

'Ik wil je niet neerschieten, Lang!' riep hij. 'Maar als we zo door-gaan, raak ik straks de benzinetank.'

Het bleef even stil.

'Luister, Lang,' riep hij weer. 'Hanson ligt vastgebonden, hier bin-nen. Over een minuutje gaat dit huis in brand. Dan ben ik weg.'

'Probeer het maar,' zei ze.

Hij gaf geen antwoord. Hij schoof nog wat naar rechts tot hij pre-cies op de rand van de veranda lag. Hij dacht niet dat ze hem kon zien in het donker achter de leuning. Maar de auto stond in het volle licht van de maan. De twee voorbanden waren lek en er druppelde iets onder de grille vandaan. Voorzichtig opende hij het goed geoliede staartstuk, haalde de lege huls eruit en verving hem door een nieuwe patroon. Toen bedekte hij het geweer met zijn bovenlichaam en klap-te het geruisloos dicht. Hij legde de loop over de leuning en vuurde nog eens op de auto, zo ver mogelijk naar de achterkant. Hij zag haar hoofd omhoogkomen achter de wagen en schoot opnieuw, een beetje verder opzij, zodat ze weer in het stof moest duiken. Hij herlaadde en ging op zijn hurken zitten.

'Geef het maar toe,' riep hij. 'Een pistool tegenover een jachtge-weer. Dat red je nooit.' Hij wachtte op haar antwoord, maar er kwam geen reactie. 'Ik wil jullie niet doden,' zei hij. 'Maar ik moet naar de rivier om hier vandaan te komen.'

'Doe dat dan,' zei ze. Ze lag nog steeds achter de auto, met zoveel mogelijk staal tussen haar en zijn jachtgeweer.

Er klonk een dreun in het huis achter hem toen de eerste brandbom ontplofte in de keuken. Daarna een tweede. Hij sprong over de leuning en rolde over het erf naar een boom toe, waar hij dekking zocht, nog steeds met zijn geweer op de auto gericht. De derde bom explodeerde onder de planken vloer van de huiskamer en wierp een hete gloed over de veranda.

'Tijd om een besluit te nemen, Lang. Je kunt achter mij aan gaan of je partner uit het huis redden. Hoor je me?'

Ze gaf geen antwoord. De geluiden van de brand zwollen aan en de muren van het huis begonnen te trillen.

'Wat zal het zijn, Lang?' riep hij. 'Gooi je pistool weg en ga naar binnen. Ik zal je niets doen. Als je hem nu niet bevrijdt, wordt hij geroosterd en moeten we maar afwachten hoe het afloopt met jou en mij.'

Het geknetter van de vlammen achter hem werd steeds luider. Ergens brak een raam.

'Hij ligt in de achterste slaapkamer, Lang,' riep hij, terwijl hij door het zand achteruit kroop naar de rivier. 'Hoor je die vlammen? Zeg het maar, wat wordt het?'

'Goed,' zei ze en ze gooide het pistool weg. 'Oké.'

Hij bleef zo dicht mogelijk bij de grond en kroop nog sneller achteruit. Hij was al bij de bosrand toen zij eindelijk overeind kwam en haar handen liet zien. Ze keek even zijn kant op, maar hij lag in het hoge gras tussen de bomen. Ze rende naar het huis. Hij stond op en vluchtte naar de boot.

Hush voelde het hele huis trillen toen hij weer bijkwam. Even later herkende hij het geluid van een brand. Zijn eerste opwelling was om op te springen, maar het touw om zijn nek spande zich meteen. Verkeerde beslissing. Hij dacht dat hij de hitte kon voelen door de deur. Toen hoorde hij iemand aan de deurkruk rammelen en vloeken. Carolyn!

'Hier!' riep hij, hoewel het niet meer was dan een gesmoord gekreun. 'Ik kan me niet bewegen.'

'Volhouden!' riep ze. Het gebulder van het vuur nam duidelijk toe en er kwam al rook door de kieren rond de deur. Zijn rechterbeen deed gemeen pijn en hij vroeg zich af wat ze allemaal deed. Toen hoorde hij een geweldige klap tegen de deur, daarna weer een en nog een, tot de deur naar binnen toe versplinterde. Met een laatste klap zag hij haar hand door het gat verschijnen en opende ze het slot. Ze trapte de deur in en een muur van rook en hitte sloeg de kamer binnen. Snel maakte ze de strop om zijn nek los, bevrijdde zijn polsen en hielp hem overeind. Zijn voeten waren nog vastgebonden en ze hadden geen van beiden een mes. Er was geen tijd meer, want de vlammen bulderden al op de gang en het vuur zoog merkbaar de lucht uit hun longen. Ze nam een sprong naar het achterraam van de slaapkamer, greep een van de nachtkastjes en sloeg het hele kozijn eruit, met glas en al. Op één been hinkte hij naar het raam en Carolyn duwde hem er met kracht doorheen. Met een klap landde hij op de achterveranda en dacht dat hij weer zou flauwvallen toen hij zijn scheenbeen stootte. Ze klauterde achter hem aan en slaakte een gil toen het bed opeens vlam vatte. Samen rolden ze van de veranda in het weldadig koele zand. Ze kwam meteen weer overeind en sleurde hem onder zijn oksels bij het huis vandaan, dat nu in lichterlaaie stond. Toen ze een meter of dertig bij het huis vandaan waren, liet ze zich naast hem in het gras vallen, zwaar hijgend.

'Waar is Keeler?' vroeg hij, happend naar adem.

'Het was jij of hij,' zei ze. 'En hij had een geweer.'

'Help me eerst dit verrekte touw van mijn voeten te krijgen.'

Ze peuterden samen een minuutje aan het touw totdat ze de knoop los hadden. Hush liet zich achterover in het gras vallen toen er een golf van pijn door zijn been ging. Hij draaide zich op zijn zij en kwam moeizaam overeind. Ze keek naar hem op vanuit het gras.

'En waar wou jij naartoe?' vroeg ze, met een blik op zijn bungelende, nutteloze rechterbeen.

'Achter hem aan. Hij heeft een boot.'

Tegen kwart over drie in de nacht was trein 2713 weer onderweg, nu in zuidwestelijke richting via Tuscaloosa van het groep-zeven-netwerk van Norfolk Southern naar Meridian in Mississippi. Matthews dronk een kop koffie met de sergeant van de militaire politie op het achterbalkon van de commandowagon, terwijl nachtelijk Alabama aan hen voorbijflitste. Mehle zat nog binnen en was bezig iemand in Washington uit te kafferen. De scheldwoorden vlogen door de lucht.

Matthews dacht nog steeds aan wat er in Birmingham was gebeurd. Na de melding van een mogelijke brand in een munitietrein van het leger was er een vloot van brandweerauto's en politiewagens uitgerukt. De twee civiele machinisten waren hijgend teruggerend naar de commandowagon. Onderweg kwamen ze de twee adjudanten tegen. Bij de commandowagon aangekomen waren ze meteen weggestuurd door Mehle, die tegen hen brulde dat ze moesten verdwijnen van *zijn* trein. Daarna meldde hij aan het federale crisiscentrum van Birmingham dat er toch geen brand was, maar dat de kans bestond dat een deel van de munitie in de trein instabiel was geworden. Hij adviseerde het crisiscentrum om de spoorwegen opdracht te geven de trein zo snel mogelijk de stad uit te loodsen, naar het zuidwesten, om een rampzalige explosie van munitie binnen de bebouwde kom van Birmingham te voorkomen. Vijf minuten later kon de hoogste van de twee nieuwe machinisten aan Mehle rapporteren dat ze toestemming hadden om vanaf het zijspoor te vertrekken. Matthews moest haastig alle wachtposten waarschuwen, die nauwelijks de tijd kregen om aan boord te springen voordat de trein weer schokkend in beweging kwam. De twee civiele machinisten waren in het gras van het rangeerterrein achtergebleven, samen met de stomverbaasde brandweermensen, die geen idee hadden wat er allemaal gebeurde.

Blijkbaar had Mehle dit hele toneelstukje voorbereid, want later hoorde Matthews van de radioman dat Mehle het commando van de genietroepen in het Pentagon had gevraagd om alle federale crisiscentra langs de route te waarschuwen zich gereed te houden voor het geval zich problemen zouden voordoen met de trein of de lading. Dat verklaarde waarom de brandweer zo snel ter plaatse was geweest en waarom trein 2713 opeens met voorrang uit Birmingham had mogen vertrekken. Matthews vroeg Mehle wat hij bij het volgende oponthoud van plan was. 'Er komt geen oponthoud meer, verdomme, totdat we die rivier over zijn,' verklaarde Mehle. 'We rijden rechtstreeks door naar Vicksburg.'

De sergeant wist niets over de route of de verkeersleiding, maar hij vroeg zich wel af hoe ze in vredesnaam rechtstreeks naar Vicksburg zouden kunnen rijden met zoveel stremmingen bij de spoorwegen. Dat verbaasde Matthews ook, hoewel hij vreesde dat hij het antwoord wel wist. Hij was er redelijk zeker van dat Mehle met zijn militaire machinisten gewoon alle seinen zou negeren en door zou rijden. Op die manier kon hij de spoorwegen dwingen om trein 2713 als een losgeslagen projectiel te behandelen.

Hij besefte ook dat Mehle hulp moest hebben van het hoogste gezag in Washington. Toen pas drong het tot hem door waarom het vertrek van de trein tot zaterdagnacht was uitgesteld. Op zondag werd in Washington niet gewerkt, dus kon het ministerie van Transport niets ondernemen tegen Mehles onorthodoxe methoden. De kolonel had een plan, en opeens was Matthews blij dat hij in de laatste wagon van de trein zat. De sergeant staarde naar de glimmende rails die onder zijn voeten weggleden in de duisternis achter hem. Hij keek zorgelijk.

'Weet u... die koelinstallatie verderop?' vroeg hij.

Matthews gooide zijn laatste restje koffie over de voorbijrazende bielzen onder zijn voeten. Hij wist zeker dat hij dit niet wilde horen. 'Ja?'

'De temperaturen? Volgens de laatste gegevens zijn ze weer gestegen naar hetzelfde niveau als in Anniston.'

'Geweldig,' zei Matthews. Hij overwoog even om van de trein te springen in plaats van naar binnen te gaan en Mehle het goede nieuws te vertellen. Het was verleidelijk.

Hush rende het pad af naar de bomen en de rivier. Carolyn kwam achter hem aan, tot ze zich realiseerde dat ze geen wapens meer hadden.

'Wacht even!' riep ze. 'Mijn pistool ligt nog bij de auto.'

Hij bleef staan, knikte zwijgend en hield zich aan een boom vast om overeind te blijven, terwijl zij terugrende langs het brandende huis. Hij voelde zich duizelig en de pijn in zijn scheenbeen maakte hem misselijk. Hij probeerde zich te herinneren waar zijn Sig was. Binnen twee minuten was Carolyn weer terug met het pistool in haar hand.

'Ik heb Jefferson City nog eens gebeld,' zei ze. 'Hoor eens, jij redt het niet. Jij blijft hier. Ik zal zien of ik hem kan vinden.'

Hij wilde iets zeggen over Keelers geweer, maar ze was al weg. Achter hen stortte het huis met bulderend geweld van brandende balken in elkaar. Het veroorzaakte een enorme paddestoel van gloeiende rook boven het erf. Hush besefte dat hij Carolyn er niet alleen op af kon sturen, dus hobbelde hij het pad af achter haar aan, zich vastgrijpend aan de ene boom na de andere om op de been te blijven. Toen het pad steiler werd, brak hij een dikke tak af als wandelstok. Hij kwam net weer terug toen hij een vertrouwde explosie van rood licht zag, gevolgd door een zware klap die vreemd genoeg vanuit de boomtoppen voor hem uit leek te komen. Hij dacht dat hij Lang hoorde schreeuwen en het volgende moment vlogen de splinters hem om de oren. Instinctief dook hij naar de grond, wist voor de verandering zijn been te sparen en hield zich aan een boomstam vast totdat de stofwolken waren opgetrokken.

'Carolyn!' riep hij.

'Ja, hier!' riep ze terug. 'Wat was dát, godverdomme?'

'Hij laat overal bommen achter,' riep Hush. 'Net als op de MacArthur. Blijf daar. Ik kom eraan.'

Hij sleepte zich naar beneden, met de tak als steun, van de ene boom naar de andere, door de rook die niet wilde neerslaan. Het struikgewas reikte ongeveer tot kniehoogte, maar het pad was nog net te zien. De MacArthur-brug en het tolhuisje bij Vicksburg, herinnerde hij zich. Die klootzak wist hoe hij zijn achtervolgers op afstand moest houden. Hij kon Carolyn nog niet zien, maar hij veronderstelde dat ze ergens in dekking lag voor hem uit. Hij zou proberen een veilige route te vinden om haar mee terug te nemen.

'Hush, pas op!' riep ze. 'Ik geloof dat ik draden zie op het pad. Struikeldraden!'

Hush liep heel voorzichtig en keek goed voor zich uit. De meeste rook had hij achter zich gelaten en hij snoof weer de geur van de rivieroever op. Toen bleef zijn stok achter een liaan haken – hoewel hij heel goed wist dat je hier geen lianen had. Meteen wierp hij zich plat tegen de grond, zonder zich nog druk te maken over zijn been. Een volgende bom explodeerde in de nacht, maar nu áchter hem. En een tweede, en een derde, en een vierde – een verzengende opeenvolging van oorverdovende, kolkend hete explosies die zijn hersenen tot pap dreigden te koken. Bij iedere explosie sneed een volgend salvo van zoemende splinters en razende rook dwars door het bos. Hij voelde zijn vingers onwillekeurig in het zachte zand klauwen, alsof hij probeerde één te worden met de aarde. Gelukkig was het nu geen beton, dacht hij.

En eindelijk was het voorbij. Zijn oren gonsden door de explosies en hij nieste door het stof en de rook. Toen hij zijn ogen weer opende, zag hij alleen gras om zich heen. Hij nieste nog eens en begon te lachen. Na een tijdje ging hij rechtop zitten en zag Carolyn overeind komen op de plaats waar ze gehurkt had gezeten, vijftien meter bij hem vandaan. Door de rook staarde ze hem stomverbaasd aan.

15

Powers en zijn mensen verschenen twee uur later, ongeveer een uur nadat de sheriff en zijn drie hulpsheriffs bij de restanten van het huis waren gearriveerd. Tegenover de sheriff bleven Hush en Carolyn bij hun verhaal over Keeler – dat ze waren gekomen om hem te waarschuwen dat er na de ramp met de brug in Memphis dreigementen tegen hem waren geuit. Blijkbaar was Keeler in paniek geraakt, had gedacht dat ze hem kwamen arresteren, had hun auto onder vuur genomen, zijn huis in brand gestoken en was er vandoor gegaan. In het huis lagen explosieven opgeslagen die een verklaring vormden voor Hush' verwondingen en de serie luide knallen die tot ver in de omgeving waren gehoord. Het enige dat resteerde van het huis waren wat zwartgeblakerde funderingspalen in een hoop gloeiende as, waar de zwartberoete schoorsteen nog boven uitstak. De hulpsheriffs waren al bezig de schuren te doorzoeken toen Powers en zijn mensen arriveerden en de recherche van Missouri het onderzoek overnam.

De sheriff vertelde dat Keeler een wat raadselachtige figuur was geweest in dit gebied van grote katoenplantages. Ze wisten dat hij bij de genie werkte en dat zijn kantoor in St. Louis was, maar verder hield hij zich afzijdig en kwam hij alleen in de stad om boodschappen te doen. Zijn huisbaas had het verhaal rondgestrooid dat zijn huisje aan de rivier meer een weekendhuis was, omdat hij Keeler de rest van de week maar zelden zag. Hoe dan ook, de sheriff was allang blij dat hij zijn handen ervan af kon trekken en de zaak aan de regionale politie kon overlaten. Een van de hulpsheriffs gaf Hush zijn wapen terug voordat ze vertrokken. Hush was opgelucht dat de sheriff geen uitleg vroeg over wat er in de schuur was voorgevallen.

De technische recherche kwam bij het eerste ochtendlicht en begon met het onderzoek van de schuren. Tegen die tijd kon Hush weer een beetje lopen met behulp van een provisorische wandelstok. Hij had een paarse bult op zijn scheenbeen zo groot als een geplette golfbal en een kleinere achter zijn rechteroor. Carolyn Lang had

geschaafde knieën en ellebogen na haar pogingen om China te bereiken toen de bommen tussen de bomen om hen heen waren afgegaan.
Powers was gefascineerd door die explosieven in het bos.

'Waarom tussen de bomen?' vroeg hij.

'Omdat hij volgens mij vooral zijn achtervolgers wil tegenhouden.
Ik denk dat die bom op de MacArthur een foutje was, want wat hier
vannacht gebeurde leek veel op die situatie bij het tolhuisje in
Vicksburg – veel herrie, vuur en rook, maar alleen bedoeld om te verwonden, niet om te doden.'

'Verwonden? Ja, dat kan ik me nog heel goed herinneren,' zei
Powers. 'Levendig.'

'En dat was ook zo toen hij op me vuurde,' zei Carolyn. 'Ik lag achter die auto. Hij had ook op de benzinetank kunnen richten.'

'Heeft hij toegegeven dat hij de dader was?' vroeg Powers. 'Dat hij
die bruggen heeft opgeblazen?'

'Ja,' zei Hush. 'Hij ging er zelfs prat op. Hij is onze man.'

'Heeft hij helpers?'

'Ik denk het niet,' zei Hush, en hij keek vragend naar Carolyn. Haar
gezicht zat onder het roet en ze had schrammen op haar wang. 'Dit
is een persoonlijke wraakactie. En ik denk niet dat het hierbij blijft.'

Powers schopte een steen naar de hoop as die er van het huis was
overgebleven. Een regen van vonken spatte op. 'Nou,' zei hij ten slotte. 'Vertel het me maar. Wat zijn jullie verder van plan?'

'Laten we een eindje gaan wandelen,' zei Hush. 'Maar niet te snel,
als het kan.'

Ze liepen terug door de restanten van het bosje, over verbrande
takken en bladeren, heel voorzichtig, uit angst dat er nog meer struikeldraden lagen. Ten slotte kwamen ze bij de oever van de rivier, die
de kleur van gepolijst brons aannam toen de zon opging. Een ongelooflijk lange rij aken gleed snel op de stroming mee, voor een duwboot die ogenschijnlijk niets te doen had. De oever rook naar modder,
vis en rottend hout. Links zagen ze de groeven langs de kant waar
Keeler zijn boot omhoog had getrokken.

Hush steunde zijn bonzende been op een stuk hout en legde
Powers uit waar hij en Carolyn stonden ten opzichte van het FBI-onderzoek. 'Ik neem aan dat het Bureau niets weet over wat hier vanavond
is gebeurd?' vroeg hij ten slotte.

'Van ons hebben ze niets gehoord, en ik denk niet dat de sheriff
het aan iemand zal vertellen, behalve aan zijn vrienden in de dorps-
winkel. Niet dat hij één woord geloofde van jullie verhaal, natuurlijk.'

'Nee, dat dacht ik al,' zei Hush, die zich zijn pistool herinnerde.

'Maar er zal wel een federaal onderzoek komen naar wat zich in
Memphis heeft afgespeeld,' merkte Carolyn op. 'En de genie zal rapporteren dat Keeler is verdwenen.'

'Maar niet dat hij de dader van die aanslagen is,' merkte Powers op.

'Voorlopig zijn wij de enigen die dat weten.'

Hush keek Carolyn weer aan. Ze moesten een besluit nemen, dat was wat Powers hun probeerde te zeggen. Wat moesten ze bijvoorbeeld aan de FBI melden – áls ze iets zouden melden? De duwboot gaf een lange stoot op de scheepsfluit toen een andere rij aken met een duwboot anderhalve kilometer verderop om de bocht van de rivier kwam. Ze begroetten elkaar luidruchtig. Zo luidruchtig dat een vlucht eenden opvloog uit een nabijgelegen rietkraag.

'Wat ik wil doen is wat wij samen hebben besproken, Mike,' zei Hush. 'We weten wie de dader is. Laten we hem dus zoeken, waar hij ook is, in welke staat of in welke stad. We moeten hem vinden.'

Powers trok zijn wenkbrauwen op naar Carolyn Lang. 'Mijn mening?' vroeg ze. 'Helemaal mee eens. Laat de FBI maar doodvallen.' Ze wilde nog meer zeggen, maar deed het niet.

'Toch twijfelen jullie nog,' zei Powers. 'Jullie hebben allebei te lang voor de FBI gewerkt om nu spelletjes te gaan spelen met een belangrijke zaak, alleen omdat ze jullie een rotstreek hebben geleverd.'

Hush en Carolyn knikten allebei. 'Het is onze plicht,' zei Hush, 'om te melden wat we daar hebben gedaan, en waarom, en wat er is gebeurd.'

'Dat kan altijd nog,' zei Carolyn. 'Als we maar zorgvuldig bepalen aan *wie* we verslag uitbrengen. En hoe.'

De twee mannen keken haar aan. Ze gooide haar hoofd in haar nek. 'Ik bedoel,' zei ze met een scheef lachje, 'dat ik best een rapport kan schrijven, zelfs met de aantekening "Urgent". Dat dien ik dan in bij het dichtstbijzijnde FBI-kantoor, toevallig het bureau van ene Herlihy. Ik doe het in een interne envelop en... ik gooi het in de brievenbus. Het is toch zondag?'

Powers begreep het niet, maar Hush wel. 'Dan hoort Herlihy maandagochtend van zijn secretaresse dat er een rapport is binnengekomen van Carolyn Lang met de aantekening "Urgent". Omdat hij de pest heeft aan Carolyn is de kans groot dat het voorlopig in een la verdwijnt.'

Powers grijnsde. 'En ondertussen...' begon hij.

'Ondertussen kun jij je hele politiemacht optrommelen om Keeler te vinden. Als hij op de vlucht is in het zuiden, ligt het toch al voor de hand dat de plaatselijke politie hem te pakken krijgt.'

Ze overlegden nog even, zochten naar zwakke plekken in het plan en probeerden te bepalen hoe dringend het was. Powers wilde graag de kans om Keeler te arresteren nu hij wist wat hij wist. Keeler had geroepen dat hij een van de twee resterende bruggen zou vernielen, en dat gaf hun een voorsprong. Ze wisten waar ze hun zoekactie moesten concentreren. En terwijl de FBI waarschijnlijk heel wat informatie over Keeler boven tafel zou kunnen krijgen, was de plaatselijke politie natuurlijk veel beter in staat om alle hoeken en gaten van de

Mississippidelta te doorzoeken naar de man. Keeler had dit jarenlang voorbereid, dus hij zou zich waarschijnlijk niet verraden met credit-cards, rekeningen, telefoonnummers of kentekenplaten. Hij zou zich schuilhouden op het platteland van het Amerikaanse Zuiden en misschien zelfs gebruikmaken van de rivier. Als hij echt slim was, merkte Powers op, zou hij zich ergens verbergen tot het moment waarop de waakzaamheid van de regering en de spoorwegen begon te verslappen.

'Het is zoals de IRA zegt,' zei Powers. 'De jongens die de bruggen bewaken moeten elke keer succes hebben, Keeler maar één keer. Verdomme, hij kan wel een jaar wachten.'

'Dat denk ik niet,' zei Carolyn. 'Hij werkt volgens een plan en daarvoor heeft hij alles in gereedheid gebracht. Dat zei hij ook tegen Hush, zo overtuigd was hij van zichzelf. Over een jaar zijn een paar van die bruggen alweer gerepareerd. Nee, hij wil de spoorwegen dodelijk treffen en ze bovendien laten weten dat *hij* het is. Hij heeft het tij mee en hij kent die bruggen. Hij gaat nu door.'

'En stel dat Herlihy je rapport wel meteen leest?' vroeg Powers. De zon was op en ze liepen terug naar de omgeving van het afgebrande huis, waar de politie nog steeds met het onderzoek bezig was.

'Lijkt me niet,' zei ze. 'Maar ik zal het zo snel mogelijk schrijven. Ik heb mijn laptop in het hotel in St. Louis. Daarna rij ik naar de stad om het in de bus te gooien. Het is zondag, zoals gezegd. Dus hebben uw mensen in elk geval een voorsprong van vierentwintig uur, hoofdinspecteur. Misschien zelfs meer.'

Powers schudde zijn hoofd en floot tussen zijn tanden. 'Ik sta ervan te kijken, senior agent Carolyn Lang.'

'De naald blijft hangen,' zei ze. 'Aan het werk.'

Kort na drie uur in de nacht kwam Keeler in het sportvisserskamp terug. Hij was op volle snelheid de rivier af gevaren en had zelfs een paar duwboten en rivieraken ingehaald om maar te ontkomen aan de klopjacht die de twee FBI-agenten misschien hadden georganiseerd nadat ze zijn granaatserenade in de wilgenbosjes hadden overleefd. Die methode had hij geleerd van de Noord-Vietnamezen, die een slagveld altijd van een paar dodelijke boobytraps voorzagen voordat ze weer in de jungle verdwenen. Hij voer zo snel mogelijk stroomafwaarts, voor het geval ze een helikopter achter hem aan zouden sturen. Zodra hij bij het sportvisserskamp aankwam trok hij de boot de inham in en klom toen de helling op naar de camper. Hij tilde de boot op de aanhanger en trok die naar zijn kampeerplek. In het kamp was het nog donker, hoewel de randen van de nacht al grijs verkleurden door de naderende ochtend.

Hij parkeerde de camper, trok de zonwering voor de achterruiten neer en liet zich op het bed achterin vallen. Hij had uitgeput moeten zijn, maar zijn zenuwen stonden gespannen en hij was nog klaarwakker. Ja, dit was het eindspel. Hij wist het en de FBI wist het ook – nu wel. Hij mocht van geluk spreken als hij nog een brug zou kunnen pakken, maar nu ze hem hadden ontdekt had hij eigenlijk geen keus meer. Het zou Vicksburg moeten worden. New Orleans was een te grote stad, met te veel politie in allerlei gedaanten. Bovendien lag het te ver weg. De brug van Vicksburg was eenvoudiger, met maar een klein stadje en een vrij overzichtelijke situatie voor wat hij van plan was. Na de vorige aanslagen zouden ze zich volledig concentreren op de fysieke beveiliging van de twee overgebleven bruggen. Zelfs als ze de juiste brug kozen, zouden ze hem nooit zien aankomen.

Hij durfde te wedden dat het die eigengereide blonde agente was die hem had ontmaskerd, want de andere, die stille vent, leek hem meer een bureaucraat dan een man van de praktijk. Dat was er meer eentje voor commissies, eenheden, vergaderingen en dossiers om zichzelf in te dekken. Die types kende hij ook bij de genie, maar van de FBI had hij toch iets beters verwacht. Het had hem al verbaasd dat ze maar met hun tweeën waren gekomen. Het Bureau opereerde meestal met teams. Maar het maakte niets uit. Na vannacht zouden ze alles en iedereen bij de politie mobiliseren.

Hij staarde naar het plafond van de camper. Als hij nog een brug te grazen wilde nemen, zou het snel moeten gebeuren. Binnen vierentwintig uur. Ze konden nog niets weten van de camper, de eerste paar dagen in elk geval nog niet, en de boot zou een nog beter alibi zijn. Een ritje van een paar uur naar Mississippi, als iedere andere vutter die ging vissen. Zonnebril, slappe hoed, misschien even langs de supermarkt voor een kleurspoeling in zijn haar. Voldoende om zonder probleem alle controleposten te passeren, hoewel hij niet verwachtte dat ze daar de eerste dagen in Mississippi al mee zouden beginnen. De volgende stap was een goede positie kiezen tussen Jackson en Vicksburg. Hij wist nu al waar hij moest zijn.

Hij schrok toen hij een deur hoorde dichtslaan ergens op het terrein. Toen dwong hij zichzelf om te ontspannen. Hij moest proberen wat te slapen. Het werd een rit van minstens acht uur door Kentucky en Tennessee om tegen de avond op de goede plaats te zijn. Jammer dat hij geen televisie in de camper had, want het zou interessant zijn om te weten hoe de FBI reageerde op zijn ontmaskering. Aan de andere kant was het nu misschien beter om niet te veel te weten.

Het meesterlijke plan van kolonel Mehle om rechtstreeks naar Vicksburg te rijden ging fout bij Meridian, waar ze voor het eerst sinds Birmingham op een onverbiddelijk stopsein stuitten. Tijdens de nachtelijke rit door Alabama waren ze een stuk of tien andere treinen gepasseerd op zijsporen aan weerskanten. Overal had de bemanning van de gerangeerde treinen in de deuropening van de locomotief gestaan, turend naar de passerende trein alsof het een soort circus was. Toen ze tegen de ochtend Meridian naderden, had Matthews zelfs een paar blauwe zwaailichten bij de overwegen gezien.

Hij had tegen Mehle gezegd dat de temperatuur in de speciale wagens volgens de metingen weer opliep, maar tot zijn verbazing had Mehle zijn schouders opgehaald. Om dat probleem zouden ze zich wel bekommeren als ze aan de overkant waren, zei hij. Ze konden de trein ook omleiden naar het Pine Bluff Arsenal als de temperatuur gevaarlijk begon te stijgen. Maar eerst en vooral moest hij deze trein door het verkeer bij Vicksburg loodsen, en over de rivier. Met prikkende ogen van vermoeidheid was Matthews teruggegaan naar de slaapcabine en had zich op zijn bed laten vallen zonder zelfs zijn schoenen uit te trekken.

Hij werd gewekt door het gepiep en geschok toen de machinisten remden, veel krachtiger dan normaal. Hij hoorde Mehle al kankeren door de intercom in de andere ruimte. Wat nou weer? dacht hij, terwijl hij zijn blik scherp stelde op zijn horloge. Het was kwart over zeven in de ochtend. Ze moesten al in Meridian zijn. Hij rolde uit bed en liep naar de badkamer om wat water over zijn gezicht te plenzen. Door de enkele verbindingsdeur was Mehles getier nog duidelijker te horen. Matthews droogde zijn gezicht af, haalde diep adem en stapte de commandoruimte binnen.

'Het kan me niet schelen hoeveel treinen daar staan. Deze trein kan niet stoppen. Is dat goed begrepen?' Mehle had wel rode ogen, maar zeker geen slaap. Hij luisterde even, vloekte weer en smeet de hoorn van de intercom op de haak. 'Stel de wachtposten maar op, verdomme!' riep hij tegen Matthews. 'Blijkbaar staan alle rangeersporen voor ons uit nu vol en moeten we wachten tot ze leeg zijn voordat we verder kunnen.'

'Maar hoe...'

'Burgers! Godgeklaagde amateurs!' zei Mehle verachtelijk. 'Blijkbaar heeft niemand het *oostelijke* verkeer over de brug naar Vicksburg tegengehouden. Terwijl wij onderweg waren zijn er nog steeds treinen die kant op gereden. Nu zitten het hoofdspoor en alle zijsporen tussen hier en Vicksburg letterlijk verstopt met treinen. We zullen moeten wachten. Stel de bewakers maar langs de trein op en zorg dat iemand godverdomme koffie zet.'

En Mehle verdween godverdomme naar de badkamer. Matthews maakte de sergeant wakker en gaf hem opdracht zijn mannen te posteren. Daarna stapte hij op het achterbalkon.

Zo te zien stonden ze stil op het hoofdspoor. Aan de ene kant was een dicht groen bos en aan de andere kant een publieke golfbaan, met grote sprinklers in het licht van de opkomende zon. Vlak naast hen op een zijspoor stond een lange goederentrein, de andere kant op. De locs stonden met draaiende motoren recht tegenover

Matthews. De machinisten hingen over de leuning van de loopbrug en keken met open mond naar de MP's die hun posities innamen langs de trein met de gepantserde locomotieven. Ongeveer anderhalve kilometer voor hen uit zag hij het witte licht van een koplamp recht op hen gericht. Hopelijk was het een *stilstaande* trein. Als dit Meridian was, had Mehle het niet slecht gedaan.

Binnen twintig minuten was de sergeant weer terug om te melden dat de bewaking was geregeld. Matthews had het koffiezetapparaat gevonden en gaf de sergeant ook een kop. Eindelijk werd de radioman in de commandowagon, die de hele nacht dienst had gehad omdat ze sinds Birmingham niet meer waren gestopt, vervangen door een collega. Omdat Mehle nergens te zien was, liep Matthews met zijn koffie naar buiten om de platte wagon met de cryogeeninstallatie te inspecteren. Toen hij het laddertje beklom hoorde hij de fluit van de locomotief en zette de trein zich schokkerig weer in beweging. Matthews moest een leuning grijpen om niet te vallen. Hij vroeg zich af wat ze deden, tot de trein weer stilstond met genoeg ruimte achter zich voor de naburige goederentrein om het hoofdspoor te bereiken. Zodra die trein weg was, reed de 2713 weer achteruit naar de wissel en toen vooruit, het zijspoor op. Drie rangeerders met walkietalkies waren ergens opgedoken om toezicht te houden op de operatie. Matthews zag Mehle naar het achterbalkon van de commandowagon komen, in een groen T-shirt en de broek van zijn camouflagepak. Hij had scheercrème op zijn gezicht en schudde vermoeid zijn hoofd toen hij zag dat zijn trein weer op een zijspoor was gezet.

Matthews liep naar het instrumentenpaneel van de koelinstallatie, met zijn vingers in zijn oren tegen het lawaai van de dieselgenerator, en bestudeerde de metertjes. Alle naalden van de cryogeeninstallatie leken nog in het groen te staan – de normale situatie. Er was een bord waarop de gegevens over de temperatuur in elk van de speciale tankwagons werden bijgehouden. De laatste notitie dateerde van het moment dat ze uit Birmingham waren vertrokken en was waarschijnlijk opgetekend door de sergeant. Nu, een paar uur later, was de temperatuur van de voorste tank één graad hoger dan op het depot van Anniston. De achterste tank was twee graden gestegen.

Verdomme, niet zo mooi, dacht Matthews. En de dag was nog maar nauwelijks begonnen. Weer een reden om hier niet op een zijspoor te blijven staan in de hitte van Mississippi. Toen hij terugliep naar het laddertje passeerde de goederentrein naar het oosten die hij in de verte had gezien, veel sneller dan Matthews verantwoord vond op een rangeerterrein. De schokgolf was sterk genoeg om de wagons op het zijspoor flink door elkaar te rammelen. Hij liep naar achteren om Mehle het goede nieuws te vertellen. Toen de goederensneltrein voorbij was, zag hij alweer een volgende koplamp glinsteren door de ochtendnevel in het westen. Hij had een voorgevoel dat ze hier nog wel even zouden staan, wat Mehle ook probeerde. Daarom wilde hij voorstellen een extra koelinstallatie te laten komen.

Hun chartervlucht van de politie landde om halfvier 's middags op het vliegveld van Jackson, waar ze door een wagen van de politie van Missouri werden opgepikt en naar Vicksburg gebracht. Ze waren opzettelijk naar Jackson en niet naar Vicksburg gevlogen om geen FBI-mensen tegen het lijf te lopen die misschien dienst hadden op het vliegveld van Vicksburg. Hush liep nog mank, maar een goede wandelstok van het ziekenhuis scheelde een stuk. In St. Louis had hij foto's laten maken van het been. Gelukkig was het niet gebroken, hoewel dat wel zo voelde als hij per ongeluk zijn scheenbeen stootte. Powers was teruggegaan naar zijn hoofdkwartier in Jefferson City om de klopjacht op Keeler in vijf staten te coördineren. Daarna zou hij ook naar Mississippi komen. Hij hoopte er tegen zonsondergang te zijn.

Iedereen was het erover eens dat de brug van Vicksburg het volgende doelwit moest zijn. Hush beschreef wat Keeler had gezegd over een aanslag die de meeste schade zou aanrichten – een duidelijke verwijzing naar de reusachtige brug van New Orleans. Aan de andere kant had Keeler niet voldoende tijd meer. Nu de FBI en de politie massaal jacht op hem maakten, zou hij zeker het openbaar vervoer mijden. Omdat zijn pickup-truck in Memphis stond veronderstelden ze dat hij nog een andere wagen had, hoewel die niet bij het bureau kentekenbewijzen stond geregistreerd. De dichtstbijzijnde brug in rijtijd was die van Vicksburg, die door Keeler uitvoerig was geïnspecteerd. Hush was er zelf bij geweest, het grootste deel van de tijd, maar misschien had Keeler toch kans gezien om een bom te leggen. Bovendien had Keeler waarschijnlijk geprobeerd om Hush op een dwaalspoor te brengen toen hij riep dat hij de brug van New Orleans zou verwoesten. Hoe ze het ook bekeken, Vicksburg was de logische kandidaat. De grote vraag was natuurlijk hóé hij het aan zou pakken.

De veiligheidstroepen langs de hele rivier waren in hoogste staat van paraatheid gebracht. Elke staat aan de Mississippi had de Nationale Garde opgeroepen en de kustwacht had reservisten gemobiliseerd om te patrouilleren rond de bruggen. Ze hadden zelfs controleposten op het water geïnstalleerd. Powers vertelde dat hij vreemd genoeg heel weinig van de FBI hoorde, maar natuurlijk was het zondag. Hush begreep het wel. Als Carswell en zijn mensen nog steeds dachten dat ze met binnen- of buitenlandse terroristen te maken hadden, zaten ze daar natuurlijk achteraan. En ze deden geen mededelingen omdat ze nog geen stap verder waren gekomen.

Toen ze over de I-20 door het platteland van Mississippi naar het westen reden, had Hush nog steeds geen goed gevoel over hun beslissing. Hij werkte al twintig jaar bij de FBI. Zo'n soloactie waar ze nu mee bezig waren druiste lijnrecht tegen zijn training en ervaring in. De FBI was effectief omdat ze de misdaad bestreed met een machtig apparaat, een goede inlichtingensectie en een koppig vertrouwen in beproefde politietechnieken. Steeds weer boekte de dienst succes dankzij uitstekend teamwerk, ondanks alle kantoorpolitiek op de achtergrond en ondanks hoge functionarissen die alleen aan hun eigen carrière en hun eigen bureaucratische territorium dachten. Hij had zich verbaasd over Carolyn Lang. Ze bleek een echte jager te zijn, die fanatiek achter die ongrijpbare dader aan zat. En als haar bazen bij de FBI niet naar haar theorie wilden luisteren, zou ze hun de verdachte desnoods op een bloederig presenteerblaadje aanbieden, als het niet anders kon. Powers vond het natuurlijk prachtig allemaal. Omdat hij voor de ondersteuning zorgde, wist hij zeker dat hij een belangrijke rol zou spelen in de afwikkeling van de zaak. Aangenomen dat ze Keeler op tijd de voet dwars konden zetten, dacht Hush. Tot nu toe was de man hun op alle fronten steeds tien stappen vooruit geweest. De explosies van die bommen tussen de bomen galmden nog na in zijn oren.

'Ik hoop echt dat we hier verstandig aan doen,' peinsde hij hardop. Carolyn zat rechts voorin, Hush achter haar, met zijn rechterbeen op de bank. De politieman achter het stuur probeerde geen brokken te maken toen hij met hoge snelheid over de I-20 naar het westen stormde. Ze draaide zich om en keek hem aan.

'We hebben de dader ontmaskerd,' zei ze, 'en ik heb een volledig verslag ingediend.'

'We hebben geprobeerd om hem in ons eentje te arresteren en hij heeft ons opgewacht. Dat was fout. Als we een arrestatieteam hadden meegebracht...'

'Dan had hij zich nooit laten zien. Hij kwam terug om nog iets te halen en dat huis te vernietigen, maar hij had ook ongezien weer kunnen vertrekken.'

Hush dacht daarover na.

'Ik durf te wedden dat hij een auto klaar had staan, ergens langs de rivier,' vervolgde ze. 'Hij is teruggekomen met een boot en daarmee is hij weer naar die auto gevaren. Het enige voordeel is dat we niet hoeven te weten waar hij *is*, als we maar weten waar hij naartoe gaat.'

'En we denken dat we dat weten,' zei Hush. 'Maar dat is niet wat mij dwarszit. We hadden rapport moeten uitbrengen. Serieus, bedoel ik. Dat smoesje over zondagochtend zal geen hond geloven, Carolyn.'

Ze schudde haar hoofd. 'Dat weet ik niet. Als we geweldig veel drukte hadden gemaakt en op een klopjacht hadden aangedrongen in vijf staten, wat zou het hoofdkantoor dan hebben gedaan? Helemaal niks, totdat ze hun eigen verhaal hadden bedacht. En Carswell zou alleen hebben geprobeerd om óns te pakken, in plaats van Keeler. Hij gelooft nog steeds niet dat het maar één man is.'

Hush knikte met tegenzin. Ze zouden een hele dag zijn kwijtgeraakt aan de frustraties van een woedende adjunct-directeur. Op deze manier zat er tenminste iemand actief achter de dader aan. En tijd was kostbaar.

Vijftien kilometer buiten Vicksburg stuitten ze op de eerste wegversperring. De verkeerspolitie leidde alle auto's met zwaailichten naar één baan, waar ze rijbewijzen, verzekeringspapieren en – vooral – gezichten controleerden. Hun chauffeur vroeg of ze erlangs wilden, maar Hush zei nee. Hij wilde wel eens zien hoe de politie het aanpakte. Toen ze bij de controlepost kwamen lieten Hush en Carolyn hun FBI-papieren zien. De verbaasde agent wuifde hen zwijgend verder. Hij had een zwartwitfax van Keelers foto in zijn hand.

'Dit is de snelweg,' zei Carolyn. 'Hoe staat het met de B-wegen?'

'Die worden ook gecontroleerd,' zei de chauffeur, terwijl hij weer optrok tot ruim honderdveertig. 'Dat doet de politie in de omgeving. We hebben een cirkel van vijftien kilometer rond de brug getrokken, aan weerskanten van de rivier.'

'Zijn er veel kleine wegen?'

'Nee, valt mee,' teemde de agent. 'Vicksburg ligt tussen de *bayous*. Daarom heeft het generaal Grant zoveel tijd gekost.'

Hush keek Carolyn even aan. Hij was vergeten dat de zuiderlingen nog altijd een rekening te vereffenen hadden.

'Bovendien,' ging de politieman verder, 'kent de politie iedereen in de buurt. Als er een onbekende wordt gezien, slaat iemand wel alarm. Als we in Vicksburg zijn, waar willen jullie dan heen?'

Goede vraag, dacht Hush. Ze konden zich niet zomaar melden bij de commandopost van de Nationale Garde boven de brug. Ze hadden geen officiële functie meer in dit onderzoek. En hij wilde ook geen FBI-agenten uit Jackson tegenkomen op de commandopost of in een motel langs de snelweg.

'Zijn er redelijke hotels in de binnenstad?'

'Ja, een paar goede pensions langs de rivier. Mijn vrouw werkt in een ervan, The Corners. Zal ik bellen?'

'Graag.'

De agent pakte de autotelefoon. Er waren nog kamers en Hush vroeg of hij hen naar het pension wilde brengen. Ze hadden geen auto, dus ze zouden op Powers moeten wachten. Hush keek op zijn horloge. Over een paar uur was het donker. Hij wist zeker dat Keeler óf snel zou toeslaan, óf er juist een langdurige belegering van zou maken. En als Herlihy maandagochtend op kantoor kwam, zou het niet lang duren voordat er paal en perk werd gesteld aan het solo-optreden van Hanson en Lang. Aangenomen, dacht hij, dat Herlihy hen zou kunnen vinden. Hij zei tegen Carolyn dat ze haar mobieltje uit moest zetten.

Ze deed het, leunde toen achterover tegen haar stoel en masseerde haar slapen. Hush betrapte zich erop dat híj dat graag voor haar zou doen. Zijn gevoelens voor Carolyn verwarden hem. Hij dacht dat hij de politieke stromingen op het hoofdkwartier van de FBI altijd redelijk had ingeschat, maar blijkbaar was hij zelfgenoegzaam geworden. Het was nooit bij hem opgekomen dat hij op de zwarte lijst van de directeur zou kunnen staan en zeker niet dat de directeur iemand als Carolyn Lang zou sturen om hem beentje te lichten. Maar ondanks alles was ze wel de interessantste en aantrekkelijkste vrouw die hij in heel veel jaren had ontmoet. Ze had gezegd dat haar verhaal een geschiedenis had. Misschien kwam hij er nog eens achter wat ze daarmee bedoelde.

Op zondagmiddag om halfzes hield kolonel Mehle krijgsraad in de commandowagon. De twee adjudanten kwamen terug van de locomotief, en ook Matthews en de sergeant waren erbij. Mehle had donkere wallen onder zijn ogen. Zijn mondhoeken en zijn handen trilden als van een roker die naar een sigaret snakte. Drie afgezanten van de Kansas City Southern en Norfolk Southern Railroads waren net kwaad vertrokken. Ze hadden Mehle te verstaan gegeven dat ze geen stunts meer accepteerden zoals wat er de vorige nacht was gebeurd. Het kon hun niets schelen hoeveel steun hij uit Washington had. De vorige nacht waren er nog zijsporen beschikbaar geweest om de weg vrij te maken voor trein 2713, maar nu niet meer. Zo simpel was dat. Ze moesten nu eerst de stremmingen wegwerken die hij zélf had veroorzaakt en daarna zou hij misschien, heel misschien, toestemming krijgen om door te rijden naar Jackson, met het andere treinverkeer naar het westen dat zich nu in heel Alabama verzamelde. En de brug van Vicksburg was de flessenhals. Tot Matthews' stomme verbazing begon Mehle te grijnzen toen hij dat hoorde.

Eerder op de dag had Matthews drie uurtjes slaap gepakt. Volgens de sergeant had Mehle de hele dag achter de verbindingsconsole gezeten en iedereen die maar wilde luisteren toegeschreeuwd dat 'deze trein zo snel mogelijk van dat zijspoor vandaan moest, godverdomme!' De mannen noemden hem al kolonel Godverdomme. De radioman zei dat de verkeersleidingscentra van de spoorwegen al niet meer reageerden op zijn oproepen en dat het Pentagon de dienstdoende ambtenaren van het ministerie van Transport niet had kunnen vermurwen.

Ook hun pogingen om een tweede koelinstallatie te krijgen waren mislukt. Die taak was aan Matthews toegevallen, maar na enkele telefoontjes met de wachtofficieren op zondag bleek de dichtstbijzijnde installatie die op hun eigen systeem kon worden aangesloten helemaal in San Antonio te staan. En nu de bruggen over de Mississippi buiten gebruik waren was al het vrachtverkeer in het zuiden voor noodtransporten ingezet. Alles wat niet al een week geleden was aangemeld zou voorlopig niet worden vervoerd. De temperatuur in de wagons was weer gestegen, in de voorste wagen met twee en in de achterste met één graad. Luitenant-kolonel Marsden in Anniston had aangeraden om de zwarte metalen zijwanden van de speciale tankwagons te koelen, maar ze stonden aan de noordrand van Meridian, en de aangrenzende golfbaan had wel water, maar geen mogelijkheid om dat water naar het spoor te brengen. Mehles agressieve optreden had bijna de aandacht van de media getrokken en alleen een haastig verzonnen verhaal van Matthews hield een groepje nieuwsgierige journalisten op afstand die wilden weten waar die vreemd uitgeruste locomotieven voor dienden.

'Hoe is de temperatuur nou?' vroeg Mehle.

De sergeant gaf de laatste uitslagen. 'Maar de zon gaat onder,' voegde hij eraan toe.

'Wat zit er trouwens in die twee wagons?' vroeg Taggart, de langste van de twee adjudanten. Zijn collega heette Jenks. Het waren allebei kortaangebonden Texanen van in de veertig.

'Hetzelfde als in de rest van de trein,' zei Mehle. 'Een lading vijftig jaar oude chemische-munitiebemantelingen die dringend naar onze vernietigingsfabriek in Tooele moeten. Goed. Majoor Matthews, ik wil dat u de frequentie en de richting van alle treinen op deze hoofdlijn volgt. Vooral de intervallen tussen de treinen.'

'Ja, kolonel,' zei Matthews. Hij zag wel dat Mehle aan het eind van zijn Latijn was en vroeg hem daarom niet waar hij die informatie voor nodig had.

'Adjudant Taggart, u schat de snelheid van de treinen die langs onze positie komen, vooral van de treinen naar het westen. Aan het eind van het zijspoor is toch een wissel?'

'Ja, kolonel,' antwoordde Taggart, terwijl hij een pluk pruimtabak in zijn wang verplaatste. 'Maar wel op afstand bediend. Het hele district wordt centraal bestuurd. En die wissel staat nu de andere kant op.'

'Kan hij met de hand worden overgezet?'

Taggart trok zijn wenkbrauwen op. Hij begon te vermoeden wat Mehle in gedachten had. 'Ja, kolonel, dat zou wel kunnen, maar als u eraan denkt om zonder toestemming het spoor op te rijden, kunt u dat wel vergeten.'

Mehle staarde hem even aan. 'Vertel me eens, Taggart, wordt die lijn bewaakt? Ik bedoel, weet de verkeersleiding of er een trein door een bepaalde sector rijdt?'

'Absoluut, kolonel. Het hele systeem is ingericht om aanrijdingen te voorkomen. Het is een elektrisch circuit. Je kunt niet zomaar door een stopsein rijden, want dat gaan er overal rode lichten branden. En die rode lampen zijn nog het minste probleem.'

'Wat is dan het grootste probleem?'

'Koplampen,' zei Jenks.

Mehle dacht daarover na. Toen grijnsde hij. Geen prettig gezicht, vond Matthews. 'Goed,' zei Mehle. 'Dat kan dus niet. Oké, maar toch wil ik de intervallen tussen de treinen weten, naar het oosten en het westen, en hun gemiddelde snelheid. Dat was alles. Jullie kunnen gaan.'

Matthews wachtte tot de andere mannen uit de commandowagon waren vertrokken. Hij was niet overtuigd door Mehles nonchalante reactie op de bezwaren van de machinist. Mehle stond op en liep naar de badkamer om zijn gezicht te wassen. Hij kwam terug, ging weer zitten en pakte zijn koffiekopje, dat leeg was. Fronsend zette hij het neer.

'Weet je wat het echte probleem is?' vroeg hij.

'Ja, kolonel. We weten niet wat zich afspeelt in die kernkoppen. En als we ons vergissen...'

'Precies. Bovendien is het zondag, godverdomme. Zelfs met een nationale spoorwegcrisis zit iedereen in Washington gewoon thuis de krant te lezen. Ik heb gisteravond wat hulp gekregen. Maar als we deze trein niet snel die rivier over krijgen, naar de open vlakte aan de andere kant, zou het einde van de wereld weleens heel nabij kunnen zijn.'

'Kolonel, we hadden die dingen nooit mogen vervoeren. Dat deugde meteen al niet. Kernwapens, verdomme!'

Mehle keek hem nijdig aan. 'Nou, *majoor*, dat hebben we dus wél gedaan. En nu we onderweg zijn, is er niemand in Washington of waar dan ook die ervoor uit wil komen. Iedereen roept dat ík het maar moet oplossen. Dus dat zal ik doen.'

Matthews staarde naar de tafel. Hij wist niet wat hij moest zeggen.

'Dit heeft ook een persoonlijke en professionele achtergrond, majoor,' zei Mehle. De scherpte was opeens uit zijn stem verdwenen. 'Vorig jaar kreeg ik een belangrijke opdracht van de Nationale Veiligheidsraad. Dat ging verkeerd. Laat ik het anders zeggen: ik heb het verknald.' Hij keek Matthews over de tafel aan. 'Deze keer mag het dus niet verkeerd gaan, begrijpt u? Ik zal tot elke prijs die rivier oversteken, godverdomme. En daarna brengen we die dingen naar een veilige plaats in Idaho.'

'Niet als we een frontale botsing krijgen, kolonel.'

'Er komt geen botsing! Als ik de intervallen tussen de treinen weet, forceer ik die wissel en rijden we achter de volgende trein aan naar het oosten. Als ze ontdekken dat we zijn vertrokken en dat we te snel rijden voor een of andere klootzak om nog een wissel om te gooien en ons op een zijspoor te zetten, zullen ze ons wel door moeten laten. Ik hoef alleen maar naar Vicksburg.'

'Maar daar ligt die brug,' zei Matthews. 'En de brug is de werkelijke flessenhals.'

'Ja, maar het leger heeft nu het gezag over die brug, nietwaar, majoor? Zorg dat ze die intervallen noteren. Ik ga slapen. Maak me over twee uur wakker.'

Om halfzes 's avonds verliet Keeler de I-55 naar het zuiden, even ten westen van Canton, Mississippi. Hij was moe, stijf, maar nog klaarwakker. Hij zag er nu heel anders uit. Hij had zijn haar en zijn wenkbrauwen vlekkerig grijswit geverfd en smerige sportvisserskleren aangetrokken. Met nagellak had hij twee van zijn voortanden donkerbruin gekleurd en de rest vertoonde ook vlekken nadat hij een paar uur op een theezakje had gezogen. Uit kaarsvet had hij een nepgehoorapparaat voor beide oren gekneed en een leesbril met dikke glazen completeerde het beeld van een niet zo frisse oude man. Keeler, die in werkelijkheid vijfenvijftig was, zag er nu uit als een zwerver van vijfenzeventig, een oude man die ging vissen in de delta en zich met zijn eigen zaken bemoeide. Zelfs als de politie hem zou aanhouden en de camper doorzocht, zouden ze voornamelijk hengel- en kampeerspullen vinden, wat muffe kliekjes in de koelkast, sigarettenpeuken op de vloer en slordig neergesmeten kleren op de banken. Hij had het zo ingericht dat een agent die zijn neus naar binnen stak zo snel mogelijk weer naar buiten zou stappen, zonder de honderd meter detcord en de ontsteker te vinden die hij in krimpfolie verpakt in het reservewiel had verborgen. Zijn rijbewijs, zijn verzekeringspapieren, zijn kentekenbewijs uit Missouri en zijn nummerborden stonden allemaal op naam van zijn ex-huisbaas. Er stond alleen zijn eigen foto op, hoewel die niet echt meer klopte met zijn nieuwe oudemannengezicht.

Hij wist ook wel dat zijn vermomming niet bestand zou zijn tegen een grondig onderzoek met honden van de EOD en informatie van de politie uit Missouri, maar de camper, de boot en de sportvisserovermomming waren voldoende voor een oppervlakkige controle door de verkeerspolitie, die na het eerste halfuur van hun dienst vooral probeerde de file wat sneller te laten doorstromen. De echt gevaarlijke controleposten, misschien zelfs bemand door FBI-agenten, zouden pas beginnen binnen een onbekende cirkel rondom Vicksburg, en zo ver zou hij niet komen.

In de avondschemer nam hij de Mississippi State Highway 22 naar het westzuidwesten en hield zich keurig aan de maximumsnelheid, tot grote ergernis van de boerenjongens in hun grote pickup-trucks, die vlak achter de aanhanger bleven zitten en hem in zijn nek bliezen tot ze hem met honderdtwintig kilometer per uur konden inhalen, om dan hard te remmen en de volgende afrit te nemen, een kilometer verderop. Hij stuitte op de eerste wegversperring even ten westen van Flora, waar de US-49 de provinciale snelweg kruiste. Hij zette de bril met de dikke glazen half op zijn neus toen hij de rij lichten zag,

279

met daarachter drie politiewagens, één voor elk van de twee rijbanen en de derde voor een eventuele achtervolging. Ze hadden allemaal hun blauwe zwaailichten ingeschakeld en de agenten hielden het schaarse zondagavondverkeer aan voor een korte controle bij het licht van de schijnwerpers. Een forsgebouwde politieman wierp een blik op zijn gezicht. Keeler liet zijn mond halfopen vallen, keek de agent door zijn flessenbodems aan en rochelde wat. De politieman deed een stap terug en wuifde hem meteen door. Keeler zette de bril weer af zodra hij op veilige afstand was. Hij wist het niet zeker, maar hij dacht dat de agent een poster met zijn foto erop in zijn hand had gehouden.

Zijn volgende doel was een geschikte plaats langs de Big Black River. Hij wilde Highway 22 nemen, bijna tot aan Interstate 20, om daar af te slaan naar een B-weg naar het noordwesten, de Askew Ferry Road. Als hij met zijn boot op de Big Black River kon komen, zou hij niet zo ver meer van zijn doelwit zijn. Tot zijn verbazing merkte hij dat hij steeds meer vertrouwen kreeg in zijn onderneming van die nacht. Natuurlijk voelde hij zich gesterkt door de wetenschap dat hij in minder dan twee weken vier bruggen had verwoest en pas in de kleine uurtjes van deze ochtend eindelijk was ontmaskerd. Ze vermoedden natuurlijk dat hij bij Vicksburg toe zou slaan. Als hij hen echt wilde verrassen moest hij afbuigen naar het zuiden en doorrijden naar New Orleans, maar hoe langer de klopjacht duurde, des te groter de kans dat ze hem zouden oppikken. Hij schakelde naar groot licht om overstekende herten tijdig te kunnen zien en trapte het gaspedaal in tot honderd. Nog veertig kilometer tot de Askew Ferry Road – en de volgende wegversperring, veronderstelde hij.

De chauffeur verliet de snelweg bij de afrit naar Clay Street en reed Vicksburg binnen langs het slagveld uit de Burgeroorlog. Het zou sneller zijn geweest via Washington Street, evenwijdig aan de rivier, maar de hele omgeving van de brug was afgezet. Hush vroeg waar de spoorlijn door de stad liep. De politieman, die eigenlijk in Jackson werkte, wist het niet precies. Door Clay Street reden ze naar het havengebied en sloegen toen linksaf naar Oak Street, parallel aan de rivier. Daar vandaan was het niet ver meer naar The Corners. Twee straten ten noorden van het pension kruisten ze het spoor. De overweg werd bewaakt door een politieman, die hun auto doorwuifde zonder uit zijn patrouillewagen te komen.

The Corners bestond uit twee bakstenen gebouwen. Een ervan was het oorspronkelijke Whitney Home uit 1878, het andere een moderne dependance van twee verdiepingen, gebouwd in de stijl van het oude huis en daarmee verbonden via een tuin met stenen paadjes. Het pension stond op de hoek van Oak Street en Klein Street, tegenover de wat grotere en luxere Cedar Grove Mansion Inn. De politieman zette hen af bij de hoofdingang, die uitkeek over een mooie binnenplaats met planten, oorspronkelijk de achterkant van het gebouw. De glooiende oevers van Vicksburg verhieven zich boven de tuin met een aaneenschakeling van inzakkende stenen muren en hoge oude bomen. Een vriendelijke receptioniste gaf hun twee aangrenzende kamers op de eerste verdieping van de dependance. Ze betaalden met hun persoonlijke creditcards, zodat de FBI hen niet via hun zakelijke cards zou kunnen traceren.

De zon was al onder tegen de tijd dat ze met hun koffers door de achtertuin naar de dependance liepen. Aan de kant van de rivier was een zijtrap naar een grote ommuurde veranda langs de voorzijde. Via een tweede trap kwamen ze op de veranda van de eerste verdieping, waarop ze nog net de brede bocht van de Mississippi konden zien, met in het noorden de splitsing met het Yazoo-kanaal. Op de veranda stonden schommelstoelen en rieten tafeltjes. Boven hun hoofd draaiden een paar luie ventilatoren. De kamers, die naast elkaar lagen maar geen verbindingsdeur hadden, waren mooi ingericht in Victoriaanse stijl, met een plafond van ruim vier meter hoog, een hemelbed, grote kasten en een werkende open haard. De enige moderne aanpassing was de zoemende airco. Hush' badkamer had zelfs een groot whirlpoolbad.

Hij belde met het operatiecentrum in Jefferson City om het nummer van het pension voor Powers achter te laten. Daarna trok hij zijn jasje uit, deed zijn das en zijn schouderholster af, liet het bad vollopen en stapte de veranda op, met de deur op de knip om zichzelf niet buiten te sluiten. Hij ging in een van de schommelstoelen zitten en zag het laatste zonlicht verdwijnen boven de *bayous* van Louisiana, aan de overkant van de rivier. Carolyn stapte ook naar buiten en kwam naast hem zitten. Tot zijn verbazing had ze een fles scotch en twee glazen meegenomen. Ze had ook haar jasje uitgetrokken. Daaronder droeg ze een rechte rok en een mouwloze blouse.

'Een vooruitziende blik,' zei ze, terwijl ze hen allebei twee vingers whisky inschonk. 'Ik dacht dat ik toch minstens één borrel nodig zou hebben op deze reis.'

Er was geen ijsmachine in de buurt, dus dronken ze hun whisky puur. Het was een zwoele avond. Hush strekte zijn geblesseerde been voor zich uit, hief zijn glas in een toost en sloot zijn ogen. Hij moest niet vergeten dat de kraan van de jacuzzi nog liep. In de verte achter het gebouw floot een locomotief en even later denderde er een lange goederentrein de hoek om over de overweg in Oak Street, rechts van hen. Ze konden hem niet zien door alle bomen aan de overkant, maar ze luisterden naar de zwoegende geluiden toen hij op een paar straten afstand van hun pension passeerde en zijn fluit liet horen bij het kruisen van de straten op weg naar de brug. De receptioniste had al haar excuses gemaakt voor al die extra treinen, maar na de aanslagen was de brug van Vicksburg nu dag en nacht in gebruik. Hush ging naar het bad kijken, dat bijna vol was. Toen hij terugkwam zei hij tegen Carolyn dat hij een bericht voor Powers had achtergelaten en nu zijn geteisterde lijf in het bad ging laten weken. Ze schonk hem nog een glas whisky in en zei dat ze zijn voorbeeld zou volgen. Er was niet veel anders te doen totdat Powers zou komen.

Hij liep naar de badkamer, kleedde zich uit en liet zich voorzichtig in het dampende water zakken. Het was een tweepersoonsbad, dus paste hij er net in als hij zijn knieën optrok. De kneuzing op zijn been had nu alle kleuren van de regenboog, maar de pijn was wat minder geworden. Hij zette de stralen aan en zakte onderuit, met zijn glas in zijn hand. Weer vroeg hij zich af wat hij hier eigenlijk deed. De politie had een fijnmazig sleepnet uitgegooid. Wat ging er nu gebeuren? Hoe zou Keeler nog een aanslag kunnen plegen? Bijna de hele wereld bewaakte nu deze brug en die van New Orleans. Maar als iémand door dat kordon heen kon breken was het Keeler wel, dacht hij. Hij voelde een luchtstroom en de badkamerdeur ging open. Carolyn stond in de deuropening.

'Ik heb geen jacuzzi,' zei ze. Ze leunde met haar heup tegen de deurpost, haar ene hand op de deurkruk, haar glas in de andere. Hush was te verbaasd en te moe om zich om zijn zedigheid te bekommeren. Hij knipperde even met zijn ogen en probeerde een snedig antwoord te verzinnen. Maar hij deed niet veel anders dan haar aanstaren, ten prooi aan tegenstrijdige emoties. 'Ga je gang,' zei hij, terwijl hij probeerde zijn stem in bedwang te houden.

Ze keek hem strak aan toen ze de badkamer binnenkwam, haar glas neerzette en zich begon uit te kleden. Blouse, beha, rok en panty. Niet uitdagend, maar ook niet te snel. Hij keek gefascineerd hoe haar kleren verdwenen. Enkel in haar broekje kwam ze naar het bad toe en ging op de rand zitten. Ze deed iets met haar haar; eerst liet ze het los vallen en toen spelde ze het op tot een gouden bal om het droog te houden. De rode striem tussen haar borsten zweefde ergens ter hoogte van zijn ogen terwijl ze haar haar deed. Hij moest zich beheersen om rustig te blijven zitten, maar hij wilde eerst weten wat zij zou doen. Ten slotte boog ze zich naar voren en raakte met haar vingertoppen heel zacht de lelijke bult op zijn scheenbeen aan. Toen richtte ze zich op, draaide zich om en stapte over hem heen. De achterkant van haar broekje was nat door de rand van het bad. Langzaam liet ze zich in het hete water zakken, totdat ze schouder aan schouder met hem zat, haar heup stevig tegen de zijne. Ze bukte zich om een washandje en een stuk zeep te pakken en gaf ze aan Hush. Daarna leunde ze achterover in het bad, met haar hoofd naast het zijne, en sloot haar ogen.

Hush begon bij haar hals en waste haar met zijn handen en het washandje. Hij moest zich half naar haar toe draaien toen hij lager kwam en haar grote borsten meer met zijn handen streelde dan met het lapje. Totdat ze haar linkerhand op zijn dijbeen legde, haar vingers omlaag liet glijden en zijn penis omvatte. Zo hield ze hem toen hij hard werd, terwijl zijn eigen handen de rest van haar lichaam verkenden en voorzichtig over het natte nylon gleden om de zachtheid tussen haar benen weer te voelen. Ze keerde zich naar hem toe en ze kusten elkaar gretig. Hun handen leken zelfstandig door te gaan terwijl hij zijn tong in haar verlangende mond duwde. Ten slotte rolde ze naar hem toe, op handen en knieën, kwam omhoog en liet zich schrijlings over hem heen zakken, zo ver dat het kruis van haar nu transparante broekje tegen zijn gezicht drukte. Ze liet zich daar door hem kussen, terwijl hij haar billen met twee handen vastgreep tot ze heftig begon te schokken. Haastig trok hij haar broekje tot halverwege haar dijen en liet haar op zijn erectie zakken. Ze kreunde ergens diep in haar keel, haar adem stokte en hij voelde de fluwelen zuiging van haar climax. Na een minuutje zakte ze voorover, met haar borsten naar zijn lippen. Hij begon te bewegen, probeerde zich te beheersen om het genot zo lang mogelijk te laten duren, maar het lukte hem niet en ten slotte liet hij zich gaan, met steeds snellere, hardere stoten, zijn handen om haar billen geklemd en de huid van haar borst hard tegen zijn wang, tot hij diep in haar klaarkwam, happend naar adem voordat alle opgekropte lucht in één lange, trillende zucht aan zijn longen ontsnapte. Hij opende zijn ogen en kuste de rode striem tussen haar borsten. Toen leunde hij naar achteren, zodat hij haar mond kon kussen, steeds opnieuw, tot hij besefte dat ze huilde. Hij trok haar tegen zich aan en hield haar vast toen ze omlaagzakten in het water. Hij wilde haar vragen wat er scheelde, maar vond het toch beter om te zwijgen.

'Het spijt me,' fluisterde ze na een paar minuten. 'Het spijt me echt.'

Hij streelde een tijdje haar rug. 'Misschien is het dit allemaal wel waard geweest,' zei hij. Ze legde haar hoofd in haar nek en keek hem aan. Hij probeerde zijn gezicht strak te houden, maar dat lukte niet. Het ondeugende lachje kwam terug en haar ogen glansden. Ze leunde opzij, trok haar broekje uit en liet zich terugzakken in het water. Opeens stond haar gezicht weer ernstig.

'Ik had je toch gezegd dat het een geschiedenis had?'

'Ik zou het graag willen weten, maar als je het niet...'

'Ja, ik wil het je vertellen. Elf jaar geleden had ik een affaire met een andere agent. Hij was heel hoog, maar ook getrouwd. De huidige directeur was toen adjunct van de interne inspectie en hij kwam erachter. Hij beloofde dat hij me niet zou rapporteren aan de disciplinaire commissie als ik hem en de vorige directeur zou helpen mijn minnaar tot vervroegd ontslag te dwingen.'

'Aha,' zei Hush. 'En daarna heb je dat nog wel vaker gedaan.'

'Dat was de prijs om te overleven. Toen ik de kans kreeg om met jou samen te werken ben ik teruggegaan naar Heinrich en heb hem gezegd dat ik ermee stopte,' zei ze. 'Hij antwoordde dat ik dit al een hele tijd deed, maar dat ik kon stoppen wanneer ik wilde.'

'Maar dan zou hij je aangeven bij de disciplinaire commissie.'

'Precies. En voor het eerst zinspeelde hij toen ook op een mogelijke promotie. Hij zei dat de directeur het recht had zijn eigen mensen binnen de directie te benoemen. Ze hadden jou al beleefd te verstaan gegeven dat het tijd werd om op te krassen, maar jij luisterde niet. En deze regering wil graag wat meer vrouwen in hogere functies.'

Hush merkte dat hij knikte.

'Ik schaam me nu, maar ik liet me verleiden. Ik verzette me ook niet echt. Ik vond het heerlijk om bij dat kleine kringetje te horen. Maar jij verdiende zo'n behandeling niet.'

'Wat heb je gedaan, Carolyn?'

'Ik heb Carswell gelijk gegeven – dat de aanslagen het werk waren van een groep en niet van één man. Daardoor had jij geen enkele steun meer op het hoofdkantoor. En het gaf de directeur het vijgenblaadje dat hij nodig had. Door die interne overeenstemming kon hij met een gerust hart zwichten voor de druk van die kliek en jou opzij-zetten.'

Hij knikte weer en vroeg zich af wat hij in haar plaats zou hebben gedaan. 'De spelletjes die we spelen...' mompelde hij. Hij keek op zijn horloge.

Ze stapte uit het bad en begon zich af te drogen. Hij keek met genoegen toe. Ze was heerlijk om te zien. Ze zag hem kijken en glimlachte. 'Zeg het maar niet,' zei ze.

'Nou,' begon hij, turend naar het water, maar op dat moment ging de telefoon. Met tegenzin kwam hij uit het bad en liep druipend naar de badkamerdeur, waar hij de telefoon kon bereiken. Het was Powers.

'Ik ben onderweg naar Vicksburg,' zei Powers. 'Ik kan er over veertig minuten zijn. We moeten overleggen.'

'We zitten in een klein pension, The Corners, maar we hebben geen vervoer,' zei Hush. 'Zeg het maar.'

'Hebben ze een bar?'

'Ik denk niet dat ze een vergunning hebben. Maar Lang heeft een fles scotch meegenomen.'

'Dan is ze nog érgens goed voor,' zei Powers. Hush legde zijn hand over de hoorn en herhaalde dat. Carolyn lachte en droogde zich verder af.

'Oké,' zei Hush. 'We zitten in de dependance op de eerste verdieping.'

'Wat zei hij?' vroeg ze toen hij had opgehangen.

'We hebben nog veertig minuten,' zei hij en hij stak zijn hand uit naar haar handdoek.

Om acht uur 's avonds stond de trein nog altijd op het zijspoor. Kolonel Mehle had twee uur geslapen en iedereen van de bemanning, vanaf Matthews tot de eenvoudigste wachtpost, had ervoor gezorgd dat niemand hem godverdomme wakker maakte. Maar ten slotte stapte Matthews toch de slaapcabine in om eens te kijken. Mehle was net wakker, keek op zijn horloge en vroeg om het verslag over de passerende treinen. Matthews en de adjudanten hadden een profiel opgesteld waaruit bleek dat er, met wat afwijkingen, steeds tien minuten verstreken tussen de passage van de treinen, zowel naar het oosten als naar het westen. De snelheid lag rond de dertig kilometer per uur. De treinen naar het oosten remden af als ze het knooppunt Meridian naderden, de treinen naar het westen trokken op.

Mehle en Matthews bestudeerden de routekaart van de segmenten tussen Meridian en Vicksburg. Het was ongeveer honderdtwintig kilometer van Meridian naar Jackson, en nog ruim vijftig kilometer van Jackson naar Vicksburg. Normaal gesproken zouden ze in ongeveer tweeëneenhalf uur bij de brug kunnen zijn, wat vertraging bij het knooppunt Jackson meegerekend. Mehle informeerde naar de temperatuur in de twee speciale tankwagons en was niet blij met het antwoord. De temperaturen waren niet gedaald, hoewel het nu donker was. Matthews raapte eindelijk zijn moed bij elkaar en vroeg de kolonel wat hij van plan was, maar Mehle gaf geen antwoord. Hij vroeg om verse koffie en boog zich weer over de routekaarten.

Matthews liep naar voren om even te praten met de twee Texanen, die reservisten waren, zoals hij had ontdekt. Het was een flegmatiek stel, met typische cowboymanieren en een aangeboren behoedzaamheid. De oudste van de twee, Taggart, was duwbootschipper geweest bij de zuidwestelijke divisie van de genietroepen voordat hij ontslag had genomen uit de dienst en bij Southern Pacific was gaan werken. Dat was nog in de tijd vóór alle grote fusies. Nu werkte hij voor Union Pacific. Zijn collega, Jenks, had jaren bij het leger gezeten als tankmonteur bij de pantsertroepen. Terug in de burgermaatschappij had hij zich bij Burlington Northern Santa Fe opgewerkt tot machinist. Voor deze reis was Taggart eerste machinist en bij afwezigheid van een conducteur ook technisch verantwoordelijk voor de rest van de trein. Jenks was meegegaan als tweede machinist en had het toezicht op de diesellocs van de driebak, zoals ze het noemden. Na de rit van de vorige nacht waren ze allebei wat ongerust over Mehle. Matthews vermoedde dat de kolonel de wissel wilde forceren.

Hun ontspannen houding was meteen verdwenen. 'O nee! Vergeet het maar,' zei Taggart en Jenks knikte instemmend. Taggart spuwde wat tabakssap uit het raam van de cabine van de voorste locomotief, en legde uit: 'Dit is een doorgaande lijn en bovendien een enkelspoor. De meeste sectoren hebben geen dubbelspoor meer. Ze hebben een centrale verkeersleiding die zoveel mogelijk treinen heen en weer laat rijden als het spoor veilig kan verwerken.'

Dat klonk logisch, vond Matthews, hoewel hij hier en daar nog wat dubbelspoor had gezien.

'En het belangrijkste woord daarbij is "veilig". *Comprende?* Als je zonder toestemming een wissel omgooit, gaat meteen het alarm af bij de verkeersleiding en krijg je de wind van voren via die telefoon daar.'

'Dat begrijp ik,' zei Matthews. 'Maar wat zou er gebeuren als je toch het hoofdspoor op gaat en doorrijdt naar het westen?'

Taggart schudde zijn hoofd en spuwde nog eens. 'Als we zware pech hadden, zouden we al om de volgende bocht frontaal op een tegenligger botsen. Bij gewone pech zouden we achterop een voorligger knallen die verderop bij de rest moest aansluiten.'

Matthews knikte. Hij wist niet wat hij tegen hen moest zeggen.

'Als die ouwe echt zoiets van plan is,' verklaarde Taggart, 'kan hij beter hier komen om te leren hoe je een loc bestuurt, want J-Bird en ik zijn dan mooi pleite. We rijden wel met een videocamera achter jullie aan om te zien hoe rampzalig dat afloopt. Die band wordt geld waard. Begrijp je?'

Zonder de kolonel openlijk af te vallen probeerde Matthews duidelijk te maken dat hij het met hen eens was. Daarna verliet hij de cabine zo waardig als hij kon. Toen hij terugsjokte langs de wachtposten vroeg hij zich af wat hij moest doen als de kolonel werkelijk zo'n stunt zou uithalen. De militaire politie bevel geven om de trein te verlaten en weigeren om mee te gaan? Wat zouden de militairen doen? Zouden ze beseffen wat er aan de hand was? Toen herinnerde hij zich dat de kolonel een geweer bij zich had. Hij tastte naar zijn eigen heup, maar hij had zijn holster op zijn bed laten liggen. Misschien was het niet zo'n goed idee om nu de enige aan boord van die trein te zijn zonder een wapen. En toen drong het tot hem door dat de twee adjudanten ook geen wapen hadden.

Kort na negen uur 's avonds rondde Keeler de bocht stroomopwaarts van de brug van de Kansas City Southern Railroad over de Big Black River. Het grootste deel van de tocht had hij alleen wat maanlicht gehad, zo nu en dan, om bij te navigeren. Eigenlijk was 'rivier' een te weidse benaming voor de Big Black; 'greppel' kwam dichter in de buurt. Tot aan dit punt was de rivier maar een meter of tien breed, met hoge, glooiende zandoevers met struikgewas en naakte boomwortels. Het was duidelijk dat de rivier haar naam te danken had aan haar hoge oevers, maar op dit moment was de Big Black niet erg diep of breed. Hij was redelijk opgeschoten vanaf het kampeerterrein, totdat de boot aan de grond was gelopen op een zandbank, niet ver van de verkeersbrug over de I-20. Hij voer zo snel dat de boot helemaal uit het water werd getild, en hij kon nog maar net de buitenboordmotor omhoogtrekken en uitzetten voordat de schroef zich in het harde zand boorde. Met moeite bewaarde hij zijn evenwicht. De zandbank stak zeker bijna een halve meter boven het water uit. Hoe had hij die in godsnaam over het hoofd kunnen zien?

Het had hem een kwartier gekost om de boot met veel moeite weer vlot te krijgen. Hij hield zich stil toen hij opeens blauwe zwaailichten op de verkeersbrug zag, een halve kilometer verderop. Hij verstijfde en keek scherp of er ook politie op de brug stond, maar de zwaailichten verdwenen naar rechts, uit het zicht. Toen hij de boot weer vlot had, liet hij zich naar de brug drijven met de motor uit, voor het geval er toch wachtposten stonden. Hij dacht niet dat iemand vanaf die vlakke verkeersbrug veel van de donkere rivier zou kunnen zien met alle koplampen die voorbijflitsten, maar hij wilde geen onnodige risico's nemen. Daarna had hij het wat rustiger aan gedaan op zijn tocht naar het zuiden. Dat was zijn redding geweest toen hij ongeveer anderhalve kilometer voorbij de brug bijna op een boomstam was gelopen die half onder water lag.

Met de spoorbrug in het zicht zette hij de motor uit en dreef geruisloos naar een groepje wilgen op de westoever, in een scherpe bocht. Hij bestudeerde de schraagbrug. Het was een enkelspoor met massieve stalen balken die plat op een rij grote betonnen pijlers lagen, zo'n vijftien meter boven de rivier. De westoever liep steil omlaag naar het water, de oever aan de andere kant glooide zo'n tweehonderd meter heel geleidelijk omhoog naar het talud van de spoorbaan. De oevers zelf leken begroeid met ondoordringbaar donker struikgewas, dat hij na een tijdje herkende als de beruchte kudzuplant. Hij meende wat grote witte stenen in het water te zien, onder of vlak onder de brug, en stroomafwaarts op de westoever was een betonnen parkeerplaatsje voor auto's en sportvissers.

Ongeveer tweehonderd meter stroomopwaarts van de brug stuurde hij de boot naar de kant. De stompe boeg dook de modder in en de wilgentakken schraapten langs de metalen romp. Hij zag een trein uit het oosten komen, veel sneller dan hij had gehoopt dat ze vannacht zouden rijden. Achter zijn felle koplampen stormde de voorste loc de brug op en verscheurde met denderend geweld de nachtelijke stilte. Het gerammel van de wagons weergalmde langs de oever van de rivier en overstemde alle andere geluiden tot ze eindelijk voorbij waren. Keeler stapte in het water, soppend door de stinkende modder en trok de boot de kant op. Hij wrong zich onder de takken vandaan en bleef een tijdje op zijn hurken zitten om dat visplekje onder het westelijke bruggenhoofd te observeren. Hij wilde zeker weten dat er zich geen nachtelijke hengelaars of vrijende tieners in het donker verborgen hielden.

Toen hij de eerste muggen om zijn hoofd hoorde zoemen zocht hij haastig naar zijn sigaretten. Hij draaide zich van de brug af, hield zijn hand om de aansteker en stak er een op. Toen hurkte hij weer langs de oever, keek goed of er geen waterslangen op de loer lagen, en bestudeerde opnieuw de brug in het vage schijnsel van de maan. Hij blies een grote wolk geurige rook uit om zijn hoofd, dankbaar voor de kick van de nicotine die hem wakker hield. Hij wist dat hij doodmoe was en het had hem grote moeite gekost om wakker te blijven, die laatste paar kilometers van zijn tocht over de rivier. Maar onder die vermoeidheid voelde hij een elementaire energie, het verlangen om nog één keer toe te slaan. Dit zou waarschijnlijk de laatste brug worden die hij te pakken kreeg. Waarschijnlijk? Nee, bijna zeker. Ze wisten wie hij was en in Mississippi wemelde het vannacht van politie. Hij wist wie er op hem wachtten in Vicksburg, maar hij vertrouwde erop dat hij op deze onorthodoxe manier toch de brug zou kunnen bereiken. Daarna werd het improviseren. En hij hoefde de brug niet echt te laten instorten om hem onklaar te maken, stelde hij zichzelf gerust. Maar eerst moest hij zien dat hij er kwam.

In het oosten gloeide een wit lichtje aan, voorafgegaan door het schrille, lang aangehouden fluitsignaal van een dieselloc, hoog oplopend in toon volgens het dopplereffect. Hij keek op zijn horloge. De trein naar het oosten was vijf minuten geleden gepasseerd, dus moest er in de buurt een zijspoor zijn, ergens in het oosten. Dat was bijna altijd zo bij deze bruggen. Dan kon de trein van het hoofdspoor worden gehaald om reparatiewagons de kans te geven bij de brug te komen als dat nodig was. Deze trein reed trouwens veel langzamer. Mooi. Waarschijnlijk was hij nog aan het optrekken vanaf het zijspoor. Keeler durfde te wedden dat er op alle zijsporen tussen hier en Jackson – en aan de andere kant van de rivier – wel een trein stond te wachten.

Een of ander nachtdier bewoog zich door het tapijt van kudzu langs de oever en Keeler luisterde scherp. Maar het volgende moment reed de trein de brug over en overstemde alle geluiden in de omgeving. De zware diesellocs sleepten zich puffend voort, met wolken hete uitlaatgassen in de lichtkring van de koplampen. Keeler schatte de snelheid op ongeveer dertig kilometer per uur. Met de roodverlichte ramen van zijn cabine maakte de voorste loc een boosaardige indruk, als een machtig roofdier, op zoek naar prooi. Keeler maakte gebruik van het licht van de koplampen om naar wachtposten hoog op de brug te speuren, maar hij kon niemand ontdekken. Hij moest nog wel controleren of de naburige overwegen door de politie werden bewaakt, en daarna moest hij het spoor zelf inspecteren. De schraagbrug was ideaal voor wat hij in gedachten had. Het enige probleem was de snelheid van de trein. Hij moest er een hebben die maar met een slakkengang voortkroop. Terwijl de lange stoet van dichte wagons rammelend de rivier overstak drukte hij zijn sigaret uit, keek nog eens of zijn boot goed vast lag en klom toen behoedzaam door de kudzu in de richting van het bruggenhoofd.

Ze waren allebei gekleed op veldwerk toen Powers in het halfdonker de trap op kwam. Hush had de lichten op Carolyns veranda aangestoken om de insecten die kant op te lokken. Zijn eigen veranda was donker, zodat Hush en Carolyn vanaf de straat beneden nauwelijks te zien waren. Er denderde weer een trein door de bomen aan de voet van de heuvel. De locomotief liet een fluitsignaal horen en zijn koplampen tekenden de bomen in silhouet. Powers had hamburgers meegenomen. Spreken was onmogelijk zolang de trein voorbijreed, dus vielen ze op het junkfood aan tot de trein en de fluit verdwenen waren.

'Hoe is het met je been?' vroeg Powers. Hij was in uniform, met een reusachtig pistool op zijn heup. Een scheutje scotch in zijn koffie sloeg hij niet af.

'Ik wou dat Keeler dat niet had gedaan,' zei Hush. 'Is er nog nieuws?'

'Ja, eigenlijk wel,' zei Powers, terwijl hij de zak van de hamburgers verfrommelde. 'Tenminste, dat dénken we. Een of andere koddebeier heeft een camper met een boottrailer ontdekt in een bos bij een kampeerterrein ten westen van Jackson. De camping heeft verbinding met de Big Black River, ongeveer dertig kilometer hier vandaan.'

'En?'

'Nou, volgens de politie van Mississippi kwam er een oude vent met die camper en de boot het terrein op om te overnachten. De dame schreef hem in, hij betaalde contant en daarna vroeg hij hoe hij vanaf de camping naar de Big Black River kon komen.'

'Waar was dat?'

'De Askew Landing Campground, even ten noorden van de Interstate 20. De vrouw van de camping vond het nogal vreemd dat hij het bos in wilde rijden om zo laat op de dag nog naar de rivier te gaan. Maar ja, vissers... Hoe dan ook, een uurtje later komt er een hulpsheriff langs om te controleren of er nog auto's van buiten Mississippi waren. Die camping wordt goed geleid, dus vertelde de vrouw dat verhaal. Ze vond dat er iets raars met die man was. Zoals hij eruitzag. Dat was voldoende voor de hulpsheriff.'

'Hij ging een kijkje nemen?'

'Precies. Hij vond de camper en de aanhanger bij een inham, maar geen boot. De wagen had een kenteken uit Missouri. Hij deed navraag en toen dat verzoek bij de computer van Missouri binnenkwam kregen wij ook een waarschuwing omdat het een vraag uit Mississippi was. Al die berichten worden nu onderschept. Blijkbaar staan de camper en de aanhanger geregistreerd op naam van een boer die een huis had verhuurd aan een zekere Morgan Keeler. Onze mensen hebben meteen die boer gebeld, maar hij wist helemaal niks van een camper of een boottrailer.'

'Het moet dus Keeler zijn,' zei Carolyn.

'Nou ja, niks moet, maar ik ga er wel van uit. Dus vaart hij nu ergens over de Big Black River. Die stroomt vanuit het hart van Mississippi naar de rivier zelf en mondt daar beneden Vicksburg in uit. Een heel geschikte route naar de brug. Die vent geeft het niet gauw op.'

'Jij hebt die foto's niet gezien,' zei Carolyn en Powers knikte boven zijn koffiekop.

'En hij heeft iets bij zich, vermoeden we,' vervolgde Powers. 'Ze vonden het reservewiel van de camper op de grond, van de auto losgeschroefd. Alsof hij daar iets verborgen had. Het wiel is al onderweg naar een plaatselijk laboratorium voor onderzoek naar sporen.'

'Of hij gaat toch naar New Orleans,' zei Hush.

Powers schudde zijn hoofd. 'Waarom zou je tot een kilometer of dertig van Vicksburg rijden als je naar de Big Easy wilt? Bovendien is het over de rivier nog meer dan driehonderd kilometer naar New Orleans. Nee, volgens mij wil hij het hier proberen.'

'Wat gebeurt er nu?' vroeg Carolyn.

'We hebben de wachtposten op en om de brug gewaarschuwd, vooral de kustwacht en de rivierpolitie die op het water patrouilleren. De marine heeft langs de oever een kustradar opgesteld om de rivier in de gaten te houden. De Nationale Garde en de plaatselijke politie zijn in de hoogste staat van paraatheid gebracht en er mogen geen auto's meer in de buurt van de brug komen, van welke kant dan ook. Verder kunnen we weinig anders doen dan afwachten.'

'En hoeveel hiervan is al bekend bij de FBI of in Washington?' vroeg Hush.

'Nou, het bureau in Jackson weet dat er iets aan de hand is,' zei Powers. 'En nu je het vraagt...' Hij haalde een kopietje van een telex uit de zak van zijn jasje en gaf het aan Hush, die het openvouwde alsof het besmettelijk was. Het was een bericht van Herlihy in St. Louis aan de onderdirecteur in Washington, waarin Herlihy informeerde waar senior agent Carolyn Lang nu was en wat voor status ze precies had. Hush gaf het aan Carolyn, die een grimas maakte.

'Het is vandaag verstuurd,' zei Hush. 'Blijkbaar is Hijzelf toch naar kantoor gekomen en heeft zijn post gelezen.'

'Verdomme,' zei Carolyn toen ze het papier tot een prop verfrommelde. 'Maar hij heeft wel een probleem. Wat moet hij Washington vertellen op een zondagavond?'

'Als ik hem was, zou ik een vuurpijl afschieten,' zei Hush.

Ze lachte tegen hem. 'Maar jij bent Herlihy niet. Kijk, alles wat ik in dat rapport heb geschreven zijn vermoedens, geen bewezen feiten. En ik heb ook de naam van de agent niet genoemd die met me mee is gegaan om Keeler te ondervragen. Herlihy weet heel goed wat op dit moment de "officiële" theorie is op het hoofdkwartier.'

'Ja, en?' vroeg Powers.

'Hij zal heus niet de man willen zijn die het hoofdkwartier vertelt dat ze helemaal fout zitten – en met "ze" bedoel ik de directeur, de onderdirecteur en vooral onze adjunct-directeur Nationale Veiligheid, de heer Carswell.'

'Die niet van tegenspraak houdt, heb ik begrepen,' zei Powers. Hij schudde zijn hoofd. Hush besefte dat de forsgebouwde politieman met volle teugen van dit federale toneelstukje genoot.

'En ondertussen,' zei Carolyn, 'zal het bureau in Jackson wel hebben gemeld wat jullie hier doen. Dat is dus ook bekend bij iedereen, inclusief Hijzelf Herlihy in St. Louis.'

'Herlihy zit in een lastig parket,' beaamde Hush. 'Hij wil de hofhouding niet lastigvallen met slecht nieuws, maar hij is ook bang dat de politie hier met de eer gaat strijken en misschien – wat God verhoede – zelfs de dader in zijn nekvel grijpt.'

Powers schudde nog eens zijn hoofd en grijnsde. 'Mensen toch...' zei hij.

'Onze verantwoordelijkheid,' bracht Hush hem in herinnering, 'is het beschermen van die brug. Keeler arresteren is ook belangrijk, maar niet zo belangrijk als hem tegenhouden.'

De grijns verdween van Powers' gezicht en hij boog zich naar voren. 'Niemand zal het op schrift zetten,' zei hij zacht, 'maar reken maar dat die jongens uit Mississippi een paar scherpschutters op die oevers hebben geposteerd. Als Keeler echt onderweg is hier naartoe, kan hij beter met een onderzeeboot komen.'

Hush keek op zijn horloge. Het was halftien. 'Hoe lang zou hij nodig hebben om op de grote rivier te komen?' vroeg hij.

'Dat hebben we al berekend,' antwoordde Powers. 'Vanaf die camping is het ongeveer vijfendertig kilometer varen naar de Mississippi, en dan nog ruim dertig kilometer naar Vicksburg, afhankelijk van de vraag of hij door de vaargeul of de *bayous* komt.'

'En hoe laat kwam hij op die camping aan?'

'Zeven uur, halfacht. Volgens de politie daar zou hij 's nachts ruim dertig kilometer per uur kunnen halen op die rivier, als hij nergens vastloopt. Dan zou hij dus binnen een uur, anderhalf uur, op de Mississippi kunnen zijn.'

De volgende trein naderde en verscheurde met zijn fluitsignaal de avondstilte. 'Tegen halfnegen, negen uur op de Mississippi,' zei Hush. 'Als dat zo is, zou hij nu al naar het noorden kunnen varen.'

'Ja. Daarom ben ik ook in wapenrok.'

'En er rijden nog steeds treinen over deze brug.'

'Ja, één per vijf tot tien minuten. Het hele spoorwegnet van hier naar Jackson staat vol met treinen. Er is hier geen rangeerterrein, dus komen ze allemaal uit Jackson.'

Hush knikte. Daarna moesten ze even wachten tot de trein voorbij was gerammeld, met een snelheid van zo'n acht kilometer per uur over de overwegen in de stad.

'De vraag is,' zei Powers, 'wat we met jullie tweeën aan moeten. Jullie ouders hebben instructies achtergelaten voor het geval jullie je op de commandopost vertonen.'

'Daar komen we dus niet,' zei Hush. Hij kreeg een idee, maar daar wilde hij eerst met Carolyn over praten – alleen.

Carolyn keek hem verbaasd aan. 'Wat? Natuurlijk wel. We gaan in elk geval naar de brug. Ik wil erbij zijn als Keeler zijn gezicht laat zien.'

Hush stak zijn kin naar voren. 'Nee. Als we daar naartoe gaan, worden we meteen door de gehaktmolen gehaald zodra iemand van het bureau in Jackson ons in de gaten krijgt. Nee, wij wachten hier.'

Ze staarde hem verbijsterd aan.

'Jij hebt het belangrijkste gedaan, Carolyn,' zei Hush. 'De politie heeft nu voldoende goede mensen op de been. De militairen bewaken de brug en iedereen weet naar wie en wat ze zoeken. Het is nu bekend dat hij waarschijnlijk met een boot komt. Wij hebben niets meer toe te voegen. Dus kunnen we beter uit de buurt blijven.' Hij keek haar nadrukkelijk aan. Ze moest er niet op doorgaan tot Powers was verdwenen.

Powers keek al op zijn horloge. 'Ik ga naar de commandopost. De politie van Mississippi heeft een vangnet uitgegooid achter het punt waar ze vermoeden dat hij nu is, in de *bayous*. Met een paar speurhondenteams van de gevangenis willen ze het gebied uitkammen. Als hij nog op de rivier vaart, zullen ze niets vinden, maar ze maken wel herrie. Misschien kunnen ze hem zo vertragen, zeker als hij door de moerassen zwerft.'

'Wij hebben geen auto hier,' zei Hush. 'Kan de politie ons een wagen lenen? Als jullie hem hebben gelokaliseerd, kan ik hem misschien naar buiten praten.'

Powers knikte. 'Als hij maar niet gaat schieten. Die jongens hier zijn niet kinderachtig. Ze knallen hem neer en voeren hem aan de honden op. Ik stuur wel een auto, dan laten ze de sleuteltjes bij de receptie achter. Ondertussen gedragen jullie je heel verstandig, vind ik. Hier blijven en je mobieltje bij de hand houden. Als ik iets weet, bel ik jullie meteen.'

Carolyn wierp haar hoofd in haar nek en tuurde nijdig over de veranda. Powers gaf Hush een meelevende knipoog toen Hush hem bedankte voor de hamburgers. Zodra de hoofdinspecteur buiten gehoorsafstand was, boog Carolyn zich naar voren. 'Waarom?' vroeg ze.

Hush grijnsde. 'En wie wil haar territorium nu beschermen? Je wilde toch bij de arrestatie zijn?'

'Reken maar. Die klootzak heeft op me geschoten en me in de kofferbak van een auto opgesloten. Ik wil erbij zijn, ja!'

'Maar waar dan? Op de rivier? Ergens in een *bayou*, met de speurhonden? Op de oude vestingwallen van Vicksburg? Toe nou, Carolyn, dan lopen we alleen maar in de weg. En je weet ook wel dat we niet zomaar de commandopost kunnen binnenstappen. Dan arresteren ze óns!'

'Kan me niet schelen,' zei ze, maar haar protest klonk wat zwakker.

'Weet je wat?' zei hij, terwijl hij opstond. 'Misschien vergissen ze zich in Keelers plannetje. Pak je jack maar. We gaan een eindje wandelen.'

Ze zuchtte en pakte haar FBI-jack.

Matthews stond op de wagon van de koelinstallatie, met zijn vingers in zijn oren tegen het lawaai van de generator, toen hij dacht te horen dat de tweede en derde locomotief van de trein hun motoren startten. Het was nu helemaal donker en hij had de sergeant geholpen om bij het licht van een zaklantaarn de meters af te lezen. De temperatuur was al een uur stabiel en de passerende treinen volgden elkaar steeds sneller op. Ze sprongen van de wagon en liepen langs de achterste tankwagon naar de commandowagon toe.

'Zal ik de jongens maar weer aan boord halen?' vroeg de sergeant.

'Ik zal het informeren,' zei Matthews. Het was een bewolkte avond, met zo nu en dan wat maanlicht. Ten zuidoosten van hun zijspoor waren de lichtjes van Meridian te zien. Hij hoorde het geluid van een televisie in de wagon van de militaire politie toen hij erlangs liep naar de commandowagon. De radioman noteerde net een bericht van de verkeersleiding toen Matthews binnenkwam.

'We hebben toestemming om te vertrekken,' zei de man en hij gaf hem het papier. 'Ik heb de kolonel al gewaarschuwd toen ik een paar minuten geleden de aankondiging kreeg.'

'Is hij nog steeds op de locomotief?' vroeg Matthews, terwijl hij het bericht doorlas. Ze hadden toestemming tot aan Newton. 'Ja, majoor,' zei de radioman.

Matthews keek op zijn horloge. Ze hadden nog een minuut of zes. Hij stapte het balkon weer op en riep naar de sergeant dat de mannen weer aan boord konden komen. De wachtposten, die de locomotieven hadden horen starten, waren al voorzichtig op weg naar hun wagon achter aan de trein. Nu begonnen ze te rennen over het grind. Matthews wachtte tot de sergeant de koppen had geteld en zijn duim naar hem had opgestoken. Toen ging hij terug naar binnen en vroeg de radioman om de kolonel te zeggen dat iedereen weer aan boord was. Newton, dacht hij, en hij keek eens op de routekaart. Newton lag maar vijftig kilometer van Meridian. Een trein raasde voorbij over het hoofdspoor, de andere kant uit. Matthews dacht even aan wat Taggart had gezegd over rode lichten en koplampen. Hij keek weer op zijn horloge. Nog twee minuten.

Om kwart voor tien vertrokken ze uit het pension. De straten en gebouwen straalden nog de hitte van de dag uit, maar Hush had zijn jack aangetrokken om zijn schouderholster te verbergen. Carolyn droeg haar jack over haar heup, waar ze haar eigen wapen had. Weerlicht flakkerde langs de donderwolken die zich samentrokken boven Louisiana. De lichten van de rivierhaven beneden hen wierpen amberkleurige reflecties over het brede water. Hush zag mensen zitten eten in het restaurant van de Cedar Grove Mansion Inn, maar verder was het rustig. De buurt was een vreemde mengeling van simpele houten huizen, stenen rijtjeswoningen met oude bomen ervoor, en een paar vrijstaande, statige herenhuizen. In enkele van de houten huizen brandde licht, maar er was niemand op straat.

'Ik heb wel eens wat gelezen over het beleg van ''Fort Vicksburg'' in de Burgeroorlog,' zei ze. 'Het leek een behoorlijke stad, maar het is niet meer dan een groot dorp.'

'Volgens mij is Vicksburg die oorlog nooit te boven gekomen. Maar de mensen lijken heel gastvrij.'

Ze kwamen bij de overweg in Klein Street, waar nog net de staart van een trein de knipperlichten passeerde, op weg naar het oosten. Een politiewagen stond dwars over de straat, met het linkerportier open. Een rondborstige agent van de gemeentepolitie hing log in de deuropening en keek nadrukkelijk naar Hush' FBI-jack toen ze naar hem toe kwamen. De laatste wagons van de trein reden met veel gekners van stalen wielen over de betonstroken van de overweg. Achterop stond een eenzame remmer die ingespannen langs het spoor tuurde. Hush liet zijn FBI-pasje zien.

'Waarom is de weg afgezet?' vroeg hij de agent.

De grote politieman spuwde onverschillig op de straat. 'Orders van hogerhand,' zei hij met een zwaar zuidelijk accent. 'Er rijden de hele nacht treinen langs. Je kan wel oversteken als je wilt, maar ik moet al het verkeer controleren dat voorbij komt.'

Hush staarde naar de remmer die achter aan de trein hing toen de laatste wagon rammelend om de bocht verdween. Zijn idee begon vorm te krijgen.

'Is dit de enige spoorlijn in de stad?' vroeg hij. 'En gaat deze ook over de grote brug over de Mississippi?'

De agent knikte, alsof dat onnozele vragen waren.

'Waar komt hij vandaan?' vroeg Hush.

'Uit Jackson,' zei de agent en hij spuwde weer wat tabakssap op straat. 'Er zijn twee zijtakken, vanaf de kunstmestfabriek langs de Yazoo River en vanaf de haven daar beneden, maar dit is het hoofdspoor, van Kansas City Southern. Vanuit Jackson in het oosten. Hij loopt een eindje door de stad.'

'En eh...' zei Hush zo nonchalant mogelijk, 'loopt de lijn ook parallel aan de I-20 vanuit Jackson?'

Inderdaad, antwoordde de politieman.

'Steekt hij de Big Black River over?'

Weer knikte de agent. 'De I-20, ja, dus de spoorlijn ook,' zei hij. 'De Big Black River stroomt van noord naar zuid.'

De volgende trein verscheen al in de verte, links van hen. De krachtige gele koplampen trilden tussen de bomen langs de rivier en verlichtten de steigers en pakhuizen direct aan het water. Hij gaf een langdurig fluitsignaal bij de eerste overweg, een paar straten verderop. Hush bedankte de politieman, pakte Carolyn bij haar arm en loodste haar terug naar het pension, buiten gehoorsafstand van de agent.

'Wat is er?' vroeg ze met een verbaasd gezicht.

'Keeler had toch een boot?' zei hij. Hij moest hard praten om het lawaai van de locomotieven te overstemmen die achter hen de overweg naderden.

Ze knikte.

'Oké. Hij laat die boot te water ten noorden van de hoofdweg en vaart dan naar het zuiden over de Big Black River – een zijrivier van de Mississippi. Iedereen denkt dat hij naar de Mississippi wil om zo bij de brug te komen.'

Ze knikte weer.

'Maar is dat logisch? Zou hij echt naar een zwaarbewaakte brug varen, over een rivier waar druk wordt gepatrouilleerd? Hij weet heus wel hoe moeilijk dat wordt. Hij heeft zelf gezien welke veiligheidsmaatregelen hier zijn getroffen.'

'Wat wil je daarmee zeggen?'

'Die spoorlijn naar Vicksburg komt uit Jackson, in het oosten. Volgens die agent kruist het spoor ergens de Big Black River.'

'Ik begrijp nog steeds niet...'

Hush liet haar niet uitspreken. 'Hij vaart niet de hele rivier af om bij de brug te komen,' zei hij met klem. 'Hij springt op een trein om zo naar de brug te rijden en dan pas toe te slaan. De wachtposten bij de brug letten op alles, behálve de treinen zelf.'

'Net als die remmer die we net zagen?'

'Precies. Minder openlijk, misschien. Maar ik durf te wedden dat hij over de Big Black River naar een of ander bruggetje is gevaren. Zo kan hij naar Vicksburg komen wanneer hij maar wil. Niet met een boot, maar met een *trein*, verdomme!'

Ze knikte peinzend. 'Terwijl de hele wereld de rivier in de gaten houdt,' zei ze. 'We moeten Powers bellen.'

'Ja. Hij moet alle treinen naar het westen tegenhouden tot ze zijn geïnspecteerd – of tot ze Keeler te pakken hebben, als wij ons vergissen. Waar is de telefoon?'

'Nog in het pension, natuurlijk,' zei ze. 'Gebruik de radio van die politieman maar.'

Hush liep terug naar de agent van de gemeentepolitie en zei dat hij moest bellen. De politieman deed een oproep via zijn radio. De centrale had een rechtstreekse verbinding met de commandopost bij de brug. Zodra het contact tot stand was gebracht gaf de politieman Hush de microfoon. Hush noemde alleen zijn naam en vroeg naar Powers. De radioman van de commandopost vroeg of hij even wilde wachten. Even later was hij weer terug en meldde dat Powers langs de rivier reed omdat de speurhondenteams dachten dat ze Keeler hadden gesignaleerd in de buurt van Hennesey's Bayou. Hush vroeg of ze radiocontact met Powers konden krijgen voor een dringend bericht en de centralist zei dat hij het zou proberen.

Hush liep terug naar Lang om haar te vertellen wat hij had gehoord toen de agent hem weer wenkte. Er was iemand aan de lijn die meneer Hanson wilde spreken. Hanson aarzelde. Er zaten agenten uit Jackson op die commandopost. Toch pakte hij de microfoon weer aan.

'Hanson,' zei hij.

'Hé, Hush. Met Rafe LeBourgoise.'

O, shit, dacht Hush. 'Ja, Rafe?'

'Ik hoorde van de centralist dat je via een politieradio hier in Vicksburg belt. Ben je hier in de buurt?'

Hush kon geen manier bedenken om die vraag te ontwijken. 'Klopt,' zei hij.

'Mooi zo. Geweldig, zelfs. Het hoofdkantoor is naar je op zoek. Het kantoor van de directeur, om precies te zijn. Ze zeiden maar steeds dat je nog in Baton Rouge was, met ziekteverlof. Ik zei van niet, maar ze wilden me niet geloven.'

'Ik ben er wel geweest maar weer weggegaan,' zei Hush. Het bleef even stil, op het statische geruis van de luidspreker na. De agent luisterde geïnteresseerd mee. Carolyn kwam naar de auto toe.

'Is senior agent Lang ook bij je? Ik geloof dat ze jullie dríngend willen spreken, Hush.'

'Oké, ik meld me wel,' zei Hush, zonder antwoord te geven op de vraag over Carolyn. 'Maar waarom zit jij eigenlijk hier en niet in Baton Rouge?' Carolyn was nog net op tijd om die vraag te horen. 'Wie?' vroeg ze fluisterend aan hem. Hij fluisterde LeBourgoises naam.

'Vanwege het rapport dat senior agent Lang bij het bureau in St. Louis heeft ingediend. Dat de dader van die aanslagen kolonel Keeler van de genietroepen zou zijn. Adjunct-directeur Carswell gelooft er niets van, maar toen ze ontdekten dat de politie hier een klopjacht op Keeler had georganiseerd hebben ze mij en een paar van mijn mensen naar Vicksburg gestuurd om het team Geweldsmisdrijven uit Jackson te versterken. Waar ben je precies, Hush?'

'Ik kom net aan. We zijn uit Jackson gekomen.' De agent trok verbaasd zijn wenkbrauwen op.

'Met "we" bedoel je ook senior agent Lang?'

Hush dacht dat hij LeBourgoise iets tegen iemand in zijn buurt hoorde zeggen. 'Dat klopt,' zei Hush. 'Hoor eens, ik moet de lijn weer vrijmaken. Ik verwacht een telefoontje van hoofdinspecteur Powers.'

'Maar Hush...'

Hush boog zich naar de wagen en hing de microfoon weer op. Toen gaf hij Carolyn een teken om weg te wezen. LeBourgoises stem klonk nog door de luidspreker, dus zette Hush de radio uit.

'Hé, wacht even!' protesteerde de politieman.

Hush boog zich naar het raampje. 'Die vent is niet wie hij zegt dat hij is, agent,' zei Hush haastig. 'Volgens mij is dit de man die we allemaal zoeken. Kunt u de radio vijf minuten uit laten en dan weer aanzetten? Daarna kunt u alle vragen beantwoorden van iedereen. Maar we hebben vijf minuten nodig om daar te komen en die klootzak te grijpen.'

De agent sperde zijn ogen wijdopen. 'Verdomme, ja. De klootzak die al die aanslagen heeft gepleegd, bedoelt u?'

'Wij denken van wel. Geef ons vijf minuten, oké?'

De agent knikte en stapte uit. Hij verhief zich tot zijn volle lengte en keek dreigend om zich heen of hij ergens schurken kon ontdekken. Hush hinkte de straat door met Carolyn en probeerde de pijn in zijn been te negeren. Onderweg vertelde Hush wat LeBourgoise had gezegd en wat hij net had gedaan.

'Allemachtig!' riep ze uit. 'Denk je dat LeBourgoise opdracht had ons op te pakken?'

'Zo niet, dan zal dat nu snel gebeuren,' zei Hush. Hij keek om naar de trein, waarvan de locomotief nu de overweg in Oak Street had bereikt, vlak bij The Corners, en aan de lange rechterbocht naar het oosten begon, uit Vicksburg vandaan en op weg naar Jackson. Naar het oosten, dacht Hush. De volgende trein ging dus naar het westen. Keeler kon elk moment arriveren. Toen herinnerde hij zich dat hij Powers nog niet had gewaarschuwd.

'Kom mee,' zei hij, terwijl hij naar het pension terugliep. 'We moeten die telefoon hebben.'

Nadat hij veertig minuten de omgeving van de schraagbrug had verkend vond Keeler wat hij zocht. Hij had eerst het spoor naar het westen geïnspecteerd, sluipend door het onkruid langs de lijn, maar hij vond alleen een zandpad dat de spoorlijn kruiste op ongeveer tweehonderd meter ten westen van de brug. Daarna had hij het zandpad onder de brug op de westoever gecontroleerd op de aanwezigheid van hengelaars of auto's. Het stonk er naar pis, verschaald bier en rotte vis. De betonnen pijlers waren beklad met graffiti. In het maanlicht zag hij gescheurde vuilniszakken, een roestige oude tuinstoel en lege plastic motorolietankjes, verspreid naar alle kanten. Het beton van de oevers was ruw en brokkelig, alsof een paar trucks hun lading cement gewoon langs de rivier hadden gekieperd en het zo hadden laten liggen. De witte vlekken in het water die hij voor stenen had aangezien bleken brokstukken te zijn van de betonnen palen waarop de brug oorspronkelijk had gerust. Blijkbaar waren ze ooit ingestort bij een of andere ramp. Hij was blij dat hij niet had geprobeerd om nog verder naar het zuiden te varen met de boot. Voorbij de brug werd de rivier wat breder en verdween toen met een bocht naar rechts.

Een volgende trein kwam uit het oosten terwijl hij onder de brug stond. Het licht van de koplampen scheen tussen de bielzen door omlaag en verlichtte de schuilplaats waarnaar hij op zoek was geweest. Boven op het westelijke bruggenhoofd, waar de stalen balken aan weerszijden van het brugdek met zadelklemmen waren bevestigd, zat een richel in het beton, recht onder de spoorbaan. Hij wilde zijn zaklantaarn erop richten, maar hij was bang om licht te maken. Terwijl de trein boven zijn hoofd voorbijdenderde, liep hij terug stroomopwaarts, eerst over het zandpad en toen door de dichte kudzu, om zijn spullen uit de boot te halen. Hij pakte de rol detcord, een klein zwart stuk zeildoek en een platte rugzak. Hij overwoog om de boot te laten zinken, maar deed het toch niet. Hij had geen idee hoe deze nacht zou aflopen. Hij wist wat hij met het detcord en de trein van plan was, maar daarna was alles mogelijk. Nu er een klopjacht op hem was geopend, had het weinig zin om te ver vooruit te denken, vond hij.

16

Matthews wachtte op de eerste seinen van Newton om te zien wanneer ze op een zijspoor zouden worden gerangeerd. Toen ze met tachtig kilometer per uur door het stadje stormden, begreep hij pas waarom Mehle met de locomotief meereed. Ongeveer één seconde nadat ze het spoor van Kansas City Southern uit het noorden hadden gekruist begon de telefoon te rinkelen. De radioman nam op, luisterde even, maakte een grimas en gaf de hoorn toen zwijgend aan Matthews. De majoor maakte zich bekend en luisterde naar een bijzonder boze verkeersleider die hun bevel gaf om onmiddellijk te stoppen. Matthews zei dat hij het aan de machinist zou doorgeven.

'Ik heb de machinist al gebeld!' protesteerde de man. 'Wat is er met die trein, verdomme?'

'Geen idee,' zei Matthews. 'Ik zit helemaal achterin. Ik zal de intercom eens proberen.'

'En gauw, meneer! Er komen twee zware goederentreinen jullie kant op. Een ervan rijdt nu ten westen van Forest. Zet die trein stil en rij achteruit naar het zijspoor bij Newton, begrepen?'

'Ja, ik hoor het wel,' zei Matthews, die heel goed wist dat het verspilde moeite was. De radioman vroeg wat er aan de hand was, maar Matthews negeerde hem en belde via de intercom met de locomotief. Zoals hij al had verwacht was het Mehle die opnam.

'Hebben we problemen?' vroeg hij op bedrieglijk kalme toon. Matthews had het gevoel dat de trein er nog een schepje bovenop deed toen ze zich in het donkere platteland van Mississippi stortten.

'Ja, kolonel. We hadden moeten stoppen en wachten op een zijspoor bij Newton. De verkeersleiding is in alle staten. Er komen twee treinen naar het oosten op ons af. Een ervan is hier nog maar vijftien kilometer vandaan.'

'Goed. Bel maar terug en zeg dat ze die trein tegenhouden, want wij rijden door.'

'Jezus, kolonel, waar bent u mee bezig?'

'Let op uw woorden, majoor. We stoppen nergens meer, tot we bij die brug zijn, godverdomme. Zeg maar tegen ze wat u wilt, voor mijn part dat die trein achtduizend ton zenuwgas aan boord heeft en dat we haast hebben. Dat is alles.'

Mehle hing op. Matthews staarde ongelovig naar de zoemende intercom. 'Bel de verkeersleiding maar.'

De radioman toetste haastig het nummer, vergiste zich en probeerde het nog eens. De trein reed steeds sneller, Matthews wist het zeker. Hij probeerde de relatieve snelheden te berekenen terwijl hij wachtte. Tien minuten, misschien nog minder. De radioman gaf hem de telefoon.

'Verkeersleiding?' zei Matthews. 'We kunnen deze trein niet stoppen.'

'Gebruik dan de noodrem! Allemachtig. Ik heb de voorste goederentrein tot stilstand kunnen brengen, maar er zit er een vlak achter.'

'Meneer, ik zeg het u nog één keer. We kunnen niet stoppen. Dit is een trein van het Amerikaanse leger. We hebben achtduizend ton toxische munitie aan boord en we rijden door tot we die brug bij Vicksburg over zijn. Ik kan deze trein niet laten stoppen. Hebt u me gehoord? Ik kan deze trein niet laten stoppen!'

'*Dat gaat zomaar niet!* U kan niet...'

'Luister goed,' schreeuwde Matthews in de telefoon. 'Haal alle treinverkeer van het hoofdspoor. En haal het niet in uw hoofd om een wissel om te gooien, want we rijden tachtig kilometer per uur. Duidelijk? Ik kan deze trein niet laten stoppen!'

Hij boog zich naar voren en hing op om de protesten van de verkeersleider te smoren. Daarna pakte hij de intercom, bedacht zich en liep door de slaapcabine van de commandowagon naar de deur aan de voorkant. Hij keek even of hij zijn pistool had en stapte toen naar buiten. De wind sloeg hem in het gezicht. Aan de andere kant van de koppeling lag het achterbalkon van de wagon van de militaire politie. Hij wachtte tot de slingerende wagens op één lijn lagen, waagde de sprong en probeerde het gebulder van de wielen onder zijn voeten te negeren. Hij was zich vaag bewust van een rij witte gebouwen die in het maanlicht voorbijflitsten toen hij over de leuning klom en het dagverblijf binnenstapte.

De sergeant zat in zijn hemd en uniformbroek te kaarten met drie MP's. In de andere hoek van het verblijf dreunde een televisie. De meeste jongens lagen al op bed. Er hing sigarettenrook en de geur van popcorn. De sergeant sprong overeind toen hij de uitdrukking op het gezicht van Matthews zag.

'Maak uw mensen wakker en laten ze zich gereedmaken, met volledige bewapening,' beval Matthews. 'Mehle wil met deze trein zonder te stoppen doorrijden naar Louisiana en er komen minstens twee tegenliggers op ons af.'

De sergeant verspilde geen tijd met vragen. Hij schreeuwde een paar bevelen en even later duikelden de mannen bijna over elkaar heen. Matthews wachtte tot de orde was hersteld, terwijl hij alle mogelijkheden overdacht. Mehle hield de twee adjudanten waarschijnlijk onder schot. Hij was krankzinnig genoeg om net zolang met de trein naar het westen te rijden tot hij iets raakte of tot hij de brug over was. Het geraas van de rijwind door de open achterdeur was nog hoorbaar boven de chaos in de troepenwagon uit. Matthews zag een intercom tegen de achterwand. Hij riep de locomotief weer op.

'Wat nou weer?' vroeg Mehle.

'Kolonel, ik denk dat ze proberen de lijn vrij te maken. Ik heb gezegd dat we niet konden stoppen tot we over die brug bij Vicksburg zijn. Als u een beetje afremt hebben ze meer tijd om de andere treinen van het spoor af te krijgen.'

'Leuk geprobeerd, majoor Matthews. Vergeet het maar. Als ik afrem, wagen ze het erop en gooien ze een wissel om. Hebt u ze gezegd wat ik u had opgedragen?'

'Ik heb gezegd dat we toxische munitie aan boord hadden, geen zenuwgas. Ze weten dat we uit Anniston komen.'

'U had mijn orders moeten opvolgen, majoor Matthews. Maar hoe dan ook, ik rem niet af. Laat uw wachtdetachement zich gereedhouden.'

'Dat is al gebeurd,' zei Matthews, terwijl de sergeant en zijn sectieleiders zich om hem heen verzamelden. 'Ik heb gezegd dat ze zich moeten voorbereiden op een botsing.'

'Heel verstandig. Maar als er geen botsing komt, moet de hele groep paraat blijven om in actie te komen, onder mijn bevel. Begrepen?'

'Ja, kolonel,' antwoordde Matthews. 'Maar...'

Mehle had al opgehangen. Matthews verbrak de verbinding. De sergeant trok vragend zijn wenkbrauwen op.

'We zijn het haasje, denk ik,' zei Matthews. 'Nog een geluk dat we helemaal achteraan zitten.'

'Ja hoor,' zei de sergeant. 'Met honderdzestig ton lekkend mosterdgas vlak naast ons? Shit! U had dus toch gelijk, majoor.'

Keeler knielde op de rand en legde het zwarte zeildoek half onder en half over zijn lichaam, met het open einde wijzend naar de achterkant van de holte, als een zwarte plastic taco. Als hij ging zitten had hij nog ongeveer dertig centimeter tussen zijn hoofd en de bielzen, maar iemand die omhoog zou kijken vanaf de vissteiger beneden zou alleen een zwarte schaduw zien in een zwart gat op de verbinding tussen brug en bruggenhoofd. Dat hoopte hij, tenminste. Maar belangrijker was dat er nog een halve meter ruimte tussen de kale bielzen zat, die niet in het gebruikelijke grindbed lagen. Als hij overeind ging staan op de richel stak hij met zijn hoofd, zijn armen en zijn schouders tussen de bielzen omhoog, vlak naast of zelfs recht onder het spoor, met meer dan genoeg ruimte om zich omhoog te drukken en zich vast te grijpen aan de onderkant van een wagon. Hij had al gecontroleerd of er voldoende ruimte was tussen de wanden van de brug en het spoor om veilig naast een passerende trein te kunnen hurken. Het hield niet over, vond hij, maar hij zou niet door de wagons worden geraakt. Zijn plan was te wachten op een trage trein, dan de rugzak en het detcord tussen de bielzen omhoog te gooien, zichzelf tot aan de spoorbaan omhoog te hijsen, naast het spoor, en op de trein te springen. Eenmaal aan boord zou hij een schuilplaats moeten vinden voor het geval ze de treinen inspecteerden voordat ze op de brug over de Mississippi werden toegelaten.

Hij probeerde zich te ontspannen terwijl hij wachtte. Het beton om hem heen stonk naar duivenpoep en smeerolie. Hij was dankbaar voor het stuk zeildoek. Nu zijn ogen helemaal aan het donker gewend waren kon hij vrij goed naar twee kanten kijken van onder het los opgerolde zeil. De Big Black River lag nog steeds rimpelloos in het noorden, hoewel hij wat geborrel hoorde van beneden, waar de stroming zich rond de ingestorte pijler slingerde, vlak onder de brug. Er stond geen wind. Ergens in de verte werd de stilte van de nacht verscheurd door een blaffende hond. Hij tastte even naar de rugzak om zeker te weten dat hij die niet was vergeten.

Het eindspel, dacht hij weer. Als hij vannacht wist te ontsnappen, zou hij te voet op de oever van Louisiana uitkomen, zonder auto of boot. Verdomme, als hij het handig speelde, zou hij aan de voorkant van de trein kunnen meerijden naar het westen, zoals iedere zwerver, om te ervaren hoe het was om geen huis te hebben. Of hij kon gewoon uitstappen, teruglopen langs het spoor en zichzelf aan de politie voorstellen. Een proces zou misschien nuttig kunnen zijn. Dan had hij de kans om zíjn kant van het verhaal te vertellen, om aan te tonen hoe meedogenloos de spoorwegen zich hadden opgesteld nadat zijn vrouw en kinderen op die overweg waren vermorzeld. Als het ooit tot een proces zou komen, natuurlijk. Hij herinnerde zich nog wat die veiligheidsman van de spoorwegen met zijn varkenskop in St. Louis had gezegd. Als wij hem eerder vinden dan jullie, is het afgelopen met hem.

De bielzen boven zijn hoofd begonnen te trillen.

Eindelijk lukte het Hush om Powers te bereiken via het operatiecentrum van de politie in Jefferson City, die hij vroeg contact op te nemen met Little Hill. Carolyn zat zenuwachtig op het bed terwijl hij Powers zijn theorie uiteenzette dat Keeler niet via de rivier zou komen.

'Maar als hij dat wél doet?' vroeg Powers.

'Dan zijn daar nog steeds jouw mensen, die alles in de gaten houden,' zei Hush. 'Maar ik raad je dringend aan om alle treinen naar het westen zorgvuldig te inspecteren voordat je ze op de brug toelaat.'

'Dat zal niet lukken, denk ik,' zei Powers. 'We hebben ze al gevraagd om alle treinen te laten stoppen nadat we die camper hadden ontdekt. Nog geen vijf minuten later werden we teruggefloten door de minister van Transport uit die leuke hoofdstad van jullie. Het is pure paniek, Hush.'

Hush keek naar Carolyn en probeerde na te denken. 'Oké, wat dacht je hiervan? Zeg dat je alleen treinen naar het westen wilt aanhouden en inspecteren, ergens tussen die schraagbrug over de Big Black River en Jackson, waar de wissels liggen. Ondertussen laat je alle treinen naar het oosten gewoon doorrijden, zodat je de stremming aan die kant helemaal kunt oplossen. Dan verliezen ze niet zoveel.'

'Ik kan het proberen, maar ik weet het niet. Die spoorwegen hebben verdomd veel politieke invloed.'

'Ik ken het terrein niet tussen hier en Jackson,' zei Hush. 'Heeft het zin om mensen langs dat spoor te sturen, te voet of met een railwagen? Als hij ligt te wachten om op een trein te springen, kunnen we hem misschien uit zijn tent lokken.'

'Ja, de spoorwegpolitie zou daarbij kunnen helpen, maar de meesten van onze eigen mensen houden nu de wacht in de *bayous*. Volgens de plaatselijke politie is het voornamelijk moerasgebied.'

'Probeer het dan toe te spitsen. Stuur wachtposten naar de overwegen en misschien een team naar die brug over de Big Black River. En werk van daaruit terug naar Vicksburg.'

'Wat ik nodig heb zijn extra mensen,' zei Powers. 'Kan de FBI niet bijspringen?'

'Als we nog steeds meededen, zouden we genoeg mensen op de been kunnen brengen.' Toen dacht hij weer aan LeBourgoise. Hij zei het tegen Powers, die beloofde dat hij de commandopost zou bellen. Dat kwam Hush goed uit. Zo kreeg Powers meer mensen en had LeBourgoise iets anders te doen dan jacht maken op hén.

'En wat gaan jullie doen?' vroeg Powers.

'Wij gaan het spoor hier in Vicksburg verkennen. Ik heb het akelige gevoel dat hij ons te vlug af is geweest.'

De trein reed veel te snel. De locomotief kondigde zijn nadering aan met het licht van zijn ongelooflijk felle koplampen, gevolgd door een zwaar gedreun dat het hele bruggenhoofd een volle minuut liet trillen voordat de enorme diesellocs eindelijk voorbijdenderden, ruim een meter boven zijn hoofd. Een regen van zand en stof daalde op het zeildoek neer. Zodra de locs voorbij waren ging hij rechtop zitten, trok het zeildoek weg en keek omhoog. Meteen kneep hij zijn ogen weer dicht tegen het stof. Hij knipperde een paar keer met zijn ogen en kwam toen gebukt overeind, zich vastklampend aan de rand van de betonnen richel. Voorzichtig stak hij zijn hoofd en schouders tussen de bielzen door omhoog. De dreunende, negentig centimeter hoge wielen stormden op ooghoogte langs hem heen, een halve meter opzij van zijn hoofd. Hij was zich bewust van een soort zuigkracht, een dodelijke uitnodiging om zich naar die voorbijflitsende wielen toe te buigen. De zwaargeïmpregneerde bielzen masseerden zijn schouders onder de druk van de wielen. Ze bogen door en veerden dan weer terug in het ritme van de vijf ton zware onderstellen. Zo nu en dan siste er wat perslucht langs zijn gezicht uit lekkende remleidingen. Het vergde al zijn moed om zich op te richten, met de tachtig ton zware wagons maar een paar centimeter van zijn gezicht. Hij deinsde terug, maar probeerde het toch. Hij trok zijn schouders op en klemde zijn gehandschoende handen om de ruwe, splinterige bielzen. Toen hees hij zich van de richel omhoog, door de opening tussen de bielzen heen, naar de spoorbaan, waar hij even wankelde in de rijwind van de trein voordat hij zich gehurkt tegen de zijwand van de brug drukte, op een meter van de voorbijzoevende wielen. Hierboven was de zuigkracht nog sterker, en hij moest zich aan het uiteinde van een biels vasthouden om niet voorover te vallen. De trein leek snelheid te maken nu hij half over de brug was.

Maar deze reed veel te snel en bovendien de verkeerde kant op, – naar Jackson in het oosten. Er was geen ritmisch geratel te horen omdat de rails hier gelast waren. Hij hoorde niets anders dan het kreunen van de oude bielzen en voelde de schokken als de volgende wagon de brug op kwam en de zware i-balken samendrukte die de spoorbaan droegen. Keeler besefte dat het de pennen van het gebinte waren die dat dreunende geluid veroorzaakten, niet de trein. Bovendien realiseerde hij zich dat hij de rugzak en het detcord niet had meegenomen. Hij keek naar links, maar de rand van het bruggenhoofd benam hem het zicht. Hij wist niet hoe lang de trein nog was. Zijn ogen begonnen te tranen door de harde rijwind die langs zijn gezicht joeg.

Goed, dacht hij, dit moet ik eerst oefenen. Jammer dat hij geen stofbril had meegenomen. Hij zette zich schrap om naar voren te leunen, met zijn gezicht steeds dichter bij de voortrazende wielen, en vouwde zijn onderlichaam tussen de bielzen. Zo bleef hij even hangen, als een vermoeide turner, voordat hij zich door de opening weer op het zeildoek liet zakken. In een regen van stof en zand kroop hij onder het zeildoek en wachtte af. Na een minuut of twee werd het plotseling stil toen de laatste wagon voorbijkwam en de trein bulderend de brug verliet, op weg naar het oosten. De rails boven zijn hoofd tikten en zoemden nog een halve minuut nadat de trein verdwenen was.

Langzaam duwde hij het zeildoek van zich af en schudde het zand en de steentjes uit zijn haar. Hij keek op zijn horloge. Hij zou nu snel iets moeten doen. Als iemand de camper en de boottrailer op dat kampeerterrein ontdekte zou de politie beseffen dat hij de Big Black River was afgevaren en zou iemand uiteindelijk wel bedenken dat hij op een trein wilde springen. Waar hij nu op wachtte was een langzame trein naar het *westen*. Hij zou het nog even aanzien. Als de volgende treinen niet langzaam genoeg reden, zou hij er misschien een dwingen. Aan de andere kant van de brug had hij de gele lichten van een seinpaal gezien. Desnoods zou hij die paal beklimmen en de schijf in een diagonale stand zetten – een instructie aan de trein om af te remmen en voorzichtig verder te rijden, klaar om te stoppen. Hij keek nog eens op zijn horloge en vroeg zich af wat de FBI nu deed. Hij had zijn draagbare politiescanner willen meenemen, maar door zijn haastige vertrek uit het huis aan de rivier was dat erbij ingeschoten. Zuchtend liet hij zich terugzakken om te wachten. Heel jammer dat hij de frequenties van de verkeersleiding niet kon afluisteren.

Matthews liet het hele wachtdetachement over de koppeling naar de laatste wagen springen. Steeds als er iemand sprong, werden zijn beschermende pak en zijn M16-geweer zolang vastgehouden door de man achter hem. Toen iedereen in de commandowagon was aangekomen gaf Matthews het bevel plaats rust. De mannen mochten ook op de bedden in de slaapcabine gaan liggen, als ze hun wapens en pakken maar bij de hand hielden. Onder vier ogen zei hij tegen de sergeant dat de verkeersleiding waarschijnlijk het hoofdspoor wel zou vrijmaken, totdat ze echt geen plaats meer hadden om de treinen naar het oosten kwijt te raken. Op dat moment zouden ze Mehle waarschuwen waar het eerstvolgende obstakel stond dat ze niet meer uit de weg konden krijgen. Hopelijk zou de kolonel niet denken dat ze bluften.

Samen met de sergeant bestudeerde hij de routekaart. Ze reden al bijna een halfuur met hoge snelheid, dus moesten ze binnenkort het knooppunt Jackson bereiken. Volgens de kaart liep er door Jackson een groep-zeven-lijn van Illinois Central van noord naar zuid, en een groep-vijf-lijn van dezelfde maatschappij vanaf Hattiesburg naar het zuidoosten. Dat betekende helaas veel treinen. Aan de andere kant moesten er dan ook veel zijsporen zijn. De sergeant hoopte maar dat de majoor gelijk had. Matthews hoopte dat ook, zei hij.

Hij speelde met de gedachte om via de beveiligde frequentie contact op te nemen met het militair operationeel gezag in het Pentagon en te vertellen waar Mehle mee bezig was – dat hij met een trein vol levensgevaarlijke munitie als een ongeleid projectiel door de nacht stormde, met het risico van een botsing met elke willekeurige trein die nu door Mississippi reed. Maar wie moest hij bellen, zeker op zondagavond? En misschien had Mehle wel geheime orders van het

Pentagon voor deze stunt. De kolonel nam een ongelooflijk risico, dus zou hij wel opdracht hebben om deze trein tot elke prijs naar de overkant van de Mississippi te brengen. Het was het eeuwenoude probleem van elke militair die de orders van een meerdere niet vertrouwde. Misschien wist die meerdere iets dat zijn ondergeschikte niet wist. De intercom zoemde. Matthews nam op.

'Ja, kolonel?'

'Bel de verkeersleiding van Kansas City Southern en zeg dat ik afrem tot vijftig kilometer per uur. Ik wil een vrije route door Jackson naar Vicksburg.'

'Goed, kolonel, ik zal mijn best doen.'

'Nee, je vertelt ze precies wat ik je heb gezegd! En na Jackson trek ik weer op tot tachtig kilometer.'

'En als ze geen zijsporen meer hebben om die andere treinen kwijt te raken?'

'Dan wordt het een geweldige klap.' En Mehle hing op.

Matthews vertelde de sergeant wat de kolonel had gezegd. Sommige MP's die in de commandoruimte zaten te wachten schudden hun hoofd. Iemand opperde om naar voren te gaan en de laatste twee wagons af te koppelen. Dan zocht kolonel Godverdomme het verder zelf maar uit. De sergeant verzocht de man zijn klep te houden terwijl Matthews met de verkeersleiding van KCS belde. De reactie was voorspelbaar. Om te beginnen was de veilige maximumsnelheid door Jackson maar dertig kilometer per uur en bovendien waren er op dat moment zes treinen vanuit Vicksburg onderweg naar Jackson.

'Hoeveel kunt u er omleiden?' vroeg Matthews, terwijl hij zich naar het achterraampje boog, waarachter steeds meer straatverlichting zichtbaar werd. 'Ik geloof dat we nu Jackson binnenrijden.'

'We weten verdomd goed waar u rijdt, meneer,' zei de verkeersleider. 'En als u niet afremt, krijgt u over vier minuten een frontale botsing.'

'Hij wil niet afremmen omdat hij bang is dat jullie hem dan op een zijspoor zetten,' antwoordde Matthews. 'Hoor eens, ik heb hier niets mee te maken, oké? Ik kan er niets aan veranderen. Ik zit tachtig wagons van de locomotief af. Ik ken de commandant, en ik kan jullie verzekeren dat hij gewoon door zal rijden. Meer kan ik jullie niet zeggen. Duidelijk? Laat die andere trein terugrijden, als het moet, maar dóé iets!'

Hij hing op voordat de verkeersleider kon protesteren en bedacht wat hem nu te doen stond. Als Mehle een trein op zich af zag komen zou hij wel remmen, daar twijfelde Matthews niet aan. Dus probeerde hij het nog één keer en belde met de locomotief via de intercom.

'Ja?'

'De verkeersleiding zegt dat er zes treinen uit het oosten Jackson binnenkomen.'

Mehle lachte. 'Dat is bluf. Ze willen me laten stoppen, maar dat kunnen ze wel vergeten. Begrepen?'

'Ja, kolonel, dat zei ik ook. Maar hoe weet u zo zeker dat ze bluffen?'

'Kijk eens uit het raampje, majoor. Aan de linkerkant. Wat ziet u dan?'

'Lichten, een heleboel lichten.'

'Nee, majoor. Lager,' zei Mehle, en hij hing op.

Matthews liep naar het raampje en keek omlaag. Hij zag de sporen. Twee sporen, niet één. Verdomme, dacht hij. En het volgende moment voelde hij de trein weer snelheid maken.

Met een slakkengang reden ze door een achterafstraatje in Vicksburg. Powers had een neutrale auto voor hen geregeld via de verkeerspolitie van Mississippi. Carolyn zat achter het stuur en Hush raadpleegde de plattegrond die hij uit een brochure van de Kamer van Koophandel had gescheurd die op de hotelkamer had gelegen. De spoorlijn stond er niet op, dus moesten ze die straat voor straat volgen. De wijk aan het spoor bestond grotendeels uit kleine, soms bouwvallige huizen. De schaarse voorbijgangers staarden nadrukkelijk naar de onmiskenbare politiewagen tot die uit het gezicht verdwenen was. Er waren maar weinig kruisingen: de gelijkvloerse overweg in Oak Street, een paar straten van hun pension, en dan nog drie viaducten, in Washington Street, Mulberry Street en Confederate Street. Maar de meeste noord-zuidstraten van de stad liepen gewoon dood bij de spoorlijn, die lager lag dan het maaiveld en schuilging achter een dicht tapijt van kudzu.

Bijna iedere keer dat ze door zo'n doodlopende straat weer bij het spoor uitkwamen, reed er een trein voorbij. Ze zagen er een naar het westen gaan, die blijkbaar al was vertrokken voordat Powers een bericht naar Jackson had kunnen sturen, maar alle andere kwamen nu vanuit Louisiana en reden naar het oosten.

'Ze werken mee, zo te zien,' zei Hush na de derde oostelijke trein.

'Ja, totdat er vanaf die kant geen treinen meer zijn,' zei ze. 'Dan willen ze de stremming bij Jackson weer opruimen.'

Ze reden terug naar de rivier en naderden het pension nu vanuit de casinowijk rond Oak Street. Ze moesten wachten op een trein die helemaal uit tankwagons bestond voordat ze hobbelend de overweg konden oversteken. Links voor hen uit zagen ze The Corners al toen Carolyn opeens de oprit van een donker huis indraaide en de lichten doofde.

'Wat is er?' vroeg Hush.

'FBI-auto's,' zei ze. 'Voor ons pension.'

Er waren vier treinen boven zijn hoofd gepasseerd voordat Keeler het er eindelijk op waagde. Hij voelde de inmiddels vertrouwde trillingen van de brug toen er weer een trein aankwam, maar opeens veranderde het ritme. Zodra hij de naderende locomotief kon horen, tuurde hij onder het zeildoek vandaan naar buiten. De koplampen verlichtten de tegenoverliggende oever en de zielige boompjes langs het pad. Het geluid klonk duidelijk anders, besefte hij. De trein remde af. Geweldig, op één ding na. Deze trein ging de verkeerde kant op. Even later hoorde hij het onmiskenbare geluid van de remmen die knarsend werden aangetrokken, onverwachts gevolgd door het aanzwellen van de motoren. De aarde begon te trillen onder de funderingen van de brug en het spoor boven zijn hoofd sprong op en neer tegen de bouten van de verankering. Eén moment vroeg hij zich af of hij onder de bielzen vandaan moest vluchten, maar toen nam het geweld weer af. De locomotieven waren nu heel dichtbij. Hij hoorde het verschil tussen de twee locs. Het volgende moment klonk het gebulder van ontsnappende perslucht boven de rails. Het leek alsof de trein ongeveer dertig meter achter hem tot stilstand zou komen. De lichtbundel van de koplampen scheen over hem heen, een blauwwitte kolom van licht door de stofwolken die opstegen vanaf de brug.

Hij wilde net onder het zeil vandaan kruipen toen de rails weer begonnen te zoemen. Hij verstijfde en probeerde te bedenken wat dit kon betekenen. Toen begreep hij het. Er kwam nog een trein, van de andere kant. Over het enkelspoor.

De rit door Jackson was een nachtmerrie van koortsachtig radiocontact met de verkeersleiding van Illinois Central en Kansas City Southern, waarbij Matthews wanhopig probeerde te bemiddelen tussen de woedende verkeersleiders en de onverzoenlijke kolonel Mehle. De trein was niet één keer gestopt, zelfs niet bij het belangrijke knooppunt tussen de oostwest- en de noordzuidlijnen, waar vanaf alle kanten koplampen opdoemden. Er stonden politiewagens bij de overwegen en stomverbaasde verkeersleiders keken toe vanuit de deuropening van de verkeerstorens op de rangeerterreinen van Jackson. Zodra ze de stad achter zich hadden gelaten gaf Mehle de machinisten opdracht om de snelheid weer op te voeren. Met de stoomfluit op volle sterkte reed trein 2713 door het westen van de stad en scheurde de rust van de zondagavond aan flarden. Bij hun vertrek uit Jackson passeerden ze vier treinen op zijsporen, waarvan er twee – zoals Matthews besefte – op het laatste moment van het hoofdspoor moesten zijn gehaald. Tien minuten later denderden ze door Clinton, waar de vijfde trein op een rangeerspoor stond. De laatste wagen was nog maar net van het hoofdspoor verdwenen. Trein 2713 scheerde er rakelings langs, op nog geen meter afstand.

Daarna werd het weer donker en zoefde de nacht hen voorbij toen ze op weg gingen naar Vicksburg, ruim vijftig kilometer verder. De verkeersleider van KCS had Matthews gewaarschuwd dat de maximumsnelheid in Vicksburg zelf maar acht kilometer per uur was, met het oog op een beperkte belasting en de scherpe zuidwestbocht vlak bij de rivier. Matthews gaf het door aan Mehle, die zei dat hij het wel zou zien. Een kwartier later deed de verkeersleiding een oproep voor een noodstop. Nog voordat Matthews het bericht kon doorgeven werden de wagons door elkaar gerammeld toen de machinisten uit alle macht afremden, met een kakofonie van knarsend metaal onder de wagens. De ventilatoren bliezen de stank van rokende remschoenen naar binnen.

Matthews rende het balkon op en tuurde naar voren, maar de trein nam net een bocht en hij zag niets anders dan de bundel van de koplampen tussen de bomen in de verte. Even later besefte hij dat het twee bundels waren. De intercom zoemde en Mehle riep dat ze zich schrap moesten zetten. De sergeant en zijn mannen probeerden steun te vinden bij de wanden en de vastgeschroefde tafels, maar de trein remde te hevig en iedereen tuimelde over elkaar heen. Matthews keek nog eens en zag nu heel duidelijk twee bundels – hun eigen licht en dat van een tegenligger, toen het achtereind van de slingerende trein weer op het rechte stuk kwam en eindelijk stopte, onder een hels lawaai.

'Stel de wachtposten op. Snel!' riep Mehle door de intercom. De verkeersleiding probeerde contact te krijgen, maar Matthews kon hen niet verstaan met al die dreunende voetstappen toen de sergeant en de MP's uit de wagon sprongen en langs de trein naar voren renden met hun wapens schuin voor de borst. Matthews meldde aan de verkeersleiding dat ze waren gestopt zonder een botsing. Toen controleerde hij zijn wapen nog eens, sprong van het balkon en rende ook naar voren langs de trein.

Het was een vochtige nacht, de bewolking werd dikker en een miljoen insecten zoemden in de bomen langs het pad. De lucht was zwanger van de stank van verbrande remmen. Hij sprong op het balkon van de wagon met de koelinstallatie om de temperatuur in de speciale wagons te controleren, maar merkte dat hij zijn zaklantaarn was vergeten. Vloekend sprong hij van de wagen en rende verder naar de voorkant van de trein. De wachtposten hadden hun posities ingenomen en hielden de omringende bossen in de gaten, met hun wapens in de aanslag. Ze wisten niet precies wat er aan de hand was en op hun jonge gezichten stond een mengeling van angst en opwinding te lezen. Matthews zei een paar woorden tegen ieder van hen toen hij langs de bijna vijftienhonderd meter lange trein jogde.

De motoren draaiden stationair toen hij de locomotieven naderde. Hij bleef abrupt staan toen hij zag dat hij bij een schraagbrug was gekomen. De voorste loc van trein 2713 stond nog geen dertig meter bij de neus van een andere trein vandaan, met de achterwielen van de tweede locomotief net voorbij de brug. Toen Matthews dichterbij kwam zag hij een groepje gespannen figuren tussen de locomotieven. Hij wachtte even in de schaduw, ongeveer vijf wagons vanaf de voorkant van de trein. Mehle had een pistool in zijn hand en stond met de twee machinisten op het spoor. De sergeant en twee MP's hielden hun geweren gericht op de machinisten van de andere trein. Een derde MP keek toe. Even later kreeg hij Matthews in de gaten en kwam naar hem toe, knerpend over het grind.

'Het wordt steeds gekker, majoor,' zei hij.

'Vertel míj wat,' antwoordde Matthews. Mehle gebaarde nijdig met zijn pistool. De twee adjudanten stonden met hun rug naar de locomotief en keken alsof ze voor het vuurpeloton werden gesleept. De machinisten van de andere trein staarden in stomme verbazing naar de grote, zwarte, gepantserde locomotieven en de rood aangelopen kolonel die met een pistool naar hen zwaaide. Matthews had weinig zin zich ermee te bemoeien, uit angst om Mehle te laten schrikken zodat hij misschien iemand neer zou knallen. De diesels maakten zo'n herrie dat hij niet kon verstaan wat er werd gezegd. Ten slotte staken de machinisten van de andere trein hun handen in de lucht en liepen achterwaarts bij Mehle vandaan, terug naar hun eigen trein, voorzichtig om niet over de bielzen te struikelen. Mehle knikte naar de sergeant, die de andere machinisten naar hun locomotief volgde, met zijn twee MP's. Mehle gaf de beide adjudanten een teken om weer in de voorste locomotief van trein 2713 te stappen en klom achter hen aan de ladder op.

Matthews wachtte even aan zijn kant van de brug, die over een klein riviertje in de duisternis beneden liep. Toen hij de motoren van de andere trein op toeren hoorde komen, draaide hij zich om en rende terug naar achteren, terwijl hij onderweg de wachtposten bevel gaf om weer in te stappen. Die geschifte klootzak had zijn zin gekregen, dacht hij. Hij liet ze gewoon achteruitrijden, het hele eind terug, de rivier over, precies zoals hij had gezegd. De wachtposten verzamelden zich weer bij de achterste wagon, omstreeks het moment dat trein 2713 zich rammelend weer in beweging zette. De koppelingen spanden zich toen Mehle en zijn machinisten hun verslagen tegenstander naar Vicksburg volgden, met een snelheid van acht kilometer per uur. Matthews bleef staan en wachtte tot de personeelswagon hem had bereikt. Toen sprong hij aan boord als een ervaren spoorwegman, draaide zich om en wilde de sergeant en zijn twee mannen een hand toesteken als ze terugkwamen van het andere eind van de brug. Tot zijn verbazing zag hij niemand, en herinnerde zich toen dat Mehle hen in de andere trein had laten stappen als een soort extra bemanning.

Hij liep terug naar de commandowagon, waar de radioman met de telefoon naar hem zwaaide. Met tegenzin ging Matthews zitten om met de verkeersleiding te praten, die blijkbaar voortdurend aan de lijn had gehangen met vragen over de botsing – want zo leek het waarschijnlijk op hun consoles. Een senior-verkeersleider meldde zich met het bericht dat de politie was gewaarschuwd en dat de andere trein orders had gekregen om te stoppen en zo trein 2713 tegen te houden. Matthews, die wist dat de andere trein voorlopig waarschijnlijk *niet* zou stoppen, nam de nijdige boodschap voor kennisgeving aan. Daarna herinnerde hij de verkeersleiding aan de lading van trein 2713 en herhaalde zijn eerdere opmerking dat het voor iedereen het beste was als de trein de rivier kon oversteken. Daarna zouden ze zich braaf aan de regels houden. De chef spuide nog eens zijn gal over de honderden overtredingen die trein 2713 al op zijn geweten had, maar Matthews vroeg hem ongeduldig om zijn mond te houden en te luisteren.

'We hebben nog ongeveer vijfentwintig kilometer te gaan. Daarna zijn we geen probleem meer voor jullie. Denk daar eens goed over na en maak het spoor dan vrij, man! Dat is het verstandigste dat je nu kunt doen. Of wil je persoonlijk verantwoordelijk zijn voor een zware ontsporing van een trein met chemische wapens midden in Vicksburg? Echt? Dus klets nou niet, denk even na en doe wat je moet doen.'

Hij hing op en gaf de radioman opdracht de telefoon verder te negeren. Daarna liep hij naar de badkamer om zijn gezicht te wassen. Hij staarde naar zijn holle ogen in de spiegel. Mehle begon zijn gezonde oordeel te vertroebelen. Ze zouden een hoge rekening gepresenteerd krijgen voor wat ze vanavond hadden gedaan, maar op dit moment zag hij maar één taak voor zichzelf: ervoor zorgen dat die trein veilig de brug over kwam en tegelijkertijd Mehle voor de waanzin te behoeden, voorzover de kolonel al niet krankzinnig was. In gedachten stelde hij zich de situatie in de andere trein voor, met gewapende militairen achter de machinisten en een gepantserd monster dat hen over het spoor achtervolgde terwijl zij achteruitreden, met het licht van de koplampen recht in hun gezicht. Het zou pas echt leuk worden, dacht hij, als ze die brug over waren.

Keeler klampte zich fanatiek vast onder de zesde wagon van achteren. Het was een open wagon met een huif en aan de onderkant twee wielkasten, in het midden gescheiden door een opening in de vorm van een omgekeerde v. In die ruimte zat een zware constructie van stalen balken, waar Keeler een plaatsje had gevonden met zijn rugzak. Toen hij merkte dat de trein boven zijn schuilplaats was gestopt, had hij zich overeind gehesen onder de wagon. Tot zijn verbazing staarde hij recht tegen een paar legerkistjes aan. In het licht van de koplampen van de andere trein zag hij de benen van nog meer figuren die langs het pad stonden. Het leger? De Nationale Garde, misschien? Blijkbaar was er iets misgegaan met de verkeersleiding op dit traject en waren er bijna twee treinen op elkaar gebotst. En de militaire veiligheidstroepen moesten nu... ja, wat?

Hij hurkte weer neer en wachtte af wat er ging gebeuren. Tot zijn verbazing hoorde hij opeens het opstarten van een locomotievencombinatie en het geluid van rennende voetstappen over de rails. Een autoritaire stem beval iedereen om weer aan boord te gaan. Keeler stond op om beter te kunnen zien. Hij ving een glimp op van een witte armband van de militaire politie toen er een soldaat voorbijrende. Militaire politie? Jezus, was dit een *legertrein*? Op dat moment hoorde hij het toerental van een tweede combinatie aanzwellen. Hij had nog net de tijd om weg te duiken voor de wagon boven hem in beweging kwam.

Hij wachtte tot er bijna anderhalve kilometer trein boven zijn hoofd was gepasseerd voordat hij in actie kwam en omhoogsprong naar de eerste wagon die een bruikbare schuilplaats aan de onderkant bood. Hij was geen moment te vroeg, want het einde van de trein was al in zicht. De piramidevormige ruimte waarin hij nu lag was ongeveer anderhalve meter hoog en zo breed als de hele wagon. Aan weerskanten zaten twee stalen platen die voorkwamen dat iemand hem van opzij zou kunnen zien. Hij trok de rugzak wat dichter naar zich toe en haalde een licht stuk nylontouw tevoorschijn. Daarvan knoopte hij een primitief tuigje, gooide het om de stalen balken en bond zich ermee vast. Hij inspecteerde het detcord en de ontsteker, deed de rugzak weer dicht en sjorde die met zijn riemen aan een andere balk.

Er klopte iets niet. Hij zou graag naar de zijkant kruipen om te zien met wat voor een trein hij nu eigenlijk meereed, maar niet als er militairen de wacht hielden. Het belangrijkste was immers dat de trein naar het westen reed en hem naar zijn doelwit zou brengen. De brug van Vicksburg had een enkel spoor. Hij hoefde alleen maar bij de brug te komen en zich te laten zakken. De treinen reden daar nooit snel omdat het een oude brug was die geen grote trillingsbelasting kon verdragen. Daarna moest hij alleen nog afdalen onder de spoorbaan en de brug was van hem.

De onderkant van de wagon was bedekt met een laag vet en stof. Hij controleerde zijn touwen en haalde toen een kleine fles water uit de rugzak. Hij vroeg zich af wat een militaire trein hier te zoeken had. Jammer dat hij geen jas of iets anders had meegenomen om zijn gezicht te bedekken. Maar toen probeerde hij zich te ontspannen in zijn stalen hol. De nacht was nog jong. Misschien zou het toch gaan lukken. Hij hief de fles water in een spottend saluut aan de nagedachtenis van zijn vrouw en kinderen. Het leger bracht hem naar zijn doelwit. Perfect. Toen kwam er een andere gedachte bij hem op. Legertreinen vervoerden maar één ding: munitie. Hij sloeg met zijn vuist tegen het onverschillige staal. Méér dan perfect. Deze keer zou hij niet de brug opblazen, maar de trein.

Hush leunde naar achteren en probeerde iets te zien door het linkerachterraampje, maar er stonden struiken in de weg. 'Verdomme,' zei hij, 'een knokploeg.'

Carolyn belde met Jefferson City. Binnen een minuut had ze Little Hill aan de lijn.

'Waar is hoofdinspecteur Powers?' vroeg ze.

'We zijn weer terug bij de brug,' antwoordde de politieman. 'Hij is op de commandopost. Een probleem met een op hol geslagen trein, ten oosten van de stad.'

'Geweldig,' zei Carolyn. 'Weet je of hij de FBI om hulp heeft gevraagd bij de verkenning van de spoorlijn vanuit Jackson?'

'Ik zal het vragen. Wilt u hem spreken?'

'Nee. Vraag het hem maar, dat is voldoende.'

Little Hill beloofde het door te geven en Carolyn hing op. Ze keek weer naar het hotel. Iemand kwam hun kant op, turend naar de opritten.

'Wat voor nummerbord heeft deze auto?' vroeg ze.

'Uit Mississippi, neem ik aan. Hoezo?'

'Een van die inspecteurs komt hier naartoe en controleert alle auto's bij de huizen. Wat moet ik doen?'

'Hoe ver is hij nog hier vandaan?'

'Vier huizen. Nee, drie. Ik geloof dat het een vrouw is, trouwens. Ze doet heel nonchalant, maar ze kijkt wel degelijk.'

'Geen goed moment om ervandoor te gaan, dus?'

'Het zou wel lukken, maar dan ziet ze ons. En een radio is sneller.'

'Nou,' zei Hush grijnzend, en hij schoof naar haar toe. 'Een man en een vrouw op de voorbank van een auto. Laten we eens zien hoe nieuwsgierig ze is.'

Hij nam haar gezicht in zijn handen en kuste haar. En nog eens. Ze schrok even terug, maar toen beantwoordde ze zijn kus en was hij de nieuwsgierige agent totaal vergeten. Toen ze eindelijk naar lucht hapten, was de vrouw nergens meer te zien, evenmin als de FBI-wagens.

'Tovenarij, dat is het,' mompelde Hush. Ze glimlachte en heel even konden Keeler en zijn treinen hem niets meer schelen. Maar toen veranderde haar gezicht. Ze keek over zijn schouder in de richting van het spoor dat ze net waren overgestoken. Hush draaide zich om. De laatste trein naar het oosten die ze voorbij hadden zien komen kwam weer terug over de kruising – maar nu achteruit.

Carolyn startte de auto en reed achteruit de straat in, met de koplampen nog gedoofd. Ze keek nog eens of de FBI inderdaad verdwenen was voor The Corners en reed toen de straat uit naar de overweg in

Oak Street. De spoorbomen waren dicht en de lichten knipperden. Geen twijfel mogelijk, het was dezelfde trein die ze al eerder hadden gezien, maar nu reed hij achteruit. Door de bomen links van hen zagen ze een remmer met een grote lamp in zijn handen op de achterste koppeling van de laatste tankwagon. Angstig tuurde hij over het spoor.

'Wat krijgen we nou, verdomme?' vroeg Hush.

'Misschien een verkeersprobleem,' zei Carolyn. 'Blijkbaar komt er een trein naar het westen die voorrang heeft gekregen en moet deze daarom terug over de brug.'

'Ik hoop dat iemand ze inspecteert voordat ze op die brug worden toegelaten,' zei Hush. 'Laten we Powers maar bellen.'

Carolyn zette de auto aan de kant in de stille straat en pakte haar telefoon. De rode knipperlichten van de overweg schilderden hun gezichten in afwisselende strepen rood en schaduw. De grote tankwagons bonkten over de kruising. De wielen stootten tegen een oneffenheid aan de rivierkant van de straat. Ze kreeg Little Hill aan de telefoon. Hij haalde Powers.

'Waar zijn jullie ergens?' vroeg Powers.

Carolyn vertelde het hem en zei erbij dat ze FBI-wagens voor The Corners hadden gezien. Ze hield de telefoon wat van haar oor, zodat Hush kon meeluisteren.

'Nou... die zijn nu allemaal nuttig bezig,' zei Powers. 'De FBI controleert de hele spoorlijn tussen hier en Jackson. Er zou eigenlijk een auto bij die overweg moeten staan.'

Hush tuurde door de ruit maar kon geen auto ontdekken. Tenzij er aan de andere kant van de trein een stond. Hij nam de telefoon over.

'Mike, inspecteren ze alle treinen naar het westen?'

'Dat wordt een beetje moeilijk. Blijkbaar zit er een munitietrein van het leger op de lijn van KCS vanuit Jackson. Volgens de verkeersleiding is hij bijna in botsing gekomen met een andere trein op de brug over de Big Black River. Een of andere kolonel aan boord loopt met een wapen te zwaaien en heeft die trein gedwongen om achteruit weer terug te rijden over de brug naar Louisiana, zodat hij erlangs kan. Krankzinnige toestand.'

'De trein die achteruitrijdt, bestaat die uit tankwagons? Want die passeert op dit moment.'

'Geen idee. Ik geloof het niet. Die trein met tankwagons maakt waarschijnlijk ruimte voor de volgende. De verkeersleiding van KCS gaat door het lint. Ze willen iedereen arresteren in die legertrein. Het probleem is alleen dat ze een peloton militaire politie aan boord hebben.'

'Hoe is een munitietrein in godsnaam op het hoofdspoor terechtgekomen in een situatie zoals we nu hebben?'

'Die vent heeft gewoon een wissel geforceerd en is gaan rijden. Hij zegt dat hij zich weer braaf aan de regels zal houden zodra hij de rivier over is. Ze moeten naar Utah of Idaho of zoiets. Ik heb wat rondgevraagd en iemand van de Nationale Garde zei dat die trein uit Anniston komt. Hij liet doorschemeren dat er dingen waren die ik beter niet kon weten.'

'Anniston in Alabama?'

'Zal wel. Hoezo?'

'Het leger heeft een groot depot voor chemische wapens in Anniston. Je vriend van de Nationale Garde zou wel eens gelijk kunnen hebben.'

'Ja. Nou, we zullen proberen om hem vlak buiten Vicksburg tegen te houden voor een snelle inspectie. Tussen haakjes, LeBourgoise wil dringend weten waar jullie zitten. Er schijnt hier een groep inspecteurs van het hoofdkwartier te zijn.'

'Geweldig. Oké, we houden ons een tijdje gedeisd. Bel maar als er iets gebeurt.'

'Stelletje huurlingen,' zei Hush toen hij Carolyn de telefoon teruggaf. 'Carswell en de directeur moeten wel heel wanhopig zijn.'

De locomotieven van de trein met tankwagons passeerden nu de overweg en remden duidelijk af. Toen de overweg vrij was, zag Hush opeens twee sedans aan de andere kant staan, naast een politiewagen. Er stonden FBI-agenten omheen. Een van hen wees over de spoorbomen naar hun auto.

'Wegwezen,' zei Hush en Carolyn startte de motor. Omdat de grote diesels vlak voorbij de overweg waren gestopt, bleven de bomen gesloten. Carolyn keerde en reed door Oak Street naar het zuiden. Hush zag koplampen achter zich, maar gelukkig waren de spoorbomen nog steeds dicht. De trein gaf een langdurig fluitsignaal en verdween toen langzaam uit het zicht, naar de spoorbrug in de verte.

'Plankgas,' zei Hush.

Carolyn gehoorzaamde onmiddellijk en ze deden allebei hun gordels om. Ze sloeg linksaf naar Klein Street, terug langs de andere kant van The Corners, beklom de steile heuvel en sloeg rechtsaf in Washington Street. Terwijl Hush in het spiegeltje naar mogelijke achtervolgers speurde, nam Carolyn de volgende afslag links en toen nog een, nu terug naar het noorden door het oude gedeelte van Vicksburg. Ze staken het spoor weer over en Hush keek automatisch naar rechts om te zien of er niets aankwam.

'Kun je de weg terug vinden naar die overgang?' vroeg hij. 'Ze verwachten nooit dat we daar terugkomen.'

'Ik zal het proberen. We zijn nu aan de overkant van het spoor.'

Hush haalde de plattegrond tevoorschijn en zocht naar een straatnaambordje. Ze kwamen bij Clay Street en hij liet Carolyn linksaf slaan, terug naar de rivier. Nadat ze een helling waren afgedaald bij het casino en de congresgebouwen, staken ze Oak Mulberry Street over.

'Zo moeten we terugkomen bij die overweg,' zei Hush. 'Maar draai eerst het parkeerterrein van het casino maar op om te zien of we worden gevolgd.'

Snel reed ze het drukke parkeerterrein op. Zelfs op zondag werd er gespeeld, constateerde Hush. Ze maakte een bocht en parkeerde de wagen tussen een rij pickup-trucks, met de neus naar de heuvel toe, zodat ze de hoofdstraten in de gaten konden houden. Ze wachtten af. Er was maar weinig verkeer in het centrum van Vicksburg, dat bestond uit een verzameling gebouwen van drie of vier verdiepingen, grotendeels met witte nepgevels.

'We kunnen onze eigen mensen niet voorgoed blijven ontlopen,' zei Hush, wat ongedurig in de donkere auto. Carolyns gezicht was een witte vlek in de schaduwen.

'En Keeler?' vroeg ze, terwijl ze haar raampje omlaagdraaide. Op het parkeerterrein hing de lucht van popcorn.

'Wat is er met Keeler? Wij staan maar aan de kant. Powers' mensen inspecteren de treinen naar het westen, dus het kordon moet nu gesloten zijn. Ons werk is gedaan.'

'Wat bedoel je?'

'Laten we maar ophouden met verstoppertje spelen en naar de commandopost rijden om met LeBourgoise of de mensen uit Jackson te praten. Dat zal toch moeten, vroeg of laat.'

Ze zagen nog steeds niet veel verkeer in de straten boven hen. Zo nu en dan reed er een pickup-truck het parkeerterrein op of vertrok er een wagen, maar de straten bleven leeg. Hush dacht dat hij het hoorde onweren in de verte, boven de rivier achter hen. Een lichte bries verspreidde de hamburgerpapiertjes over de parkeerplaats.

'Dat is ook een manier om uit Vicksburg te vertrekken,' zei ze. 'Persoonlijk wacht ik liever af wat er gaat gebeuren. Ik denk nog steeds dat hij een poging zal wagen. Vannacht nog. Dit is het Zuiden. Morgen, als het licht wordt, zullen de sheriff en zijn posse hem wel te pakken krijgen.'

Hush knikte in het donker. 'Ja, waarschijnlijk heb je gelijk,' zei hij. 'Maar hoe langer wij onderduiken, des te meer we vluchtelingen worden – in plaats van twee agenten die vanuit een andere positie aan het onderzoek werken.'

'Als ik ontslag moet nemen, is daar niets aan te doen,' antwoordde ze, 'maar eerst wil ik zien hoe het vannacht afloopt en dat gaat niet als we in een auto naar Jackson zitten.'

'Nu weet ik waarom je nooit bent getrouwd,' zei hij met een lachje.

'Wat?'

'Omdat je hier te veel van geniet, volgens mij.'

Ze lachte, maar toen hoorden ze allebei een geluid dat ze niet hadden verwacht: het dringende fluitsignaal van een trein naar het westen, die vanaf de oostkant de stad binnenreed. Carolyn startte de auto.

Toen de legertrein de buitenwijken van Vicksburg bereikte remde hij af tot een slakkengang om de oostelijke trein de kans te geven naar een zijspoor af te slaan. Matthews stapte op het achterbalkon en zag de sergeant en zijn twee MP's over het spoor komen aanrennen, terug naar de commandowagon. Ze sprongen aan boord, grijnzend als drie pubers die oom agent te snel af waren geweest. Voordat Matthews de sergeant iets kon vragen riep de radioman hem weer door de deuropening.

'De kolonel wil wachtposten opstellen,' verklaarde hij. 'Op de trein zélf. Hij is niet van plan te stoppen. Hij heeft bevel gegeven om de mannen over de trein te verspreiden, met orders om op iedereen te vuren die ons wil tegenhouden.'

Matthews keek de sergeant aan, die hardop lachte. 'Shit, dit wordt echt interessant,' zei hij.

'Je overlegt eerst met mij voordat iemand het vuur opent op agenten of burgers, is dat goed begrepen?' zei Matthews, terwijl hij hem een portofoon gaf.

'Verdomme, dat weet ik ook wel, majoor. Maar ik zal ze opstellen, zodat het er heel serieus uitziet. Man, wat een reis!'

Hij stak zijn hoofd naar binnen en gaf de troepen opdracht om uit te stappen. Daarna moesten ze één voor één weer aan boord springen, steeds met vier wagons tussenruimte. Hij beval hen om hun wapens in de aanslag te houden en niemand op de trein toe te laten. Waarschuwingsschoten waren toegestaan, maar géén dodelijk geweld, zonder uitdrukkelijk bevel. Een paar man had vragen, maar de sergeant ging er niet op in en riep dat ze moesten opschieten, snel, snel, *snel!* En dus klommen ze haastig het trapje af, nog voordat de meesten van hen beseften dat de trein nog reed. Matthews zag hen in het halfdonker langs de trein rennen, met hun wapens voor de borst. Hun witte armbanden dansten door de nacht. De sergeant pakte een riot-gun en de portofoon en loodste zijn mannen als een herdershond naar de juiste plaatsen. Matthews wachtte tot ze ook de voorste wagons hadden bereikt en riep de sergeant toen via de radio op. De sergeant bevestigde dat iedereen in positie was en Matthews gaf het bericht door aan de locomotief. Tot zijn verbazing meldde kolonel Mehle zich op de frequentie van de portofoon en verklaarde dat hij persoonlijk het bevel zou nemen over het wachtdetachement. Meteen trok de trein weer op naar een snelheid van acht kilometer per uur. Matthews ging koffie halen en wachtte af wat er verder zou gebeuren. Hij hoopte en bad dat de verkeersleiding geen snode plannen had, want hij was ervan overtuigd dat Mehle niet zou aarzelen om te schieten.

Carolyn gaf gas en racete het parkeerterrein over, onder het nijdige getoeter van een paar pickup-trucks die ze sneed. Zodra ze in Oak Street kwam sloeg ze rechtsaf en reed snel terug naar de gelijkvloerse overweg, zes straten verderop. Ze kwamen slippend tot stilstand naast een politiewagen toen de lichten weer begonnen te knipperen en de spoorbomen omlaaggingen. De FBI-wagens waren verdwenen. Ze hoorden de fluit van een locomotief toen ze uit de auto sprongen. Er naderde een trein uit het oosten, maar hij was nog niet te zien.

'Bel Powers,' zei Hush. 'Vraag hem of dit die militaire trein is.'

Terwijl Carolyn probeerde Powers te bereiken liep Hush naar de politiewagen en liet zijn FBI-pasje zien aan een wat oudere agent achter het stuur.

'We zijn bezig met die operatie rond de brug,' zei hij. 'We hadden gehoord dat alle treinen naar het westen werden aangehouden voor een inspectie. Weet u waarom deze trein wordt doorgelaten?'

De agent schudde zijn hoofd. 'Mij vertellen ze nooit wat,' zei hij. 'Ik draai gewoon mijn dienst en ik controleer alle auto's om deze vent te vinden.' Hij liet Hush een fax zien met een foto van Keeler.

Opnieuw hoorden ze de fluit van de trein, veel dichterbij nu. Hush tuurde in de verte om te zien of het weer een trein was die achteruitreed, of een echte trein naar het westen. Carolyn kwam naar hem toe met de telefoon nog tegen haar oor. Ze zette hem uit.

'Little Hill zei dat Powers weer vertrokken was omdat Keeler misschien ten zuiden van de stad was gesignaleerd, maar hij is alweer op de terugweg. Dit is inderdaad de militaire trein waar ze het over hadden. Blijkbaar heeft hij toestemming om de stad door te rijden en de brug over te steken.'

'Is hij geïnspecteerd?'

'Hill dacht van niet. Hij zei dat er militaire politie aan boord was en kennelijk willen ze niet stoppen. Er schijnt een probleem te zijn met de machinisten, maar de commandopost heeft nu opdracht om die trein over de brug te loodsen. Ik wist niet eens dat het leger eigen treinen hád.'

Hush zag de koplampen, nog zo'n achthonderd meter bij hen vandaan – een trein die door de stad naar het westen reed. De machinist gebruikte bijna constant de fluit.

'Heb je een rechtstreeks nummer van de commandopost?'

Carolyn schudde haar hoofd. Hush vroeg de agent of hij zijn radio mocht gebruiken. Binnen een halve minuut had hij verbinding met de commandopost. Hij maakte zich bekend en vroeg iemand te spreken van Kansas City Southern. Even later hoorde hij een stem. Hugh noemde weer zijn naam en vroeg of de trein die nu Vicksburg binnenreed was tegengehouden en geïnspecteerd. Nee, zei de man, dat was niet gebeurd, en de Nationale Garde had orders van het Pentagon om de trein door te laten, ondanks de protesten van de verkeersleiding van KCS.

'Is die trein over de Big Black River gekomen?' vroeg Hush. De fluit klonk nu nog luider, het licht werd feller.

'Die stomme klootzakken hebben bijna een frontale botsing veroorzaakt, midden op die brug. Een of andere kolonel heeft het bevel over die trein. Die vent is niet wijs. Maar de militairen hier willen hem toch doorlaten. Op dit moment zijn zij de baas en hebben wij geen gezag meer over de brug.'

Hush bedankte de man en gaf de microfoon aan de agent terug. 'We moeten die trein tegenhouden,' zei hij. 'Hij is gestopt op de brug over de Big Black River. Ik durf er wat onder te verwedden dat Keeler aan boord is.'

'Hush...' begon ze, maar hij viel haar in de rede.

'Geef mij de autosleuteltjes,' beval hij. Ze deed het en hij rende naar de auto. De trein floot nog eens. Hij was nu ongeveer twee straten vanaf de overweg, maar de lichtbundel van de koplampen wees nog steeds opzij toen hij aan de bocht van west naar zuid begon. De fluit overstemde zelfs het gerinkel van de overweg. De agent was uit zijn auto gekomen. Blijkbaar vroeg hij zich af wat Hush van plan was.

Hush sprong in de auto, startte de motor en reed langs de agent de overweg op, tussen de spoorbomen door, waarbij hij de punt van een van de spoorbomen raakte, die afbrak. Hij stopte toen de auto dwars over het enkelspoor stond, stapte toen uit en liet de koplampen aan. Hij haalde de sleuteltjes uit het contact, sloot het portier en liep haastig terug langs de spoorbomen. De krachtige lichtbundel van de trein draaide langzaam hun kant op toen de trein de overweg naderde. De agent schreeuwde tegen Hush dat hij dit niet kon maken, maar Hush wrong zich langs hem heen, stapte in de politiewagen, startte de motor en reed achteruit. Hij gooide het stuur om en draaide de neus van de wagen recht naar de overweg, met groot licht. Toen richtte hij het grote verchroomde zoeklicht op de plaats waar zijn eigen auto stond en schakelde het in. De politieman stond nu letterlijk op en neer te dansen, maar Hush negeerde hem, stapte weer uit de auto en gooide de portieren in het slot zonder de sleuteltjes eruit te halen.

Toen hij terugkwam, greep Carolyn zijn arm en wees langs de overweg. Vanaf de andere kant stormden drie auto's op hen af. De locomotief liet zijn fluit weer horen. Het dreunen van de zware diesels vulde nu de straat en maakte elk gesprek onmogelijk. De agent raakte buiten zichzelf en schreeuwde iets in zijn schoudermicrofoon, maar het geluid van de trein overstemde alles. De zwarte, gepantserde locomotieven waren nu nog maar vijftig meter van de overweg vandaan en de machinist toeterde uit alle macht om de auto van het spoor vandaan te krijgen. Hush besefte dat de locomotieven niet afremden.

'Hij stopt niet!' riep Hush in Carolyns oor. 'Ik weet zeker dat Keeler aan boord is. We moeten er naartoe om te zien of we hem kunnen ontdekken!'

De drie auto's aan de overkant kwamen met piepende remmen tot stilstand en de portieren vlogen open. Een stuk of tien FBI-agenten sprongen naar buiten en beschermden hun ogen tegen het felle licht van de twee auto's en het zoeklicht dat op hen gericht stond. Bijna op hetzelfde moment kwamen de grote zwarte locomotieven met loeiende sirenes op de overweg aan, raakten de auto in slowmotion, wierpen hem op zijn zij en schoven hem voor zich uit in een wolk van stof en glassplinters.

Hush rende langs de spoorbomen, trok zijn wapen en hurkte naast het spoor, met Carolyn vlak achter zich, turend om te zien of iemand zich onder de trein verborgen hield. Hij had een glimp opgevangen van een paar witte gezichten in de cabine van de locomotief, maar toen concentreerde hij zich op de met zeildoek afgesloten wagons, waarvan het onderstel nu helder verlicht werd door de koplampen van de politiewagen. Hij had geen aandacht voor de MP's achter op de wagons toen de trein knarsend de bocht nam en de vernielde auto ondersteboven van de rails duwde, met de koplampen nog aan. Het licht viel over de bomen in de verte. Na een paar minuten besefte Hush dat hij niet goed onder de trein kon kijken, maar door de vorm van de open goederenwagons was het heel goed mogelijk om je eronder te verbergen. Opeens ontdekte hij een kuil aan de rechterkant van de overweg, waar de betonnen rand van de weg eindigde en de grindbedding weer begon. Hij vroeg aan Carolyn om hem dekking te geven, rende naar een van de goederenwagons toe, greep een stalen richel halverwege de wagon en trok zich eronder langs, de kuil in. Carolyn slaakte een kreet van angst, maar hij lette er niet op.

Hij landde op zijn rug, met zijn voeten naar de achterkant van de trein. Het scherpe grind priemde tegen zijn achterhoofd. Hij had een halve meter ruimte onder de trein, die zwaar en log over de rails van de overweg denderde. De wielen wierpen een wolk van zand en stof over hem heen. Hij werd gedeeltelijk verblind door het felle licht links van hem, maar hij kon nu wel in de stalen holtes onder de wagons kijken. Carolyn bukte zich naast het spoor en schreeuwde langs de wielen dat hij daar vandaan moest komen. Aan de andere kant waren nog meer mensen die naar hem riepen. Hij lette er niet op en bleef liggen, met zijn pistool omhooggericht, terwijl hij de ontzagwekkende staalmassa probeerde te negeren die boven zijn hoofd voorbijgleed. Hij schoof wat meer naar het midden toen een lus van de hydraulische remleidingen hem recht in het gezicht dreigde te raken. Carolyn zat nu op handen en knieën langs de rails, met haar eigen wapen in de aanslag. Haar verwrongen gezicht verried haar angst om wat hij deed.

Na nog vijf zenuwslopende minuten en een eindeloze rij glimmende wielen die langs hem heen denderden en zijn gezicht met zand en stof bedekten, begon het einde van de trein te naderen. Hij probeerde zich nog dieper in het grind te drukken, maar de stenen waren zo groot als pruimen, keihard en onverzettelijk. Opeens ging er een stoot perslucht door een grote leiding op een paar centimeter van zijn gezicht, gevolgd door een angstwekkend gepiep van remmen. De trein minderde snelheid. Hush zag de achterwielen van een wagon passeren, en de voorwielen van de volgende. Verdomme, dacht hij, iemand had de machinist gewaarschuwd dat er een man onder de trein lag. Nou ja, in elk geval waren ze gestopt. Nu kon hij de FBI-agenten uit Jackson opdracht geven om de trein grondig te inspecteren. En toen, juist op het moment dat de trein tot stilstand kwam, keek hij recht in het verbijsterde gezicht van Morgan Keeler.

Toen Matthews bericht kreeg dat er iemand onder de trein lag, dacht hij meteen dat het een van de MP's moest zijn. Hij gaf de sergeant bevel om uit de trein te springen en op onderzoek uit te gaan. Daarna sprong hij zelf van boord, rende naar voren en zei tegen de wachtposten dat ze op hun plaats moesten blijven. Het viel niet mee om door het grind en over de bielzen te rennen, maar die obstakels gaven hem juist vleugels. Hoe verder hij langs de trein kwam, des te minder hij ervan begreep. Alle MP's leken nog op hun plaats te zijn. Vanwege de bocht in het spoor kon hij niet helemaal naar voren kijken, maar opeens hoorde hij het gepiep van remmen en het volgende moment meldde de sergeant dat al zijn mensen nog present waren. Maar de trein had wel een auto geramd, zei hij.

O Jezus, dacht Matthews en hij rende nog harder.

Keeler was een fractie van een seconde eerder over zijn verbazing heen dan de FBI-agent die tussen de rails lag. Hij dook half weg achter de stalen rand om dekking te zoeken tegen Hansons pistool en richtte toen zijn eigen .45 omlaag op Hansons hoofd. Op dat moment klonk de fluit van de locomotief en schreeuwden Carolyn en de agenten aan de andere kant van de trein – die Keeler niet konden zien – tegen Hanson dat hij daar vandaan moest komen omdat de trein weer verder reed. Carolyn stak zelfs haar hoofd onder de wagon en strekte haar hand uit naar Hanson, die riep dat Keeler daar hing en dat ze weg moest wezen.

Eén moment keek Keeler de FBI-agent recht aan. Toen richtte hij zijn .45 op het bovenlichaam van de vrouw. Carolyn volgde Hansons blik, zag wat hij bedoelde, en verstijfde.

'Geen keus, Hanson,' schreeuwde Keeler. 'Wegwezen, of ik schiet haar neer.'

De FBI-agent had zijn wapen vlak bij Keelers gezicht. Keeler zag iets in Hansons ogen, een beslissing, de zekerheid dat hij op dat moment kon vuren om hem te doden. Toen keek hij weer naar de vrouw. Tot zijn verbijstering richtte zij ook haar pistool. Keeler haalde de trekker over. Door de terugslag van de .45 sloeg zijn hand tegen de stalen onderkant van de wagon, zodat hij al het gevoel erin verloor. Op hetzelfde moment ging er een zware schok door de wagon toen de trein opeens weer in beweging kwam. Bijna liet Keeler zijn pistool vallen. In paniek greep hij zich vast. Hij hoorde niets, maar voelde wel het schot dat Hanson op hem afvuurde. Hij kromp ineen toen de kogel tegen het staal ketste en de staalsplinters hem in het gezicht sloegen. Maar de wagon was Hanson al gepasseerd en de trein reed verder, sneller nu dan eerst, op weg naar de brug.

Hanson rolde zo snel mogelijk onder de wagon vandaan en ontsnapte maar ternauwernood aan de verpletterende wielen toen de trein snelheid maakte. De wagons slingerden gevaarlijk heen en weer in de bocht naar de brug. Carolyn lag op haar rug in het grind, de hand met het pistool naar opzij gestrekt, haar vingers gespreid en haar ogen wijdopen gesperd door de shock. Een grote rode vlek breidde zich uit over de voorkant van haar blouse en haar jack. Toen Hush bij haar neerknielde zag hij haar ogen wegdraaien in de kassen. Ze rochelde wat en stopte toen met ademen. De politieman kwam aanrennen en Hush schreeuwde dat hij een ambulance moest bellen.

Hij trok haar bewegingloze gestalte bij het spoor vandaan en legde haar op haar zij, met de wond naar beneden. Met tranen in zijn ogen voelde hij haar pols en paste toen mond-op-mondbeademing toe. Hij proefde het zoute bloed op haar lippen en hoorde het afschuwelijke geluid van zijn eigen ademhaling uit het gat hoog in haar borst borrelen toen hij lucht in haar longen blies. Er rende iemand langs hem heen, maar hij keek niet op. Koortsachtig ging hij door, terwijl de laatste wagons rammelend passeerden. De wielen piepten onder de spanning van de bocht. Hij wilde op haar borst drukken, maar hij durfde haar met bloed doordrenkte blouse niet aan te raken om niet nog meer schade aan te richten. De politieman kwam terug met iets groens in zijn handen. Hij trok Hush opzij en ging aan het werk met Carolyn. Hush liet zich op zijn hurken terugzakken, overmand door een gevoel van totale machteloosheid.

Tot zijn afschuw zag Matthews een vrouw naast de spoorbaan liggen. Haar FBI-jack was doorweekt met bloed. Had Mehle dit gedaan, of – erger nog – een van zijn MP's? Even vertraagde hij zijn pas, maar toen liep hij weer verder, vastbesloten om de locomotief te bereiken en een eind te maken aan deze waanzin, kernwapens of niet. Zo snel als hij kon rende hij over het pad, totdat hij de achterste locomotief had bereikt. Een militaire politieman die hem zag rennen, kwam achter hem aan om zijn positie op de trein weer in te nemen. Matthews sprong aan boord, hapte naar adem en klom toen over de loopbrug naar de voorste loc. Het lawaai van de diesels was oorverdovend. De reusachtige cilinders pleegden een aanslag op zijn trommelvliezen en bezorgden hem zware hoofdpijn, maar hij hield vol. Hij sprong over de koppelingen en schoof toen zijdelings langs de rechterkant van de middelste locomotief. Weer nam hij een sprong. Het geluid werd wat draaglijker toen hij de voorste cabine naderde. Zodra hij naar binnen kon kijken bleef hij staan en werd meteen tegen de lucht-inlaat aangezogen. Hij viel bijna van de trein toen de locomotief even opzij helde op een oneffen rail in de bocht. Toen hij zijn evenwicht herstelde, zag hij Mehle in de achterdeur van de cabine staan, met een 9mm-pistool op hem gericht.

'Wat doe je daar, godverdomme?' brulde Mehle. 'Ga terug naar je post! En snel!'

Matthews strekte zijn rechterhand uit, met de handpalm omhoog, terwijl hij de reling vasthield met zijn linker, en liep langzaam verder. Hij moest proberen in de buurt van de paars aangelopen kolonel te komen.

'Kolonel, u moet hiermee stoppen,' riep hij. 'Er is een FBI-agent neergeschoten. Er gebeuren dingen waar wij niets van weten.'

'Dat kan me allemaal niets schelen! Er is maar één ding dat me interesseert, godverdomme – dat we deze trein over de brug krijgen! Is dat goed begrepen?' schreeuwde Mehle. Hij draaide zich bliksem-snel om toen een van de adjudanten achter hem opstond. De man ging schielijk weer zitten. Matthews maakte van dat moment gebruik om nog wat dichter naar de stalen deur toe te schuiven. Mehle draaide zich weer naar hem toe en richtte het pistool recht op Matthews' gezicht. Ze stonden nog maar goed een meter van elkaar vandaan.

'De temperatuur in de speciale wagons is stabiel,' loog Matthews. 'En er rijden geen treinen meer voor ons uit.' Hij deed weer een stap-je naar voren, maar opeens vuurde Mehle twee waarschuwingsscho-ten af. Matthews voelde de hitte van de kogels langs zijn gezicht slaan en deinsde achteruit tegen de stalen wand van de locomotief. Op dat moment dook een van de adjudanten door de deuropening om Mehle te vloeren met een tackle. Er ontstond een hevige vechtpartij op de loopbrug. De andere adjudant bemoeide zich er nu ook mee en greep Mehle om zijn nek. Matthews stapte haastig langs de vechtende man-nen heen om de adjudanten wat meer ruimte te geven. Toen klonk er een schot, en nog een. De drie mannen wankelden, stortten van de loopbrug en tuimelden langs het talud totdat ze in het hoge onkruid langs de spoorbaan verdwenen. Matthews staarde naar de controle-panelen in de cabine van de locomotief terwijl de trein voortraasde in de richting van de grote donkere brug. Nu pas drong het tot hem door dat hij geen idee had hoe hij Mehles trein moest laten stoppen.

Hush kwam met knikkende knieën overeind en vermeed naar Carolyn te kijken. Naar Carolyns lichaam, verbeterde een kwaadaardig stemmetje in zijn hoofd. Hij klopte op zijn schouderholster. Zijn pistool was verdwenen. Maar het hare lag er nog. Hij raapte het op en zag de trein verdwijnen naar de brug. Toen hij een paar FBI-agenten ontdekte die over het spoor zijn kant op kwamen, begon hij te rennen, achter de trein aan. Hij mocht die achterlichten niet uit het oog verliezen. Keeler hing onder die trein, zes of zeven wagons van achteren. Hij liep nog sneller, half struikelend over het grind, terwijl hij probeerde op de bielzen te blijven. Vaag hoorde hij mensen roepen, achter zich, maar het kon hem niet schelen. De trein reed sneller nu, maar hij móést hem inhalen. Zijn longen brandden en zijn hart bonsde in zijn keel toen hij langs het spoor rende, turend naar de grote zwarte wagons met al die onbegrijpelijke militaire codes op de zijkant. Scheuten van pijn vlamden door zijn geblesseerde been omhoog, elke keer dat hij zijn rechtervoet neerzette, maar hij dwong zich de pijn te negeren. Toen herinnerde hij zich wat die militaire codes betekenden. Deze trein kwam uit het chemisch-wapendepot van Anniston. Goeie God, dacht hij, Keeler wil een lading chemische wapens in de Mississippi storten.

Hij deed er nog een schepje bovenop, tot hij eindelijk de commandowagon had ingehaald, daarna de personeelswagon en een grote goederenwagon. De enorme wielen kropen als in een nachtmerrie langs hem heen. Hij had geen gevoel meer in zijn voeten en benen, zeker niet in zijn rechterbeen. Bij elke stap ontsnapten er vreemde, jammerende geluiden uit zijn keel toen hij naast de trein rende en langzaam zijn doelwit naderde – de zesde of zevende wagen van achteren. Hij wist niet precies welke, maar hij zou hem vinden, bezwoer hij zichzelf.

Zijn brein had geen enkel contact met de hand waarin hij zijn pistool hield, de hand die gretig communiceerde met het knoestige, geruststellende metaal, de vingers die zich bijna als onafhankelijke wezens om de kolf van de Sig klemden met de kracht van een stalen veer. Als een spookachtig hologram verscheen Keelers gezicht in zijn gedachten boven de korrel van het vizier, tegen de achtergrond van Carolyns wegdraaiende ogen... En toen was hij er. Nee, hij was te ver! In zijn woede was hij de zesde wagon gewoon voorbijgelopen, dus liet hij zich terugzakken, wankelend op zijn benen en happend naar lucht. Het was hier veel donkerder, zonder het licht van de koplampen, en het begon te regenen.

Het duurde even voordat hij besefte dat er een jonge soldaat in gevechtspak op het achterbalkon van de zevende wagon van achteren stond, met een M16 onhandig voor zijn borst geklemd. Hij staarde Hush met grote ogen aan. Toen schreeuwde hij iets en wees naar het andere eind van de trein, maar Hush negeerde hem. Hij greep een leuning aan de zijkant van de wagon, sprong aan boord en liet zich bijna onmiddellijk zakken om onder de wagen te kunnen kijken. De soldaat stond nog te schreeuwen en richtte nu ook zijn geweer. Hush wees naar het FBI-logo op zijn windjack en de jongen liet zijn wapen een eindje zakken, aarzelend wat hij moest doen. Het lint van de trein strekte zich weer en de snelheid nam toe op het laatste rechte stuk voor de grote rechterbocht naar de brug.

Opeens kreeg Hush een idee. Hij klom terug langs de wagon naar het voorbalkon van de zesde wagon en wenkte de soldaat, zogenaamd om iets tegen hem te zeggen. De jonge MP kwam naderbij en boog zich naar hem toe, zodat Hush hem de M16 uit zijn handen kon grissen. De soldaat deed er nog een greep naar, maar verloor zijn evenwicht en zwaaide wild met zijn armen om overeind te blijven. Hush gebaarde dat hij terug moest gaan naar het andere eind van de wagon. De soldaat gehoorzaamde met een wanhopige blik in zijn ogen, die omsloeg in pure paniek toen hij zag wat Hush van plan was. Hush had zijn benen onder de laagste sport van de ladder van het balkon geklemd en leunde nu helemaal naar één kant, met de M16 bijna ondersteboven in zijn handen. Het volgende moment vuurde hij een salvo af over het grind en de bielzen, in de lengterichting onder de zesde en zevende wagon door, waardoor een stroom van kogels tegen de onderkant van die wagens ketste. Het was een ongelooflijke herrie en het geweer was bijna niet vast te houden op die manier, maar de meeste kogels kwamen inderdaad tegen de bodemplaten van de goederenwagons terecht. Toen het magazijn leeg was gooide hij het wapen gewoon onder de wielen, die het meteen aan stukken reten. Hush richtte zich op, sprong over de koppeling en kroop langs de zijkant van de zesde wagon naar het begin van de omgekeerde V-platen in het midden. Hij controleerde zijn Sig nog eens, stak hem in zijn schouderholster en liet zich toen onder de wagon zakken. Daar kroop hij over de stalen richels, met de balken als houvast, op zoek naar Keeler. Van onder de wagon meende hij een glimp op te vangen van de grote schijnwerpers bij het Welcome Center.

Matthews ging aan de rechterkant op de stoel van de machinist zitten en staarde naar al die knoppen. De grote koplamp boorde een kegelvormig wit gat in het gordijn van neergutsende regen, maar door de ramen was niets te zien. Hij voelde zich volstrekt hulpeloos. Zelfs de schakelaar voor de ruitenwissers kon hij niet vinden. Er was geen pookje, zoals in films, en zeker geen rempedaal. Naast de linkerstoel zag hij een console met een paneel en besefte toen dat hij aan de verkeerde kant zat. Hij verwisselde van stoel. Toen hij achterom keek, zag hij de rest van de trein door een schuin raam. Hij bestudeerde het paneel, dat een paar gekoppelde hefbomen had, de één boven de ander, met acht posities in de hendel gegrift. Er waren metertjes voor het vermogen van de motoren, de druk in het remsysteem, de snelheid, en waarschuwingslampjes voor SLIPPENDE WIELEN en ONTSNAPPENDE REMLUCHT. Op een hulpconsole aan de rechterkant vond hij eindelijk de schakelaar voor de ruitenwissers. Hij haalde hem over en de grote bladen veegden de ramen eerst vuil en toen schoon. Zo zag hij dat er een bocht aankwam, met daarachter de grote brug. Wanhopig zocht hij naar een hendel om mee te remmen toen hij ergens achter zich het automatische geweervuur van een M16 hoorde.

Keeler schrok zich ongelukkig van het onverwachte salvo en de ketsende kogels, maar hij werd niet geraakt, zelfs niet één keer. Zijn rechterooglid bloedde door een steensplinter en hij wist zeker dat er een paar scheuren in de rugzak zaten, maar verder mankeerde hij niets. Het enige licht dat nu onder de wagon door scheen kwam van straatlantaarns en de koplampen van passerende auto's, maar in zijn v-vormige schuilplaats was het aardedonker. Hij had geen idee wie dat salvo met die M16 had afgevuurd en in een reflex had hij de .45 getrokken. Hij stak hem weer terug achter zijn broeksband.

Er was geen tijd meer. Ze naderden de brug. Hij drukte zijn voeten en zijn rug tegen de schuine wand van het onderstel om zijn handen vrij te hebben en trok de rugzak naar zich toe. Hij haalde het uiteinde van het detcord eruit, maar liet de rol nog in de tas zitten. De wind sloeg nu onder de wagon door, met de geur van regen, en het detcord klapperde heen en weer als een zenuwachtige slang. Hij zocht in de tas naar de ontsteker, tastend met zijn vingers. Hij trok het plastic kapje van de onderkant, maar op dat moment raakte de rugzak los van de balk waaraan hij vast zat. Keeler dook er achteraan en wist hem te grijpen voordat hij tussen de rails viel. Bijna duikelde hij uit zijn schuilplaats naar beneden. Met wat moeite installeerde hij zich weer en maakte de rugzak vast. Toen haalde hij diep adem, stak zijn vingers in de tas en probeerde het nog een keer. Voorzichtig, waarschuwde hij zichzelf, je mag dat ding niet laten vallen. Hij pakte de ontsteker, die zo groot was als een soepblik, en knipperde met zijn wenkbrauwen om het bloed uit zijn rechteroog weg te krijgen. Toen drukte hij het uiteinde van het detcord stevig in het gat aan de onderkant van de ontsteker – glibberig van zijn eigen zweet – totdat het goed vast zat.

Bijna, dacht hij. De trein leek wat sneller te rijden en de wind joeg een smerig schuim onder de wagon door. Hij zou de brug pas kunnen zien als de trein en zijn eigen wagon er overheen reden, en in het donker zou hij het pas zeker weten als hij de rivier zag tussen de bielzen door. Zijn plan was simpel. Dit was een munitietrein van het leger, daar twijfelde hij niet meer aan. Er waren soldaten aan boord en er was met een M16 geschoten – waarschijnlijk per ongeluk, door een zenuwachtige rekruut. Zodra ze op de brug waren zou hij het detcord uitrollen over het spoor onder de trein, met de ontsteker in zijn handen. Als de hele rol van negentig meter was afgewikkeld en op de spoorbaan onder de trein lag, zou hij de tijdklok op tien seconden instellen, uit zijn stalen hol kruipen en de ontsteker zo voorzichtig mogelijk op de wielkasten van de achterwielen laten zakken. Het detcord zou worden meegesleurd langs de onderkant van al die wagens, die *munitiewagens*, als het tot ontsteking werd gebracht. Het was negentig meter lang, de gemiddelde wagon ongeveer twintig meter, dus zou hij de laatste drie of vier wagons kunnen treffen. Er hoefde maar één wagon een spontane reactie te veroorzaken en de hele brug zou de lucht in gaan. Zijn eigen wagon moest het overleven, omdat het detcord waarschijnlijk de koppeling zou opblazen. Zo zou hij met de restanten van de trein de ravage kunnen ontvluchten. Daarna moest hij improviseren.

Het geluid van de wielen veranderde. Hij liet zich half uit de v zakken, stak zijn hoofd omlaag en draaide zijn nek om naar voren te kunnen kijken. De trein beschreef een bocht naar rechts. De wielen wierpen een dunne nevel op. Blijkbaar regende het nu echt. Mooi zo. Het terrein aan weerskanten glooide omhoog, dus begonnen ze aan het gedeelte dat onder Washington Street door liep, langs de commandopost en zo naar de brug. Hij kroop weer omhoog en begon de plastic binders van de rol detcord los te maken.

Hush had het moeilijk onder de voorkant van de wagon. Hij had zo'n eind achter de trein aangerend dat hij weinig energie meer over had. Hij spande zijn buikspieren om zijn lichaam bij de voorbij razende bielzen vandaan te houden. Hij hing met gespreide armen en benen ondersteboven onder de wagon, met zijn handen om de centrale I-balk geklemd en zijn voeten achter de secundaire dragers, evenwijdig aan de centrale balk. Hij drukte zijn buik stevig tegen de onderkant van de wagon. Carolyns Sig priemde hard tegen zijn schouderholster. Hij probeerde terug te kruipen naar die donkere ruimte in het midden, waar Keeler zich moest verschuilen, ongeveer zes meter verderop. De flenzen van de centrale balk waren groot genoeg, maar wel vettig, en zijn handen gleden steeds weg.

Terwijl hij achteruit kroop naar het midden, zag hij steeds weer Carolyn op de grond liggen, met haar hand zo sierlijk ontspannen, alsof ze bijna nonchalant het pistool had losgelaten. Haar hele lichaam leek te zijn weggevloeid, daar op de straat. Ik zal hem doden, dacht hij. Zodra ik hem zie, schiet ik hem dood. Ik roep niet eerst 'FBI', ik geef hem geen bevel zijn handen omhoog te steken en zijn wapen te laten vallen. Ik schiet hem dwars door zijn ogen. Want dat kan ik. Ik heb het al eerder gedaan. En zal het wéér doen. Hij beet op zijn tanden om het vol te houden.

Hij was nog ongeveer tweeënhalve meter van het midden toen de wagon begon over te hellen in een rechterbocht. Hij moest van houding veranderen om meer greep te krijgen en hij schrok van een bliksemflits buiten. Toen concentreerde hij zich en probeerde naar een holte naast de centrale balk te kruipen. Hij draaide zich opzij en schoof erin, met zijn benen gespreid om de stalen richels te vinden en zijn schouders opgetrokken tegen het staal zodat hij langs de hele breedte van de wagon kon kijken. Dit was een veel veiliger positie en hij nam een moment om op adem te komen. De bielzen raasden als een vlek onder hem voorbij. Regende het? Er leek zich een dunne nevel te vormen onder de wagon. Het was nu helemaal donker, alsof ze een tunnel binnenreden. Nee, geen tunnel, dacht hij toen, maar het viaduct van Washington Street. Eerst het tolhuisje en daarna de brug. Wat was Keeler van plan? Een zelfmoordactie, misschien? Met een bom? De trein reed te snel voor hem om eraf te kunnen springen boven de brug. Als hij onder de wagon vandaan kroop, zouden de soldaten hem zien. Waarschijnlijk lag hij nog geen drie meter bij Keeler vandaan, dacht Hush, met die enorme stalen ruimte tussen hen in. Gevuld met... wat? Chemische wapens?

Links van de wagon zag hij felle oranje lichten. De commandopost, dacht Hush. Over een paar seconden zouden ze bij de brug zijn. Wat Keeler ook van plan was, het moest nú gebeuren. Hij stak zijn hand uit naar een richel, maar trok hem weer terug. Het metaal was veel te glibberig. Het geluid van de wielen beneden hem veranderde toen de wagon het brugdek opreed. Vanaf de rivier steeg een golf van natte koude lucht op, tussen de bielzen door. Hush onderdrukte een aanval van hoogtevrees en was opeens dankbaar voor de duisternis. Hij haalde nog eens diep adem en dwong zichzelf om verder te kruipen door de holte, tastend naar houvast voor zijn handen en voeten, zodat hij zijn rechterarm vrij kon houden. De lichten waren verdwenen. Hij bereikte de bodem van de holte, boog zijn nek en keek onder de trein door naar achteren. Er lag daar iets. Een touw? Een draad? Iets dat uit de schuilplaats naast de zijne kwam. Een draad die werd afgewikkeld, besefte hij.

Keeler. En die draad moest detcord zijn. Het wapperde alle kanten op in de wind, gevaarlijk dicht bij de wielen. Een lus van het detcord kwam zijn kant uit en hij probeerde het te grijpen, maar het ontglipte hem. Zijn linkerhand gleed weg en hij viel bijna. Op het laatste moment kon hij zich nog vastgrijpen aan een hydraulische remleiding.

Matthews moest machteloos toezien hoe de trein knarsend de brug op reed. Dit was wat Mehle al die tijd had gewild, en opeens vroeg Matthews zich af of hij het zo moest laten – of hij Mehles trein de rivier moest laten oversteken. Maar dat ging niet. Iemand had gevuurd met een M16, Mehle en de machinisten waren ergens in de stad van de trein gestort en een FBI-agente was neergeschoten bij de overweg. Er was iets helemaal mis, maar Matthews had geen idee wát. Op dat moment wankelde de MP die zijn M16 was kwijtgeraakt de cabine binnen en schreeuwde iets over een FBI-agent die ónder de trein hing. Matthews staarde hem even aan en besefte dat hij geen keus had. Hij móést de trein tot stilstand brengen.

En toen zag hij het: een kleine T-vormige hendel op de vloer, bijna onder de bedieningskast. Er zat een koperen plaatje naast, met een duidelijk opschrift: NOODSTOP. Schuine stalen balken flitsten nu langs de ramen. De trein reed al op de brug. Hij keek nog eens naar de horizontale hefboom en zag dat die maar één streepje van de positie VRIJSTAND stond. Hij greep de hefboom en drukte hem terug naar de vrijstand. Meteen begonnen de zware locomotieven af te remmen. 'Sorry, kolonel,' zei Matthews en zijn hand ging omlaag naar de rode hendel.

Hush zocht een veilige positie en boog zich weer omlaag. Regen sproeide nu krachtig onder de trein door en hij kon niet veel zien. Maar het volgende moment wapperde het detcord bijna in zijn gezicht en kreeg hij het te pakken. Hij hield het even vast, voelde dat het niet verder werd afgewikkeld en gaf er toen een flinke ruk aan. Hij dacht dat hij een schreeuw hoorde, boven zijn hoofd, en toen viel de rest van de spoel, compleet met een ontsteker, uit de aangrenzende schuilplaats onder de wagon. De ontsteker hobbelde even over het spoor en verdween toen onder een wiel. Een microseconde later volgden een rode lichtflits en een rommelende explosie achter hem, die zich vanaf Hush' positie vandaan leek te bewegen. Hush zocht weer houvast en hoorde het bulderen van perslucht in de leiding waaraan hij zich vastklampte. De remmen sloegen vast met een ongelooflijke herrie en de wagon begon hevig te schokken. De remleiding werd opeens ijskoud en instinctief liet hij zijn hand los, waardoor hij haastig een ander houvast moest zoeken toen de trein een noodstop maakte. Hij greep naar richels, hoekijzer en zelfs klinknagels, maar alles was vet en glibberig en hij kon er geen greep op krijgen. Hij voelde dat hij langs de schuine zijkanten van zijn schuilplaats naar beneden gleed. Het was allemaal nog moeilijker door het schokken van de remmende wielen, waar de vonken nu vanaf spatten. Op het laatste moment vond hij een trekstang, maar zijn voeten en onderbenen sleepten al over de bielzen. Dat deed pijn aan zijn hielen en een van zijn schoenen werd van zijn voet gerukt. Net toen hij zijn greep volledig dreigde te verliezen kwam de trein eindelijk tot stilstand met een laatste schok waardoor zijn wagon daadwerkelijk een halve meter naar voren werd geworpen toen de koppelingen van de wagens achter hem zich spanden. Hij liet zich op zijn rug op de bielzen vallen en keek omhoog. Daar hing Morgan Keeler, als een spin in een web, met een gekwelde blik in zijn ogen terwijl zijn hand naar het grote automatische pistool achter zijn broeksband ging.

De tijd leek te vertragen, maar Hush aarzelde geen moment. Zijn blikveld vernauwde zich tot Keelers gezicht. Het was net als op de schietbaan. Trekken en vuren. Eén soepele, beheerste beweging. Hand omlaag, wapen omhoog, richten, goed kijken, de trekker overhalen. Zes kogels, deze keer. Hij had het al honderd keer gedaan. Duizend keer, misschien. Hij was er beroemd om. Eén. Twee. Drie. Vier. Vijf. Zes. De knallen van de Sig deden pijn aan zijn oren, maar zijn concentratie verslapte geen moment.

Stoppen.

En kijken.

Hij rolde opzij toen Keelers lichaam naar beneden tuimelde uit de schuilplaats. De .45 die hij niet meer had kunnen gebruiken kletterde achter hem aan. Het bijna onthoofde lijk van de ingenieur kwam met een doffe dreun op de bielzen terecht, de doorgeladen .45 een halve seconde later. Hush was al bang dat hij af zou gaan, maar dat gebeurde niet. Hij weerstond de neiging om de .45 te grijpen en leeg te schieten in Keelers rug. In plaats daarvan bleef hij onder de trein liggen en sloot zijn ogen. Hij probeerde diep adem te halen. Ja, het regende, dat hoorde hij nu. Naast de trein. Hij lachte bij zichzelf, alsof hij ergens in een warm droog huis lag en niet plat op zijn rug onder een munitietrein, godverdomme, in de kille luchtstroom van de rivier, dertig meter beneden hem. Hij opende zijn ogen en voelde een rokerige, natte windvlaag in zijn gezicht. Toen schudde hij zijn hoofd en keek naar Keeler, de langgezochte dader. Zijn lichaam lag verwrongen over de bielzen heen, met de rug naar Hush toe. Even later hoorde hij het geluid van rennende voetstappen. Mensen schreeuwden. Hij probeerde te besluiten of hij hier gewoon moest blijven liggen of naar buiten moest kruipen om het feest onder ogen te zien. Op een vreemde manier was hij hier veiliger dan buiten de trein, hoewel zijn rechterhiel gemeen pijn begon te doen.

'Sterf, Keeler,' zei hij tegen de rug van het lichaam. 'Sterf voor de dood van Carolyn Lang.'

Toen stak hij de Sig weer in zijn holster en kroop ruggelings naar buiten, vlak voor de ogen van een verbaasde MP. De soldaat bracht instinctief zijn geweer omhoog, maar Hush vroeg de man kalm om hem overeind te helpen, alsjeblieft.

Hush werd over het pad van de brug naar het einde van de trein geëscorteerd door maar liefst zes MP's, van wie er een hem ondersteunde. Ze kwamen langs een groepje andere militairen die zich hadden verzameld om de derde wagon van achteren en de grijze kruitsporen aan de onderkant van de grote goederenwagon inspecteerden. Powers en een paar politiemensen kwamen snel naar hem toe op de oever van Vicksburg. Het regende nu gestaag. Het water stortte in brede gordijnen langs het hoge vakwerk van de brug en kletterde op de wagons, maar het kon de bijtende chemische stank van explosieven rond de brug niet wegwassen. Powers nam het over en hielp Hush de brug af naar hun favoriete tolhuisje, waar de blauwe zwaailichten van de hulpdiensten het pleintje verlichtten als een disco. Hush moest even stoppen om uit te rusten en ze zetten hem tegen een betonnen muur. Recht boven zijn hoofd zaten de uitgebrande gaten waar de telefoons hadden gehangen. Powers droeg hem over aan een paar verplegers van de Nationale Garde.

Tien minuten later was hij terug. 'Dat viel nog alles mee,' merkte hij op, terwijl hij naast Hush op de grond spuwde. De regen droop van zijn grote platte hoed.

'Was dat detcord?' vroeg Hush en veegde de regen van zijn gezicht. Powers knikte, zette zijn hoed af en drukte die Hush over zijn oren tegen de regen.

'Ja, maar het hing los in de lucht. Iedereen is zich rotgeschrokken, maar de explosie heeft alleen de onderkant van een paar wagons geroosterd. Blijkbaar waren ze gepantserd, hoewel die militairen nogal bleek om de neus zagen.'

'Weet je wat er in die wagons zit?'

'Verouderde chemische wapens, zei die majoor. Maar niet gevaarlijk. Hij maakte zich wel zorgen om die twee grote wagons achteraan, zo te zien. Die geschifte kolonel en twee andere kerels schijnen ergens langs het spoor te liggen. De majoor was behoorlijk van streek.'

Op dat moment liet de trein op de brug een fluitsignaal horen en kwam rammelend in beweging.

'Een losgeslagen munitietrein,' zei Powers. 'Er zitten nu een paar machinisten van Kansas City Southern op de bok. Ze zullen de trein van de brug rijden zodat we hem kunnen onderzoeken – en de brug zelf, natuurlijk – om zeker te weten dat er geen ernstige schade is. Daarna rijdt de trein verder naar Pine Bluff of zoiets.'

'Ik heb die klootzak te pakken genomen,' zei Hush.

'Dat hebben we gezien, ja,' zei Powers. 'Ze zullen zijn DNA nodig hebben om hem te identificeren.'

'Hij had Carolyn neergeschoten.'

Powers' gezicht betrok. 'Ik weet het.'

'Ze wilde hem uitschakelen,' zei Hush. 'Hij hield een .45 op haar gericht, maar ze trok toch haar eigen wapen.'

Hush werd opeens overmand door een emotie die hij niet kon benoemen, maar zijn ogen vulden zich met tranen. Hij was haar kwijt. Hij probeerde iets te zeggen, maar in plaats daarvan likte hij zijn droge lippen als een onnozel kind.

'Hé, hé,' zei Powers, die zich naar voren boog om hem tegen de anderen te beschutten. 'Ze is nog niet dood. Ze ligt in het ziekenhuis in de stad. Zwaargewond, dat wel, maar ze zeggen dat ze nog een kans heeft.'

Hush keek hem niet-begrijpend aan. 'Het was een .45 automaat. Ik heb zelf gezien dat ze niet meer ademde.'

'Ja, maar er was een agent van de gemeentepolitie bij. Die ouwe vent, weet je nog? Zijn moeder is nog ouder en heeft longemfyseem. Daarom heeft hij altijd een fles zuurstof in zijn wagen. Carolyn had een doorboorde long, maar hij heeft haar aan die fles gelegd. Kom mee, dan breng ik je naar het ziekenhuis.'

Hush vertrouwde zijn stem niet en zweeg dus maar. Hij wilde overeind komen, maar zag toen een groep FBI-agenten verderop die kennelijk op hem wachtten. Tussen hem en de agenten vormde zich al een kordon van politiemensen. Powers zag wat er dreigde te gebeuren. Hij zei iets in zijn portofoon en haalde zijn hoed van Hush' hoofd. Even later stond Hush weer wankelend op zijn benen en stormden er een stuk of tien journalisten het plein van het tolhuisje op. Cameraploegen zetten de omgeving in een fel wit schijnsel. Hush beschutte zijn ogen toen hij een stortvloed van vragen over zich heen kreeg, maar Powers brulde dat iedereen zijn bek moest houden.

'Jullie gaan pas draaien als ik het zeg,' beval hij en wachtte tot iedereen rustig klaarstond. 'Oké, ga je gang.' Hij draaide zich naar Hush toe. 'Dit is adjunct-directeur William Hanson van het Federal Bureau of Investigation, die vannacht eigenhandig de smerige klootzak heeft opgespoord en geëlimineerd die onze bruggen over de Mississippi had opgeblazen. Zijn succes van vannacht was de bekroning van een hechte samenwerking tussen de politie van vijf Amerikaanse staten en de FBI. Zoals u ziet is meneer Hanson gewond geraakt. We brengen hem nu naar het ziekenhuis. Ik zie speciaal agent LeBourgoise van het FBI-kantoor in Baton Rouge daar al staan. Omdat hij in rang de volgende FBI-agent ter plaatse is, zullen hij en ik over een kwartier uw vragen beantwoorden in het Welcome Center. Eerst moet meneer Hanson hier uit de regen vandaan. Dat is alles.'

Vijf minuten later leunde Hush tegen de achterbank van Powers' auto en probeerde zo min mogelijk na te denken. De meute journalisten en cameraploegen had Powers en LeBourgoise omsingeld toen ze van het tolhuisje het glooiende grasveld naar het Welcome Center beklommen. Little Hill had Hush naar de auto gebracht en andere reporters op afstand gehouden door hen alleen maar aan te staren.

'Dat had hij al voorbereid, zeker?' vroeg Hush toen Little Hill ongeduldig zijn sirene liet loeien om een paar militaire trucks uit de weg te krijgen.

'Als u levend onder die trein vandaan kwam, zei de hoofdinspecteur, zou u de FBI-top op uw nek krijgen, maar niet als u meteen een held was op de televisie.'

Hush grijnsde in het donker van de achterbank. Powers kende zijn pappenheimers en was iedereen te vlug af geweest met een media-offensief. Het grote publiek dacht dat de FBI zijn man weer eens te pakken had gekregen. Wat de directeur en zijn pitbull er achter gesloten deuren van zeiden zou wel heel kleurrijk zijn, maar Hush was nu een held van het Amerikaanse volk. De laatste van de *Untouchables*. Mike Powers kon je om een boodschap sturen.

In het ziekenhuis behandelden ze zijn ernstig gekneusde hiel en gaven hem de kans om al het vuil van de wagon van zich af te spoelen. Een paar artsen en verpleegsters die het nieuws op de televisie hadden gezien feliciteerden hem met de vangst van de dader. Daarna gaven ze hem een rolstoel en een politieman reed hem de lift in naar de intensive care, om Carolyn te zien. De behandelend arts protesteerde eerst dat er niemand bij haar mocht, maar veranderde van gedachten toen de magere man met het gehavende gezicht en de holle ogen uit zijn rolstoel overeind kwam en op hem neerkeek met een blik die een moment van stilte veroorzaakte achter de balie.

Haar kamer werd bewaakt door vier FBI-agenten. Twee stonden, twee zaten op een stoel. De twee zittende mannen sprongen meteen overeind toen ze Hush en de politie zagen aankomen. Een van hen deed Carolyns deur al open. Niemand zei iets toen hij naar binnen reed en de deur half achter zich dichttrok.

Carolyn ging bijna verloren in het mechanische ziekenhuisbed. Haar haar zat in een soort chirurgenkapje en ze had dikke zwarte wallen onder haar ogen, waardoor ze op een ondervoede panda leek. Haar bloedeloze lippen glinsterden door de vaseline en er zat een zuurstofslangetje met tape onder haar neus geplakt. Ze had infusen in beide polsen en een andere lelijke slang verdween onder de dekens bij haar borstbeen. De huid boven haar borst was bont en blauw. Ze had haar ogen dicht en haar ademhaling ging traag en moeizaam. Een monitor boven haar bed registreerde haar hartslag en andere vitale functies met oplettende piepjes. Hij zag de bovenkant van een verband om haar rechterschouder. Haar gezicht had de kleur van oud ivoor.

Hij reed zijn rolstoel zo dicht mogelijk naar het bed en boog zich naar haar toe. Hij hoorde de agenten zachtjes praten op de gang en meende het woord *ogen* op te vangen. Hij verdreef de herinnering aan wat hij met Keeler had gedaan uit zijn gedachten en keek zwijgend naar Carolyn. Hij zou haar graag hebben aangeraakt, maar hij kon haar handen niet zien. Opeens opende ze haar ogen, knipperde even, stelde haar blik scherp en herkende hem. Ze mompelde een vraag, waarvan hij maar drie woorden kon verstaan: '... te pakken genomen.'

'Ja. Op de brug.' Hij vertelde haar over het detcord en Powers' stunt met de reporters. Ze leek te glimlachen en sloot toen weer haar ogen. Hij verlangde ernaar haar hand vast te houden, maar hij was bang de slangetjes los te trekken. Opeens voelde hij zich doodmoe. Hij deed een moment zijn ogen dicht en dacht aan alles wat nog komen ging, voor hen allebei: de eindeloze rapportages, de verplichte ondervraging vanwege de schietpartij, de reparaties aan de bruggen, de manipulaties als de directeur probeerde zich vrij te pleiten van de gevolgen van zijn politieke spelletjes. Goddank had Powers hun de onschendbaarheid gegeven waardoor ze zelf konden beslissen wat ze wilden doen. Hij legde zijn hoofd op de rand van het bed.

De dekens bewogen en hij voelde haar vingertoppen tegen zijn linkerslaap.

'Ik heb hem afgeslacht,' zei hij. 'Zonder waarschuwing. Ik heb hem niet gearresteerd. Hij had geen enkele kans. Ik heb hem zes keer in zijn gezicht geschoten.' Hij haalde diep adem. 'Ik wílde het doen,' fluisterde hij. 'Ik genóót ervan. Ik zou het nog eens doen.'

Haar hand streelde zijn hoofd. 'Het geeft niet, Hush. Het is oké. Het zal nooit meer gebeuren.'

Hij pakte haar hand en hield die vast terwijl zij het herhaalde en herhaalde.